Stephanie S…
April 2001

AtV

Frederik Berger hat lange Jahre als Journalist und Literaturwissenschaftler gearbeitet, bevor er freier Autor wurde. Er lebte in England und Frankreich und schrieb Essays und Sachbücher, u. a. ein Lehrbuch über »creative writing«. Bei AtV erschien von ihm der große historische Roman »Die Provençalin«.

Eine große, tragische Liebesgeschichte im Rom des legendären Borgia-Papstes.

Für die zwölfjährige Silvia Ruffini endet ihre Kindheit jäh an einem Sommertag im Jahre 1486. Wegelagerer überfallen sie und töten ihre Mutter. Bevor die Banditen aber Silvia vergewaltigen können, eilt ihr ein Retter zur Hilfe: Alessandro Farnese, der zweite Sohn einer hochgestellten Familie. Beide spüren, daß sie ein besonderes Schicksal verbindet, doch sofort nach dem Überfall müssen sie sich wieder trennen. Alessandro wird aufgrund falscher Anschuldigungen vom Papst in den Kerker der Engelsburg geworfen, und Silvia wird von ihrem Vater in ein Kloster gesteckt. Ihnen bleibt nur, sich heimlich Briefe zu schicken. Drei lange Jahre dauert es, bis sie sich endlich wiedersehen - Silvia ist jedoch längst einem anderen versprochen, und Alessandro soll es in den Diensten der Kirche zum Kardinal, wenn nicht sogar zum Papst bringen. Beide beschließen, um ihre Liebe zu kämpfen.

Frederik Berger

Die Geliebte des Papstes

Roman

Aufbau Taschenbuch Verlag

ISBN 3-7466-1690-5

3. Auflage 2001
Aufbau Taschenbuch Verlag GmbH, Berlin

Umschlaggestaltung Torsten Lemme
unter Verwendung des Gemäldes »Antea«
von Francesco Mazzola Parmigianino
Druck Ebner Ulm
Printed in Germany

www.aufbau-taschenbuch.de

Für Patricia

Saccio trovare lo mondo quando voglio
Et faccio nascere le cose.
Ich bin fähig, alles zu finden, wenn ich es nur will,
und ich lasse die Dinge entstehen.

Kardinal Alessandro Farnese,
der spätere Papst Paul III., 1504

Prolog

»Es war Liebe auf den ersten Blick«, sagte Fürst del Drago, als er mich in die Loggia seines Palazzos in Bolsena führte. Wir standen vor dem Bildnis einer vornehm gekleideten jungen Frau, die mir ernst, forschend, abwartend in die Augen schaute und mich sofort fesselte. »Als ich dieses Porträt sah«, erklärte er, »wußte ich, daß ich den kleinen Palazzo hier kaufen mußte und alles, was dazu gehörte. Die Isola Bisentina dort im See, den gesamten Nachlaß der Familie Crispo, Möbel, die nur noch für die Müllkippe taugten, ein paar schöne Bilder, von Motten zerfressene Brokatkleider und Kardinalsroben, auch einige alte Dokumente.«

Er führte mich zu der Fensterfront, von der wir einen weiten Blick auf den im Gegenlicht liegenden See hatten. »Schauen Sie. Dort hinten liegt ihre Schicksalsinsel.«

»Sie sprechen von Silvia Ruffini, nicht wahr?« fragte ich.

Bei meinen Nachforschungen, die mich durch die farnesischen Burgen des nördlichen Latium, durch einige verstaubte Bibliotheken und zum Schluß auch in die Vorzimmer des vatikanischen Geheimarchivs geführt hatten, war ich auf allerlei Material der Familie Farnese gestoßen, allerdings noch nie auf ein Bildnis der Frau, die mich beschäftigte, seitdem ich etwas über die ungewöhnliche und abenteuerliche Jugend von Papst Paul III. erfahren hatte.

»Sie kennen sie«, erklärte Fürst del Drago.

»Wen?«

»Sie kennen Silvia Ruffini. Jeder, der nach Rom pilgert, kennt sie. Nur: Keiner weiß es. Noch nicht einmal die Kunsthistoriker wollen es wahrhaben.« Er lachte abschätzig und führte mich wieder zurück zu dem kunstvoll in die Holzvertäfelung eingefügten Bild. Forschend schaute er mich an. »Auch Sie fangen Feuer, das sehe ich.«

»Nun, Silvia Ruffini interessiert mich sehr.«

Fürst del Drago machte eine Handbewegung, als wollte er das Bild streicheln. »Ich lebe mit ihr. Ich liebe sie wie meine eigene Mutter. Ich liebe sie, wie Tiberio Crispo sie geliebt haben muß oder vielleicht auch Pierluigi Farnese, ihr schwuler Sohn.«

Ich trat einen Schritt zurück.

»Aber war Pierluigi Farnese nicht verheiratet und hatte fünf Kinder?«

Fürst del Drago lachte über soviel Naivität.

»War nicht auch Alessandro Farnese Kardinal, später sogar Papst und hatte trotzdem vier Kinder?«

»Das ist richtig.«

Während ich von neuem das Porträt studierte, um mich dem Wesen dieser schönen und geheimnisvollen Signora zu nähern, beobachtete mich Fürst del Drago.

»Und Sie interessieren sich wirklich für Silvia Ruffini?«

»Ich sagte es bereits.«

»Sie wollen ein Buch über sie schreiben.«

»Wenn ich genügend Material finde.«

»Ha!« Fürst del Drago bewegte sich behende zu einem wurmstichigen Schreibpult und fingerte einen Schlüssel aus seiner Weste. Der Fürst sah aus, als wäre er einem der späten Filme von Visconti entsprungen. Die Haare waren streng gescheitelt, die blaßfarbenen Augen lagen tief in den Höhlen, ein Menjoubärtchen zierte seine Oberlippe, und sein Anzug schimmerte in einem cremigen Weiß.

Er hatte inzwischen die Pultplatte geöffnet. »Hier!« sagte er nicht ohne Nonchalance. »Hier liegt alles, was Sie brauchen, Briefe, alte Urkunden, sogar der Beginn einer handgeschriebenen Autobiographie von Silvia Ruffini. Natürlich sind das alles nur Kopien, die Originale liegen in meinem Banksafe. Ich sehe Ihre Augen leuchten. Ja, dies ist ein Schatz. Daraus können Sie einen Roman stricken und müssen noch nicht einmal viel erfinden. Das eine oder andere Detail vielleicht.« Er lachte mit heller Stimme.

»Und Sie würden mir die Papiere zur Einsicht überlassen?« fragte ich ohne Umschweife.

Nun sah er mich spöttisch an. »Warum nicht? Aber ich warne Sie. Ein Großteil soll gefälscht sein. Dies haben mir die Herren Archivare des Vatikans erklärt und zum Beweis eine chemische Analyse des Papiers sowie das Gutachten eines Graphologen vorgelegt. ›Außerdem hat Papst Paul III. weder eine Vergewaltigung noch gar einen Mord begangen, wie manche der angeblichen Dokumente nahelegen‹, erklärten sie. ›Bekanntlich gibt es eine umfängliche Rufmordliteratur über ihn. Sie begann schon mit Luther, der dem Papst Sodomie und inzestuöses Verhalten nachsagte. Die Familie Crispo scheint fleißig Material über ihn gesammelt zu haben. Darauf darf man nicht hereinfallen.‹ Ich wurde also durchaus überzeugend über den historischen Wert dieser Unterlagen aufgeklärt.«

Fürst del Dragos Stimme klang auffallend ironisch.

Er seufzte, kramte in den Papieren und zog ein paar zusammengeheftete Seiten hervor. »Hier, der Beginn ihrer Autobiographie! Leider ist sie nicht weit gekommen, die alte Dame. Wahrscheinlich starb sie. Oder litt an altersbedingter Amnesie. Wissen Sie ...«

Fürst del Drago unterbrach sich, trat wieder ans Fenster und blickte plötzlich verloren über den See. »Eigentlich wollte ich selbst eine Biographie über den Papst und seine Geliebte schreiben. Aber es wurde immer ein Roman daraus. Irgendwann gab ich es auf. Ich lebe ja mit meiner geliebten Silvia, kann ihr täglich in die Augen schauen. Was muß ich einen Roman über sie schreiben! Aber Sie, Sie können es versuchen. Ich bin nicht eifersüchtig. Finden Sie heraus, wie Silvia gelebt und geliebt hat!«

TEIL I

Das Ende der Unschuld

1. Kapitel

Silvias Mutter hatte ihr erstes Ziel erreicht. Das Oberhaupt der Orsini-Familien lud Rufino Ruffini, seine Gemahlin sowie seine Tochter auf die Burg am Lago Bracciano ein, um die Möglichkeit einer Ehe zwischen einem der zahlreichen Orsini-Söhne und Silvia auszuloten. Es war das Jahr des Herrn 1486, Papst Innozenz VIII. Cibò war Oberhirte der Christenheit.

Silvia schlief die letzte Nacht vor dem Aufbruch schlecht, weil sie wußte, daß große Veränderungen sie erwarteten. Noch trennten sie drei Jahre vom heiratsfähigen Alter, aber wäre erst einmal der Ehevertrag geschlossen, dann zählte nur noch ihre Zukunft als Mutter, vorbei wären die unbeschwerten Tage der Kindheit, die langen Sommer in Frascati, der Wind in ihren Haaren, während sie den großen Olivenhain entlangritt, über die blumengesprenkelte Wiese … Übergangslos wechselte sie vom Grübeln in einen Traum. Noch immer sah sie das Bild der Wiese vor sich und an seinem Rand einen sich schlängelnden Fluß, in dem sie schwimmen wollte. Ihre Brüder winkten ihr lachend zu. Aber dann verschwand einer nach dem anderen, und schließlich hörte sie von dem ältesten nur die dunkle Stimme; er wandelte, versteckt unter einer Kutte mit weit übers Gesicht gezogener Kapuze, über die Engelsbrücke zur Burg der Päpste und weiter in Richtung San Pietro. Sie rannte ihm nach, bis er sich in einem grellen Lichtschein verlor und sie schweißgebadet aufwachte.

Schnell zündete sie eine Kerze an und versuchte zu beten. Aber es wollte ihr nicht gelingen, weil das Bild ihres ältesten Bruders nun nicht mehr gnädig eingehüllt vor ihr stand. Der abkühlende Schweiß auf ihrer Haut ließ sie zittern, und ihr Herz schlug schnell und heftig. Bei der Engelsbrücke hatten sie ihn aus dem Tiber gezogen und auf einem Handkarren zum Elternhaus im Rione della Pigna gebracht. Zufällig befand sich ein Stoffband mit seinem Namen an den

Resten der Kleidung; sonst hätte man ihn gleich ins Massengrab geworfen, in dem die Heilige Stadt ihre zahlreichen unbekannten oder unkenntlichen Toten begrub.

Silvia stand fassungslos vor dem Bruder, neben ihr der Vater, der ihren Kopf an sich drückte, um sie von dem Anblick der entstellten Leiche zu befreien. Die Mutter wandte sich ab und verließ den Raum. Silvia hörte einen langen, verzweifelten Schrei, der in einem tierischen Wimmern verebbte. Dann sprach die Mutter tagelang nicht mehr. Sie schloß sich in ihr Zimmer ein und war nicht zu bewegen, an dem Begräbnis des Sohnes teilzunehmen. Als Silvia ihr wieder begegnete, hatten sich ihre Gesichtszüge verhärtet, die Augen waren überschattet, die Stimme kalt und scharf.

Obwohl noch gedämpfte Trauerstimmung im Hause herrschte, erklärte die Mutter einige Wochen später, ohne daß das Thema vorher angeschnitten worden war: »Silvia ist zwar erst zwölf Jahre alt, aber wir sollten schon jetzt einen Ehevertrag mit den Orsini abschließen.«

Silvia erstarrte. Der Vater zögerte mit einer Antwort, warf einen traurigen Blick auf seine Tochter, strich ihr dann über den Kopf. Hilfesuchend drückte sie sich an ihn. Aber die Mutter ließ sich nicht abhalten, Silvia ans Fenster zu ziehen, ungeduldig den Sitz von Hemd, Ärmeln und Gürtel zu richten und ihr einige der unbotmäßigen Haare aus der Stirn zu streichen. Dann eilte sie zu ihrer Aussteuertruhe, hob den Deckel, starrte hinein und ließ ihn wieder geräuschvoll fallen. Sie richtete sich auf und rauschte, offensichtlich ziellos, durch den Raum. Das Seidenkleid schleifte über den Boden, die streng geflochtenen Zöpfe schienen sich am Hinterkopf auflösen zu wollen, so daß sie die Haare mit einer nervösen Bewegung zurechtrückte.

Schließlich baute sich die Mutter vor dem Vater auf. »Wenn die Mitgift hoch genug ist, werden die Orsini nicht nein sagen.« Sie schaute ihn auffordernd an. »Dein Vermögen hat sich in den letzten Jahren durch Gottes Hilfe vermehrt, es wird Zeit, daß wir beginnen, seine Früchte zu ernten.«

Der Vater bewegte zweifelnd den Kopf hin und her: »Ich werde den Astrologen fragen, ob der Zeitpunkt günstig ist. Aber ich glaube nicht, daß gerade die Orsini ... Sie werden mich auslachen.« Er wandte sich zum Gehen.

»Wenn ihnen deine Golddukaten in ihre gierigen Augen stechen, werden sie ihren Dünkel vergessen.« Die Mutter ließ einen prüfenden Blick über Silvias Gesicht gleiten. »Häßlich ist unsere Tochter auch nicht, außerdem hat sie ein angenehmes Wesen.«

Silvia fühlte sich erröten und schaute auf den Boden.

»Die Mitgift muß *überzeugend* hoch sein.« Die Stimme der Mutter wurde lauter, fast schrill, während sie erneut an Silvias Kleid herumnestelte. »Die Orsini brauchen unablässig Geld bei ihren Fehden gegen den Papst und die Colonna oder wen auch immer.« Als der Vater das Zimmer schon verlassen hatte, rief sie ihm noch nach: »Dein Astrologe hat zwar düstere Wegstrecken angedeutet, aber Licht am Ende des Weges gesehen. Hoffentlich behält er recht.« Ihre Stimme wurde plötzlich leise. »Der düstre Tod liegt hinter uns, jetzt muß das Licht des Lebens folgen.«

Silvia traten Tränen in die Augen. Sie mußte an ihre Brüder denken und spürte gleichzeitig eine beklemmende Angst vor dem, was sie wie hinter einer Nebelwand erwartete.

Die Mutter wischte ihr mit einer fahrigen Bewegung die Tränen von den Wangen. Plötzlich verzerrte sich ihr Mund, und sie schluchzte für einen kurzen Augenblick auf. Aber die Augen blieben trocken und kalt. Dann drehte sie Silvia wie eine Puppe hin und her.

»Du wirst bald Formen bekommen. Der Allmächtige segne dein Becken!« Während ihr kritischer Blick sich milderte, schluchzte sie erneut auf. »Drei Söhne habe ich diesem Mann geschenkt, und keiner ist mir geblieben. Wo bleibt da Gottes Gerechtigkeit? Wo kann da Licht am Ende des Weges sein?« Nun füllten sich ihre Augen doch mit Tränen.

Silvia riß sich von ihr los und rannte zu ihrem Vater in sein Studiolo. Am liebsten hätte sie geschrien, damit sie dieses beklemmende Würgegefühl verließ, aber sie vergrub nur ihr Gesicht an seiner Brust. Er strich ihr über den Kopf.

»Soll ich dir aus den *Metamorphosen* des Apuleius vorlesen?« fragte er nach einer Weile beruhigend. Sie nickte heftig. Und als er mit seiner vibrierenden, dunkel und hell werdenden Stimme las, vergaß Silvia die toten Brüder. Statt dessen folgte sie neugierig den abenteuerlichen Wegen des verwandelten Esels, erlebte seine

Liebesabenteuer in fernen wunderbaren Welten, rang leidenschaftlich mit Chloë um den verlorenen Amor, weinte und lachte und träumte sehnsüchtig von dem, was jenseits der Wände ihres Hauses lag.

Als der Vater erschöpft und mit müder Stimme das Buch zur Seite legte, wünschte sich Silvia, mit ihm noch auszureiten, auf Bianca, ihrer Schimmelstute, die ihr der Vater zu ihrem zwölften Geburtstag geschenkt hatte – zu den Weinbergen, die sich nach Osten hin an den Palatin anschlossen, oder sogar auf der Via Appia über die Aurelianische Mauer hinaus. Sie wünschte sich, mit ihm nach Frascati zu reisen, zu den silberglänzenden Olivenhainen, den Weinbergen und weise nickenden Pinien, die aussahen wie graue Kardinäle mit ihren runden Schirmhüten.

»Aber mein Kind …«, antwortete der Vater. »Bis ich die Schutztruppe beisammen habe, wird die Sonne zu tief stehen, und außerdem möchte es deine Mutter nicht.«

Sie waren während der letzten Woche überhaupt nicht mehr zusammen ausgeritten, denn die Einladung der Orsini war eingetroffen, und die Mutter ergriff eine fiebrige Rastlosigkeit, die sich auf die ganze *famiglia* übertrug.

Und nun brach der Tag an, der sie zu ihrer zukünftigen Familie bringen sollte.

»*Sancta Maria, Mater Dei, ora pro nobis peccatoribus, nunc et in hora mortis nostrae*. Heilige Maria, Mutter Gottes, bitte für uns Sünder jetzt und in der Stunde unseres Todes. Amen«, flüsterte Silvia. Wieder ruhiger geworden, glaubte sie noch einmal einschlafen zu können und blies die Kerze aus. Aber sie blieb wach, traumlos, voll wirrer Gedanken, bis sie erste Geräusche im Hause hörte. Noch bevor Rosella, ihre Kammerfrau, sie wecken konnte, stand sie auf, öffnete die Fensterläden und schaute hinaus in den dämmergrauen Himmel der Ewigen Stadt. Dann kniete sie sich vor ihr Kruzifix und das Madonnenrelief, die beide über dem kleinen Pult neben dem Bett hingen, und betete noch einmal das *Ave Maria*.

Kurz nach Öffnung der Stadttore ritten Silvia und ihre Mutter durch die Porta del Popolo, um über die Via Cassia zum Lago Bracciano zu gelangen. Rosella begleitete sie und außerdem eine kleine bewaffnete Eskorte. Der Vater wollte noch ein letztes Mal den Astrologen konsultieren und später nachkommen.

Bald hatten sie Rom hinter sich gelassen und ritten durch den taufrischen Morgen. Bauern mit vollbeladenen Eseln begegneten ihnen, andere trieben Schweine vor sich her. Junge Frauen trugen frisches Gemüse in einem Korb auf dem Kopf. Auch Pilger waren schon unterwegs, zerlumpte Bettler und Gestalten mit gierigen Blicken. Leichter Dunst lag über den Niederungen, aber die Hügel glänzten in einem satten Grün, das durchsprenkelt war von rotem Mohn.

Noch bevor die Sonne im Zenit stand, lagen einige Meilen hinter ihnen. Es war heiß geworden, und nun begegnete ihnen kein Mensch mehr. Silvias Mutter tupfte sich die Schweißperlen von der Stirn, und Rosella schlug vor, im Schatten eines nahegelegenen Wäldchens zu rasten und zu frühstücken. Die Mutter nickte. Die Männer der Eskorte ritten voran, suchten nach einem geeigneten Platz. Zwei ließen sich auf den Boden fallen und schlossen die Augen, die anderen erklärten, sie wollten nach Wasser suchen, hier gebe es zweifellos Quellen. Sie verschwanden hinter den Bäumen. Silvia hörte ihre Stimmen noch eine Weile. Dann schienen sie vom Wald verschluckt. Vögelgezwitscher erklang statt dessen, unterbrochen vom Kläffen des Zwergspaniels, den die Mutter unbedingt hatte mitnehmen wollen. Rosella plapperte, ganz gegen ihre Gewohnheit, aufgeregt vor sich hin, während sie die Tragetaschen des Maultiers leerte und den Proviant aus den Körben holte.

Silvia hatte sich auf den Boden fallen lassen.

»Papa wird uns hier nicht finden«, sagte sie zu ihrer Mutter, die, auf dem Rücken liegend, verärgert die Fliegen verscheuchte.

»Doch, doch«, rief Rosella.

»Wie ich ihn kenne, wird dein Vater gar nicht vor heute mittag aufbrechen«, antwortete die Mutter und schloß seufzend die Augen.

Das Hündchen bellte noch immer aufgeregt. Rosella fauchte es an und trat nach ihm, um das Gekläffe zu beenden, aber erst als Silvia es auf den Arm nahm, beruhigte es sich.

Rosella schaute sich um und verschwand dann hinter einem Busch, um, wie sie rief, ihre Notdurft zu verrichten. Aber kaum war sie verschwunden, stieß sie einen lauten Schrei aus. Die beiden gerade noch vor sich hin dösenden Soldaten sprangen auf, griffen nach ihren Waffen. Silvia schaute sich verwirrt um und flüchtete sich zu ihrer Mutter – da stürzten schon drei Männer hinter dem Gebüsch hervor. Verfilzte Haare, Stoppelbart, vor Schmutz starrende Kleidung – doch aus edelsten Stoffen! Für einen Augenblick schien Silvia alles unwirklich, überlaut hörte sie ihren kleinen Spaniel bellen, und schon befand sie sich mittendrin im blutigen Handgemenge. Die beiden Schutzsoldaten versuchten noch zu kämpfen, aber dem einen schlugen die Wegelagerer die Hand ab, bevor er sein Schwert heben konnte, dann rammten sie ihm einen Spieß in die Brust, dem anderen spalteten sie den Kopf. Auch das Hündchen mußte sterben, mit einem Streich schlugen sie es in zwei Teile.

Silvia klammerte sich noch immer an ihre Mutter, die um Erbarmen bettelte und Lösegeld anbot. Einer der Männer riß die beiden auseinander und hielt der Mutter den Mund zu, der andere warf Silvia auf den Boden, und ehe sie sich versah, waren schon ihre Hände und Füße gefesselt. Die Mutter wehrte sich mit erstickender Stimme verzweifelt gegen die keuchenden und schnaufenden Männer. Silvia wand sich auf dem Boden und suchte Hilfe zu erspähen. Vergeblich. Als sie laut »Rosella, Rosella!« rief, drückte ihr einer der Wegelagerer den Mund zu und hielt ihr sein Messer an die Kehle. »Ein Laut noch, und ich rasier dich ab«, spie er ihr ins Gesicht. Die Mutter stöhnte und trampelte, während ihr zwei Männer die Kleider vom Leib reißen wollten. Das Messer schnitt Silvia in den Hals; voller Angst und Entsetzen rührte sie sich nicht mehr. Ihre Mutter lag inzwischen halbnackt auf dem Boden, von einem der Männer im Klammergriff gehalten, während der andere ihre Knie auseinanderzudrücken versuchte.

Der Mann, der Silvia gefesselt hatte, griff nun auch ihr zwischen die Beine. Sein stechender Gestank nahm ihr den Atem. Fluchend ließ er wieder von ihr ab, weil ihn die Fesseln behinderten. Die Mutter trat wild um sich. Der Stinkende ließ Silvia liegen und schlug der Mutter mehrmals ins Gesicht, bis ihr Blut aus Nase und Mund floß, und drückte ihr dann sein Messer an den Hals. Sie erstarrte und gab den Widerstand auf. Der erste machte sich über sie her. Die Mutter zuckte, bäumte sich auf, wollte schreien, wurde aber gewürgt. Dann lag sie wie tot da, während die Männer sich gegenseitig anstachelten und sich, einer nach dem anderen, zwischen ihre Beine knieten.

Hinter dem Busch tauchte nun ein vierter Wegelagerer auf, der Rosella hinter sich her zerrte. Ihre Haare standen nach allen Seiten ab, ihr Hemd war so eingerissen, daß eine ihrer Brüste freilag. Zwischen den Beinen des Mannes baumelte unverdeckt sein Geschlechtsteil; grinsend machte er eine unmißverständliche Geste. Freudiges Gejohle der anderen Männer war die Antwort. Silvia schrie schrill um Hilfe. Sofort ließ der Mann Rosella los und warf sich auf sie. Er riß einen Stoffetzen von ihrem Reisekleid und stopfte ihn ihr in den Mund. »Gleich bist du dran!« stieß er hervor.

Die Männer fesselten Rosella, nicht ohne grölend ihre zweite Brust freizulegen, durchwühlten anschließend die Taschen, steckten die Dukaten und den Schmuck ein und stopften sich gierig den Proviant in den Mund. Silvia blickte auf ihre Mutter, die regungslos auf dem Rücken lag, die Augen geschlossen. Zwischen ihren Beinen hatte sich eine Blutlache gebildet. Aber dann öffnete sie die Augen und stöhnte auf. Ihr Körper krümmte sich. Die Männer schauten sich auffordernd an.

»Mach du's!« stieß der eine hervor. Der Angeredete schüttelte den Kopf.

Rosella, die zusammengekauert dabei gehockt hatte, richtete sich plötzlich auf und schrie »Nein!«.

»Halt's Maul, Hure!« Sie konnte sich gerade noch unter einem Faustschlag wegducken und warf sich wimmernd auf den Boden.

»Wir müssen weg. Die stört nur«, drängte der erste Mann.

Die anderen kauten schmatzend.

»Und die Kleine?«

»Später ...«

»Los, würfeln wir!« krächzte der erste Mann, und schon warf er einen kleinen Knochen auf das Tuch. Silvia sah statt der Punkte gekreuzte Schwerter, eine Axt, einen Galgen. Als schließlich ein Totenkopf oben lag, brüllten die Männer auf. Einer zog das Messer, mit dem er gerade ein Stück Schinken geschnitten hatte, durch den Mund und erhob sich verärgert grunzend. Silvia bemerkte nur noch Rosellas entsetzten Blick und schloß die Augen. Einen Augenblick lang herrschte eine ungewöhnliche Stille, keine Schmatzgeräusche, kein Sprechen, kein Schreien. In dieser Stille hörte Silvia plötzlich laut und vernehmlich einen Vogel singen. Und in den Gesang hinein einen erstickten Gurgellaut.

Es dauerte eine Weile, bis sie wieder wagte, die Augen zu öffnen. Rosella hatte ihren Kopf zwischen den Knien verborgen. Der Vogel sang noch immer.

»Wir sollten verschwinden«, sagte einer der Männer zwischen zwei Bissen.

Ein anderer wies mit einer Kopfbewegung auf Silvia. »Und sollen wir die etwa mitschleppen?«

»Die ist sicher noch Jungfrau«, sagte der dritte und leckte sich über die Lippen.

Ein dreckiges Lachen folgte, und vier Augenpaare richteten sich gierig auf ihren Körper. »Bald nicht mehr!« Ein weiteres Gelächter, dann rissen sie wieder mit ihren faulen Zähnen Stücke aus dem gepökelten Fleisch, wie Straßenköter, die sich über Aas hermachen.

»Wir packen die Weiber aufs Pferd und hauen ab, die hatten sicher nicht nur zwei Männer dabei.« Der Mann goß sich Wein aus einem Ziegensack in den Mund, und der rote Saft floß ihm über die Mundwinkel in den Bart. Sein Kumpan kroch mit gezücktem Messer auf Silvia zu und schnitt ihr die Fußfesseln durch.

»He, das Täubchen läuft uns noch weg!«

»Keine Angst«, rief der Mann und entblößte seine braunen Zahnstummel. »Die pfähl ich, daß sie sich nicht mehr rühren kann.« Er schnitt Silvia ins Reitkleid und entblößte ihre Beine.

»Laß sie, wir hauen ab! Später ist noch genug Zeit ...«

Einer zerrte Rosella zum Pferd und band sie bäuchlings auf dem Sattel fest. Aus aufgerissenen Augen blickte sie Silvia bettelnd an. Schon schlug Silvia wieder der unglaubliche Gestank des Mannes entgegen. Er nahm ihr den Knebel aus dem Mund und stülpte ihr seine Lippen entgegen, als wolle er sie küssen. Schnell wandte sie sich ab. Ihr Blick fiel auf ihre Mutter. Sie lag noch immer auf dem Rücken, den Kopf zur Seite gedreht, die Augen starr nach oben gerichtet. Aber ihr Hals ... ihr Hals klaffte wie ein aufgeschnittener Granatapfel.

Silvia öffnete den Mund, um zu schreien. Die Stimme versagte. Sie glaubte, sich übergeben zu müssen, doch ihr Körper bebte nur und verkrampfte sich. Dann überschwemmte sie wieder eine Woge des Gestanks. Der Mann mit dem entblößten Geschlechtsteil biß sie ins Ohr und kniete sich dann zwischen ihre Beine. Silvia starrte auf das gerötete Teil, das sich drohend aufrichtete, das immer höher wuchs und gierig zuckte. Und daneben die blutverkrustete Hand, auf der sich lange schwarze Haare wie eine Schlangenbrut ringelten. Sie schloß die Augen, und mit Gewalt spreizte der Mann ihre Schenkel.

Silvia glaubte, sterben zu müssen. Sie wartete auf den Schmerz, der spitz in sie eindringen mußte, um ihr dann das Becken auseinanderzureißen. Das Schnaufen kam näher. Stumm begann sie, das *Ave Maria* zu beten. Sie krampfte sich zusammen, und ihre Sinne strömten alle zu der Körperöffnung zwischen ihren Beinen. Plötzlich Hufgetrappel, ein aufwieherndes Pferd, Schreie und Flüche. Sie riß ihre Augen auf, flog zur Seite. Vor ihr, hoch zu Roß, ein Mann, ein junger Edelmann. Ein flammender Retter, von der Jungfrau geschickt, ein Erzengel, ein Gottesstreiter. In seiner Hand hielt er einen Jagdspieß. Hinter ihm tauchten zwei Gehilfen auf.

Die Wegelagerer stürzten zu ihren Waffen. Da schnellte der Arm des Reiters nach vorne, und schon steckte der Jagdspieß einem der Räuber in der Brust. Der Räuber starrte hoch, aus seinem Mund quoll ein Schwall von Blut, er torkelte einen Schritt vor und brach zusammen. Der Retter riß nun sein Schwert aus der Scheide und trieb sein Pferd direkt auf den zweiten Wegelagerer zu. Dann ließ er sein Roß vor ihm hochsteigen und ausschlagen. Vom Huf an der Schulter getroffen, ging der Mann zu Boden. Inzwischen rangen die Jagdgehilfen mit den zwei restlichen Räubern, und wenig später stürzten auch die Männer, die Wasser hatten holen wollen, aus dem Wald herbei. Blut spritzte Silvia ins Gesicht. Drei Wegelagerer lagen schon reglos auf dem Boden. Der vierte versuchte zu fliehen. Aber der Retter setzte ihm nach, spannte seinen Bogen, und mitten im Galopp ließ er den Pfeil abschwirren. Kopfüber stürzte der Flüchtende zu Boden.

Silvia war gerettet. Starr lag sie auf dem Rücken, die Bilder des Geschehenen wirbelten zusammen und stürzten ab, ihr wurde schwarz vor Augen. Aber dann war sie wieder da, ganz wach, und wollte aufspringen.

Rosella wurde losgebunden. Sie lachte und weinte, schluchzte und schrie.

Silvia griff nach dem Kleid und bedeckte ihre Blöße. Ihr Retter war vom Pferd gestiegen und wies auf die Mutter. »Legt sie in eine Decke!« rief er seinen Gehilfen zu.

»Mama!« flüsterte Silvia und warf sich auf den leblosen Körper.

Der rettende Engel nahm sie in den Arm. »Ihr ist nicht mehr zu helfen. Der Herr hat sie zu sich genommen.«

Silvia drohte zu Boden zu sinken. Er hielt sie. Sie fühlte nichts mehr.

»Ihr seid gerettet«, flüsterte er.

Silvia entzog sich seinen Armen und starrte auf die Decke, unter der die Mutter lag.

Rosella richtete ihr Kleid. Mehrfach warf sie einen forschenden Blick auf den Retter, und als dieser ihn mit einem erstaunten Gesichtsausdruck erwiderte, wandte sie sich wieder Silvia zu. »Meine Kleine«, stieß sie unter Schluchzen hervor. »O Gott, was ist geschehen! Diese Mörderbande!«

Als Silvia, noch immer am ganzen Körper zitternd, dem Retter dankte, trat er einen Schritt zurück und neigte seinen Kopf. »Mein Name ist Alessandro Farnese. Ich bin apostolischer Skriptor. Ich war auf der Jagd. Zum Glück ...«

»Ich heiße Silvia Ruffini«, brachte sie hervor. »Meine Mutter wollte mit mir nach Bracciano reisen, damit ich ...« Ihre Stimme versagte, und der starke Engel nahm sie erneut in die Arme.

Angeführt von Alessandro Farnese und seinen beiden Jagdgehilfen, ritten sie schließlich nach Rom zurück. Zwei Männer der Schutztruppe verdrückten sich, nachdem sie die Porta del Popolo durchschritten hatten. Die Decke, in die die Mutter eingewickelt war, troff vor Blut. Es lief die Flanke des Maultiers hinab und tropfte auf den Boden. Hinter ihnen eine Blutspur und das Geschrei neugieriger Menschen.

Als sie das Haus der Ruffini erreichten, tobte die Menge, als wäre sie von einer Hinrichtung angestachelt. Die Mägde stürzten aus dem Portal und schrien auf, die Pferdeknechte brüllten nach dem Vater. Er eilte die Treppe herunter. Als er sah, daß man eine eingewickelte Leiche auf eine Bahre legte, erstarrte er. Er faßte sich an den Hals und bedeckte dann sein Gesicht mit den Händen. Schließlich bekreuzigte er sich und schlug die Decke zurück. Noch hatte niemand ein erklärendes Wort geäußert. Alle starrten den Vater an, danach die Tote. Silvia sah ihre Mutter zum letzten Mal – mit einem schwarzen Kranz um den Hals, einem aufgerissenen Mund und halbgeöffneten, starren Augen. Rosella wollte sich jammernd über sie werfen, aber Alessandro Farnese hielt sie zurück, und sie warf sich an seine Brust. Er befreite sich von ihr und trat mit dem Vater noch näher an die Mutter heran. Sie bekreuzigten sich erneut, dann berührte der Vater die Tote mit den Lippen. Seine Miene war versteinert, aschfahl sein Gesicht. »Er hat es gewußt!« flüsterte er tonlos. Auch Silvia beugte sich noch einmal über die Mutter.

Der Vater befahl, die Tote ins Haus zu bringen und einen Priester zu rufen. Dann ließ er sich erzählen, was geschehen war. Wortlos umarmte er schließlich den Retter seiner Tochter.

Alessandro Farnese blieb bis zum Abend bei ihnen, und Silvia spürte, wie sie sich darüber freute. Ihr Vater dankte ihm immer wieder. Tränen rannen den Männern über die Wangen. Silvia versuchte, das Zittern ihres Körpers zu unterdrücken. Sie starrte auf Alessandros lange, feingliedrige Finger, als könnten sie ihr Trost spenden, als läge in ihrer Berührung ein tiefer Segen. Dann schaute sie ihm ins Gesicht: liebevolle Augen voller Mitleid und Güte. Er sagte etwas, was sie nicht verstand, sie hörte nur die weiche Stimme. Er war ihr so seltsam vertraut …

Langsam ließ das Zittern nach.

Der Vater jammerte. »Ich verstehe es nicht. Ich bin ein friedlicher Mann, noch nicht einmal besonders reich, habe keine Feinde … O Gott, zuerst meine Söhne, jetzt meine Frau, warum muß der Herr mich so strafen!« Und er brach wieder in Schluchzen aus.

Alessandro nickte und warf dann, schmerzlich lächelnd, einen Blick auf Silvia. »Eure wunderbare Tochter hat der Herr verschont«, sagte er, ohne seinen Blick von ihr abzuwenden. »Er muß mit ihr noch viel vorhaben.« Er zupfte sich seinen Jagdkittel zurecht und strich sich über die Haare.

Der Vater drückte Silvia an sich. Sie spürte seine Wärme, den vertrauten Geruch. Ach, ihr geliebter Vater, ohne ihn könnte sie nicht leben! Für einen Augenblick schien die geschändete und ermordete

Mutter nicht mehr zu existieren. Die beiden Männer blickten Silvia an und schienen sich dann gegenseitig einer Prüfung zu unterziehen.

»Die Orsini sind für uns verloren«, sagte der Vater, und seine Stimme wurde sachlich und kalt. »Wenn erst einmal durchsickert, was geschehen ist ... Hoffentlich sind andere Familien nicht so anspruchsvoll und übersehen das Unglück. Sonst bleibt nur das Kloster.«

Entsetzt schrie Silvia »Nein!«.

»Ist ja gut, mein Püppchen«, versuchte ihr Vater, sie zu beruhigen.

»Sie blieb unberührt, das ist sicher«, flüsterte Alessandro dem Vater zu. »Es gibt keinen Grund, Ihr versteht ...«

Dann starrten die Männer stumm in die verrußte Öffnung des Kamins. Silvia hockte, in Decken gehüllt, dabei. Immer wieder lief das blutige Geschehen vor ihren Augen ab, und immer strahlender erschien ihr der von Gott gesandte Retter.

2. Kapitel

Es war unfaßbar, und er glaubte zu träumen. Doch was er sah, war kein Traumbild, er konnte aufstehen und sich bewegen, der Körper gehorchte ihm – aber weiter als bis zur Tür gelangte er nicht. Der Raum war verschlossen. Draußen würfelten lärmend die Wachen. Ja, er saß im Kerker. Vor ein paar Tagen war er zur Jagd gegangen, hatte das Wild nur nachlässig verfolgt, weil er den Tag in der freien und frischen Natur genoß, er stieß auf Wegelagerer, verhinderte, daß ihrem ruchlosen Überfall nicht nur eine, sondern drei Frauen zum Opfer fielen – und heute saß er in einer Zelle im Turm der Engelsburg, wie ein Verbrecher, er, von Vaterseite ein Farnese, von Mutterseite ein Caetani, unter seinen Vorfahren ein Papst und viele Kardinäle, er saß im Kerker und wußte nicht, warum. Er, der apostolische Skriptor, hatte einer Jungfrau das Leben und die Ehre gerettet – und dies war nun die Antwort des Papstes. Aber so waren die Verhältnisse unter Innozenz VIII. Cibò: Rechtlosigkeit und Wegelagerei, ja, bürgerkriegsartige Kämpfe im Umland der Ewigen Stadt. Sogar in Rom selbst waren private Rachefeldzüge an der Tagesordnung, und nachts herrschte ohnehin das Recht der schnellsten Dolche. Jeden Morgen fischte man Tote aus dem Tiber. Und gleichzeitig wurden unschuldige Menschen eingekerkert, gefoltert und hingerichtet. Wer sich nicht freikaufen konnte, hatte schlechte Karten. Wer dagegen Dukaten klimpern ließ, dem war der Mord schon verziehen, bevor er ihn überhaupt begangen hatte. Und die Kassen des Papstes brauchten immer Geld.

Alessandro ging unruhig in der Zelle auf und ab. Wahrscheinlich beruhte alles auf einem Mißverständnis. Oder auf einer Verleumdung. Bald kämen seine Mutter und sein älterer Bruder Angelo und holten ihn heraus. Im Notfall mußten sie einige Dukaten hinlegen. Und dann würde er hocherhobenen Hauptes vor den Heiligen Vater treten: Er hatte das höchste Gut einer Jungfrau gerettet! Und dabei zwei Verbrecher persönlich den Orkus hinabgeschickt. Noch jetzt zitterte seine Hand, wenn er daran dachte. Zum ersten Mal in seinem Leben hatte er getötet, er, ein Mann der Kurie, der die niederen Weihen bereits empfangen hatte, der einmal, wenn es nach seiner Mutter ging, Kardinal werden sollte … Signora Ruffini hatte er nicht mehr retten können, er fand sie in ihrem Blut, nackt, mit verdrehtem Kopf und klaffender Wunde. Aber ihre bezaubernde Tochter hatte er vor Schändung und Schande bewahrt, die erwachende Rose, die reine Lilie, mit ihren dunkelbraunen, leicht schräg stehenden, ach so verwundeten Augen, wenigstens sie … Er hatte sich als Mann bewährt – und dafür saß er nun im Kerker.

In der Nacht hatten ihn die *sbirren* aus dem Stadtpalast der Farnese geholt, über den Campo de' Fiori geschleppt, wo noch die am Abend zuvor Gehenkten baumelten, und zum Torre di Nona gebracht. Er tobte und beschimpfte den Bargello, aber der lachte nur. Vom Heiligen Vater persönlich sei die Festnahme angeordnet, erklärte er schließlich, der Skriptor Farnese sei nicht zur Niederschrift eines wichtigen *breve* erschienen, ohne Entschuldigung, und dies nun schon zum wiederholten Male. Es war ein höhnisches, widerliches Lachen, gleichzeitig fast gutmütig, und gerade dieser väterliche Ton steigerte Alessandros Wut noch. Aber es nützte nichts. Die *sbirren* schleppten ihn über die Engelsbrücke in die Burg der Päpste, in das alte Mausoleum des Hadrian, übergaben ihn dem Kastellan, der ihn mit den Worten »Die Fledermäuse schwirren bald zurück« begrüßte.

Mit den Händen ahmte er ihren zackigen Flug nach. »Pst, pst!« machte er und legte einen Finger auf die Lippen. Dann ließ er Alessandro die Fesseln abnehmen und winkte ihn zu sich.

»Hat sie dich drangekriegt?« flüsterte er ihm ins Ohr.

Alessandro schaute ihn verständnislos an und wollte aufbrausen.

Der Kastellan winkte ab. »Vorzugsbehandlung«, flüsterte er, »ein sauberes Bett, regelmäßige Leerung des Eimers, anständiges Essen und genug Wasser.« Dabei rieb er Daumen und Zeigefinger aneinander. »Bei entsprechender Bezahlung, versteht sich, aber Madonna wird sich schon großzügig zeigen.« Er grinste und betrachtete Alessandro, der sich kaum hatte anständig ankleiden können. »Der Heilige Vater will persönlich vorbeischauen und Euch die Leviten lesen. Erst kauft die Familie ein Amt, dann füllt der Herr Sohn es nicht aus – bleibt einfach weg, unentschuldigt. Die Ungläubigen hätten dich dafür gehängt. Aber Seine Heiligkeit ist ja so gütig!«

Alessandro trat an eine Schießscharte und schaute nach draußen. Rom lag im frühen Tagesschimmer, rosig eingebettet, als würde es wach geküßt. Die ersten Straßenhändler und Wasserträger hörte er schon brüllen.

Nein, es war ein schlechter, elend langer Traum.

»Meine Kinderchen kehren zurück. Da, siehst du sie?« Der Kastellan wies auf schwarze Schatten, die unters Gebälk krochen. Mit plötzlich veränderter Stimme brüllte er nach den Wachen: »Satansbrut ihr! Führt ihn in seine Zelle, reicht ihm Wasser und Brot und verriegelt die Tür!«

Wie ohnmächtig war Alessandro in einen kurzen Schlaf gesunken. Jetzt lag er auf seinen Strohsäcken und starrte auf die Balken, über die langsam und suchend ein Insekt kroch. In dem Stadtpalast der Farnese schlief er unter einem samtenen Baldachin, und auch in Capodimonte oder in einer der anderen Burgen der Familie gab es anständige Betten, die vor Ungeziefer schützten, das sich gern nachts von der Decke fallen ließ. Und gegen Wanzen wurde ein Pulver gestreut. Duftkräuter zerrieben. Morgens kleidete ihn ein Kammerdiener an, und jederzeit stand eines der vielen Mädchen im Haus bereit. *Fortuna* war eine Dirne, das sagten schon die Alten, heute war man Herrscher und morgen Sklave, die Griechen verkauften ganze Städte in die Sklaverei – nein, Sklave würde er nie, und nie würde er lange eingekerkert bleiben, nicht er, Alessandro Farnese, der Sohn eines Kriegergeschlechts.

Er starrte auf das Insekt, das bewegungslos abwartete. Der *zweitgeborene* Sohn eines Kriegergeschlechts! Und das bedeutete: Titel und Lehen erbte sein Bruder Angelo, der Erstgeborene mußte das Geschlecht fortpflanzen, während dem zweiten Sohn der Kirchendienst blieb. So war es Onkel Caetani ergangen und weiteren fünf Kardinälen Caetani, nicht zuletzt dem Urahn Benedetto, Papst Bonifaz VIII., den die Mutter nie aufhörte, als leuchtendes Vorbild im Munde zu führen.

Ach, seine Mutter! Seit sein Vater vor einem Jahr gestorben war, herrschte die Mutter über die Familie, nicht etwa sein älterer Bruder Angelo, der bestimmt war, Condottiere zu werden. Dabei grübelte Angelo lieber über Gott nach und fragte jeden, warum eigentlich Christus, Gottes einziger Sohn, am Kreuz hatte sterben müssen.

Eine dumme Frage. So war es eben. Jesus von Nazareth starb am Kreuz, um die Sünden der Welt auf sich zu nehmen, um sie alle zu erlösen. Basta. Und auf zum fröhlichen Jagen. Zum Fechten und Rennen. Zum Ringen und Tanzen. Gut – auch um Cicero zu lesen. Seine Lehrer an der Accademia Romana hatten sich über die Bibelgläubigen lustig gemacht. »Abergläubische Kinder«, erklärte Pomponeo Leto und fuhr lachend fort, die Messe sei antiken Opferkulten nachempfunden, sei eigentlich heidnisch, Gotteslästerung, der wahre Gott, so es ihn gebe, brauche keinen Weihrauch und protzige Häuser, er sei fern, unaussprechbar, unnahbar, nicht zu fassen, ein *deus absconditus*, die Natur bestehe aus kleinen Teilen und zerfalle nach dem Tod, alles vergehe, das habe schon Lukretius Carus gesagt, *De rerum natura*, und vor ihm die Griechen, Demokritos zum Beispiel …

Aber sein gottsuchender Bruder Angelo hatte zu heiraten, Kinder zu zeugen und in einer Schlacht zu fallen, während er als der Jüngere langweilige Messen lesen sollte, Beichten abnehmen, Sakramente spenden, und bevor er das tun durfte, mußte er noch langweiligere *breves* und *bullae* schreiben, in dunklen, staubigen Skriptorien hocken, mit weindunstigen Prälaten Kurtisanenwitze austauschen und immer wieder vor dem Papst buckeln.

So wollte es seine Mutter.

Und die Folge war: Er saß im Kerker, von einem Papst eingesperrt, unter dem Bestechung und Verbrechen herrschten. Dabei hatte das Sagen im Vatikan sowieso Kardinal della Rovere, der starke Mann im Heiligen Kollegium. Er hatte den Cibò auf den Stuhl Petri gehievt, aber er ließ auch dessen Nepoten- und Günstlingswirtschaft zu.

Wann kam endlich seine Mutter und kaufte ihn hier frei? Vielleicht wußte sie noch nicht ... Man mußte ihr Boten nach Capodimonte schicken ... Aber der Kastellan hatte doch von einer Madonna gesprochen. Damit konnte er nur seine Mutter meinen. Jeder in Rom kannte seine Mutter, Madonna Caetani, wie sie sich nannte. Daß sie jetzt eine Farnese war, interessierte sie wenig. Die Caetani standen haushoch über den Farnese, glaubte sie, waren ein kuriales Schwergewicht – und die Farnese? Als Condottieri hatten sie sich mit Söldnern herumgeprügelt. Allerdings mußte man sich fragen, warum seine geliebte Mutter Giovannella Caetani dann Pierluigi Farnese geheiratet hatte. Hatte nicht sogar schon der Bruder des Vaters eine Orsini in sein Haus geholt? Die Farnese brauchten sich vor niemandem zu verstecken, vor keiner Caetani, keiner Orsini oder Colonna. Und schon gar nicht vor der Familie des Papstes. In den Farnese steckte die unverbrauchte Kraft eines klugen und schnellen Leoparden, sie waren Kämpfer, Sieger ...

Aber sein Vater war seit einem Jahr tot, seine Mutter dagegen erfreute sich bester Gesundheit. Sie verkehrte mit Kardinälen, wie Giuliano della Rovere, auch mit den Spaniern, wie Rodrigo Borgia, sogar mit dem Heiligen Vater stand sie auf bestem Fuß – weil sie ihnen zu schmeicheln wußte. Seine Mutter beherrschte alle Formen der Verstellung.

Morgen würde sie in den Vatikan eilen und Papst Innozenz bitten, ihren pflichtvergessenen Heldensohn freizulassen. Schließlich hatte er nicht nur Hirsche gejagt, sondern die junge Ruffini gerettet. Ganz Rom würde davon sprechen. Er hatte dem Verbrecher den Speer in die Brust gejagt. Jeden Stier hätte er mit einem solchen Stoß zur Hölle geschickt. Noch jetzt sah er die brechenden Augen des einen Mannes, den er mit dem Speer erledigt hatte, hörte er den Aufschrei des anderen, dem sein Pfeil in den Rücken gedrungen war. Arme und Beine zuckten, das Gesicht im Dreck, eine Hand umklammerte einen morschen Zweig, unter dem Leib bahnte sich ein blutiges Rinnsal seinen Weg.

Alessandro stellte sich an die Maueröffnung, die ein wenig frische Luft hereinließ. Ihm war schlecht. Die stickige Luft und die Erinnerung an die Toten ... Er hatte zwei Männer im Kampf getötet! Aus ihm war endgültig ein Mann geworden. Sein Bruder Angelo hatte noch niemanden im Kampf getötet, ja, er hatte noch nicht einmal in einer Schlacht gekämpft. Selbst bei der Jagd war er ungeschickt. Vor Keilern hatte er Angst, vor Bären sowieso. Dabei war Bärenjagd der Höhepunkt allen Jagdglücks. Alessandro liebte wie fast alle Männer, die er kannte, die Jagd: Dieses Suchen, Verfolgen, Stellen und Töten erregte ihn. Aber das Blutvergießen stieß ihn auch ab, insbesondere wenn ein Tier keine Chancen hatte zu entkommen oder sich wenigstens tapfer zu wehren, weil eine ganze Hundemeute es zerfleischen wollte und eine Jägermeute sich mit seinen Spießen auf es stürzte. Bei der Bärenjagd allerdings mußte man tagelang in die Berge reiten. Lautlos tappten die Bären davon und versteckten sich im unwegsamen Gelände. Aber wenn man sie stellte ... jeder Prankenschlag streckte einen Jagdhund nieder, die Pfeile brachen sie ab, und wenn sie sich auf die Jäger stürzten, dann galt es gemeinsam und schnell zu handeln. Sein bester Jagdhüter war das letzte Mal tödlich verletzt worden, und das braune Vieh war entkommen. Er, Alessandro Farnese, hatte einen Moment zu lange gezögert. Dieser Kampf hatte ihm lange Zeit den Spaß an der Bärenjagd genommen. Der Blick des Jagdhüters, bevor er sein Leben aushauchte ... Immerhin ließ Alessandro ihm mehrere Messen lesen und versorgte die Witwe mit Geld, besorgte ihr sogar einen Mann und bezahlte die Mitgift.

Seine Mutter hatte ihn ausgelacht, ihn sogar getadelt. So viele Dukaten wegen eines lächerlichen Jagdhüters! »Wenn du für jeden toten Diener aus deiner *famiglia* Goldmünzen rollen läßt, wirst du nie mehr Geld haben für die wirklich wichtigen Dinge im Leben, zum Beispiel für ein teures Amt. Du sollst einmal Kardinal werden, kein Almosengeber. Für die guten Taten haben wir die Heiligen.«

Vielleicht werde er einmal ein Heiliger, hatte er mit ironischem Unterton geantwortet.

Seine Mutter lachte schrill. »Du Tunichtgut ein Heiliger? Eher geht eine ganze Kamelherde durch ein Nadelöhr!«

»Als daß ein Farnese ins Reich Gottes komme?«

Manchmal liebte er, mit seiner Mutter zu streiten. Wenn er sie im Wortgefecht besiegte, dann sah er in ihren Augen Stolz aufglimmen.

»Soll ich nicht Kardinal werden?« fuhr er mit erhobenem Finger fort. »Aber du traust mir nur zu, Kameltreiber zu werden.«

»Für einen Kameltreiber bist du zu ungeduldig. Aber Kardinal könntest du werden, denn Kardinäle kommen nie ins Himmelreich. Wenn sie geschickt sind, kommen sie ins Reich des Geldes. Das ist schon Segen genug.« Die Mutter lachte wieder voller Genugtuung.

»Das sind gotteslästerliche Redensarten.«

Verächtlich zog sie die Augenbraue hoch, aber dann nahm sie ihn in den Arm und küßte ihn auf die Stirn. »Ich segne dich, mein Sohn, du bist ein Caetani *und* ein Farnese. Auch wenn du nur mein Zweitgeborener bist, könntest du es weit bringen. Sehr weit.«

Die frische Luft, die aus dem Loch in der Wand in seine Zelle strömte, tat ihm gut. Er fühlte wieder die alte Kraft in sich aufsteigen. Noch immer konnte er nicht fassen, was mit ihm geschah. Er reckte sich, spannte seine Muskeln und machte einen Handstand. Vorsichtig seinen Körper ausbalancierend, bewegte er sich zur Zellentür. Er hörte die Wärter würfeln.

»He!« rief er. »Öffnet die Tür und laßt mich mitwürfeln!«

Das Fensterchen wurde geöffnet. »Schaut mal, was der junge Kirchenmann für Kunststücke beherrscht!«

Alessandro bewegte sich vorsichtig zurück, noch immer auf den Händen.

Die Tür wurde geöffnet. »Bravo, Gaukler!«

Er sprang wieder auf die Füße und kramte seinen letzten Dukaten aus dem Geldsäckchen. »Das ist Gold und glänzt verführerisch.« Er hielt ihn in die Höhe und drehte ihn hin und her.

Der Kastellan kam herangeschlurft, eine Flasche Wein in der Hand. »Was ist mit Euch? Her mit dem Geld!«

Blitzschnell ließ Alessandro die Münze verschwinden.

Der Kastellan wollte sich auf ihn stürzen, stolperte aber und fiel zu Boden. Keiner der Wärter rührte sich, um ihn aufzurichten. Der Kastellan rieb sich fluchend sein Knie. »Spielst du Schach?« stieß er, noch immer auf dem Boden, hervor.

»Ich spiele alles, was ihr wollt«, sagte Alessandro, »und hier geht es nicht um wertloses Kupfergeld.«

»Ich könnte dich erdrosseln lassen«, polterte der Kastellan.

»Sicher, wenn du anschließend hängen willst.«

Der Kastellan fletschte seine Fledermauszähne, schwieg aber.

»Kommt her, laßt uns eine Runde würfeln!« rief Alessandro. Er setzte sich auf einen Schemel, nahm die Weinflasche, die auf dem Tisch stand, und setzte sie an den Mund. Dann griff er sich den Würfelbecher und ließ die Würfel verführerisch gegeneinander schlagen. »Setzt euch, ihr Engelswärter, ich laufe euch schon nicht davon!« Wieder ließ er die Goldmünze zwischen seinen Fingern aufleuchten. »Und Ihr, Herr der Fledermäuse, geruht, Euch zu uns zu setzen und das Glück herbeizurufen. Das Glück ist eine Dirne!«

Alessandro ließ die Würfel rollen, noch bevor sich alle gesetzt hatten.

Drei Sechsen! Er warf auf Anhieb drei Sechsen. Die Wachen glotzten, als hätten sie es mit Magie zu tun.

»Der Satan ist mit ihm«, zischte der Kastellan. Die Wachen glotzten noch immer. Alessandro lachte verächtlich auf.

3. Kapitel

Mit dem Überfall hatte erneut der Tod in Silvias Leben eingegriffen. Er hatte sich in all seiner blutigen Gewaltsamkeit gezeigt, war aber über Nacht verschwunden. Hinterlassen hatte er einen Dämon, der die Herrschaft über das Haus der Ruffini an sich zu reißen drohte.

Die Mutter wurde ohne großen kirchlichen Pomp in der Familiengruft in Santa Maria ad Martyres beigesetzt. Zur Ausrichtung einer standesgemäßen Zeremonie fehlte dem Vater die Kraft. Er schloß sich tagelang in sein Studio ein, ließ nur seinen Astrologen zu sich und manchmal seinen Beichtvater. Versorgen ließ er sich von Rosella. Silvia suchte vergeblich seine Nähe, und sie verstand nicht, warum er sie nur flüchtig berührte, wenn er ihr nicht ausweichen konnte. Dann begann er, zur Frühmesse das Haus zu verlassen und erst wieder in der Nacht zurückzukommen, manchmal gar nicht. Ein Teil der Dienerschaft lief davon. Silvia irrte durch die leeren Korridore des Hauses. Wenn wenigstens Rosella für sie dagewesen wäre! Rosella, die doch alles hatte miterleben müssen, die, hinter dem Gebüsch verborgen, hatte ertragen müssen, wovon Silvia gerade noch verschont worden war. Rosella aber bediente sie nicht mehr und ließ sie allein.

Der einzige, der Silvia in diesen Tagen half, war ein Zeisig, mit dem sie oft spielte. Er hüpfte fröhlich hin und her und flog immer wieder heran, setzte sich auf ihre Schulter und pickte ans Ohr oder ließ sich auf ihrem Finger nieder und gab ihr ein Küßchen. Hilfreich war auch der Gedanke an ihren Retter, an Alessandro Farnese. An den Helden, der furchtlos die Wegelagerer getötet hatte. An den Ritter hoch auf seinem Roß, mit langen dunkelbraunen Haaren, mit dunklen Brauen über großen vertrauenswürdigen Augen und einer stolz geschwungenen Adlernase. Warum klopfte er nicht an das Portal des Hauses und besuchte sie?

Auch die Bücher des Vaters konnten Silvia nicht ablenken. Sie las das große Werk des Livius, und lange Stunden grübelte sie über die Geschichte vom Raub der Sabinerinnen. Käme Alessandro und raubte sie, würde sie zwar ihrem Vater nachweinen und um Rache schreien, aber gleichzeitig jubeln. Denn von ihrem Retter träumte sie. Sie träumte, er würde sie aus den Fängen der verdreckten, stinkenden Männer befreien, auf sein Pferd ziehen und mit ihr davonreiten. Wohin genau, das vermochte sie sich nicht vorzustellen.

Und dann vertiefte sie sich in die Geschichte der Lukrezia, die nicht ertragen konnte, ihre jungfräuliche Ehre verloren zu haben, und sich selbst entleibte. Beinahe wäre es ihr ähnlich ergangen. Lukrezia war ihre Schwester. Sie spürte noch das Blut, das ihr in Erwartung des Schmerzes in den Unterleib schoß. Ja, dort zwischen den Beinen, an diesem Ort der weiblichen Ehre, lag ein Geheimnis. Nicht nur, daß dort ein Kind gezeugt wurde. Tastete sie vorsichtig mit ihren Fingern die kleinen Rundungen ab, die Vertiefung, die bei Rosella ein dunkles Haarbüschel verbarg, spürte sie dieses den ganzen Körper erfassende Geheimnis, etwas Angenehmes, Süßes, Wildes.

Silvia zog sich mit ihrem Zeisig auf die Dachterrasse zurück und las erneut die Geschichte von Lukrezia. Der Zeisig hüpfte um sie herum und suchte nach Körnchen. Manchmal flatterte er auf, kam aber immer wieder zurück. Silvia schaute ihm nach, ohne ihn wirklich wahrzunehmen: Hätte sie sich ebenfalls den Tod geben müssen, wenn Alessandro sie nicht gerettet hätte? War wirklich die verlorene Ehre schlimmer als der Tod? Nein, entschied sie. Wurde eine Frau zu einer unsittlichen Tat gezwungen, konnte niemand sie dafür zur Verantwortung ziehen. Den Ehrverlust zu ertragen, vom Schmerz ganz abgesehen, war schon Strafe genug. Das Leben brauchte nicht zu enden.

Silvia holte ihren Blick, der sich in der Ferne verloren hatte, wieder zurück und suchte nach dem Zeisig. Er war verschwunden. Saß auch nicht auf der Brüstung. Flatterte nicht herbei, als sie ihn mit süßen Rufen lockte. Tränen füllten ihre Augen. Sie rief und rief, aber der Vogel hatte sie verlassen.

Silvia rannte durch das Haus und suchte Rosella. Zum Glück fand sie ihre Dienerin. Rosella lachte, brach dann in Tränen aus, schüttelte sich schließlich wieder vor Lachen. »Ein Zeisig, Bambolina, was ist schon ein Zeisig! Der sucht die Freiheit.«

Aber am nächsten Tag hockte der Zeisig wieder auf der Brüstung der Dachterrasse und flog auf ihre Schulter, als sie ihm entgegenstürzte. Beinahe hätte sie ihn vor Freude erdrückt.

Abends betete Silvia lange den Rosenkranz, weil sie sich schuldig fühlte. Sie freute sich unmäßig über die Rückkehr des Zeisigs, dachte aber zu wenig an ihre Mutter und vergaß, sie in ihre Fürbitten einzuschließen. Dies mußte eine Sünde sein. Ihre arme Mutter hatte ein schreckliches Ende gefunden. Daran zu denken schmerzte und verwirrte. Daher fühlte sie eine Erleichterung, als sie beigesetzt war. Um ihre Brüder, ihre Spielgefährten, hatte Silvia mehr geweint. Gemeinsam mit dem Vater waren sie ausgeritten oder hatten sich in den Ruinen herumgetrieben, zwischen Unkraut, Schlangen, verwilderten Hunden und Bettlergesindel, waren dort auf seltsame Marmorstücke gestoßen, auf einzelne Hände oder Füße. Einmal fanden sie ein halbzerstörtes Relief: Zu erkennen war ein Kind, das eine verschleierte Frau einem Mann reichte, und daneben eine auf den Kopf gestellte Fackel. Silvia hatte sich mit ihrem ältesten Bruder um dieses Relief gestritten, bis der Vater es schließlich ihr zugesprochen hatte. Jetzt hing es an der Wand ihres Zimmers, neben dem Kruzifix und einem Bildnis der Muttergottes. Der Bruder war ihr aber nicht böse gewesen. Abends kuschelten sie vor dem Kamin, der Vater erzählte aus seiner Kindheit und Jugend, von seinen weiten Reisen. Nur die Mutter hockte nicht dabei. Sie trat in den Raum, warf einen strengen Blick auf die Familie und verschwand wieder.

Und dann starben kurz nacheinander die jüngeren Brüder, schließlich wurde der älteste bei der Engelsbrücke aus dem Tiber gezogen. Die Mutter hüllte sich in lange schwarze Kleider. Wenn sie Rosella begegnete, blitzte Haß in ihren Augen auf. Der Vater bestand jedoch darauf, daß Rosella weiterhin zur *famiglia* gehörte.

Als Silvia eines Abends mit einem Talglicht durch das Haus zog und in einer Fensternische auf einen dunklen Schatten stieß, erschrak sie so, daß ihre Beine weich wurden. *Der Tod,* schoß es ihr durch den Kopf. Aber es war nur Rosella, die, in ein langes Tuch eingewickelt, wie ein großes düsteres Tier in die Fensteröffnung kroch, als wolle sie sich jeden Augenblick auf die Straße stürzen. Silvia blieb vor ihr stehen.

Rosella brach plötzlich in Tränen aus. »Ich bin schwanger«, schluchzte sie auf, »ich bin schwanger!«

Silvia drückte sich an sie und weinte mit ihr. Rosella ließ sich auf den Boden gleiten. Als ihre Tränen versiegt waren, starrte sie ins Leere und flüsterte unvermittelt: »Ich habe Angst.« Silvia schaute sie fragend an. Kaum noch verständlich, fügte Rosella an: »Ich hasse sie alle!«

»Wen haßt du?« rief Silvia ungeduldig.

Aber Rosella schien ihre Frage nicht gehört zu haben. Nach dumpfem Brüten stieß sie plötzlich wütend und gleichzeitig verzweifelt aus: »Wenn der Bastard auf die Welt kommt, bringe ich ihn um und gehe in den Tiber!«

Silvia rief entsetzt und gleichzeitig bettelnd: »Du mußt immer bei mir bleiben!«

Rosella lachte verächtlich und befreite sich aus ihrer Umklammerung.

Dann geschah etwas, was Silvia aus ihrem dunklen Trott riß. Ein dunkler Vorhang schien zur Seite geschoben, nein, heruntergerissen. Die langen düsteren Gänge des Hauses hatten tausend Verstecke und überall Augen. Silvia beobachtete, wie Rosella ihren Vater in eine Ecke des Hauses zog und heftig auf ihn einredete. Er schüttelte den Kopf, drückte sie dann aber an die Wand und hob ihren Kittel. Sie wehrte ihn ab und flüsterte etwas, wies auf den sich schwach vorwölbenden Bauch. Dann drehte sie sich bereitwillig um und bückte sich.

Silvia sah, wie ihr Vater sich mit gebeugtem Rücken hechelnd an Rosella krallte und sein Becken immer wieder stoßweise gegen ihr Hinterteil drückte. Ekel und Abscheu ließen Silvia tagelang nichts essen. Sie kniete vor dem kleinen Elfenbeinkruzifix in ihrem Zimmer und betete unaufhörlich. Wenn sie nicht betete, las sie in der Bibel. Nachts träumte sie von dem Überfall, immer wieder tauchten die dreckigen Gestalten auf und griffen ihr zwischen die Beine, dann machten sie sich über Rosella her, legten eine ihrer Brüste frei, wie auf den Bildern der Muttergottes, und leckten daran oder nahmen sie in den Mund, wie der Jesusknabe, aber nun verwandelten sie sich in ihren Vater, und schließlich kam Alessandro wie der heilige Georg herangeritten und durchbohrte ihn mit seiner Lanze. Silvia wollte schreien, brachte aber keinen Laut heraus. Am Morgen war sie noch ganz benommen.

Erst auf der Dachterrasse kam sie zu sich, versuchte, alle schrecklichen Bilder aus ihrem Kopf zu verbannen, nur ihn nicht, ihren Retter. Ihn wünschte sie sich groß, stark und strahlend. Aber sie brauchte es sich nicht zu wünschen. Er *war* groß, stark und strahlend. Wieder in ihrem Zimmer, schrieb sie Alessandro einen Brief. Ein Knecht sollte ihn überbringen. Er habe den Brief abgeliefert, erklärte der Knecht, aber trotzdem antwortete Alessandro nicht und besuchte sie noch immer nicht.

Eines Tages gelang es Silvia, ihren Vater nach ihm zu fragen, und er erzählte ihr, Alessandro Farnese sei in die Engelsburg gesperrt worden, der Heilige Vater persönlich habe dies angeordnet.

Entsetzt rief sie: »Das darf er nicht!« Und nach einer kurzen Pause: »Ich will zu ihm!«

Der Vater lachte sie aus.

Silvia verstand ihn nicht mehr und begann zu weinen.

»Gut«, sagte er, »ich werde mich erkundigen, warum man ihn in den Kerker geworfen hat.« Nach einer Weile, als Silvia nicht aufhören wollte, laut und verzweifelt zu schluchzen, fügte er ernst an: »Der Papst ist leicht erregbar und launisch; außerdem ist er Wachs in den

Händen von Kardinal della Rovere. Wer weiß, was die beiden gegen die Farnese im Schilde führen. Die Familie Farnese stand immer auf seiten der Orsini, und die Orsini betrachtet der Papst zur Zeit als Verbündete seiner Feinde.« Als Silvia sich noch immer nicht beruhigen wollte, nahm er sie seit langer Zeit zum ersten Mal wieder in den Arm. »Dein edler Retter wird schon wieder freikommen. Wahrscheinlich ist alles ein Mißverständnis. Du bist wohl verliebt in ihn?«

Silvia entwand sich seinen Armen und rannte in ihr Zimmer. Sie verschloß die Tür, kniete nieder und betete, noch immer weinend, zu Maria, der Gnadenreichen. Warum half ihr die Muttergottes nicht, die Verwirrungen, die Schmerzen, das Fieber und die Sehnsüchte zu überwinden?

Rosella verbarg inzwischen nicht mehr, daß sie jeden Abend zu dem Vater ins Bett kroch, und ließ sich von den Kammerfrauen der Mutter bedienen, als wäre sie die Herrin des Hauses. Sie legte sich lange in einen dampfenden Badezuber, das Wasser duftete betäubend nach Kräutern, und sang leise vor sich hin. Sie rief Silvia zu sich, strich ihr über den Kopf, und forderte sie auf, ihr Petrarca-Verse vorzusingen. Silvia tat es widerwillig. Rosella war schließlich nichts anderes als ihre Kammerfrau gewesen, und nun sorgte an ihrer Stelle ein dicklicher Trampel aus Trastevere für sie, während Rosella ihren sich rundenden Leib pflegte. Der Lehrer, bei dem Silvia das Lautespiel lernte, begab sich nach den Unterrichtsstunden zu Rosella, und dann hörte Silvia auch sie zupfen und danebengreifen. Aber sie griff nur anfangs daneben. Sehr schnell, dies mußte Silvia sich eingestehen, spielte Rosella fast ebenso geschickt wie sie selbst, und als sie dann auch noch zu singen begann, mußte Silvia weinen vor Neid und Rührung. Rosellas Stimme klang weich wie Samt und klar wie ein Glockenton von Santa Maria della Pace.

Endlich erhielt Silvia einen Brief von Alessandro. In ihrer Aufregung achtete sie nicht darauf, daß sein Siegel erbrochen war. Seine Schrift zog sich in langen Schwüngen über das Papier, insbesondere die Schleifen glitten tief unter die Zeile. Das »g« zum Beispiel schien hinabstürzen zu wollen, kopfüber, aber dann riß es sich wieder hoch und setzte seine Reise auf dem Papier ruhig fort. Stundenlang hätte Silvia mit ihren Fingern der Feder nachfolgen können.

Zu ihrem Vater kam manchmal eine Zigeunerin, die in seiner

Hand las und die tatsächlich einen Bruch in seiner Lebens- und Herzlinie festgestellt hatte. Ihr zeigte sie Alessandros Brief. Die Augen der Zigeunerin verdunkelten sich, und sie verlangte erst einmal einen Dukaten. Über diese Geldgier war Silvia so verärgert, daß sie die Zigeunerin davonjagte. Später bereute sie ihre Tat.

»Liebste Silvia«, schrieb Alessandro. O Gott, war sie wirklich seine *Liebste*? »Horaz schrieb einmal: Das Schicksal stiftet Unglück, damit wir besser unseren Wert erkennen können. So mag es Dir ergangen sein, so ergeht es mir jetzt. Nach Deiner wundersamen Rettung, durch die der Allmächtige unsere Lebenswege hat kreuzen lassen, hat ER mich nun in den Kerker geführt. Der Heilige Vater selbst war SEINE rechte Hand. Statt auf die Jagd zu gehen (und Dich retten zu dürfen), hätte ich bei ihm sein müssen, um den Entwurf eines *breve* zu notieren. Seine Heiligkeit war tief gekränkt, und in Demut muß ich gestehen, daß ich sehr nachlässig meinen Pflichten nachgegangen bin, seitdem mein Vater mir vor vier Jahren das für einen Vierzehnjährigen ehrenvolle Amt eines apostolischen Skriptors erworben hat. Aber so wie nicht nur ein einziger Planet über das Firmament zieht und in manchen Jahren Mars und Saturn in Konjunktion stehen, so mögen viele Gründe sich in einer Tat verdichten, und nur der Allwissende überschaut sie alle. Wenn sich unsere Lebensbahnen nun gekreuzt haben – als begegneten sich Venus und Jupiter –, so war auch dies schon am Firmament vorgezeichnet. Wie meine Schwester Giulia warst Du mir vertraut. Oder als sei ich Dir schon in einem früheren Leben begegnet.

Giulia wirst Du hoffentlich eines nicht allzu fernen Tages kennenlernen. Sie ist nur wenig älter als Du, aber beide entsteigt ihr wie die schaumgeborene Venus auf der Muschel dem tiefblauen, sanft schimmernden Meerestraum des Weltenschöpfers, um den jungen Männern von Rom den Kopf zu verdrehen. Euer Bildnis hilft mir, die Tage im Kerker mit Gleichmut zu überstehen. Der HERR weiß, was ER tut. ER prüft uns, damit wir stärker werden. Dies gilt auch für Dich, meine liebste Silvia. Schließe mich in Deine Gebete ein, Dein Alessandro.«

Dann folgte noch ein Postskriptum: »Ungehörig ist es von mir, Dich so vertraut anzureden. Aber ich folge der Stimme meines Herzens. *Cor, unde venis?* fragt der Dichter. Mein Herz, wohin wirst du noch gehen?« Ein zweites Postscriptum folgte: »Gräme Dich nicht, daß Dein Retter nicht Sommerluft atmen kann. Meine Familie darf mich mit dem Notwendigsten versorgen. Das Schlimmste an meinem Los ist, das Sonnenlicht Deines Antlitzes nicht in der Düsterkeit meiner Zelle leuchten zu sehen, sondern von ihm nur träumen zu dürfen.«

Silvia drückte den Brief an ihre Brust und fühlte ihr Herz pochen. Ihr Alessandro mußte, weil er sie gerettet hatte, im Kerker schmoren! Er durfte nicht das Sonnenlicht sehen, den Strahlenkranz, den Abglanz des Allmächtigen. Er sehnte sich nach ihr! Am liebsten wäre sie zu ihm geeilt und hätte ihn befreit. Ja, sollte sie versuchen, eine Audienz beim Heiligen Vater zu beantragen, und um Verzeihung bitten für seine Nachlässigkeit? Aber durften Frauen überhaupt den vatikanischen Palast betreten?

Sie fragte Rosella.

Rosella strich ihr lächelnd über den Kopf und sagte nur: »Mein Kind!«

Silvia trumpfte auf: »Aber Alessandro hat auch dir das Leben gerettet.«

»Ich liebe ihn dafür.« Rosella antwortete mit einem spöttischen Lächeln und brach dann in lautes Lachen aus. »Verstehst du, wir lieben ihn beide.« Sie schürzte die Lippen und warf Silvia einen Kuß zu.

Verwirrt schaute Silvia auf.

»Ach, Piccolina!«

»Nenn mich nicht so!« herrschte Silvia sie an.

»O verzeiht, Contessina!« Sie verbeugte sich, soweit ihr dicker Bauch es ihr erlaubte, und rauschte dann hinaus. Erst jetzt sah Silvia, daß sie ein Kleid ihrer Mutter trug und auch die Ohrringe der Ruffini.

Tagelang dachte Silvia über ihr Gespräch nach, und dabei wurde sie immer trauriger. Ja, sie überfiel eine *melancholia*, die durch die Gedanken an Alessandros Kerkerhaft noch vertieft wurde. Sie wollte ihm helfen, wie auch er ihr geholfen hatte, aber sie wußte nicht, wie. Sie war ein kleines, eingesperrtes Mädchen, das nicht einmal ohne Begleitung zur Messe gehen durfte. Sie vermißte die Gespräche mit ihrem Vater, der nie Zeit für sie hatte und den sie schon gar nicht auf Rosella ansprechen durfte. Er wurde dann grob und drohte mit dem Kloster.

Und im Hintergrund stand die Mutter. Silvia hörte ihre Stimme, und in ihren Träumen wurde sie regelmäßig von ihr besucht. Ihre Mutter sah aus wie eine gepeinigte Märtyrerin und zeigte auf sie mit gebrochenen Fingern und einem Kranz blutigroter Rubine um den Hals.

Silvia wachte schweißnaß auf und entdeckte Blut zwischen ihren Schenkeln.

Als sie das Blut Rosella zeigte, lachte die sie aus und erklärte ihr die Ursache.

Silvia fühlte sich gedemütigt und schmutzig: erneut aß sie tagelang nichts mehr. Beim Lateinunterricht, oder wenn sie Laute spielen sollte, paßte sie nicht auf und machte nur Fehler. Sie magerte ab und schlich nachts durch die leeren Gänge des Hauses.

Ein weiteres Mal beobachtete sie den Vater und Rosella. Es war spätabends, die Tür zum Schlafraum des Vaters stand einen Spalt offen. Rosellas Bauch und Brüste waren mächtig gewachsen, aber ihr Gang blieb gerade, ihre Haare fielen ihr lockig über die Schultern, und das starke Kinn reckte sich stolz nach vorne. Silvia fand sie schön. Ihr Vater war, wie sie selbst, abgemagert, sehnig, seine Brust von hellen Haaren bedeckt. Sein Haupthaar glänzte rot. Die beiden standen nebeneinander, nackt, wie der Schöpfer sie geschaffen hatte. Vaters Hand lag auf Rosellas Bauch und knetete dann eine ihrer Brüste. Ihre Hand spielte mit seinem männlichen Glied, bis es sich erhob. Der Vater mit seinen dürren Schultern, mit seiner Bauchfalte und darunter dieser Speer, der in seiner Größe so gar nicht zu ihm paßte!

Rosella schob den Vater zu seinem Bett und drückte ihn in die Kissen. Langsam kniete sie sich über ihn, bis die zwei mächtigen halbmondförmigen Pobacken sich auf seine männliche Waffe gesenkt hatten. Seine Augen brachen. Einen Augenblick glaubte Silvia, ihr Vater würde sterben, aber dann öffnete er sie wieder, stöhnend. Sie erschrak. Denn plötzlich waren die Augen klar und stechend auf sie gerichtet. Er wollte sich aufrichten, wollte Rosella abwerfen, aber sie bedeckte sein Gesicht mit Küssen und preßte ihren herzförmigen Doppelmond gegen sein sich aufbäumendes Becken.

Schnell schob Silvia die Tür zu, schlich in ihr Zimmer, schloß sich ein und betete.

Nachts schrieb sie einen Brief an Alessandro, in dem sie ihm erzählte, sie habe von Minotaurus geträumt; sie sei eine der Jungfrauen gewesen, die ihm als Opfer zugeführt würden. Sie hatte den Traum erfunden, aber als sie erst einmal begonnen hatte, ihn auszumalen, konnte sie nicht mehr aufhören. Schließlich wurde sie zu Ariadne, die Theseus half, das Labyrinth zu verlassen, nachdem er den unersättlichen Stiermenschen getötet hatte. »Ich werde auch Dir den Weg aus dem Labyrinth der Engelsburg weisen«, schrieb sie, ohne zu wissen, wie sie dies anstellen sollte.

Alessandro hatte sie gerettet, und so wollte auch sie ihn retten. Er litt – ihretwegen. Sie wollte nicht, daß irgend jemand ihretwegen litt. Sie war immer eine brave Tochter gewesen und eine gute Christin. Aber sie war ein kleines Mädchen. Wie sollte sie den Weg in Roms uneinnehmbare Festung finden? Wie sollte sie Ariadnes Faden hineinschmuggeln?

4. Kapitel

Die Hoffnung, schnell wieder der Engelsburg zu entkommen, schwand von Tag zu Tag. Alessandro vermehrte seine Dukaten beim Würfeln, besiegte den Kastellan im Schachspiel und ertrug so lange geduldig die Geschichten der Fledermäuse, bis sie beide betrunken einschliefen.

»Ich fliege mit meinen Flatterfreunden jede Nacht zur Madonna und hole mir ihre Befehle ab«, berichtete der Kastellan morgens, mit geschwollenen und triefenden Augen. »Was man alles sieht, wenn man unhörbar durch Roms dunkle Straßen und dann hinaus in die Campagna zuckt!« Er zog seine Oberlippe nach oben und entblößte seine fast schwarzen Zähne. »Das Blut plätschert übers Pflaster, das schon die Legionen der Cäsaren trug. Aber kein Julius Cäsar weit und breit, kein Alexander der Große. Nur ein Giuliano della Rovere und ein Rodrigo Borgia.« Er kicherte und krähte vor Lachen.

»Und ein Alessandro Farnese!«

Der Kastellan schaute ihn einen Augenblick verwundert an, schlug sich dann mit einem lauten »Hohoho« auf die Schenkel. »Da muß ich meine Engelchen fragen. Vielleicht schließen sie dich ja noch in ihr Herz.« Und wieder stieß er ein Kichern und Krähen aus.

Die Wärter hatten sich eine Hure von der Straße geholt und machten sich über sie her. Die Frau schrie und rief etwas in einem neapolitanischen Dialekt, den Alessandro nicht verstand. Als Antwort stöhnte der eine, der andere grunzte ein »Mach schnell!«.

Silvias Brief in den Händen, verzog Alessandro sich in die hinterste Ecke seiner Zelle. Der Empfang des Briefes hatte ihn einen halben Dukaten gekostet. Für den Transport seines eigenen hatte er den Kastellan dreimal im Schach besiegen müssen. Der ochsenäugige Wärter, der ihn zu den Ruffini bringen sollte, maulte über seinen Auftrag, gab sich aber dann doch zufrieden und kam gutgelaunt zurück, weil er reichlich entlohnt worden war.

Die Wärter spielten mit der Hure Vergewaltigung und boten sie anschließend freundschaftlich Alessandro an. Er fand sie aber zu schmutzig. Spuren der Krätze, Ausschlag über den Körper verteilt und Läuse in den Haaren. Außerdem stank sie wie alle hier. Alessandro winkte dankend ab, ließ sie dafür aber seinen Eimer zum Abtritt hinuntertragen.

Er legte sich auf die Pritsche und las noch einmal Silvias Brief. Sie wollte ihn erretten. Sie sah sich als Ariadne an der Seite des Theseus. Aber wo fand er den Minotaurus? Wem ähnelte das teuflische Fabelwesen? Sicher nicht dem Kastellan, dem Herrn der Fledermäuse, und sicher nicht dem Papst, dem Herrn der gläubigen Seelen. Und sollte er selbst ein Theseus sein, ein Minotaurus-Bezwinger, der die hilfreiche Ariadne zwar mit aufs Schiff nahm, sie dann jedoch auf Naxos zurückließ? Vielleicht hatte die kleine Silvia nicht alle Analogien durchdacht. Dennoch rührten ihn ihre Zeilen. Noch einmal las er den Brief, und während er las, sah er sie schreiben, sah sie regelrecht leuchten in ihrer jungfräulichen, engelhaften Reinheit.

Er sprang von seiner Pritsche auf, hielt sich an zwei Deckenbalken fest und zog sich mehrmals in die Höhe. Silvias Bild machte den Aufenthalt in seinem Gefängnis nicht leichter. Überhaupt wurde das Herumhocken ohne den täglichen Ausritt, ohne Fechtübungen und Laufen, ohne nächtliche Besuche bei den schönen Frauen von Tag zu Tag unerträglicher.

»Gaukler, auf die Hände!« grölte der Wärter, dessen Gesicht mit einer Höckernase und wulstigen Augenbrauen an einen Ziegenbock erinnerte.

Alessandro ließ sich fallen, nach hinten abrollen und versuchte, sich dann mit beiden Armen hochzustemmen. Der Ziegenbock war herangekommen. »Hilf mir, ich komme nicht allein hoch«, stieß Alessandro hervor, aber die Höckernase half ihm nicht, sondern griff ihm unter grölendem Lachen an seine Hoden. Blitzschnell nahm Alessandro seinen Kopf zwischen die Beine und zwang ihn zu Boden. Der ochsenäugige Wärter kam herangetölpelt, aber Alessandro war schon wieder auf den Beinen. »War nur ein Scherz«, rief er, »ich muß bei Kräften bleiben.«

Beide Wärter glotzten ihn an, und er warf ihnen einen Marchetto zu. »Besorgt mir saubere Bettwäsche.«

Das Ochsenauge glotzte noch immer, der Ziegenbock wollte ihm einen Faustschlag versetzen, aber Alessandro wich geschickt aus.

»Jetzt aber Schluß!« rief er. »Denkt an den Lohn, den euch die Madonna versprochen hat.«

»Ich habe noch keine Madonna gesehen«, war die Antwort, und: »Fick deine Madonna!«

Aber dann vertrugen sie sich wieder und boxten sich freundschaftlich auf die Brust.

Als die stickige Hitze ihren Bewegungsdrang zu lähmen begann und sich alle auf ihren Pritschen ausstreckten, hörte Alessandro den Kastellan vom Eingang des Turms her etwas brüllen. Er strich sich die Haare glatt, richtete sein verrutschtes Hemd, zog die Ärmel hoch und legte seinen Kopf in den Nacken, um eine hochmütige Miene zu proben. Er drehte den Kopf ein wenig zur Seite, hob die Augenbrauen und blickte nach unten. »Küßt mir den Ring, und auf die Knie!« stieß er hervor.

»Was?« Der eine Wärter stierte ihn wieder aus seinen blutunterlaufenen Ochsenaugen an.

Der andere stürzte plötzlich auf die Knie.

Zuerst schob sich der flache runde Kardinalshut die Treppe hoch, dann folgte ein schlanker Mann in Purpur. Der Mann atmete beschleunigt, keuchte aber nicht. Ein prüfender Blick aus tiefliegenden Augen. Eine Hand wurde Alessandro hingehalten. Alessandro ging leicht in die Knie und küßte den Ring. Er wußte, wer den Weg durch die Gänge und über die steilen Treppen gefunden hatte, um ihn, den Gefangenen Alessandro Farnese, zu besuchen.

»Eminenz, Euer gehorsamster und vor Schuld gebeugter Diener!«

»Hör mit der Schauspielerei auf, Alessandro!« Als wolle er lästige Fliegen wegscheuchen, winkte Kardinal della Rovere den Kastellan und die Wärter aus dem Raum. »Dein Onkel und deine Mutter haben mich aufgesucht, und wir haben lange über dich gesprochen. Du hast den Heiligen Vater tief gekränkt. Er gibt dir in seiner unendlichen Güte ein apostolisches Amt, und du gehst lieber auf die Jagd. Verstehst du, warum man dich einsperren muß?«

Die Stimme des Kardinals ähnelte einem Knurren, aber gleichzeitig schienen sich kleine Lächelfalten an den Augen bilden zu wollen. Er setzte sich auf den Tisch und schaute sich um.

Alessandro antwortete nicht.

»Auf der Treppe begegnete ich einem weiblichen Wesen, das nach Kloake roch ... Bist du schon so tief gesunken?«

»Aber, Eminenz, unser Heiland widerstand den fleischlichen Versuchungen. Ich eifere ihm nach. Das Weib ist wie eine Blume, die über der Kloake wächst, und ihre Frucht ist giftig – insbesondere für einen Mann Gottes.«

Der Kardinal lachte spöttisch über Alessandros Antwort und winkte ihm, sich zu setzen. »Man spricht über dich in Rom, mein Sohn. Ein gewisser Rufino Ruffini, der kürzlich seine Frau auf tragische Weise verloren hat, bat um eine Audienz, und deine Mutter ist sehr besorgt.«

Alessandro wischte sich über sein Gesicht und zwickte sich dann leicht in die Wange, als müsse er sich vergewissern, daß vor ihm tatsächlich Kardinal della Rovere saß und zu ihm sprach. »Eminenz, ich ...« brach es aus ihm heraus, aber eine herrische Geste ließ ihn verstummen.

»Ich will nicht hören, was ich ohnehin schon weiß.«

»Aber warum?« Alessandro ließ sich nun nicht mehr unterbrechen. »Warum hat man mich eingesperrt? Ich rettete Signorina Ruffini Ehre und Leben, und die *sbirren* holen mich nachts aus meinem Bett und werfen mich in den Kerker. Gottes Wege sind unerforschlich, das wissen wir alle, aber ER würfelt doch nicht. ER ist gerecht. Wie natürlich auch der Heilige Vater.«

»Hör auf mit deiner juvenilen Theologie!«

Alessandro schwieg und studierte das Gesicht des Kardinals, das gerötet war und dem noch immer zwei tiefe Längsfalten zwischen den Augen einen finsteren Ausdruck gaben. Aber die Lippen hatten sich entspannt und deuteten sogar ein feines Lächeln an. Nicht nur Alessandro studierte den Kardinal, der Kardinal studierte auch ihn.

»Die Freiheit ist ebenfalls eine süße Versuchung, und man muß stark sein, ihr zu widerstehen, wenn man ein Diener Gottes sein will, nicht wahr?«

Alessandro verzog seinen Mund zu einem Lächeln. In seinem Kopf arbeitete es fieberhaft. Was wollte della Rovere von ihm? Was kümmerte den mächtigsten Mann der Stadt ein kleiner eingesperrter Skriptor? Er war sogar persönlich den Turm der Engelsburg hochgestiegen, ohne Sekretäre und Wachen, wollte also kein Aufsehen erregen. Irgend etwas mußte der Kardinal mit ihm vorhaben. Aber was?

»Wer der Mutter Kirche dienen kann, ist viel süßer belohnt, Eminenz.«

»Lassen wir das Süßholzraspeln, kommen wir zum Kern.« Kardinal della Rovere räusperte sich. »Deinen Vater hat der Herr zu sich genommen. Aber deine Mutter ist eine Caetani, ihr Bruder, einer meiner Freunde, sitzt im Konsistorium. Deine Familie erhofft sich viel von dir.«

Alessandro verneigte sich leicht.

»Wir alle möchten, daß du auf dem Pfad der Tugend bleibst. *Per aspera ad astra* sagt man, oder, wie Seneca in seinem *Rasenden Herkules* ausführt: *Non est ad astra mollis e terris via*. Der Weg von der Erde zu den Sternen ist nicht eben.«

Alessandro verneigte sich erneut. Es war erstaunlich, daß Kardinal della Rovere, der bekannt war für seine klaren Worte, sich zu einem unbedeutenden Skriptor in die Engelsburg begab, um mit seiner Kenntnis lateinischer Literatur zu glänzen. Für einen Augenblick kam Alessandro in den Sinn, seine durchaus noch begehrenswerte Mutter und der Kardinal könnten …

»Deine Mutter glaubt, daß du viel erreichen kannst beim apostolischen Stuhl, und ich gebe ihr recht. Aber noch sieht sie kein klares Bemühen, im Gegenteil, sie sieht, daß du den Heiligen Vater vor den Kopf stößt, daß du dich auf der Jagd herumtreibst, statt im Skriptorium zu sitzen, daß du den *rasenden Herkules* spielst und dich in Lebensgefahr begibst. Oder willst du dem heiligen Georg nacheifern? Er konnte zwar den Drachen besiegen und die Jungfrau befreien, starb aber einen grausamen Märtyrertod. *Junger Mann, denke an deine Zukunft!*«

Kardinal della Rovere war aufgestanden und hatte sich Alessandro genähert. Trotz seiner beiden tiefen Falten zwischen den Augenbrauen umfaßte er Alessandros Kopf und zog ihn zu sich heran. Ja, er drückte ihn kurz an seine Brust und wandte sich dann ab.

»Mir sind leider nur drei Töchter geblieben«, sagte er mit belegter Stimme. Dann wandte er sich wieder an Alessandro. »Hör zu, mein Junge. Du bist hier gefangen, weil der Heilige Vater befürchtet, dein Bruder Angelo, der werdende Condottiere, könnte sich noch enger an die Orsini binden und eine feindliche Politik gegen die Kurie betreiben. Außerdem fand deine Mutter … Wie dem auch sei. Du bist noch jung, aber wenn du es geschickt anstellst und wenn ich demnächst zum Papst gewählt werde und nicht etwa der Katalane, dann verspreche ich dir …« Der Kardinal näherte ihm wieder sein Gesicht und flüsterte nun: »Ich brauche ein offenes Ohr und die Gabe der Verstellung, ich brauche jemanden, der klug wie ein Fuchs ist, aber noch nicht mächtig wie ein Löwe. Mächtige läßt man nicht aus den Augen, und sie leben gefährlich … Verstehst du mich?«

Alessandro schaute ihn lange prüfend an; schließlich nickte er.

»Du kannst auf mich setzen«, fuhr der Kardinal fort. »Aber denke immer daran: Die spanische Partei kennt keine Skrupel. Und am skrupellosesten ist unser reizender Lebemann Rodrigo aus dem Hause Borgia. Laß dich nie von ihm einwickeln! Er ist falsch und gewandt wie eine Schlange.«

Der Kardinal war aufgestanden, schob ihm einen Beutel mit

Münzen in die Hand und wandte sich zum Gehen. Aber dann drehte er sich noch einmal um und drückte ihn an sich. Alessandro war erschrocken über diese Geste, er war auch erschrocken über die Kraft und Festigkeit des Körpers, der ihn umarmte. Unter seinem langen Purpurgewand hatte dieser Mann den Körper eines Kriegers.

Kardinal della Rovere stieg mit schnellen Schritten die Treppe hinunter. Unten hörte Alessandro den Kastellan katzbuckeln und schmeicheln. Alessandro zog sich wieder mehrfach den Deckenbalken hoch. Er hatte seine Kraft noch nicht verloren, und wer auch immer veranlaßt hatte, ihn hier einzusperren – dieser Jemand konnte ihm nicht auf diese Art seinen Willen aufzwingen.

Alessandro wanderte unruhig auf und ab und ließ seinen Gedanken freien Lauf. Obwohl nur der Zweitgeborene, würde er einmal der Berühmteste seines Geschlechts sein, der Mann, von dem ganz Rom sprach, der die Farnese endlich aus dem Schatten der Orsini und Colonna herausführte. Und aus dem Schatten der Borgia natürlich, der spanischen Eindringlinge, die sich anmaßten, in Rom den Ton angeben zu wollen, nur weil einer von ihnen, der Onkel des jetzigen Kardinals, zum Papst gewählt worden war. Alessandro war Kardinal Rodrigo Borgia mehrfach begegnet, einem Mann von beeindruckend mächtiger Statur und einer schönen Stimme, freundlich, jovial, immer gut gelaunt. Ein Liebhaber des weiblichen Geschlechts, dies war allgemein bekannt. Mehrere Kinder sollte er haben, davon drei oder vier von einer einzigen Frau, und er vergötterte sie. Der Neffe eines Papstes, der selbst die Papstwürde anstrebte, setzte sich mit großer Selbstverständlichkeit über die kanonischen Gebote hinweg, die Keuschheit und Kinderlosigkeit verlangten!

Alessandro blieb nachdenklich in seiner Zelle stehen. Alle Kardinäle und Prälaten vögelten nach Lust und Liebe, hielten sich Konkubinen oder wanderten von Kurtisane zu Kurtisane. Vögeln war wie Essen und Trinken. Jesus, der Mann aus Nazareth dagegen – vielleicht war er doch in den Armen Maria Magdalenas weich geworden. Seine Jünger beschönigten die Wahrheit ein wenig, um das Vorbild ohne Makel erscheinen zu lassen. Alessandros Lehrer an der Accademia Romana hatten ihm genügend über das antike

Herrscherlob und all die Panegyriker erzählt. Man machte aus dem König einen *soter*, einen Retter und Heiland, schließlich einen Gott. Und den Zimmermannssohn und Wunderheiler, der im jüdischen Land umherwanderte und dem einfachen Volk predigte wie vorher schon andere Propheten, erklärten sie zum Gottessohn. Aber warum durfte man sich als sein Jünger und Diener nicht fortpflanzen? Warum sollte man nicht heiraten? Einen überzeugenden Grund dafür hatte ihm noch keiner verraten können. Christus' höchster Jünger und erster Papst, der heilige Petrus, war verheiratet, und sein Herr hat sich nicht daran gestört. Nirgendwo in der Heiligen Schrift forderte er die Ehelosigkeit der Priester.

Das Zölibat hatten frauenfeindliche Päpste und Kardinäle im zweiten Laterankonzil durchgesetzt, Männer, die wie der Kirchenvater Tertullian in der Frau einen *Tempel über einer Kloake* sahen, des *Teufels Pforte*. Der Borgia dachte sicherlich nicht so wie der alte Eunuch aus Karthago. Er las morgens die Messe und ging anschließend zu seiner Geliebten, um gut zu essen und zum Nachtisch einen Sohn zu zeugen. Vor dem Abendessen spielte er mit seinen Kindern, und nachts trieb er sich noch bei einer der sanft singenden Kurtisanen herum. Zwischendurch dachte er darüber nach, wie er sich die fettesten Happen der Kirche unter den Nagel reißen konnte. Das war der Borgia, der Italienisch nur mit einem hart rollenden R sprach, aber schmeicheln konnte wie eine geübte Kupplerin.

Alessandro stellte sich an das winzige Fenster seiner Zelle, durch das die untergehende Sonne einen gelbglühenden Lichtstrahl schickte, und er schloß geblendet die Augen. Er faltete die Hände und flüsterte: »Herr, hilf deinem Diener! Laß ihn seinen Weg gehen! Erleuchte ihn! Und gib ihm eine nie erlahmende Kraft!«

5. Kapitel

Silvia wachte schon beim ersten Sonnenstrahl auf und fürchtete, ihrem Vater zu begegnen. Er ließ sich jedoch nicht sehen, auch Rosella begegnete ihr nicht. Stumme Tage folgten. Rosella tauchte wieder auf, einsilbig und mißgelaunt. Der Vater, dem Silvia schließlich doch über den Weg lief, übersah sie. Dann plötzlich verkündete er ihr, ohne Erklärungen, sie werde in Zukunft im Kloster Santa Cecilia leben.

Sie senkte den Kopf, warf ihm dann aber einen Blick zu, der ihn umstimmen sollte. Sie war doch seine einzige Tochter, sein letztes ihm verbliebenes Kind! Hatten sie nicht kuschelige Abende vor dem Kamin verbracht, waren ausgeritten in die Weinberge, hatten in den Ruinen herumgestöbert, gemeinsam musiziert, sogar Apuleius' *Metamorphosen* gelesen! War sie nicht um ein Haar der Schändung, womöglich dem Tod entgangen! Und nun verbannte er sie ins Kloster!

»Warum?« heulte sie los.

Er stand in der Tür wie ein Erzengel und ließ sich nicht erweichen, obwohl auch ihm die Augen feucht wurden. »Deine Mutter lebt nicht mehr, und ein junges Mädchen braucht einen geschützten Ort, an dem sie ungestört wachsen kann, bevor sie in Reinheit und Keuschheit erblüht.«

Silvia heulte immer noch, aber jetzt vor Wut. »Und was ist mit Bianca? Soll ich denn überhaupt nicht mehr reiten dürfen? Und mein kleiner Zeisig?«

»Du wirst ohne deine Tiere gehen und ohne deine Bücher. Das Kloster in Trastevere wird dir alles bieten, was deine Neugierde befriedigen kann.« Bevor er sich umdrehte und den Raum verließ, erklärte er noch in bedeutsamem Ton: »Aus den größten Sünderinnen können die größten Heiligen werden.«

Sie verstand nicht, was er sagen wollte, aber bevor sie antworten konnte, war er schon verschwunden.

Silvia ballte die Fäuste und drückte sie dann auf ihre Augen, bis rötliche Sterne durch die Dunkelheit schossen. Plötzlich hörte sie Rosella lachen, die, ohne daß Silvia es bemerkt hatte, hinzugekommen war. Mit geschwollenen Augen starrte Silvia sie an. Rosella lachte sie aus! Aber es war kein mitleidvolles oder auch spöttisches Lachen, sondern ein Lachen, das wie ein Dämon von ihrem Körper Besitz ergriff, es schüttelte sie und riß ihr die Zähne auseinander, ihr schwerer Bauch schwang hin und her wie eine riesige Schweinsblase. Plötzlich verließ der Dämon sie wieder, sie fiel zusammen und schluchzte auf, drückte Silvia an ihren Bauch und flüsterte: »Du wirst ihn noch lieben.«

Meinte sie ihren Vater? Oder Alessandro? Oder das Kind in ihrem Leib?

Silvias Augen füllten sich mit Tränen. Sie hockte sich zu Rosella in die Fensternische, und beide weinten. Die Tränen liefen die Wangen hinunter. Silvia schneuzte sich, dann auch Rosella. Sie merkte, wie mit den Tränen die Trauer weggeschwemmt wurde. Rosella wischte ihr das Gesicht trocken, und Silvia tat das gleiche mit Rosella. Beide mußten lächeln und lagen sich dann lange in den Armen.

»Du mußt ihm gehorchen«, sagte Rosella, »aber du wirst nicht ewig im Kloster bleiben, das verspreche ich dir.« Sie hob Silvias Kinn und sah ihr forschend in die Augen. »Ich weiß, was in deinem Kopf vor sich geht. Du möchtest wegrennen. Aber du wirst es nicht können. Sehr schnell wird man dich wie ein aufgeregtes Huhn einfangen. Und denke daran, was uns auf dem Weg nach Bracciano zugestoßen ist. Die Straßen Roms sind, insbesondere nachts, voll von gewalttätigen Männern. Junge Mädchen werden aufgegriffen und an die Türken oder Mauren verkauft. Und vorher ...«

Silvia wollte Rosellas Versprechung Glauben schenken, aber es gelang ihr nicht. Ihr Vater wirkte so abweisend und entschlossen. Er wollte ungestört sein bei seinem Treiben mit seiner neuen Geliebten. Und auch Rosella mußte es recht sein, wenn die Tochter aus dem Haus war. Dann konnte sie erst richtig schalten und walten, wie sie wollte. Wahrscheinlich wurde ein Komplott geschmiedet. Rosella tat zwar so, als hielte sie zu Silvia, aber in Wirklichkeit betrieb sie ihre Vertreibung ins Kloster. Silvia mußte an Alessandro denken. Zuerst er ... und jetzt sie ... beide waren sie eingesperrt ... verband sie nicht das gleiche Schicksal?

Rosella schaute aus dem Fenster und wechselte das Thema. Sie erzählte nun von Überfällen auf Pilger und geschändeten Wäscherinnen. Von jungen Adelssprößlingen, die auf Abenteuersuche gingen und allzugern miteinander rauften. »Aber dabei bleibt es nicht. Sie haben ein zu hitziges Gemüt und greifen sofort nach ihrem Degen, und am nächsten Morgen findet man dann einen Colonna oder Orsini im eigenen Blut liegen. Oder man fischt ihn aus dem Tiber.«

Während Rosella sprach, mußte Silvia an ihren ältesten Bruder denken, der häufig nachts umhergezogen war und ebenfalls sehr schnell seinen Degen gezückt hatte. Niemand hatte seinen Tod aufklären können. »Ein Raubmord«, hieß es. Tatsächlich fehlte auch seine Börse. Aber warum hatte man ihn so zugerichtet? Vielleicht war es um etwas ganz anderes gegangen: um eine Fehde. Oder um eine Frau.

Rosella wurde plötzlich sehr lebendig. »Wenn sie sich genug geprügelt haben«, fuhr sie fort, »ziehen sie anschließend von einer Kurtisane zur anderen und lassen sich verwöhnen. Und machen ihnen reiche Geschenke. Hast du die Kurtisanen während der Messe schon einmal beobachtet, wie sie auftreten, in ihren goldschweren Gewändern, mit ihren funkelnden Edelsteinen? Wie Herzoginnen! Umgeben von schwarzen Dienern und jungen Tscherkessinnen. Manche fahren sogar Kutsche! Sie können schön singen, klug plaudern, einige dichten ganz ordentlich, und in der Kunst der Liebe übertrifft sie niemand. Sie ernähren eine große *famiglia* und zahlen hohe Steuern, sie kennen die meisten Kardinäle und Prälaten und die Männer aus den besten Familien. *Cortigiana honesta curiam sequens* dürfen sich die erfolgreichsten nennen! Aber sie verdienen diesen Ehrentitel auch!«

Rosellas Gesicht hatte eine leichte Röte überzogen, und die Augen leuchteten. »Diese Frauen beherrschen die Männer. Viele von ihnen besitzen Mietshäuser und verleihen sogar Geld, wenn sie alt geworden sind.« Sie strich sich über ihren Bauch und verzog ihren Mund verächtlich nach unten. »Den Balg werfe ich in den Tiber.«

»Das darfst du nicht«, rief Silvia. »Nur Gott darf Leben geben und nehmen. Die *sbirren* werden dich in den Torre di Nona sperren, und später wirst du hingerichtet.«

Rosella schnaubte vor Verachtung.

In diesem Augenblick bewunderte Silvia sie. Sie selbst wurde ins Kloster abgeschoben, aber Rosella war stark, obwohl sie ein Kind unter dem Herzen trug. Rosella war als schmutzige Dienstmagd in das Haus der Ruffini gekommen und nahm schon jetzt die Stelle der Herrin ein. Und sie sang inzwischen so schön wie eine Nachtigall in den Morgenstunden.

Am nächsten Morgen wurde Silvia früh geweckt. Der Weg ins Kloster stand ihr bevor. Der Vater tauchte verschlafen auf und gab

Anweisungen, Rosella war nirgendwo zu entdecken. Neben einer kleinen Truhe durfte Silvia nur eine Bibel, ihren Rosenkranz aus Ebenholz und ihr kleines Kruzifix mitnehmen. Als sie das Haus verließ, winkte ihr der Vater noch einmal zu. Sie rannte zu ihm, klammerte sich an ihn. Auch er drückte sie nun an sich.

»Lerne Gehorsam und Verschwiegenheit und zügle deine Neugier!« flüsterte er.

Als die Kutsche den Tiber überquerte, wäre sie am liebsten in den Fluß gesprungen. Aber das Trampel, das noch nie viel gesprochen hatte und auch jetzt den Mund nicht öffnete, saß drohend neben ihr und beobachtete jede ihrer Bewegungen. Draußen auf der Brücke starrten zahnlose Männer vor sich hin, Wasserträger schwitzten unter ihrer Last, und Schweine wurden in die Stadt getrieben. Hoch zu Pferd ritt ein junger schöner Edelmann vorbei, in einem langen samtschwarzen Mantel, auf einem Rappen, dessen Fell seidig glänzte. Er warf Silvia einen neugierigen Blick zu und grüßte sie. Sie erschrak und schrie auf, winkte aufgeregt und rief »Alessandro!«. Ja, der junge Mann war ihr Alessandro. Dies dachte sie wenigstens. Das Trampel drückte sie auf den Sitz zurück. Der Reiter bückte sich und schaute prüfend in die Kutsche, schaute sie an. Silvia winkte heftig. Er lächelte, winkte zurück und ritt dann weiter. Verwirrt starrte sie ihm nach. Nein, es war nicht Alessandro gewesen, aber der junge Edelmann sah ihm ähnlich. Lange schwarze Haare, dazu dunkelbraune Augen und ein weiches Kinn, auch weiche, wohlgeformte Lippen. Noch einmal reckte Silvia den Kopf aus dem Kutschenfenster und starrte ihm nach, und er schaute sich um. Nein, Alessandro war es tatsächlich nicht, aber der Reiter konnte sich an Schönheit durchaus mit ihm messen. Wieder zerrte das Trampel an ihrem Kleid, und Silvia ließ sich zurücksinken.

Warum war sie kein Mann? Als Junge könnte sie jetzt auf dem Rücken von Bianca Abenteuern nachjagen. Als Junge wäre sie frei. Kein Vater könnte sie ins Kloster sperren. Als Mädchen stieß sie dagegen überall auf Mauern.

Silvia seufzte. Das Trampel neben ihr reagierte nicht. Manche Menschen waren stumpf wie ein Holzbock.

Aber Silvia war anders. Sie wollte die Welt kennenlernen und nicht im Kloster ihre Zeit mit Beten von Rosenkränzen verbringen.

Ihr Körper bebte. Sie wollte Alessandro, ihren Retter, wiedersehen. Sie wollte mit ihm auf ihrem Schimmel über die Weinberge reiten, am frühen Morgen, wenn die Lerchen sangen, in die Sonne hinein. Während sie intensiv an ihn dachte, verstärkte sich ihr Sehnen, es verstärkte sich in ihrem ganzen Körper, ganz besonders da, wo die Ehre einer Jungfrau saß. Zum ersten Mal in ihrem Leben durchglühte sie feuchte Hitze, und sie zitterte am ganzen Leib. Sie sah den Schimmel grasen, und neben ihm den Rappen. Die saftigen grünen Gräser und der Mohn schwangen im Sonnenlicht. Ihr Zeisig sprang von einem Ast zum anderen und trillerte vergnügt vor sich hin. Sie lag im Gras, und neben ihr lag Alessandro. Er nahm sie in den Arm, und sie konnte sich nichts Schöneres vorstellen.

6. Kapitel

Alessandros Stimmung wechselte von Tag zu Tag. Als hätte ihn, wie Saulus, ein Strahl der Erleuchtung getroffen, betete er stundenlang und verscheuchte dabei alle sündigen Gedanken. Er fühlte die Kraft, jeglicher Versuchung zu widerstehen, und sah sich, wie einst der Heiland im Gelobten Land, durch Roms Straßen ziehen, das Wort Gottes predigen, in stillen Oratorien gemeinsam mit seinen Anhängern beten. Sie hingen an seinen Lippen, sie verehrten ihn, und er erteilte den Segen. Wie der heilige Franciscus suchte er die Armut und sprach mit den Vögeln. Versuchungen in weiblicher Gestalt traten an ihn heran, aber mit einem sanften *Noli me tangere* wies er sie zurück. Lange Zeit hatte er ihnen widerstanden, bis die eine kam und ihn hinabzog in den so angenehmen Feuerschlund der Leidenschaft.

Und nun war erneut eine Versuchung an ihn herangetreten – eine sanfte, kindliche, unbefleckte wie die Gottesmutter. Nein, eine Versuchung war sie nicht, sie verkörperte die reine, die göttliche Liebe. Er konnte ihr die Hand reichen, sie segnen und weiterschreiten – zu den Hohepriestern. Mit ihnen stritt er über den wahren Glauben, und seine Worte, gewaltig wie die der Propheten und gleichzeitig unwiderlegbar wie die der griechischen Sophisten, ließen sie verstummen. Aber dann hörte er doch die Menge *Barabbas, Barab-*

bas schreien, er spürte das Kreuz auf seinen Schultern, die Dornenkrone drang in seinen Schädel und erzeugte Schmerzen wie die stickige Luft im Kerker. Je mehr er sich in seinen Gedanken Golgatha näherte, desto stärker fühlte er sich abgelenkt. Die Flöhe bissen an diesem Tag besonders heftig, und auch die Läuse gierten nach Blut und quälten ihn mit unerträglichem Jucken.

Er schrie nach den Wärtern; das Ochsenauge brachte ihm sauberes Leinenzeug und einen frischen Strohsack. Der Gestank aus dem Eimer stach ihm in die Nase und erzeugte eine solche Übelkeit, daß er sich übergeben mußte. Der Blick auf das Kruzifix ließ ihn erschauern. Sie hatten ihn höhnisch ans Kreuz genagelt und in der brennenden Sonne verdörren lassen. Alessandro spürte die Schmerzen in den Füßen, den Händen, auf dem Kopf, und zitternd mußte er sich auf seine Pritsche legen, noch immer von Übelkeit gequält.

Am nächsten Tag dann verdorrten ihm die Gebete zwischen den Lippen, er lief durch seine Zelle, verlor jedes Schachspiel und viel Geld an den Kastellan und brüllte die Wärter an, die er dann, weil sie ihn zusammenschlagen wollten, durch einen vollen Dukaten besänftigen mußte. Er hielt es in diesem stickigen, stinkenden Turm nicht mehr aus, in dieser Burg der gefallenen Engel, in Luzifers Mauern, im Hort der Dämonen, die als Fledermäuse, Krähen und Raben ihn umschwirrten und die aus den wirren Worten des Kastellans sprachen. Stundenlang starrte er durch sein Luftloch nach draußen, bis die Sonne sank und für ein paar Atemzüge ihre glühenden Strahlen hereinschickte.

Nein, er hielt es nicht länger hier aus! Er wurde nach dem Besuch des Kardinals della Rovere besser versorgt als zuvor, aber er fühlte sich wie ein Spielball unbekannter Mächte und nicht wie der heilige Georg, der Drachenbezwinger.

Als hätte er sie herbeigezwungen, erschienen plötzlich seine Mutter, sein Bruder Angelo und seine Schwester Giulia. Das Ochsenauge glotzte mit offenem Mund, der Ziegenbock buckelte. Die Ochsenaugen wurden zu Stielaugen, als Giulia, die Nase rümpfend über den stechenden Gestank der Behausung, das Glotzen mit einem Lächeln erwiderte. Alessandros Mutter trug ihr Gesicht verschleiert, der Bruder erschien bunt gekleidet, mit Federbusch, gepolstertem Wams und zweifarbigen längsgestreiften Beinkleidern, die hauteng anlagen und in spitzen Lederschuhen endeten. An seiner Hüfte baumelte ein Schwert mit einem goldverzierten Griff, von dem die Ziegenbocknase den Blick nicht abwenden konnte. In seiner Hand hielt er ein Paket.

»Huldigt ihr, meine schwarzen Engelchen, huldigt ihr!« hörte Alessandro den Kastellan rufen.

Seine Mutter schickte ihn und die Wärter die Treppe hinab.

»Madonna, du gnadenreiche, Mutter der Engel, verzeih deinem unwürdigen Diener!« grölte noch immer der Kastellan von unten.

Die Mutter hob nun den Schleier und nahm Alessandros Behausung in Augenschein. Ihr Blick wanderte angeekelt über den verschmutzten Boden, das Durcheinander der Strohballen und die aufgehäuften Leinentücher. Angelo legte das Paket auf den Tisch, lächelte seinen Bruder unsicher und gleichzeitig entschuldigend an und verzog sich schließlich zu dem Luftloch, durch das er nach draußen zu spähen versuchte. Nur Giulia war Alessandro sofort in die Arme geflogen und ließ ihn nicht wieder los.

»Giulia, setz dich!« herrschte die Mutter sie an.

Giulia löste sich langsam aus Alessandros Armen, flüsterte ihm noch »Ich habe es nicht verhindern können« ins Ohr.

Die Mutter nahm das Paket und packte ein in Leder gebundenes und reichverziertes Missale aus, dazu zwei weitere Bücher, eine Sammlung von Texten der Kirchenväter und die *Confessiones* des Augustinus. »Ich habe sie dir mitgebracht, damit du dir mit ihnen die Langeweile vertreiben und dich auf deine Zukunft vorbereiten kannst.«

Alessandro reagierte nicht.

»Ich habe die *Confessiones* auch gelesen«, sagte Angelo.

Über die Stirn der Mutter huschte ein Stirnrunzeln.

Alessandro schaute die beiden an, ohne die Bücher in die Hand zu nehmen, ohne sich zu bedanken.

»Du weißt, weswegen du hier bist?« Die Stimme seiner Mutter war ein wenig sanfter, aber noch immer sprach sie, als hätte sie einen ihrer Schafhirten vor sich.

»Ich hörte, ich sei eine Art Geisel, damit sich mein Condottiere-Bruder nicht mit den Orsini gegen den Papst stellt. Ich wußte allerdings nicht, daß er eine derartige Gefahr für den Heiligen Stuhl darstellt, und frage mich, warum man ihn nicht an meiner Stelle einsperrt.«

Angelo wollte etwas sagen, hielt aber nach einem Blick auf seine Mutter seine Worte zurück.

»Und ich hörte«, erwiderte sie, »du hättest dich durch unangemessene Äußerungen über den geistlichen Stil des Heiligen Vaters und durch aufwieglerische Bemerkungen über die Sicherheit in Rom und auf den Straßen des Patrimoniums unbeliebt gemacht. Außerdem sollst du Gott geleugnet haben.«

»Herrgott, was sind das für dumme Gerüchte!«

»Auch dumme Gerüchte haben schon manchem den Kopf gekostet!« Sie ließ sich nun vorsichtig auf einem Schemel nieder, tupfte sich den Schweiß von der Stirn.

»Wieso? Schwebe ich hier gar in Lebensgefahr?« Alessandros Stimme war leise geworden. Giulia schaute ihre Mutter erschrokken an, und auch Angelo machte eine zweifelnde Miene.

»Ich hoffe nicht.«

Alessandro studierte ihr Gesicht, konnte aber nicht erkennen, ob sie ihn täuschen, ob sie ihm Angst einjagen oder verwirren wollte. Wahrscheinlich beabsichtigte sie nur, ihn unter Druck zu setzen. Mit aller Macht überfiel ihn nun das Absurde und Unerträgliche seiner Situation. Er war noch immer eingesperrt wie ein Verbrecher, obwohl er nichts anderes getan hatte, als ein paarmal seine Arbeit zu vernachlässigen und womöglich die eine oder andere lose Bemerkung fallen zu lassen. Aber immerhin hatte er einem Mädchen das Leben gerettet! Und seine Familie holte ihn nicht etwa sofort heraus, sondern ließ ihn schmoren. Nach Wochen erschien seine Mutter, Gott allein wußte, wer ihr die Genehmigung erteilt hatte, kein Wort des Mitleids, der Sorge – im Gegenteil! Er ertrug nicht länger diese Situation, er war ein geduldiger Sohn, aber dies war zuviel!

»Wann komme ich hier endlich raus?« schrie er. »Ich bin ein Farnese und muß hier wie eine Ratte hausen, mit anderen Ratten zusammen – und Fledermäusen!«

Seine Mutter hielt den Kopf leicht schräg, mit hochgezogenen schmalen Brauen. »Du vergißt, daß du auch ein Caetani bist, und als

Caetani sollst du Kardinal werden! Deine Sorglosigkeit muß dir ausgetrieben werden, ein für allemal.«

Alessandro hatte sich abgewandt und starrte auf die grauen Steine der Mauer. »Wenn du meinst, daß du mich auf diese Weise zu etwas zwingen kannst, dann täuschst du dich.« Seine Stimme wurde leise, und er dachte nicht daran, seine Mutter anzuschauen.

Giulia legte ihm nun ihren Arm auf die Schulter. »Sag mir, was ich für dich tun kann«, flüsterte sie ihm ins Ohr, »Angelo will dir ebenfalls helfen ...«

»Giulia, laß auch mich an deinen Worten teilhaben!« Die Stimme seiner Mutter war schneidend und kalt.

Alessandro ergriff die Hand seiner Schwester, drehte sich aber wieder seiner Mutter zu. »Keiner hat das Recht, mich einzusperren, auch du nicht.«

Seine Mutter verzog keine Miene.

Es gab keinen Zweifel mehr daran, daß er in erster Linie seiner eigenen Mutter diese unerträgliche Lage verdankte. Und trotzdem, so widersinnig es war, er haßte sie nicht, im Gegenteil, er liebte sie sogar, wie er eigentlich seine gesamte Familie liebte und noch heute nicht den Tod des Vaters verwunden hatte. Der Vater hatte ihm das Jagen und das Reiten beigebracht, das Bogenschießen und Fechten, sein Vater hatte ihn zu den berühmten Humanisten der Accademia Romana geschickt und war stolz, als sein Lehrer Pomponeo Leto ihm berichtete, sein Sohn Alessandro schreibe schon als Vierzehnjähriger ein so elegantes Latein wie Cicero.

Sein Vater drückte zufrieden, ja stolz lächelnd die Brust heraus, als gelte das Lob ihm persönlich, und schlug seinem Sohn anerkennend auf die Schulter.

»Schickt Alessandro nach Florenz, an die Accademia Platonica«, riet ihm Leto. »In der Stadt am Arno hat Lorenzo de' Medici, *il Magnifico*, das Sagen, ein Mann, der vom Geist der Alten durchdrungen ist, dort florieren die Künste, dort herrscht die Freiheit – während hier in Rom, na, Ihr wißt ja selbst! Wir wurden verfolgt, unsere Gedanken verboten, ich mußte sogar ins Gefängnis. Auch wenn die Lage sich heute gebessert hat – schickt ihn nach Florenz. Dort können sich seine großen Gaben entfalten.«

»Aber unser Alessandro steckt seine Nase nicht nur in Bücher«, antwortete der Vater, »er reitet gern, geht auf die Jagd und wirft schon jetzt ein Auge auf das weibliche Geschlecht – ohne es allerdings anzurühren!«

»Die Natur ist das weiseste Buch, sagte schon Lucretius Carus«, beschied ihn Leto, und sein Vater schaute Alessandro voll stolzer Liebe an und nickte.

Aber seine Mutter hatte durchgesetzt, daß Alessandro noch im selben Jahr, anno domini 1482, eine lächerliche Schreiberstelle im Vatikan übernehmen mußte und nicht in Florenz seine Studien vervollständigen durfte.

»Ich will nur das Beste für dich«, sagte seine Mutter, nun mit sanfterer Stimme.

Alessandro antwortete nicht. Er wollte nur frei sein und weder in der Engelsburg noch im Skriptorium ersticken.

»Ich will dir etwas erzählen, mein lieber Sohn«, fuhr sie fort. »Vielleicht wirst du mich dann verstehen. O Gott, ist das hier stickig!« rief sie aus und fächelte sich Luft zu. »Kurz vor deiner Geburt quälte mich ein furchtbarer Traum: Ich sah das Nest eines Adlers mit vier Jungen. Plötzlich senkte sich ein Schatten herab, und ein Geier mit schwarzen Schwingen stürzte sich auf die Jungen. Der Kampf zwischen dem Adler, der seinen Nachwuchs verteidigte, und dem Geier tobte hin und her. Bevor er entschieden war, wachte ich auf, zitternd vor Angst. Von nun an glaubte ich, mein Kind müsse bei der Geburt sterben. Ich schlief kaum noch und magerte ab. Ich besuchte einen Astrologen. Für die Zeit deiner zu erwartenden Geburt sah er Jupiter im Aszendenten. ›Für einen Menschen, der im Zeichen der Fische geboren wird, eine seltene Konstellation. Aber laßt Euer Kind erst auf die Welt kommen, dann kann ich Euch ein genaues Horoskop erstellen.‹ – ›Und wenn er stirbt?‹ fragte ich. ›Unser aller Leben liegt in Gottes Hand‹, hörte ich. Ich besuchte täglich die Messe und gelobte dem Barmherzigen, dich Benedetto zu nennen, wenn du ein Junge würdest und überlebst. Benedetto wie dein Urahn, der Papst. Ich gelobte, dich in tiefer Frömmigkeit zu erziehen und auf ein geweihtes Leben vorzubereiten. Und dann kamst du als ein gesunder Junge zur Welt. Auch ich überlebte. Der Barmherzige hatte mich erhört. Er wollte, daß ich mein Gelübde erfülle. Aber dein Vater wollte von *Benedetto* nichts wissen. Er wollte dich noch nicht einmal *Augusto* nennen, nach dem Friedenskaiser, sondern *Alessandro*, nach dem griechischen Welteroberer. Nach einem jähzornigen Feldherrn, der mit dreiunddreißig Jahren starb. Ich stritt mich mit deinem Vater, so wie noch nie. Er schlug mich sogar. Kannst du dir das vorstellen? Er schlug mich, eine Caetani.«

Seine Mutter holte tief Luft und strich sich wie unabsichtlich über ihre Wange. »Wenn ich mein Gelübde breche, dann werde ich verdammt sein, und du wirst mit dreiunddreißig sterben!«

Sie holte noch einmal Luft und seufzte. Ihre Augen hatten plötzlich allen Halt verloren, und über ihr Gesicht huschten Angst und Trauer. Dann aber riß sie sich wieder zusammen und starrte ihn drohend an. »Verstehst du mich?«

»Ich verstehe dich, aber ich halte deine Ängste für Aberglauben.«

Seine Mutter versteinerte. Angelo blickte ihr ängstlich ins Gesicht, Giulia drückte sich an Alessandro.

»Gleichgültig, was aus mir wird«, fuhr er fort, und seine Stimme begann vor Wut zu beben, »ich will hier hinaus. Wenn es dir gelungen ist, mich hier hereinzubringen, dann kannst du mich auch wieder herausholen. Keinen Tag länger will ich bleiben!« Er schrie nun. Am liebsten hätte er seine Mutter gepackt und ihre von Aberglauben bestimmten Erziehungsmaßnahmen aus ihr herausgeschüttelt. Er griff nach den *Confessiones* und warf sie mit aller Wucht auf den Boden.

Angelo hob das Buch vom Boden auf, wischte den Staub ab und legte es wieder neben das Missale.

Seine Mutter stand auf. »Du benimmst dich wie ein Pferdeknecht!« Ihre Stimme zitterte vor mühsamer Beherrschung, ihre Mundwinkel waren verächtlich heruntergezogen. »Versprich mir, daß du dich in Zukunft deinem Amt als Skriptor gewissenhaft widmest, und ...«

»Ich verspreche gar nichts, bevor ich nicht aus diesem Loch heraus bin. Und ich lasse mich auch nicht mehr von dir bevormunden.« Alessandro schrie noch immer.

»Dann bleibst du hier«, sagte sie, fast unhörbar leise. Sie bedeckte ihr Gesicht wieder mit ihrem Schleier und ging zur Treppe. »Angelo! Giulia!« Ihr schneidender Ruf ließ die beiden zusammenzucken.

Angelo lächelte, und in seinem feinen Aufzug wirkte er besonders hilflos.

Giulia gab Alessandro einen Abschiedskuß. »O Alessandro, es ist alles so schlimm«, flüsterte sie.

7. Kapitel

Die Ankunft im Kloster Santa Cecilia war weniger schlimm, als Silvia befürchtet hatte. Sie wurde warmherzig von einer noch jungen Mutter Oberin begrüßt, deren große, fast schwarze Augen sie augenblicklich in Bann zogen. Dann wurde sie neu eingekleidet und in ihre Zelle geführt. Sie seufzte vor Erleichterung. Wenigstens hatte sie eine Zelle für sich allein! Und auch die Haare waren ihr nicht geschoren worden. Eine kleine Novizin aus den Albaner Bergen sollte das Trampel ablösen und sie bedienen. Silvia seufzte ein zweites Mal vor Erleichterung auf. Dann stellten sich ihr die zukünftigen Lehrer vor: alles graubärtige Dominikaner. Auch der Beichtvater erschien, ein düsterer Mann mit eingefallenen Wangen und tiefen Furchen im Gesicht. Die knochige Hand des Paters tastete sich über die Bibel und legte sich dann auf ihre Schulter. Unwillkürlich brach Silvia in Tränen aus.

Abends, nach dem Completorium, führte die Mutter Oberin sie persönlich in ihre Zelle, sprach beruhigend auf sie ein, betete das *Credo* und das *Ave Maria* mit ihr. Silvia fühlte sich plötzlich seltsam beschützt, schlief schnell ein und blieb traumlos bis zum Matutinum, der Frühmesse.

Doch schon nach wenigen Tagen langweilte sie sich. Die ewigen Andachten und Gebete, der trockene Unterricht, die niedergeschlagenen Augen. Das Schweigen bei den Mahlzeiten, die monotone Stimme der Vorleserin.

Die Mutter Oberin nahm sie häufig in den Arm. Ihr Taufname sei Ippolita, flüsterte sie Silvia eines Nachmittags zu, als sie nach der Vesper zu ihren Zellen schlenderten, sie entstamme der Crispo-Familie, habe mehrere Brüder. Daher habe ihr Vater keine anständige Mitgift aufbringen wollen, um sie standesgemäß zu verheiraten, und so sei sie ins Kloster gesteckt worden. »Das war billiger.«

Sie schaute Silvia forschend an, und Silvia entdeckte, daß sie ihre dunklen Augen schwarz umrahmt hatte. Ja, auch auf ihre Lippen hatte sie eine leichte Farbe gelegt. Die Mutter Oberin, deren Haare die Haube verbarg, die ihr Leben in den Mauern eines Klosters führen sollte, hatte sich geschminkt! Auch duftete sie wunderbar nach Lavendel. Wollte sie vielleicht, daß der Heiland sich in sie verliebte?

»Bekämpfe den Stachel des Fleisches, die Verlockungen der Wollust, kleine Silvia! Ich weiß, was dir widerfahren ist. Überall locken Dämonen. Der Teufel mit seinem Horn lauert an jeder Ecke, und manchmal tritt er auf als schöner Galan, als Retter in höchster Not.«

Silvia schaute die Mutter Oberin mißtrauisch an, doch diese erwiderte ihren Blick nicht, sondern fuhr fort, im verschwörerischen Flüsterton von den Verkleidungen des Teufels zu erzählen, von den satanischen Wegen, auf denen der Antichrist sich insbesondere den Jungfrauen nähere, und wie er es mit den Hexen treibe. Silvia wollte sich zurückziehen, aber die Mutter Oberin ließ sie nicht gehen. Sie zog sie in ihre eigene Zelle, schloß die Tür und zeigte ihr dann purpurne und blaue Flecken an ihrem Körper. »Wundmale, mein Kind, Wundmale.« Dann forderte sie Silvia auf, sich mit ihr gemeinsam vor ein Fresko zu knien, das ihre Zelle schmückte und das Silvia erst jetzt richtig wahrnahm. *Noli me tangere!* rief ein nur halbbekleideter, muskulöser Jesus einem Weibe zu. Die Mutter Oberin beugte sich vor, küßte den Boden, sprach in beschwörendem Ton das *Pater noster* und richtete dann ihr Gebet an den Heiland. Sie sprach so schnell, daß Silvia sie kaum verstand.

Die Hände vor dem Gesicht, spähte Silvia zu ihr hinüber. Und nun geschah etwas Seltsames. Mit verdrehten Augen richtete die Mutter Oberin sich auf, ihr Körper öffnete sich, als wolle er ein göttliches Wesen empfangen, und ihre Gesichtszüge verklärten sich, ja gerieten in Verzückung.

»Ich bin eine Braut Christi«, flüsterte sie noch, bevor sie auf den Boden sank.

Silvia rief sie an, doch sie antwortete nicht. Weil ihr immer unheimlicher zumute wurde, bekreuzigte sie sich und schlich sich aus der Zelle. In dieser Nacht betete sie lange, und als sie irgendwann einschlief, kamen auch ihre Träume zurück. Wieder sah sie ihre Mutter, aber die Mutter war jetzt die heilige Cecilia, die man enthaupten mußte, weil sie nicht sterben wollte, drei Schläge brauchte der Henker, drei Schläge mit einem scharfen Schwert. Silvia wollte schreien und zu ihr eilen, aber ihr Körper blieb starr und stumm.

Bei der Frühmesse sah sie die Mutter Oberin wieder. Sie lächelte Silvia warmherzig an wie immer. Hatte Silvia von den seltsamen Vorfällen in ihrer Zelle nur geträumt?

Die Träume hörten nicht auf, sondern wiederholten sich Nacht für Nacht. Während sie lange Zeit nur zusah, wie die männlichen Teufel sich an ihrer Mutter und an Rosella zu schaffen machten, ohne daß ein Retter auftauchte, wurde sie bald hineingezogen in die Tortur. Es ging ihr wie all den heiligen Jungfrauen, sie wurde gefesselt und geknebelt, gezwickt und gezwackt und schließlich von tausend Speeren durchbohrt. Auch verstärktes Fasten half ihr nichts, wie die Gebete, die sich durch die halbe Nacht erstreckten, gegen das Fieber, das sie schließlich ergriff, nichts halfen. Je höher das Fieber stieg, desto häufiger endeten die Qualen in einer sehnsüchtigen Ruhe. Silvia war eine Märtyrerin, eine Schwester der heiligen Barbara, der Heilige Vater betete für sie, ihr Vater, der sie eingesperrt und gequält hatte, kniete vor ihr nieder, an seiner Seite Rosella. Schließlich tauchte Alessandro auf und bereitete ihren Qualen ein Ende.

Als Silvia zu schwach war, um noch aufzustehen, flößte man ihr Ziegenmilch ein, die man mit Honig versetzt hatte, und schob ihr dicken Brei in den Mund. Die Mutter Oberin kümmerte sich persönlich um sie und wusch ihren dürren, glühenden Körper. Silvia rief nach Alessandro, damit er sie rette und entführe, aber nun erschien er nicht mehr. Die Wunden an ihrem Körper schlossen sich, kein Blut floß mehr aus ihm, und sie begann zu genesen. Sie dankte der Muttergottes und der heiligen Barbara und schwor, sich der allumfassenden Kirche zu opfern, den Schleier zu nehmen und sich nie mehr in die Welt hineinzubegeben.

Nach einer Weile verschwand das Fieber gänzlich, Silvias Körper gewann seine Kräfte zurück. Sie durfte wieder mit den anderen essen und am Unterricht teilnehmen. Sie lächelte die Mutter Oberin an und versprach ihr, wie sie ihr Leben im Kloster zu verbringen. Sie hatte der Welt entsagt. Ihr Opfer machte sie glücklich. Und seit langem schlief sie wieder traumlos und in Einklang mit Gott. Die Jungfrau Maria neigte ihr gnadenreiches Haupt, und der Gekreuzigte blickte mild auf sie herab. Der Frieden, der sie durchströmte, wurde nur gestört durch den Gedanken an ihren Retter. Er schmachtete in den Verliesen der Engelsburg. Silvia wußte nicht, wie sie ihm helfen sollte. Aber tröstlich war die Vorstellung, daß auch sie jetzt eingesperrt war. Wer das Opfer annahm, fand Frieden. Ob auch ihr Alessandro einmal Frieden finden würde?

Eines Morgens, als Silvia vom Lateinunterricht kam und die Arkaden des Kreuzgangs entlanghüpfte, sah sie zwei junge Mädchen, die, wie sie vor noch nicht sehr langer Zeit, in die Obhut der Mutter Oberin gegeben wurden. Zwei Novizinnen der heiligen Cecilia vielleicht oder auch nur Zöglinge wie sie. Silvia rannte neugierig zu ihnen. Obwohl sie die Mutter Oberin mit freundlichen Worten in die Zelle schickte, erfuhr sie doch ihre Namen: Clarissa und Giulia. Sie drückte ihnen die Hand. Schon vom ersten Blick an wußte Silvia, daß sie zusammengehörten, und strahlte vor Freude.

Ihr erster Eindruck täuschte sie nicht. Sehr schnell stellte sich heraus, daß alle drei nicht nur Latein beherrschten, die alten Römer bewunderten, für Boccaccio und Petrarca schwärmten, Laute spielen und singen konnten, sondern daß sie eine tiefe Herzensübereinkunft verband. Die Mutter Oberin gab ihnen angrenzende Zellen und ließ es zu, daß sie im Refektorium und während der Andachten nebeneinander saßen.

Silvia konnte sich an Giulias Anblick nicht satt sehen. Sogar in der eintönigen Klostertracht, die das Haar verbarg und sie alle häßlich machte, leuchtete ihr Gesicht. Selbst Rosella, die nicht mit körperlichen Reizen geizte, wirkte neben ihr bäurisch. Einmal half Silvia ihr beim Auskleiden, und dabei sah sie auch ihr blondes Haar, das weit über die Hüften fiel. Die großen, auseinanderstehenden Augen schauten Silvia undurchdringlich an. Trotz der blonden Haare waren sie dunkel, und dann das Lachen, das aus Giulia herausbrach … Sie umarmte Silvia und küßte sie, lachte und weinte zugleich, und Silvia vergaß die düsteren Stunden der Vergangenheit.

Clarissa dagegen, schon etwas älter, trug tiefschwarze Haare, und ihre grauen Augen starrten Silvia und Giulia feindselig an. Im Gegensatz zu Giulia war sie füllig. Sie naschte gern Konfekt, besonders Marzipan. Manchmal lachte sie ohne Grund und konnte dabei so anhaltend kreischen, daß die Mutter Oberin schon befürchtete, sie sei vom Teufel besessen. Silvia bekreuzigte sich, Giulia und Clarissa folgten ihr, sie beugten das Haupt und flüsterten das *Pater noster*.

Aber die eigentliche Fügung lag darin, daß Giulia eine Farnese war, mehr noch: Sie war Alessandros Schwester. Silvia dankte Gott für dieses Wunder, aber Clarissa meinte nur, von Wunder könne keine Rede sein, denn schließlich sei das Kloster Santa Cecilia, dessen Titularbischof Kardinal Borgia sei, unter den vornehmen Familien Roms sehr beliebt. Und Mama Farnese, eine Tochter der Caetani-Familie, wolle nur das Beste für ihr schönes Kind. Clarissas Stimme klang spöttisch und ein wenig neidisch. Dabei hatte sie keinen Grund, neidisch zu sein, denn schließlich war sie eine della Rovere, ihr Onkel Giuliano ein einflußreicher Kardinal.

Ein paar Tage später hatten die drei sich gegenseitig schon einige Geheimnisse anvertraut. Nach dem Completorium hatte Silvia, als sie bei einem flackernden Talglicht in ihrer Zelle hockten wie Verschwörerinnen, von dem Überfall erzählt, von dem Tod ihrer Mutter und all den schrecklichen Ereignissen. Giulia strich ihr tröstend über den Kopf. Silvia vergoß ein paar Tränen und hatte ein schlechtes Gewissen, weil sie ihre Mutter gar nicht vermißte.

»Und dein Retter?« fragte sie Clarissa mit einem lauernden Blick.

Silvia schaute Giulia an, die triumphierend lächelte.

»Weißt du es nicht?« fragte sie Clarissa.

Sie schüttelte den Kopf.

»Mein Bruder Alessandro«, platzte es aus Giulia heraus. »Und deswegen sitzt er in der Engelsburg gefangen.« Ihre Stimmung veränderte sich plötzlich. Mit düsterer Stimme erklärte sie: »Wir waren unzertrennlich, und ich halte immer zu ihm. Daher bin ich auch hier.«

»Das verstehe ich nicht«, sagte Clarissa und nahm sich ein Marzipanstückchen.

»Du hast auch keinen Bruder, der nur Jagd, Reiten, Spiele und vor allem Frauen im Kopf hat und darüber seine kirchlichen Pflichten vergißt. Außerdem«, fuhr sie nach einer Weile flüsternd fort, »hat er sich in Silvia verliebt.«

Clarissa prustete los, griff sich erneut ein Marzipanstückchen, und während sie an ihm lutschte, begannen sich ihre Augen in Silvia zu bohren.

Verärgert schüttelte Silvia den Kopf.

»Ich sage es dir, er hat sich in dich verliebt«, wiederholte Giulia und umarmte sie. »Was glaubst du, warum unsere Mutter so wütend war?«

»Woher soll ich wissen, daß deine Mutter wütend war?«

»Das möchte ich auch einmal wissen«, warf Clarissa ein. »Deine Mutter kann doch stolz sein, daß Alessandro solch eine Heldentat vollbracht hat. Er hat dem Wegelagerer seinen Spieß durch die Brust gerammt! ›Solche Männer braucht Rom‹, hat mein Vater gesagt, ›ich wäre stolz, wenn ich einen so tapferen Sohn hätte!‹«

Silvia wurde ganz unheimlich zumute, und sie verstand nichts mehr. Clarissa hatte doch behauptet, sie wüßte nichts von Alessandros Tat. Sie mußte gelogen haben. Ganz Rom sprach offensichtlich von dem Überfall, aber sie wurde ins Kloster gesperrt, Alessandro in die Engelsburg. Silvia sah ihn regelrecht in seinem feuchten Kerker, umgeben von Ratten, und sie wußte, daß er sich nach der Sonne sehnte, daß er sich nach ihr sehnte, sie beide ritten zusammen auf Bianca mit fliegender Mähne der Morgenröte entgegen …

»Sie hat Alessandro einsperren lassen.«

Clarissa kreischte vor Lachen. »Die eigene Mutter? Das glaube ich nicht.«

Silvia brauchte eine Weile, bis sie Giulias Worte verstand.

»Sie wollte, daß er an seine Laufbahn denkt«, fuhr Giulia fort. »Schließlich hat das Amt des Skriptors einiges gekostet.«

Silvia wollte nicht glauben, was Giulia erzählte. Vielleicht log auch sie.

»Unsere Mutter möchte nicht, daß Alessandro der falschen Fährte folgt.«

Clarissa grinste. »Was meinst du mit *falscher Fährte*?« fragte sie scheinheilig.

»Na, du weißt schon, Kurtisanen, Huren, Jungfrauen …«

Silvia liebte ihre beiden Freundinnen, aber nun schienen sie sich abgesprochen zu haben, sie zu verwirren und zu ärgern. Sie wollte ihnen diese Freude aber nicht lassen und gab sich ungerührt.

Giulia setzte eine bedauernde Miene auf. »Auf jeden Fall hat er jetzt Zeit, das Missale auswendig zu lernen und die Kirchenväter zu studieren.«

»Aber wie ist das möglich?«

»Der Kastellan und die Wachen sind bestochen. Wir durften ihn sogar besuchen.«

Silvia brach nun doch in Tränen aus. Alessandro tat ihr leid, sie haßte seine Mutter, und sie bemitleidete auch sich selbst. Wenn er sich wirklich in sie verliebt hatte ... Und er durfte es nicht ... Er sollte wahrscheinlich Kardinal werden oder gar Papst, wie einer seiner Vorfahren. Und was Giulia da über Kurtisanen andeutete ... Silvia fühlte sich elend, weil sie nichts unternehmen konnte ... und weil Giulia ihren Alessandro gesehen hatte, während sie hier hockte, eingeschlossen ...

Giulia nahm sie in den Arm. Clarissa starrte aus dem kleinen Zellenfenster in die Sternennacht hinaus. »Ich seh die Venus«, rief sie, »meinen Lieblingsstern.«

»Und wie geht es ihm?« fragte Silvia.

»Er hält es nicht mehr aus in seinem Turm«, antwortete Giulia, »und er hat sich mit unserer Mutter gestritten. Sie will ihn schmoren lassen. Bis er klein beigibt.«

»Ich weiß gar nicht, wer meine Mutter ist. Sie ist auch schon tot«, warf Clarissa ein, aber niemand beachtete ihre Bemerkung.

»Er wird nie klein beigeben.«

»Ja und?«

Giulia hob die Schultern und ließ sie seufzend wieder fallen. »Und weil ich zu Alessandro hielt, hat sie mich ebenfalls ins Kloster gesteckt. ›Ein Klosteraufenthalt ist die beste Vorbereitung für eine Ehe‹, hat sie gesagt. Ich soll nämlich bald einen Orsini heiraten.«

»Aber *ich* sollte doch einen Orsini heiraten.«

»Wahrscheinlich einen anderen. Da gibt es viele unverheiratete Söhne.«

»Ich soll *keinen* Orsini heiraten!« kreischte Clarissa.

Obwohl Silvia eigentlich heulen wollte, mußte sie über Clarissa lachen, und auch Giulia ging es so. Schließlich lagen sie sich alle drei lachend in den Armen.

Als sie sich wieder beruhigt hatten, waren die Talglichter heruntergebrannt.

»Ich hätte es nicht erzählen sollen«, sagte Giulia.

Aber Silvia war plötzlich von einem verrückten Gedanken besessen.

Sie wollte aus dem Kloster ausbrechen und Alessandro befreien. Sie wollte Giulia und Clarissa überreden, ihr zu helfen. Natürlich war es ein verrückter Einfall, das wußte Silvia, und sie stand neben sich, als wäre sie ihre eigene Mutter, die den Kopf schütteln mußte über die Träumereien ihrer jungen Tochter. Die gottgegebene Aufgabe der Frauen lag darin, dem Manne gegenüber gehorsam zu sein, wie es auch in der Bibel stand, und zu schweigen. ›Wir müssen keusch sein, wenn wir jung sind, während der Ehejahre Kinder gebären und großziehen und im Alter fromm sein‹ – dies hatte die Mutter einmal verkündet. Aber war dies wirklich ihre von Gott gegebene Aufgabe? Pflückte nicht Eva als erste den Apfel vom Baum der Erkenntnis? Vermochten die Töchter nicht ebenso geschickt zu reiten wie ihre Brüder, wenn man sie nur richtig auf dem Sattel sitzen ließ? Silvia selbst hatte sich nie zwingen lassen, im Damensitz zu reiten, und sie nahm es an Geschicklichkeit mit jedem Mann auf! War es wirklich Gottes Wille, daß Frauen dienten, schwiegen und Kinder in die Welt setzten? War es Gottes Wille, daß sie im Kloster eingesperrt wurden, wenn die Mitgift nicht ausreichte für eine Ehe?

Während draußen die Grillen zirpten und der Mond das Licht eines blinden Spiegels in die Zelle warf, sprachen die drei darüber, daß sie nicht immer nur eingesperrt sein wollten, zuerst im Kloster, dann in einem Haus oder, wenn sie gut verheiratet wurden, in einem großen Palast. Natürlich wollten sie Kinder haben und Gottes Geboten gehorchen, aber sie träumten von mehr. Wovon genau, konnte keine von ihnen sagen.

»Und ich möchte auch nicht im Kindbett sterben«, rief Clarissa, »wie meine Mama!«

Giulia schaute verloren auf das Kruzifix an der Wand.

»Laßt uns Alessandro befreien«, flüsterte Silvia.

Die beiden schauten sie an, als hätten sich ihre Sinne verwirrt.

Natürlich hatten die beiden recht. Sie war nicht bei klarem Verstand. Wie sollten sie denn dem Kloster entfliehen? Und selbst wenn ihnen dies gelänge, wie könnten sie sich verbergen und dann auch noch in die Engelsburg eindringen?

Aber Giulia hatte eine Idee. Sie sah Clarissa auffordernd an: »Frag doch deinen Onkel Giuliano, ob er nicht etwas tun kann! Schreib ihm einen Brief!«

»Und warum schreibst du nicht deinem Vater?« kam es umgehend zurück.

»Er ist letztes Jahr gestorben, das weißt du genau. Du bist gemein.«

Clarissa ging auf ihren Vorwurf nicht ein. »Außerdem ist *Onkel* Giuliano mein *Vater*«, betonte sie spitz.

Silvia entdeckte in Giulias Augen plötzlich etwas, was sie zuvor noch nicht wahrgenommen hatte. »Hat er dich legitimieren lassen?« fragte sie Clarissa.

»Nur Jungen werden legitimiert!« rief Clarissa und schaute Giulia böse an.

»Trotzdem könntest du deinem Vater schreiben«, sagte Silvia mit sanfter Stimme. »Er ist doch ein Freund des Heiligen Vaters und ein einflußreicher Kardinal. Wenn er ein gutes Wort für Alessandro einlegt … Bitte!«

»Und was tust *du*?«

»Ich schreibe an Rosella. Sie soll meinen Vater bitten …«

»Wer ist Rosella?«

»Das weißt du doch. Sie wurde mit mir überfallen und …«

»… ist jetzt die Konkubine deines Vaters.« Giulia lachte. Clarissa fiel in ihr Gelächter ein.

»Sie kriegt ein Kind«, sagte Silvia eingeschüchtert.

»Ein Kind! Von deinem Vater?« Clarissa kreischte auf.

Als sie sich beruhigt hatte, erklärte Giulia, sie wolle an den Heiligen Vater persönlich schreiben und außerdem noch an Kardinal Borgia. »Der Kardinal liebt seine Kinder, das weiß ich, und keine Frau sagt ihm, was er zu tun hat.«

»Mein Vater haßt ihn, wie alle Spanier«, warf Clarissa ein. »Der Borgia ist das Werkzeug des Antichrist‹, sagt mein Vater immer, ›weh uns, wenn er den Stuhl Petri besteigt.‹«

»Morgen schreiben wir die Briefe«, rief Silvia. Giulia und Clarissa nickten. Die drei legten die Hände aufeinander, als wollten sie ewige Gemeinschaft schwören.

Dann holten sie die Strohsäcke aus den anderen Zellen und legten sie nebeneinander auf den Boden. Sie kuschelten sich zusammen und schliefen tief und fest bis zur Frühmesse. Am nächsten Morgen lächelte die Mutter Oberin wissend, als hätte sie ihren Heimlichkeiten gelauscht.

8. Kapitel

Alessandro hörte die beiden Wärter und auch den Kastellan schnarchen. Während der letzten Tage hatten sie häufig Schach gespielt, und Alessandro hatte ihn gewinnen lassen. Den sich langweilenden Wärtern drückte er immer wieder einige Münzen in die Hand, damit sie sich ein Mädchen holen konnten und ihn mit frischem Leinenzeug versorgten. Er hasse, so betonte er jeden Tag von neuem, unreinliche Betten, all das Ungeziefer im Turm bringe ihn noch um. Sie grunzten und schleppten saubere Laken heran. Die verschmutzten gab er nicht zurück, und die Wärter waren zu dumm oder nachlässig, sie einzufordern.

So konnte er die Laken in den Nachtstunden in einzelne Streifen reißen und sorgfältig verknoten. Die Aussicht auf eine baldige Freilassung hatte er inzwischen aufgegeben, seine Mutter hatte nichts mehr von sich hören lassen, auch Kardinal della Rovere nicht, und seine Wut verwandelte sich in kalte Entschlossenheit. Sich auf Menschen zu verlassen war der größte Fehler, den man begehen konnte. Früher oder später verrieten einen selbst Freunde oder Familienangehörige, und solch ein Verrat konnte tödlich enden. Es galt, sich keine Schwäche zu erlauben, keine Blöße zu geben und seine Mitmenschen wie Schachfiguren gegeneinanderzusetzen. Ungerührt opferte er den Bauern, ließ das Pferd den Läufer schlagen, blokkierte mit dem Turm einen Angriff und setzte schließlich mit der Dame den König schachmatt.

Außerdem fühlte sich Alessandro zu jung und stark, das Gewebe der menschlichen Schicksale einfach nur hinzunehmen und sich auf einen Beobachterposten zurückzuziehen. Nein, er wollte sein eigenes Schicksal bestimmen, sich dagegen auflehnen, wenn es ihn niederdrückte. Er war achtzehn Jahre alt, kein Greis von achtzig, der gottergeben seine Schmerzen, seine Einsamkeit, gar sein Ende in einem Kerker hinnahm! Der Charakter bestimmte das Schicksal, wie schon Heraklit gesagt hatte, nicht blinder Zufall und auch nicht die Grille eines Papstes.

Am frühen Morgen starrte er im ersten Licht auf die grauen Mauersteine und verfolgte unbeweglich die zurückkehrenden Fledermäuse, die durch das Luftloch hereinflatterten, dann unter einen

Balken krochen und sich schließlich zum Schlafen aufhängten. Irgendwann mußten sie Junge zur Welt gebracht haben, denn zur Zeit erschienen sie häufig und säugten ihre Brut. Meist sah er nichts, hörte nur ihr fast lautloses Flattern. Wie fanden sie nur ihre eigenen Jungen? Hunderte von winzigen Fledermauskindern hingen oben im Gebälk, und sie sahen alle gleich aus. Einmal hatte Alessandro sich, wie er es häufig tat, an den Balken hochgezogen, und plötzlich sah er dieses winzige Gewürm, diese nackten Wesen mit ihren großen Ohren. Die Mütter flatterten heran, hängten sich neben ihre Kleinen; diese klammerten sich an sie und begannen an den winzigen Zitzen zu saugen. Waren sie satt, ließen sich die Mütter fallen und verschwanden lautlos durch das Loch in der Wand.

Nach einem Besäufnis des Kastellans und der Wärter band Alessandro den Beutel mit den restlichen Bestechungsdukaten um den Hals, steckte einen Dolch in den Schaft seiner Lederstiefel und holte sich die beiden Taue aus Bettlaken, die er sich in den letzten Wochen zusammengeknotet hatte. Leise kletterte er ins Gebälk seiner Zelle. Ein Talglicht ließ ihn gerade noch erkennen, wohin er trat und wo er sich hochziehen konnte. Die Fledermauskinder waren inzwischen ihren Eltern gefolgt und jagten die ersten Mücken. Vorsichtig schob er mehrere Schindeln zur Seite und befestigte eines der Taue an einem Balken. Das zweite schlang er um seinen Oberkörper. Es war eine mondlose Nacht, und nur wenige Sterne drangen durch den Dunst, der über Rom lag. Ein paar Lichter spiegelten sich im Tiber, und weit unter sich hörte er das Scheppern von Brustpanzern. Wahrscheinlich die Wachen, die sich an die Wand lehnten oder auf dem Boden eingeschlafen waren. Oder gerade ihre Panzer anlegten.

Es dauerte eine Weile, bis Alessandro sich orientieren konnte. Unter ihm gähnte ein schwarzer Höllenschlund, in dem sich der helle Streifen des Leinentaus verlor. Reichte das Tau nicht auf den Boden, war er verloren. Dies wurde ihm nun in einer erschreckenden Klarheit bewußt. Er hatte, bevor er eingesperrt wurde, nie die Schutzmauern und Gebäude, die das ehemalige Grabmal des römischen Kaisers umfaßten, erkundet. Aber eins wußte er: Seilte er sich erfolgreich vom Turm ab, gab es noch einen weiteren Mauerring, von dem er sich herablassen mußte. Aus diesem Grund hatte er sich auch ein zweites Tau um die Brust gebunden.

Flach und schnell atmend, überlegte er, ob er wirklich fliehen und sein Leben riskieren sollte. Irgendwann mußten sie ihn freilassen. Sein Vergehen war gering, die Verleumdungen lächerlich, und seine Mutter würde an der Zwangsmaßnahme gegen ihn auf die Dauer keine Freude finden. Außerdem galt er gewiß unter den jungen Adligen Roms als Held. Und falls der Papst ihn wirklich als Geisel benutzen wollte: Die Auseinandersetzungen mit den Orsini würden ein Ende finden, und dann gab es keinen Vorwand mehr, ihn festzuhalten.

Ein schwacher Wind strich über seinen Hals. Alessandro spürte den Schweiß auf der Haut. Er schaute in die Tiefe, verfolgte den hellen Streifen, der sich im Unbekannten verlor. Es war wie ein Fingerzeig Gottes. Er schaute in den Himmel. Wo standen die Planeten? Beherrschte zur Zeit nicht Merkur die Zwillinge? Eine Zeit des Wandels, des Ausgleichs, der Verbindung? Und die Zwillinge: zwei menschliche Wesen, die zusammengehörten! Er sah wieder die kleine Silvia vor sich. Aber er konnte sie nicht festhalten, denn die geschändete und gemordete Mutter drängte sich vor sie und dann auch die Brust, die von seinem Speer durchbohrt worden war.

Alessandro schaute noch einmal in den Himmel: Das schwache Flimmern der Sterne wollte sich nicht aufhellen. Er prüfte ein letztes Mal die Verknotung des Leinenzeugs. Das Tau mußte halten. Aber trotzdem forderte er das Schicksal heraus. Er begab sich freiwillig in Lebensgefahr. Und wenn es so war: Er trotzte dem Schicksal! Er hielt es nicht länger in der stickigen Zelle aus, er wurde verrückt, ebenso verrückt wie der Kastellan. Um sich abzulenken, hatte er während der letzten Tage sogar die *Confessiones* gelesen. *Groß bist du, o Herr, und hoch zu preisen, groß ist deine Kraft und unermeßlich deine Weisheit!* So begann Augustinus seine Schrift, und er, Alessandro Farnese, würde Gott nicht minder preisen, wenn ER ihn jetzt rettete.

Alessandro atmete tief durch und ließ sich langsam herab. Sofort begriff er, daß er sich während der letzten Wochen zwar häufig an den Balken hochgezogen hatte und seine Armmuskeln noch kräftig waren, aber an Beweglichkeit hatte er trotz der Handstände eingebüßt. Sein Herz schlug bis in den Hals, und er spürte, wie der Allmächtige ihm zusätzliche Kraft einflößte. ›Groß ist deine Kraft und unermeßlich deine Weisheit‹, flüsterte Alessandro, während er sich langsam von Knoten zu Knoten hinabließ.

Plötzlich stank es nach menschlichen Exkrementen, und er spürte festen Boden unter den Füßen. Als er sich an der Wand entlangtastete, scheuchte er Dohlen auf und befürchtete schon, die Wachen könnten aufmerksam werden. Er lauschte, hörte aber nichts mehr außer den Geräuschen, die dumpf aus der Stadt heraufdrangen. Ein Pferd mußte über die Engelsbrücke gehen, er hörte das einsame Klacken der Hufe, dann einen Ruf, und nun meinte er sogar ein Klatschen zu vernehmen, als würde ein größerer Gegenstand in den Tiber geworfen. Dann war es wieder still.

Auf den Knien überquerte Alessandro die Terrasse des Rundbaus. Als er über die Zinnen schaute, glaubte er im Osten schon die ersten Streifen der aufgehenden Sonne heraufziehen zu sehen. Nun galt es nicht mehr zu zögern. Er band das zweite Tau fest. Seine Hände schmerzten. Sie waren feucht, wahrscheinlich von Blut. Aber er achtete nicht weiter darauf. Vorsichtig glitt er die Mauer entlang. Unter sich sah er gar nichts mehr, Schwärze umfing ihn wie im Grab. Zum Glück stieß er immer wieder auf Löcher im Mauerwerk, in die er seinen Fuß setzen konnte, um so einen Augenblick auszuruhen. Häufig scheuchte er dabei Vögel auf, die nach ihm hackten oder lärmend aufflogen. Also ließ er sich weiter ab, und je mehr das Tau zu schwanken begann, desto schneller. Es schnitt ihm tief in die Handflächen, und seine Kräfte erlahmten. Und dann hing er plötzlich in der Luft. Die Füße berührten das Tau nicht mehr. Er versuchte innezuhalten, einen Halt oder ein Loch in der Wand zu suchen, aber er glitt unaufhaltsam weiter. Der letzte Knoten im Tau! Und nun? Seine Beine hingen in der Luft. Wie viele Klafter noch bis zum Boden? Hieß es jetzt, dem Herrn, dessen Hilfe er beanspruchte, zu vertrauen und sich in die Tiefe fallen zu lassen?

In diesem Augenblick durchschoß ihn die Todesangst wie ein glühender Strahl. Seine Arme verhärteten sich, und er zog sich ein Stückchen hoch. Seine Füße suchten fieberhaft eine Öffnung in der Wand oder einen vorstehenden Mauerstein. Ohne zusätzlichen Halt würde er hinabstürzen und zerschmettert auf den Steinen liegenbleiben. Er hatte zu früh die Geduld verloren, er hatte Gott herausgefordert, und Gott entzog ihm seine Gnade. ER ließ ihn einfach fallen.

Aber nun fand sein rechter Fuß doch einen Halt. Alessandro zog sich an die Mauer, soweit dies möglich war, und versuchte, langsam und vorsichtig, auch mit dem linken Fuß einen Halt zu finden. Doch ein leichter Luftzug ließ seinen Körper sich drehen, und nun drohte er wieder abzustürzen.

Bevor er fiel, rasten Bilder an seinem Auge vorbei, von Gedankenfetzen durchbrochen, von Gefühlen unterlegt. Es war, als stürze sein gesamtes bisheriges Leben an ihm vorbei in einen tiefen Brunnen. Das Leben war mit einem Tau an ihn gebunden und würde ihn zum Schluß mitreißen. Er galoppierte mit seinem Vater durch die heimatlichen Olivenhaine, er sprach seine erste Beichte, er hörte das höhnische Lachen seines Lehrers, der sich über den christlichen Glauben lustig machte, und wie ein Feuer zog das schöne, herrschsüchtige Gesicht seiner Mutter vorbei. Aber dann umfing ihn Giulia, und neben Giulia lag Silvia, wie er sie gerettet hatte. Neben Silvia starrte ihn jedoch die durchbohrte Brust eines Mannes an wie das Auge des Polyphem.

Sein Fuß rutschte von dem Mauervorsprung.

O Herr, allmächtiger Vater, der Du bist im Himmel, ich bin des Todes, wenn Du mir nicht hilfst, ich bin Dein unwürdiger Sohn, ich rufe zu Dir aus tiefster Not, verlaß mich nicht, ich verspreche Dir, ich werde Dir dienen, wenn Du mich rettest …

Endgültig verließen Alessandro die Kräfte, und er fiel. Bevor er einen Schrei ausstoßen konnte, landete er auf einem schrägen Ziegeldach, rutschte unter Getöse weiter nach unten, versuchte sich irgendwo festzuhalten, aber es gelang ihm nicht, und er fiel erneut.

Ein Wunder geschah. Er landete auf einem Haufen alter Kleider, dem eine ganze Armee von Ungeziefer entstob. Vom Dach rutschte noch eine einzige Schindel herab und zerschellte neben ihm.

Alessandro lauschte.

Scharren von Pferdehufen, Geraschel, Klirren von Ketten, ein dumpfer Schlag gegen eine Holzwand. Sonst Stille. Er mußte auf einen Pferdestall gefallen sein. Kein aufgeregtes Rufen, keine herbeieilenden Wachen, nichts, nur leises Schnauben. Und dann trat vollkommene Stille ein. Als würde die Ewige Stadt den Atem anhalten, schienen alle Geräusche verschwunden zu sein. Schließlich ein einzelner Ruf. Und wieder Stille. Als hätte sich ein schwarzes Leichentuch über die Stadt gelegt.

Vorsichtig bewegte Alessandro seine Füße und Beine. Er spürte einen leichten Schmerz im linken Knöchel. Er versuchte sich zu erheben. Es gelang ihm ohne weiteres. Der Triumph, der ihn durchfuhr, ließ ihn nicht auf den Schmerz im Steiß achten, ließ ihn die Gefahr vergessen, der er noch keineswegs entronnen war.

Er drang in den Stall ein, um sich eins der Pferde zu holen. Beruhigend sprach er auf die Tiere ein, strich ihnen über die Nüstern, tätschelte ihren Hals. Das freundlichste Pferd band er los und zog es vorsichtig am Halfter nach draußen. Es wieherte leise und folgte ihm. Er schaute nach links und rechts. Niemand war zu sehen oder zu hören. Hinter ihm die Mauer, unter ihm das Pflaster. Das einzige, was er nun hörte, war das leise Rauschen des Tibers. Er mußte das Pferd von der Engelsbrücke den Fluß hinauf zum Porto di Ripetta lenken. Auf der Brücke dösten Wachen, und gegenüber der Burg, am Torre di Nona, lungerten sie ebenfalls herum. Er mußte sich am kleinen Hafen übersetzen lassen.

Inzwischen dämmerte der Morgen, denn er sah die Pflastersteine, die vom abendlichen Regen glänzten. Langsam zog er das Pferd ein Stück weiter. Als noch immer niemand auf ihn aufmerksam geworden war, wollte er losreiten. Aber besaß er noch genügend Kraft, um sich auch ohne Steigbügel auf den Rücken des Pferdes zu schwingen? Ohne Sattel war er schon häufig geritten, in seiner Kindheit fast ausschließlich. Er nahm alle Kraft zusammen, griff in die Mähne des Pferdes und schwang sich hoch. Sein Steiß schmerzte höllisch. Nach dem dritten Versuch saß er auf dem Rücken des Tieres und lenkte es vorsichtig in den sich langsam aufhellenden Morgen.

9. Kapitel

Silvia und ihre beiden Freundinnen steckten häufig verschwörerisch die Köpfe zusammen, während sie die Antwort auf ihre Briefe erwarteten. Im Lateinunterricht paßten sie nur wenig auf, so daß ihnen schon Carcer angedroht wurde. Die Mutter Oberin war selten zu sehen, und wenn, dann hatte sie plötzlich kaum mehr Zeit für die ihr Anvertrauten. Sie flatterte durch die Gänge wie ein verfolgtes Huhn, das ahnt, daß es dem Beil nicht entgehen wird.

Nachts lag Silvia oft wach, und während von draußen seltsame Schreie und Rufe hereindrangen, wahrscheinlich von Nachtvögeln, wartete sie auf ein Zeichen. Sie betete darum, erhört zu werden. Alessandro sollte wieder in die Freiheit zurückkehren. Ja, obwohl sie genau wußte, daß dies unmöglich war, hoffte sie darauf, daß er plötzlich vor ihr stünde. Sie flöge ihm entgegen, und beide ritten sie davon. Das Bild wurde dann unscharf, und Silvia wußte, daß sie süßen Träumen nachhing. Eines Tages würde sie den Weg gehen, den ihr Vater bestimmt hatte, sie heiratete einen Mann, den er ausgesucht hatte, dem er Mitgift zahlte, dieser Mann führte sie ins Brautgemach, und später würde sie Kinder gebären ... Silvia seufzte laut auf. Der Mann würde wohl nie Alessandro Farnese heißen. Aber vielleicht erlebte sie dies alles nicht. Vielleicht starb sie vorher an der Pest oder am Wechselfieber, das viele Menschen während der Sommermonate hinwegraffte, so wie es mit ihren beiden jüngeren Brüdern geschehen war. Oder sie heiratete und starb dann im Kindbett, wie so viele Frauen. Gott hatte die Bürden, die Mann und Weib tragen mußten, ungerecht verteilt. Eva gebar nicht nur unter Schmerzen, sie starb auch, während sie Leben schuf, elendig unter Schmerzen. Die Männer dagegen sollten im Schweiße ihres Angesichts arbeiten und ihr Brot brechen. Ja, die Wasserträger und Pferdeknechte, die Maurer und Bauern mußten schwitzen, aber ihr Vater zum Beispiel oder auch der Beichtvater – keiner von ihnen quälte sich mit Dornen und Disteln und aß nur das Kraut des Ackers. Auch Alessandro ging auf die Jagd, statt Feldfrüchte zu ernten. Der Gerechtigkeit halber mußte Silvia aber zugestehen, daß die Männer ihre Ehre und die Ehre der Familie verteidigen mußten und dabei ihr Leben lassen konnten, daß sie in den Krieg zogen und Gefahr liefen, im Kampf zu fallen. Allerdings hatte es lange keinen nennenswerten Krieg gegeben.

Silvia seufzte ein zweites Mal und wälzte sich hin und her. Sie schob die dünne Decke von ihrem nackten Körper und ließ ihre Finger über Brust und Bauch wandern. Noch war sie ein Mädchen, Jahre entfernt vom heiratsfähigen Alter. Aber war sie auch zu jung, um zu lieben? Was war denn Liebe? Eine Krankheit wie die Mondsucht? Eine Verwirrung? Etwas Unfaßbares? Auf jeden Fall etwas, dem man sich nicht entziehen konnte. Und das machte sie gefährlich. Nur die Liebe zu Gott war nicht gefährlich.

Silvias Hand blieb auf dem Bauch liegen. Sie wagte nicht, ihre Finger dorthin gleiten zu lassen, wo dieses unbekannte, immer stärker werdende Gefühl beheimatet war, diese verwirrende Sehnsucht, die etwas mit Liebe und Lust, aber auch mit Ehre und Scham zu tun hatte, mit der Hingabe der Frau in der Ehe und dem Kinderkriegen.

Sie bedeckte ihren Körper wieder. Und doch ließ sie erneut eine Hand hinabwandern, um dieses so verlockende Gefühl zu kosten. Sie sehnte sich danach, endlich eine Frau zu werden. Alessandro kam ihr wieder in den Sinn. Sie sah ihren Vater und Rosella vor sich. Nein, so nicht! Nicht wie die Tiere! Du sollst ihn erkennen, ihm ins Gesicht schauen. Aber wie waren die Wegelagerer über ihre Mutter hergefallen! Silvia zog ihre Hand zurück. Ihr Körper verkrampfte sich. Am liebsten hätte sie Giulia und Clarissa geweckt und sie gefragt, ob sie ... was sie ... Aber dann schlief sie ein.

Am nächsten Morgen machte sie das verschwörerische Gekichere ihrer Freundinnen nicht mit. Während der Frühmesse mußte sie erneut an Alessandro denken. Sie fror. Tagsüber blieben ihre Gedanken selten dort, wo sie hingehörten, und nachts mied sie zunehmend den Schlaf.

Ihre Schlaflosigkeit wurde verstärkt durch seltsame Geräusche, die regelmäßig die Nachtruhe durchbrachen. Sie hörte ein Knarren und Quietschen, ein Huschen und Flüstern. Dann schrie eine Novizin im Schlaf, oder ein Zögling schluchzte laut auf. In irgendeiner Zelle schien sich eine Schwester zu geißeln; es klatschte, und sie stöhnte und jammerte und rief schließlich den Heiland um Hilfe an. Dann wieder Grabesstille – als hielten alle weiblichen Wesen hinter den schweren Mauern des Klosters die Luft an. Vielleicht hatte Silvia eine Weile geschlafen, aber dann war sie plötzlich wieder wach und hörte erneut dieses seltsame Flüstern und Huschen.

Eines Nachts hielt sie es nicht mehr aus. Sie zog sich ein Hemd an, warf sich einen Umhang über, öffnete vorsichtig die Zellentür und lugte hinaus. Durch die Arkaden hasteten dunkle Gestalten. Als niemand mehr zu sehen war, schlüpfte sie aus der Zelle. Schwaches Mondlicht drang durch das Fenster. Sie rannte zum Treppenaufgang, und als sie noch immer niemand entdeckte, tappte sie vorsichtig zum Säulengang. An der Klosterpforte flackerte ein Licht, wie von einer Fackel. Und dann sah sie ein maskiertes Wesen unten im Hof stehen. Vom Mond beschienen, hielt es den Kopf unter einer Kapuze verborgen. Seinen Körper umhüllte ein langer schwarzer Mantel. Es war, als hätte sich der Satan selbst den Weg in das fromme Jungfrauenkloster gebahnt.

Silvia beugte sich vor. Da unten bewegte sich ein weiterer Schatten. Er sprang hinter eine Säule, war verschwunden. Sie zitterte. Plötzlich wieder die Satansgestalt! Sie hob sich kaum von der dunklen Umgebung ab, starrte sogar mit glühenden Augen hoch. Und dann winkte sie. Winkte sie etwa ihr? Silvia zuckte zurück und versteckte sich in der nächsten stockdunklen Ecke.

Ihr Herz schlug im rasenden Takt bis hoch in den Hals. Sollte sie in ihre Zelle zurückschleichen, sich einschließen und still bis zur Frühmesse warten? Oder sollte sie dem verbotenen Treiben nachgehen? Schon mehrfach hatte sie beobachtet, wie manche Schwestern und Novizinnen geheimnisvoll tuschelten und sofort abweisend verstummten, wenn sie sich ihnen näherte. Und Silvia hatte auch schon gehört, daß nicht alle Klöster so verschlossen waren, wie sie sein sollten. Es wurde von nächtlichen Besuchen gemunkelt und sündigem Treiben … Sie hatte es nicht glauben wollen, aber jetzt …

Silvia huschte den dunklen Gang zurück, bis sie auf die geöffnete Zellentür der Mutter Oberin stieß. Innen brannte eine Kerze, aber niemand war zu sehen. Nun siegte die Neugier über die Angst. Sie schlich zur Treppe und eilte nach unten, sprang von Schatten zu Schatten bis zum Eingang der Kirche. Die Tür knarrte ein wenig. Silvia hielt die Luft an und kroch auf allen vieren die Bankreihen entlang. Wieder knarrte etwas, aber diesmal war es nicht die Tür, sondern das Holz einer anderen Bank. Es war so still in diesem hallenden Raum, als hielten viele Wesen den Atem an. Obwohl Silvia nun nichts mehr hörte, spürte sie genau, daß sie nicht allein war. Aber vielleicht huschten ja nur Mäuse und Ratten umher. Aber da kicherte doch jemand! Und ein anderer flüsterte. Ja, ein tiefes Flüstern, fast ein Brummen. Ein Mann!

Als sie an einem Beichtstuhl vorbeikroch, meinte sie eine Bewegung zu spüren. Und nun ganz deutlich ein Atmen, mehr noch, ein leichtes Stöhnen, wie im Schlaf. Silvia kroch weiter bis zum Chorraum. Sie mußte den einfallenden Lichtschein des Mondes vermeiden. Die Tür zur Sakristei! Sie konnte nicht widerstehen, sie vorsichtig zu öffnen und sich in den Gang zu schieben. Aus der Sakristei selbst drang Licht. Sie spähte durch den Spalt der angelehnten Tür. Vor Schrecken hielt sie den Atem an. Ein Priester in einem schwarzen Talar, ein schwergewichtiger Mann, saß auf einem Stuhl, ein Glas voll dunkelroten Weins in der Hand. Silvia konnte, weil er von ihr abgewandt saß, sein Gesicht nicht erkennen. Vor ihm – ja, vor ihm bewegte sich Ippolita, die Mutter Oberin, in einem langsamen Tanz! Sie war im Hemd, ihre Haare offen und ungekämmt, und ließ ein durchsichtiges Seidentuch um sich wehen. Ihre Bewegungen blieben so ungeschickt, daß Silvia beinahe losprusten mußte. Ippolitas Augen waren aufgerissen, aus Angst, vielleicht aber auch aus Begeisterung. Der Priester setzte nun sein Glas ab und winkte sie zu sich. Als sie heranschwebte, griff er mit einer erstaunlich schnellen Bewegung nach ihr und zog sie auf seinen Schoß. Erschrocken quiekte sie, wagte aber nicht, sich seiner gierigen Finger zu erwehren.

Nun war Silvia klar, was sich während der Nächte im Kloster abspielte. Worüber die Schwestern ihre Geheimnisse austauschten. Es verlockte sie, zuzuschauen, was der Priester mit Ippolita treiben wollte – er würde das tun, was auch der Vater mit Rosella tat. Silvia war ins Kloster gesperrt worden, damit sie ihn nicht wieder beobachten konnte, und stieß hier auf die gleiche Sünde. Sie fühlte eine ohnmächtige Wut in sich hochsteigen, und als sie sah, wie der Priester Ippolita zu entkleiden begann, spürte sie gleichzeitig einen würgenden Ekel. Aber auch etwas anderes, das noch stärker als dieser Ekel war.

Vorsichtig zog sie sich zurück. Als sie die Tür zum Chorraum öffnen wollte, erstarrte sie. Durch die Kirche huschten ganz deutlich mehrere Wesen, und irgendwo versuchte ein Mädchen vergeblich, das Kichern zu unterdrücken.

Um nicht entdeckt zu werden, schlich Silvia den Gang zur Sakristei zurück. Die Tür war nun verschlossen, aber sie vernahm deutlich Stöhnen und Hecheln. Und dann einen unterdrückten Schrei.

Eindeutig einen Schmerzensschrei. Mehrere klatschende Schläge folgten, wieder ein Schrei und dann eine bittende Stimme. »Erlöst mich«, meinte sie zu verstehen. Es mußte Ippolita sein, die Mutter Oberin. Sie wurde bestraft – oder gequält … Silvia hielt ihr Ohr an die Tür. Ein gieriger Laut, ein Aufstöhnen, ein erneuter Schrei, der in Wimmern überging und schließlich in eine alles verschluckende Stille.

Weil sie befürchtete, jeden Augenblick könnte der Priester die Tür öffnen und sie hineinziehen, mit ihr das anstellen, was er mit Ippolita getan hatte, eilte Silvia zum Chorraum zurück, riß die Tür auf und rannte am Altar vorbei, dann durch den Mittelgang zum Ausgang der Kirche. Es war, als scheuchte sie die Hölle auf. Erschrockene Schreie, aufspringende nackte Körper, verwischende Schatten, Rufe. Eine Hand griff nach ihr und wollte sie zwischen eine Bankreihe zerren. Sie schlug und trat, lief weiter. Sie wollte nur noch ihre Zelle erreichen. Im Kreuzgang stand plötzlich wieder die Satansmaske vor ihr. Ja, es war der Satan, und er lachte, ein tiefes, männliches, höhnisches Lachen. Er stellte sich ihr in den Weg, aber blitzschnell wich sie ihm aus, duckte sich unter seinen Händen hinweg und sprang die Treppe hoch. Schon war sie in ihrer Zelle und verriegelte die Tür. Atemlos kniete sie vor ihrem Kruzifix nieder und stammelte ein *Ave Maria*. Es folgten das *Pater noster* und das *Credo*. Langsam wurde sie ruhiger. Als sie merkte, daß sie vor Kälte schlotterte, legte sie sich auf ihre Pritsche und deckte sich zu.

Bis zum Morgen schloß sie nicht mehr die Augen. Sie hörte noch leises Flüstern und Huschen auf den Gängen.

Als nicht zur Frühmesse geläutet wurde, weckte sie Giulia und Clarissa. Die beiden Freundinnen hatten fest geschlafen und nichts bemerkt. Silvia begann ihnen die Erlebnisse der Nacht zu erzählen. Mit brennender Neugierde hörten sie zu, stießen Laute der Empörung aus und forderten Silvia auf, ganz genau zu berichten, was sie gesehen hatte.

Die Sonne ging auf, und noch immer läutete keine Glocke. Aber in die Zelle drangen aufgeregte, schrille Rufe. Die drei Freundinnen schauten sich an, Silvia öffnete vorsichtig die Tür.

Eine vorbeihastende Schwester schrie ihr zu: »Die Mutter Oberin ist fort!«

10. Kapitel

Alessandro konnte noch gar nicht fassen, daß ihm die Flucht aus dem sichersten Kerker der Stadt gelungen war. Aber sie war ihm gelungen! Er hatte alles auf eine Karte gesetzt – und gewonnen! Er hatte sich fallengelassen, und der barmherzige Vater hatte ihn aufgefangen. ER liebte ihn, ER verstand ihn und half ihm. Endlich frei! Keine stickige Hitze mehr, kein Gestank und auch kein betrunkener Herr mehr über Fledermäuse, Ochsenaugen und Ziegenböcke. Nie wieder würde er sich einsperren lassen, nie wieder!

Und doch konnte er seine Freiheit noch nicht genießen. Erneut hockte er in einem Raum, eingeschlossen von dicken Wänden, und durfte nicht hinaus auf die Straßen, unter die Menschen, unter Gottes weitspannenden Himmelsbogen. Er rannte im Zimmer auf und ab und warf sich schließlich auf das weiche Bett. Über ihm ein samtroter Baldachin. Frisch gebadet, neu eingekleidet, geschützt vor den Zugriffen der *sbirren* konnte er die Nacht verdämmern und von seiner Zukunft träumen.

Er war nach seiner Flucht zum Porto di Ripetta geritten und hatte sich bei Tagesanbruch über den Tiber setzen lassen. Dann trabte er möglichst unauffällig durch die langsam erwachenden Straßen der Stadt. Die ersten Bettler streckten ihm trotz seines verdreckten Aufzugs die Hand entgegen, auch die kleinen Straßenhuren traten schon aus den Hauseingängen und winkten ihm. Er ließ an einem Brunnen sein Pferd trinken, und als ein Trupp Stadtwachen auftauchte, bog er unauffällig in eine Seitengasse ab. Aber die Bewaffneten folgten ihm nicht.

Sein Ziel war der Palazzo von Kardinal della Rovere. Nach Hause, zum Stadtpalast der Farnese, hätte er sich unmöglich wagen können. Dort würden ihn die *sbirren* zuerst suchen. Aber wer vermutete ihn schon bei einem mächtigen Kardinal – und wenn, dann würde niemand wagen, ihn dort herauszuholen. Bei della Rovere war er vorerst in Sicherheit.

Tatsächlich empfing ihn der Kardinal sofort. Seine Augen lagen tief in den Höhlen, die Lippen waren zusammengekniffen, aber sein Blick wirkte nicht feindlich. Nachdem Alessandro von seiner Flucht berichtet hatte, stieß er »Du Teufelskerl!« aus. Sein Blick wurde noch milder, regelrecht väterlich. Dann lachte er auf und rieb sich die Hände. »Der Cibò wird schäumen. Und deine Mutter wird auch nicht begeistert sein. Aber der Herr scheint dich zu lieben, sonst hätte er dich nicht so weich fallenlassen. Alessandro Farnese, der Held der Lumpen!« Er lachte noch einmal auf, trommelte dann mit seinen Fingern auf die Lehne des Stuhls, als müsse er beschleunigt nachdenken.

»Nur mein Steiß schmerzt noch ein wenig«, sagte Alessandro.

»Einen Tritt in den Hintern hast du durchaus verdient.« Der Kardinal lachte wieder. *»Sit venia verbo.«* Dann winkte er Alessandro herbei, stieß ein zweites Mal »Teufelskerl« aus, griff in seine Haare und zog den Kopf an seine Brust, tätschelte dabei seine Wange. Er drückte ihn sogar noch enger an sich. Alessandro hielt zuerst die Luft an, atmete dann tief durch. Der Kardinal mußte ein Bad genommen haben, denn er roch nach frischem Mandelöl.

»Gott, warum konnte ich nicht ...«, flüsterte er in seinen Bart, dann stieß er Alessandro von sich, sprang auf und stellte sich ans Fenster.

»Was willst du jetzt tun?« fragte der Kardinal nach kurzer Pause, fuhr, ohne eine Antwort abzuwarten, fort: »In Rom kannst du nicht bleiben. Und daß dich deine Mutter längere Zeit in Capodimonte versteckt, kann ich mir nicht vorstellen. Im übrigen wärst du bald freigekommen. Ganz Rom spricht von dir, niemand kann verstehen, warum man dich in die Engelsburg gesteckt hat. Man murrt über die päpstliche Willkür, und *cunctator* Cibò zuckt zurück. Jetzt wird man noch mehr von dir sprechen.«

»Ich will nach Florenz«, erklärte Alessandro aufgeregt. »Dort kann ich meine Studien vervollständigen. Ihr müßt mir dabei helfen, Eminenz.«

Della Rovere fuhr herum. »Und was ist mit unserer Abmachung? Ich wollte dich wieder in den Dienst der Kurie schleusen, und du solltest den Borgia beobachten. Du bist der Fuchs, der dem Stier unauffällig auf der Fährte bleibt.«

Della Rovere war erneut so nahe an Alessandro herangetreten, daß dieser unwillkürlich einen Schritt zurückwich. Aber der Kardinal hielt ihn fest, und sein starrer Blick bohrte sich in Alessandros Augen. »Der Borgia hat einen Pakt mit dem Teufel geschlossen. Das macht ihn so gefährlich. Er giert nach dem Stuhle Petri ebenso, wie er nach Weibern giert. Er hurt herum und soll sogar sein Beichtkind in den Sumpf seiner schmutzigen Gelüste gezogen haben. Die Oberin seines Klosters Santa Cecilia! Aber der Herr wird ihn strafen. Irgendwann. Er wird ihn vernichten. Auslöschen. Dann kommt meine Stunde! Verstehst du?«

Alessandro nickte und versuchte sich zu befreien.

Della Rovere stieß ihn weg und wanderte so unruhig im Raum auf und ab, daß die Kerzen flackerten.

»Weißt du eigentlich, daß deine Mutter nicht davon abzubringen war, deine Schwester Giulia in Borgias Kloster zu stecken?«

Alessandro schüttelte entsetzt den Kopf. »Warum denn das?«

»Warum steckt man junge Mädchen ins Kloster? Damit sie aufs Leben vorbereitet werden. Damit sie dort alles Nötige lernen.« Der Kardinal lachte mit grimmigem Hohn. »Ich riet deiner Mutter davon ab, aber sie wußte es besser. Deine Schwester wurde ihr wohl zu selbständig. Und da hat sie sich von Borgias gewinnendem Wesen überzeugen lassen. Ha! Sie wird es noch bereuen!«

Della Rovere eilte zur Tür und rief nach einem Glas Wein. Dann stellte er sich vor Alessandro, tippte ihm mit dem Finger auf die Brust und lachte erneut höhnisch. »Als deine Mutter nicht umzustimmen war, habe ich meine Tochter Clarissa gleich mitgeschickt. Man muß taktisch denken, verstehst du. Clarissa soll ihre Augen offen halten – aber Weiber sind normalerweise zu dumm dazu. Sie verschlafen das Wichtigste. Und vermasseln das meiste durch ihr Geschwätz. Aber es könnte sein, daß der Borgia jetzt denkt, ich hätte meine Vorbehalte gegen ihn ein wenig abgebaut. Und das ist gut so.«

Der Kardinal lächelte und schlug Alessandro auf die Schulter.

Alessandro war bleich geworden. Nun war er zwar frei, aber dafür mußte Giulia büßen, daß sie zu ihrem Bruder hielt. Die Mutter hatte auch sie weggeschlossen.

Della Rovere ließ ihm aber keine Zeit, nachzudenken. »Wahrscheinlich weißt du auch nicht«, fuhr er fort, »daß die von dir gerettete Silvia Ruffini sich ebenfalls in Santa Cecilia auf die Aufgaben vorbereitet, die das Leben einer Frau von Stand stellen wird. Aber wie sollst du es auch wissen. Ein hübsches Mädchen soll sie im übrigen sein.« Er wandte sich ab, blieb kurz vor seinem Lehnstuhl stehen und stellte sich ans Fenster. »Tragisch ihr Schicksal … Die Mutter tot, der Ehevertrag geplatzt … Der Vater hat all seine Söhne verloren – wie ich. Da kann man verzweifeln. Der Katalane dagegen hat einen Stall voller Jungen, und alle leben sie. Ist das gerecht?«

Alessandro warf sich auf dem Bett hin und her. Er hatte den halben Tag geschlafen und lag jetzt, obwohl Nacht war, wach. Immer wieder ging ihm das Gespräch mit della Rovere durch den Kopf. Ihm winkte die Erfüllung seines Wunsches, er hoffte bald endgültig in Freiheit zu sein, in Florenz mit gelehrten Köpfen zu disputieren, aber nun war seine Schwester in eine Zelle gesperrt, und auch die kleine Silvia mußte hinter Klostermauern darben. Sie hatte davon geträumt, ihn zu befreien ... Wenn er an ihren Brief dachte – sprach nicht aus jeder ihrer Zeilen ein sehnsüchtiges Verlangen nach ihm?

Und er?

Alessandro sprang aus dem Bett und stellte sich ans Fenster, sog die frische Nachtluft ein. Er machte einen Handstand, wankte durch den Raum und ließ sich wieder aufs Bett fallen. Es war verrückt, aber auch er sehnte sich nach ihr. Am liebsten wäre er sofort auf den Rücken eines Pferdes gesprungen und zum Kloster galoppiert. Er hätte sich den Weg zu ihr gebahnt und sie in den Arm genommen. Schützend. Befreiend. Wie damals nach der Rettung. Er sah sie vor sich, fühlte sogar noch ihren warmen, kindlichen Körper. Aber was zog ihn so zu diesem jungen Mädchen? Ihre unberührte Unschuld, ihre unzerstörbare Reinheit in einer gewalttätigen, schmutzigen Welt? Er kannte sie kaum, aber ihm schwebte das Bild eines unbekümmerten, unverstellten Wesens vor, und dieses Bild faszinierte ihn. Er sah sie lachen, verliebt lächeln und ihren Kopf an seiner Brust bergen. Er strich ihr über die Haare, hob dann ihr Gesicht. Würde er sie küssen? Noch war Silvia erst eine knospende Rose, aber er konnte schon die geheimnisvoll sich öffnende Blüte erahnen.

Della Rovere hatte eine Weile über Borgias schamlose Fruchtbarkeit geschimpft und dann ein zweites Mal nach einem Glas Wein gerufen. Schließlich setzte er sich und wandte sich wieder an Alessandro. »Zuerst einmal wirst du hier im Hause bleiben, bis die Wogen sich geglättet haben und ich dich aus Rom hinausschmuggeln kann. Dann schaust du bei deiner Mutter in Capodimonte vorbei. Ich habe es ihr versprochen. Du mußt dich mit ihr aussöhnen. Sonst nimmt dieser Ärger mit euch und dem Papst überhaupt kein Ende. Deine Mutter treibt der Ehrgeiz, und der Cibò rächt sich an kleinen Skriptoren.« Ein Ausdruck tiefster Verachtung überzog sein Gesicht. »Wenn das erledigt ist, gehst du nach Florenz. Ich gebe dir ein Schreiben an Lorenzo de' Medici mit. Es wird dir die Türen öffnen.«

Als noch immer kein Diener mit dem Glas Wein erschien, rannte della Rovere zur Tür, packte einen gerade vorbei wandelnden Diakon an seinem Rock und brüllte: »Wein! Wann kommt endlich mein Wein, ihr faulen Hunde? Ich lasse euch auspeitschen!« Der Priester zuckte zusammen und begann zu rennen. Della Roveres Gesicht war rot angelaufen, die Adern traten hervor.

Alessandro beobachtete amüsiert seinen Ausbruch. Ganz Rom nannte ihn, wie sich jetzt wieder zeigte, nicht zu Unrecht *il terribile*.

»Soll *ich* den Wein holen?« fragte er, nicht ohne Ironie in der Stimme.

Della Rovere schaute ihn erstaunt an, nun wieder beherrscht – auch seine Röte verlor sich schnell –, und mußte lachen. »Bist du ein Lakai?« rief er und schüttelte über soviel angebliche Dienstfertigkeit den Kopf. »Manchmal muß man den Kerlen Feuer unterm Arsch machen, verstehst du? Nein, nein, du sollst mir keinen Wein holen, sondern etwas Wichtigeres.« Wieder tippte er ihn an die Brust. »Du bist ein Farnese – und ein Caetani. Wer eine Mutter wie du hat, hat Feuer im Blut und will hoch hinaus.« Er ließ seinen Blick über ihn gleiten. »Und du willst hoch hinaus, das weiß ich. Wer sein Leben riskiert … Solche Männer brauche ich.«

Alessandro lächelte.

Della Rovere kniff die Augen zusammen. »Du bist ein Fuchs.« Er machte eine abschließende Handbewegung. »Du gehst nach Florenz und vertiefst deine Studien. Anschließend bringe ich dich wieder im Vatikan unter und setze dich auf den Borgia an. Aber bedenke immer: Augen und Ohren auf, Mund zu! Kein Wort zu irgendeinem über unsere Abmachung. Es wäre doch gelacht, wenn ich den Katalanen nicht eines Tages zu Fall brächte. Und jetzt schlaf dich erst einmal aus!«

Der Kardinal befahl dem Diener, der ihm endlich eine Karaffe Wein gebracht hatte, Alessandro in sein Zimmer zu geleiten.

Alessandro verbeugte sich und küßte ihm den Ring. Aber bevor er dem Diener folgte, mußte er noch seinen Wunsch äußern. Seitdem della Rovere davon gesprochen hatte, daß Silvia im Kloster eingesperrt war, ließ ihn dieser Wunsch nicht los.

»Eminenz …«

»Was ist?«

»Bevor ich nach Florenz gehe, würde ich gerne noch einmal Silvia Ruffini sehen. Glaubt Ihr, daß dies möglich ist?« Er senkte seinen Kopf und wagte nicht, dem Kardinal ins Gesicht zu schauen.

»Gott, was ist an den Weibern nur dran?« brummte della Rovere leise, deutete dann aber ein Lächeln an. »Ich gebe dir einen Ratschlag auf den Weg, mein Sohn: Ein Mann darf sich nie von einer Frau beherrschen lassen!«

Alessandro verzog keine Miene. »Dies habe ich nicht vor. Aber …«

Mit einer heftigen Geste schnitt ihm della Rovere das Wort ab. »Sie ist in Santa Cecilia hinter Verschluß.« Er bewegte abwägend den Kopf. »Aber wie lange noch. Wenn Vater Ruffini erfährt, was sich im Kloster des Katalanen so alles abspielt, dann wird er seine Tochter schnell wieder herausholen. Vielleicht könnte man sogar ein wenig nachhelfen.« Ein höhnisches Lächeln umspielte seine schmalen Lippen. »Jetzt bleibe erst einmal einige Zeit im Haus, dann sehen wir weiter.«

Alessandro starrte an den Baldachin seines Bettes. Die Worte des Kardinals klangen in ihm nach. Auch die unklaren Andeutungen über das Kloster, das dem Spanier unterstand. Seine Gedanken drehten sich um Silvia. Würde es Kardinal della Rovere einrichten können, daß er sie noch einmal sah, bevor er nach Florenz aufbrach? Durfte er ihm trauen?

Nachdem ihn seine eigene Mutter in den Kerker hatte werfen lassen, traute er niemandem mehr. Auch nicht della Rovere, der sich um ihn kümmerte, weil er glaubte, ihn einmal einsetzen zu können wie einen Bauer in einem Schachspiel. Ja, darum ging es doch: Um ein Spiel, das die beiden mächtigsten Kardinäle von Rom um den Stuhl Petri führten. Dazu brauchten sie Hilfstruppen, Spione – Bauern, die man vorschob, um den Gegner aus der Defensive herauszulocken und ihn dann zu schlagen. Einen Bauern opferte man schnell, wenn man sich einen Vorteil davon versprach. Er, Alessandro Farnese, wollte jedoch kein Opfer sein, sondern ein Spieler. Er wollte selbst das Spiel seines Lebens bestimmen.

11. Kapitel

Die Mutter Oberin war verschwunden. Niemand wußte, wo sie sich aufhielt und ob sie überhaupt noch am Leben war. Alle behaupteten, sie hätten sie abends während des Completoriums gesehen und dann nicht mehr. Die nächtlichen Vorgänge, die Silvia beobachtet hatte, schienen nicht stattgefunden zu haben.

Und doch kehrte keine Ruhe ins Kloster ein. Während der Mahlzeiten wurde plötzlich geplaudert, und niemand unterband es mit einem freundlichen, aber bestimmten Blick. Die Worte der Vorleserin gingen im zunehmenden Lärm unter. Die Andachten wurden nur noch teilweise besucht. Manche konnte gar nicht mehr zu Ende geführt werden. Insbesondere die Frühmesse fand vor leeren Bänken statt.

Die Versuche der Beichtväter, ihre Schützlinge auszuhorchen, mißlangen. Ja, sie wurden sogar ausgelacht. Auch Silvia erzählte ihrem Beichtvater nicht die Wahrheit, sondern berichtete nur von wirren sündigen Träumen, und sichtbar unzufrieden verließ der hagere Mann das Kloster. Auch die Lehrer wußten nicht, was sie mit den Zöglingen und Novizinnen anfangen sollten – viel zu aufgeregt wurde geschnattert –, und verdonnerten sie zu Tagen mit Wasser und Brot. Aber da die Mutter Oberin fehlte, tat jede, was ihr beliebte. Manche Novizinnen begannen plötzlich zu tanzen und zu singen. Clarissa klatschte und kreischte vor Vergnügen. Giulia umarmte Silvia. Beide verstanden sie nicht, was vor sich ging. Aber sie begriffen, daß sich die Klosterordnung aufzulösen begann.

Vor der Pforte strichen immer häufiger junge Männer vorbei. Die Mädchen hingen tagsüber an den Fenstern und riefen ihnen etwas zu, kicherten und lachten, winkten sogar.

Es tauchten Musikinstrumente auf, Tamburin und Zimbel, Flöten und Lauten, es wurde gespielt und gesungen. Immer häufiger wurde getanzt, gelegentlich stundenlang. Silvia spürte, wie sich der Geist der Unbotmäßigkeit ausbreitete und auch ihr das schlechte Gewissen nahm. Mit Bosheiten fielen manche Schwestern übereinanderher, und einige ließen sich sogar zu gotteslästerlichen Reden verleiten. Vermehrt tauchten nächtliche Besucher auf. Silvia schloß sich ein, meist mit ihren beiden Freundinnen. Manche Novizinnen flüchteten, andere versteckten sich oder schlossen sich ebenfalls in ihren Zellen ein.

An einem Abend brach eine Gruppe von Schwestern wie auf Befehl in einen sich steigernden Tanz aus, der schließlich darin endete, daß sie sich ihre Klostertracht vom Leibe rissen. Als einer der Beichtväter auftauchte, fielen sie über ihn her und kratzten sein glutäugiges Gesicht blutig. Er konnte gerade noch fliehen, bevor Schlimmeres geschah.

Ippolita Crispo, die Mutter Oberin, tauchte nicht wieder auf.

Das Kloster wurde zum Tollhaus.

Nur einmal kehrte für kurze Zeit Ruhe ein, weil der Titularbischof von Santa Cecilia, Kardinal Borgia, persönlich erschien, in Begleitung seiner Diakone, und neben dem Altar jede einzelne der Nonnen, Novizinnen und Zöglinge vor sich knien ließ. Sie mußten ihr *Confiteor* sprechen, er sprach von Fegefeuer und Höllenqualen, verteilte Strafen und donnerte schließlich sein *Ego te absolvo* auf sie herab. Seine Diakone schrieben die Namen der Geständigen und Erlösten auf.

Als Silvia an der Reihe war, Kardinal Borgia den Ring zu küssen, erschrak sie, weil sie meinte, ihm schon einmal begegnet zu sein. Aber sie wußte nicht wo, und so glaubte sie an eine Verwechslung. Der Kardinal, inzwischen ermüdet, lächelte und sprach mild ein paar ermahnende Worte.

Clarissa, die Silvia folgte, griff Borgias dicke Finger, überhäufte sie mit Küssen und gelobte unter Tränen, sie wolle den Schleier nehmen und nie wieder eine Sünde begehen. »Bitte sagt es nicht meinem Vater, bitte!« flehte sie.

»Ach, die Tochter unseres verehrten Kollegen«, flötete Borgia mit weicher Stimme und wies dann den Diakon barsch an: »Aufschreiben!« Es folgte die Absolution.

Ganz zum Schluß kniete Giulia vor ihm. Der Kardinal zuckte regelrecht zusammen, als er ihr ins Gesicht sah. Giulia flüsterte ihren Namen. »O Gott, das Kind ist schön«, entfuhr es ihm, und er strich ihr mit seinen Fingerspitzen über Stirn, Wangen und Haare.

Ein paar Tage schien die Klosterzucht zurückkehren zu wollen. Aber dann brach sie endgültig zusammen. Es dauerte nicht lange, da erschienen mehrere Diakone des Kardinals della Rovere, marschierten an der unbesetzten Pforte vorbei, suchten unter den aufkreischenden und sie umtanzenden Mädchen und Frauen Clarissa und nahmen sie mit, ohne ein Wort zu verlieren. Auch Giulia verschwand, noch bevor sie sich richtig von Silvia verabschieden konnte. »Ich werde nach Capodimonte zu meiner Mutter gebracht«, rief sie ihr zu. »Du mußt mich besuchen!«

»Grüße Alessandro, wenn du kannst!« antwortete Silvia, aber Giulia war schon in der Kutsche verschwunden, und Silvias Stimme erstarb. Sehnsüchtig schaute sie der Freundin nach. Nun war sie wieder allein.

An der Klosterpforte, die einladend offenstand, wurde Silvia von einem jungen Stutzer angesprochen, dessen Beinkleider hauteng der Form seiner Pobacken folgten. Sein Wams endete kurz unter dem Gürtel, und seine Schamkapsel mußte er mit irgend etwas ausgestopft haben, denn sie schien aufplatzen zu wollen. Silvia antwortete nicht und zog sich ins Innere des Klosters zurück. Als der Stutzer ihr nachsetzte und sie sogar festzuhalten versuchte, versetzte sie ihm einen Schlag und trat ihm mit aller Macht auf den Fuß. Er schrie auf und tanzte mit schmerzverzerrtem Gesicht auf einem Bein.

Noch am selben Tag erschien Silvias Vater. Er hatte Bianca, ihr Pferd, im Schlepptau. Silvia sprang ihnen mit einem Aufschrei der Freude entgegen. Bianca wieherte freudig und schnaubte, knabberte dann an ihrer Hand. Der Vater dagegen umarmte sie nicht; er küßte sie auch nicht, erkundigte sich nicht, was geschehen war, sondern erteilte ihr nur ein paar knappe Befehle und sprach sonst kein Wort. Auf keine ihrer Fragen ging er ein. Er wirkte tieftraurig, verkrampft und schien eine schwere Last zu tragen. Silvia legte ihren Kopf an den Hals ihres geliebten Pferdes und sog gierig den ihr vertrauten Geruch ein. Diese Kameradin hatte sie noch nicht verloren! Endlich war der Alptraum des Klosterlebens vorbei – die Langeweile des Anfangs und das zuchtlose Durcheinander der Schlußtage.

Der Vater brachte sie umgehend auf das Landgut der Familie Ruffini in Frascati. Es ging so schnell, daß sie noch nicht einmal ihren Zeisig mitnehmen konnte. Auch in Frascati konnte Silvia dem Vater nicht erzählen, was sie erlebt, wie sie gelitten hatte. Er wollte nichts hören von Giulia und Clarissa, auch nichts von Ippolita, der Mutter Oberin. Von dem nächtlichen Treiben sprach Silvia von sich aus nicht.

Als er wieder nach Rom aufbrach, blieb er noch immer schweigsam. Er schaute Silvia lange an. Sie rätselte über die Botschaft in seinen Augen. Sie war das einzige ihm verbliebene Kind. Zwar nur ein Mädchen, aber *sein* Mädchen. Sie beide gehörten zusammen, nach dem Tod der Mutter mehr denn je! Aber sie erreichte ihn nicht.

Schließlich sagte ihr Vater doch noch: »Wenn es so weitergeht, werde ich nie einen Mann für dich finden. Dann bleibt nur ein Kloster in den Bergen – mit strengster Zucht.« Er wandte sich abrupt ab und bestieg sein Pferd. Ohne ihr einen letzten Abschiedsgruß zuzurufen, gab er seinem Pferd die Sporen.

»Und was ist mit Rosella?« rief ihm Silvia noch nach. Aber er hörte sie schon nicht mehr.

Sie sah ihm lange nach.

Tagelang, nur begleitet von drei bewaffneten Reitknechten, ritt Silvia über Hügel und Weinberge. Die Männer hatten strikten Befehl, sie nicht aus den Augen zu lassen. Auch sollte sie mit keinem Fremden sprechen. Abends war Silvia von der frischen Luft müde und schlief schnell ein. Manchmal mußte sie weinen. Hätte doch wenigstens ihr Vater ein Wort gesprochen! Sie ausgeschimpft und dann in den Arm genommen! *Ich werde nie einen Mann für dich finden!* Wahrscheinlich hatte er längst schon ein Auge auf eine neue Frau geworfen und wollte seine Tochter loswerden. *Dann bleibt nur noch das Kloster in den Bergen.*

Nein, auf keinen Fall! Das Kloster bedeutete Langeweile und Ödnis, Versuchung und Verzicht – das war kein Leben, und Silvia wollte leben! Ja, sie wollte ausreiten, auf Feste gehen, schönen Schmuck tragen und Kinder in die Welt setzen. Sie wollte singen, dichten, lesen und mit klugen Menschen über die Schriften der Römer und Griechen diskutieren. Ihre Brüder waren tot, sie lebte! Aber ihr Vater steckte sie in ein Kloster, damit er seine Kammerfrau ungestört vögeln konnte. Er schob seine Tochter aufs Land ab, damit er sein schlechtes Gewissen loswurde. Früher hatte sie Rosella geliebt ... Aber jetzt? Rosella trug das Kind ihres Vaters und spielte die Herrin im Hause. Eine Magd, die aus der Gosse kam!

Trotzdem könnte Rosella sie wenigstens besuchen!

Statt dessen suchte ihre Mutter sie heim, jede Nacht, und alles Beten nützte nichts. Die Mutter wandelte stumm an ihr vorbei, in schwarze Tücher gehüllt, mit einer Kette roter Perlen um den Hals. Am nächsten Morgen fühlte Silvia sich wie eine unerlösbare Sünderin, die unbedingt das Leben einer Heiligen führen, das Leiden einer Märtyrerin erdulden wollte.

Um sich von diesen Wünschen und Vorstellungen zu befreien, stürmte Silvia ins Freie, rannte zu ihrer Schimmelstute und warf ihr eigenhändig den Sattel auf den Rücken. Barbone, der graubärtige Pferdeknecht, kam herangeschlurft, lachte und half ihr. Die Schutztruppe zerrte dösig und brummig ihre Pferde aus dem Stall. Silvia wartete nicht auf sie, und die Männer mußten sich fluchend beeilen. Silvia ritt hinaus in eine Landschaft, die im jungfräulichen Licht noch verschlafen dahingebettet lag, mit ihren von Dunstschleiern belegten Grünflächen, mit aufragenden Zypressen, die wie Mahnmale in den Himmel ragten. Schirmpinien standen in Dreiergruppen beieinander, als müßten sie zu einem Schwatz die Köpfe zusammenstecken.

Mit fliegendem Mantel galoppierte Silvia unter ihnen durch. Sie versuchte zu vergessen, was während der letzten Monate geschehen war. Der Überfall, die Klosterzeit, das abweisende Verhalten ihres Vaters. Für eine Weile gelang es ihr, und sie sah sich umfangen vom milden Morgenlicht.

Und dann ergriff Silvia ein seltsames Gefühl. Es war, als hätte jemand zu ihr gesprochen. Als hätte ein Geist sie angeweht. Sie hielt Bianca an und lauschte. Ein leiser Wind rauschte durch die Piniennadeln, ein Flirren gegen die Sonne. Sie spürte genau, daß jemand in der Nähe war, obwohl nur ihre drei Wächter hinter ihr lauthals verschnauften und ausspuckten. Sie entdeckte keinen Bauern und keinen Schäfer, keinen Eseltreiber und keine Schweinehirten. Und trotzdem spürte sie die Nähe eines Wesens.

Mit einem Aufschrei ließ sie Bianca losgaloppieren. Sie setzten über Steinwälle und Baumstämme, jagten an kläffenden Hunden und Ziegenställen vorbei, an davonstiebenden Hühnern – Silvia fühlte sich stark und unverwundbar. Sie entfloh dem Geist, der sie angeweht hatte, sie entfloh seiner Nähe. Auf dem Rücken ihres Schimmels hätte sie davonfliegen können, über den Himmel ziehen, wie die Rosse des Helios – da stand plötzlich vor ihr, zwischen zwei mächtigen Pinienstämmen, im Gegenlicht, so daß sie ihn nicht erkennen konnte, ein Mann. Hoch zu Roß, wie ein griechischer Gott, wie Apollo oder Merkur oder gar Jupiter, unter einem roten, schwarz eingefaßten Mantel. Zuerst traute sie ihren Augen nicht, glaubte an eine Erscheinung, dann überfiel sie die Angst, wieder in eine Falle geraten zu sein. Doch dieser griechische Gott ähnelte überhaupt nicht den verkommenen Wegelagerern, die über sie hergefallen waren. Natürlich konnte sie auch ein Edelmann auf seine Burg entführen, um dort sein Geschlecht noch größer und stolzer zu machen. Alle Mädchen kannten Livius' Erzählung vom Raub der Sabinerinnen …

Einen Wimpernschlag lang hoffte Silvia sogar, von diesem Mann im Gegenlicht entführt zu werden, heraus aus der Langeweile von Frascati, die sie nur durch ihre Ausritte mindern konnte. Sie sah nun einen Königssohn vor sich und mit ihm einen glanzvollen Palast, Geschmeide und Feste und eine ganze Armee von Dienern. Aber schon waren die Wachen neben ihr und zückten drohend ihre Schwerter. Der rotschwarze Mann hob beschwichtigend seine Arme – und nun endlich erkannte sie ihn. Es war ihr Alessandro. Er hatte dem Kerker entfliehen können oder war freigelassen worden. Vielleicht sogar auf Grund ihres Briefes. Und nun wollte er ihr danken. Er ließ sie nicht allein. Er suchte und fand sie, wo immer sie war. Und kein Hindernis konnte ihn aufhalten.

Alessandro sprang vom Pferd und lief auf sie zu. Silvia flog ihm, ohne zu zögern, in die Arme. Schnell entzog sie sich ihm wieder und verbeugte sich errötend, wie es sich für ein Mädchen von Stand geziemte. Alessandro lachte und verbeugte sich ebenfalls formvollendet.

Silvia erfuhr, daß er der Engelsburg entflohen sei, sich in Rom habe verstecken müssen, vor den Häschern des Papstes, auch vor seiner Mutter, die ihn um jeden Preis auf den Pfad der apostolischen Tugend habe zwingen wollen.

»Wo hast du dich versteckt?« unterbrach sie ihn.

Er warf einen Blick auf ihre Begleiter, die sie mißtrauisch beäugten und nicht recht wußten, was sie tun sollten. Er winkte ihnen herrisch zu, sich zurückzuziehen. Sie lehnten sich mit gezücktem Schwert drohend und maulend an die nächsten Baumstämme.

Alessandro senkte seine Stimme und sprach nun lateinisch.

»Es gibt noch gute Freunde in Rom.« Mit einem kurzen Augenschlag wies er warnend auf die Männer.

»Und deine Schwester Giulia? Ach, sie ist ja so schön! Wir lieben uns! Wo ist sie? Hast du sie gesehen?« Silvia sprach ebenfalls lateinisch, obwohl es ihr nicht so flüssig von der Zunge ging.

Ein leicht spöttisches Lächeln zog sich um seinen Mund.

»Giulia hat einen neuen Beichtvater, der sie von all ihren Sünden der letzten Wochen freigesprochen hat, ihr aber zuvor auf Wunsch unserer Mutter ganz heftig den Kopf waschen mußte – Kardinal Rodrigo Borgia.«

»Der Spanier?«

Sie wußte, von wem Alessandro sprach. Sie hatte noch gut in Erinnerung, wie er Giulia über den Kopf gestrichen hatte. Und natürlich wußte sie, daß er das Haupt der spanischen Kardinalspartei war, von seinen Widersachern nur abfällig *der Katalane* genannt. Er hatte einen schlechten Ruf. Aber Silvia war bekannt, daß das Volk von Rom auf den Straßen unablässig über ihre Herrn schwätzte und gern über die Kardinäle und Prälaten, sogar über den Heiligen Vater herzog. Lästermäuler gab es überall, auch in ihrer *famiglia*, und manche logen so schamlos, daß die Engel im Himmel erröteten.

»Wenn das Volk frech wird, dann besticht man es mit Geld und Wohltaten, mit Karneval, Umzügen und ein paar Hinrichtungen.« Das hatte Clarissa gesagt, und Giulia hatte genickt. »Wer dann immer noch den Mund aufreißt, dem schneidet man die Zunge heraus.«

Ihr Lateinlehrer erzählte ähnliche Geschichten und kommentierte sie mit dem Ausruf: *O tempora, o mores!*

»Borgia ist der kommende Mann«, sagte Alessandro mit ruhiger, kalter Stimme. »Daran glaubt wenigstens unsere Mutter, und sie schmeichelt sich bei ihm ein.«

Silvia war bekannt, daß Kardinal Borgia, den sein Onkel, Papst

Calixtus III., schon in jungen Jahren zum Kardinal ernannt hatte, nicht nur Titularbischof von Santa Cecilia, sondern auch Vizekanzler der Kurie war und daher sehr reich und mächtig. Rosella hatte seine zahlreichen illegitimen Kinder erwähnt, und sie konnte sogar einige ihrer Namen nennen: Cesare, Juan, Lucrezia, Jofrè. Er sei ein bescheidener Esser, aber unersättlich, was seinen Appetit auf Frauen betreffe; raffgierig, aber gleichzeitig auch freigebig.

Silvia warf sich noch einmal an Alessandros Brust. Es war ihr gleichgültig, was ihre Bewacher dachten und ihrem Vater erzählen würden. Sie hatte ihren Helden und Befreier wiedergetroffen! Sie wollte nichts weiter über einen Kardinal hören, der sie gar nicht interessierte. Sie wollte etwas von Alessandros Flucht erfahren, und vielleicht erwartete sie auch ein kleines Geständnis: Er habe sie vermißt. Könnte er ihr nicht sogar noch etwas anderes gestehen?

Alessandro drückte sie an sich. O Gott, diese Arme sollten sie nie mehr loslassen! Ein Wort von ihm, und sie folgte ihm auf ihrem Schimmel, sie flogen davon, keiner der Wachen könnte ihnen noch folgen und sie einfangen.

»Ach, Alessandro, ich langweile mich hier«, flüsterte sie. »Zuerst hat mich mein Vater ins Kloster gesteckt …«

»Da muß ja so einiges vorgefallen sein«, sagte er onkelhaft.

Sie sah ihm ins Gesicht. Mit leicht vorgerecktem Kopf erwiderte er ihren Blick. Seine Augen schauten noch immer liebevoll, gütig, aber auch mit einem spöttischen Blitzen, das sie verwirrte.

Sie flüsterte: »Ich habe dich so vermißt!« Sie merkte, wie eine glühende Röte ihr Gesicht überzog, und sie versteckte erneut ihr Gesicht an seiner Brust.

Alessandro antwortete nicht. Aber er schob sie auch nicht weg. Nach einer Weile nahm er ihren Kopf in seine Hände und sah ihr forschend in die Augen. Er öffnete seine Lippen, als wolle er etwas sagen, unterließ es aber dann und drückte ihr statt dessen einen Kuß auf die Stirn.

O Gott, auch er liebte sie!

»Ich kann hier nicht länger bleiben«, flüsterte er. »Wenn man mich erwischt … Ganz Rom spricht über meine Flucht. Der Heilige Vater ist wütend, er will mich in den tiefsten Verliesen schmoren lassen.« Und nun endlich berichtete er ihr von seiner waghalsigen Flucht aus seinem Kerker. Noch nachträglich wurde ihr heiß und kalt vor Angst. Sie bewunderte seinen Mut. Er war wahrhaftig ein furchtloser Held.

»Ich gehe nach Florenz; dort bin ich in Sicherheit und kann meine Studien erweitern. Mein Lehrer Leto hat mich an Lorenzo de' Medici und seine Accademia Platonica empfohlen.«

Sie schauten sich in die Augen. Kaum war er gekommen, verließ er sie schon wieder. Er bewies ihr seine Liebe, durfte sie aber nicht leben.

»Darf ich nicht mitkommen?«

»Ach, kleine Silvia ...« Er umarmte sie noch einmal kurz, ein wehmütiger Blick – dann schwang er sich aufs Pferd. »Ich werde dir schreiben, meine Silvia. Wir sehen uns wieder, ich weiß es, die Sterne lügen nicht.«

Er winkte ihr, drehte sein Pferd, und mit Tränen in den Augen sah Silvia den rotschwarzen Mantel davonwehen. »Ich werde auf dich warten«, wollte sie ihm noch nachrufen, aber ein Aufschluchzen erstickte ihre Stimme. Alessandro tauchte in einen Hohlweg, schaute sich noch einmal um und winkte. Sie konnte ihre Augen nicht von ihm lassen. Auch als er schon lange verschwunden war, starrte sie noch in den Hohlweg, durch den sein rotschwarzer Mantel zu schweben schien.

Langsam ritt sie zurück nach Frascati. Tränen rannen ihre Wangen hinunter. Leise vor sich hin fluchend folgten ihr die Bewacher.

Während der nächsten Wochen träumte sie nachts von Alessandro, und auch tagsüber konnte sie ihre Gedanken kaum von ihm lösen. Die täglichen Ausritte zu den zwei Pinien, zwischen denen sie sich begegnet waren, zu dem Hohlweg, durch den er sie verlassen hatte, verstärkten den Aufruhr in ihrem Innern. Als stünde er vor ihr, führte sie mit lauter Stimme Gespräche mit ihm; sie sah sich mit ihm durch die Straßen von Florenz lustwandeln und lauschen, wenn er mit den Humanisten der Stadt disputierte. Weil sie sich noch für zu unwissend hielt, bestellte sie ihrem Vater, er solle ihr endlich wieder einen fähigen Lehrer besorgen. Sie wünschte sich Gedankenaustausch mit einem unvoreingenommenen Humanisten, nicht immer nur mit Dominikanermönchen, die *O-tempora-o-mores*-Seufzer ausstießen und glaubten, Rosenkranzbeterei, Stikken und Lautespielen reiche für die Bildung von Mädchen. Noch lieber hätte sie die Accademia Romana besucht, von der sie wußte, daß auch Alessandro dort die Grundlagen seiner Bildung erhalten hatte.

Der Vater schickte ihr keinen Lehrer. Statt dessen erreichte sie die Nachricht, Rosella habe einem gesunden Jungen das Leben geschenkt, auch sie selbst sei wohlauf. Nun hielt Silvia es noch schlechter in Frascati aus. Sie schrieb ihrem Vater, die Verbannung sei ihr sicherer Tod, und wenn sie nicht wieder nach Rom zurückkehren dürfe, würde sie sich allein durchschlagen. Nein, sie verbesserte sich sofort: Sie würde nach Florenz fliehen und sich dem Schutz des großen Lorenzo de' Medici anvertrauen.

Der Brief zeigte Wirkung. Sie durfte bald darauf mitsamt ihrer Bewachertruppe Frascati verlassen, und in stolzer Haltung zog sie auf ihrer Schimmelstute über die Via Appia in ihre laute, stinkende, aber lebendige Stadt ein.

Zu Hause angekommen, begrüßte sie ihr Vater so herzlich, wie er es nach dem Überfall und dem Tod der Mutter nicht mehr getan hatte. Er stürzte Silvia schon im Eingang entgegen, drückte sie an sich, küßte sie, ja, er verdrückte sogar einige Tränen. Er war wieder ihr alter Vater, der oft an ihrem Bett gesessen und ihr immer tröstend zur Seite gestanden hatte, wenn die Mutter sie schalt. Aber trotz seines freudigen Lächelns lagen seine fiebrig glänzenden Augen ausdruckslos in dunklen Höhlen, und insgesamt war er abgemagert.

»Warum ...«

Er verschloß ihren Mund sofort mit seiner Hand und drückte sie noch einmal an sich.

Dann führte er sie durch das Haus. Es roch anders, es sah alles heller aus, sie kannte kaum noch ihre *famiglia* wieder. Rosella lag in dampfendem Rosenwasser, ließ sich ihre Fingernägel pflegen und die langen Haare kämmen. Kaum entdeckte sie Silvia, stand sie auf. Daß sie nackt war, scherte sie nicht. Voller war sie geworden, aber gleichzeitig schöner. Eine Kammerfrau legte ein Leinentuch auf den Boden und wickelte sie dann in ein zweites, vorgewärmtes ein. Rosella fuhr mit der Hand unter ihr blondes Haar und schüttelte es, und es fiel bis auf die Hüften. Lächelnd strich sie Silvia dann über die Wangen.

»Komm«, sagte sie nur und führte sie in das angrenzende Zimmer, in dem eine Wiege stand. In der Wiege schlief ein kleines Kind.

»Mein Sandro!« Der Stolz in ihrer Stimme war unüberhörbar. »Unser Sandro!«

Silvia betrachtete das schlafende Gesichtchen. Die Lippen des Kleinen zuckten und zogen sich dann zu einer Art Lächeln breit. Auch ihr Vater beugte sich vor, wollte ihn sogar herausnehmen, aber Rosella hielt ihn zurück.

»Laß ihn schlafen!« fuhr sie ihn an. »Er träumt gerade so schön.«

Der Vater strich vorsichtig über die Wange des Kindes und berührte dann mit dem Finger seine Hand. Sofort schlossen sich die Fingerchen des Kindes und ließen ihn nicht mehr los.

»Siehst du. Er ist mein Sohn«, sagte er mit sanfter Stimme. »Ich habe wieder einen Sohn!« Freudiger Stolz schwang mit.

»Er ist dein *Bastard*!«

Silvia hielt erschrocken die Luft an. Ihr Vater schwieg. Als Rosella hörbar einatmete und den Mund öffnete, warf er schnell ein: »Ich werde ihn legitimieren.« Vorsichtig befreite er sich von dem Klammergriff des Kindes, wiederholte leise »Ich werde ihn legitimieren lassen, vom Heiligen Vater persönlich« und verließ den Raum.

Noch immer war Silvia wie vor den Kopf geschlagen und starrte erneut auf das schlafende Kind, als müsse es sich nun in eine kleine höhnische Satansfratze verwandeln. Aber nichts dergleichen geschah. Es verzog wieder sein Mündchen zu einem Lächeln.

Sie hörte Rosella lachen und drehte ihr den Kopf zu. Sie sah sie wie durch einen Schleier. Rosella tappte in den Baderaum zurück, ließ das Tuch, mit dem sie sich abgetrocknet hatte, von ihren Schultern und Hüften gleiten und legte sich auf einen Diwan. Eine der Mägde tröpfelte Öl auf ihren Rücken und begann es gleichmäßig zu verteilen und einzumassieren.

Der Teufel ist im Haus, dachte Silvia.

Der kleine Sandro schlief noch immer, als wäre er das Jesuskind.

Ihr Vater war nirgendwo mehr zu sehen.

Rosella stöhnte wohlig. Die Magd massierte nun ihr Hinterteil und die Oberschenkel.

»Komm her!« rief Rosella, und wie unter einer fremden Macht bewegte Silvia sich zu ihr. »Setz dich hierher!«

Silvia ließ sich neben ihr nieder. Rosellas Kopf lag auf der Seite, die Augen waren geschlossen. Sie ertastete Silvias Hand.

»Der Bastard ist mein Engel«, sagte Rosella wie im Schlaf. »Er wird über mich wachen.« Und sie stöhnte wieder auf, als die Kammerfrau die Innenseite ihrer Schenkel rieb. »Du sagst ja gar nichts, mein Hühnchen. Sonst stand doch dein Mund nicht still.«

Silvia sprach nun aus, was sie schon eine Weile beschäftigte: »Warum hast du den Kleinen nach Alessandro benannt?«

Die Augen noch immer geschlossen, drehte Rosella sich herum und legte sich auf den Rücken. Das Öl lief über ihren Leib, in den geröteten Bauchnabel und weiter in die dunkle Haarpracht ihrer Scham. Die Hände der Magd schoben es zwischen die hochwölbenden Brüste, und unwillkürlich zuckten Rosellas Beine. Sie zog das rechte Bein ein Stück an und drehte das Becken leicht zur Seite. Silvia konnte ihren Blick nicht vom süßlich duftenden Öl wenden, nicht von den Händen der Magd, von Rosellas glänzender Haut.

»Gott hat ihn mir geschickt, ich bin gebenedeit unter den Frauen.« Sie sprach noch immer wie im Traum, und auch Silvia selbst glaubte sich in ein anderes Reich versetzt. Vielleicht machte sie auch nur der starke Duft, der vom Öl ausging, benommen. Ein Bann aus gesalbtem Fleisch umfing sie. Nun wurden auch noch Räucherstäbchen angezündet und verstärkten den Zustand der Benommenheit. Trotzdem fragte sie noch einmal nach: »Warum hast du deinen Sohn nach Alessandro benannt?«

Rosella öffnete ihre Schenkel und faßte mit beiden Händen in ihren Schoß. »Hier wurde er empfangen, in der Zuflucht der Sünder, in der Trösterin der Betrübten, und hier verließ er das vortreffliche Gefäß, die Pforte des Himmels.« Laut aufstöhnend rief sie: »Sei mein goldenes Haus, du geheimnisvolle Rose.«

12. Kapitel

Als Alessandro die heimatliche Burg Capodimonte am Lago Bolsena erreichte, wurde er von seiner Mutter kühl empfangen. Sie trug, als käme er als Abgesandter der Kurie, ihr vornehmstes Brokatkleid. Ihre Haare hielt ein goldbesticktes Netz zusammen. Sie schickte Giulia, die Alessandro um den Hals gefallen war und nicht aufhören wollte, ihn abzuküssen, auf ihr Zimmer, streichelte ihre Jagdhunde, ging mit keinem Wort auf seine Flucht aus der Engelsburg ein, sondern warf ihm Haltlosigkeit, Unvorsichtigkeit, verantwortungsloses Treiben und noch einiges andere vor, was er sofort wieder vergaß.

»Ja, ja, liebe Mutter«, sagte er. »Und wie geht es deinen Schafen?«

Die Schafzucht war, abgesehen von dem Ehrgeiz um das Ansehen und das Fortkommen der Familie, ihre einzige wirkliche Leidenschaft, obwohl sie allgemein als eine zutiefst unadlige Beschäftigung angesehen wurde. Aber seine Mutter ertrug sogar den Spott ihrer Freunde und ließ sich, hielt sie sich in Capodimonte auf, nicht davon abhalten, täglich über ihre Ländereien zu reiten, um zu überprüfen, wohin die Schafsherden getrieben wurden und ob sie auch ausreichend vor streunenden Hunden und Wölfen geschützt seien. Nach der Schur begutachtete sie eigenhändig die Qualität der Wolle und feilschte dann mit mehreren renommierten Florentiner Handelshäusern hartnäckig um einen günstigen Preis. Die Farnese-Caetani-Wolle galt als besonders warm und weich und war dementsprechend begehrt.

Sie überhörte den Spott in Alessandros Stimme und ging bereitwillig auf das neue Thema ein. Mit Begeisterung berichtete sie von ihren letztjährigen Erfolgen, der geringen Ausfallquote unter den Schafen, ihrer Fruchtbarkeit und den beachtlichen Einnahmen. »Meine Schafe machen mir auf jeden Fall mehr Freude als meine Kinder«, erklärte sie. Dann sah sie ihn mit einem langen Blick an. »Morgen stehe ich zur Frühmesse auf, daher muß ich jetzt zu Bett gehen.« Sie winkte einer Kammerfrau. In der Tür drehte sie sich noch einmal um. »Kardinal wirst du jetzt nicht mehr werden, mein Zweitgeborener.« Sie schüttelte voll Unverständnis und Bedauern den Kopf. »Das Caetani-Blut, das in dir fließt, war nicht stark genug. Und was das Blut deines Vaters betrifft: Die Farnese sind keine Familie, aus der wirklich erfolgreiche Männer hervorgehen, immer nur mittelmäßige Condottieri, die auch noch auf dem Schlachtfeld fallen.«

»Mein Vater starb nicht auf dem Schlachtfeld«, erwiderte Alessandro.

»Richtig, er starb sogar im Bett viel zu früh!« Sie schnaubte verächtlich und verließ den Raum.

Alessandro starrte lange auf die Tür, die hinter ihr zugefallen war. Ihn lähmte ein blindes Nebelgefühl. Nach einer Weile setzte er sich vor den Kamin, der angezündet worden war, weil seine Mutter abends leicht fror und der erste Herbstwind schon kühle Nächte brachte. Bevor die Wärme ihn wohlig umfaßte, fröstelte er erst einmal. In seiner Kindheit hatte er lange Winterabende vor dem Feuer verbracht, zusammen mit den Jagdhunden, und vor sich hin geträumt. Tagsüber konnte er kaum stillsitzen, mußte rennen und mit dem Ball spielen, klettern, Bogen schießen und mit Angelo ringen, aber abends überfiel ihn häufig der Wunsch nach Wärme und Ruhe. Sein Vater strich ihm lächelnd über den Kopf, seine Mutter runzelte die Stirn. Oft gesellten sich Giulia und Angelo zu ihm. Dann lagen sie zu dritt vor dem Kamin. Die Hunde gähnten und schlossen die Augen, aber sie strahlten noch eine zusätzliche Wärme aus. Manchmal erfanden die Geschwister Geschichten, in denen sie Königskinder spielten und sich schworen, einander nie zu verlassen.

Angelo hatte als erster die *Ilias* und die *Odyssee* gelesen, und er berichtete mit Schaudern von den Kämpfen und den Toten, von den verschleppten Frauen, die zum Beutegut der Männer gehörten, von Odysseus unendlichem Leiden und seiner unstillbaren Sehnsucht. Alessandro las die beiden Epen bald darauf, kam aber nicht recht voran, weil er Giulia jede Zeile vortragen mußte. Eine Weile fühlte sie sich als Helena, aber Paris war ihr zuwider, trotz seiner Schönheit. Als Hektor um die Mauern geschleift wurde, vergoß sie Tränen. Und sie haßte nun die schöne Frau, wegen der all das Morden geschah. Sie litt mit Andromache und später mit Penelope, die alle falschen Freier von sich wies und treu auf ihren Gatten wartete.

Alessandro seufzte. Es waren wunderbare Abende gewesen. Seine Kindheit lag lange zurück, eine friedliche, im Frühling bunte, im Sommer glasige, im Herbst angenehm frische Welt. Und in der dunklen und feuchten Jahreszeit lag der Schimmer der Kaminfeuer über ihr und erwärmte sie. Aber fast noch schöner als die gemeinsamen Abende am Feuer waren die warmen Tage auf der Isola Bisentina, einer der beiden Inseln im Lago di Bolsena, die der Farnese-Familie gehörten. Hier erzählte ihnen der Vater nicht nur von

Amalaswintha, der Gotenkönigin, die auf der Nachbarinsel Martana von ihrem eigenen Ehemann ermordet worden war, er zeigte ihnen auch all die abenteuerlichen Orte der Insel, die dunkle Brunnengrotte, aus der nachts die Geister stiegen, die dichten Gehölze, in denen grausame Fabeltiere hausten, und er führte sie zu den Uferfelsen, auf denen man sitzen, in der Sonne liegen und träumen konnte. Und natürlich schwamm er mit ihnen. Das hieß, in erster Linie mit ihm, dem Zweitgeborenen. Angelo, sein Bruder, war wasserscheu und wollte nicht recht das Schwimmen lernen, im Gegensatz zu Giulia, die sich, sooft sie konnte, ins Wasser stürzte.

In den düsteren, staubigen Skriptorien des Vatikans war die Kindheit in Vergessenheit geraten. An diesem Abend glänzte sie jedoch wieder auf. Rubino, ein ergrauter Jagdhund, der Liebling seines Vaters und einer seiner treuen Begleiter, gesellte sich zu ihm, und Alessandro legte den Kopf auf sein Fell.

Überhaupt schien er erst jetzt, vor diesem Kindheitskamin in der heimischen Burg, das Geschehen der letzten Monate zu begreifen. Es war, als hätte er dauernd von einer Haut in die andere schlüpfen müssen. Er kannte sich schließlich nicht mehr selber. *Gnothi sauton*, dies stand am Apollontempel zu Delphi. *Erkenne dich selbst!* Sein Lehrer Pomponeo Leto hat diese Aufforderung immer mit hoher Stimme und erhobenem Zeigefinger verkündet und meist noch Pindars Botschaft angefügt: *Werde, der du bist.*

Aber wer war er? Gerade jetzt wußte er weniger denn je, wer er war, zu wem er werden sollte. Er fühlte sich verführbar und gleichzeitig in ein so feines Netz gesponnen, daß er seine Fesseln gar nicht sah. Ein Netz, wie Hephaistos es gesponnen hatte, als er seine Gemahlin Aphrodite und den Kriegsgott Mars überführen wollte. Da lagen sie, nackt, in geschlechtlicher Vereinigung, und alle Götter umringten sie und stimmten ihr Gelächter an. Es schüttelte Alessandro bei dem Gedanken, er könnte in einer solchen Situation erwischt werden. Mit Silvia zum Beispiel. Aber Silvia dachte noch nicht daran, sich einem Mann hinzugeben.

Oder mit Rosella.

Alessandro streichelte den Hund, der seine Hand leckte und wohlig knurrte. Während der letzten Monate hatte Alessandro, ohne sich zu besinnen und nachdenken zu können, eine Veränderung ohnegleichen erlebt. Vielleicht hatte die erste Begegnung mit Rosella alles ausgelöst. Sie hatte ihn zum Mann gemacht. Im Gegensatz zu seinen gleichaltrigen Freunden, die mit ihm ritten und fochten, in der Accademia lernten oder im Skriptorium litten, war er nicht regelmäßig zu Kurtisanen gegangen. So geschickt sie ihn umschmeichelten, so gut sie dufteten, so verlockend sie ihn um den Bart gingen, sie hatten ihm immer Angst eingeflößt. Er war lieber auf die Jagd gegangen. Bis dann sein Pferd in der Nähe des ehemaligen Pantheon Rosella umstieß. Vielleicht war sie ihm sogar absichtlich in den Weg gelaufen. Zuerst tat sie verletzt und ließ sich von ihm stützen, klammerte sich an ihn, humpelte, wollte sogar getragen werden. Immer wieder strich ihr heißer Atem an seinem Ohr entlang, und sie flüsterte: »Danke, mein Herr, Ihr seid so gut, mein Herr!« Dann ließ sie sich zu einer Kate bringen, die in der Nähe des Ruffini-Hauses stand. Er mußte sie hineinschleppen. Sie streifte ihre Sandalen von den Füßen, ließ ihn ihre Knöchel untersuchen, schob dabei das Kleid übers Knie. Erst als sie die Tür verriegelte, begriff er, was geschehen sollte. Ihr Kleid rutschte noch höher – und dann war kein Halten mehr. Es dauerte Stunden, bis er, erschöpft und ausgelaugt, von ihr abließ.

Von nun an zog er jede Nacht mit den Skriptoren los, von einer Kurtisane zur anderen. Mit jedem Mal wurde er anspruchsvoller, die Frauen wurden schöner, klüger und teurer. Er bettelte seine Mutter um Geld an und machte Schulden, die er nie zurückzahlte. Rosella vergaß er zwar nicht, schließlich war sie die erste Frau, die in ihm den Rausch der Liebe erweckt hatte, aber er suchte sie nicht mehr auf. Irgend etwas hielt ihn davon ab. Das vage Gefühl vielleicht, sie könne ihm gefährlich werden. Und außerdem war er auf der Suche nach neuen Formen der Liebe. Jede Frau liebte anders, und gerade die Unterschiede reizten ihn.

Als er Silvia dann, nicht lange danach, vor den Wegelageren rettete und ein zweites Mal auf Rosella stieß, drängte sich ihm der Gedanke an eine göttliche Fügung auf. Dies wiederholte Treffen konnte kein Zufall sein! Oder war es eine menschliche Fügung? Nein, Rosella konnte nicht wissen, an welchem Tag er an welchem Ort zur Jagd ging, und selbst wenn sie es hätte in Erfahrung bringen können, so wäre sie kaum in der Lage gewesen, den Zeitraum der Abreise von Signora Ruffini zu bestimmen. Nein, der Allmächtige und Allwissende mußte eingegriffen haben. Aber warum hatte ER ihn dann in Rom nicht auf Silvia stoßen lassen, sondern auf ihre Kammerfrau, die in Wirklichkeit eine Hure war?

Rosella hatte in ihm auf jeden Fall etwas ausgelöst, was ihn in eine heftige Unruhe versetzte. Wie von Dämonen getrieben, zog er abends los, und erst in den frühen Morgenstunden fand er nach Hause. Nach einem kurzen und flüchtigen Schlaf ging er häufig auf die Jagd, weil er nur so die Unruhe in seinen Gliedern loswerden konnte. Saß er schließlich doch einmal im Skriptorium und schrieb gähnend ein besonders gottesfürchtig klingendes *breve* ab, dachte er daran, daß in der Hauptstadt des Glaubens, im Zentrum des priesterlichen Zölibats, im *caput mundi* nicht das Kreuz die Menschen beherrschte, sondern der Schwanz. *Cauda mundi* – so nannten die Spötter die Ewige Stadt, und sie hatten recht. Rom war ein großer, von Mönchskutten und Prälatengewändern, von Kardinalspurpur und Bischofsweiß umhüllter Schwanz. Und um den Schwanz tanzten die Dukaten. Wer Dukaten klingeln ließ, konnte sich schöne Kurtisanen kaufen, konnte in Palästen wohnen, wurde Bischof und Kardinal. Und wer Bischof und Kardinal wurde, konnte sich Paläste und Kurtisanen kaufen und erhielt noch mehr Dukaten. Aber kein Jesus von Nazareth kam und trieb mit der Peitsche die Geldwechsler und falschen Priester aus der Stadt Gottes.

Warum sollte er auch? Er war ja am Kreuz gestorben. Oder hatte nur als armseliger Wanderprediger gelebt, wie viele andere auch. Solche ketzerischen Gedanken stammten von Alessandros Lehrer. Leto hatte über die Sakramente gelacht, am meisten über das Heilige Abendmahl. *Dies ist sein Leib.* Und der Wein ist sein Blut. Leto und die anderen bärtigen Lehrer schlugen sich auf die Schenkel, prosteten sich zu, tranken ihren Wein, und je mehr sie tranken, desto mehr mußten sie sich die Bäuche halten vor Lachen.

Alessandro seufzte. Nein, seine Laufbahn als werdender Priester und zukünftiger Kardinal, der Traum seiner Mutter, war vorbei. Der Zweitgeborene wurde diesmal kein Mann der Kirche, sondern – ja, was? Vielleicht ein Philosoph? Oder ein Humanist, der alte Bücher sammelte? Seine Mutter züchtete Schafe, er hockte über griechischen Manuskripten. Noch hatte er allerdings keine Ahnung vom

Griechischen. Außerdem: Wollte er sein Leben lang Papierstaub einatmen, dann hätte er gleich Skriptor bleiben können. Aber all die Ämter und Tätigkeiten im Vatikan, Notar, Thesaurar, Datarius oder Abbreviator, langweilten ihn. Wenn schon ein kuriales Amt, dann kam nur ein Kardinalat in Frage oder zumindest eine Gesandtschaft. In Venedig zum Beispiel. Oder am französischen Hof. Als Gesandter kam man in der Welt herum, und als Kardinal besaß man Macht und erhielt einträgliche Pfründe.

Aber warum sollte er nicht gleich Papst werden? Oberhaupt der katholischen Kirche? Man mußte zur rechten Zeit am rechten Ort sein, Freunde im Kardinalskollegium haben und, wenn möglich, einen Papst in der Familie. Mehr war nicht erforderlich. Das sah er an den jetzigen *papabiles* Borgia und della Rovere. Papst Innozenz VIII. Cibò dagegen war nur gewählt worden, weil man ihn für schwach und ungefährlich hielt. Wie so viele Schwächlinge zeichnete er sich durch Falschheit und Ränkeschmiederei aus, und außerdem verfolgte ihn die Angst vor Hexen und ihren Taten. Daher seine Bulle *Summis desiderantes*, die Alessandro noch Jahre nach ihrem Erlaß mehrfach hatte kopieren müssen. *Innozenz Bischof, ein Knecht der Knechte Gottes.* So begann sie. Da konnte man nur lachen. Der Papst war kein Knecht, sondern ein Herrscher: über die Ewige Stadt, über das Italien südlich der Toskana und nördlich von Neapel und gleichzeitig über viele, viele Seelen. Vor ihm knieten Könige, und sogar der Kaiser wurde von ihm gekrönt.

Alessandro setzte sich auf, fachte dann das Feuer wieder an, warf ein paar Scheite in die Glut und ließ sich ein Glas Rotwein bringen. Das Feuer loderte auf, und sein Blick folgte den Flammen. Er hatte sich auf wolkigen Träumen hinweg treiben und in den Himmel der Hoffnungen tragen lassen. Dabei mußte er Rom verlassen und ins Exil gehen. Durfte er je wieder zurückkehren? Vielleicht blieb ihm sogar sein heimatliches Schloß in Zukunft versperrt, und er mußte wie ein ärmlicher Scholar durch die europäischen Länder ziehen. Oder der Papst exkommunizierte ihn! Was tat seine Mutter, die wahrscheinlich alles angezettelt hatte, dann?

Die Hitze der Flammen ließ Alessandros Haut erglühen, aber er wich nicht zurück. Das Wort *Exil* setzte sich in seinem Kopf fest.

Er war ein Verbannter! Schon jetzt saß er hier in der Burg seiner eigenen Familie allein vor dem Kamin. Wo war Giulia? Was tat sie? Und Angelo? Der einzige Bruder, der ihm geblieben war. All die anderen Geschwister waren schon in jungen Jahren gestorben. Auch der Vater tot. Ein loderndes Feuer, aber kalte Wände. Nur Rubino, der humpelnde Jagdhund, der neben ihm schlief, vermittelte ihm etwas von der Wärme der Kindheit.

Alessandro trank noch einen Schluck Wein und schüttete den Rest aus dem Glas in das aufzischende Feuer. Silvia stand wieder neben ihm, wie noch kürzlich in Frascati. Oder vor den erschlagenen Wegelagerern. Ein kleines zitterndes Mädchen. Er mußte sie beschützen, ebenso, wie er seine Schwester Giulia beschützen mußte. Aber gleichzeitig sah er in Silvia eine engelhafte Erlöserin. Die beiden Seiten einer Medaille – oder, wie Plato es sah, die beiden Teile eines einzigen Wesens, das auseinandergerissen worden war und das nun danach strebte, sich wieder zu vereinigen. Falls sie sich allerdings gefunden hatten, dann waren sie von neuem auseinandergerissen worden.

Alessandro warf den Weinkrug ins Feuer, das noch einmal laut aufzischte. Heller Rauch schoß in den Kamin. Der Jagdhund wachte auf und schaute ihn fragend an. Alessandro strich dem treuen Tier übers Fell.

13. Kapitel

Die Tage zu Hause waren, wie Silvia enttäuscht feststellte, nicht leichter zu ertragen als die Tage in Frascati. Auf dem Land konnte sie ausreiten und Zwiesprache mit der Natur halten, in Rom durfte sie das Haus nur verlassen, um zur Messe zu gehen, und dies nie allein. Ihr Vater begleitete sie zuweilen nach Santa Maria sopra Minerva, und wenn er nicht gar zu niedergedrückt war, zogen sie anschließend durch das bunte und laute Menschengewühl zum Grab der Mutter in Santa Maria ad Martyres, zum altrömischen Pantheon. Der Vater kniete vor der Grabnische der Familie und betete, obwohl um sie lautes Treiben herrschte und die Kurtisanen mit großem Gefolge hofhielten. Silvia sah Tränen in seinen Augen; er bewegte stumm seine Lippen. Sie selbst versuchte dann auch, die

Jungfrau Maria und die Märtyrer um Verzeihung zu bitten für all die Sünden, die ihr noch nicht erlassen waren, weil sie ihre Verfehlungen bisher nie gestanden hatte. Es hallte unter der großen Kuppel, und durch die runde Öffnung in der Mitte schickte die Sonne einen blendenden Strahl auf die Menschen.

Während der Vater sich noch tiefer bückte und nun seine gefalteten Hände gegen seine Stirn schlug, beobachtete Silvia die elliptische Form des Sonnenlichts, das sich auf sie zu zu bewegen schien. Für einen Augenblick überfiel sie die Angst, sie müßte geblendet niederstürzen wie Saulus, der aber zum Paulus bekehrt worden war, während sie ewig in sündiger Dunkelheit verharren mußte. Aber als das Licht sie schließlich traf, schloß sie einfach die Augen – und nichts geschah! Gott hatte sie übersehen! Hatte sie nicht auserwählt!

Während der nächsten Wochen betete sie viel. Sie trug nur weiße Kleider, die täglich gewaschen werden mußten. Sooft es ging, holte sie sich den kleinen Sandro und trug ihn durch die Räume des Hauses, wiegte ihn auf ihren Armen, strich ihm die Härchen aus der Stirn und sang ihm ein Schlaflied. Gelegentlich tröpfelte sie ihm auch Ziegenmilch auf die Lippen. Am liebsten wäre es ihr gewesen, die Wiege hätte in ihrem Zimmer stehen können, aber die Amme reagierte mit heftiger Eifersucht. Und natürlich konnte sie dem Kleinen keine Brust geben, obwohl ihr schon deutlich Rundungen wuchsen.

Rosella begutachtete sie einmal, als Silvia mit ihr zusammen in Rosenwasser badete, und nickte anerkennend. »Noch klein, aber wohlgeformt.« Sie sah Silvia prüfend an. »Steh mal auf!«

Silvia gehorchte. Das Wasser tröpfelte an ihrem Körper ab, und eine Gänsehaut überlief sie.

»Du wirst einmal sehr schön, Piccolina … Contessina!«

Silvia ließ sich verschämt wieder ins Wasser gleiten.

»Manche Männer lieben schlanke, jungfräuliche Körper mit engen Öffnungen … andere dagegen mögen mütterliche Brüste.« Rosella fuhr mit ihren Händen über ihren Oberkörper und hob ihre beiden Brüste. »Sie sind wie Kinder … wenn sie nicht gerade ihren gewaltsamen Fickrausch austoben müssen.«

Silvia erschrak über die Wortwahl, die sie bei den Wäscherinnen vermutete, die aber in ihrer Gegenwart vermieden wurde.

»*Vivamus, mea Silvia, atque amemus*, laßt uns leben, laß uns lieben«, rief Rosella lachend, erhob sich schwungvoll und ließ sich ein weites Leinentuch reichen. »*Vita brevis*, das Leben ist kurz ... Komm, laß uns ein wenig singen!«

Als Rosella abgetrocknet war, zog sie sich ein leichtes Tunika-Kleid an, ließ sie sich die Laute bringen und begann zu ihrem Spiel ein weiteres Gedicht, das Silvia nicht kannte, zu rezitieren, und als sie Silvias fragenden Blick sah, warf sie kurz ein: »Ovids *Ars amatoria*. Unser Evangelium!«

Silvia mußte wieder daran denken, daß Rosella vor dem Tod der Mutter ihre Kammerfrau war, daß man ihren Vater vor dem eigenen Haus ermordet hatte, ihre Mutter eine Kupplerin, ihre Schwester eine Straßenhure war und der Bruder überhaupt keinen Beruf hatte. Und jetzt badete sie in Rosenwasser, trug die Gewänder der Familie Ruffini und legte sich zu ihrem Vater ins Bett. Die Vorstellung schüttelte Silvia vor Ekel und trieb ihr gleichzeitig Hitzewellen durch den Körper. Aber sie bewunderte Rosella auch. Rosella hatte in kurzer Zeit Latein gelernt, ihre Finger hüpften, ohne sich zu vergreifen, über die Saiten der Laute, und wenn sie sang, glaubte man die reine, sanfte Stimme der Engel zu hören.

Doch liebte Rosella ihren Sandro genug? Nur selten nahm sie ihn in den Arm, um ihn zu küssen und zu liebkosen, sie nannte ihn häufig »du Bastard, du kleiner«, und sobald er zu weinen begann, übergab sie ihn mit einem unwilligen Ausdruck der Amme. Silvia fragte sich auch, ob ihr Vater und sie sich wirklich liebten, oder ob sie ihn nicht nur durch schwarze Magie umfangen hatte? Immer wieder sah Silvia ihn hinter ihr her schleichen, und in Augenblicken, in denen er sich unbeobachtet glaubte, griff er nach ihr, küßte ihren Hals, versuchte, seine Hand in ihren Ausschnitt oder auch zwischen ihre Schenkel zu schieben. Sie verdrehte die Augen, seufzte, stöhnte und zog ihn ins Schlafzimmer, und falls sie sich am anderen Ende des Hauses aufhielten, zog sie ihn in eine dunkle Ecke. Er schien ihr blind zu folgen, während ihre Augen die Umgebung absuchten. Einmal entdeckte sie Silvia und bedeutete ihr mit dem Kopf, zu verschwinden. Silvia verzog sich hinter den nächsten Schrank und lauschte. Vielleicht hatte Rosella auch sie verhext, denn obwohl Silvia wußte, daß ihr Vater sie schon einmal ins Kloster verbannt hatte, nachdem sie ihre Neugier nicht hatte zügeln können, trieb sie etwas Machtvolles, das Treiben der beiden zu belauschen.

»Warum heiratest du mich nicht?« fragte Rosella.

Der Vater keuchte und stieß »Komm jetzt, komm!« hervor.

»O ja, das ist gut«, rief sie mit unterdrückter, aber falsch klingender Stimme.

Ein langgezogenes Stöhnen folgte.

»Ich will nicht länger deine Konkubine sein, das mußt du doch verstehen!«

»Jaaa!«

Sie stieß ein paar spitze Schreie aus. Das Stöhnen ebbte ab.

»Ich habe dein Kind auf die Welt gebracht, endlich wieder einen Jungen. Warum heiratest du mich nicht!?«

Der Vater stöhnte noch einmal. »Das Trauerjahr muß erst vorbei sein, das weißt du genau.«

»Du hast sie doch nie geliebt; sie war kalt wie ein Fisch.«

Für kurze Zeit war Rosellas Stimme böse und scharf, dann versuchte sie ihm wieder zu schmeicheln. »Ich will dich glücklich machen, aber auch du solltest mir etwas geben. Noch ist dein Sohn Sandro der Bastard einer Magd!«

Obwohl Silvia es nicht sehen konnte, merkte sie, wie ihr Vater sich abwandt. Seine Stimme wurde unwillig. »Wer weiß, ob Sandro überhaupt von mir ist.«

»Ich habe dir schon oft gesagt, daß sie mich nicht angerührt haben. Ich verkroch mich ins Gebüsch.«

Schweigen. Geräusche von Kleidern, die gerichtet wurden. Silvia überlegte, ob sie schnell in ihr Zimmer rennen sollte. Der Vater konnte sie jeden Augenblick entdecken.

»Gab es nicht andere Männer in deinem Leben? Den Farnese zum Beispiel.«

Rosella antwortete nicht.

Silvia wollte nicht glauben, was sie gehört hatte. Sie glaubte, den Namen falsch verstanden zu haben. Oder der Vater sprach von einem anderen Farnese, einem Vetter von Alessandro. Es gab wahrscheinlich viele Farnese in Rom. Aber warum hatte Rosella den Kleinen dann *Sandro* genannt?

»So etwas spricht sich herum. Für einen Dukaten verrät selbst deine Mutter dich.«

»Du liebst mich nicht.« Rosella schluchzte theatralisch auf. »Ihr Männer seid alle gleich!« Sie rief es voller Wut, schien sich dann aber zu besinnen und begann wieder zu schluchzen. »Du liebst mich nicht, nein.«

»Dummes Huhn!« Die Stimme des Vaters klang nicht wirklich ärgerlich, auch nicht eifersüchtig.

»Ich nehme Sandro und gehe in den Tiber.« Plötzlich hatte sie geschrien, und der Vater schien sie zu packen und ihr den Mund zuzuhalten. Ein Stöhnen war die Folge. Aber dann schien Rosella sich von seinem Griff loszureißen und rannte in ihr Zimmer.

Damit Silvia von ihrem Vater nicht entdeckt wurde, verzog sie sich schleunigst. Aber was sie gehört hatte, nagte in ihr. Es gab ein Geheimnis … und es gab Dämonen im Haus. Rosella war ihr Werkzeug. Ihre früher so geliebte Rosella. Die Brüder starben, die Mutter wurde ermordet. Der Vater machte sie zur Geliebten. Oder hatte *sie* den Vater zu ihrem Geliebten gemacht? Sie zog ihre Fäden um die Farnese-Familie, und am Ende würde sie, Silvia, ihr letztes Opfer sein.

Silvia starrte auf den Boden und mußte lachen. Vielleicht war sie nur eifersüchtig. Trotzdem stellte sie Rosella noch am selben Abend zur Rede. Rosella lag in einem Badezuber und wirkte schlechtgelaunt, drückte langsam Wasser aus einem Schwamm und ließ es über ihre Schultern laufen.

»Seit wann kennst du Alessandro Farnese?« fragte Silvia.

Rosella schloß Augen und Mund und ließ den Kopf unter die Wasseroberfläche sinken. Aber er tauchte schnell wieder auf. »Man braucht Steine, die einen hinabziehen.«

»Ich habe dich etwas gefragt!« Silvia versuchte, die Herrin herauszukehren, aber Rosella reagierte nicht. Blitzschnell drückte Silvia ihren Kopf unter Wasser. Heftig ruderten Rosellas Beine und ließen soviel Wasser überschwappen, daß Silvia ganz naß wurde. Silvia ließ sie wieder los, und prustend tauchte Rosella auf, schnappte nach Luft, starrte sie mit aufgerissenen Augen an.

»Mach das nicht noch einmal!«

Silvia lachte sie aus. »Man braucht keine Steine!«

»Du weißt nicht, zu was ich fähig bin!« schrie Rosella.

Silvia lachte noch immer, und Rosella wollte nach ihr schlagen, aber Silvia wich geschickt aus und riß ihren Fuß in die Höhe, so daß sie wieder untertauchte. Aber diesmal hielt sie sich an dem Zuberrand fest, und ihr Kopf erschien sofort wieder über dem Wasser.

»Das wirst du mir büßen, Piccolina!«

Rosella klang wirklich drohend; ihr Gesicht war vor Wut verzerrt. Die Haare hingen in Strähnen über den Augen, sie zog die Oberlippe hoch, so daß sie die Zähne wie zum Beißen entblößte. Aber blitzschnell fing sie sich wieder und lachte. Sie lachte lange, und zum Schluß quetschte sie nur noch bellende und stoßende Laute aus sich heraus, mit verzerrter Miene. Dann wurde sie ernst.

»Den Farnese kenne ich seit dem Überfall, wie du.« Rosella erhob sich aus dem Wasser, ließ sich ein großes Leinentuch reichen.

Silvia gab es ihr. Während Rosella ihren schweren, vollbrüstigen Körper bedeckte, drängte sich ihr wieder das Bild auf, wie sich ihr Vater so hündisch mit diesem Körper gepaart hatte.

»Mein Vater müßte dich auspeitschen lassen, du verlogene Hure!« Silvia hatte plötzlich eine nicht zu unterdrückende Wut ergriffen.

Ruhig verknotete Rosella das Tuch unter ihrer Schulter. Dann hob sie den Kopf und schaute Silvia lange von oben herab an. »Du wirst noch viel lernen müssen, Piccolina, sonst wirst du dein Leben lang eine Gefangene bleiben – deines Vaters, deines Mannes, der Kirche. Du wirst eingesperrt bleiben im Haus und wirst einmal eine fette, dumme, langweilige Matrone, die bei der Geburt irgendeines ihrer Kinder von Schmerzen zerrissen wird und dann krepiert.«

Rosella stand vor ihr, hochaufgerichtet, mit funkelnden Augen, mit verzerrten Lippen und bleckenden Zähnen, und hob den Arm. Silvia bückte sich unwillkürlich.

Sie wußte nun, Rosella war nicht nur eine dämonische Hure, sondern auch eine Hexe. Sie hatte den Vater verhext, und nun wollte sie auch die Tochter verhexen. Von einem plötzlichen Heulkrampf erfaßt, eilte Silvia aus dem Zimmer, rannte zu dem kleinen Sandro, den sie seiner Amme aus den Armen riß. Er lächelte sie an, ihre Tränen versiegten, und sie trug ihn auf die Dachterrasse, wohin ihr die Amme nicht folgte, weil sie glaubte, dort oben könnten Geier herniederstoßen und das Kind rauben. Abergläubische Vorstellungen ungebildeter Weiber! Der kleine Sandro ruderte mit seinen Ärmchen und brabbelte fröhlich vor sich hin. Silvia schaute ihn an und sah plötzlich Alessandros Augen vor sich. Ja, es gab keinen Zweifel, das Kind mußte von Alessandro stammen, nicht von ihrem Vater. Rosella lockte mit magischen Kräften die Männer an, und um Macht über sie zu gewinnen, benutzte sie deren Gier auf einen bereitwilligen Körper.

Silvia überlegte, ob sie ihren Vater aufklären und sich mit ihm gegen Rosella verbünden sollte. Aber wenn Rosella ihn tatsächlich verhext hatte, würde er seine einzige Tochter wieder ins Kloster stecken … Die Mädchen wurden von einem Gefängnis zum anderen verschoben, in diesem Punkt hatte Rosella recht. Auch jetzt mußte sie wieder ein elendes Leben führen, ein langweiliges Leben. Nur der kleine Sandro stellte einen Lichtblick dar, obwohl er sie mit *seinen* Augen anschaute … Oder *weil* sie Alessandros Augen wiederfand?

Silvia verzog sich in ihr Zimmer. Sie setzte sich an ihr kleines Schreibpult, holte zwei Kerzen und Papier, ließ lange ihren Blick auf dem Marmorrelief ruhen, auf der Frau, die dem Mann das Kind reichte, auf der umgedrehten Fackel, und schrieb Alessandro schließlich einen langen Brief. Sie schüttete ihm ihr Herz aus und erzählte von ihrer Liebe, von der Langeweile, von der Hexe Rosella und auch davon, daß der kleine Sandro seine Augen habe.

14. Kapitel

Giulia hatte die Tür verschlossen, öffnete aber schnell, als sie hörte, wer klopfte. Sie trug ein langes weißes Hemd. Ihre Haare waren schon aufgelöst und fielen ihr bis über die Hüften. Alessandro schlüpfte in ihr Zimmer und küßte sie zur Begrüßung auf die Wange.

»Was hast du gerade getan?« fragte er. »Du zitterst ja.«

»Ich habe gebetet.«

Er schaute sie fragend an und drückte sie dann an sich.

»Und du? Hast du dich mit Mutter gestritten?«

Er zog verächtlich die Augenbraue hoch. »Sie ist längst im Bett. Ich habe vor dem Kamin ein wenig alten Zeiten nachgeträumt.«

»Sie ist zur Zeit wirklich unerträglich. Seitdem ich aus dem Kloster zurück bin, höre ich von ihr nur Vorwürfe. Sogar an Angelo nörgelt sie herum.« Giulia preßte sich noch fester an ihn. »Wenn ich dich nicht hätte, Alessandro! Ich habe dich so vermißt, als du im Kerker warst, und jetzt mußt du auch noch nach Florenz fliehen.«

Sie umarmten sich, und er erzählte ihr von seiner Flucht aus der Engelsburg. Weil sie so warm in seinen Armen lag, wurde ihm erneut bewußt, wie sehr sie tatsächlich zusammengehörten, wie eng sie seit ihrer Kindheit miteinander verbunden waren. Dieselbe Amme hatte sie gestillt und dann großgezogen, und als sie an der Pest starb, hatten sie beide lange geweint. Wenn Alessandro etwas ausgefressen hatte, nahm ihn Giulia in Schutz, und schenkte ihr der Vater Konfekt, dann gab sie ihm etwas ab, obwohl er sich nicht viel aus Süßigkeiten machte. Und immer wenn ihre Mutter sich an einem anderen Ort aufhielt, dann schliefen sie in einem Bett und jagten gemeinsam die Flöhe, die von einem zum anderen sprangen. Inzwischen war Giulia so herangewachsen, daß sie nicht mehr in einem Bett schlafen durften. Als er Skriptor wurde, hatte er gedacht, daß er als unverheirateter Mann Gottes ihr immer die Treue halten würde, und wenn er jetzt die Anmut ihrer Bewegungen, den Liebreiz ihrer Gesichtszüge, die langfließende Fülle ihrer Haare betrachtete, dann wußte er, daß eine Frau, die er einmal lieben würde, nicht viel anders aussehen durfte als seine kleine Schwester.

»Ich hasse unsere Mutter …«, stieß sie hervor. Und dann erzählte sie Alessandro von ihrer Zeit im Kloster, von den stumpfsinnigen Tagen, die schließlich in Unzucht und Unordnung ihr Ende gefunden hätten. »Und all das habe ich unserer Mutter zu verdanken. Ich hasse sie!«

»Ich hasse sie nicht«, antwortete Alessandro. »Eines Tages wird sie stolz auf uns sein.«

»Das wird sie nie!«

Alessandro löste sich von Giulia, ging gedankenverloren zu ihrem Pult und blätterte in der aufgeschlagenen Bibel. An der Stelle der Korinther-Briefe stieß er auf ein in Perlmutt gefaßtes Medaillon mit einem Männerporträt, das offensichtlich als Lesezeichen diente.

Als Giulia sah, was er gefunden hatte, wurde sie tiefrot und zog schnell ein Seidentuch um Kopf und Gesicht. »Wenn Mutter nicht an mir herumnörgelt, spricht sie davon, daß ich möglichst bald Orso Orsini heiraten soll. Dabei bin ich doch erst fünfzehn.«

Alessandro studierte das Porträt genauer. »Das ist Orso, nicht wahr?«

Sie nickte.

»Ich glaube, ich kenne ihn.«

»Und?« Giulias Stimme zitterte vor Neugierde.

»Hast du ihn noch nie getroffen?«

»Ich soll ihm demnächst vorgestellt werden. Ach, es ist alles so aufregend!«

»Soviel ich weiß, ist er ein harmloser Bursche. Du könntest es schlimmer treffen. Aber schön ist er nicht.« Er versuchte, sich genauer zu erinnern. »Nein, wahrhaftig nicht.«

Ihre Augen hefteten sich an ihn. Sie hatte sie schwarz umrandet, und daher wirkten sie noch größer als gewöhnlich.

»Weißt du, wie es ist ...« Sie mußte schlucken und unterbrach sich selbst.

»Was meinst du?«

»Na, du weißt schon.« Sie wandte sich ab und drehte sich um die eigene Achse, als wolle sie tanzen. Sie hüpfte zum Fenster und hüpfte wieder zurück. »Kannst du deinen Handstand noch?«

Alessandro nickte.

»Mach ihn mir vor!«

Er schwang seine Beine hoch und balancierte, auf den Händen stehend, seinen Körper aus.

Giulia trat einen Schritt zurück und applaudierte. Dann kniete sie sich nieder, beugte sich zu seinem Gesicht herunter und gab ihm einen Kuß auf das Kinn, dann auf die Nase und schließlich auf die Lippen.

»Zufrieden?« preßte er hervor.

»Du mußt so bleiben und mir sagen, wie es ist, wenn man zum ersten Mal ... Tut es weh? Die Mägde lachen immer so unanständig und ziehen mich auf.«

»Mir hat es nicht weh getan«, sagte er.

Giulia stieß ihn mit einer mutwilligen Bewegung an, so daß er beinahe auf den Rücken gefallen wäre. Er bekam wieder sicheren Halt und setzte sich dann neben sie auf den Boden.

»Eigentlich freue ich mich auf die Ehe.« Sie seufzte und lehnte ihren Kopf an seine Schulter. »Dann werde ich mich um ein Haus und eine große *famiglia* kümmern können. Und unsere Mutter hat mir nichts mehr zu sagen. Ich werde Kinder in die Welt setzen und großziehen.« Sie seufzte erneut. »Im Grunde habe ich auch keine Angst vor dem ersten Mal, aber ich habe Angst vor den Geburten. Die Mägde malen die Schmerzen in allen Farben aus, und auch unsere Mutter betont immer wieder, wie sehr sie unter unserer Geburt gelitten hat ... und so viele Frauen sterben dabei ...«

Alessandro küßte Giulia auf den Kopf, und sie schlang die Arme um ihn. »Du wirst nicht sterben. Ich werde dich immer beschützen!«

»Du?« Ihre Stimme klang liebevoll spöttisch. Dann füllten sich ihre Augen mit Tränen. »Du mußt dich erst einmal selbst beschützen.«

Eine Weile saßen sie stumm nebeneinander. Schließlich schlug Giulia vor, nach Angelo zu schauen, und so gingen sie Arm in Arm zu ihrem älteren Bruder. Sie trafen ihn bei trübem Öllicht über ein Buch gebeugt an. Er schaute nicht auf, als sie sich neben ihn stellten.

»Angelo, Bruder, willst du uns nicht begrüßen?« fragte Alessandro. »Du wirst mich lange Zeit nicht mehr sehen.«

»Ich habe dich ja auch früher nicht oft gesehen«, antwortete Angelo mit dumpfer Stimme.

Alessandro und Giulia schauten sich fragend an.

»Was liest du?« fragte Giulia nach einer Pause.

Angelo ruckte unsicher auf seinem Hocker hin und her, schaute aber nicht auf und antwortete nicht.

Alessandro nahm das Buch in die Hand und las laut den Titel: »*Confessiones*.« Er mußte auflachen. »Der zukünftige Bannerträger der vatikanischen Truppen liest die Bekenntnisse eines Kirchenvaters. Glaubst du, mit Augustinus' Seelenbeschau Schlachten gewinnen zu können?«

Angelo zuckte mit den Achseln.

Giulia strich ihm über den Kopf, und weil er noch immer nicht reagierte, beugte sie sich zu ihm herunter und hielt ihre Wange an seine Wange. »Du weinst ja!« rief sie erschrocken.

Auch Alessandro sah, wie Tränen auf das Papier tropften. Er wollte erneut lachen, aber sein Hals schnürte sich zusammen.

»Angelo, was bedrückt dich?« Giulia und Alessandro fragten gleichzeitig.

Angelo hob sein tränennasses Gesicht. »Ich kann es nicht.«

»Was kannst du nicht?« fragte Alessandro.

»In wenigen Monaten soll ich mich dem venezianischen Heer anschließen, das gegen die Türken zieht. Ich soll sogar einen Trupp Fußsoldaten anführen. Ich kann es nicht.«

Alessandro richtete sich abrupt auf und trat einen Schritt zurück. »Du bist der Erstgeborene«, sagte er mit einer Kälte in der Stimme, über die er selbst erschrak. »Du erbst unser Lehen, du bist von uns beiden der Soldat.«

Giulia kniete sich neben Angelo, nahm seine Hand und versuchte, ihm in die Augen zu schauen. »Du wirst es schaffen, und wenn du zurückkommst, werden wir alle stolz auf dich sein. Und aus Venedig wirst du eine Prinzessin mitbringen.«

»In Venedig gibt es keine Prinzessinnen.«

»Dann heiratest du eben eine Sforza aus Mailand oder eine Este aus Ferrara.« Giulia gab ihm einen ermutigenden Klaps.

»Ich werde nie heiraten«, schluchzte Angelo auf. »Ich werde vorher sterben.«

Während Giulia Angelo tröstend über den Rücken strich, spürte Alessandro einen aufkeimenden Widerwillen gegen seinen Bruder. Angelo ließ sich gehen und jammerte wie ein Waschweib. Aber wer hatte im Kerker gesessen? Wer hatte sich vier Jahre lang in dunklen Skriptorien herumdrücken müssen, während Angelo frei war, seinen Neigungen nachgehen, ausreiten und jagen durfte?

»Der Papst will mich in den Tod schicken«, flüsterte Angelo und wischte sich anschließend die Tränen aus den Augen. »Die Türken sollen mich aufspießen.«

»Das bildest du dir alles ein«, rief Alessandro. »Du sollst dich bewähren.«

»Der Papst glaubt, ich würde zusammen mit den Orsini und den Sforza planen, ihn zu stürzen.« Angelo schneuzte sich, schaute aber noch immer nicht auf, sondern hockte mit krummem Rücken vor den *Confessiones.* »Daher schickt er mich weg. Was habe ich mit den Venezianern zu schaffen! Ich würde am liebsten in ein Kloster gehen, zu den Franziskanern.«

»Hast du das schon unserer Mutter mitgeteilt?« fragte Alessandro.

Angelo schüttelte den Kopf.

»Dann können wir ja tauschen«, fuhr Alessandro fort. »Du wirst Skriptor, und ich führe dein Trüpplein Söldner. Aber dann erbe ich auch Titel und Lehen und werde heiraten.«

Angelo schwieg.

»Nun sag doch was, Angelo!« rief Giulia und schüttelte ihn. »Alessandro hat recht.«

Angelo erhob sich, stellte sich in die Fensternische und schaute mit eingezogenen Schultern schweigend in die Nacht hinaus. »Ich kann nicht«, wiederholte er nach einer Weile.

Alessandro verlor plötzlich die Fassung. Er hätte schreien und toben können. Er hätte seinen Bruder packen und auf die Knie zwingen mögen. Dieser Feigling war der Liebling seiner Mutter. Die Lenden dieses Schwächlings sollten das Geschlecht der Farnese fortpflanzen, und er, Alessandro, der zufällig als zweiter geboren worden war, sollte unfruchtbar wie ein Eunuch bleiben. Und nicht nur das. Er mußte seine Heimat verlassen. Und damit auch Silvia. Und Giulia. Mit Begeisterung und unter Einsatz seines Lebens würde er gegen die Türken kämpfen und auf diese Weise etwas für den katholischen Glauben tun. Und dann im Triumph zurückkehren und als Held gefeiert werden. Gebete herunterleiern, Messen lesen und Sünden vergeben war das Langweiligste, was er sich vorstellen konnte. Er hatte schon immer während der Messen gähnen müssen. Oder er hatte zu den Mädchen hinübergespäht. Es ging ihm dabei so wie den meisten Priestern und Prälaten. Während sie ihre frommen Sprüche von sich gaben, dachten sie an etwas ganz anderes. Und sie dachten nicht nur etwas anderes, sie verstießen auch tagtäglich gegen Gottes Gebote. Ein Sündenpfuhl war aus der heiligen römischen Kirche geworden, die Prediger, die über die Straßen des Landes zogen und gelegentlich auch auf Roms Plätzen zum Volke sprachen, führten zu Recht Klage. Alessandro hatte doch tagtäglich im Vatikan erleben müssen, was den Männern in ihren schwarzen oder purpurroten Gewändern, in ihren weißen oder braunen Kutten durch den Kopf ging. Sie dachten an Geld und Pfründe, an Weiber und Wein.

Alessandros Wut hatte noch nicht nachgelassen. Sein Bruder stand wie ein elender Büßer in der Fensternische. Er rührte sich nicht, er verteidigte sich nicht, er riß sich nicht zusammen. Alessandro ergriff seine Schultern und drehte ihn herum. Er zwang ihn, ihm, dem Jüngeren, dem benachteiligten Bruder, in die Augen zu sehen.

Angelo schaute ihn an. Sein Blick gottergeben, ohne Stolz, ohne Kraft. Alessandro ertrug es einfach nicht, er schlug ihm mit der flachen Hand ins Gesicht, einmal, zweimal, dreimal.

»Alessandro!« schrie Giulia und fiel ihm in die Arme. »Tu das nicht!«

Nach dem dritten Schlag wandte sich Alessandro ab. Aber plötzlich spürte er eine Hand auf seiner Schulter, und als er sich umdrehte, um seinem Bruder die ganze Verachtung, die er für ihn empfand, zu zeigen, blickte er in Augen voller Angst und spürte gleichzeitig einen heftigen Faustschlag im Gesicht. Er stürzte zu Boden. Giulia schrie ein zweites Mal auf.

Alessandro wollte nicht glauben, was geschehen war. Vorsichtig befühlte er die höllisch schmerzende Nase. Blut rann ihm über die Lippen. Langsam erhob er sich, den Kopf noch gesenkt, den Arm unter die blutende Nase haltend. Angelo stand wie ein dunkler Schatten vor dem Fenster. Und Alessandro sprang ihn an wie ein Raubtier. Er stieß den Kopf seines Bruders an die Wand und warf ihn nieder. Angelo wehrte sich. Er boxte und trat nach ihm. Auch er blutete nun, und beide wälzten sich ringend auf dem Boden, die Gesichter verschmiert. Alessandro holte mit seiner Faust aus, um den Widerstand seines Bruders endgültig zu brechen, aber bevor er sein Gesicht traf, riß ihn Giulia nach hinten und warf sich zwischen sie. Wie auf Befehl ließen die Brüder schweratmend voneinander ab. Angelo kniete, ohne seine Augen vom Boden zu heben. Alessandro befühlte seine Nase, stand auf und zog seinen Bruder auf die Beine.

Der Blick, der ihn traf, zeugte nun nicht mehr von Angst, sondern von hilfloser, aber stolzer Verachtung. »Ich bin der erstgeborene Sohn, und du bist der zweitgeborene!« sagte Angelo mit bebender Stimme. »Ich werde gegen die Türken kämpfen, heiraten und Kinder in die Welt setzen – und du, du wirst als Kirchendiener immer einsam bleiben.«

15. Kapitel

Die Wintertage waren ruhig. Über Rom spannte sich ein blauer, kalter Himmel, aber das Feuer in den Kaminen flackerte über einer kräftigen Glut und wärmte die Räume. Silvia schlief viel, träumte vor sich hin, ging regelmäßig zur Messe. Sie sang zur Laute und begann eigene Verse zu dichten. Petrarca sehnte sich nach seiner Laura, und sie sehnte sich nach ihrem Alessandro.

»Ein neues Lied der Liebe möchte ich singen,
Bestürmen, Liebster, dich mit wilder Kraft,
Des kalten Herzens Zögern zauberhaft
Zu neuer Wünsche Sternenflug beschwingen.«

Während Silvia in das Feuer starrte, stand Rosella plötzlich neben ihr. Silvia erschrak und beendete sofort ihr Spiel. Rosella strich ihr wie eine Mutter über den Kopf.

»Schön!« sagte sie. »Sing weiter!«

Silvia schüttelte schüchtern den Kopf.

»Seit wann schämst du dich vor mir?«

Rosella setzte sich neben sie, nahm ihr die Laute aus der Hand und versuchte nachzusingen, was sie gerade gehört hatte. Zuerst klang es noch ein wenig falsch, aber schon bald sang sie mit leidenschaftlicher Intensität.

Silvia schämte sich tatsächlich, aber sie schämte sich nicht über die Verse, die ihr eingefallen waren, auch nicht darüber, daß Rosella schöner sang als sie, sondern darüber, daß sie so schlecht über Rosella gedacht hatte. Daß sie Rosella unterstellt hatte, ihren Vater verhext zu haben. Und nicht nur ihren Vater, sondern auch Alessandro. Rosella kam aus der Gosse, und nun war sie die Geliebte ihres Vaters – fast ihre Mutter. Dafür bewunderte Silvia sie. Und Silvia liebte sie, weil Rosella sie als Kind gewaschen und angekleidet hatte, und wenn das Fieber sie schüttelte, saß Rosella immer an ihrem Bett und kühlte ihre Stirn. Silvia liebte sie, trotz des Hasses, den sie gelegentlich empfand, weil Rosella so grob und wild sein konnte.

»Und wie geht es weiter?« fragte Rosella.

»Ich weiß nicht«, sagte Silvia stockend.

»Natürlich weißt du es, ich sehe es dir doch an.«

Sie reichte ihr wieder die Laute, und Silvia sang mit leiser, schüchterner Stimme:

»Wie Frühlingsjauchzen soll mein Ruf erklingen,
Bis Tränenströme, Liebster, aus der Haft
Der dunklen Augen brechend, Rechenschaft
Der späten Reue der Beglückten bringen.«

»Ach, wenn ich so dichten könnte«, rief Rosella, »und dabei bist du noch fast ein Kind.«

»Du kannst viel schöner singen als ich«, widersprach Silvia, »und außerdem bin ich kein Kind mehr.«

Rosella umarmte sie, und Silvia sah tatsächlich Tränen in ihren Augen glänzen. »Ich könnte so glücklich sein«, flüsterte sie, »mit deinem Vater und dir und meinem kleinen Sandro …«

Silvia fühlte einen Stich des Neids in ihrem Herzen. Rosella besaß das süße Kind, und sie mußte noch warten, bis sie die Bestimmung der Frau erfüllen durfte. Ihr Vater hatte Rosella aus ihrer dunklen Herkunft erlöst, sie durften zusammenleben, und Silvias Geliebter, ihr Held, hielt sich in der Ferne auf, irgendwo in einem der Häuser oder Burgen der Farnese oder sogar schon in Florenz. Ach, am liebsten wäre sie ihm nachgezogen. Leise sang sie:

»Dann blühen rote Rosen auf dem Schnee
Der Wangen; rote Lippen öffnen sich,
Zu künden meines Herzens süßes Weh.«

Und das *süße Weh* der Worte überschwemmte derart Silvias Herz, daß ihr die Tränen nur so aus den Augen kullerten. Sie beide weinten und lagen sich in den Armen. Aber dann lachte Rosella, sie lachte über ihr tränenersticktes Getue. Es dauerte lange, bis die beiden sich beruhigt hatten.

Die Sonne war untergegangen, so daß es fast dunkel im Raum war, nur noch das Feuer glühte vor sich hin. Draußen auf der Straße herrschte, wie im Haus, eine ungewöhnliche Stille. Silvia wußte gar nicht, wo ihr Vater sich aufhielt. Vielleicht studierte er in seinem Studiolo wieder seine Sternkarten, berechnete Konjunktionen und Oppositionen und versuchte, in die Zukunft zu schauen. Oder er war, wie so häufig in der letzten Zeit, ausgegangen. Niemand wußte, wohin.

Silvia griff noch einmal in die Saiten und sang die letzte Strophe ihres Sonetts:

»Und weinend, lachend fühl ich innerlich:
Mein kurzes Leben hab ich nicht vertan.
Ja, glorreich seh ich meine Stunde nahn!«

Rosella war wieder ernst geworden. »Glaubst du auch, was du singst?« fragte sie nach einer Weile.

Silvia nickte.

Rosella seufzte und schwieg.

Silvia träumte weiter vor sich hin, sah Alessandro aus dem Licht auftauchen, wie damals in Frascati, der starke Sankt Georg stand vor ihr, der Retter der Jungfrauen, der Eroberer, dem man sich hingeben mußte, sie sah sich und ihn vor den Traualtar treten, und der Heilige Vater sprach den Segen.

»Es ist schwer, sein kurzes Leben nicht zu vertun«, sagte Rosella unerwartet, »aber ich will es nicht, ich will es nicht ...« Sie ballte die Faust. »Dein Vater ist selten zu Hause«, fuhr sie fort, »irgend etwas braut sich zusammen.«

Obwohl Silvia sie nur schemenhaft sehen konnte, merkte sie doch, wie sich Rosellas Körper spannte und ihre Stimme sich veränderte. Rosella riß ihr förmlich die Laute aus der Hand, griff einen dissonanten Akkord, lachte laut und höhnisch auf und sang:

»Und weinend, leidend fühl ich innerlich:
Mein kurzes Leben hab ich wohl vertan.
Ja, düster seh ich meine letzte Stunde nahn!«

Dann sprang sie auf, stieß einen gotteslästerlichen Fluch aus, warf ihr die Laute in den Schoß und rannte aus dem Raum. Silvia versuchte, Rosella zu folgen, fand sie aber nicht, und niemand von den Bediensteten konnte sagen, wohin sie verschwunden war. Auch den Vater fand Silvia nicht in seinem Studiolo. So schlich sie in ihr Zimmer, zündete einige Öllichter an, spielte eine Weile mit ihrem Zeisig und schrieb anschließend noch einmal ihr Sonett sorgfältig auf schönes Papier, das ihr der Vater geschenkt hatte. Es beruhigte sie, mit der Feder die Bogen und Brücken, die Rundungen und Pfeile übers Papier zu ziehen. Und als das Gedicht wie ein kleines Kunstwerk vor ihr stand, schrieb sie als Titel *Rote Rosen auf dem Schnee* darüber und dann, etwas kleiner: *Für Alessandro*. Und unter das Gedicht malte sie, wie sie es von Gemälden her kannte, *Silvia Ruffini fecit MCCCCLXXXVI*.

Anschließend schlich sie zu dem kleinen Sandro, sang ihm ein Liedchen vor und nahm ihn aus der Wiege. Er blickte sie mit großen, unsicheren Augen an, dann lächelte er. Die Amme schaute ihr mißtrauisch zu und sagte: »Er wird bald Hunger kriegen.«

Silvia pustete über seine Löckchen und wiegte ihn in ihren Armen. Es war ein aufregendes Gefühl, das Kind zu halten. Als die Amme den Raum verließ, um eine saubere Windel zu holen, legte sie den kleinen Sandro an ihre Brust. Es kitzelte, als er nach ihrer Brustwarze suchte, und dann nuckelte er, natürlich ohne Erfolg. Er schrie vor Enttäuschung, sie küßte ihn, um ihn zu beruhigen, sang wieder ihr Liedchen und steckte schnell ihre kleine Brust in den Ausschnitt des Hauskleids. Sanft schaukelte sie ihn, bis sie ihn der Amme zurückreichen mußte.

Die Amme holte ihre überquellende Brust heraus. »Da wird meine Kleine auch noch satt«, sagte sie stolz, als sie Silvias Blick wahrnahm.

»Bestimmt«, sagte Silvia.

Während der folgenden Nacht konnte sie kaum schlafen. Mehrfach schlich sie durch das Haus, lauschte an der Schlafzimmertür des Vaters, hörte jedoch weder Liebesgeräusche noch Schnarchen. Sie öffnete vorsichtig die Tür. Das Bett war leer. Auch Rosella fand sie nicht in ihrem Zimmer.

Am nächsten Tag schlüpfte Rosella zur Messezeit ins Haus. Silvia paßte sie auf der Treppe ab. Rosellas Haare fielen ihr ungekämmt ins Gesicht, ihr Kleid war verdreckt, und sie roch nach schmutzigen Gassen, nach den Löchern, aus denen Menschen quollen, um ihren Vater anzubetteln.

Als Silvia ihr in den Weg trat, um sie aufzuhalten, stieß Rosella sie so heftig beiseite, daß sie fast die Treppe hinuntergefallen wäre.

»Aber, Rosella, was ist mit dir?« rief sie.

Der Gestank, den sie ausströmte, verlor sich auch dann nicht, als sie das erste Stockwerk erreicht hatte. Enttäuscht rief Silvia ihr nach: »Ich dachte, wir sind Freundinnen.«

Ein höhnisches Auflachen war die Antwort.

Silvia stand eine Weile auf der Treppe, noch immer umgeben von diesem zäh sich haltenden Geruch nach Unrat und Feuchtigkeit, und verstand nicht, was geschehen sein konnte. Es war, als würde der Boden unter ihren Füßen weggezogen.

Der Vater tauchte erst kurz vor Sonnenuntergang auf. Silvia sah ihn in Begleitung zweier Männer die Straße entlangkommen. Sie sprachen heftig auf ihn ein, und er antwortete ihnen ebenso heftig, wild mit seinen Armen gestikulierend. Kurz vor dem Haus packte ihn einer der Männer unter dem Kragen seines Mantels, der andere riß ihm seine pelzverbrämte Mütze vom Kopf. Silvia wollte um Hilfe schreien und die Knechte auf die Straße schicken, um die Männer niederknüppeln zu lassen. Aber da zog der Vater schon seinen Degen. Die beiden wichen zurück, drohten ihm noch einmal mit der Faust und waren plötzlich in einer Seitengasse verschwunden. Die Haare ihres Vaters standen nach allen Seiten in die Luft. Sein roter Schopf leuchtete im Schein der tiefliegenden Sonne wie ein aufflammendes Feuer.

Silvia rannte auf die Straße, auf der ihr Vater noch immer wie versteinert stand. Er sah sie gar nicht, schaute nur den verschwundenen Männern nach, fuhr sich dann mit einer unwillkürlichen Bewegung über den Kopf und steckte den Degen wieder ein. Als er sie entdeckte, nahm er sie in den Arm und küßte sie. »Wenn ich dich nicht hätte ...«, flüsterte er.

Am nächsten Morgen legte der Vater seinen Mantel um und bedeckte seinen Kopf erneut mit seiner pelzverbrämten Mütze. Er rief den Hausverwalter und Silvia zu sich und erklärte: »Ich gehe jetzt zum Haus der Crispo im Campo Marzo und anschließend zu Agostino Chigi. Falls ich bis morgen mittag nicht wieder zu Hause bin, wißt ihr, wo ihr mich suchen könnt.«

Silvia klammerte sich mit fragenden Augen an ihn.

Er küßte sie flüchtig auf die Stirn, prüfte den Sitz seines Degens. Sie wollte ihm noch etwas nachrufen, aber ihre Kehle war wie zugeschnürt. Um ihre Unruhe zu bekämpfen, trug sie den kleinen Sandro durch das Haus und auf die Dachterrasse. Die Stadt verbarg sich unter dichtem Nebel. Feuchte Kälte kroch durch ihr Kleid, und sie preßte Sandro an ihre Brust.

Am Abend kehrte der Vater zurück. Seine Stimmung hatte sich aufgehellt, er lächelte Silvia an. »Der alte Crispo ist ein wahrer Freund. Jetzt bin ich wenigstens meine Spielschulden los«, rief er.

Als hätte er sich bei einem ungewollten Geständnis ertappt, ließ er Silvia stehen und eilte die Treppen in sein Studiolo hinauf. Sie folgte ihm. Er saß schon wieder an seinem großen Tisch mit den astrologischen Karten und einer Skizze, in die er die Häuser des Himmelskreises eingezeichnet hatte, und starrte mit zusammengekniffenen Augen auf eine Stelle mit einer Häufung ihr unbekannter Symbole.

»Am besten vergißt du, was ich gerade gesagt habe«, sagte er, ohne ihr seinen Kopf zuzuwenden. Seine Stimmung schien sich wieder verdüstert zu haben, und er fuhr fort: »Die frühere Mutter Oberin von Santa Cecilia, die du ja auch kennst, ist wieder aufgetaucht.« Er schlug ein Buch mit astrologischen Berechnungen auf und schrieb irgendwelche Zahlen an den Seitenrand. Daneben ein Zeichen, das aussah wie eine umgefallene Sechs, die auf einer umgefallenen Neun lag.

»Ippolita?« rief Silvia voller Freude. »Und wo war sie? Wo ist sie jetzt?«

Er schaute sie kurz an. »Wo sie war, hat ihr Vater nicht erzählt. Eine Weile hielt sie sich zu Hause auf. Aber jetzt hat sie Kardinal Borgia zu sich genommen.«

»Was heißt das?«

Der Vater zuckte mit den Schultern und studierte weiterhin seine zwölf Häuser.

Silvia glaubte nicht, daß er die ganze Wahrheit sagte. Sonst hätte er ihr in die Augen geschaut. Er verheimlichte ihr etwas.

»Was heißt *zu sich genommen*?« Ihre Stimme war laut und drängend geworden.

»Laß mich allein!« sagte er.

Wütend drehte Silvia sich um und ging. Aber als sie das Zimmer verlassen hatte, rief er sie noch einmal zurück. Sie stellte sich stocksteif vor ihn.

Er faßte ihre Hände und legte sie wie zum Gebet zusammen. Eine Weile brauchte er, bis er seinen ersten Satz herausbrachte. Ohne sie anzuschauen, sagte er: »Als deine Mutter noch lebte, war vieles einfacher.« Dann fiel er wieder in Schweigen, hielt aber noch immer ihre Hände. Seine eigenen Hände fühlten sich eiskalt an. »Rosella ...« Wieder entstand eine Pause. »Ich weiß ... aber ... du kannst das alles noch nicht verstehen. Rosella ...« Er ließ ihre Hände fallen und preßte seine Fäuste gegen die Augen. »Ohne Crispo wäre ich am Ende. Er hat meine Spielschulden bei Chigi gezahlt. Aber dafür habe ich ihm unser Gut in Frascati verpfänden müssen.«

Nun nahm er seine Fäuste wieder herunter und starrte ins Leere. »Hätte ich euch damals zu den Orsini begleitet, wäre wahrscheinlich alles nicht passiert. Aber die Sterne ... die Sterne ... der Astrologe behielt recht ...« Der Ton seiner Stimme wurde wehleidig. »Ich wollte der Zigeunerin glauben, die ein Licht aufgehen sah über der Familie Ruffini, aber der Astrologe warnte mich ... Ich hätte euch begleiten müssen. Dann wäre deine Mutter noch am Leben. Ich hätte euch verteidigt ...« Der Vater versank in düsteres Nachdenken. Dann schien ihm wieder einzufallen, daß Silvia noch neben ihm stand. Er nahm ihre Hand und schaute ihr in die Augen. Seine Stimme zitterte. »Crispo hat auch einen Sohn ... Du bist zwar erst zwölf ... aber ich kann kaum eine ordentliche Mitgift zahlen. Verstehst du?«

Silvia trat einen Schritt zurück. »Du willst mich doch nicht wieder ins Kloster stecken?« schrie sie. »Nie wieder gehe ich in dieses Gefängnis!«

Er machte eine abwehrende Geste. »Du verstehst mich nicht ... Es wäre auch nur für kurze Zeit ... aber ich denke nicht daran ... die Crispo sind eine alte römische Familie, in der Kurie angesehen ...« Er wirkte verwirrt, aber auch Silvia schien nichts mehr zu verstehen. Ihr tat plötzlich der Vater leid.

Nun schaute er sie lange von oben bis unten an. »Wahrscheinlich verehrst du deinen stolzen Lebensretter. Aber er wird sich sicher irgendwann die Tonsur scheren lassen – trotz seiner Flucht aus Rom. Du mußt ihn dir also aus dem Kopf schlagen. Je früher, desto besser.« Er machte eine Pause, dann fuhr er fort: »Du wirst einmal hübsch, bist klug. Crispos Sohn sieht ebenfalls gut aus, macht einen freundlichen Eindruck. Aber der Preis, der Preis ist zu hoch.«

Er wandte seinen Blick ab. »Wenn ich doch einmal diese Bande um Chigi richtig ausziehen könnte!« stieß er aus. Seine Schultern begannen zu zucken, und er bedeckte mit einer Hand sein Gesicht. »Geh jetzt, bitte!« stieß er schluchzend hervor. »Laß deinen Vater allein!«

16. Kapitel

Nach seinem Kampf mit Angelo hatte Alessandro sofort nach Florenz abreisen wollen, aber Giulia bat ihn inständig, doch noch auf die Mitreisenden zu warten, die Kardinal della Rovere ihnen angekündigt hatte. Giovanni Battista Crispo war unter ihnen – Alessandro kannte ihn flüchtig aus der Accademia Romana, wo er ihm nur durch mäßige Leistungen in Latein und schwärmerische Äußerungen über die Maler Perugino und Pinturicchio aufgefallen war. Crispo galt als römischer Alkibiades, als ein schöner junger Mann, dem die grauhaarigen Lehrer wie einst der alte Sokrates zugetan waren. Lange schwarze Haare, volle Lippen, weiches Kinn – Crispo war tatsächlich ein Schönling, dies wollte Alessandro nicht abstreiten, aber welche Eigenschaften zeichneten ihn sonst noch aus? Alessandro fielen keine ein. Warum della Rovere so darauf drängte, daß sie jetzt zusammen die Accademia Platonica besuchen sollten, verstand Alessandro ebenfalls nicht. Della Rovere hatte eine Schwäche für schöne junge Männer, dies hörte man in Rom häufig, aber war dies ein Grund, Crispo ihm als eine Art Begleiter aufzudrängen?

Außerdem sollten sich ihnen noch zwei Provençalen anschließen und ein Kaufmannstrupp, und dann hatte Angelo angedeutet, ebenfalls in den nächsten Tagen nach Venedig aufzubrechen – und zwar über die Stadt am Arno! Alessandro mußte also im Pulk nach Florenz reiten – was er überhaupt nicht mochte –, aber alle, insbesondere Giulia, wiesen auf die Gefahren hin, die auf den Straßen durch die Wegelagerer drohe. Das wisse er ja selber. In der Gruppe reise man immer am sichersten.

Alessandros Stimmung wurde auch durch seine Mutter nicht verbessert, die nun nicht mehr an ihren Kindern herumnörgelte, dafür jeden Morgen berichtete, sie habe von Gorgonenhäuptern geträumt, und die ununterbrochen auf böse Vorzeichen stieß, wie schwarze Katzen, gerissene Lämmer und vom alten Burgfried herabfallende Mauersteine. Als schließlich ein Schwarm lärmender Rabenvögel unaufhörlich diesen baufälligen Burgfried umrundete und sich in seinen Höhlen und Nischen niederließ, war sie sicher, daß bald ein Toter zu beklagen sei.

Während der Mahlzeiten sprach sie ununterbrochen über die Heimsuchung, die sie zu ertragen habe. »Als wäre nicht erst letztes Jahr mein geliebter Pierluigi, euer Vater, abberufen worden.«

Alessandro runzelte die Stirn.

»Ach, Mama!« rief Giulia begütigend.

»Die Träume sagen die Wahrheit«, beharrte sie. »Ebenso wie die Sterne.«

»Die Sterne sicher, die Träume vielleicht«, warf Alessandro ein, »aber ein zusammenbrechender Turm sagt nur darüber etwas aus, daß ihn niemand mehr benötigt und er daher nicht instandgesetzt worden ist. Und will man sein Zusammenbrechen unbedingt als *omen* nehmen, dann sollte man vom Zusammenbruch der alten Zeiten sprechen – der Caetani-Zeiten.«

»Davon spreche ich ja«, antwortete die Mutter, »vom Zusammenbruch des Lebens, von der auseinanderbrechenden Familie.«

Alessandro blickte seine Mutter herausfordernd an. »Wer seinen eigenen Sohn einsperren läßt, darf sich nicht wundern.«

Sie schaute an ihm vorbei. »Ich habe dich nicht einsperren lassen«, sagte sie ungerührt, »ich gab dem Papst nur einen Hinweis, wie man dich zum Nachdenken bringen kann. Als deine Mutter weiß ich, daß du die Freiheit über alles liebst. Außerdem ist mir bekannt, daß jugendliche Heldentaten nicht gerade förderlich sind für ein langes und gesundes Leben. Und eine Mutter möchte ihre Kinder möglichst *nicht* vor sich sterben sehen.«

Als Alessandro nicht antwortete, fügte sie noch an: »In Rom bist du jetzt ein kleiner Held. Aber der Held darf nicht in der Stadt bleiben, und bald wird man ihn vergessen haben. Deine kirchliche Laufbahn ist beendet. Meine Hoffnungen sind begraben. Die Geier haben gesiegt.«

»Ich sehe draußen aber nur Raben«, erwiderte Alessandro höhnisch.

»Nun hört endlich mit eurem Streit auf«, rief Giulia, die den Tränen nahe war.

In die anschließende Stille hinein drang das Krächzen der Raben, und man sah die schwarzen Gefieder durch die Luft wirbeln. Wütend ging die Mutter ans Fenster, schrie und fuchtelte mit den Armen, um sie zu verscheuchen. Aber die Vögel schwangen sich nur hoch, umkreisten anschließend ungerührt den Turm und krächzten weiter.

Die Mutter setzte sich wieder an den Tisch, und wortlos beendeten sie die Mahlzeit. Nach dem Dankgebet, das jeder stumm vor sich hin sprach, holte sich Alessandro einen Langbogen und dann auch noch eine Armbrust, um den einen oder anderen Raben zu erledigen. Als schließlich der erste tot zu Boden gestürzt war, weigerte sich Rubino, der alte Jagdhund, ihn zu holen. Die Mutter hatte vom Fenster ihres Zimmers zugeschaut. Verärgert über den Ungehorsam des Tiers, beauftragte sie einen Knecht, den Hund zu töten. Bevor Alessandro von ihrem Befehl etwas erfuhr, erschlug der Mann den letzten Jagdhund des Vaters mit einem Knüppel und warf ihn über die Mauer. Rubino blieb in den Ästen eines kahlen Baums hängen, und sofort stürzten sich die Raben auf den Kadaver.

Alessandro erstarrte, als er erkannte, was geschehen war, und Tränen traten ihm in die Augen. Die Raben zerrissen den letzten Spielgefährten seiner Kindheit. Auch die Pfeile, die er in das wild flatternde Knäuel schoß und die einige der Vögel töteten, machten den Jagdhund nicht wieder lebendig.

Wütend rannte Alessandro zu seiner Mutter. Am liebsten hätte er sie gepackt und geschüttelt, aber er beherrschte sich und schrie sie nur an: »Warum hast du Rubino erschlagen lassen? Er war Vaters Liebling – und meiner auch.«

»Ein unnützer Fresser«, antwortete sie ungerührt und mischte sich Wein in das Wasser.

»Ehrst du so das Andenken unseres Vaters?«

Die Mutter schwieg und wandte sich ab. Wie zu sich selbst sagte sie schließlich doch noch mit leiser Stimme: »Dein Vater hat mich, hat uns alle allein gelassen. Seitdem habe ich kaum noch eine ruhige Nacht.«

Alessandro wollte etwas antworten, unterließ es aber dann. Er konnte auch nicht mit Giulia sprechen, die ihn mit tränenfeuchten Augen ansah, statt dessen verließ er die Burg und holte sich im

Hafen ein kleines Boot, in dem er zur Isola Bisentina ruderte. Als erstes wanderte er zum Grab seines Vaters, das jetzt, im Winter, verlassen und vom Efeu überwuchert dalag.

Während er ein Gebet sprach, schloß er die Augen. Sein Vater trat aus dem Dunkel und blieb vor ihm stehen, lächelte ihn liebevoll und stolz an. Alessandro fühlte sich schuldig, weil er so selten an ihn dachte, obwohl er ihn doch geliebt hatte – nur hier, in Capodimonte, kamen die Erinnerungen. Seine Augen wurden feucht. Und als er an Rubino denken mußte, als er das Geflatter der Raben vor sich sah, füllten sich die Augen mit Tränen. Sein Vater und er wären jetzt zusammen auf die Jagd gegangen, ohne viel miteinander zu sprechen. Nie hätte der Vater ihn gezwungen, in dem ungeliebten Skriptorenamt zu bleiben, und schon gar nicht hätte er ihn in den Kerker werfen lassen. Den eigenen Sohn! Nur seine Mutter trieb der Ehrgeiz – der falsche Ehrgeiz! Die Mutter wollte das Leben ihrer Kinder bestimmen, der Vater dagegen vertraute ihnen. Er vertraute darauf, daß sie würden, was sie waren. Er kannte den Pindarspruch. Sein Vater hätte ihn auch nach Florenz auf die Accademia Platonica geschickt!

Ruhiger geworden, wanderte Alessandro nun über die feuchten Pfade am Rande des Sees. Manche Uferstellen hatten sich seit seiner Kindheit nicht verändert – hier war er mit Angelo geschwommen, dort am Sirenenfelsen hatte er in der Sonne gelegen, zusammen mit Giulia. In dem bewaldeten Teil der Insel hatten sie Vögeln nachgestellt, Leimruten ausgelegt, Wild beobachtet. Rubino war dabeigewesen. Und sein Vater hatte ihm beigebracht, wie man mit dem Bogen umging, wie man den Tieren nachstellte, wie man ritt!

Alessandro hockte sich ans Ufer und starrte über die glattpolierte Fläche des Sees. Kein Wind rührte sich. Ein paar Seevögel schwangen sich über das Wasser. In der Ferne ein Fischer in seinem Boot. Und dort ruderte ein Fährmann seine Familie zum anderen Ufer des Sees. An der Stelle, an der sich das Boot gerade befand, waren Angelo und er im heftigen Tramontana-Sturm beinahe gekentert und ertrunken. Keiner von ihnen würde es je vergessen, noch heute stand die Erinnerung zwischen ihnen.

Das Wasser kräuselte sich an einer Stelle, nicht weit vom Ufer entfernt, und dann liefen kleine Wellen hinaus auf den See, bis sie sich in der Ferne verloren. Nach einer Weile lag das Wasser wieder wie eine polierte Silberscheibe vor ihm.

Nein, die Kindheit war nicht mehr zurückzuholen. Mit Rubino war die letzte Verbindung abgeschnitten worden. Nun galt es, in ein neues Leben einzutreten.

Im letzten Tageslicht ruderte Alessandro nach Capodimonte zurück und traf auf der Brücke der Burg einen Boten, der ihm einen Brief von Silvia Ruffini überreichte. Er merkte, wie er sich über das Schreiben freute, und eilte in sein Zimmer. Dort zündete er sorgfältig mehrere Kerzen an und brach das Siegel. Während er zu lesen begann, mußte er lächeln. Ja, die kleine Silvia, die fast noch ein Kind war, liebte ihn. Ihre Gefühle troffen aus jedem Satz. Aber wer sagte denn, daß nicht alles reiner Überschwang war, die Schwärmerei eines eingesperrten Mädchens? Verliebt zu sein war das eine, verheiratet zu werden das andere. Beides hatte in aller Regel kaum etwas miteinander zu tun.

Und was fühlte er? Liebte er sie ebenfalls? Konnte er sich gar vorstellen, sie einmal zu heiraten? Das hätte bedeutet, daß er für immer den Gedanken verabschieden mußte, erneut in den kirchlichen Dienst einzutreten. Immerhin war er Silvia bis Frascati nachgeritten, und er sah in ihr die Unschuld, die Reinheit, die unbekümmerte Jungfräulichkeit. Aber sie war noch zu jung, als daß er sie wie eine richtige Frau lieben konnte. Und doch zog ihn etwas zu ihr hin, was er nur sehr allgemein umschreiben konnte. Vielleicht war es der Blick, mit dem sie ihn faszinierte, ja fesselte. Dieser dunkle, geheimnisvolle Tierblick – der etwas versprach, was dieses junge Wesen noch gar nicht halten konnte. Oder war es ihr Lächeln, das man einfach lieben mußte, ihr plötzlich herausbrechendes Lachen, das sofort wieder in einen traurigen Ernst übergehen konnte?

Doch er spürte noch etwas: eine Erwartung, die zu einer Verpflichtung werden konnte. Und eine Verpflichtung schränkte seine Freiheit ein. Gerade jetzt, beim Übergang in ein neues Leben, mußte die Vergangenheit von ihm abfallen. Und gehörte nicht auch Silvia zu seiner Vergangenheit?

Alessandro las weiter. Er las von Rosella, die in Ruffinis Haus lebte und die nun einen Sohn auf die Welt gebracht hatte. Für ihn war sie die große Hure, aus deren Fängen ein Mann sich nur mit Gewalt befreien konnte. Die man meiden mußte, weil sie einen aussaugte. Und dies nicht nur, was die unersättlichen Wünsche nach Geld und Gold betraf. Aber was er jetzt las, ließ ihm den Atem stocken. Silvia teilte ihm mit, Rosellas Kind schaue sie mit seinen Augen an. Täglich sehe sie ihn vor sich, täglich erneuere sich ihre Liebe.

Er las den Satz ein zweites Mal. *Täglich erneuert sich meine Liebe.* Der Bastard hieß Sandro, das war die Verkleinerungsform von Alessandro. Rosella hatte ihren Balg nach ihm benannt. Was für eine üble Geschmacklosigkeit!

Und trotzdem durchfuhr ihn ein seltsames Gefühl von Stolz. Sollte er tatsächlich Vater eines Sohnes sein? Sollte ihm, der schon die niederen Weihen empfangen hatte, ein Kind geboren sein, in dem er weiterleben durfte?

Gleichzeitig packte ihn aber die Wut – darüber, daß er in eine Falle getappt war. Oder erneut gefangen werden sollte. Daß eine Frau ihn hereingelegt hatte. Er hatte Rosella nie wiedersehen wollen – aber sollte das eine Mal genügt haben, sich von ihm ein Unterpfand zu verschaffen? Jetzt schwärzte sie ihn womöglich bei Silvia an. Und Silvia? Reagierte sie mit Eifersucht? Nein, im Gegenteil. Sie tat so, als sei der kleine Sandro ihr eigenes Kind, ihr gemeinsames Kind. Zwei Frauen taten sich zusammen und hielten ihm triumphierend einen Bastard entgegen, der nach ihm benannt worden war! O Gott, auf was hatte er sich da eingelassen!

Alessandro wanderte in seinem Zimmer auf und ab. Die Kerzen flackerten. Er riß das Fenster auf und sog, heftig atmend, die feuchte Luft des Winters ein. Der Mond war verschwunden, hinter Wolken verborgen oder schon untergegangen. Die Nacht war undurchdringlich, ein Unterweltreich, durch das ein seltsames Fiepen, Unken und Sirren drang. Plötzlich war eine Schattenbewegung direkt vor ihm, ein Windhauch, ein Flügelschlag, noch schwärzer als das Dunkel der Nacht. Wie unter einer fremden Macht stehend, beugte er sich weit vor, um hinunterschauen zu können. In die gleiche Schwärze hatte er geschaut, als er sich aus der Burg der Engel ins Ungewisse abseilen wollte. Und jetzt? Wohin geriet er jetzt?

17. Kapitel

HURE stand eines Morgens in großen Lettern am Portal.

Der Vater hatte das Wort entdeckt, als er in der Morgendämmerung nach Hause kam. Er ließ die Schmiererei sofort entfernen, erwähnte sie Rosella gegenüber mit einem unterdrückten Grollen in der Stimme. Er achtete nicht darauf, daß Silvia dabeistand, strich ihr nur, bevor er sich zum Schlafen niederlegte, achtlos über den Kopf.

Kaum war er verschwunden, warf sich Rosella einen Kapuzenmantel um, in dem sie bei flüchtigem Hinsehen wie ein Mönch aussah, und verließ das Haus.

Silvia war wieder allein, schaute sehnsüchtig von dem kleinen Balkon über dem Portal auf die Straße, auf die Menschen, die sich dort geschäftig herumtrieben. Dann zupfte sie an den Saiten ihrer Laute, dichtete ein Sonett, strich durch das große Haus. Seit die Mutter gestorben war, hatte sich die *famiglia* deutlich verkleinert. Manche der Bediensteten schienen tagsüber einer Tätigkeit außer Haus nachzugehen; Silvia sah sie abends zurückkehren. Auch ihre Lehrer erschienen nur noch unregelmäßig, und einem Gespräch zwischen ihnen entnahm sie, daß sie seit langem keine Entlohnung mehr erhalten hatten.

Wenigstens Sandro und die Amme fand Silvia immer, wenn sie die beiden suchte. Der Kleine war inzwischen gewachsen und lag zufrieden an ihrer stolzen Brust. Wenn er satt war, ließ die Amme Silvia ihn wickeln und herumtragen, während sie ihre eigene kleine Tochter stillte.

An einem Nachmittag streichelte und kitzelte Silvia den Kleinen. Er juchzte auf vor Vergnügen, aber dann verzog er plötzlich sein Gesicht, als wollte er losbrüllen, und lief rot an. Schnell nahm Silvia ihn hoch, legte ihn über ihre Schulter, und nach kurzer Zeit war alles wieder gut.

»Du sehnst dich schon danach, Mutter zu sein, nicht wahr?«

Silvia nickte und ging mit dem kleinen Sandro zum Fenster, um ihm die vielen Menschen auf der Straße zu zeigen.

»Ich war noch nie unten am Porto di Ripa Grande«, sagte sie, »und auch noch nicht auf dem Monte Gianicolo. Ich möchte auch einmal von oben auf Rom schauen.«

»Geh auf die Dachterrasse!«

»Ist es gefährlich für ein junges Mädchen, tagsüber durch die Stadt zu spazieren?« Als Silvia den skeptischen Blick der Amme sah, korrigierte sie sich sofort: »Ich meine natürlich, allein zur Messe zu gehen.«

Die Amme lächelte verständnisvoll. »Uns alle treibt es in jungen Jahren hinaus.« Dann fügte sie noch an: »Nimm lieber eine Begleitung mit.«

Silvia schlich sich aber allein aus dem Haus. Da es Winter war, trug sie einen langen weiten Mantel, der im Kragen hochgeschlossen war, und verbarg ihre Haare unter einem mehrfach geschlungenen Kopftuch. Auf der Straße schlüpfte sie wie ein Zigeunermädchen an Eseln und Ochsenkarren, an Wasserträgern und Bettelmönchen vorbei. Eine Weile folgte sie einer Magd, die auf ihrem Kopf einen Gemüsekorb trug. An ihrer Brust, in ein buntes Tuch eingeschlagen, hing ein schlafendes Kind. Silvia bewunderte sie, weil sie trotz der Last leichtfüßig ging, hoch aufgerichtet, wie eine stolze Mohrin, und noch nicht einmal den Korb halten mußte. Sie schwebte regelrecht durch die Menge, und jeder schien ihr auszuweichen. Silvia überholte sie, um ihr ins Gesicht zu sehen.

Die Magd sah sie und lächelte. »Na, meine Kleine, bist du ausgerissen?«

Sie verlangsamte ihre Schritte nicht. Weiche, volle Wangen, leicht gerötet, und eine dunkle Haarsträhne fiel ihr über die Stirn bis übers Auge.

»Wohin gehst du?« fragte sie, nachdem Silvia ihr nicht geantwortet hatte.

»Nach Santa Maria ad Martyres«, antwortete Silvia schüchtern, »dort liegt meine Mutter begraben.«

»Du bist ein Edelfräulein, nicht wahr?«

»Ist der Kleine dein Kind?«

»Mein Mädchen.« Die Magd strich dem Kind über den Kopf und versteckte es dann wieder unter dem Tuch.

Gemeinsam gingen sie bis zum Platz vor der Kirche, wo die Magd sich niederließ, um das Gemüse zu verkaufen. Sie lächelte Silvia zum Abschied noch einmal zu, und Silvia ging zum Grab ihrer Mutter und betete. Immer wieder schaute sie ängstlich in die Öffnung der Kuppel, ob nicht wieder der Sonnenfleck sie treffen könnte. Aber die Sonne stand zu niedrig, und ihre Strahlen berührten nicht den Boden.

Auf dem Rückweg ließ sie sich durch die Gassen treiben, ohne auf die Richtung zu achten. Sie genoß das Untertauchen in dem Gewühl der Menschen und Tiere. Ein Mann vom Land bot Kapaune an, die an den Füßen zusammengebunden waren und dabei zeterten. Auf Ochsenkarren wurden Steine zu einem Palast transportiert, und eine Pilgergruppe eilte zur nächsten Kirche. Plötzlich stand Silvia vor dem Tiber. Das Wasser dampfte leicht, und der Geruch, der hochdrang, war faulig. An seinem Ufer hockten Wäscherinnen und scherzten mit jungen Männern, die gerade einen Lastkahn entladen hatten. Niemand schien Silvia zu beachten, und sie vergaß die Zeit vor lauter Schauen. Ihr erschien Rom bunt und abenteuerlich, und sie hatte alle Warnungen vergessen.

Als die Sonne unterzugehen begann, fragte sie eine alte Frau, die vor einem Hauseingang hockte, nach Santa Maria ad Martyres. Die Frau schickte sie in die falsche Richtung. Plötzlich fand sie sich von langbärtigen Männern in schwarzen Kaftans umgeben. Sie sprachen eine fremde Sprache. Silvia wagte sie nicht zu fragen. Sie folgte einer Schafherde, die zu einem Platz getrieben wurde. Hier schien sie schon einmal gewesen zu sein, aber nun wurde es langsam dunkel, und plötzlich erfaßte sie Angst. Silvia fragte ein Schankmädchen erneut nach der Kirche. Das Mädchen wandte sich an einen Knecht, der ein nervös tänzelndes Pferd am Zügel führte und sie unwirsch abwies. Silvia begann zu rennen, weil die Straßen immer leerer wurden, und verlor sich in von Unrat übersäten, stinkenden Gassen. Mehrere Glocken schlugen zur Vesper. Sie versuchte auszumachen, woher der Klang kam, und rannte dann in diese Richtung. Und tatsächlich stand sie auch bald darauf an der Rückseite des mächtigen Kuppelbaus.

Als Silvia stehenblieb, um die Gasse zu suchen, die nach Hause führte, berührte sie ein schlechtrasierter Mann am Arm. »Na, Mädchen, willst du nicht mitkommen? Ich zeig' dir was Schönes.« Er lächelte. Unter seinem Auge zog sich eine tiefe Narbe hin. Sie wollte sich losreißen, aber nun packte er sie fester.

In diesem Augenblick ritt ein Edelmann heran, und der Mann ließ ihren Arm frei. Ohne sich umzudrehen, auch ohne zu danken, lief sie davon.

Silvia glaubte, in der Gasse zu sein, die zu ihrem Haus führen mußte. Sie bog um einen kleinen, entsetzlich stinkenden Fischladen und prallte zurück. Im Eingang eines Hofes stand Rosella. Neben ihr stand der Edelmann, dem Silvia vor ein paar Augenblicken begegnet war, und sprach auf sie ein. Im Halbschatten des Hofes lehnte lässig ein anderer Mann, der ihr ähnelte. Er kaute an einem Zahnstocher und schien gleichzeitig einen Floh zu beobachten, der über seine Handfläche kroch. Der Edelmann drückte Rosella eine Münze in die Hand, schwang sich auf sein Pferd und trabte an Silvia vorbei, ohne auf sie zu achten. Der Wartende knackte nun seinen Floh und spuckte aus.

»Ich muß gehen«, hörte Silvia Rosella sagen.

»Rück den Dukaten raus, Schwesterchen! Du sollst deinen Rotschopf nicht reicher, sondern ärmer machen.«

Widerwillig reichte Rosella ihrem Bruder die Münze.

»Wann sollen wir zuschlagen?« Der Mann biß kurz auf den Dukaten und ließ ihn dann mit einer blitzschnellen Bewegung in eine Tasche gleiten. »Ruffini ist am Ende. Laß ihm den Bankert oder gib ihn unserer Mutter!«

»Nein!« Rosella sprach schnell und mit einer heftigen Bewegung. »Laßt mich in Ruhe. Ich weiß, was ich zu tun habe.«

Wieder spuckte ihr Bruder aus und trat nach einem Hund, der sich ihm schnuppernd genähert hatte. »Du hast noch Schulden.«

»Ich habe bei niemandem Schulden.«

»Keine Geldschulden, das ist richtig. Aber es gibt Leute, die etwas für dich getan haben.«

»Jeder erhält, was ihm zusteht! Und manche Leute verdienen den Galgen.«

»Oho!« Ihr Bruder packte Rosella an ihrem Kleid, aber sie riß sich los und stieß ihn zurück.

»Faß mich nicht an! Diese Zeiten sind vorbei!«

Der Bruder wich zurück, machte eine aufgesetzt kriecherische Bewegung. Aus dem Hof schrie eine alte Frau etwas Unverständliches. »Dann sing noch schön, Nachtigall!« sagte er und zog sich mit einer Verbeugung zurück. »Bis dich der Teufel zu Tode fickt.«

Rosella warf ihm eine unanständige Geste nach und wandte sich zum Gehen.

Silvia folgte ihr, und nach kurzer Zeit standen sie vor ihrem Haus. Rosella verschwand im Seiteneingang, während Silvia überlegte, wie sie unbemerkt hineinschlüpfen konnte. Als es fast dunkel war, trat Barbone, ihr alter Knecht, vor das Portal und steckte zwei Fackeln in die Halter neben den Eingang. Die Gicht plagte ihn, er konnte kaum noch arbeiten, aber der Vater mochte ihn nicht davonjagen, weil er ihm bisher so treu gedient hatte. Auch Silvia mochte ihn, weil er ihr immer wilde Abenteuergeschichten aus seiner Jugend erzählt hatte. So trat sie vor ihm ins Haus, als sei es selbstverständlich, und als er sie erstaunt anrief, tat sie so, als habe sie ihn nicht gehört.

»Piccolina!« rief er ein zweites Mal. »Wo kommst du her?«

Sie antwortete nicht, kehrte aber um und drückte ihm ein Küßchen auf seinen Bart. Sprachlos starrte er sie an, und sie rannte die große Treppe hoch und verschwand in ihr Zimmer.

Schon bald fand sich erneut die Aufschrift *HURE* am Portal der Ruffini.

In der darauffolgenden Nacht hörte Silvia, wie ihr Vater und Rosella miteinander stritten. Sie verstand ihre Worte nicht; sie vergrub ihren Kopf unter dem Kissen und weinte sich in den Schlaf.

Morgens wachte sie auf, weil sich der Vater und Rosella schon wieder stritten. »Es gibt andere Männer«, hörte sie Rosella kreischen. »Ich nehme meinen Sandro und verlasse das Haus! Ich bin es satt! Dies ist kein Leben!«

Silvia sprang aus dem Bett und rannte in das Schlafzimmer des Vaters. Er stand vor dem großen Bett, halbnackt, mit wirren Haaren. Neben ihm Rosella in einem Kleid von Silvias Mutter. Beide waren so erregt, daß sie Silvia nicht wahrnahmen.

»Du kannst das Haus jederzeit verlassen, Hure, aber Sandro bleibt hier. Ich werde ihn aufziehen!«

»Bevor du ihn in die Finger kriegst, werfe ich ihn in den Tiber. Dies ist keine leere Drohung, das verspreche ich dir.«

»Du wirst noch auf dem Scheiterhaufen enden!« Die Stimme des Vaters zitterte, aber äußerlich blieb er ruhig, und er sprach auch nicht laut. »Ich habe für uns alle ein Horoskop gelegt …« Er brach seinen Satz ab.

»Du Hurenbock«, schrie Rosella. »Ich werde dich vergiften, ich verfluche dich!«

Sie warf sich mit ihrem schweren Körper auf den Vater, aber er wich ihr aus und riß sie an ihren Haaren zurück. Plötzlich blitzte in ihren Händen ein Dolch auf. Rosella war so außer sich, daß sie zustieß. Er wich geschickt aus und schlug nach ihrem Handgelenk, die Klinge fiel zu Boden. Blitzschnell hob Silvia das Messer auf. Rosella schrie: »Ach, du bist auch hier, du Schlange! Gib mir das Messer!« und wollte sich auf Silvia stürzen. Aber schon hatte der Vater sie gepackt, stieß sie gegen die Wand und preßte sein Knie auf ihren Bauch. Sie versuchte zu kratzen und zu beißen.

»Schluß jetzt!« zischte er ihr zu.

Doch Rosella ließ sich nicht bändigen.

»Das Messer!« Er streckte Silvia die geöffnete Hand entgegen, während er mit der anderen Rosella in Schach zu halten versuchte.

Silvia war wie gelähmt.

Aber schon hatte der Vater den Dolch an sich gerissen und preßte die Klinge mit der flachen Seite auf Rosellas Wange. »Eine Bewegung, und ich schneide dir dein Gesicht auf!«

Rosella erstarrte. Ihre Augen aufgerissen, stieß sie »nicht mein Gesicht« hervor.

Er lockerte seinen Griff.

»Kein Wort mehr!« Vorsichtig ließ er sie los und trat einen Schritt zurück, den Dolch aber noch immer gegen sie gerichtet. Auf ihrer Gesichtshaut sah man den Abdruck der Klinge.

Eine Weile standen sich die beiden regungslos gegenüber.

»Wenn du zustichst«, flüsterte sie schließlich, »wird man dir den Kopf abhacken.«

Er lachte höhnisch auf.

Vorsichtig tastete sie ihre Wange ab. »Und wenn du dich freikaufst, dann wird mich mein Bruder rächen.«

Für einen Augenblick schien der Vater unsicher geworden zu sein, und er hielt ihr den Dolch wieder direkt vor das Gesicht. Dann fauchte er: »Du beschmutzt die Kleider einer Ruffini nicht mehr.«

Rosella schien nun alle Angst verloren zu haben. Mit einer ruhigen Bewegung schob sie die Hand des Vaters zur Seite, trat einen Schritt vor, faßte sich in den Ausschnitt, riß sich das Kleid, das sie trug, mit einem Griff von ihrem Körper. Hochgereckt und stolz stand sie nun im Hemd da.

Ebenfalls ruhiger geworden, steckte der Vater den Dolch weg, nahm das zerrissene Kleid und bedeckte mit ihm seinen Oberkörper.

»Vielleicht ist es gut so, wenn du unser Haus verläßt.« Seine Stimme war leise und klang sogar ein wenig traurig.

Nun war es Rosella, die für einen Augenblick alle Kraft zu verlieren schien. Sie setzte sich auf das Bett und schlug die Arme um ihre Schultern, als friere sie. Ihr Blick fiel auf Silvia, und sie flüsterte, so leise, daß wohl nur Silvia sie verstand: »Ich liebe dieses Hühnchen, wir gehören zusammen.«

Silvia legte die Hand auf ihren Arm.

»Schluß jetzt!« schrie ihr Vater mit einer gequetschten, hohen Stimme. »Du verläßt unser Haus, und mein Sohn bleibt hier.«

Als wären wieder die Dämonen in sie gefahren, sprang Rosella auf und schrie voller Hohn zurück: »*Dein* Sohn?«

»Die Sterne sagen die Wahrheit«, erwiderte der Vater. Seine Stimme erstarb bei dem Wort *Wahrheit*. Er wandte sich ab. »Ich will dich nicht mehr sehen«, erklärte er und verließ, plötzlich gebückt, das Zimmer.

Er schleifte das Kleid der toten Mutter hinter sich her.

Rosella ließ sich, als hätte sie der Schlag getroffen, auf das Bett fallen. Ihre weit geöffneten Augen starrten an die Decke. Sie bewegte ihre Lider nicht, so daß sie einer Toten ähnelte. Silvia versuchte sie anzusprechen, stieß sie an, aber Rosella reagierte nicht.

Schließlich eilte Silvia zu Sandro und nahm ihn aus der Wiege. Er lächelte. Sie drückte ihn an sich und lief mit ihm auf die Dachterrasse. Nun schrie er, und sie rannte wieder zurück. Die Amme, die ihr entgegeneilte, hätte sie fast umgestoßen. Der kleine Sandro schrie noch lauter. Silvia hielt ihn von sich weg und sah in sein verzerrtes Gesicht. Und dann geschah etwas Schreckliches: Sein Gesicht schien zu wachsen, immer größer zu werden, eine Dämonenfratze drohte Silvia plötzlich zu verschlingen, und hätte die Amme Sandro nicht ergriffen, so hätte sie ihn fallengelassen.

Silvia wurde das Bild dieser Teufelserscheinung nicht mehr los, sosehr sie auch durch das Haus rannte, kaum bekleidet, wieder auf das Dach hinauf, in die Kälte, und dann zurück durch alle Zimmer.

Von Rosella und ihrem Vater sah und hörte sie nichts mehr.

Als es dunkelte, hatte sich die teuflische Verwirrung aufgelöst, und Silvia schlich zu Sandro, um ihn zu trösten. Aber die Amme ließ sie nicht an sein Bettchen. Der Kleine hatte sich längst wieder beruhigt und spielte mit einem Holzklötzchen und einem bunten Tuchfetzen.

Abends, als die Amme zum Abtritt mußte, gelang es Silvia endlich, ihn hochzunehmen. Er lächelte wieder, aber sein Lächeln schien sich verändert zu haben. Kaum hielt sie ihn in ihren Armen, tauchte wieder dieses teuflische Grinsen auf. Ja, der kleine Sandro grinste sie mit Alessandros Augen an, als wolle er sie verhöhnen, als wolle er sich an sie krallen und hinabziehen in die Hölle, ins ewige Feuer stürzen und sie quälen und martern bis zum Jüngsten Gericht. Ihr wurde alles klar. Ein Abgesandter der Unterwelt grinste sie unverhohlen an. Nicht nur ihr Vater, auch der Teufel hatte Rosella beigewohnt; er hatte von hinten sein Horn in sie hineingestoßen und ihr den Balg eingepflanzt, er wollte sie alle vernichten, und Rosella war sein Werkzeug. Sandro hatte er Alessandros Augen angehext, an die Türe hatte er *HURE* schreiben lassen, in den Gemütern ließ er Mißtrauen, Haß, Wut und Streitsucht wachsen. Das Haus war von Dämonen besetzt und verseucht, und dieser kleine Teufel in ihren Armen war ihr Werkzeug. Der Vater wurde zu einem gewalttätigen Ungeheuer ... Silvia mußte ihn retten! Ihre Mutter hatte sie nicht retten können, aber ihren Vater mußte sie den Fängen des Bösen entreißen! Sie, Silvia, war das Werkzeug des Allmächtigen. Sie mußte das Böse zerschmettern! Der kleine Sandro mußte vernichtet werden!

Von Ferne hörte Silvia einen spitzen, grellen Schrei. Als würden von allen Seiten Flammen auf sie zustoßen, als tanzten tausend nackte Ungeheuer um sie herum, als tobte ein Konzert aus sich vermehrenden Kinderstimmen, die sie alle nur zerreißen wollten. Sie selbst spürte einen Druck von innen, ihr Bauch schwoll an und drohte zu platzen, und zwischen ihren Schenkeln wuchs eine blutigrote, stachlige Rose aus einem Kelch und blühte auf.

Silvia trank das Blut. Sie aß das Blatt. Eine Stimme, vielleicht ihre eigene, sang *beata viscera virginis et beata ubera.* Selig der Schoß der Jungfrau und selig die Brust. Und viele Stimmen sangen im Chor. *Rosa mystica, dei genitrix, benedicta in mulieribus, et benedictus fructus ventris tui.* Geheimnisvolle Rose, Gottesgebärerin, gebenedeit bist du unter den Weibern und gebenedeit ist die Frucht deines Leibes.

Und dann ging alles in ihrem eigenen schwarzen Schrei unter, bis sich ihr Vater über sie beugte.

Er hob sie auf und trug sie in ihr Bett und bedeckte ihren zitternden Leib.

Er flößte ihr warme Milch ein.

Ein schwarzgekleideter Priester kniete neben ihr und rief den Allmächtigen, seinen eingeborenen Sohn und die gnadenreiche Jungfrau an.

Die roten Haare des Vaters standen wirr nach allen Seiten.

Ein Mann tauchte auf, zog ihren Arm vom Leib weg, setzte ein Messer an, schnitt ihr in die Armbeuge, und ihr Blut sprudelte lustig wie ein kleiner Springbrunnen.

Wie eine rote Rose auf dem Schnee der Haut, hörte sie eine weiche, ferne Stimme. Und die Stimme sang. Sie sang ihre eigenen Worte. Rosella sang.

Mein kurzes Leben hab ich nicht vertan!

TEIL II

Die Jahre der Erwartung

18. Kapitel

Bolsena lag hinter ihnen. Alessandro hatte sich an die Spitze der Reitergruppe gesetzt und genoß den frischen Wind auf seiner Haut. Die Hügellandschaft strahlte nach einem nächtlichen Gewitter kühle Morgenklarheit aus. In den Zweigen der Bäume glitzerten noch die Wassertropfen, manche fielen auf ihn, wie Punkte, die einen langen Satz beenden. Die Last der letzten Tage war von ihm gewichen, die düstere Stimmung zwischen der Mutter und den drei Geschwistern, die sich aus dem Weg gingen, um sich nicht wieder streiten zu müssen.

Zum Glück hatte er nicht mehr lange auf die Ankunft von Giovanni Crispo und den beiden Provençalen warten müssen. Er begrüßte Crispo schon auf der Brücke und ließ sich die beiden Mitreisenden vorstellen: Accurse Maynier und Ugo Berthone. Accurse, ein Doktor beider Rechte, wolle in Florenz nur eine Zwischenstation einlegen, er reite bald weiter nach Venedig, wo er eine Anstellung bei Dogen suche. Ugo dagegen, *doctor philosophiae* der Universität Bologna, plane, in Florenz Griechisch zu lernen und außerdem an der Accademia Platonica die größten Geister Italiens kennenzulernen.

Die Pferde wurden abgegeben, der Staub von der Kleidung geschüttelt. Im Großen Saal begrüßte Giulia die jungen Männer. Sie raffte ihr Kleid, verbeugte sich und legte Giovanni die Hand auf den Arm, als seien sie schon lange gute Freunde. Ugo Berthone, in der leicht abgeschabten Kleidung eines Scholaren, trat einen Schritt zurück, lief aber, wie Alessandro sofort bemerkte, dunkelrot an. Seine Augen waren auf Giulia geheftet, als müßte er sich jeden Zug ihres gleichmäßig geschnittenen Gesichts einprägen. Accurse Maynier, auffallend teurer gekleidet, lächelte ironisch.

Nun erschien auch die Mutter. Giovanni Crispo übergab ihr eine bemalte Obstschale als Geschenk und brachte gleichzeitig freundliche Grüße von Kardinal della Rovere, der ausrichten lasse, der

Heilige Vater habe sich nach dem *Flüchtling* erkundigt und betont, er sei nicht nachtragend.

»Dem Herr sei Dank, meine Gebete wurden erhört«, rief sie mit einem vielsagenden Seitenblick auf Alessandro. Dann machte sie eine Geste, als wollte sie von dem Thema ein für allemal nichts mehr hören.

Als sie zu Abend speisten, konnte Ugo Berthone, der seine dichten lockigen Haare inzwischen von seiner Kappe befreit hatte, noch immer nicht seine Augen von Giulia lassen und grinste blöde wie ein Verliebter. Sie erwiderte, spöttisch lächelnd, seinen Blick und genoß offensichtlich die kaum zu übersehende Bewunderung. Accurse führte mit der Mutter ein höfliches Gespräch über die Zucht der Seidenraupe und den Anbau von Maulbeerbäumen, während Angelo schweigend und gedankenverloren vor sich hin aß.

»Ich glaube, du könntest bald wieder nach Rom zurückkehren.« Giovanni Crispo hatte sich mit leiser Stimme an Alessandro gewandt. Er näherte ihm sein Gesicht noch mehr und flüsterte: »Silvia Ruffini läßt dich grüßen. Ich traf sie während der Messe. Ihre frühere Kammerfrau hat ein Kind bekommen – von Silvias Vater, so erzählt man sich. Aber es gibt auch andere Gerüchte.« Crispo verzog seinen Mund zu einem schrägen Grinsen.

Die Mutter warf einen kurzen Blick auf die beiden, ließ sich aber gleichzeitig von Accurse die Vorteile der Seidenraupenzucht erklären.

Als sie ins Bett gegangen war, wie immer früh, erkundigte sich Giulia nach Ippolita. Crispo wollte zuerst nicht heraus mit der Sprache, seine Stimme wurde leise, aber schließlich begann er doch zu berichten.

»Vor Wochen tauchte Ippolita in einem Zustand höchster Verwirrung zu Hause auf, voll blauer Flecken, auch blutend. Sie sprach nur davon, daß der Teufel sie aus dem Kloster entführt habe, der Teufel mit Hörnern auf dem Kopf und einem langen Schwanz. Dann kreischte sie auf vor Lachen. Wir ließen einen Medicus kommen, der sich aber nicht äußern wollte. Und schon erschien ein Diakon aus dem Hause des Kardinals Borgia. Dem Kardinal sei zu Ohren gekommen, erklärte er, daß die aus dem Kloster Santa Cecilia geflohene Mutter Oberin wieder nach Hause gefunden habe. Es gebe aber Hinweise, sie sei vom Teufel besessen. Bevor sie als Hexe verfolgt und womöglich verbrannt werde, biete Kardinal Borgia als ihr Beichtvater und als Titularbischof des Klosters an, in seinem Palast einen *exorcismus* vorzunehmen, um das gefährdete Wesen zu retten. Meine Eltern waren entsetzt. Sie verstanden nicht, warum Ippolita das Kloster verlassen, was sie so zugerichtet und was der Kardinal Borgia mit der ganzen Sache zu tun hatte. Aber wenn der Herr Kardinal sich der Tochter annehmen wolle ... Versteht ihr? Ippolita stürzte immer wieder zu Boden, wand sich in einer Haltung der Verzückung, hielt ihren Bauch, als sei sie schwanger, und stieß *dei genitrix* hervor.«

»Und was tatest du?« fragte Alessandro.

Giulia hing mit ängstlich aufgerissenen Augen an seinen Lippen.

»Nichts. Was sollte ich tun? Ich weiß ja selbst nicht, was geschehen ist. Weißt du denn was?« Fragend schaute er Alessandro an.

Alessandro schüttelte den Kopf.

»Und was geschah nun mit Ippolita?« fragte Giulia stockend.

Giovanni zuckte mit den Schultern und wandte sich mit Tränen in den Augen ab.

»Laßt uns zum Kamin gehen, hier ist es kalt«, sagte Alessandro.

»Sie ist doch nicht etwa tot?« flüsterte Giulia.

»Ich glaube nicht, aber Kardinal Borgia schweigt sich aus«, antwortete Giovanni. »Sie sei an einen sicheren Ort verbracht worden und büße dort, hat jemand aus seiner Umgebung verlauten lassen.«

Alessandro hatte sich vor das Feuer gesetzt und starrte an die Kassettendecke, über die wirre Schattenformen huschten. Giulia hielt Giovanni tröstend die Hand. Ugo beobachtete sie mit brennenden Augen, Accurse schaute ernst. Angelo, der die ganze Zeit zugehört, aber kein Wort gesprochen hatte, warf ein Holzscheit ins Feuer und murmelte ein Gebet vor sich hin. »Unsere Mutter hatte recht«, sagte er unvermittelt. »Seid nüchtern und wachsam, denn euer Widersacher, der Teufel, geht umher wie ein brüllender Löwe und sucht, wen er verschlingen könne.«

Das Feuer war hochgelodert und strahlte eine glühende Hitze aus. Alessandro liefen Schweißtropfen die Stirn hinunter.

»Nur der standhafte Glauben widersteht ihm und kann uns Kraft geben«, fuhr Angelo mit fester Stimme fort. Er warf ein Scheit nach dem anderen in das schon lodernde Feuer, bis der Kamin die Flammen nicht mehr fassen konnte und sie in den Großen Saal zu lecken begannen.

»Er allein kann den Feind in uns besiegen!«

Alessandro ließ sein Pferd in einen Zwischengalopp fallen. Er wollte sich nicht wieder zurückziehen lassen nach Capodimonte oder Rom. Er wollte die unangenehmen Vorkommnisse der vergangenen Wochen und Monate vergessen. Was ihn jedoch beschäftigte, war das schiefe Grinsen, das Crispo nicht unterdrücken konnte, als er die Gerüchte um Rosellas Bastard erwähnte. Dieses Kind und seine Mütter sollten ihr Fangnetz nicht bis nach Florenz auswerfen!

Zu seinem Erstaunen tauchte plötzlich Angelo neben ihm auf. Sein Bruder spornte sein Pferd an, als wolle er ein kleines Wettrennen mit ihm veranstalten. Alessandro ging darauf ein, gab seinem Rappen sogar die Sporen. Und nun galoppierten die beiden Pferde mit gestrecktem Kopf nebeneinander her. Ja, das hatte er noch nie getan – er lieferte sich mit seinem Bruder ein Rennen. Und Angelo konnte erstaunlich gut mithalten. Die Pferde galoppierten, was die Hufe hielten. Alessandro gewann eine halbe Länge, schaute sich nach Angelo um, der nach vorne starrte und nicht aufgeben wollte. Alessandro saß auf dem schnellsten Pferd im ganzen nördlichen Latium, er war der bessere Reiter – da wagte sein Bruder doch tatsächlich, ihn herauszufordern. Er berührte die Flanke seines Rappens mit der Peitsche, und der Rappe legte noch einmal zu. Alessandro juchzte auf vor Freude, und ihn durchfuhr ein lange vermißtes Freiheitsgefühl, ein Gefühl, zu siegen und alles erreichen zu können.

Angelo fiel zurück, und nach einer Weile, als auch sein Rappe zu ermüden begann, ließ Alessandro ihn nur noch traben und wartete auf seinen Bruder. Angelo erreichte ihn bald. Er saß kerzengerade im Sattel, dabei nicht steif, alles Gebeugte, das ihn sonst auszeichnete, war abgefallen. Da ritt er, der zukünftige Condottiere, der Kämpfer gegen die Ungläubigen, Mutters Liebling, stolz wie ein Caetani und aufgeputzt wie ein Orsini in seiner noch immer hahnenbunten Kleidung. Er wirkte keineswegs wie ein Verlierer, schaute ihn gelassen, ja sogar ein wenig verächtlich an.

»Wo bleibt der Bibelspruch?« rief Alessandro, nicht ohne Hohn in der Stimme. »Wie wär's mit *Liebe deinen Bruder wie dich selbst?*« Als Angelo nicht reagierte, fügte er an: »Oder: *Die Letzten werden die Ersten sein?*«

»Wo, auf Erden oder im Himmelreich?«

»Hier wie dort!«

Alessandro brach in Gelächter aus, Angelo aber blieb ernst.

Als die Reisegruppe nach mehreren Tagen, in denen sie unbehelligt vorangekommen war, Florenz unter sich liegen sah, brach sie in spontanen Jubel aus. Florenz hingebettet im Arnotal, umschlossen von einer Mauer, beherrscht von Brunelleschis berühmter Kuppel. Überall ragten Türme in den Himmel, aus braunem Sandstein, Schutztürme, die Zeichen der Macht, Glockentürme, die Zeichen des Glaubens. Dazwischen der helle Marmor des Campanile. Mehrere Brücken eng beieinander und das glitzernde Band des Flusses. Angelo bestand darauf, in San Miniato zu beten und dann erst die Stadt zu betreten. Alessandro betrachtete währenddessen die Menschen, die ihm begegneten. Eigentlich sah es hier aus wie vor den Toren Roms, nur die zahlreichen Pilger fehlten, und insgesamt schienen die Florentiner besser gekleidet zu sein, wenn auch nicht auffällig und stutzerhaft. Die meisten trugen selbstbewußt ihren Kopf hoch. Alessandro wußte, er würde diese Stadt lieben.

Dieses Gefühl verstärkte sich noch, als sie ihre Pferde durch die vollgestopften Gassen und über den drangvoll engen Ponte Vecchio zogen. Auf der Piazza della Signoria und vor Santa Maria del Fiore blieben sie stehen und schauten sich um. Keiner beachtete sie, aber gleichzeitig wirkte auch niemand abweisend. Längst nicht so viele Bettler wie in der Heiligen Stadt, nicht soviel Schmutz, weniger Gestank. Rom war eine Ansammlung von Dörfern, verstreuten Ruinen, von Weiden und Weinbergen, Kirchen, Katen und Palästen. Rom war ein wucherndes, vielfältiges Labyrinth. Florenz dagegen wirkte wie eine geschlossene Einheit.

Ein Geldwechsler sprach sie an, aber sie erkundigten sich nur nach dem Weg zum Medici-Palast. Der Mann überließ seinen Stand sofort dem Gesellen und bot sich an, sie persönlich zu begleiten. Nicht ohne ironische Neugier fragte er nach ihrem Namen und ihrer Herkunft. »Ach Rom!« rief er aus, und der ironische Zug um seinen Mund verstärkte sich. »*Caput mundi*, die Heilige Stadt, der Heilige Vater, o ja, man hört nur Gutes! Leider fehlt mir die Zeit, mich auf eine Pilgerreise nach Rom zu begeben, um mich endlich von meinen zahlreichen Sünden zu befreien. Und es fehlt mir auch das Geld für all die Ablässe.«

Alessandro ging auf seinen Ton ein. »Ja, ein sündiges Leben hat schon seinen Preis. Und wenn man dann auch noch gegen das biblische Gebot Geld verleiht – wie die Juden, die den Heiland ans Kreuz schlugen ...«

Der Geldwechsler bekreuzigte sich. »Messer, wo denkt Ihr hin. Geld für Zinsen – ja, wenn ich das täte, wie die Medici zum Beispiel, dann wäre ich reich. Ich bin nur ein armer Geldwechsler, versteht Ihr, ich verwerte den Brosamen, der vom Tisch der Reichen fällt.« Er schien an seiner eigenen Schauspielerei immer mehr Gefallen zu finden. »Dukaten, Florin, flämische Gulden, Silbertaler aus Tirol, französische Gold-Ecu, auch kleinere Münzen natürlich, sogar Kupfergeld. Und meine Waage ist genau. Münzen, bei denen die Legierung nicht stimmt, haben bei mir keine Chancen. O Gott, würde ich betrügen, meine Zunftgenossen würden mich steinigen, und der Bargello würde nicht lange fackeln. Nein, Florenz ist eine Stadt ehrlicher Arbeit, eine Stadt ehrlicher Bürger, freiheitsliebender Bürger, kunstliebender Mäzene ...« Und er wollte nicht aufhören, seine Heimatstadt zu preisen.

Das Empfehlungsschreiben von Kardinal della Rovere öffnete Alessandro und seinen Begleitern das Portal des Medici-Palazzos an der Via Larga. Die Pferde wurden versorgt, und als sie noch im Innenhof an einem Tisch einen kleinen Imbiß zu sich nahmen, rannte lachend ein Junge an ihnen vorbei und warf im Laufen einen Ball einem Mann zu, der ihm zu folgen versuchte. Alessandro sprang blitzschnell auf und fing den Ball in der Luft ab, überreichte ihn dann mit einer freundlichen Verbeugung dem Mann.

»Lorenzo Medici«, stellte sich dieser ihm lächelnd vor, ohne jegliche Herablassung oder Überheblichkeit. Alessandro erschrak zuerst darüber, daß dieser Mann der berühmte und einflußreiche Lorenzo *il Magnifico* sein sollte. Diese unangenehm hohe Stimme, die vorstehende Unterlippe und die aufgeworfene lange Nase! Der *Prächtige* war ausnehmend häßlich. Aber sein Lächeln war gewinnend, seine Augen schauten offen, neugierig, mild, wissend – und in ihren Winkeln versteckte sich der Schmerz.

»Alessandro Farnese, aus Rom.«

Alessandro verbeugte sich noch einmal, stellte dann seine Begleiter vor und überreichte Lorenzo de' Medici das Empfehlungsschreiben. Dieser überflog es, rief seinen Sohn herbei. »Dies ist mein zweiter Sohn, Giovanni. Er soll auch einmal nach Rom, die kirchliche Laufbahn einschlagen – allerdings ohne sich aus der Engelsburg abseilen zu müssen.« Er zwinkerte Alessandro zu. Der Junge, im Gegensatz zu seinem Vater dicklich im Gesicht, aber mit hellen, wachen Augen, verbeugte sich.

»Hat Kardinal della Rovere …?« Alessandro sah Lorenzo erstaunt an.

»Nein, nein.« Lorenzo lachte. »Die Florentiner sind neugierige Leute, die Vertretung unseres Hauses in Rom muß immer auf dem laufenden sein … aber Handel und Wandel, Geld und irdisches Gut interessieren Euch nicht, oder?«

Alessandro schüttelte den Kopf.

»Hoho«, rief Giovanni Crispo.

Angelo, Accurse und Ugo waren hinzugetreten und lächelten. Lorenzo lehnte sich entspannt an eine Säule, während sein Sohn, den Ball auf den Boden tippend, über den Hof lief und dann unter den Arkaden verschwand.

»Wenn Ihr an Geld nicht interessiert seid, woran dann?« Lorenzo schien in sokratischer Manier einen kleinen Disput eröffnen zu wollen.

»Am Wissen. Am Leben.« Alessandro setzte ein undurchsichtiges Lächeln auf. Wahrscheinlich wollte der Medici ihn aushorchen, wollte herausfinden, ob er für seine Accademia Platonica geeignet sei.

»Und ihr?« Lorenzo wandte sich nun den anderen zu.

Angelo hielt seine Antwort zurück, Ugo kratzte sich am Kopf. Accurse schaute Lorenzo unverwandt an: »Macht und Verantwortung!«

»O, ein werdender Staatsmann!« Lorenzo lachte und klopfte Accurse auf die Schulter. Dann wanderten seine Augen erwartungsvoll zu Ugo.

»Seelenruhe und Glückseligkeit«, antwortete dieser.

»Der Schüler Epikurs spricht.« Noch immer lachend, wandte sich Lorenzo nun direkt an Angelo.

Angelo schlug die Augen nicht nieder, zögerte jedoch mit seiner Antwort. Alessandro wollte ihm beispringen, unterließ es aber dann.

»Die Verpflichtung der Familie gegenüber ist mir wichtig. Und ein fester Glauben«, erklärte Angelo nun doch mit leiser Stimme.

Lorenzo wurde ernst. »Ja, die Familie ist ein hohes Gut. Mein Bruder hat für sie sein Leben gelassen. Der einzelne stirbt, aber in seiner Familie lebt er weiter.« Lorenzo nahm Angelos Arm. »Ich freue mich auf Euer Kommen.«

Angelo lächelte bedauernd. »Ich kann leider nicht in Florenz bleiben, ich muß mich in Venedig dem Feldzug gegen die Türken anschließen.«

Alessandro wollte erneut für seinen Bruder sprechen, wollte Lorenzo erklären, daß jeder erstgeborene Farnese nach der Familientradition Soldat würde, der zweite der Kirche dienen müsse, aber noch bevor er das erste Wort ausgesprochen hatte, hielt er inne. War er seines Bruders Stimme? Brauchte sein Bruder überhaupt einen Helfer? Und war nicht Lorenzo de' Medici völlig klar, wovon Angelo sprach? Auch *sein* zweiter Sohn sollte den kirchlichen Dienst einschlagen, während der erste bestimmt war, sein Nachfolger zu werden, Florenz zu regieren, mit oder ohne offizielles Amt.

»Schade«, sagte Lorenzo. »Einen Soldaten könnten wir in unserer Accademia gebrauchen, schon als *advocatus diaboli*.« Er wandte sich nun wieder der gesamten Gruppe zu, ließ seinen Blick von einem zum anderen gleiten und blieb schließlich bei Giovanni Crispo hängen. »Ihr habt bisher geschwiegen.«

»Die Kunst«, antwortete dieser und verbeugte sich beflissen.

»Na endlich erwähnt jemand die Kunst«, rief Lorenzo. »Jetzt fehlt nur noch die Liebe. Habt Ihr noch nicht die vielen schönen Frauen in den Fenstern gesehen? In Florenz steht die Liebe hoch im Kurs. Die göttliche und die irdische. Und wir beten die Schönheit an. Trotzdem kann ein häßlicher Mann wie ich der ungekrönte Herrscher der Stadt sein. Wenn Ihr das verstanden habt, habt Ihr etwas von Florenz verstanden.«

Lorenzo wandte sich zum Gehen. »Seid herzlich willkommen im Hause der Medici. Laßt Euch ein Zimmer geben. Heute abend treffen wir uns wie immer zu einem zwanglosen Plausch – die Accademia tagt. Ich möchte Euch meinen Philosophen, Gelehrten und Dichtern vorstellen.«

19. Kapitel

Als Silvia zum ersten Mal wieder auf die Dachterrasse gehen durfte, fühlte sie sich geblendet vom Licht, und sie mußte sich auf Rosella stützen, die sie begleitete. Die Stadt Rom war ihr fremd geworden, und sie drängte darauf, wieder in das Halbdunkel des Hauses zurückzukehren. Eine Weile saß sie mit Rosella zusammen, den Rosenkranz in den gefalteten Händen.

»Bleib noch ein Weilchen!« bat sie, als Rosella aufbrechen wollte. Aber diese schüttelte nur den Kopf.

»Ich möchte deinem Vater nicht begegnen.«

»Er ist selten zu Hause.«

Rosella schaute prüfend auf ihre gepflegten Hände. »Weißt du, dein Vater … Schade … Aber ich bin und bleibe nur eine Magd … Wenigstens Sandro geht es gut.«

Silvia wußte nicht, was sie darauf entgegnen sollte, und nickte. Dann schaute sie Rosella mit flehenden Augen an. Doch Rosella schaute über sie hinweg und verließ das Zimmer.

Silvia blieb eine Weile versunken sitzen, setzte sich schließlich an ihr Schreibpult, holte sich ein Blatt hervor und steckte zwei Kerzen an. Sie betete stumm zur Jungfrau Maria und spitzte anschließend ihre Feder. Mit langsamen Bewegungen öffnete sie das Tintenglas, tauchte die Feder ein und schrieb auf ihr Papier: »Lieber Alessandro!« Aber schon nach der Anrede legte sie die Feder beiseite. Immer wieder während der zögerlichen Genesung versuchte sie, ihrem Retter, ihrem fernen Geliebten, zu schreiben, aber nie fand sie die richtigen Worte. Und je länger sie nach Worten suchte, desto nichtiger erschien ihr, was sie schreiben wollte. Nun war Alessandro, das hatte Rosella erzählt, nach Florenz abgereist. Von wem sie es wußte, blieb Silvia unbekannt. Überhaupt wurde Rosella ihr immer mehr zu einem Rätsel. Nach dem letzten heftigen Streit mit dem Vater hätte sie das Haus verlassen sollen, aber dann blieb sie doch und pflegte sie während ihrer Krankheit. Mit dem Vater stritt sie nicht mehr. Aber Silvia sah beide auch nicht zusammen.

Es war inzwischen Frühjahr des Jahres 1487, Silvia erinnerte sich kaum an das Ende des Winters. Sie hatte mit dem Tod gekämpft – oder mit dem Wahnsinn. Oder mit beidem. Es klang ihr noch ein Vers in den Ohren, ein eigener. War Rosella nicht da, saß der Vater am Bett und tupfte ihre Stirn ab. Silvia hörte ihn beten und weinen, ja endlos schluchzen. Zwischendurch sah Silvia lichtdurchflutete, rotgesprenkelte Ebenen, sah sich durch diese Ebenen reiten. Dann wieder stand der Überfall vor ihren Augen, die Mutter im Griff der stinkenden Männer.

»Nicht auch noch sie, mein letztes Kind!« hörte sie den Vater flüstern. »O Herr, warum mußt Du mich so prüfen?«

Silvia quälte der Durst, und sie bat um Wasser.

Der Vater ging selber.

Und später saß dann Rosella an ihrem Bett und sang.

So mußten Wochen verstrichen sein.

Aber schließlich wurde Silvias Gemüt wieder klarer, und langsam fühlte sie sich gesunden. Rosella erschien nun in einem lichtgrünen Taftkleid mit geschlitzten Ärmeln und einem tiefen Ausschnitt. Sie duftete nach Rosen, und eine schwarze Dienerin folgte ihr.

»Ich habe jetzt einen eigenen Palazzo«, rief sie stolz. »Er liegt nicht weit von hier.«

Die schwarze Dienerin fächelte ihr kühle Luft zu. Rosella schien auf Silvias Reaktion zu warten. Aber Silvia schwieg und dachte an Sandro.

»Und wirst du deinen Kleinen jetzt zu dir nehmen?« fragte sie mit schwacher Stimme. Es waren die schönsten Stunden am Tag, wenn die Amme Sandro zu Silvia ans Bett brachte und die beiden miteinander spielten. Das Kind war wieder zutraulich, und sie erlebte mit ihm keine verwirrenden Veränderungen mehr.

»Ich lasse ihn dir«, antwortete Rosella lächelnd, »und deinem Vater. Der Junge soll es mal besser haben als ich und meine Brüder. Selbst wenn ich Geld besitze und einen eigenen Palazzo – ich werde doch immer die Kurtisane bleiben, die Hure, die Magd. Wenn ich die Männer nicht mehr anziehe, dann werfen sie mich weg. Schon jetzt muß ich kämpfen. Es gibt jüngere Frauen. Aber mein Vorteil ist die

Erfahrung – und außerdem die Magie.« Sie lächelte wieder. »Ich kann mit Toten sprechen, und sie sagen mir die Zukunft voraus.«

Silvia sah sie skeptisch an.

»Manchmal glaube ich es selber.« Rosella lachte kurz auf und zog ihre Perlenketten zurecht.

»Du wirst noch einmal auf dem Scheiterhaufen enden«, flüsterte Silvia.

»Du hörst dich schon wie dein Vater an.« Rosella sprach ohne Vorwurf und Abwehr in der Stimme. »Es gibt eine alte Kupplerin, die mir einen Kräutersud zubereitet. Wenn ich ihn nehme und die Augen schließe ... Verstehst du? Dann plötzlich sprechen sie zu mir, die Toten, ich sehe sie sogar, ich sehe sie wirklich.«

»Hast du schon meine Mutter gesehen?«

»Nur einmal. Sie hat sich nach dir erkundigt und war ganz freundlich.«

»Ich glaube dir nicht«, sagte Silvia.

Rosella lachte auf, nahm Silvias Hand, zog sie an ihre Brust. »Deine Mutter – ich hätte sie damals vielleicht retten können, aber ich haßte sie, sie schlug mich, meist ohne Grund, und ich wollte mich rächen. Einmal erschien sie mir tatsächlich. Aber sie war nicht freundlich, sondern schaute mich finster an und strich mit geöffneten Fingern über ihr Gesicht, als wolle sie es zerkratzen.«

Rosella hielt noch immer Silvias Hand. »Zur Zeit scheint der Herr milde gestimmt zu sein. Er blickt auf mich Sünderin und weiß noch nicht, was er mit mir vorhat. Ich habe so viele Ablässe gekauft, wie ich mir erlauben konnte. Und natürlich besuche ich täglich die Messe. Solange Kardinal Borgia zu meinen regelmäßigen Kunden gehört, fühle ich mich sicher. Viele Katalanen folgen ihm. Hier ...« Sie nestelte aus ihrem Ausschnitt einen goldenen Anhänger. »Ihr Wappentier, der Stier. Rodrigo schenkte ihn mir, als ich ihm weissagte, er würde über seine Gegner siegen. Sein Name bliebe für alle Zeiten unvergessen. Ich vermied ihm allerdings zu sagen, was ich ebenfalls erfuhr: Daß ihn am Ende seines Lebens der Teufel holen wird.«

Silvia zuckte zusammen und ließ Rosellas Hand los. »Was weißt du über mich und Alessandro?« fragte sie nach einer Weile.

»Du liebst ihn.«

»Wird er je zurückkehren?«

»Das nehme ich an.«

»Und dann?«

»Sie äußerten sich nur vage bei diesem Thema.«

Silvia richtete sich auf und zog Rosella zu sich heran. »Und was haben dir die Toten über Sandros Vater gesagt?«

Rosella erhob sich abrupt. »Die Toten haben nichts gesagt«, erwiderte sie beim Gehen, »weil ich nicht gefragt habe. Du kennst Sandros Vater. Er steht dir sehr nahe. Basta!«

Silvia ließ ihren Blick von einer Kerze zur anderen wandern und starrte dann wieder auf das weiße Blatt, auf dem auffordernd *Lieber Alessandro* stand. Die Worte versagten sich ihr. Ihr Retter und Held wurde zu einem sich entfernenden Traum, der in Florenz umschwärmt wurde von den Schönen der Toskana. Hatte er Silvia, die kleine Römerin, inzwischen vergessen?

Silvia pustete beide Kerzen aus und saß im abgedunkelten Raum. Vor ihr noch immer der helle Schemen des Papiers. Der Zeisig sprang unruhig in seinem Käfig hin und her und tschilpte.

Draußen auf der Straße hörte sie ein Pferd vorbeitraben und einen Mann einem anderen etwas zurufen. Unten in der Küche klapperten die Mägde mit den Kupferkesseln, und ein Huhn gackerte aufgeregt. Ein einsames Lachen, wie losgelöst von allem, drang hoch.

Silvia flüsterte das *Ave Maria*. Die Wände gaben das *benedicta tu in mulieribus* zurück. Obwohl sie wieder gesund war, blieb das Haus ein düsteres Gefängnis. Wenn doch wenigstens ihre Brüder noch lebten! An ihrem Leben hätte Silvia teilnehmen können, solange sie kein eigenes führen durfte. Noch nicht einmal Gedichte waren ihr während der letzten Wochen und Monate eingefallen. Es schmerzte, Reime und Bilder zu finden für eine Sehnsucht, an deren Erfüllung sie nicht mehr glaubte. Aber war es Dante und Petrarca nicht ebenso ergangen? Sie waren jedoch erwachsene Männer, die neben ihren wehmütigen und sehnsüchtigen Träumen ein bewegtes Leben führen durften.

Als Silvia draußen im Gang die dunkle Stimme ihres Vaters und ein Juchzen und Quieken hörte, sprang sie auf. Schnell zündete sie wieder die Kerzen im Zimmer an und versteckte den begonnenen Brief. Und tatsächlich, ihr Vater trat ein, mit Sandro auf dem Arm.

»Du liest?« fragte er.

Sie schüttelte den Kopf.

»Du träumst!«

Sie nickte.

Sandro streckte ihr seine Ärmchen entgegen, und sie nahm ihn dem Vater ab. Sie scherzte mit dem Kind, und es lachte und patschte ihr mit seinen Händen ins Gesicht, zog dann an ihren Haaren. Schließlich gab sie dem Kleinen mehrere Klötzchen und setzte ihn auf ihr Bett. Sandro begann friedlich zu spielen.

Ihr Vater hatte sich an die Wand gelehnt und schaute zu. »Ich bin froh, daß ich wieder einen Sohn habe. Irgendwann werde ich ihn legitimieren lassen.«

Silvia warf einen kurzen Blick auf den Vater, dessen Gesichtszüge, so fand sie, während der letzten Monate scharf geworden waren. Was sollte sie darauf sagen? Für sie war Sandro das einzige Licht in den dämmernden Räumen des Hauses. Sandro war jemand, der ihre Liebe annahm. Und nie mehr seit ihrer Krankheit hatten sich seine Züge verzerrt. Sie selbst hatte damals etwas in ihn hineingehext – aber jetzt war alles vergessen.

»Ja«, sagte sie.

Ihr Vater marschierte unruhig durch das Zimmer, blieb vor dem Fenster stehen, ohne wirklich hinauszuschauen. »Ich suche nach einer Lösung, mußt du wissen. Aber es ist nicht einfach.«

Silvia antwortete nicht, fragte auch nicht nach, und eine Weile hörte man nur das fröhliche Gebrabbel des Kindes.

»Natürlich habe ich gemerkt, daß Rosella bei dir war.« Der Vater unterbrach sich kurz, sprach dann weiter. »Sie ist sehr erfolgreich, aber sie wird mir immer ungeheurer. Jetzt treibt sie sogar Nekromantie. Es wird der Tag kommen, da wird ihr alle Hexerei nichts nützen.«

»Aber du hockst doch auch täglich mit deinem Astrologen zusammen.« Silvia merkte selbst, wie patzig ihre Stimme klang, aber irgend etwas an ihrem Vater begann sie zu ärgern.

»Nun gut«, begann der Vater wieder, »Rosellas Untergang braucht uns nicht zu kümmern.« Er kratzte sich am Kopf. »Hab ich dich endlich!« Er knackte einen Floh und ließ das Tier dann mit unverhohlener Genugtuung über der Kerze verkohlen. »Der hat mich schon die ganze Zeit gepiesackt.« Wieder eine kurze Pause. »Eine Lösung, sagte ich. Am einfachsten wäre es, ich heiratete wieder. Mit der Mitgift könnte ich unser Gut in Frascati auslösen, und außerdem müßte ich das Fortleben unserer Familien nicht den schwachen Schultern eines Mädchens überlassen und dem Bastard einer Magd, die zur Hure wurde.«

Der Vater begann nun wieder im Zimmer auf und ab zu wandern, und er sprach wie zu sich selbst: »Mit dem Crispo verhandelte ich schon. Du und sein Sohn Giovanni ...« – er warf einen kurzen Blick auf Silvia – »es müßte gehen. Natürlich spekuliert er darauf, daß er das ihm noch immer verpfändete Gut in Frascati behalten kann. Aber zur Zeit liegt alles auf Eis, weil sich der Herr Sohn nach Florenz verzogen hat, um seiner Liebe zur Kunst zu frönen.« Abrupt blieb der Vater vor Silvia stehen. »Ich kann noch nicht einmal deinen Eintritt in ein anständiges Kloster bezahlen!« Als sie erschrocken den Kopf hob, fuhr er schnell fort: »Nicht daß ich es erwäge – wenigstens zur Zeit nicht ... Und die Erfahrungen mit Santa Cecilia sind ja nicht so, daß man dich so einfach ... also, eine Lösung ist nicht in Sicht. Noch nicht einmal der Astrologe kann helfen!« rief er empört. »Er betont immer wieder: Die Venus stand im 12. Haus! Ja, das stimmt, sie stand bei deiner Geburt im 12. Haus. Aber dieses Wissen hilft mir nicht weiter. Um mir zu helfen, lasse ich ihn ja kommen.«

Silvia nahm Sandro in den Arm und drückte ihn, um nicht in Tränen ausbrechen zu müssen.

»Die Venus im 12. Haus«, murmelte der Vater. »Dies ist nahezu eine Paradoxie!«

20. Kapitel

Alessandro fühlte sich sofort aufgenommen im Hause der Medici. Giovanni Crispo und den beiden Provençalen ging es nicht anders. Sogar Angelo lachte mehr, als Alessandro es von ihm gewohnt war. Verwirrend waren die vielen Menschen, die, von Lorenzo bewirtet oder unterhalten, im Palazzo oder in den angrenzenden Häusern wohnten und denen es fast ausschließlich um Kunst oder Philosophie ging. Die Accademia Platonica war keine Paukschule, bestand noch nicht einmal aus Lehrveranstaltungen, wie Alessandro sie von der Accademia Romana gewöhnt war, nein: Eine lose Gruppe von Humanisten traf sich, las insbesondere die platonischen Dialoge im Urtext, disputierte in sokratischer Manier um die entscheidenden philosophischen Fragen und genoß ansonsten das Leben. Natürlich, Marsilio Ficino übersetzte Platon, Angelo Poliziano erzog die Kinder von Lorenzo de' Medici und dichtete nebenbei, Lorenzo selbst bestimmte die Politik der Stadt, kaufte alte Manuskripte und die Gemälde der besten Künstler und dichtete ebenfalls. Im Garten des Palazzos arbeitete der Bildhauer Bertoldo und bildete junge Menschen aus.

Alessandro hatte schon am ersten Abend seinen Griechischlehrer gefunden, und während Giovanni Crispo von Marsilio Ficino umschwärmt wurde, einem Alten, der ununterbrochen von der Liebe sprach, die mehrere Stufen durchlaufen könne und schließlich in der Schönheit, insbesondere des menschlichen, des männlichen Körpers kulminiere, fühlte er sich von einem jungen Mann mit langen blonden Locken, weichen Lippen und großen, ein wenig vorstehenden Augen angezogen: Giovanni Pico, Conte della Mirandola. Pico war derjenige, der am teuersten gekleidet war, sogar teurer als Lorenzo selbst. Bestickte Seidenstoffe, Pelzverbrämungen an seinem Umhang, Spitze am Kragen, versteckte Goldfäden. In Florenz, so erfuhr Alessandro, laufe man nicht so aufgetakelt herum wie in Siena, das habe man nicht nötig. Vorbild sei Lorenzo, der sich eine wahrhaft fürstliche Kleidung leisten könne, aber bescheiden nur Schwarz und Gold trage. Wahrer Reichtum zeige sich im Geiste, in einer generösen Geste, in der Fähigkeit, Kunst zu schätzen und dafür auch Geld auszugeben.

Pico war jemand, der überall mitredete, der von einer Gruppe zur anderen sprang, der offensichtlich drei Gedanken gleichzeitig denken konnte und außerdem zahllose Sprachen beherrschte. Alessandro staunte, als Pico plötzlich in ein gutturales Idiom verfiel: Arabisch, so hieß es. Aber Pico beherrschte auch das Aramäische, denn die Bibel sei ja ursprünglich in Aramäisch geschrieben, Jesus von Nazareth habe diese Sprache gesprochen. Hebräisch las er selbstverständlich ebenfalls. Und er kannte die Bibel halb auswendig, außerdem Platon, Aristoteles, Cicero, die englischen Philosophen. Zwischendurch erzählte er gern einen zweideutigen Witz.

»Ihr seid Alessandro Farnese, das sehe ich sofort«, begrüßte er Alessandro, »Ihr seid der famose Flüchtling aus der Engelsburg.«

Alessandro wunderte sich darüber, daß der Florentiner ihn kannte.

»Ich habe Freunde in Rom, viele Freunde. Wißt Ihr nicht, daß ich vor nicht langer Zeit dort war, um meine neunhundert Thesen in einer öffentlichen Debatte zu verteidigen, die Erkenntnisse unserer Zeit, die Vereinigung von Platon und Bibel, die Beweise für die christliche Religion – aber keiner von Euren so weinseligen und kapaunhaften Prälaten wollte mit mir streiten und nach der Wahrheit suchen. Im Gegenteil. Sie sagten mir schließlich Ketzerei nach. Ich wollte es nicht glauben. Aber die vatikanischen Dunkelmänner meinten es ernst. Als ich nach England flüchten wollte, haben sie mich in Frankreich inhaftieren lassen. Ja, mein römischer Freund, sieben Jahre Kirchenbann, ich saß für die Wahrheit sogar im Gefängnis. Zum Glück hat mich mein lieber Lorenzo herausholen lassen.«

Für einen kurzen Moment unterbrach Pico seinen Redestrom, und ein düsterer Schatten fiel über sein Gesicht. Aber dann sprach er nur noch schneller weiter: »Als ich jung war, wollte ich für die Wahrheit sterben. Ich glaubte, der Glanz der Wahrheit müsse auch das dunkelste Herz erleuchten und die römischen Dogmatiker überzeugen. Aber Pustekuchen!«

Alessandro mußte über diesen ungewöhnlichen Ausdruck, den er nicht kannte, lachen. »Sagt man in meiner Heimat«, unterbrach sich Pico, dann schaute er Alessandro freundlich-prüfend an. »Wenn wir nachher Calcio spielen, solltest du meiner Gruppe angehören. Wir sind die besten! Mit dir werden wir noch besser sein. Laß uns in den nächsten Tagen ausreiten, nur wir beide: Auch du hast im Kerker gesessen. Nur wer einmal im Kerker schmachtete, immer in Angst vor der Folter – haben sie dich gefoltert in der Engelsburg?« Pico trat nahe an ihn heran und zog ihm die Arme hinter den Rücken. »Sie ziehen dich so in die Höhe, schon das läßt dich vor Schmerzen aufschreien, und dann lassen sie dich abrupt herunterfallen. Es reißt dir die Schultern entzwei. Da wirst du schnell zum Krüppel ...«

»Seid Ihr denn gefoltert worden?«

Pico ließ seine Armen kreisen. »Zum Glück nicht.« Wieder der düstere Schatten über seinem Gesicht. »Aber es hat auch so gereicht.« Und ohne sich zu entschuldigen, wandte sich Pico ab und stand schon neben Lorenzo, der gerade ein Liebesgedicht vortrug. Pico wollte unbedingt den letzten Reim verbessert sehen und fand den Ausdruck *leidendes Herz* zu flach. Ein Bild müsse her, sonst könne er ja auch gleich ein Sonett über seine Gicht schreiben.

»Soll ich?« fragte Lorenzo.

»Die Gicht ist nicht poetisch, der Liebeskummer aber schon, und am meisten die Sehnsucht«, rief Pico, doch sowohl Ficino als auch Lorenzo widersprachen ihm.

»Kerkerhaft ist auch nicht poetisch, nur öde«, mischte sich Alessandro ins Gespräch.

»Öde?« rief Pico aufgeregt. »Öde, ja, öde auch, aber sie ist der Schrecken selbst, sie ist der Vorhof der Hölle, völlig unpoetisch, Dante zum Trotz. Alessandro hat recht, wir wissen, wovon wir reden. Kommt, laßt uns Calcio spielen.«

Ficino wollte lieber Platon übersetzen, Lorenzo wies auf seine gichtigen Glieder hin, aber der Rest folgte Pico in den Garten, wo sich noch die Bildhauer zu ihnen gesellten. »Heute Kunst gegen Philosophie«, rief Pico und teilte die Gruppen ein.

»Und wo gehöre ich hin?« fragte Angelo, der übriggeblieben war. »Ich bin Soldat.«

Die alten Mitglieder der Accademia lachten. Alessandro verstand nicht, warum.

»Streben wir nicht seit Menschengedenken nach Frieden«, rief ein Mann, den Alessandro nicht kannte.

»Die Menschheit wird von den Philosophen lernen und auf den Krieg als ein barbarisches Mittel der Unvernunft verzichten«, dozierte sein Nebenmann. »Sogar die Türken werden irgendwann einmal ihre Krummsäbel beiseite legen und lieber Platons *Staat* lesen.« Sofort bildete sich eine Gruppe, die sich hitzig über Krieg und Frieden ausließ.

»Wir spielen jetzt!« befahl Pico, aber es dauerte eine Weile, bis er die Diskutanten auseinandergebracht und die beiden Mannschaften auf ihre Felder verteilt hatte. Angelo stand noch an der Seite. Alessandro winkte ihn herbei. »Nicht mehr als siebenundzwanzig Spieler pro Mannschaft«, rief Pico, »der Soldat kann den Schiedsrichter spielen.« Und schon stürmte er mit dem Ball in den gegnerischen Raum. Es dauerte nicht lange, bis er rüde zu Fall gebracht wurde.

Alessandro lernte schnell, wie er sich auf dem Feld zu bewegen hatte. Er erzielte den dritten Punkt für seine Mannschaft, weil er über einen jungen Bildhauer, der sich ihm in den Weg warf, mit einem großen Sprung hinwegsetzte. Pico jubelte. Kurz darauf versuchte Alessandro, dem Bildhauer den Ball zu entreißen, und tatsächlich gelang es ihm auch. Er warf den Ball zu Pico, der unbedingt durch ein Knäuel von Gegnern hindurchrennen wollte, aber aufschreiend zu Boden stürzte. Nach Luft ringend, war Alessandro stehengeblieben. Plötzlich spürte er einen Tritt in die Nieren und ging vor Schmerzen in die Knie. Neben ihm stand der junge Bildhauer, starrte ihn aus seinen tiefliegenden Augen an.

»Das ist gegen die Regel«, rief Alessandro empört.

»Erfolg kennt keine Regel«, antwortete der junge Mann kalt. Aber dann reichte er ihm die Hand und zog ihn hoch. »Michelangelo Buonarroti ist mein Name, der Tritt war eine kleine Rache, aber nicht bös gemeint.«

Schon stürmte eine Gruppe heran, in deren Mitte der Ball versteckt sein mußte. Pico zeigte auf Alessandro, der Ball kam plötzlich herangeflogen. Michelangelo wollte ihn abfangen, aber Alessandro war schneller. Er packte ihn, schlug mehrere Haken und rannte so schnell, daß ihm niemand folgen konnte. Die Abwehr des Gegners schien er unterlaufen zu wollen. Aber es war reine Taktik. Er warf sich zur Seite, machte eine Purzelbaum, stand schon wieder auf den Beinen und erreichte die gegnerische Linie. »Bravo, bravo!« rief Pico, klatschte und umarmte Alessandro. Mehrere Mitglieder ihrer Mannschaft sprangen an ihnen hoch und warfen sie um.

»Der Römer ist ein echter Gewinn«, hörte Alessandro.

Als man sich wieder auf dem Feld verteilte, führte Alessandro seinen Handstand vor und bewegte sich einige Schritte auf den Händen vorwärts. Seine Mannschaft packte ihn plötzlich und warf ihn in die Höhe, fing ihn aber wieder auf und ließ ihn mehrfach fliegen.

»Wir beide werden Freunde sein«, sagte Pico atemlos, als das Spiel siegreich für ihre Gruppe beendet war. Er hatte seinen Arm auf

Alessandros Schultern gelegt. »Heute abend kommst du mit mir. Ich will dir mein Geheimnis zeigen.«

»Aber ich muß meinen Bruder verabschieden, er reist morgen früh mit Accurse Maynier nach Venedig ab.« Alessandro wollte sich Picos Zugriff entziehen.

»Schönheit besiegt Bruderliebe«, rief Pico lachend und ließ ihn nicht los. »Du kannst dich von deinem Bruder morgen früh verabschieden. Schlaf nicht so lange. Das Leben ist kurz, man sollte es nicht vertun.«

Noch am selben Abend zog man los, um den Rest des Abends im Beisein des schönen Geschlechts zu verbringen. Die jungen Männer teilten sich in kleinere Gruppen, und Alessandro hatte selbstverständlich bei Pico zu bleiben. Er verlor zuerst die beiden Provençalen aus den Augen, dann Giovanni Crispo. Angelo, sein Bruder, hatte darauf verzichtet, sie zu begleiten, weil er sich ausgeschlafen auf die Reise machen wollte.

Getafelt wurde bei einer jungen Kurtisane, die ein vornehmes Haus in der Nähe von Santa Maria del Fiore führte. Tscherkessinnen, Griechinnen und Mohrinnen standen zur Verfügung, aber zuerst wurde gesungen und geplaudert. Bald darauf begann man ein Pfänderspiel, das dahin führte, daß ein Teil der anwesenden Männer und Frauen in halbnacktem Zustande in die Zimmer des Hauses verschwand.

Marsilio Ficino, der Platon-Übersetzer und der Älteste unter ihnen, gewann das Spiel und begann dann über das Prinzip der Liebe zu dozieren, das die Welt durchdringe und das zu erkennen sowie zu beschreiben ihm obliege. »Liebste Livia«, wandte er sich mit einem beziehungsreichen Blick an die Hausherrin, »Liebe ist, so schreibt Platon, Zeugung im Schönen – nicht wahr, mein lieber Farnese?« Alessandro, der gerade einem leichtbekleideten Bermädchen in ihr Zimmer folgte, nickte, rief zwinkernd »Liebe ist in seinem Wesen Neugier, das sagt der Dichter« und schloß die Tür hinter sich. Als er mit dem Mädchen in den großen Saal zurückkehrte, sprach Ficino noch immer. Er erklärte gerade der Hausherrin, seine Schrift über Platons *Gastmahl* habe er einfach *Über die Liebe* genannt. »Wißt Ihr, schöne Livia, daß Eros es war, der mir eingab und mich antrieb, über ihn zu forschen. Beten wir darum die göttliche Liebe an, sie treibt unsere Seele zu einer Begeisterung, die alles Irdisch-Niedrige hinter sich läßt.«

»Nun komm schon, Marsilio«, sagte die Hausherrin ungeduldig und nahm seine Hand. »Eros ist müde von all den Worten und möchte Taten sehen.«

Alessandro trank einen Schluck Wein und beobachtete, das Berbermädchen auf dem Schoß, wie die Hausherrin den alten Philosophen in ihr Zimmer ziehen wollte. Aber Ficino sank plötzlich in sich zusammen. Er war im Sitzen eingeschlafen. Seufzend erhob sich die Hausherrin und warf einen Blick auf Alessandro, scheuchte das Berbermädchen mit einer Kopfbewegung von seinem Schoß. Bevor sie sich jedoch zu ihm setzen konnte, stürmte Pico, erst halb angezogen, in den Raum, ließ sich von ihr einige Bänder knoten und Knöpfe schließen und zog Alessandro ins Freie.

»Kannst du Laute spielen?« fragte er, als sie auf der Straße standen, im Licht der Fackeln, die Livias Haus beleuchteten.

Alessandro schüttelte den Kopf.

»Macht nichts, dann werde ich ihr mein Ständchen eben alleine bringen.« Schon zog er ihn am Baptisterium vorbei in Richtung Santa Maria Novella.

»Jetzt mitten in der Nacht?«

»Für die Liebe ist es nie zu spät.«

Tatsächlich waren sie beide nicht allein auf der Straße. Einige Männer und kleine Gruppen kamen ihnen entgegen, mit Fackeln oder Laternen in der Hand. Pico beugte seinen Kopf zu Alessandro und flüsterte ihm ins Ohr: »Sie wird demnächst heiraten. Einen Alten aus der Medici-Familie. Aber aus einer Neben-neben-Linie. Einen lächerlichen Krämer.«

»Ja und?«

»Ich werde sie entführen.«

Alessandro blieb stehen und schaute Pico zweifelnd an.

»Wenn du sie siehst«, fuhr dieser fort, »wirst du mich verstehen. Schön wie frischer Schnee und die reine Stirn der Engel, in ihrer Liebe heiß wie der Gluthauch der Hölle.«

Pico wollte Alessandro weiterziehen, aber Alessandro schüttelte den Kopf. »Ich bin Gast im Hause der Medici, und ich möchte nichts tun, was Lorenzos Gastfreundschaft enttäuschen könnte.«

»Lorenzo haßt den Krämer, die Verwandtschaft ist wirklich weitläufig, und meine Geliebte liebt mich, mich allein, verstehst du?« Pico sprang ungeduldig von einem Bein auf das andere.

»Aber das ist Wahnsinn«, rief Alessandro.

»Liebe *ist* Wahnsinn«, erwiderte Pico, »Eros ist ein grausamer Gott, er kennt keine Gnade, er geht über Leichen ...«

»Ja, aber ...« Alessandro starrte auf Pico, der ihn jetzt wie ein Irrwisch umkreiste. Die Spitzen seiner langen blonden Haare flogen immer wieder in die Flammen der Fackel und wurden versengt.

»Kein *Aber*, Eros haßt alle *Aber*, ich werde sie entführen, und du wirst mir dabei helfen!«

21. Kapitel

Silvia erwachte schon vor Sonnenaufgang und begab sich auf die Dachterrasse, um im kühlenden Morgenwind den anbrechenden Tag zu beobachten. Sie fühlte sich wieder gesund. Aber was sie zunehmend verwirrte, waren die seltsamen Hitzeschübe, das Drängen im Bereich ihrer Lenden, die Sehnsüchte, die regelmäßig Alessandro herbeiphantasierten und die sich dann in gemeinsamen Fluchten auf einem weißen Einhorn, in Bildern von versteckten Lauben entluden. In zwei Jahren kam sie ins heiratsfähige Alter, und wen sie dann auch immer heiraten mußte oder durfte, sie würde sicher bald schwanger werden. Sie sah regelrecht ihren Leib anschwellen, bis er fast die Haut sprengte, und schließlich zog sich alles im Unterleib zusammen. Nein, sie konnte sich nicht vorstellen, wie es war, wenn die Wehen einsetzten, wenn durch diese kleine Öffnung zwischen den Schenkeln ein Kind gepreßt wurde – die Mägde im Haus beklagten das Schicksal, das Gott dem Weib zugedacht habe, aber dann lachten sie auch häßlich, in einer Übereinstimmung, die Silvia nicht verstand. Für die Mägde war Silvia noch ein Kind – solange, bis sie heiratete und selbst ein Kind geboren hatte. Ohne Ehemann war jede Frau ein unvollständiges Wesen, und ohne Kind war eine Frau noch keine richtige Frau. Folgerichtig war es daher, daß ein Mädchen, das keinen Mann fand, statt dessen um den Heiland warb, als Braut Christi den Schleier nahm und sich im Kloster in betschwerer Haft dem Leben verschloß.

Während der letzten Wochen hatte Silvia auch wieder mit Begeisterung gelesen, nicht nur Livius und die *Metamorphosen*, sondern auch Boccaccios Novellen und Dantes ach so göttliche *Commedia*. Petrarcas *Canzoniere* kannte sie auswendig. Ihre Finger hüpften in alter Geschicklichkeit über die Saiten der Laute, ihre Stimme klang rein und süß wie nie zuvor. Sogar der Lateinlehrer war mit ihr zufrieden, und dann hatte der Vater auch noch einen Lehrer in den *artes liberales* engagiert. Außerdem malte sie. Das hieß, sie versuchte es. Alles, was neu war, gefiel ihr.

Als Silvia am Ostersonntag mit ihrem Vater zum Hochamt ging, fanden sie kaum einen Platz in der Kirche. Die Menschen standen aufgeputzt und teilweise laut schwätzend beieinander. Während des Stufengebets wurde es leiser, aber plötzlich entstand eine Bewegung, ein Schieben und neugieriges Schauen, als erschiene der Heilige Vater persönlich. Aber es erschien kein Papst, sondern eine Frau in einem unschicklich offenherzigen Samtkleid, das über und über mit Perlen bestickt und von Goldfäden durchzogen war. Ihre Haare hatte sie unter einem Netz zusammengebunden, auf dem Scheitel prangte ein Rubin. Eine schwarze Dienerin fächelte ihr Luft zu, mehrere weitere Dienerinnen begleiteten sie, auch sie mit tiefen Ausschnitten. Die Donna lächelte in die Runde, ließ sich angaffen, grüßte mit einem Augenaufschlag einen dunkelhaarigen Edelmann. Silvia hielt den Atem an. Kein Zweifel, es handelte sich um keine Principessa, sondern um eine hochbusige Kurtisane – um Rosella. Silvia wollte ihren Vater anstoßen, aber er hatte Rosella längst erkannt, tat allerdings so, als lausche er aufmerksam dem Gebet. Als das *Gloria* erklang, lachte Rosella laut und verhandelte dann mit dem Edelmann. Der Vater riß die Augen auf und errötete.

Nun hatte Rosella sie entdeckt und winkte Silvia zu. Der Vater starrte sie an, als wollte er den bösen Blick abwehren. Rosella lächelte, kam sogar einen Schritt auf sie zu. Der Vater bekreuzigte sich. Rosella lächelte noch immer, aber Silvia konnte in ihren Augen eine tödliche Wut aufblitzen sehen. Zum Glück wandte sich Rosella nun mit ihren Begleitern um, lachte noch einmal ostentativ und verschwand in der Menge.

Wenige Tage später lernte Silvia auch den Hausastrologen näher kennen, einen dickwanstigen Mann mit einem glänzenden Glatzkopf, der an den Seiten und hinten von einem wilden Haarkranz umgeben war. Der Astrologe schlug seine Bücher auf und nahm umständlich Sichtgläser aus einer Lederhülle. Bald bewegte er sich, vor sich hin sprechend, in einem Universum fremder Zeichen und Zahlenreihen. Silvia meinte, jedes Wort zu verstehen, und doch konnte sie den Sätzen keinen Sinn zuordnen. Auch der Vater runzelte häufig die Stirn und kratzte sich hinter dem Ohr.

»Mars dominiert, immer wieder Mars«, rief der Astrologe in seiner rauhen Stimme aus und schaute auf den Vater.

»Aber ich bin ein friedlicher Mensch«, antwortete der Vater verwirrt, »tue niemandem etwas zuleide, war noch nie Soldat.«

»Habt Ihr keine Feinde?« Der Astrologe klopfte mit seinem Finger auf ein Zeichen, das in einem von einem Kreis umgebenen Dreieck sich befand. Die Finger, so fiel Silvia auf, waren erstaunlich schlank, die Nägel halbmondförmig geschnitten und sehr gepflegt, im Gegensatz zu dem langen Mantel, den der Astrologe nie ablegte und der besonders im Kragenbereich und auf der Brust Fettränder und breite Flecken aufwies.

»Ich habe keine Feinde«, antwortete der Vater mit schwacher, brüchiger Stimme.

Der Astrologe warf einen ungläubigen Blick auf ihn und wandte sich mit betontem Interesse Silvia zu. Er schaute sie an, blickte auf ein weiteres Blatt mit Chiffren und Zahlen. »Der Löwe im Aszendenten«, murmelte er, »die Sonne regiert, also fünftes Haus, ich sehe künstlerische Tätigkeiten, Freiheitsdrang« – er warf einen prüfenden Blick auf Silvia, die ihm neugierig zuhörte – »und da: Kinder!« Wieder der prüfende Blick. Silvia fand, daß er genau das traf, was sie erhoffte. Konnte er tatsächlich mit Hilfe seiner Zahlen und Zeichen, seiner Häuser und Elemente in ihre Zukunft schauen?

»Ich werde viele Kinder bekommen?« fragte sie nach.

»Es sieht so aus.«

Der Vater war inzwischen herangetreten und studierte mit gerunzelter Stirn die Karten. »Aber Ihr spracht doch von der Venus im 12. Haus.«

»Messer Ruffini, auf die Aspekte kommt es an.« Er richtete sich auf, strich sich mit seinen Händen über den fettigen Mantel. »Seit

Jahrzehnten erforsche ich die geheimnisvollen Konstellationen der Sterne, in denen der Allmächtige unser aller Schicksal vorherbestimmt – damit wir für alles, was wir tun, den richtigen Zeitpunkt wählen. So können wir Gottes Plan zu unseren Gunsten – sagen wir: ausnutzen. Dazu sind wir Astrologen da. Wollt Ihr, Messer Ruffini, dies anzweifeln?«

Der Vater winkte entschuldigend ab. »Manchmal verstehe ich nur Eure Gedanken nicht, Meister«, sagte er, »obwohl wir häufig zusammensitzen.«

Plötzlich fiel alles Verbindliche im Verhalten des Astrologen ab, er richtete sich auf, griff nach seinen Papieren und Büchern.

»Wenn Ihr mein Wissen anzweifelt, dann geht zu den Zigeunerinnen!«

Der Vater machte eine beschwichtigende Geste. »Meister ...«

»Wer rettete Euer Leben, indem er auf die Gefahren hinwies – Ihr wißt, wovon ich spreche?«

Der Vater wirkte immer gequälter und knickte regelrecht ein.

»Mars dominiert, sagte ich, aber Ihr wolltet nicht auf mich hören.« Der Astrologe stand nun vor dem Vater, als wolle er wie Mose die zwölf Gebote verkündigen. »Außerdem schuldet Ihr mir noch hundert Dukaten.«

»Ihr kriegt Euer Geld, ich bin gerade dabei ...«

Silvia konnte das unterwürfige Stocken ihres Vaters nicht ertragen. »Muß nicht ein Astrologe wissen, ob er sein Geld erhält? Auch dies steht in den Sternen«, erklärte sie. Und als sie sah, wie der Astrologe erstaunt seine Augenbrauen hob, fuhr sie fort: »Überhaupt erklärt mir eins: Wenn der Allmächtige unser Schicksal in den Sternen festgelegt hat, was nützt uns das Studium der Himmelskörper. Wir können weder den Himmel verändern noch unser Schicksal. Oder glaubt Ihr etwa, der Mensch könne in Gottes Plan eingreifen?«

Die Augen des Astrologen wurden für kurze Zeit schmal. Wortlos steckte er seine Papiere unter seinen Mantel und wandte sich zum Gehen. »Vergeßt nicht: hundert Dukaten«, warf er schnarrend dem Vater zu. In der Tür drehte er sich noch einmal um und schaute Silvia finster an: »Wüßtet Ihr, Signorina, was ich noch alles über *Eure* Zukunft weiß, würdet Ihr erbleichen. Gottes Plan ist offen für gut und böse. Der Mensch kann wählen. Erkennt er sein Schicksal, kann er sich für einen der Wege entscheiden, den der Allmächtige für ihn angelegt hat. Und wir Astrologen wollen ihm bei dieser Entscheidung helfen.« Mit schweren Schritten trampelte er die Treppe hinunter.

»Und weiß der Allmächtige, wie der Mensch sich entscheiden wird? Er muß es wissen«, rief sie ihm nach.

»Hochmut kommt vor dem Fall«, murmelte der Astrologe. Auf dem Treppenabsatz angekommen, drehte er sich noch einmal um. »Du Tochter Evas, der Herr des Himmels und der Erden hat dir viele Prüfungen auf den Weg gelegt!« rief er mit ausgestrecktem Finger und verschwand.

Silvias Vater stand in sich versunken am Fenster und schaute auf die Gasse. Mit einer fahrigen Bewegung wandte er sich Silvia zu, blickte aber durch sie hindurch, als weile er an einem ganz anderen Ort.

»Hundert Dukaten – noch mehr Schulden«, murmelte er.

In der Nacht wachte Silvia auf. Sie hatte von dem Astrologen geträumt, von Löwen, Skorpionen und Krebsen, die langsam über eine schwarze Fläche krochen. Unruhig stand sie auf, trank einen Schluck Wasser und zog sich ein Schultertuch über. Mit einer Kerze in der Hand, schlich sie auf die Dachterrasse. Unter ihr schlief die Stadt.

Sie löschte die Kerze. Um sie herum wurde es so finster, daß sie kaum die eigene Hand erkennen konnte. Am Himmel stand kein Mond. Über ihr wölbte sich der Himmel. Silvia wollte noch einmal Gottes nächtliche Zeichenschrift sehen. Der Astrologe starrte auf Zahlenreihen und seltsame Figuren, auf Kreise und Dreiecke, die er selbst gezeichnet hatte. Aber all diese Zeichen sollten ja nur etwas abbilden, was aus der Schwärze über ihr heraustrat, kleine leuchtende Punkte, manche davon blinkend, andere starr wie tote Augen. In der Milchstraße fanden sich Myriaden kleiner Glühwürmchen zusammen, vielleicht die Seelen all der zu früh verstorbenen Kinder, die Kerzen, welche die Engel trugen. Silvia mußte an den kleinen Sandro denken, ohne den ihr Leben hier im Hause jeglichen Sinn verloren hätte. Sandro erfreute sie jeden Tag mit seinem Lächeln, ihr kleiner Bruder – der ihr wie ein eigenes Kind ans Herz gewachsen war. Daß sich sein Gesicht verzerrt hatte, wollte sie endgültig vergessen.

Silvia legte sich auf den Boden, der noch vom Tag her Wärme ausstrahlte, und schaute mit ausgestreckten Armen in den Himmel. Sie wollte das *Ave Maria* sprechen, aber schon nach ein paar Worten verstummte sie. Auch das inwendige Sprechen ging unter in einer Umarmung durch diese Himmelswölbung, die vor ihrem Blick zurückwich und sich gleichzeitig auf sie herabsenkte wie ein unsichtbarer Körper, der in sie eindrang, sie durchdrang, sie auflöste in einen der vielen flimmernden Sterne. Der Himmel schien sie aufzusaugen. Silvia spürte die Grenzen ihres Körpers nicht mehr, sie wußte nicht, ob sie mit geöffneten Augen nach oben schaute oder ob das Band der Milchstraße unter den geschlossenen Lidern sich bildete, ob sie schwebte oder fiel. Vielleicht lebte sie nicht mehr. Oder sie erfuhr nun, wie es war, wenn die unsterbliche Seele den Körper verließ. Ja, dies mußte das Gefühl sein, wenn der Todeskampf nachließ, wenn die Schmerzen schwanden, die Sinne sich verdunkelten.

Silvia versuchte, die Lippen zu bewegen. *Rosa mystica*, hörte sie, *domus aurea, janua caeli*. Du geheimnisvolle Rose, du goldenes Haus, du Pforte des Himmels. Und Maria schien aus dem Schleier der Milchstraße herauszutreten, Maria mit dem Jesusknaben an der Brust. Sie beugte sich zu ihm, aber nun lag er auf ihrem Schoß, und es war auch kein Knabe mehr, sondern ein ausgewachsener Mann, ein Toter, den sie beweinte.

22. Kapitel

Alessandro wußte nicht mehr, wie viele Männer er getötet hatte.

Nun weilte er schon über ein Jahr in Florenz, und es war ein aufregendes, erfülltes, glückliches Jahr gewesen – aber daß er sich von Pico della Mirandola in solch ein blutiges Abenteuer hatte hineinziehen lassen, war nicht nur unvorsichtig von ihm gewesen, sondern auch in höchstem Maße unmoralisch. Alessandro fühlte sich bloßgestellt und schuldig, außerdem befürchtete er, ins Gefängnis gesteckt oder zumindest der Stadt verwiesen zu werden. Und es wäre ihm recht geschehen. Immer wieder sah er die Toten in ihrem

Blute liegen, sah sich gehetzt um sein Leben reiten, und im Stakkato seines Herzschlags hörte er eine ferne, durchdringende Stimme das alttestamentarische Gebet sprechen: *Du sollst nicht begehren deines Nächsten Weib!*

Lorenzo *il Magnifico* allerdings schob die Schuld auf den Anstifter der Aktion und sah in Alessandros Verhalten nur einen fehlgeleiteten Freundschaftsdienst. Was Lorenzo allerdings auch nicht dulden wollte, war die blutige Selbstjustiz des gehörnten Ehemannes. So führte er ein ernsthaftes Gespräch mit Pico über die Verlockungen der Liebe sowie den Wert menschlicher Unversehrtheit und gab gleichzeitig dem Ehemann als Entschädigung für die verlorene Ehre einen gutdotierten Posten in Arezzo. Anschließend erklärte er eine öffentliche Debatte über das Geschehene für unerwünscht. Trotzdem gab es in der Accademia einige, die nun verstärkt über ethische Fragen diskutieren wollten, über Laster wie Neid und Raffgier, Selbstüberheblichkeit und wollüstige Gier, nicht zuletzt über die Grenzen zwischen Selbstverteidigung und Totschlag.

Alessandro konnte die abstrakten Dispute kaum ertragen. Er zog sich häufig zurück und ritt, während der Frühling das Land mit einem bunten, duftenden Teppich überzog, das Tal des Arno flußaufwärts und dann hinein in die Wälder des Casentino. Und eines Tages pilgerte er sogar ganz allein bis nach La Verna, um die Hilfe des heiligen Franciscus anzurufen. Er wunderte sich, daß er nicht – wie damals Silvia und ihre Mutter – von Wegelagerern angegriffen wurde. Er kannte die Gefahr, in der er schwebte, aber sie kümmerte ihn nicht. Er konnte sich wehren, dies hatte er nun erneut bewiesen, sogar gegen eine Überzahl. Er besaß ein schnelles Pferd. Und sollte es sein Schicksal sein, in frühen Jahren zu sterben, so mußte er Gottes Willen hinnehmen.

Während Alessandro sich unter einem blühenden Kastanienbaum von dem langen Ritt nach La Verna ausruhte, den Blick auf die Felsen und die in den Himmel ragenden Klostermauern gerichtet, zog das vergangene Jahr an ihm vorbei, das ein Gewitter intensiver Erlebnisse gebracht hatte. Ein letzter Blitz am Himmel, gefolgt von einem brechendlauten Donnerschlag, dies war das Ende jener Zeit: der Ritt nach Arezzo. Pico voran mit wehenden blonden Haaren, ungewöhnlich bunt gekleidet in seinen zweifarbigen Beinkleidern, dem bestickten Wams und dem Federschmuck auf seinem Barett. Sie waren bester Laune, fühlten sich jung, stark und unbesiegbar. Sie glaubten, die Welt müsse für sie, nur für sie da sein. Alle Frauen hätten für sie ihre Schenkel zu öffnen, und wenn es nur wegen einer Wette sei.

In Florenz hatten die jüngeren Mitglieder der Accademia und der Medici-Freunde Wetten darüber abgeschlossen, wer die meisten Frauen und Mädchen während der Karnevalstage verführen könne. Wenn auf der Piazza della Signoria das Feuerwerk in den Nachthimmel schoß, schaute man sich unter seinen Masken verstohlen nach einem schön geformten Busen um. Zuerst waren es nur Blicke, die ausgetauscht wurden. Aber was konnten Blicke nicht alles verraten! Die Augen tiefschwarz umrandet oder hell mit lichten Wimpern. Halb geschlossen aus den Abgründen des Körpers herausschauend, oder weit offen, lachend, auffordernd, neckisch. Dann ergab sich eine scheinbar zufällige Nähe, Schmeicheleien folgten, Berührungen beim Tanz auf den Straßen. Die dunklen Ecken in den Gassen und die verborgenen Eingänge bargen überall Liebespaare, und es mußte schnell gehen. Auch Lorenzo suchte, verborgen unter einer schwarzen Maske, während dieser Tage seine Geliebte auf. Pico stellte seiner Krämersverlobten nach, wie er sie nannte, und berichtete von Vollzug und Erfolg, von einer Leidenschaft, die sich in einem Feuerwerk entlade, das dem auf der Piazza della Signoria in nichts nachstehe. Alle lachten, am lautesten er selbst.

Die Wette gewann schließlich Alessandro. Vielleicht lag es nur an seinem Kostüm. Er hatte sich als Apollo verkleidet, lockig, wohlgeformt und schwärmerisch, und jagte zuerst einer Daphne nach. Das junge Mädchen verweigerte sich ihm – nachdem sie beide erhitzt und lachend eine Saltarella getanzt hatten und er sie in das Halbdunkel einer Seitengasse ziehen konnte. Sie wehrte ihn ab, als er seine Lippen in ihren Ausschnitt versenken wollte. Sie kicherte – und stieß ihn weg! Sein Verlangen stieg nur noch mehr. Er schob ihren Rock hoch und legte seine hektisch ausschlagende Männlichkeit frei. Aber die Daphne wollte flüchten. Er preßte sie gegen eine Hauswand, und nun war kein Halten mehr, auch als sie nach ihm schlug. Beide rutschten ab und fielen gegen einen sich in die Höhe schraubenden Glyzinienstamm, und als Alessandro noch fester zugreifen wollte, fühlte er plötzlich nur diesen Stamm. Das Mädchen war verschwunden. Es hatte sich tatsächlich in Luft aufgelöst. Und er meinte in der Ferne ein leises Gelächter zu hören. Wahrscheinlich hatte ihn ein anderes, ein glücklicheres Liebespaar beobachtet und ließ sich nun wieder lustvoll ineinandergleiten.

Ernüchtert zog Alessandro zur Piazza della Signoria zurück, entdeckte für kurze Zeit Picos blonde Haare, stieß sogar auf den kraushaarigen Michelangelo Buonarroti, der auf den Stufen der Galeria dei Lanzi saß und hektisch die Menschen skizzierte, die an ihm vorbeitaumelten in ihrem heidnischen Bacchanal.

Daß diese Daphne ihm entwischt war, stachelte Alessandro heftig an. Noch in derselben Nacht gelang es ihm, die schwer behängte Frau eines Goldschmieds zu beglücken. Am nächsten Tag fanden dann Prozessionen statt, auch Alessandro marschierte in Begleitung der würdigen und der weniger würdigen Accademia-Mitglieder mit, neben Marsilio Ficino, der über Gliederschmerzen klagte und anschließend die Einheit der Liebe beschwor, die Schönheit, insbesondere auch die Schönheit der Körper, in denen das alles durchwirkende Prinzip des Eros kulminiere. Bei den Turnieren auf der Piazza Santa Croce ergatterte Alessandro einen günstigen Platz, und er wurde gegen eine nicht mehr ganz frische Frau gedrückt, die Witwe eines Wollhändlers, die ihn freiwillig ihr großes Haus zeigte. Sie hielt ihn allerdings nicht lange in ihren Gemächern, er vergaß schnell ihr Gesicht, und von der Begegnung mit ihr hielt er nur noch die freizügigen Szenen auf dem Wandteppich, ihr großes Muttermal auf dem linken Schulterblatt und ihre wuchtigen Hinterbacken in Erinnerung.

In der tiefen Nacht, als er nach Hause wankte, stieß er noch auf eine sehr junge, aufreizend hübsche Straßendirne von der anderen Seite des Arno. Ihr erhitztes Gesicht war schon verschmiert, die langen dunklen Haare fielen wirr durcheinander, aber gerade dieses animalische Aussehen zog Alessandro besonders an. Sie führte ihn in einen Verschlag, der in dem Hinterhof eines Möbelschreiners aufgestellt war, und beim Schein eines Talglichts saugte sie die letzte Kraft aus seinen Gliedern. Halb übereinanderliegend, schliefen sie dann ein.

Alessandro wachte früh auf und schaute dem Mädchen in das

schlafende Gesicht. Er wußte nicht, was er denken und fühlen sollte, er schaute nur. Er folgte den Linien der Lippen, der Haarsträhnen, er strich mit seinen Fingern vorsichtig über ihr Kinn und dann hinab in die Mondgrube und wieder hinauf auf die Wölbungen, die sich leicht zur Seite neigten. Er küßte sie auf ihren Bauchnabel und ließ seine Lippen bis hin zu den schwarzen Kräuselhaaren gleiten. Sie wachte auf und lächelte ihn an. Sie zog seinen Kopf zu ihrem Gesicht. Je mehr er sich dem Gesicht näherte, desto mehr verzerrte es sich. Und plötzlich verwandelte sich dieses Gesicht in eine Medusenfratze, mit aufgerissenen Augen und bleckenden Zähnen, die Finger wurden zu Krallen, die seinen Rücken zerkratzten.

Alessandro floh aus ihren Armen, rannte auf die Straße, auf der die letzten Unermüdlichen nach Hause torkelten. Er schlief in seiner Kammer den halben Tag durch, stürzte sich abends erneut in das immer hektischer werdende Treiben.

Es waren wirre, gierige, rauschhafte Tage. Immer wieder von Trommlern und Pfeifern angeführte Aufzüge, Turnierkämpfe, Calcio-Spiele und Hatz auf Stiere. Von großen künstlichen Drachen aus kämpften Männer mit langen Spießen gegen die gereizten Tiere. Sie wurden begleitet von Stierkämpfern zu Fuß, die sich nur durch eine Rüstung oder durch ein ausgestopftes Lederwams vor den Hörnern schützen konnten. Auch sie trugen lange Spieße, um sich gegen die in wilder Panik herumrennenden Tiere zu wehren und sie zu töten.

Nachdem die stärksten und gefährlichsten Stiere endlich in ihrem Blut lagen – auch zwei der Fußkämpfer wurden so schwer verletzt, daß sie noch auf der Piazza starben –, ging man zur Bärenhatz über. Abgerichtete Hunde wurden auf einen Bären losgelassen, aber das Tier war an einen Pflock gebunden und konnte sich nicht richtig wehren. Angeblich hatte man ihm auch die Krallen ausgerissen. Trotzdem starben mehrere Hunde. Aber die restlichen bissen sich so in der Kehle und in der Schnauze des Bären fest, daß dieser am Ende aufbrüllend zusammenbrach und starb. Eigentlich hatte er gar nicht kämpfen wollen, dies sah man, aber das Volk brüllte, und die Hunde fielen ihn immer wieder tollwütig an. Alessandro konnte diesen Anblick nicht länger ertragen und schaute weg. Er ging gern auf Bärenjagd, aber in der freien Natur einen Bären zu verfolgen, zu stellen und schließlich zu töten war ein gefährliches Abenteuer, das einen ganzen Mann forderte. Dieses Spektakel hier aber fand statt, um die immer wieder durchbrechende Blutgier des Pöbels zu befriedigen.

Alessandro beobachtete die Zuschauer, die mit aufgerissenen Augen und Mündern die Hinrichtung verfolgten. Plötzlich wurde ihm schlecht. Das Bellen und Jaulen der Hunde, das schmerzverzerrte Gebrüll des Bären, das Toben der Menschen steigerten sich noch. Und in den Gesichtern der Frauen stand der Höhepunkt reiner Geschlechtslust! Er bedeckte seine Augen mit den Händen.

Als er wieder aufschaute, begegnete ihm ein anderes Augenpaar. Eine junge Frau schaute ihn ernst an. Er wußte, so würde ihn jetzt Silvia anschauen. Silvia, die er während des vergangenen Jahres hatte vergessen wollen, die aber noch immer eine Kammer in seinem Herzen bewohnte. Warum jetzt plötzlich Silvia, hier in Florenz, hier in dem wilden Treiben des Karnevals, in dem sich jeder zu verlieren drohte? Wie diese junge Frau blieb sie unberührbar in ihrer Reinheit. Abgehoben wie die Heilige Jungfrau. Und er sehnte sich nach einem Menschen, der ihm Liebesglück versprach ohne den Taumel der Sinnenreize, die ihn nur von sich selbst ablenkten und einen schalen Nachgeschmack, ein Gefühl der Leere hinterließen.

Alessandro schob sich zu der jungen Frau vor. Während er sich neben ihr einen Platz erkämpfte, berührte er dabei die Hand, mit der sie sich auf die Brüstung stützte. Beide sprachen sie kein Wort, aber ihre Augen hatten sich ineinandergebohrt. Sie drückte sich zur Hauswand und verschwand in einem Palazzo. Alessandro folgte ihr. Sie raffte ihr Kleid, überquerte den Innenhof und rannte durch das gegenüberliegende Portal wieder auf die Straße. Alessandro blieb ihr auf den Fersen. Auf der Straße wildes Gedränge. Ein einziger Blick noch, Silvias Blick, und plötzlich war sie verschwunden. Unmöglich, in diesem Gedränge voranzukommen. Er hatte sie verloren.

Zum Glück nahte die Fastenzeit. Der Überdruß quälte ihn derart, daß ihm das Leben eines Eremiten als eine Erlösung erschien. Widerwillig ließ er sich als Wettsieger den Gewinn, einen großen Phallos, umhängen. Anschließend machte er sich wieder an seine Studien.

Doch dann stürmte Pico in seine Kammer und berichtete in leuchtenden Farben von den Begegnungen mit der Krämerstochter, die bald heirate und Krämersfrau werde, die mit ihrem Krämersmann nach Arezzo ziehe, und er, Giovanni Pico, Conte della Mirandola, sei verzweifelt.

Alessandro hockte gerade über einem griechischen Text, wollte sich nicht stören lassen und zuckte mit den Schultern. Aber Pico ließ nicht locker. Es müsse etwas geschehen. Und zwar bald. Am nächsten Tag berichtete er, fünf Mann habe er zusammen. Eine Woche später waren es schon zehn. Nach Ostern heiratete seine Geliebte und zog tatsächlich nach Arezzo. Sie schrieb ihm leidenschaftliche Briefe, die er Alessandro zu lesen gab. Und im Mai erklärte Pico schließlich: »Ich habe fast zwanzig Männer zusammen, wir werden sie entführen!«

Alessandro schaute ihn entgeistert an. »Du meinst das nicht im Ernst!«

»Allerdings!« Pico sprang auf und beugte sich zu Alessandro, der noch immer dabei war, mühsam das Liebesgleichnis aus Platons *Gastmahl* zu übersetzen. »Wir reiten nach Arezzo und holen sie heraus. Sie ist bereit, ja sie drängt mich sogar.«

Pico erschien Alessandro plötzlich wie ein trotziger kleiner Junge, der unbedingt seinen Willen durchsetzen mußte. »Du würdest deine kleine Silvia auch entführen, wenn ihr Vater sie mit einem gewöhnlichen Krämer oder Handwerker verheiratete!«

Alessandro sprang ebenfalls auf und rief erregt: »Wie kommst du auf Silvia?«

»Du sprichst doch dauernd über sie.«

»Tue ich das wirklich?«

»Du liebst sie insgeheim, und eines Tages wirst auch du sie entführen.«

Alessandro schüttelte den Kopf, aber Pico gab nicht auf. Er hielt Alessandro am Arm und zog ihn nahe zu sich heran. »Sind wir nicht Freunde, Geistesverwandte? Ich brauche dich. Achtzehn Gesellen habe ich zusammen. Mit dir zusammen sind wir zwanzig. Dann können wir losschlagen.« Als Alessandro noch immer zögerte, fügte er noch an: »Reizt dich nicht das Abenteuer? Du bist nicht geboren, um über griechischen Manuskripten zu hocken oder als

Kirchendiener Messen zu lesen und von Abenteuern anderer Leute in der Beichte zu hören. Du kannst dich nicht damit abfinden, nur Zweitgeborener zu sein. Über den Papst sprichst du mit Verachtung, von deiner Zeit als Skriptor mit Widerwillen, aber als du mir von Silvias Rettung erzähltest, leuchteten deine Augen. Du bist wie ich. Wir beide suchen das Abenteuer.«

Alessandro schaute in Picos Augen, die ihn festzunageln schienen. »Weiß Lorenzo davon?«

Pico wandte sich abrupt ab. »Ich brauche keine Erlaubnis von Lorenzo. Ich bin Graf, ich bin reich, ich bin niemandem Rechenschaft schuldig. Wir alle lieben Lorenzo, aber wir sind weder seine Diener noch seine Kinder. Er hat ja selbst eine verheiratete Frau als Geliebte, und manchmal führt er sie in eine seiner Villen auf dem Lande. Lorenzo ist der erste, der mich verstehen würde.«

Und dann ritten sie. Zwanzig Mann, alle die Schwerter umgebunden, manche sogar mit Brustpanzer und Helm. Nach einem Tag erreichten sie Arezzo, und noch in der Nacht wollten sie Picos Geliebte entführen. Aber es war bedeckt und so dunkel, daß an eine Flucht nach Siena nicht zu denken war. Sie suchten eine Herberge vor der Stadt, warfen die Gäste aus ihren Betten und nisteten sich dort ein. Alessandro fühlte sich in der Gesellschaft der jungen Männer unwohl. Es waren zwar einige Söhne aus den angesehenen Familien von Florenz dabei, auch zwei der jungen Schützlinge von Lorenzo, aber der Rest bestand aus *bravi*, die Pico geheuert hatte und die für Geld alles taten, bis hin zum Mord. Der Conte della Mirandola führte Männer an, die er auf seinem eigenen Grund und Boden aufgehängt hätte. Und er, Alessandro Farnese, stand an seiner Seite.

Während der Nacht bestürmte er Pico, die Entführung abzublasen und wieder nach Florenz zu reiten, in dessen Mauern so viele schöne, unverheiratete und reiche, aber auch kluge Frauen wohnten, die ihn alle verehrten, ihn, den vielsprachigen, weitgereisten und berühmten, zudem reichen Grafen von Mirandola. Pico drehte ihm den Rücken zu und schnarchte weiter.

Dann war es soweit. Die Vollmondnacht war klar. Man hatte innerhalb von Arezzos Mauern gewartet, brach die Tür des Krämerhauses auf, Pico stürmte in den ersten Stock und holte seine

Geliebte, nackt wie sie war, aus dem Bett, hielt ihren ebenfalls nackten Mann mit dem gestreckten Schwert in Schach. Die junge Frau zog sich an, und schon galoppierten die Pferde durch die nächtlichen Straßen. Das Stadttor mußte gewaltsam geöffnet werden. Die Wachen stellten sich ihnen in den Weg, und der erste Kampf begann.

Alessandro hatte sich von Pico anstecken lassen. Er bemerkte, wie kaltblütig er reagierte, obwohl alle seine Sinne angespannt waren, wie sich die Angst, verletzt zu werden oder gar zu sterben, verband mit der Lust zu kämpfen und zu siegen. Er empfand sich als ein richtiger Farnese, als ein Kämpfer, ein Condottiere. Sein Vater und sein Großvater wären stolz gewesen auf ihn. Was hätte er darum gegeben, seinem Bruder Angelo zur Seite zu stehen in seinem Kampf gegen die Türken!

Alessandro sprang vom Pferd, weil er befürchtete, eine der Wachen könnte mit der Hellebarde das ungeschützte Tier verletzen. Die *bravi* prügelten mit ihren Schwertern drauflos, machten einen unnötigen Lärm, und als einer von ihnen verletzt wurde, grölten sie noch lauter. Alessandro empfand das Fechten eher wie ein Übungskampf, fast wie ein Spiel. Er tänzelte um seinen Gegner herum und versuchte, ihn aufzuhalten und ihm die Waffe aus der Hand zu schlagen. Als das Tor schließlich geöffnet wurde, sprang er auf sein Pferd und preschte voran. Mit einem Auge nahm er wahr, daß einer der Wachmänner auf dem Boden lag, in einer Lache aus Blut, aber noch am Leben. Als Alessandro nach einigen Metern sein Pferd zu einer engen Kehrtwendung zwang, sah er, wie einer der *bravi* sein Schwert in den hilflos daliegenden Mann senkte und ihm anschließend den Kopf abzuhacken versuchte. Er traf aber nicht genau, und als die ersten Bürger durch das Tor stürmten, rannte er zu seinem Pferd.

»Auf nach Siena!« rief Pico. »Dort sind wir in Sicherheit. Und ich kann endlich meine Geliebte ungestört …« Die restlichen Worte gingen im Johlen der *bravi* unter. Picos Truppe jagte unter Triumphgeheul in die helle Mondnacht.

Nach einem scharfen Ritt sammelte man sich. Zwei der Männer waren leicht verletzt, aber es herrschte eine euphorische Stimmung. Pico küßte unter dem Jubel der Begleitung seine Geliebte. Dann beratschlagte man, wo man rasten sollte. Einige sahen überhaupt keine Gefahr mehr und wollten sich an Ort und Stelle niederlassen, andere meinten, es sei sicherer, bis über die Grenze von Siena zu reiten. Als man noch mitten im Durcheinander der Diskussion war, sah Alessandro, der bisher geschwiegen hatte, auf dem Weg nach Arezzo etwas Helles im Mondschein aufblitzen. Er ritt bis zur letzten Wegbiegung zurück, und tatsächlich konnte er in der Ferne die lauten Geräusche von Hufen hören. Wie gelähmt, lauschte er. Nein, es gab keinen Zweifel, ihnen war eine Verfolgertruppe auf den Fersen.

Sofort warnte er Pico. Die *bravi* wollten es mit der zehnfachen Übermacht der Dörfler und Krämer aufnehmen, Picos Freunde aus Florenz schauten sich nachdenklich an.

»Wie kommen sie so schnell zusammen?« fragte einer.

»Sie müssen gewarnt worden sein«, sagte ein zweiter.

»Unter uns gibt es einen Verräter«, rief Pico aufgebracht, »oder zumindest einen, der zuviel geschwätzt hat.«

Die *bravi* murrten.

»Laßt uns so schnell wie möglich weiterreiten«, mahnte Alessandro. »Wer weiß, wie viele Männer uns verfolgen.«

Und erneut stürmte die Truppe los.

Als die Pferde zu ermüden begannen, hielten Pico und seine Begleiter an und schauten zurück. Niemand war zu sehen und zu hören. Als sich schon Erleichterung breitmachte, schrie plötzlich einer auf. Da waren sie, und sie waren nah. Sie mußten eine Abkürzung genommen haben. Und es waren wirklich viele. Vielleicht hundert, vielleicht zweihundert.

Die Flucht begann. Die *bravi* vorneweg, Alessandro hielt sich neben Picos Geliebter. Ein Bach mußte durchquert werden. Baumstämme lagen im Weg. Der Mond verschwand für kurze Zeit hinter einer Wolke, und man geriet in Gefahr, sich zu verirren. Dann wieder das gleißende Silberlicht, und schon waren die Männer aus Arezzo heran. Gut bewaffnet und voller Wut stürzten sie sich auf die flüchtende Truppe. Diesmal war es kein Spiel mehr, keine Fechtübung, diesmal ging es um das nackte Überleben, dies spürte Alessandro sofort. Neben den Bürgern aus Arezzo standen ihnen trainierte Söldner gegenüber, denen offensichtlich eine Erfolgsprämie winkte, denn sie gingen sofort zum Angriff über.

Pico wich ein Stück zurück. Alessandro mußte einen Hieb parieren, sich unter einem zweiten wegducken und dann mit einem kräftigen Stoß einen Gegner vom Pferd hauen. Schon lagen mehrere Männer auf dem Boden, Pferde wieherten vor Schmerz, bäumten sich auf, und ein undurchschaubares Kampfgetümmel entstand. Wo waren Pico und seine Geliebte? Die junge Frau wurde vom Pferd gerissen, schrie auf. »Giovanni!« rief Alessandro mit aller Kraft, aber niemand antwortete. Auch Picos Pferd war nirgends zu sehen. Nun stieß schon wieder einer nach Alessandro, eine Lanze kam seinem Pferd gefährlich nahe, und dann suchte plötzlich einer der Verfolger den Zweikampf. Alessandro wollte zurückweichen.

»Laßt ihnen die Frau und weg!« brüllte er.

»Wo ist Pico?« hörte er.

»Stell dich, du Feigling!« rief sein Gegner.

Wieder eine Wolke vor dem Mond, Dunkelheit, der Kampf erlahmte, das Gebrüll wurde dagegen lauter. Dann erneut der nächtliche Schattenriß, aufblitzende Klingen, um sich schlagende Pferde. Überall auf dem Boden blutende und schreiende Männer. Andere rührten sich nicht mehr. Er konnte dem Zweikampf mit dem Söldner nicht mehr ausweichen.

Alessandro schaute noch immer auf La Verna. Abweisend ragten die Felsen auf, darüber das Kreuz. Die Botschaft des Opfers, der Erlösung, der Gnade. Die Botschaft des Rückzugs und der Einsamkeit. Die Botschaft des Verzichts und der Armut. Über ihm die Kerzen der blühenden Kastanie. Über ihm die weit ausladende Krone eines Baums, der sich in voller Pracht entfaltete. Alessandro versuchte zu beten, fand aber keine Worte, sah nur diesen letzten Kampf verlangsamt und in allen Einzelheiten vor sich. Der unbekannte Gegner konnte es mit Alessandros Geschicklichkeit nicht aufnehmen, dafür kämpfte seine Wut mit. Alessandro war nicht wütend, und er wollte seinen Gegner auch nicht töten. Aber dann tötete er ihn doch. Sofort stürzten sich andere auf ihn. Noch einmal sah er das helle Kleid aufleuchten, das Picos Geliebte trug. Fast alle von seinen Männern lagen blutend oder tot am Boden. Pico selbst war nicht zu sehen. Alessandro kämpfte als einer der letzten. Als er eine Lücke erspähte, trieb er sein Pferd an, und mit der Kraft der Panik rannte es einen Mann um und jagte mit Alessandro davon. Er merkte sehr schnell, daß er nicht verfolgt wurde, aber auch, daß er alleine flüchtete. Daß er wie durch ein Wunder unverletzt geblieben war. Wie viele Männer er getötet hatte, wußte er selbst nicht.

Und jetzt, unter dem Kastanienbaum, mit Blick auf die Felsen von La Verna, auf den Ort, an dem der heilige Franciscus das Wunder der Stigmatisation erfuhr, dankte Alessandro dem barmherzigen Vater für das zweite Wunder der Rettung, mit dem ER ihn ausgezeichnet hatte.

23. Kapitel

Silvia hatte Alessandro Farnese, ihren Retter, nicht vergessen. Sie war während der letzten Jahre zu einer jungen Frau herangewachsen und stand nun vor der Vollendung ihres fünfzehnten Lebensjahrs. Demnächst würde sie im heiratsfähigen Alter sein. Aber trotz der Überlegungen ihres Vaters, sie mit Giovanni Crispo zu verheiraten, dachte sie nicht daran, irgendeinen Mann aus den alteingesessenen Familien Roms zu heiraten. Für sie gab es nur einen Mann, dem sie sofort ihr Ja-Wort geben würde, und dieser Mann hieß Alessandro Farnese. Aber Alessandro lebte nun schon bald drei Jahre in Florenz.

Während des ersten Jahres hatte er kaum etwas von sich hören lassen, doch dann antwortete er plötzlich umgehend auf ihre Briefe, und schließlich schrieben sie sich regelmäßig. Silvia erzählte Alessandro viel vom kleinen Sandro, mit dem sie jeden Tag spiele und lache, von ihren Lateinstudien und Malversuchen, sie schickte ihm Gedichte und berichtete, sie sei jetzt sogar in Boccaccios Fußstapfen getreten. Alessandro erzählte in seinen Briefen von seinen Griechischstudien, von den Diskussionen über Platon, die Liebe und den idealen Staat, er erzählte von den Calcio-Turnieren und den Festen, vor denen man sich in Florenz kaum noch retten könne. Jede Anspielung auf eine Florentinerin vermied er. Alessandro schien das Leben eines philosophierenden Mönchs zu führen, Florenz wirkte nach seinen Berichten wie eine frauenlose Stadt. Auf die Nachrichten von Sandro ging er kaum ein. Kleine Kinder schienen ihn nicht zu interessieren. Während Silvia ihm ihr Herz ausschüttete, hielt er sich mit Liebesgeständnissen zurück. Und doch versteckte er zwischen den Zeilen seiner Briefe eine unerfüllte Sehnsucht. Dies spürte sie insbesondere dann, wenn er ihr Platons Überlegungen zur Liebe nahezubringen versuchte. Der Mensch, so führte er aus, sei ursprünglich rund gewesen, sei dann aus Übermut von Zeus bestraft und in zwei Hälften geschnitten worden. Diese Hälften sehnten sich nacheinander, sie versuchten, wieder zusammenzukommen, aus zweien eins zu machen und die menschliche Natur zu heilen. *Dies Verlangen eben und Trachten nach dem Ganzen heißt Liebe*, zitierte Alessandro den griechischen Philosophen, und sie verstand sehr wohl, daß er von seinem Verlangen sprach und daß er in ihr und sich selbst die zwei Hälften einer ursprünglichen Einheit sah.

Silvia saß lange Dämmerstunden auf der Dachterrasse und schaute nach Norden. In ihren Gebeten bat sie Gott um Alessandros Rückkehr. Immer wieder schrieb sie auch an Giulia Farnese und erkundigte sich, ob die Schwester vielleicht mehr wisse über die Rückkehr des fernen Geliebten.

Dann gelang es Giulia, Silvia nach Capodimonte einzuladen. Mutter Caetani und Tochter Farnese hielten sich gerade in Rom auf und planten, zu ihrem Stammsitz zurückzukehren. Man beschloß, Silvia gleich mitzunehmen. Die Frauen zogen im Schutz einer waffenstarrenden Truppe über die Straßen von Latium; daher gab es auch keine unbotmäßige Belästigung, geschweige denn einen Überfall.

In Capodimonte ließ sich Silvia von ihrer Freundin Alessandros Zimmer zeigen, mit den Büchern und Waffen, die er zu Hause gelassen hatte. Der Höhepunkt ihres Besuchs war der Aufenthalt auf der Isola Bisentina. Die beiden Freundinnen genossen unbeschwerte Tage auf dem Sirenenfelsen oder im Schatten der Steineichen, und Silvia lernte sogar schwimmen. Gelegentlich ritten sie auch: durch die lichten Wälder, durch die Olivenfelder und Weinberge. Silvia durfte auf einer von Alessandros Stuten reiten, sogar auf seinem Sattel sitzen. Das Pferd war gutmütig, ertrug ohne zu murren die fremde Reiterin, und Silvia fühlte sich ihrem abwesenden Alessandro nahe. Das einzige, was sie zunehmend befremdete, war das Gefühl, ständig von Madonna Caetani beobachtet zu werden.

An einem Abend probierten die Freundinnen unter ausgelassenem Gelächter die wertvollen Kleider der Familien Caetani und Farnese an. Als sie nur im Hemd vor dem einzigen großen Spiegel des Schlosses standen, rauschte plötzlich Giulias Mutter ins Zimmer. Aber sie war nicht allein. Eine andere Frau ihres Alters, streng gescheitelt in einem tiefroten Samtkleid, begleitete sie. Silvia, die sich erröten fühlte, wurde sie als Madonna Adriana del Mila vorgestellt. Madonna Caetani lächelte gewinnend, und Giulia wurde von der Besucherin mit einem Kuß begrüßt. Giulia entfuhr ein unterdrückter Seufzer, und als die Blicke der beiden Freundinnen sich trafen, verdrehte sie kurz die Augen. Silvia wollte schnell wieder ihr Kleid überstreifen, aber Madonna Caetani wies sie mit einer unzweideutigen Geste an, es zu unterlassen. Sie warf einen prüfenden Blick auf die beiden Mädchen und befahl dann einer Kammerfrau, ihr eigenes altes Hochzeitskleid aus der Truhe zu holen, von Staub zu befreien und auf mögliches Ungeziefer zu untersuchen. Sie wolle prüfen, ob es ihrer Tochter und auch Silvia passe. Ohne entschuldigende Vorrede ließ sie ihre Hände an Giulias Körper entlanggleiten, ertastete die Festigkeit ihrer Brüste und die Rundungen ihrer Hüfte. »Muß passen«, stellte sie fest und wandte sich fragend Madonna del Mila zu. Diese nickte anerkennend.

»Wem der Schöpfer solch einen schönen Körper und ein derart liebreizendes Antlitz gegeben hat, der wird es weit bringen«, sagte sie mit einer harten Stimme und einem unüberhörbar rollenden R.

Dann wandten sich beide Frauen Silvia zu.

Silvia begann zu schwitzen. Seit Rosella aus dem Haus war, hatte sie, abgesehen von ihren wechselnden Kammerfrauen, niemand nackt gesehen. Nun standen plötzlich zwei Fremde vor ihr, ließen sich ein kostbar mit Perlen besticktes Brokatkleid reichen und hielten es an ihren Körper. Sie nickten und ließen zuerst Giulia das Kleid anziehen. Währenddessen glitt ihr Blick prüfend an Silvia herab. Silvia kam sich schon in ihrem Baumwollhemd nackt vor, aber nun zögerte Giulias Mutter nicht, das Hemd hochzuziehen. Silvia zuckte zurück, doch Madonna Caetani duldete keinen Widerstand. Unwillig wies sie Silvia an, ruhig zu stehen, sonst könne sie nicht abschätzen, ob das Kleid passe. »Du willst es doch ebenfalls anprobieren, oder?«

Silvia errötete und wehrte sich noch nicht einmal, als Madonna Caetani ihr das Hemd gänzlich über den Kopf zog. Beide Frauen betrachteten sie in aller Ruhe.

»Wohlgerundete Hüften«, bemerkte Madonna Caetani sachlich.

»Breit im Schritt. Ein gutes Becken«, bestätigte Madonna del Mila. »Sie wird sich weniger quälen müssen als Giulia.«

Silvia fühlte, wie die Röte ihren ganzen Körper überzog, und unwillkürlich bedeckte sie mit den Händen ihre Scham. Giulia hatte sich abgewandt, aber die beiden Frauen schienen überhaupt nicht wahrzunehmen, daß ihr Verhalten den beiden Mädchen quälend peinlich war.

»Würde ich nicht sagen«, widersprach Madonna Caetani. »Schaut Euch mal Giulias Brüste an!«

»Die Brüste sind wie von einem Künstler geschaffen, kein Zweifel, mit diesen Pfunden kann sie wuchern. Alle Männer würden ihre Freude daran haben.« Ein leichtes Lächeln huschte über Madonna del Milas Gesicht. »Die kleinen und die großen, die Söhne und die Väter.«

Madonna Caetani räusperte sich mißbilligend, aber Madonna del Mila schien ihre Reaktion nicht gehört zu haben und wies auf Silvia: »Diese junge Frau wird eine Reihe von Geburten gesund überstehen. Und seht Ihr die glatte Haut?«

An Stelle einer Antwort fuhr Madonna Caetani mit den Händen über Silvias Körper und befahl ihr dann, das Hochzeitskleid anzuprobieren. Giulia war das Oberteil zu eng gewesen, aber Silvia paßte es, als wäre es für sie genäht worden. Madonna del Mila nickte erneut anerkennend, auch Madonna Caetani nickte, nicht unzufrieden, und befahl Silvia, es wieder auszuziehen.

»Giulia wird das Kleid bei der Hochzeit tragen dürfen«, sagte sie zu Madonna del Mila.

Diese setzte eine hochmütige Miene auf. »Ein schönes Kleid, wenn auch nicht mehr ganz dem heutigen Geschmack entsprechend. Aber dies läßt sich durch einen guten römischen Schneider ändern. Allerdings würden mehr Goldfäden dem Kleid guttun, wie überhaupt die Höhe der von Euch angebotenen Mitgift noch zu wünschen übrig läßt, meine Liebe. Die Orsini sind anspruchsvoll, das weiß ich, aber in ganz Italien gibt es kein besseres Geschlecht.

Im übrigen hat mein Vetter Rodrigo zugesagt, das Paar zu trauen, und er hat mir schon zugeflüstert, was er dem jungen Paar zu schenken gedenkt. Ihr werdet über seine Generosität staunen. Ein Borgia hat sich noch nie lumpen lassen.«

Silvia hatte inzwischen die Hochzeitsrobe ausgezogen und ihr eigenes Kleid übergestreift. Die beiden Frauen standen vor der Tür und schienen die beiden Mädchen nicht mehr wahrzunehmen. Giulia starrte ihnen nach und schien jedes Wort von ihnen aufsaugen zu wollen. Sie griff nun nach Silvias Hand und hielt sie fest.

»Und bei der kleinen Ruffini? An wen denkt Ihr?« Madonna del Mila warf nun doch einen Blick auf die beiden Mädchen und senkte ihre Stimme. »Ich kannte ihre Mutter flüchtig«, fuhr sie fort. »Die Arme. Ein schreckliches Schicksal. Ihr Vater scheint zur Zeit in Schwierigkeiten zu sein, das erzählte mir der alte Crispo, also, da habt Ihr nicht viel zu erwarten. Und habt Ihr schon Euren Astrologen befragt? Rodrigo kennt auch eine Nekromantin. Erstaunlich, sage ich nur, erstaunlich. Es gibt Dinge …«

Madonna Caetani warf einen Blick auf die beiden Mädchen. Es war ihr offensichtlich nicht recht, daß sie zuhörten. Sie winkte ihrer Kammerfrau, Silvia das Hochzeitskleid abzunehmen, und riß es an sich.

»Also, an wen denkt Ihr?« Madonna del Mila ließ nicht locker. »Ihr könnt daraus kaum ein Geheimnis machen wollen. Heutzutage will die Jugend doch überall mitreden. *Wir* wurden damals *nicht* gefragt, nicht wahr, meine Liebe? Aber natürlich wollen die Eltern das Beste für ihre Kinder. Mein Orso ist ein prächtiger Junge. Sein Auge – leider … Aber sonst: ein guter Charakter, gesund, kräftig wie ein Bär – und der Erbe von Bassano und vielleicht sogar von Bracciano!« Madonna del Mila war nun wieder lauter geworden und sprach halb in Richtung von Giulia. »Also, an wen denkt Ihr für die kleine Ruffini?«

Madonna Caetani flüsterte ihr etwas ins Ohr.

Madonna del Milas Stirn kräuselte sich kurz, dann hielt sie ihr Ohr näher an Madonna Caetanis Mund. Schließlich schüttelte sie abwägend den Kopf, und die beiden Frauen verließen, ohne sich noch einmal zu den Mädchen umzudrehen, den Raum.

Silvia brauchte eine Weile, bis sich die Anspannung legte. Sie hörte Giulia etwas sagen, verstand aber ihre Worte nicht. In ihrem Kopf wirbelten die Gedanken, und am liebsten wäre sie jetzt allein in ihrem Zimmer in Rom gewesen. Sie fühlte sich mißbraucht von diesen beiden alten Vetteln, behandelt wie eine Kleiderpuppe – nein, wie eine Zuchtstute! Dabei gehörten diese Frauen überhaupt nicht zu ihrer Familie. Oder sollte etwa Madonna Caetani tatsächlich planen, ihren Alessandro mit ihr zu verheiraten? Hatte sie etwa aufgegeben, ihn in die kuriale Laufbahn zu peitschen, und suchte nun nach einer jungen Frau, die ihm und damit der Familie Farnese viele Kinder schenken könnte? Aber der Erstgeborene war doch sein Bruder Angelo. Sollte Madonna Caetani etwa planen, sie mit Angelo Farnese zu verheiraten? O Gott – vielleicht war Angelo ein stattlicher, kluger und liebevoller Mann ... Aber sie liebte Alessandro, ihn und nur ihn!

Aber mußte sie nicht auch vernünftig sein? Sie wußte genau, daß nicht sie sich ihren zukünftigen Ehemann aussuchte, sondern ihr Vater. Allerdings war sie nicht bereit, irgendeinen Mann zu heiraten! Ohne Liebe ging sie keine Ehe ein. Dann würde sie sich eher in ein Kloster flüchten. Dort könnte sie wenigstens dichten.

Aber ertrug sie wirklich, ein Leben lang in ein Kloster eingesperrt zu sein, den täglichen Gebetsmühlen ausgesetzt, ohne Aussicht auf die Freuden der Ehe und Mutterschaft?

Silvia fuhr mit beiden Händen über ihre Brust und ließ sie auf ihrem Bauch liegen. Sie mußte an den kleinen Sandro denken, an die Freude, die sie jedesmal empfand, wenn sie mit ihm tollte oder wenn er wieder etwas Neues gelernt hatte. Er sprach nun schon ganz ordentlich, lief neugierig im Haus umher und hielt die Amme auf Trab. Ja, die Amme sorgte noch immer für ihn, der Vater hatte sich um kein Kindermädchen gekümmert. Überhaupt kümmerte sich der Vater wenig um das Kind. »Er hat nicht die roten Haare der Ruffini-Männer«, erklärte er und fuhr dann mit erregter Stimme fort. »Die Hure hat mich betrogen. Ausgepeitscht gehört sie – dabei liegt ihr halb Rom zu Füßen.« Er kratzte sich am Hals und schüttelte dann den Kopf. »Wenn ich mal Geld benötigte, könnte sie mir einen ordentlichen Betrag zu einem ehrbaren Zinssatz leihen, sagte sie mir vor kurzem. Unsere ehemalige Kammerfrau, eine Hure, will mir Geld leihen! Diese Welt ist nicht mehr in Ordnung.«

Silvia wußte darauf nichts zu antworten, und der Vater verzog sich, plötzlich in sich gekehrt, in sein Studiolo.

In den nächsten Tagen brachte Silvia dem kleinen Sandro bei, *Papa* zu ihrem Vater zu sagen. Zuerst schaute der Vater unwillig auf. Sandro nahm ihn jedoch bei der Hand, sagte »Papa, ich muß dir was zeigen«, und der Widerstand des Vaters löste sich auf. Er folgte dem Kleinen. Er lächelte und nahm ihn sogar auf den Arm.

Silvia erschrak, als sie ein Schluchzen hörte. Sie war so in Gedanken gewesen, daß sie Giulia regelrecht vergessen hatte. Sie sah noch immer ihren Vater und den kleinen Sandro vor sich. Und die Unruhe hatte sich auch wieder gelegt. Die Frauen und ihr Vater mochten aushecken, was sie wollten, sie würde sich nicht zu etwas zwingen lassen, das ihr zuwider war. Nein, sie nicht!

Sie wandte sich Giulia zu, die aus dem Fenster starrte und Tränen vergoß. Silvia kniete sich neben sie und nahm ihre Hand. »Warum bist du so traurig, Giulia?«

Die Schminke um Giulias Augen war zerlaufen, ihre Augen gerötet. »Ich habe Angst, verstehst du, ich habe Angst«, flüsterte sie.

»Hast du vor der Ehe Angst?«

»Ach, wenn es nur die Ehe wäre!«

24. Kapitel

Drei Jahre hielt sich Alessandro nun schon in Florenz auf, drei Jahre, die wie im Rausch vergangen waren. Die Sorglosigkeit des ersten Jahrs hatte durch Picos Entführungsversuch einen Dämpfer erhalten. Nach diesem so glimpflich abgelaufenen Abenteuer sah man Pico nicht mehr sehr häufig. Er war einer äußeren Verbannung durch Lorenzo entgangen, aber er schien sich nun zerknirscht in die innere Verbannung zurückzuziehen. Als Alessandro ihn nach längerer Pause wiedertraf, berichtete er, in der Zwischenzeit habe er bei einem alten Bekannten, bei Fra Girolamo Savonarola, die Beichte abgelegt, und das anschließende Gespräch habe sein Leben verändert. Als Alessandro Genaueres erfahren wollte, wich Pico aus und entschuldigte sich. In den folgenden Wochen hockte er über alten Manuskripten, studierte kabbalistische Texte und sprach, wenn er schwarzgekleidet auftauchte, über das Böse in der Welt. Es nehme überhand, und daher werde Gott ein Strafgericht senden. »Wir müssen wieder ein meditatives, zurückgezogenes Leben führen«, erklärte er Alessandro, als beide in der Abenddämmerung durch den Medici-Park spazierten.

In der Accademia spielte er nur noch eine Gastrolle. Als ihn Lorenzo einmal, nicht ganz ohne boshaftes Lächeln, aufforderte, eines seiner letzten Liebesgedichte vorzutragen, erklärte Pico, er habe seit geraumer Zeit keine Liebesgedichte geschrieben, er werde sich nie mehr dieser Tändelei hingeben, überhaupt habe er alle seine Gedichte verbrannt. »Der Himmlische Vater hat mich vor Tod und Verfolgung bewahrt, ich muß ihm danken und endlich das leichtfertige Leben aufgeben. Fra Girolamo geleitet mich zu Buße und Umkehr.«

Er stand auf, verbeugte sich leicht und verließ die Gruppe, die sich im Garten beim Brunnen niedergelassen hatte. Gemurmel und Getuschel folgten ihm.

Lorenzo seufzte bedauernd, las dann aus einem seiner letzten Gedichte:

»Drum schreckt mich auch das unstet wirre Handeln
Und längst verstummter Töne Widerklingen
Im Streit, dem alten, zwischen Leid und Lust.«

Aber niemand wollte so recht zuhören. Es gab sogar einige, die lachten. Lorenzo unterbrach sich selbst, schaute lange in die Runde der alten und jungen Männer, die alle von ihm ausgehalten wurden. Alessandro senkte voller Scham seinen Blick, und gleichzeitig fielen ihm die Zeilen ein, die in einem von Silvias Briefen gestanden hatten. Er flüsterte sie vor sich hin. Während das allgemeine Gespräch wieder aufgenommen wurde, neigte Lorenzo seinen Kopf ihm zu. »Ich möchte hören, was du gerade geflüstert hast!« bat er ihn.

»Es sind die Zeilen einer jungen Frau aus Rom.«

»Wie lauten sie?«

Auch Lorenzo hatte leise gesprochen, und da niemand zuhörte, zitierte Alessandro:

»Und weinend, lachend fühl ich innerlich:
Mein kurzes Leben hab ich nicht vertan.

Ja, glorreich seh ich meine Stunde nahn!«

Lorenzo lachte kurz auf. »Wer dies von sich behaupten kann, muß glücklich sein. Und hoffnungsvoll. Ich kann es nicht mehr sagen.« Ohne Alessandro die Möglichkeit einer Antwort zu lassen, fragte er: »Und du? Siehst du auch glorreich deine Stunde nahn?«

»Die Zukunft liegt in Gottes Hand«, antwortete Alessandro ausweichend.

Lorenzo deutete ein Nicken an und schaute ihm in die Augen, schaute dann durch ihn hindurch in die Ferne. Alessandro fiel auf, wie tief die Falten waren, die sich in Lorenzos Gesicht eingegraben hatten, wie spitz die Nase vorragte, wie unschön die Unterlippe sich vorschob, wie tief die dunkel umrandeten Augen in ihren Höhlen lagen. Und ihm wurde plötzlich klar, daß Lorenzo an die *letzte* Stunde dachte, während ihm die *siegreiche* Stunde vorschwebte.

Und wie zur Bestätigung seiner Vermutung flüsterte Lorenzo: »*Ultima necat.* Die letzte wird mich und auch dich töten. Wohl dem, der auf sie vorbereitet ist. Ich glaube, ich bin es nicht. Noch nicht.« Er stand auf, ließ seinen Blick über die fröhlich in heftige Diskussionen verstrickten Männer gleiten.

Alessandro wollte aufspringen, aber Lorenzo drückte ihn wieder auf seinen Hocker. »Du wirst länger leben als ich, länger auch als mein unvergessener Bruder. Dich beschützt ein Engel.« Lorenzos Mund war schmerzhaft verzogen, und in seinen Augen stand eine tiefe Schwermut. »Über ein Jahrzehnt liegt der Anschlag der Pazzi auf mich nun zurück, aber jedesmal, wenn ich in den Dom gehe, spüre ich noch die Dolche, die mich verletzten, meinen Bruder aber töteten. Die Pazzi haben dieses heimtückische Attentat ausgeführt, angestiftet hat es ein Papst, dessen Namen ich nicht in den Mund nehme.« Lorenzo seufzte und setzte sich noch einmal neben Alessandro. »Ich erwähne es selten, weil ich die Erinnerung nicht ertrage.«

Alessandro nickte und schaute Lorenzo mitfühlend an.

»Beim Hochamt, in Santa Maria del Fiore, haben sie ihren Anschlag ausgeführt, diese verblendeten Männer, und wie viele von ihnen mußten bei unserem anschließenden Rachefeldzug sterben! Weißt du, Alessandro, ich hasse Blutvergießen aus tiefstem Herzen. Aber es gibt Augenblicke, in denen es nicht zu umgehen ist.

Damals rasten meine Anhänger vor Rache, sie waren nicht mehr aufzuhalten, auch von mir nicht.« Lorenzo ließ seine Augen auf ihm ruhen. »Ein Jahrzehnt Frieden liegt hinter uns, ein goldenes Jahrzehnt. Manchmal denke ich, daß wir zu sorglos geworden sind. Es werden dunkle Propheten auftreten und Haß säen, es werden wieder Kriege unsere gesegnete Heimat verwüsten ... Ach, könnte doch der Friede ewig dauern! Aber die Menschen sind wie Wölfe, sie können Frieden und ein glückliches Leben nicht aushalten.« Lorenzo erhob sich, lächelte schmerzlich und verschwand, ohne ein weiteres Wort zu sagen.

Nach diesem Gespräch wußte Alessandro, daß seine Tage in Florenz sich dem Ende zuneigen mußten. Er war nun einundzwanzig Jahre alt und hatte sich dem Leben zu stellen. In Rom, in der Kurie, das hatte er auch Kardinal della Roveres Briefen entnommen, hatte man ihm verziehen. Seine Mutter schickte ihm immer seltener Geld und ermahnte ihn, trotz seiner jugendlichen Missetaten dem Auftrag seiner familiären Bestimmung zu folgen. Gelernt hatte Alessandro ebenfalls genug. Er konnte fließend Griechisch lesen und sich mit Marsilio Ficino über Platon unterhalten, ohne daß sich der alte Philosoph bemüßigt fühlen mußte, ihn zu belehren. Im Gegenteil, er empfahl ihm, seine ganze Kraft der Gelehrsamkeit zu widmen. Alessandro hielt diesen Gedanken nicht für den schlechtesten, und Ugo Berthone, mit dem er jetzt häufiger zusammen war, unterstützte ihn: »*Lathe biosas*, dies hat schon Epikur uns Männern empfohlen, führe ein zurückgezogenes, ein beschauliches Leben im Kreis ausgesuchter Freunde, bearbeite deinen Garten, liebe deine Frau, deine Kinder – und die Weisheit!«

Alessandro mußte lachen und winkte ab. Aber als er abends allein war und seine Gedanken – wie immer unter dem Motto: *Erkenne dich selbst!* – niederschreiben wollte, mußte er feststellen, daß er Ugo zu Unrecht ausgelacht hatte. Das Leben, das der alte Grieche und der junge Provençale empfahlen, hatte etwas Verführerisches. Sich einfach fallen lassen. Die Tage genießen. Der Welt nicht die Stirn bieten wollen. Und sich nicht von ihr vereinnahmen lassen. Auch Gott mußte man nicht davon überzeugen, daß man zu den Auserwählten gehörte. Man brauchte nicht vor dem Papst zu Kreuze zu kriechen und den Kardinälen zu schmeicheln. Sich nicht verstellen. Nicht lügen und betrügen. Nicht um Geld, Benefizien und Einfluß kämpfen. Nein, was zählte, waren Glück und Glückseligkeit.

Er schrieb Silvia all diese Gedanken, verband in verwickelten Schlußsätzen das Ziel, glücklich und natürlich auch tugendhaft zu leben, mit der platonischen Vorstellung der Liebe: *Zeugung und Geburt im Schönen*. »Und, liebste Silvia, heißt es nicht auch im ersten Brief des Johannes: *Gott ist Liebe?* Wenn wir lieben, sind wir in Gott. Kann man sich etwas Schöneres und gleichzeitig Gottgefälligeres vorstellen? Aber ist uns ohne göttliche Gnade dieser Weg zur Glückseligkeit gegeben? Können wir auf diese Weise werden, wer wir sind?«

Die Worte *Liebe*, *Gott* und *Glück* schrieben sich so leicht und unterschlugen die Zweifel, die Alessandro gleichzeitig plagten – insbesondere die Zweifel an Gott, und er stand in diesem Punkte nicht allein.

»Gibt es wirklich einen Gott, so wie ihn unsere Priester von der Kanzel verkündigen?« fragte Ugo, als Alessandro und er am Ende eines gemeinsamen Ausritts nach Florenz zurückkehrten und am Friedhof von San Miniato eine letzte Rast einlegten und auf die Stadt schauten. »Lukrez glaubt nicht daran. Wenn unsere letzte Stunde schlägt, hauchen wir unser Leben aus, und dann zerfallen wir zu einzelnen kleinen, nicht mehr teilbaren *Atomen*. Nur das abergläubische Volk glaubt an Fegefeuer und Hölle, an Himmel und die unsterbliche Seele. Unsterblich werden wir, wenn überhaupt, durch unsere Taten, durch das, was wir denken und an unsere Schüler weitergeben, durch das, was wir zum Glück der Menschen beigetragen haben.«

Ugo hatte immer erregter gesprochen, sich dann zurückgelehnt und die Augen geschlossen. Er versuchte, ruhig zu atmen.

»Aber weißt du wirklich, was Glück ist?« fragte Alessandro.

Ugo hielt seine Augen geschlossen und erwiderte mit leiser Stimme: »Epikur spricht von *ataraxia*, von Seelenruhe. Halte dich aus den Stürmen des Lebens heraus, und du wirst keinen Schiffbruch erleiden. Vermeide den Aufruhr der Leidenschaften. Schau einfach nur in Gelassenheit zu und lächle!«

Nun öffnete er wieder seine Augen, blickte Alessandro kurz an und ließ seinen Blick auf Florenz ruhen, ohne zu lächeln.

»Wenn du schon von Unsterblichkeit sprichst ...«, erklärte Alessandro, »wer wird von uns unsterblich sein? Lorenzo vielleicht?«

Ugo schwieg abwesend, und Alessandro fuhr fort: »Hat er nicht unvergeßliche Verse gedichtet? Und konnte er nicht im Kreis seiner Freunde und Familie den Sonnenuntergang genießen, still und kontemplativ in seiner Villa fern der Stadt? Hat er nicht oft genug, wie dein Epikur, mit uns zusammengesessen und über Schönheit und Liebe, aber auch über Ruhm und Frieden philosophiert? Und am nächsten Tag wieder die Geschicke der Stadt geleitet? Denk daran, mit welchem Mut er allein nach Neapel gezogen ist, um König Ferrante den Frieden abzuhandeln! Lorenzo wird unsterblich sein, denn er hat zum Glück der Menschen beigetragen. Frieden und eine gute Regierung sind die Voraussetzung. Aber Lorenzo führte kein zurückgezogenes Leben. Er ist ein leidenschaftlicher Mensch und hat gelernt zu leiden. Trotzdem hörst du ihn nie klagen. Wenn seine letzte Stunde ihm schlägt, wird er sein Leben nicht vertan haben.«

Wortlos stand Ugo auf, streckte seine Glieder und tätschelte den Hals seines Pferdes, das friedlich Gras gerupft hatte. Wiehernd schüttelte es die Mähne.

Florenz lag im goldenen Licht der im Dunst versinkenden Sonne. Wie so häufig während der letzten Woche durchfuhr Alessandro das Gefühl, daß er sein sorgloses Leben gar nicht verdiene. Gott hatte ihm zweimal vor Tod und Verfolgung bewahrt, und was tat er? Er lebte in den Tag hinein. Er genoß diesen Blick über die Stadt, die ihn als Gast aufgenommen hatte, und philosophierte mit einem jungen Provençalen über Glück. Und natürlich kam ihm wieder Silvia in den Sinn. Allen Ehrgeiz hinter sich lassen, der Kirche endgültig Lebewohl sagen und das Mädchen heiraten, das er gerettet hatte, das eine reine Schönheit ausstrahlte, das ihn liebte. Ja, war ihre Einheit nicht vorherbestimmt? Waren sie nicht zwei Hälften eines Wesens, das ein Gott einmal geteilt hatte ...

»Warum schweigst du plötzlich?« hörte er Ugo fragen.

Alessandro schüttelte den Kopf. »Ich mußte gerade an Silvia denken – ach Gott, damit begann alles.«

Ugo war herangesprungen und hockte sich direkt neben ihn.

»Begann damals das Glück oder das Unglück?« fragte er inquisitorisch.

Alessandro zuckte mit den Achseln. »Es begann mit einem Unglück«, antwortete er schließlich. »Aber vielleicht führt es ja zum Glück.«

»Nein, nein«, widersprach ihm Ugo. »Unglück zeugt immer nur Unglück!« Er stand wieder auf, setzte sich erneut, kratzte sich am Kopf. Dann brach es aus ihm heraus:

»Frauen bedeuten Unglück. Insbesondere schöne Frauen. Frauen, welche die Seele entzünden, wie unser Freund Ficino sagt. Frauen, die in dich eindringen und nicht mehr loslassen. Zum Beispiel deine Schwester, Alessandro, deine schöne Schwester Giulia …«

»Wie kannst du so etwas sagen!«

Ugo seufzte tief, preßte seine Hände vor sein Gesicht. »Ich habe es dir noch nie erzählt«, antwortete er nach einer Weile, während er sich wieder auf den Boden legte und in den Himmel starrte, »ich habe deine Nähe gemieden, weil du mich immer an Giulia erinnerst. Ich habe ihr hundert Briefe geschrieben und nie einen abgeschickt, ich wollte längst wieder nach Bologna ziehen oder nach Paris oder noch weiter, nach London vielleicht, weil ich deine Schwester, die ich nur einmal gesehen habe – weil ich sie nicht vergessen kann.«

Alessandro schaute Ugo erstaunt an, aber dieser erwiderte seinen Blick nicht.

»Ich bin ein unbedeutender Provençale, ein armer Mann zudem, der nur durch die Großzügigkeit des *Magnifico* lebt – verstehst du mich?«

Ugo starrte noch immer in den Himmel, seine Stimme verriet die innere Erregung. Alessandro wußte nicht, was er antworten sollte.

»Verachtest du mich?« fragte Ugo.

»Warum soll ich dich verachten?«

Alessandro fühlte plötzlich eine tiefe Kluft zwischen den Menschen. Selbst zwischen denen, die sich Freunde nannten, ja vielleicht sogar, die sich liebten. Er hatte zwar bemerkt, daß sich Ugo in seine Schwester verliebt hatte, aber immer geglaubt, dieses Gefühl sei längst wie ein Strohfeuer verglommen. Was wußte Ugo denn schon von seiner Schwester? Aber wußte er, ihr Bruder, viel mehr von ihr? Giulia schrieb ihm zwar jede Woche einen Brief, er las sie jedoch nur flüchtig, legte sie achtlos in seine Truhe. Tausend

Nichtigkeiten berichtete sie, dennoch fand er ihr Wesen nicht hinter ihren Zeilen. Und wie erging es ihm bei Silvia? Sie schrieb ihm noch häufiger, er las ihre Briefe gründlich und beantwortete sie wortreich – zu wortreich vielleicht ...

»Liebst du sie nicht auch?« fragte Ugo.

»Wen? Giulia, meine Schwester?«

»Nein, Silvia.«

»Ja, ich glaube – obwohl ich sie lange nicht gesehen habe, obwohl ich sie eigentlich gar nicht kenne.«

»Ich kenne Giulia auch nicht. Und trotzdem liebe ich sie.«

Offensichtlich wußte Ugo nichts von den Hochzeitsvorbereitungen seiner Schwester. Alessandro überlegte, ob er ihn davon in Kenntnis setzen sollte. Aber dies würde den armen Provençalen nur verletzen. Nein, er wollte schweigen, wenigstens jetzt.

»Vielleicht bildest du dir die Liebe nur ein«, antwortete Alessandro.

Er merkte, wie Ugo erstarrte. »Es tut mir leid, ich wollte dich nicht kränken«, fügte er schnell hinzu.

Ugo schaute an ihm vorbei. Er stand schließlich auf, holte sein Pferd und machte sich bereit, in die Stadt zurückzureiten. »Ich werde demnächst nach Rom gehen und dort versuchen, eine Anstellung als Skriptor zu erhalten. Accurse Maynier kommt aus Venedig zurück, wir werden zusammen unser Glück in der Ewigen Stadt versuchen.« Seine Stimme sollte möglichst sachlich klingen. Er stieg in den Sattel. »Am liebsten würde ich in meine Heimat Provence zurückkehren, in einer kleinen Klause am Rande des Luberon philosophische Studien treiben und meinen Garten pflegen. Ich würde dort ein liebes, anspruchsloses Mädchen heiraten ... Aber wovon soll ich leben? Und kennt mich überhaupt noch jemand in meiner Heimat?«

Alessandro mußte an Capodimonte denken, an Rubino, den Gefährten seiner Kindheit, der jetzt tot war, auch an die gemeinsamen Ausritte mit seinem Vater, an die Tage auf der Isola Bisentina ... Wie aus einem Traum wachte er auf und schaute zu Ugo hoch. »Warte, ich komme mit«, rief er und schwang sich auf sein Pferd.

»Meinst du, ich kann auf dem Weg nach Rom in Capodimonte Station machen?« fragte Ugo.

»Natürlich«, rief Alessandro und trabte los. »Ich werde dir einen Brief mitgeben.«

Er ließ sein Pferd in einen derartig scharfen Galopp fallen, daß Ugo ihm kaum folgen konnte. Alessandro wollte ihm jetzt nicht ins Gesicht sehen. Was würde er sagen, wenn er in Capodimonte von Giulias bevorstehender Hochzeit erfuhr? Müßte er sich nicht betrogen vorkommen? Aber Ugo Berthone und eine Farnese – unmöglich!

»Vielleicht komme ich sogar mit«, rief Alessandro gegen den Wind, der ihm ins Gesicht blies. »Ich will nicht länger meine Zeit vertun.«

25. Kapitel

Noch vor Giulias Hochzeit gelang es Silvia, ihre beiden Freundinnen einzuladen. Kaum saßen die drei beisammen, stieß Giulia in übertriebener Empörung aus: »Ich höre nur noch Orso und Mitgift, Aussteuer, Brautkleid. Es ist furchtbar!«

»Oh!« kreischte Clarissa auf, hielt dann ihre Hand vor den Mund und rief: »O Gott, du Arme! Ich bemitleide dich. Orso Orsini, ein beinahe Blinder. Was nützt da der Stammbaum der Familie. Ein Krüppel! Ach, Giulia, wie fühle ich mit dir!« Und mit all ihren Fettmassen stürzte sie sich auf Giulia und riß sie in ihre Arme.

Silvia beobachtete die beiden. Giulia entzog sich vorsichtig Clarissas Umarmung und ließ sich in der Fensternische nieder, Clarissa nahm ihr gegenüber Platz. Silvia ließ ihre beiden Freundinnen Zitronenwasser bringen und setzte sich dann zu ihnen. Giulia fuhr durch ihre blondgefärbten Haare. Nach dem Abnehmen eines durchsichtigen Haarnetzes fielen sie in lockerer Fülle über den Rücken, und außerdem dufteten sie nach Kamille. Giulias Gesicht, fand Silvia, war seit der letzten Begegnung noch schöner geworden. Mit den großen Augen und den hochstehenden Wangenknochen wirkte es unangreifbar. Silvia suchte nach einer Unregelmäßigkeit, nach einer Unreinheit der Haut. Aber selbst das allgegenwärtige Ungeziefer schien Giulia zu verschmähen, oder sie verwendete ein so wirksames Mittel, daß die Flöhe einen weiten Bogen um sie sprangen.

»Eigentlich ist Orso ein ansehnlicher junger Mann«, erklärte Giulia. »Wenn nicht das fehlende Auge wäre. Er soll jedoch einen gutmütigen Charakter haben. Und vielleicht sogar einmal das Stammschloß der Orsini am Lago di Bracciano erben – wenn einige seiner Vettern vor ihm sterben.«

Clarissa hatte sich zurückgelehnt und betrachtete ihre Fingernägel, suchte dann mit ihren Augen den Raum ab. »Hast du kein Marzipan?« fragte sie Silvia. Ihr Kinn hatte sich in den letzten Jahren verdoppelt, ihre rundlichen Wangen hingen nach unten, aber ihre Augen hüpften geschäftig hin und her. Vor ihrem Oberkörper wölbte sich eine monströse Brust, und ihren Ausschnitt zierte sie mit Ketten riesiger Perlen. An ihrem Ringfinger trug sie einen viel zu großen Smaragd. »Von Prinz Dschem.« Sie hielt Silvia ihre Hand hin, damit diese den Ring besser betrachten könne. »Diese Türken lieben kräftige Frauen, und er hat mich mit seinen Augen verschlungen, als mein Vater in meiner Begleitung ihn in Rom begrüßte. Obwohl er ein Gefangener des Papstes ist, führt er jetzt mitten im Vatikan ein unglaubliches Wohlleben.« Sie senkte ihre Stimme: »Er soll unersättlich sein.«

Giulia lächelte spöttisch.

»In welcher Beziehung?« fragte Silvia scheinheilig.

Clarissa kreischte wieder auf. »Ich kenne dich, Silvia«, rief sie, »du und dein Vater, ihr habt es faustdick hinter den Ohren.«

»Mein Vater ...« Silvia schaute sie fragend an.

»Habt ihr eigentlich etwas von Ippolita gehört?« unterbrach sie Giulia.

Clarissa trank einen großen Schluck Zitronenwasser, rieb dann nervös ihre Fingerspitzen aneinander und schien sich schließlich in die Betrachtung ihres Smaragds zu versenken. Silvia zuckte mit den Achseln.

»Ich habe gehört, daß Borgia, der Katalane, sie immer wieder in sein Haus holt, um sie zu exorzieren. Aber in Wirklichkeit betreibt er mit ihr gotteslästerliche Messen. Oder er läßt sie vortanzen.« Clarissa beugte sich vor, was ihre Brustmassen in Bewegung brachte, und begann nun zu flüstern. »Ippolita ist wirklich mit dem Teufel im Bunde. Wie der Katalane. Das hat mein Vater gesagt. Und sie nimmt am Hexensabbat teil. Das könnt ihr mir glauben. Deshalb war sie auch so lange verschwunden. Sie mußte eingewiesen werden in all die teuflischen Hexenkünste. Der Satan, der aussieht wie ein häßlicher Ziegenbock und auch so stinkt, stieß sie zu Boden und machte es mit ihr auf die Weise der Sodomiten, dann küßte sie ihn unterwürfig auf den Mund und auf andere Körperteile« – Clarissa kicherte unsicher –, »hob seinen Schwanz, einen Eselsschwanz …« Sie unterbrach sich und zog nun ein angewidertes Gesicht. »Es ist wirklich eklig«, fuhr sie mit erhöhter Stimme fort, »ich kann es gar nicht erzählen.«

Sie schien sich zu besinnen, aber noch bevor Silvia oder Giulia etwas sagen konnten, brach es erneut aus ihr heraus: »Sie fliegt mit ihm zu dem Hexentreffen, wo ungeborene Kinder in Mörsern zerstoßen werden, zusammen mit Kröten und Vipern, dann kommt Honig dazu und Pfeffer. Das wird schließlich gegessen.« Clarissa schüttelte sich. »Sie zelebrieren eine Messe und entweihen die Hostie. Später fliegen sie wie Furien umher, mit zerzausten Haaren, mit nackten, eingefetteten Körpern, Besenstiele zwischen ihren Beinen, die Ziegenböcke bei ihnen, und sie treiben es in den Wolken, auch hier wieder in der Art der Sodomiten, und schließlich stürzen sie herab, so schnell, wie ein Adler sich auf eine Ammer stürzt.«

Clarissa lehnte sich zurück und atmete schwer. Sie war während des Sprechens immer lebendiger geworden, ihr Körper geriet in Bewegung, als wolle sie es den fliegenden Hexen nachmachen. Ob sie wirklich glaubte, was sie da von sich gab, fragte sich Silvia. Ja, sicher, sie glaubte daran, wie so viele andere Menschen auch. Insbesondere die Mägde im Haus glaubten an Hexen und Dämonen, an schwarze Magie und an den Teufel mit seinem Bocksgesicht, der sich an unschuldige Mädchen heranschlich mit seinem buschigen Schwanz …

Giulia hatte abwesend aus dem Fenster geschaut, lachte nun unsicher auf und schüttelte den Kopf, fuhr sich dann wieder durch ihre Haare. Ihre Augen, Einverständnis heischend, suchten Silvia und verdrehten sich. Silvia lächelte nur.

Giulia wandte sich wieder Clarissa zu und setzte ein wissendes Gesicht auf. »Verheiratete Frauen sucht der Teufel viel seltener auf«, erklärte sie, »das hat mir auf jeden Fall meine Mutter gesagt. Heirate, gehe regelmäßig zur Messe und beichte deine sündigen

Gedanken, setze Kinder in die Welt und mach dich schön für deinen Mann – das ist die beste Medizin gegen Einflüsterungen des Teufels.«

Clarissa, die nur unwillig zugehört hatte, seufzte tief auf und kicherte dann. Ihre Augen flackerten plötzlich hin und her und fixierten schließlich Giulias Haare. Während sie mit den Händen glättend über die eigenen fuhr, öffnete sie den Mund, als wolle sie etwas sagen, schwieg dann aber.

Es entstand eine Pause. Silvia, die während Clarissas Erzählung ihren Vater mit Rosella vor sich gesehen hatte und auch den kleinen Sandro, fragte verunsichert: »Woher weißt du das alles?«

Aber noch bevor Clarissa antworten konnte, rief Giulia mit empörter Stimme: »Abergläubisches Zeug!« Wieder suchte sie einen zustimmenden Blick, fuhr sich nervös über ihre Brust und bauschte dann die Ärmel ihres Kleides auf. »Es gibt sicher Hexen, aber die fliegen doch nicht durch die Luft – auch nicht zusammen mit dem Teufel.«

»Du mußt es ja wissen!« giftete Clarissa. »Sogar mein Vater hat mir von den Einflüsterungen des Satans erzählt, von seinen Kniffen und Verlockungen, und er war bei vielen Verhören von Hexen dabei, sie gestehen es ja alle.«

Silvia verstand nicht, warum sich Clarissa so erregte. Natürlich gab es Hexen und auch den Satan, der viele Gestalten annehmen konnte und der sich gern unschuldigen Mädchen näherte, indem er ihnen sündige Gedanken einflößte, aber … »Ich glaube auch nicht, daß Hexen auf Besenstielen fliegen«, wandte sie laut ein, »und daß Kinder in Mörsern zerstoßen werden – das geht doch gar nicht.«

»Ungeborene Kinder«, beharrte Clarissa, »sie werden den Müttern aus dem Leib geschnitten, ihr habt ja keine Ahnung!«

»Aber du hast Ahnung, liebe Clarissa.« Giulia hatte nun ein überlegen-spöttisches Gesicht aufgesetzt, in ihrer Stimme schwang Ironie.

»Heirate du nur deinen Einäugigen!« Clarissa lief rot an vor Wut, und während sie sprach, tropfte ein wenig Speichel aus ihren Mundwinkeln. »Und laß dich von ihm bespringen …«

»Aber Clarissa!« Silvia, entsetzt über die schmutzige Ausdrucksweise ihrer Freundin, schüttelte den Kopf. Doch Clarissa ließ sich nun nicht mehr bremsen. Sie verzog ihr Gesicht zu einer gehässigen Grimasse und rief: »Daran denkt sie doch nur, die Giulia. Schau dir nur ihre offenen Haare an, wie eine Kurtisane hat sie sich ihre Locken bis auf den Po fallen lassen, ja wie eine Kurtisane, und dir, Silvia, muß ich sagen, daß deine Rosella Roms berühmteste Hure ist. Kardinal Borgia, der Katalane, hat sie ganz besonders in sein Herz geschlossen, das hat mein Vater gesagt, sie ist eine Hexe, und der Bastard dieser Hexe lebt in eurem Haus ...«

Silvia starrte Clarissa an und wußte nicht, wie sie auf diesen Angriff reagieren sollte. Clarissas Worte wiederholten sich in ihrem Kopf ein zweites Mal und schienen drohend zu hallen. Unwillkürlich hob sie die Arme, als müsse sie Sandro vor einem Angriff schützen, ließ sie aber sofort wieder fallen, als sie Clarissas Gesicht sah. Es war vor Wut und gleichzeitiger Angst verzerrt. Dann hörte sie sich sprechen: »Wenn du noch einmal etwas über meinen kleinen Sandro sagst, werfe ich dich aus dem Haus!«

»*Deinen* Sandro!?«

»Nun streitet euch nicht!« versuchte Giulia zu schlichten.

Aber Clarissa war noch nicht am Ende. Sie wischte sich den Speichel vom Kinn, und plötzlich zuckten ihre Mundwinkel. Noch einmal fuhr sie mit dem Handrücken über Kinn und Mund und schrie mit gequetschter Stimme: »Rosella da Roma, so wird sie genannt, *cortigiana honesta curiam sequens*, diese Bezeichnung hat ihr der Borgia zugeschanzt, alle Spanier rennen in ihr Haus, die Franzosen und die Deutschen, sie lockt sie zu sich, um an ihnen ihre Hexenkünste anzuwenden. Ihre Brüder sind Mörder, einen hat der *bargello* schon hängen lassen, ein anderer lebt von Straßenhuren, ein Vetter macht mit seiner Bande die Gegend um Nepi unsicher – das ist deine Rosella, die Mutter eures Bastards ...«

»Schluß jetzt!« schrie Silvia in höchster Erregung. »Du fette Giftschlange, du bösartige Natter, du eifersüchtige Viper!« Ihr standen die Tränen in den Augen.

Plötzlich stand der Vater in der Tür. Die roten Haare leuchteten, seine Miene faltete sich sorgenvoll. Clarissa, die aufgesprungen und erstaunlich behende zur Tür gerannt war, prallte auf ihn. Einen Moment sah es so aus, als wolle er sie auffangen und in die Arme schließen, aber dann zuckte er doch zurück und schaute von einem Mädchen zum anderen. Sein Blick blieb an Silvia hängen, und plötzlich verengten sich seine Augen: »Was ist denn hier los? Warst du das, die gerade eine solch unchristliche Beschimpfung ...«

»Es ist alles meine Schuld, Messer Ruffini«, rief Clarissa. »Ich bin ja so böse, o Gott!« Sie ließ sich fallen, und der Vater mußte sie auffangen. Aber sie entglitt seinen Armen und fiel vor Silvia auf die Knie, nahm ihre Hand, drückte sie, zuerst an ihr Gesicht, dann an ihre weiche Brust. »Silvia, verzeih mir, ich wollte dich nicht kränken, aber der Satan ...«

Silvia trat einen Schritt zurück, Clarissa rutschte auf Knien hinter ihr her.

»Steh doch auf!« rief Silvia.

Giulia war herangesprungen und wollte Clarissa die Hand reichen, auch der Vater griff ihr unter die Arme, um sie hochzuziehen. Clarissa heulte und schluchzte, und als sie wieder auf den Beinen stand, ließ sie sich in die Arme des Vaters fallen. »Ich bin keine Hexe, das dürft ihr nicht glauben, wirklich nicht!«

»Ist ja gut!« Der Vater klopfte ihr begütigend auf den Rücken. »Niemand glaubt, daß du eine Hexe bist.« Er machte keine Anstalten, sich von ihr zu befreien, und Clarissa klammerte sich weiterhin an ihn.

»Ich bin ja so allein«, schluchzte sie, »ihr könnt das alle nicht verstehen, mein Vater sperrt mich weg, und ich habe Angst vor den Abgesandten des Satans. Jede Nacht ...«

Der Vater strich ihr nun über den Kopf und zog sie langsam aus dem Zimmer. Silvia wollte ihm folgen, blieb dann aber in der Tür stehen. Clarissa klammerte sich noch immer an ihn, beide zogen sie langsam den Gang entlang und verschwanden um die Ecke. Silvia hörte Clarissa schluchzen, hörte die Stimme des Vaters, der wie zu einem Kleinkind sprach. Silvia drehte sich um und schaute Giulia ratlos ins Gesicht.

Giulia hob die Schulter und drehte sich dem Fenster zu. »Sind wir nicht alle allein?« fragte sie flüsternd.

Silvia stellte sich zu ihr und legte ihr den Arm auf die Schulter. »Du wirst bald heiraten und hast dann eine Familie. Aber Clarissa muß mit ihrem jähzornigen Vater zusammenleben.«

Giulia nahm Silvias Hand und lehnte sich leicht an ihren Körper. »Glaubst du, es macht Spaß, einen einäugigen Mann zu heiraten?«

»Ach Gott, das sind doch Äußerlichkeiten. Hauptsache, er achtet dich. Und wenn du viele Kinder auf die Welt bringst und gesund bleibst ...«

»Ja, davon redet Adriana del Mila auch immer. Kinder, nur Kinder. Die erste Amme ist schon ausgesucht. Und fast täglich schaut sie nach mir, schreibt mir vor, was ich essen soll, will mir das Reiten verbieten, und bringt mir Pulver und Säftchen und gibt tausend Ratschläge. Und schließlich schwärmt sie von Kardinal Borgia, ihrem mächtigen Vetter, der uns trauen werde, und läßt ihre R's nur so rollen.« Giulia hatte sich umgedreht, legte beide Arme auf Silvias Schulter und schaute ihr in die Augen.

»Weißt du, daß ich manchmal davon träume, eine Frau zu sein, der berühmte Männer zu Füßen liegen, Condottieri, Fürsten, Kardinäle – kein halbblinder Orso Orsini.«

Silvia lachte. »Dann mußt du Kurtisane werden.«

Giulia zuckte, dann stimmte sie in das Lachen ein. »Aber eine Farnese wird doch keine Kurtisane. Eine Farnese wird eine Orsini und thront im verschlafenen Bassanello im Kreis ihrer Kinder, unter Aufsicht der Schwiegermutter.«

Silvia wußte nicht recht, was sie darauf antworten sollte. »Du bist so schön, Giulia«, sagte sie schließlich. »Dein Traum wird in Erfüllung gehen, die ganze Welt wird dir zu Füßen liegen. Schon jetzt spricht man in Rom überall von der *schönen Giulia*.«

Giulia schüttelte heftig den Kopf. Sie streckte sich, fuhr sich durch ihre Locken, straffte ihre Brust. Aber ihre Miene blieb traurig. »Ich habe trotzdem Angst ...«

»Wovor?«

Giulia schwieg, und Silvia seufzte. Sie sah wieder ihren Retter vor sich, Giulias Bruder. Das Leben könnte so schön sein, dachte sie. Sie heiratete Alessandro, Giulia den Orsini oder einen anderen jungen Mann aus Roms besten Familien, sie lebten in der Nachbarschaft, zogen die Kinder gemeinsam auf, feierten Feste, machten Ausflüge in die Weinberge und lasen gemeinsam Boccaccio. Rom wurde immer reicher und größer, immer mehr Künstler und Humanisten kamen in die Ewige Stadt. In Italien herrschte, sah man von kleinen Fehden und Auseinandersetzungen ab, schon lange Frieden. Und alle Herrscher waren bemüht, ihn zu erhalten. Dem Volk ging es gut, es gab keine Hungersnöte, keine verheerenden Pestepidemien. Nur die Wegelagerei war ein schwer auszurottendes Übel. Aber vielleicht gelang es einem stärkeren Papst als dem jetzigen, auch dieses Übel einzudämmen.

Silvia seufzte noch einmal aus ganzem Herzen. Das Leben könnte so schön sein, wenn Alessandro sie heiratete. Den kleinen Sandro würden sie aufziehen, vielleicht sogar adoptieren ...

Als hätte sie Silvias Gedanken erraten, sagte Giulia: »Ich glaube, Alessandro kommt bald zurück.«

26. Kapitel

Alessandro hatte sich entschlossen, zusammen mit Ugo Berthone und Accurse Maynier Florenz zu verlassen und nach Capodimonte zu reiten, von wo aus er seine Rückkehr nach Rom zu betreiben beabsichtigte. Aber dann erreichte ihn die Nachricht seines Bruders Angelo, er habe seinen ersten Kampf gegen die Türken bestanden und wolle seine Mutter besuchen. Alessandro möge doch in Florenz auf ihn warten.

Alessandro entschloß sich daher, noch die Sommermonate in der Stadt am Arno zu bleiben. Er konnte das Gefühl, eine wichtige Entscheidung oder ein wichtiges Ereignis stehe bevor, nicht unterdrücken. Dieses Gefühl wurde verstärkt durch die Aussage eines Astrologen, den Alessandro gelegentlich konsultierte: Die bevorstehende Konjunktion von Venus und Mars werfe ihre Schatten voraus, sie werde wie einst die Entführung Helenas durch Paris bedeutende Auswirkungen zeitigen. Alessandro empfahl diesen Astrologen – er hatte in Rom die ersten Kreise von Adel und Kurie beraten – Giovanni Crispo, der, wie er betonte, unbedingt Hilfe in einer wichtigen Angelegenheit benötige. Crispo wurde von der Nachricht über die drohende Konjunktion derart verunsichert, daß er sich entschloß, den Aufforderungen seines Vaters nachzukommen, in die Heilige Stadt zurückzukehren und dort möglichst schnell die junge Frau zu heiraten, die der Vater für ihn auserkoren hatte. Crispo war, nachdem er diesen Entschluß gefällt hatte, Alessandro gegenüber ungewohnt gesprächig. Die junge Frau, so habe der Vater geschrieben, sei jetzt gerade ins heiratsfähige Alter gekommen, sei durchaus hübsch zu nennen, dabei gesund und verspreche als Mitgift ein einträgliches Gut in Frascati.

Alessandro, der während seines Aufenthalts in Florenz wenig Kontakte mit Crispo gepflegt hatte, horchte auf. Aufgedreht begann Crispo über seine Pläne zu berichten, sich einmal eine große Kunstsammlung anzulegen. Die Erträgnisse einer ordentlichen Mitgift könnten ihm dabei helfen. Aber am liebsten wünsche er sich, ein einfaches Leben auf dem Land zu führen, viele Kinder in die Welt zu setzen, auf die Jagd zu gehen und zu malen. Er stelle sich vor, Heilige abzubilden, ihnen aber das Antlitz eines Kardinals oder einer edlen Römerin zu geben. Wer gut zahle, würde von ihm als Heiliger dargestellt. Sein Vater halte von der Malerei überhaupt nichts, für einen Römer aus bester Familie gehöre sich eine solche Tätigkeit nicht, Malen sei ein Handwerksberuf und solle Handwerkersöhnen überlassen bleiben – aber mit der Heiligen-Idee werde er ihn überzeugen, zumal sein Vater für einträgliche Ideen immer ein offenes Ohr habe. Nicht zufällig verkehre er mit dem jungen Agostino Chigi, der dabei sei, Roms reichster Bankherr zu werden. Dies hätte sein Vater geschrieben.

Crispos Geschwätz ging Alessandro auf die Nerven. Im Grunde mochte er ihn nicht, vielleicht weil Crispo ein besonders schöner Mann war – mit seinen langen schwarzen Haaren, den großen sanften Augen und dem kräftigen, aber fleischigen Kinn. Womöglich lag es am Mund, den Alessandro zu weich und weiblich fand. Aber gleichzeitig mußte er zugeben, daß die wie geschminkt leuchtenden Lippen makellos sanft geschwungen und, so war ihm mehrfach zu Ohren gekommen, bei den schönen Frauen der Stadt berühmt waren. Dabei galt Crispo alles andere als ein Draufgänger. Nie hatte er eine Wette um die höchste Zahl der verführten Damen gewonnen, er hatte auch nur einmal an dem erotischen Wettstreit teilgenommen. Er diskutierte selten in der Accademia, hielt sich dafür gerne in den Werkstätten der Maler und Bildhauer auf. Besonders Domenico Ghirlandaio hatte es ihm angetan, und er hatte sich außerdem mit dem jungen Michelangelo Buonarroti angefreundet, den auch Alessandro gut kannte, weil er mit ihm schon mehrere hitzige Diskussionen über Kunst und Religion geführt hatte.

»Du kennst sie«, erklärte Giovanni Crispo in seiner zu hohen Stimme. »Es ist eine Ruffini. Aber, verstehst du, Mars und Venus – oder Venus und Mars, gleichwie –, der Astrologe meint, eine Ehe, die unter der zu erwartenden Konstellation geschlossen werde, stehe unter keinem guten Stern, wenn man nicht schnell handele.«

Alessandro sah forschend in Crispos dunkle Augen, als müsse dort ein Geheimnis versteckt liegen. Alle seine Muskeln spannten sich an, und noch während er überlegte, wie er jetzt reagieren müsse, hörte er sich in einem viel zu lauten, ja heftigen Ton sagen: »Ich kenne nur *eine* Ruffini – und die kannst du nicht meinen.«

Crispo sah ihn erstaunt an: »Wieso? Ich meine Silvia Ruffini, die Tochter von Rufino Ruffini, die du … gerettet …« Er unterbrach sich, eine leichte Röte überzog seine Schläfen.

»Ja, ich weiß schon.« Alessandro sprach noch immer viel zu heftig. Er sprang auf, rief »Gratuliere!« und stürmte aus dem Zimmer. In den Gärten des nahegelegenen Klosters San Marco versuchte er sich zu beruhigen. Was er da gehört hatte, war unglaublich. Silvia Ruffini, die ihm wöchentlich ihre Liebe gestand, die er ebenfalls zu lieben glaubte, nein, die er liebte – sie sollte den Schönling Crispo heiraten! Und er erfuhr es nebenher! Natürlich heiratete man gewöhnlich nicht aus Liebe, und es war auch möglich, daß er wieder in den Kirchendienst eintrat und nicht heiraten durfte – doch noch war alles offen.

Aber so waren die Frauen: falsch, schwach und wankelmütig. Sie umgarnten die Männer, schwafelten von Liebe, ließen sich anbeten, und dann heirateten sie einen anderen. Giovanni Battista Crispo – ein Möchtegern-Maler mit weibischen Lippen und Stroh im Kopf! Und er, Alessandro, wußte von nichts! Ugo hatte recht. Frauen bedeuteten Unglück. Liebe bedeutete Unglück. Er hatte dieses kleine Mädchen aus den Fängen von mordlüsternen Wegelagerern befreit, und sie verheimlichte ihm die Wahrheit! Nein, dies ertrug er nicht!

Zum Glück erfuhr er noch rechtzeitig von ihren Lügen. Er war nicht auf diese junge Frau angewiesen. Es gab viele Frauen auf der Welt, auch wenn keine … Nein, er brauchte sie nicht! Überall drängten sich ihm Frauen auf, und sie beherrschten das Handwerk der Liebe wahrlich besser! Darüber hinaus hatte ein Mann seine Aufgaben, seine Ziele, seine Verantwortung – und, nicht zu vergessen, seine Freiheit! Frauen dagegen bedeuteten immer eine Einschränkung der Freiheit. Er hatte zu leichtfertig vergessen, wie ihn Silvia und Rosella durch den kleinen Sandro, seinen angeblichen Sohn, hatten binden wollen. Er war sogar stolz gewesen. Aber auch dieser Versuch zeugte nur wieder von der Falschheit der Frauen.

Mit dem Ausruf »O Gott, gib, daß ich sie vergesse!« stürzte Alessandro in eine Rosenlaube und sank dort auf eine Bank, das Gesicht hinter den Händen verborgen.

Nachdem er sich ein wenig beruhigt hatte, näherten sich ihm Schritte auf dem Kies. Er hatte allein sein wollen, aber nun konnte er nicht mehr fliehen. Er hörte ein leises Stöhnen, das er kannte: der von Gicht geplagte Lorenzo!

Tatsächlich entdeckte Lorenzo ihn und ließ sich sofort an seiner Seite nieder.

»Es spricht sich herum, daß du uns bald verlassen willst«, begann er lächelnd das Gespräch. »Ein großer Verlust für die Accademia und insbesondere für die Medici.«

Alessandro wußte nicht, wie er diese Schmeichelei einschätzen sollte, seufzte mitleidheischend und erwiderte schweigend das Lächeln.

»Laß mich gleich zur Sache kommen, Alessandro, die Zeit läuft uns davon«, fuhr Lorenzo fort. »Könntest du dir vorstellen, einmal Gesandter der Stadt Florenz zu sein, in Venedig, vielleicht sogar in Frankreich – oder in Rom?«

Dies ist die Lösung, schoß es Alessandro durch den Kopf. Nicht zurückkehren, sondern Italien verlassen. Silvia dem schönen Crispo und Capodimonte dem Bruder Angelo überlassen, nie mehr die herrschsüchtige Mutter sehen, kein römisches Intrigenspiel zwischen della Rovere und Borgia, keine Skriptorien oder Sakristeien – für Lorenzo nach Frankreich gehen und alles hinter sich lassen. Rom, nein, Rom kam nicht in Frage. Alessandro überlegte, wie er seine Worte wählen sollte, wie er die Begeisterung über diesen Vorschlag in einer abwägenden Formulierung mildern konnte.

Aber plötzlich war die Begeisterung verschwunden. Er wollte es nicht glauben, aber so war es. Was wollte er in Frankreich? Sollte er alles, was er liebte, zurücklassen? Sollte er noch viel weiter als nach Florenz fliehen?

Er preßte seine Hände zusammen und versuchte sich dann zu entspannen. Natürlich konnte Lorenzo seine Verkrampfung nicht verborgen bleiben.

»Ich danke dir, Lorenzo, für das Vertrauen ...«

»Hör zu, Alessandro!« Lorenzo rückte näher an ihn heran und dämpfte seine Stimme. Die Falten in seinem Gesicht hatten sich in der letzten Zeit vertieft, die Schatten um die Augen verdunkelt. »Du hast den Prediger von San Marco gehört, Picos neues Vorbild. Ich unterstütze sein Kloster, ich habe ihn zum Prior ernannt – aber dieses Geschenk beeindruckt ihn überhaupt nicht. Obwohl er ein Fremder in der Stadt ist, hat er mir bis heute noch keinen Antrittsbesuch abgestattet.« Er lächelte gequält. »Er hat meine Eitelkeit gekränkt, aber dies geht nur ihn und mich etwas an. Nein, mich beunruhigt die Art, wie der Dominikaner von meinen Mitbürgern aufgenommen wird, wie man an seinen Lippen hängt ...« Lorenzo machte eine Pause, seine Stimme wurde noch leiser. »Wie meine Mitbürger auf seine Sprüche hereinfallen. Er ist ein dämonischer Volksverführer, das spüre ich, aus ihm spricht das schlechte Gewissen der Menschen, und er wird seinen Bannstrahl richten gegen all das, was die Medici verkörpern. Die goldenen Medici-Zeiten nähern sich dem Ende.« Verloren schaute er in die Ferne. »Meine Schmerzen nehmen manchmal überhand, und ich weiß nicht, wie lange ich noch leben werde. Ich denke, daß die Medici in Zukunft sicherer auf zwei Standbeinen stehen. Daher möchte ich meinen Einfluß im Vatikan erhöhen und werde meinen zweiten Sohn Giovanni demnächst nach Rom schicken.« Seine Augen ruhten abwartend auf Alessandro.

Alessandro war froh, daß Lorenzo sprach. Er fühlte sich total verwirrt. Gerade noch wollte er am liebsten nach Frankreich gehen, jetzt erschien ihm eine Aufgabe in Rom als Lösung. Auf jeden Fall brauchte er etwas, was ihn von Silvia befreite. Aber Lorenzos Befürchtungen verstand er nicht recht. Sollte der große Lorenzo sich vor dem Einfluß eines kleinen Dominikanerpredigers fürchten? Pico hatte Savonarola wieder nach Florenz geholt, der Mönch hielt anklägerische Predigten, und die Menschen strömten ihm zu, aber warum sollte dieser fanatische Priester die *goldenen Zeiten* dem Ende näherbringen?

Lorenzo fuhr mit gesenkter Stimme fort: »Giovanni wird bald Kardinal. Das ist schon mit Papst Innozenz abgesprochen. Der Preis ist hoch, aber ich bin bereit, ihn zu bezahlen. Natürlich ist Giovanni mit seinen dreizehn Jahren noch viel zu jung für einen solch verantwortungsvollen Posten. Offiziell wird der Heilige Stuhl daher seine Ernennung erst in drei Jahren verkündigen. Bis dahin kann Giovanni das kanonische Recht studieren, und ich versuche, ihm in Rom eine Hausmacht zu schaffen.« Lorenzo schaute Alessandro prüfend an. »Du könntest mir dabei helfen.«

Alessandro fühlte sich von Lorenzos Vertrauensbeweis geehrt. Giovanni de' Medici eine Hausmacht schaffen – diese Aufgabe beschränkte sich nicht auf Spitzeldienste oder langweilige Schreiberei. Er mußte nach Rom zurück, mitten hinein in die Stadt der Intriganten, mußte Allianzen schmieden und mit Geldgeschenken Gutwetter machen. Er wußte jedoch nicht, ob er dies wirklich wollte. Lag darin auch eine Zukunft für *ihn*?

»Versteh mich recht, Alessandro, langfristig möchte ich, daß Giovanni einmal Papst wird.« Lorenzo sah ihn forschend an.

Alessandro verzog keine Miene. »Ich weiß nicht, ob diese Aufgabe mich nicht überfordert«, erklärte er vorsichtig. Aber gleichzeitig eilten seine Gedanken weit voraus: Würde Giovanni de' Medici tatsächlich Papst, könnte er ihm dann nicht einen einflußreichen Posten im Vatikan verschaffen? Könnte er, Alessandro Farnese, ihm nicht gar nachfolgen als Pontifex maximus? Der Medici war jünger als er, unbedarfter – wenn sein Vater ihm solch ein hochgestecktes Ziel setzte, warum sollte er, der Farnese, sich nur mit einer dienenden, zweitrangigen Rolle zufriedengeben? Gab es nicht schon einen Papst in seiner Familie? Und sechs Kardinäle? Silvia heiratete Crispo, war für ihn verloren – warum nicht doch wieder in den Kirchendienst eintreten ...?

Lorenzo legte seine Hand auf Alessandros Arm. »Auch du kannst es einmal weit bringen. Du mußt nur wollen – und zwar jetzt und nicht irgendwann! Als ich so alt war wie du, starb mein Vater, und ich mußte eine schwere Verantwortung übernehmen. An seinen Aufgaben wächst der Mensch.«

»Ich werde darüber nachdenken«, erwiderte Alessandro, äußerlich ganz ruhig. Aber in seinem Innern tobte es.

Lorenzo erhob sich unter Stöhnen. »Gut. Ich vertraue deiner Verschwiegenheit. Demnächst reist der natürliche Sohn von Kardinal Borgia, Cesare d'Artignano, von Perugia nach Pisa, um dort seine juristischen Studien zu vervollständigen. Er trägt noch den Namen seines offiziellen Vaters, hört ihn aber nicht gern. Wir werden ihn hier empfangen, wie es sich für jemanden ziemt, der einer aufsteigenden Familie angehört. Ich hoffe, du bist dabei.«

Am Morgen des Tages, der dem heiligen Bartholomäus gewidmet war, ging ein heftiger Gewittersturm über Florenz und den umliegenden Bergen nieder und ließ den Arno anschwellen. Schon befürchtete man eine Überschwemmung, aber plötzlich ließ der Regen nach, der Donner krachte noch mehrfach, als wolle er sich nicht so schnell geschlagen geben, und in einer fast schwarzen Wolke zuckten Blitze. Aber unter dieser Wolke riß der Himmel in einem hellen Gold auf, und die Sonne schickte ihre Schwefelstrahlen über die Stadt, die nun in einem göttlichen Licht zu leuchten begann.

Alessandro zog mit der Gesandtschaft der Signoria dem Kardinalssohn entgegen. Cesare trat aus dem Schatten eines Wäldchens heraus und galoppierte ihnen auf seinem Rappen entgegen. Ein großer Troß folgte ihm.

Alessandro hatte einen Jüngling erwartet, aber der Sohn des Spaniers war trotz seiner fünfzehn Jahre schon ein kräftiger, ja ein athletischer Mann. Lange schwarze Haare umrahmten sein Gesicht und fielen bis auf die Schultern. Sein Hemd wurde unter dem Hals durch eine Goldborte geschmückt. Als Reitgewand trug er ein schwarzes Wams und darüber einen ebenso schwarzen Samtumhang. Seine Handschuhe aus hellem Leder waren über den Handgelenken aufgestulpt und wirkten ein wenig feminin.

Die Gesandtschaft aus Florenz sprang von ihren Pferden, um den Kardinalssohn zu begrüßen, aber dieser blieb mit spöttischem Lächeln auf seinem Rappen sitzen. Es entstand eine Unruhe unter den Florentinern, die der Borgia-Sohn sichtlich genoß. Alessandro hatte Zeit, seine äußere Erscheinung genauer zu studieren. Dunkle Augen, ein starkes Kinn. Eine gesunde braune Hautfarbe. Das Barett auf seinem Kopf wurde umrahmt von zwei Kordeln, an denen eine Goldquaste hing. An der Seite, über der Schläfe, war

Cesares persönliches Emblem aufgestickt, ein schwarzes A und Ω, Alpha und Omega.

Als Cesare schließlich mit einem Satz vom Pferd sprang, wußte Alessandro sofort, daß hier jemand vor ihm stand, der mindestens ebenso gut reiten konnte wie er, und als er ihm schließlich die Hand reichte, spürte er einen stählernen Griff, der die Kraft seines Gegenübers prüfen wollte. Noch bevor Cesare alle Gesandten der Stadt begrüßt hatte, sprang er wieder aufs Pferd und trabte wie ein besitzergreifender Eroberer den Hügel hinab auf das Stadttor zu. Die Gesandten folgten ihm, der Troß setzte sich in Bewegung.

Beim Bankett ließ Cesare, der unter seinem schwarzen Samtumhang nun ein Brokatwams trug, sein eigenes Silberbesteck auflegen, was die älteren Ratsherren der Stadt nicht ohne Murren hinnahmen. Lorenzo lächelte nur. »Er tritt auf wie ein Fürst, er sieht aus wie ein Gladiator in königlichen Gewändern, er ziert sich mit einem Emblem wie Gott persönlich, legt aber auf wie ein Emporkömmling«, flüsterte er Alessandro zu, als sie sich zu Tisch setzten.

Alessandro war von Lorenzo gegen alle zeremoniellen Vorschriften in seine und in die Nähe des Gastes gesetzt worden. Er hielt sich beim Gespräch zurück, das Cesare teils in Italienisch, teils in Latein führte. Cesares Stimme war nicht so tief, wie man hätte erwarten können, aber wohlklingend, und natürlich rollte der Sohn des Katalanen, wie sein Vater, das R. Er wolle in Pisa nicht nur das kanonische, sondern auch das römische Recht studieren, der hervorragende Ruf der Stadt locke ihn. Florenz sei tatsächlich so schön, wie man ihm vorgeschwärmt habe, und die Frauen der Stadt, die an dieser Tafel versammelt seien, stünden an Schönheit den römischen Frauen in nichts nach. Clarice, Lorenzos Frau, eine geborene Orsini, lächelte gequält, aber die anderen stießen unter künstlichem Augenaufschlag ein *Oh!* aus.

Leider, so fand Alessandro, aß der junge Spanier nicht wie ein Edelmann, sondern wie ein Bauernsohn aus den Abruzzen. Immer wieder schienen ihn Wellen der Gier zu überfallen, dann schlang er wahllos Fleischstücke und Pasteten, Brot und Oliven in sich hinein und spülte sie mit Chianti hinunter.

Für Cesares Aufenthalt in Florenz schlug Lorenzo einen gemeinsamen Messebesuch vor, und zwar bei dem über die Grenzen der

Stadt berühmten Dominikanerprior von San Marco, Girolamo Savonarola. Cesare nickte unwillig, aber seine Augen leuchteten auf, als ihm eine gemeinsame Jagd in den Wäldern angekündigt wurde.

»Bären?« rief er.

»Nein«, antwortete Lorenzo mit einem charmanten Lächeln. »Nur Schwarzwild und Hirsche.«

»Auch gut«, erwiderte Cesare und hielt seine zweizinkige Gabel in die Höhe, »aber wir müssen schon ran an die Hauer. Selbst ist der Herr!« Er rollte das R ganz besonders lang und führte mit seiner Gabel eine Stoßbewegung aus, lachte dann unbekümmert auf, zwinkerte Alessandro zu, äffte die Mienen einiger Ratsherren und insbesondere das hochnäsig-mißgelaunte Gesicht von Clarice de' Medici nach.

Alessandro wußte nicht, warum Cesare ihm zugezwinkert hatte, aber er konnte seinen Blick nicht von diesem jungen Mann lassen, der sich so unbekümmert und selbstsicher aufführte, der aber gleichzeitig in seinen tiefdunklen Augen ein Geheimnis verbarg. Alessandro warf einen kurzen Blick auf Lorenzo, und er meinte in dessen Miene eine ähnliche Reaktion zu erkennen. Allerdings lag leichter Spott auf seinen Lippen. Alessandro fand jedoch, daß Spott dem Kardinalssohn gegenüber nicht angebracht sei.

»Schon eine Weile, lieber Cesare, habe ich darüber gerätselt«, fragte nun Lorenzo, »was die Zeichen auf Eurem Emblem wohl bedeuten mögen.«

Cesare ließ sich eine Schüssel mit parfümiertem Wasser reichen, um seine Hände zu säubern, und kaute weiter. Lorenzo wollte sich wieder von ihm abwenden, weil sich sein Gast mit der Antwort allzu lange Zeit ließ, aber dann stellte Cesare die Gegenfrage: »Ich sehe an Eurer blutroten Kopfbedeckung überhaupt kein Emblem. Ihr habt Eure Lebensziele also schon erreicht?«

Lorenzo lächelte freundlich, ohne zu antworten.

»Na, dann will ich Euch sagen, was Alpha und Omega bedeuten«, rief Cesare.

»Er ist ein Gotteslästerer«, hörte Alessandro den Erzbischof von Florenz seinem Nachbarn Marsilio Ficino zuflüstern.

»*Aut Caesar aut nihil* – das ist mein Wahlspruch«, rief Cesare so laut, daß es auch noch die am untersten Ende der Tafel Sitzenden verstehen mußten, »alles oder nichts, der Anführer oder das Schlußlicht, Sieg oder Tod.« Er schaute sich triumphierend um.

Marsilio Ficino neigte seinen Kopf dem Erzbischof zu und sagte mit leiser Stimme: »Ich glaube, der junge Mann hat den Sinn des griechischen Buchstabens Omega nicht verstanden.«

Der Erzbischof nickte. »Obwohl der Sohn eines Kardinals, ist er ein Gotteslästerer!«

Cesares Augen fixierten ihn, und mit einem höhnischen Lächeln rief er ihm zu: »Und Ihr werdet uns nachher die Leviten lesen?«

Der Erzbischof wandte sich entrüstet ab.

»Nein, lieber Cesare«, antwortete Lorenzo an seiner Stelle, »dies wird der Prior von San Marco tun.«

»Ja, das sagtet Ihr schon. Ich habe offensichtlich die beiden Pfaffen verwechselt. Obwohl ich sie als Kardinalssohn auseinanderhalten müßte. Aber ich sehe den kleinen Klosterbruder nirgendwo an unserer Tafel. Ist dies die berühmte florentinische Höflichkeit?«

»Da Fra Girolamo Savonarola weltlichen Genüssen abhold ist, hat er unsere Einladung abgelehnt und bisher auf die Ehre, von Euch begrüßt zu werden, verzichtet. Er ist sicher ins Gebet vertieft. Wir werden ihm später begegnen, unter der großen Kuppel von Santa Maria del Fiore. Der Dom faßt die Menschen kaum, die den *kleinen Klosterbruder* hören wollen.«

»Da bin ich aber mal gespannt!«

»Das könnt Ihr auch!« sagte Lorenzo mit einem undurchschaubaren Lächeln.

27. Kapitel

Der Vater wirkte von Tag zu Tag gehetzter. Silvia, den kleinen Sandro auf dem Arm, folgte ihm durch die Korridore des Hauses bis in sein Studiolo, wo er auf einen Stapel Zettel wies, auf denen Zahlenlisten und astrologische Symbole verzeichnet waren.

»Ich brauche keinen teuren Astrologen«, erklärte er mit einer fahrigen Handbewegung, »um zu wissen, daß uns die Konjunktion von Mars und Venus ins Haus steht. Eine äußerst ungünstige Konstellation für Eheverträge.« Er schob die Zettel ineinander und legte ein zerfleddertes Buch über sie. »Ich kann nicht mehr warten. Der alte Crispo sitzt mir im Nacken, sein Sohn wird bald in der Stadt eintreffen.« Gedankenverloren starrte er auf heruntergebrannte Kerzen und eine alte Sanduhr.

Der kleine Sandro spielte mit Silvias Haaren und krähte vor Lachen, als sie ihn kitzelte. Als sie ihn absetzte, lief er zu dem Vater und faßte seine Hand. »Silvia hat mir ihren Zeisig geschenkt. Komm, ich will ihn dir zeigen, Papa!«

Der Vater lächelte Sandro an, noch immer mit abwesendem Blick, schüttelte dann den Kopf.

»Ich hole ihn«, rief Sandro und rannte zur Treppe, auf der er sich Schritt für Schritt nach unten bewegte.

Silvia, die ihm nachgeschaut hatte, wandte sich nun wieder ihrem Vater zu.

»Ich liebe Giovanni Crispo nicht«, sagte sie mit Nachdruck in der Stimme.

Der Vater klopfte nervös mit den Fingern auf das zerfledderte Buch. Er schaute sie nicht an. »Ich weiß, du träumst deinem Farnese nach, aber Träume bezahlen mir keine Schulden, und solange sich der Rovere ziert ... er ist ein alter Fuchs, er weiß wahrscheinlich, daß ich mit dem Rücken zur Wand stehe, und daher will er seine fette Tochter möglichst billig verhökern.«

Silvia waren die Reden ihres Vaters seit Monaten sattsam bekannt. Sie starrte auf den Treppenabsatz, hinter dem der kleine Sandro verschwunden war. Wenn sie ihn nicht hätte! Er war ihr einziger Lichtblick in diesen Jahren des Wartens und der Langeweile. Aber jetzt hoffte sie auf einen zweiten Lichtblick. Giulia hatte ihr berichtet, daß Alessandro zusammen mit seinem älteren Bruder bald zurückkehren werde, und ihre Mutter hätte mit Adriana del Mila vereinbart, nicht nur sie mit Orso zu verheiraten, sondern auch Orsos Schwester Lella Angelo Farnese zur Frau zu geben. Vielleicht könne man sogar eine Doppelhochzeit feiern. Natürlich habe sie schon mit Kardinal Borgia gesprochen. Die Häuser Orsini, Caetani und Farnese würden nun noch enger zusammengeschmiedet und außerdem mit den Borgia verbunden, auf diese Weise sei man nicht nur den Colonna gegenüber stärker, sondern könne auch über Kardinal Caetani, dem Bruder von Madonna Caetani, die Stellung Rodrigos im

Konsistorium stärken, und wenn dies gelänge, auch Alessandro wieder in der Kurie verankern ...

»Mit anderen Worten«, unterbrach Silvia Giulias Wortschwall, »deine Mutter denkt nicht mehr daran, daß Alessandro und ich ... vielleicht ...«

Giulia blickte zur Seite. »Was weiß ich, was meine Mutter denkt und plant. Die letzten Nachrichten aus dem Vatikan zeigen, daß der Papst Alessandro verziehen hat und mein Bruder nach Rom zurückkehren darf, vielleicht sogar eine Stelle als apostolischer Sekretär bei Kardinal della Rovere erhält.« Und dann begann sie wieder von dem Hochzeitskleid zu schwärmen, das bei dem besten Schneider von Rom in Arbeit sei und mit Edelsteinen bestickt werde. Auch Orso habe sie nun näher kennengelernt. »Er ist ein sehr höflicher Mensch, trotzdem hat er mich mit seinem einen Auge verschlungen. Kardinal Borgia will es sich nicht nehmen lassen, uns beide ins Brautgemach zu führen – du weißt ja, daß er auch mein Beichtvater ist. Er ist so liebevoll und voller Verständnis!«

»Hast du keine Angst mehr?« unterbrach sie Silvia.

Giulia schaute sie nun ernst an, und wie schon hundertmal zuvor, war Silvia fasziniert von der ruhigen Schönheit, die ihr Antlitz ausstrahlte. Die ausgewogenen Gesichtszüge erweckten in ihr immer wieder Bewunderung und ließen gleichzeitig den eindringenden Blick abprallen. Giulia zeigte während der letzten Zeit verstärkt die Angewohnheit, sich hinter die Maske ihrer Schönheit zurückzuziehen. Dann war sie plötzlich auch ihrer Freundin Silvia fremd.

»Madonna Adriana hat mir einmal zugeflüstert, daß die Ehe nicht nur Pflichten, sondern auch Freuden bringe, und daß ein erfahrener Mann auf dem Instrument eines schönen Körpers zu spielen verstünde.«

Silvia verstand ihre Freundin nicht mehr. Sie verstand weder die Logik dessen, was Giulias zukünftige Schwiegermutter sagen wollte, noch verstand sie Giulias Gefühle. Der Mund ihrer Freundin lächelte, aber die Augen lächelten nicht mit.

Noch immer starrte Silvia die Treppe hinab. Ein Stockwerk tiefer hörte sie den kleinen Sandro nach seinem Vogel rufen. Die Amme antwortete ihm, und eine der Hausmägde scherzte laut mit dem Verwalter.

Plötzlich spürte sie, wie zwei Arme sich um ihren Oberkörper legten. Ihr Vater war hinter sie getreten und drückte sie an sich. Dies hatte er seit Jahren nicht mehr getan.

»Ich weiß nicht mehr weiter«, flüsterte er. »Mit Clarissas Mitgift könnte ich Frascati auslösen. Dann hätten wir wieder Einnahmen. Ich würde unser Haus in Rom verkaufen, mit dem Erlös deine Mitgift zahlen und mich schließlich nach Frascati zurückziehen. Was bietet mir Rom! Es verführt nur. Es war deine Mutter, die unbedingt hier wohnen wollte. Ja, als deine Brüder noch lebten ...«

Es entstand eine Pause, während der Silvia ihre körperliche Anspannung nicht verlor. Sie war froh, daß sie ihrem Vater nicht ins Gesicht blicken mußte.

»Hast du eigentlich meine Mutter geliebt?« fragte sie leise. Als er nicht umgehend antwortete, fuhr sie fort: »Oder wurdet ihr verheiratet, ohne daß man euch fragte?«

Silvia merkte, wie sich die Umarmung ihres Vaters verspannte.

»Natürlich hat man uns nicht gefragt«, antwortete er nach einer Weile. »Aber Liebe kann auch mit der Zeit entstehen. Durch Nähe. Und sie kann wachsen.«

»Wart ihr wirklich glücklich miteinander?«

»Warum fragst du?«

»Ich habe mein Leben noch vor mir, und ich möchte glücklich werden. Ist Glück nicht das Wichtigste im Leben?«

»Ohne Gottes Gnade wird niemand glücklich. Sein Wille geschehe. Wenn sein Segen auf einer Ehe liegt, dann wird sie auch glücklich.«

Silvia wollte sich herumdrehen und ihrem Vater ins Gesicht sehen. Sie wollte nicht mehr zulassen, daß er sich versteckte. Aber er hielt sie fest und legte nun seine Wange auf ihren Kopf.

»Ihr wart nicht glücklich«, sagte sie mit harter Stimme. »Du hast Mama nicht geliebt.« Als er schwieg, fügte sie noch an: »Und ich auch nicht.«

Es tat ihr leid, daß sie ihren Vater verletzen mußte, aber es lag nicht an ihr, daß er seine Schulden nicht loswurde.

»Deine Mutter hat all ihre Söhne verloren, das hat sie nie verwunden, und schließlich mußte sie auf diese schreckliche Weise sterben. *De mortuis nil nisi bene*. Über Tote soll man nie schlecht sprechen, das weißt du, sie rächen sich.«

Silvia mußte schlucken. »Auch ich habe meine Brüder verloren. Und du deine Söhne. Ich schäme mich für meine Gefühle, aber ich konnte sie trotzdem nicht lieben.«

Während ihr die Tränen über die Wangen liefen, richtete sich ihr Vater auf. Er strich ihr mit einer sorgenden Geste über den Kopf und stellte sich, ihr den Rücken zudrehend, vor das Wandregal. Er nahm die alte Sanduhr und drehte sie um, legte dann die Bücher ordentlich übereinander.

»Sie besucht mich jede Nacht«, sagte er leise. »Sie will, daß ich dich ordentlich verheirate. Aber sie will nicht, daß ich den Bastard aufziehe oder gar adoptiere. Sie will ihn sterben sehen.«

Silvia schrie auf. »Das darfst du nicht sagen! Du beschwörst seinen Tod!« Und wieder brachen Tränen aus ihren Augen, und sie schluchzte hilflos auf.

»Es sterben so viele Kinder«, sagte ihr Vater, »das weißt du genau, es ist Gottes Wille.«

Silvia trommelte nun mit ihren Fäusten auf seinen Rücken. »Sandro darf nicht sterben. Wenn er stirbt, sterbe ich auch. Ich habe nur ihn.«

Ihr Vater drehte sich um, nahm ihre Hände und sah sie traurig an. »Er ist ein gesundes Kind, er wird nicht sterben. Und außerdem: Hast du nicht auch mich?«

»Und wenn sie ihn verflucht?«

»Tote haben keine Macht über Lebende.«

»Wirklich?«

»Man darf ihnen keine Macht einräumen.«

»Das ist etwas anderes.«

Der Vater stand verloren vor ihr. »Du hast recht«, sagte er und schaute auf den Boden.

Silvia konnte den Anblick ihres Vaters nicht ertragen. Sie wollte die Treppe hinunterrennen und nach Sandro sehen, aber als sie aus dem Zimmer stürmte, kam er gerade hochgetappt, den Vogel vorsichtig in der Hand haltend.

»Papa, Papa!« rief er. »Er pickt mir immer in den Finger. Das kitzelt.«

Ihr Vater war neben sie getreten, und nun traten ihm Tränen in die Augen.

»Ich werde Sandro mit nach Frascati nehmen und dort aufziehen. Er ist mein Sohn, mein einziger Sohn. Gott hat ihn mir geschenkt.« Er nahm Sandro hoch und gab ihm einen Kuß auf die Wange. Der Zeisig pickte nach ihm, und er mußte lachen. Auch Sandro lachte.

»Wir gehen alle zusammen nach Frascati«, rief Silvia. »Ich werde euch nie verlassen.«

»Wir können nicht zusammen gehen«, sagte der Vater nach einer Weile. »Du mußt heiraten, das weißt du doch. Du mußt Giovanni Crispo heiraten. Dann wird alles gut.«

28. Kapitel

Eine Serie ferner Blitze ließ erahnen, daß sich etwas über den Köpfen zusammenbraute. Alessandro strich nach dem Empfang der Signoria, den er später als der Kardinalssohn verlassen hatte, durch die Straßen der Stadt, weil er noch keine Müdigkeit spürte. Immer wieder sah er Cesare vor sich und fragte sich, ob ihn der Sohn des spanischen Kardinals nun abstieß oder ob er ihm Bewunderung abnötigte.

Um sich abzulenken, kehrte Alessandro schließlich bei der Kurtisane Livia ein. Er mochte Livia, weil sie ihn in Erscheinung und Auftreten an Rosella erinnerte und weil sie zuließ, daß er in ihren Armen einschlief. Dies war ein süßes Wegtauchen, und bevor er bei ihr in Bewußtlosigkeit versank, dachte er immer: Auf diese Weise zu sterben, das wäre ein wahres Gottesgeschenk. Hinzu kam, daß Livia es für einen symbolischen Preis machte, weil sie, wie er glaubte, in ihn verliebt war.

Als er an das Portal ihres Hauses in der Nähe von Santa Maria del Fiore klopfte, hieß es, sie sei nicht frei, er solle wieder gehen. Er ließ sich aber nicht abweisen, und nach einer Weile erschien Livia tatsächlich. Sie wirkte mitgenommen von den Anstrengungen ihres Berufs. Ihre Augen schauten trübe. »Ich sollte mich nicht auf junge Römer einlassen«, sagte sie seufzend. »Aber du bist ja ein sanfter Liebhaber.« Als sie unter ihrem roten Samtbaldachin lagen, im

Licht zweier Kerzen, die am Kopfende flackerten, flüsterte sie: »Laß uns heute nur zusammenliegen. Dein Vorgänger hat mich geschunden wie ein junger Stier. Mir tut alles weh. Du mußt zart sein wie ein Lamm.«

Aber Alessandro konnte in ihren Armen nicht einschlafen. Draußen näherte sich das Gewitter, und Windstöße fuhren durch die Fensterläden und ließen die Flammen der Kerzen verstärkt flackern. Livia schlief inzwischen. Er schaute ihr ins Gesicht, das mit den geschlossenen Augen und dem halboffenen Mund leblos wirkte. In der nächtlichen Schwüle hatte sie die Decke von ihrem nackten Körper gestreift, und Alessandro fielen blaue Flecken an den Beinen und blutige Kratzer auf Brust und Rücken auf, ja sogar Würgemale am Hals. Als ein Blitz ihren Körper für einen Augenblick in ein kalkiges Licht tauchte, erschrak er, weil er glaubte, sie könne tot sein. Leise zog er sich an und verließ das Haus.

Das Gewitter rückte nun näher, aber noch regnete es nicht. Im Palast der Medici angekommen, sah er Lorenzo wie die Bronzefigur eines Philosophen am Brunnen des Innenhofs sitzen und auf den Wasserstrahl starren. Wieder beleuchtete ein Blitz dieses Bild, und nun erfaßte Alessandro eine plötzliche Angst vor dem Tod. Wenn dies alles, was er während der Nacht gesehen hatte, keine göttlichen Fingerzeige waren, dann gab es keine. Er war nicht so abergläubisch wie die meisten Menschen, die an Geisterbeschwörung und Hexensabbat, Nekromantie, Kartenlesen und hundert andere Formen von Magie glaubten, aber er glaubte an die Botschaft der Sterne und daran, daß der Allmächtige den Menschen gelegentlich Zeichen sandte; daß ER manchmal unerwartet auftauchte, obwohl ER als *deus absconditus* in der Regel so fern war, daß ihn kein Rufen erreichte. Aber in dieser Nacht, während sich ein Gewitter dramatisch näherte, stieß Alessandro zweimal auf das Abbild eines toten Menschen, und dies konnte kein Zufall sein.

Beunruhigt von diesen Zeichen, kniete er sich vor das Kruzifix an der Wand und betete zu seinem persönlichen Gottvater. Aber der Herr antwortete nicht. ER sprach auch nicht durch seinen gekreuzigten Sohn zu ihm. Aber ER war, das spürte Alessandro, heute anwesend. Und seine Anwesenheit gab seinem Sohn Kraft.

Weil alle Müdigkeit endgültig von ihm gewichen war, verließ

Alessandro trotz des Unwetters erneut den Palast und wanderte zum Ponte Vecchio. Inzwischen tobte das Gewitter, und Regen stürzte nieder. Viele Menschen strömten in die Kirchen, um zu beten, und, wie er, zu den Ufermauern und Brücken. Der Arno war schon gefährlich angestiegen, und in der schnellen Blitzfolge konnte er die braunen Fluten unter sich fließen und wirbeln sehen. Tierkadaver blieben an den Brückenpfeilern hängen, drehten sich mehrfach und wurden wieder weitergerissen. Und da trieben auch Menschen heran. Ein Aufschrei ging durch die Menge. Eine Mutter mit einem kleinen Kind, das sie noch an sich preßte! Alessandro glaubte, sie lebe noch, und ohne nachzudenken, stieg er auf die Brüstung, um hinabzuspringen und sie zu retten.

Die Elemente waren in Aufruhr, Wassermassen rauschten ihm entgegen, und eine Serie von Blitzen ließen den Fluß, die Häuser und die Menschen um ihn herum in grellen Zuckungen tanzen. Die krachenden Donnerschläge übertönten alles, auch das Geschrei der Menge. Er sah nur noch geöffnete Münder, Arme, die sich nach ihm ausstreckten, Hände, die nach seinen Beinen und Armen griffen. Noch einmal sah Alessandro die junge Mutter mit ihrem Kind, aber nun löste es sich aus ihren Armen und verschwand, sie drehte sich mehrfach und wurde in einen Strudel gerissen. Alessandro fiel. Über ihm zuckten Blitze über den Himmel wie ein Kreuz.

»Ja, ich werde Dir dienen«, schrie er in höchster Angst, dann war alles schwarz. Schließlich schälten sich mehrere Gesichter aus der Schwärze. Menschen beugten sich über ihn.

Langsam wurde ihm klar, was geschehen war. Die Passanten hatten ihn, bevor er sprang, von der Brückenmauer gezerrt. Um die Frau mit ihrem Kind zu retten, wäre er beinahe in den Tod gesprungen. Aber Gott hatte ihm erneut einen Schutzengel gesandt. Wortlos, aber nachdrücklich.

Während Alessandro, noch ganz benommen, zum Palast der Medici in der Via Larga schlich, hörte plötzlich der Regen auf, obwohl das Gewitter weiterhin direkt über der Stadt tobte und unablässig seine Blitze herniederschickte. Schon flackerten am Ende mehrerer Straßen Feuer auf. Aber Alessandro kümmerten sie nicht. Er sah die reißenden Fluten vor sich, die schlafende Livia, dann aber wieder den Spanier, der so lustvoll sein R rollte und die Räte von

Florenz vor den Kopf gestoßen hatte. Als Alessandro in der Nähe der Kuppel von Santa Maria del Fiore vorbeiging, wurde es für einen Augenblick taghell, und gleichzeitig krachte ein Schlag, der den Dom wie bei einem Erdbeben erzittern ließ. Dachziegeln fielen herab, schlugen neben ihm auf das Pflaster. Sie hätten Alessandro treffen können, aber sie trafen ihn nicht, und er ging ungerührt weiter, und als er bald darauf im Bett lag, schlief er trotz des nur langsam abziehenden Gewitters sofort ein.

Am nächsten Morgen schien die Sonne aus einem klaren Himmel. Sie spiegelte sich in Hunderten von Pfützen, und abertausend Tropfen glitzerten. Die Dächer und Gassen waren reingewaschen, nur an den Stellen, an denen die Bäche, die durch die Gassen geflossen waren, sich an einem Hindernis gestaut hatten, stapelte sich der Unrat. Der Arno war wider Erwarten nicht über die Ufermauern getreten, die Schäden waren weniger schlimm als erwartet. Die Stadt war schon auf den Beinen, weil man sehen wollte, ob die Kuppel getroffen und wirklich ein Blitz durch die Laterne herniedergefahren war bis auf das Kruzifix und den Altar. Die Bürger von Florenz standen in kleinen Gruppen zusammen und diskutieren. Der Blitzeinschlag sei ein unmißverständliches Zeichen Gottes, der verhindern wollte, daß der Prior von San Marco seine Haßpredigten in die Menge schmettere, sagten die einen. Auch die anderen sahen darin ein Zeichen Gottes. Aber es bestätige nur, was der große Fra Girolamo als Stimme des Herrn, als nimmermüder Prophet seit Jahr und Tag den satten und sündigen Menschen entgegenschleudere.

Zur Messe drängten sich fünfzehntausend Menschen in den Dom. Altar und Kruzifix fanden sie unberührt. Gott hatte sich also keineswegs gegen Fra Girolamo gewandt, und so wollten alle den wortgewaltigen Bußprediger hören.

Lorenzo *il Magnifico*, der unerklärte Herrscher der Stadt, erschien ebenfalls mit seiner Familie, dem ganzen Anhang an Philosophen und Künstlern und natürlich seinem Gast aus Rom. Lorenzo hatte erneut darauf bestanden, daß Alessandro einen Platz in seiner Nähe erhielt, und so konnte Alessandro sowohl den Prior beobachten als auch Cesare. Und er konnte die Reaktionen der neugierigen, faszinierten, gläubigen Menge studieren.

Savonarolas kreisrunde Tonsur ließ die Glatze wie unter einem

Heiligenschein leuchten. Seine tiefliegenden großen Augen starrten immer wieder in die Menge, die nicht wagte, seinen Blick zu erwidern. Der Prior war nicht groß, seine Stimme war eher dünn, aber er sprach mit Pathos. Er ließ die Messe von seinen dominikanischen Confratres eröffnen, stieg dann zur Lesung und Deutung des Evangeliums auf die Kanzel. Aus seiner schwarzen Kutte, die er durch kein Meßgewand ausgetauscht hatte, schoß eine Hand mit einem ausgestreckten knochigen Finger und zeigte in die Höhe, in die Kuppel. »*Ecce gladius Domini super terram cito et velociter*. Siehe das Schwert Gottes über der Erde, schnell und geschwind!« Die Menge zuckte und schaute unwillkürlich nach oben. Wie jeden Sommersonntag schickte die Sonne ihre Strahlen durch die Fenster des Gotteshauses. Aber diesmal sahen die Menschen in ihnen einen Fingerzeig Gottes. Alessandro beobachtete Cesare, der mit heruntergezogenen Mundwinkeln spöttisch und verächtlich lächelte. Lorenzo neben ihm schaute ernst und aufmerksam auf den Prior. Schwere Schatten umrandeten seine Augen.

Savonarola wetterte nun gegen Völlerei und Wohlleben, sodomitische Buhlerei und Luxus, Simonie und Tyrannenherrschaft. Plötzlich machte er eine Pause, und die Menge starrte ihn erwartungsvoll an. Er verlängerte sein Schweigen und beugte sich über den Kanzelrand, als wollte er in die Menge hineinsteigen, die sich näher herandrängte. Mit einer weitausgreifenden Geste wies er auf Lorenzo und die neben ihm Sitzenden, noch immer, ohne ein Wort zu sagen. Dann hob er langsam seinen Arm und ließ ihn, weiterhin die Menge fixierend, wie ein Schwert fallen. »Du mußt es mit ihnen machen, wie die Römer mit denen, die den Tarquinius wieder einsetzen wollten«, donnerte er. »Gegen Christus nimmst du keine Rücksicht und willst sie gegen einen Bürger nehmen? Laß der Gerechtigkeit ihren Lauf. Schlage ihm den Kopf ab. Und wäre er auch das Haupt der vornehmsten Familie, schlage ihm den Kopf ab!«

Ein tiefes Atmen ging durch die Menge, und einzelne Männer schrien »Ja« und »So soll es sein« und »Tötet sie«. Mehrere Frauen sanken ohnmächtig nieder. Aber Savonarola fing die Erregung der Massen sofort ein und sagte mit leiser, sanfter, beschwörender Stimme: »Ihr wißt, was geschrieben steht: Du sollst Gott mehr als den Menschen gehorchen.«

Wieder sanken Frauen zu Boden. Lorenzo hatte sein Gesicht bedeckt. Cesare starrte auf den Prediger, sein spöttisches Lächeln war eingefroren, und in seinem Blick glomm Bewunderung auf.

Und noch leiser sagte Savonarola: »Gott hat mich zu seinem Werkzeug ernannt, er spricht durch meine Zunge.« Dann schmetterte er über die Köpfe der Menschen hinweg: »Wer mir folgt, folgt Gott. Wer mich verfolgt, verfolgt Gott! So sei es und so ist es und so wird es immer sein!«

Und wieder ekstatische Ja-Rufe aus der Menge, die sich erneut zur Kanzel drängte. Als die ersten an die Pfeiler gepreßten Menschen aufschrien, bewegte sich die Menge wie eine schwere Pechsuppe wieder zurück. Lorenzo, seinen Kopf auf eine Hand gestützt, ließ seinen Blick über die Gläubigen wandern und traf Alessandros Augen. Eine knappe Kopfbewegung und das kurze Hochziehen einer Augenbraue folgten, als wolle er sagen: All das geht vorbei, dem Demagogen werden bald seine Anhänger weglaufen und er kann sich wieder in seine Zelle in San Marco zurückziehen. Cesare schien nachdenklich geworden zu sein. Die Mienen der alten Accademia-Mitglieder waren versteinert. Marsilio Ficino beugte immer wieder seinen Kopf zu Lorenzo und flüsterte ihm etwas ins Ohr. Ugo, Accurse und Giovanni Crispo saßen nebeneinander in der dritten Reihe, halb verdeckt, und starrten erstaunt und ungläubig auf den Prediger.

Savonarola lehnte sich weit über die Kanzelbrüstung und schien die Menge umarmen zu wollen, dann stellte er sich wieder steif auf und schien Gott persönlich anzusprechen: »Zuvor wandte ich mich jedoch an den Herrn und sprach: Ich sehne mich nach Frieden und Ruhe; Du aber hast mich hervorgezogen, indem Du mir dein Licht zeigtest. Ich möchte mich ausruhen und finde keine Stätte. Ich möchte mich stille halten und nicht sprechen, aber ich kann nicht; denn das Wort Gottes brennt in mir wie Feuer und verzehrt mir das Mark in den Knochen, wenn ich ihm nicht Luft mache. Wohlan denn, o Herr, weil Du es willst, daß ich auf dieser hohen See umhertreibe, so soll Dein Wille geschehen.«

»Amen«, brüllten seine Anhänger, und die Menge atmete ein tiefseufzendes »Amen« hinterher.

Alessandro bemerkte, wie Ugo seinen Blick suchte. Ugo formte seine Lippen zu einem Wort, das Alessandro für *Lügner* hielt, und schüttelte leicht den Kopf. Aber obwohl auch in Alessandros Ohren Savonarolas Bekenntnis verlogen klang und von einer geradezu satanischen Selbstüberschätzung zeugte, fühlte er sich von den Worten doch auf eine seltsame Weise angesprochen. Ihm fielen die Ereignisse der letzten Nacht ein, sein plötzlicher Glaube an Gottes Auftreten, an seine Zeichen und Botschaften, und er fragte sich, ob Savonarola nicht tatsächlich davon überzeugt war, daß Gottes Wort in ihm wie Feuer brenne, daß er geschickt sei, gegen die Mächtigen, die Reichen und die Sündigen der Welt seine Sätze zu schmettern.

Nun wandte sich der Prediger Rom zu.

»Tritt her, verruchte Kirche, höre, was der Herr zu dir spricht: Ich habe dir die schönen Gewänder gegeben, und du hast Abgötterei mit ihnen getrieben. Die Sakramente hast du durch Simonie entweiht. Ein Haus der Unzucht hast du aufgeschlagen, ein Haus der Schande allerorten. Die Wollust hat aus dir eine schamlose Dirne gemacht, die auf dem Stuhle sitzt und, wie Salomo sagt, alle heranlockt. Wer Geld hat, geht hinein und kann tun, was ihm gefällt. Geld, Geld ist alles, wonach die Kirche strebt. Ihre Glocken tönen um Habsucht, und ihre Priester gehen um Geld zum Chore. Sie verkaufen die Sakramente, handeln mit der Messe. Sobald der Abend kommt, geht der eine zum Spiel, der andere zur Konkubine. Ja, jeder Priester hat seine Konkubine, ohne Hehl treibt man Unzucht und schändet Gottes Wort. Früher nannten die Priester ihre Söhne Neffen; heute nennen sie sie schamlos und offen Söhne!«

Savonarola hielt kurz inne und schaute offen zum Chor, wo Cesare neben Lorenzo saß und kurz davor war, aufzuspringen. Alessandro hörte ihn »Ich erwürge den Hundesohn« zwischen den Lippen herauspressen. Lorenzo legte ihm begütigend die Hand auf den Arm. Aber Cesare schrie: »Du wirst noch durch einen Borgia sterben, du tyrannischer Prophet, du machtgieriger Heuchler!«

Savonarola zuckte zurück, durch die Menge ging ein anschwellendes, empörtes Raunen, und diesmal bewegte sie sich in Richtung Chor. Aber noch bevor sie dort anbranden konnte, ergriff der Prior wieder das Wort. »*Ich* halte keine Buben noch Konkubinen, wie die Kardinäle zu Rom und die Tyrannen anderswo, sondern predige das

Evangelium Christi. Aber von Rom steigt ein Pesthauch zum Himmel auf. In Rom grasen die fetten Kühe, von denen Amos spricht, die Buhlerinnen der Kirche. Rom ist die Tochter Babylons, sie bedeutet Verwirrung und Laster. So flieht vor ihr! Denn wahrlich ich sage euch: Es wird kommen ein neuer Cyrus, ein neuer Nebukadnezar, und er wird die Sünder, die Lasterhaften, die falschen Priester und die Tyrannen hinwegfegen. Dies sage ich euch, und ich irre so wenig, wie Gott irrt.«

Inzwischen war das Raunen der Menge immer lauter geworden, immer mehr Männer brüllten etwas, dazwischen einzelne Schreie von Frauen, und schließlich entstand ein Tumult, in dem Savonarola kaum noch zu verstehen war. »Wer mich verfolgt«, schleuderte er noch in die Richtung des Chors, »verfolgt Gott!« Und ohne ein Schlußgebet, ohne versöhnende Geste und ohne ein Amen verließ er fluchtartig, die Kapuze über seinen Kopf gezogen, die Kanzel und war verschwunden.

Der Versuch seiner Confratres, die Messe in ihrer gewohnten Ordnung zu Ende zu bringen, mißlang. Niemand wollte mehr zuhören oder gar still beten. Opferung, Wandlung und Kommunion interessierten nicht. Der Tumult legte sich nur langsam, und schließlich strömte die Menge träge zu den Ausgängen und schob sich aus den Portalen. Vereinzelte Rufe und Flüche waren noch zu hören.

Lorenzo, umringt von seinen Freunden, bewegte sich langsam dem Seitenausgang zu. Kaum blinzelten sie ins helle Mittagslicht, wandte sich Cesare an ihn: »Und diesen tollwütigen Hund ernährst du an deinem Hofe? Warum erschlägst du ihn nicht?«

Ein schwerer, unterdrückter Schmerz prägte Lorenzos Miene. Seine Bewegungen waren langsam. Alessandro tat so, als reiche er ihm freundschaftlich seinen Arm, und versuchte, ihn zu stützen. Lorenzo lächelte dankbar, ließ aber nicht zu, daß ihn jemand berührte. »Florenz ist nicht Rom«, sagte er. »Florenz ist eine Stadt, in der das Recht herrscht und Meinungen geduldet werden, die ...«

»Meinungen?« unterbrach ihn Cesare. »Dieser Ketzer hetzt das Volk gegen Euch und Rom, gegen die heilige Kirche auf, ja, er ruft zum Mord an Euch auf, habt Ihr das nicht gehört?«

»Ich bin kein Tyrann, selbst wenn Savonarola mich so nennt. Ich werde mich auch durch seine Worte nicht zum Tyrannen machen lassen«, antwortete Lorenzo mit ungewohnt scharfer Stimme.

»Wer sich nicht wehrt, ist verdammt, unterzugehen.« Cesare stellte sich vor Lorenzo und hinderte ihn daran, weiterzugehen.

Lorenzo blieb stehen und sprach nun wieder mit ruhiger Stimme: »Vor zwölf Jahren ist schon genug Blut geflossen, als die Pazzi, angestiftet von einem Papst, mich zu ermorden versuchten. Mein über alles geliebter Bruder fiel unter ihren Dolchen. Ich will nicht, daß Blutrache, Fehden, Aufruhr und politischer Mord wiederkehren. Florenz soll der Welt ein Beispiel geben für Frieden und die Herrschaft des Volkes.«

Cesare streckte vor Lorenzo seine athletische Figur. »Es ist besser, gefürchtet und geachtet zu werden als geliebt. Denn in der Liebe des Volkes steckt immer Verachtung. Und außerdem ist die Liebe des Volkes so wankelmütig und käuflich wie die Liebe einer Dirne. Die Florentiner laufen in Scharen dem Prediger zu, und Euch verachten sie. Und eines Tages werden sie Euch zum Tyrannen erklären und enthaupten, wie es der Demagoge gefordert hat. Und ich werde sagen: Schade, Lorenzo de' Medici war reich an Geld und Gaben, kunstliebend und eine Weile auch mächtig. Aber er war so dumm, an das Gute im Menschen zu glauben. Er hat zugelassen, daß ein fanatisches Mönchlein ihn stürzt.«

Lorenzo wirkte neben Cesare wie ein alter, gebrechlicher Mann. Fast alle Mitglieder der Accademia sprachen gleichzeitig auf den Römer ein, so daß keiner mehr ein Wort verstand. Lorenzo schob sich nun, ohne ihm zu antworten, an Cesare vorbei. Er grüßte lächelnd einen jüdischen Silberschmied und winkte einer halbverschleierten Frau zu, die kaum merklich zurückwinkte. Dann nahm er seinen jüngsten Sohn bei der Hand.

Als Cesare ihn wieder eingeholt hatte, sagte er ruhig und freundlich: »Wir reisen noch heute zur Villa Cafaggiolo, lieber Freund, speisen, tanzen, plaudern und gehen morgen früh auf die Jagd.«

29. Kapitel

Die Hitze brütete über der Stadt Rom, die Todesfälle in den Vierteln am Tiber nahmen wie jedes Jahr zu, man befürchtete allgemein den Ausbruch der Pest. An manchen Tagen zog ein fauliger Verwesungsgestank durch die Straßen, der auch die auf den Hügeln gelegenen Palazzi nicht verschonte. Silvia schrieb in den Abendstunden an einer Novelle, manchmal auch ein sehnsüchtiges Gedicht, aber die Hitze ließ sie schlecht schlafen, und am Tag döste sie unruhig dahin. Der Vater verfluchte die Hitze, die der Teufel geschickt haben müsse. Er fluchte, weil nichts geschah, kein akzeptables Mitgiftangebot von Kardinal della Rovere, keine Nachricht von Clarissa, noch immer kein Crispo-Sohn in Rom, kein Schuldenerlaß, Frascati noch immer verpfändet. Dabei wünsche er nichts so sehr, wie den Rest seiner Tage auf dem Land zu verbringen.

»Rom ist eine verfluchte Stadt, ein neues Sodom, und eines Tages wird Gott sein Feuer vom Himmel schicken oder seine Fluten. Oder seine Racheengel. Wenn Mars und Saturn in Konjunktion treten, werden fremde Heere wie Heuschrecken das Land überziehen und alles kahlfressen. Rom wird brennen, wie einst unter Nero, es wird geplündert wie unter dem Vandalen Stilicho – und wer ist daran schuld?« Er unterbrach sich selbst, weil er keine Antwort wußte.

Seit Tagen schon schmetterte der Vater seine Philippika gegen alles und jeden. Silvia litt wie er unter der Hitze, aber sie ließ sich nicht so gehen, und sie fand, auch der Vater könne sich zusammenreißen. Daß Giovanni Crispo noch nicht in Rom angekommen war und sein Vater nichts ohne ihn entscheiden wollte, war ihr recht. Denn ihr Herz wehrte sich heftig gegen die Heirat.

Auch Sandro schien unter dem schwülen, drückenden Wetter zu leiden. Er war plötzlich bockig, er schrie viel, wollte nicht richtig essen und schlug nach der Amme. Und dann, während Silvia sich wieder die Prophezeiungen des Vaters anhören mußte, die Tiraden über die Schlechtigkeit der Welt, über die Geldgier und den Geiz der Priester, über die Hurerei in der Stadt, über die Wucherzinsen der Juden, die endlich einmal von Gott gestraft werden müßten, hörte sie ein lautes Fiepen. Dann kam Sandro hereingerannt, in der Hand den Zeisig. Der Vogel bewegte sich nicht. Er war tot.

Silvia nahm ihn Sandro aus der Hand, schaute ihn sich genauer an und warf ihn dann zornig aus dem Fenster. »Was hast du getan«, herrschte sie den Kleinen an, und noch bevor er antworten konnte, schrie sie: »Du hast ihn getötet!«

Er schaute sie aus großen, traurigen Augen an, und dieser Blick machte sie noch wütender. Mit gellender Stimme wiederholte sie: »Du hast ihn getötet!«

Sandro starrte jetzt bockig nach unten und reagierte nicht.

»Es ist doch nur ein Vogel«, sagte der Vater, »er hat es sicher nicht mit Absicht getan.«

»Er hat ihn getötet!« fuhr sie ihn an. Mit einem Stirnrunzeln stand der Vater auf, strich Sandro kurz über den Schopf und verließ das Zimmer.

Der Junge schien nun weinen zu wollen. Die Mundwinkel zuckten, und er wollte sein Gesicht hinter den Händen verbergen. Aber Silvia schlug die Hände weg und riß Sandros Kopf an den Haaren nach oben. Sein Gesicht verzerrte sich vor Schmerz und Angst, er begann zu wimmern – dabei war *er* es doch gewesen, der den Vogel getötet hatte. Und Silvia schlug ihm zum ersten Mal in seinem Leben ins Gesicht. Er sah sie ungläubig an und heulte dann richtig los. Plötzlich blitzten wieder die Dämonen aus seinen Augen, und der Teufel verhöhnte sie.

»Du Bastard einer Hure, warum hast du meinen Zeisig getötet?« schrie sie und schlug immer wieder auf das Kind ein, das sich zusammengekrümmt auf den Boden warf. Schließlich trat sie nach ihm. »Du verfluchter Bastard, ich hasse dich, dich soll der Teufel holen!«

Schließlich ließ sie von ihm ab. Sie sah das wimmernde Bündel vor sich liegen, und langsam dämmerte ihr, was sie getan hatte. Noch bevor sie Sandro aufheben konnte, war ihr Vater zurückgekommen, hatte sie beiseite geschoben, den Jungen tröstend in den Arm genommen und ihn dann auf Verletzungen untersucht. Das Gesicht des Kindes war noch immer verzerrt und lief blau an. Sandro schnappte nach Luft, und einen Augenblick sah es so aus, als müsse er ersticken. Aber dann konnte er wieder normal atmen und begann von neuem zu weinen.

»Geh mir aus den Augen!« herrschte der Vater Silvia an und trug den Jungen fort.

Sie verzog sich in ihr Zimmer. Auch sie weinte nun, betete dann schluchzend das *Ave Maria*. Vor ihr stand das verzerrte Gesicht des Jungen, und das leidende Gesicht des Gekreuzigten an der Wand schien sie zu verhöhnen.

Silvia schrie auf. Der Teufel hatte sich wieder ins Haus geschlichen, er grinste aus allen Wänden, packte sie mit seinen kalten, schmierigen und gleichzeitig brennendheißen Fingern, sein Atem stank, seine Nägel grub er in ihr Fleisch, und als sie nach ihm schlagen wollte, hörte sie ihn lachen und blitzschnell ausweichen. Vor ihr das Pult. Neben ihr ein Hocker. In der Ecke ihre Truhe. Das Bett. An der Wand der höhnische Heiland, der angeblich alles Leid der Welt auf sich genommen hatte. Sie kniete auf dem kalten Stein. Sie sah ihn nicht mehr, den Teufel, aber sie hörte ihn noch. Und er faßte sie von hinten, er griff nach ihren Brüsten, seine Krallen rutschten über den Bauch bis zwischen die Beine, und sein Atem stank so, daß sie glaubte, sich übergeben zu müssen.

Der Teufel will aus dir eine Hexe machen, schoß ihr durch den Kopf. Sie versuchte, um Hilfe zu rufen, aber mehr als ein gurgelndes Geräusch brachte sie nicht hervor. Er befahl ihr, anbetend die schwärenden Lippen zu küssen, seinen Eselsschwanz zu heben. Er wollte in sie eindringen nach der Art der Teufel. Sein scharfer Bocksgestank umhüllte sie, nahm ihr den Atem, lähmte die Gegenwehr.

Half ihr denn niemand? Ihr Vater, nach dem sie rief? Der Gekreuzigte, der doch den Satan besiegt hatte? Sie warf sich, wie in Anbetung, auf den Boden. Sie stieß mit dem Schädel auf die Fliesen, und Schmerzen explodierten hinter der Stirn. Aufschreiend sprang sie hoch und begann zu tanzen. Sie drehte sich und hüpfte, sie verrenkte ihre Glieder und riß sich schließlich alle Kleider vom Leib. Irgendwann fiel sie erschöpft und wie tot auf ihr Bett.

Sie wagte sich erst am nächsten Tag wieder aus ihrem Zimmer. Der Durst plagte sie. Auf dem Weg zur Küche begegnete sie zuerst der Amme, die sich bekreuzigte und ihr dann auswich, dann Sandro, der sich verschämt an die Wand drückte. Als sie ihn hochnehmen wollte, wehrte er sich. Schließlich erschien auch ihr Vater. Sie wollte sich weinend in seine Arme werfen, aber er blieb abweisend und kalt.

»Soll ich einen Priester rufen lassen, der dir die Beichte abnimmt?«

Sie schüttelte entschieden den Kopf.

Ihr Vater schaute sie prüfend an. »Es ist vielleicht auch besser so. Er könnte auf falsche Gedanken kommen. Wir brauchen nur an Ippolita Crispo zu denken.« Er hielt wieder inne. Der kleine Sandro drückte sich an seine Knie. Der Vater strich ihm über den Kopf und schickte ihn dann zur Amme.

»Wenn man den Teufel ruft, steht er schon vor der Tür. Nein, er steht im Raum.«

Dann nahm er Silvia doch in den Arm. Ihr waren die Tränen versiegt. Sie fühlte seine Wärme, aber sie glaubte nicht mehr an seinen Schutz. Sie fühlte sich schuldig und voller Scham.

»Wenn ein Priester deinetwegen ins Haus kommt und der alte Crispo von solchen Anfällen erfährt, ist es aus mit der Heirat. Dann kann ich dich nur noch in ein abgelegenes Kloster stecken. Aber welcher Orden nimmt freiwillig ein Mädchen auf, das im Geruch steht …« Er unterbrach sich und ließ sie stehen.

Silvia wünschte zu sterben.

Während der nächsten noch immer brütendheißen Tage versank für sie alles in Dunkelheit. Sie verstand sich nicht mehr. Der kleine Sandro hatte Angst vor ihr. Und der Vater schwieg, in Gedanken versunken.

Dann erschütterten eine Reihe von Gewittern die Stadt. Es regnete kaum, aber die Blitze entfachten überall Feuer. Der Gestank, der aus dem Tiber aufstieg, war kaum zu ertragen. Die Stadt schien in Lähmung zu verfallen. Die Morde nahmen zu, das Raubgesindel beherrschte während der Nacht die Straßen. Ganze Hundemeuten streunten hungrig durch die Gassen und Hinterhöfe und fielen Kinder an, sogar Frauen und Männer. Papst Innozenz hatte sich in die Albaner Berge verzogen.

Als Silvia bewegungslos auf ihrem Bett lag und Alessandro herbeisehnte, ihren Retter und Erlöser, hörte sie plötzlich einen Schrei. Es war die Amme. Aber Silvia konnte sich nicht vom Bett wegrühren. Die Hitze lähmte sie. Die Angst, daß der Teufel sich eine andere Frau im Haus gegriffen habe und sich, kaum würde er ihrer ansichtig, wieder auf sie stürzen könnte, hielt sie in ihrem Zimmer. Draußen auf den Gängen entstand Unruhe. Die Mägde schrien nach dem Herrn. Die Tür zu ihrem Zimmer wurde aufgerissen, aber niemand benachrichtigte sie, was geschehen war.

Mühsam erhob sie sich und schwankte auf den Gang. In Sandros Zimmer fand sie schließlich fast die gesamte *famiglia* versammelt. Der Junge glühte vor Fieber. Und trotzdem klapperte er mit den Zähnen. Immer wieder kippten seine Augen nach oben weg, und man sah nur noch das Weiße.

Silvia konnte nicht reagieren. Quälend langsam waren ihre Bewegungen.

Da stand ihr Vater. Neben ihm ein Chirurgus. Er schnitt mit einem kleinen krummen Messer Sandro in den Arm. Der Junge schrie aber nicht. Eine kleine Blutfontäne, Blutstropfen auf den Fliesen. Daneben die Sandalen des Priesters, in denen Zehen steckten wie die Krallen des Teufels.

Sie war schuld. Sie hatte dem kleinen Engel die Krankheit gebracht. Sie war eine Hexe. Sie mußte sterben, den Feuertod sterben. Noch bevor sie Alessandro wiedersah, bevor sie die Freuden der Liebe und der Mutterschaft genießen konnte, wurde sie auf einen Holzstoß geführt, die Flammen leckten an ihr, fraßen ihr das Kleid weg, erhitzten ihre Haut, glühten sich hinein in sie, bis sie sich in ihnen auflöste, bis ihre Seele gen Himmel flog, dorthin, wo ihre Mutter auf sie wartete.

Langsam wankte Silvia in ihr Zimmer.

Dem kleinen Sandro ging es ein paar Tage besser. Das Fieber sank, und man glaubte schon, er würde genesen. Silvia wollte ihn pflegen, sie wollte an seinem Bettchen wachen, seine Stirn kühlen und ihm zu trinken geben, sie wollte ihn in den Schlaf singen und mit ihm beten. Aber man ließ sie nur widerwillig zu ihm, und der Kleine nahm sie nicht mehr wahr. Das Fieber stieg erneut. Die Amme tupfte ihm die Stirn ab. Silvia hielt seine glühende Hand. Sie zog ihn sogar aus dem Bett und hielt ihn auf ihrem Schoß. Sandro war nicht bei Bewußtsein. Beim nächsten Aderlaß spritzte sein Blut ihr ins Gesicht.

Noch einmal fiel das Fieber. Aber Sandro war jetzt schon so schwach, daß er nicht mehr sprechen konnte. Plötzlich erschien Rosella neben dem Vater. In lange Gewänder gehüllt, nur das Gesicht frei, trat sie ans Bett. Sie starrte auf das Kind und bekreuzigte sich. Sandro lächelte. Aber er lächelte nicht seine Mutter, er lächelte Silvia an.

Es war die Stunde seines Todes.

30. Kapitel

Da das Unwetter keine schweren Schäden angerichtet hatte, konnte man ohne Probleme bis zum Landhaus der Medici reiten. Dort war schon alles für die Jagd vorbereitet. Abends wollte keine Stimmung aufkommen, und so begab man sich frühzeitig ins Bett, um noch vor Tagesanbruch auf den Beinen zu sein. Am nächsten Morgen standen die Hundeführer mit ihrer Meute bereit, die Pferde waren gesattelt. Alessandro schaute sich um, wer von seinen Freunden dem jungen Cesare d'Arignano die Ehre der gemeinsamen Jagd gab. Lorenzo hatte sich natürlich eingefunden, obwohl er mehr die Falkenjagd liebte und zur Zeit, wie Alessandro unschwer an seinen vorsichtigen und langsamen Bewegungen erkannte, unter Schmerzen litt. Auch seine Söhne Piero und Giovanni saßen schon im Sattel. Pico della Mirandola war dabei und Accurse Maynier, Giovanni Crispo und eine Reihe junger Adliger aus Florenz. Marsilio Ficino und die älteren Männer der Accademia hatten sich entschuldigen lassen, sie seien für die anstrengenden Freuden der Jagd nicht mehr jung genug.

Der Jagdaufseher von Cafaggiolo hat mit seinem jungen Gehilfen schon ausgekundschaftet, wo das Schwarzwild aufzuspüren sei. Die Hundeführer konnten die erwartungsfroh bellende Meute kaum noch halten. Cesare hatte sich zwar einen Sauspieß und einen Langbogen geben lassen, aber seinen eigenen Jagddolch mitgebracht. Alessandro beobachtete, wie er seine Schärfe prüfte, und mit einer stolzen Geste über die Goldverzierungen und eingelegten Rubine des Griffs strich. Er trug hautenge, gestreifte Beinkleider und ein kurzes Jagdwams aus Leder. Offensichtlich war es ihm schon am frühen Morgen sehr warm, denn er knüpfte sich die Ärmel ab und entblößte seine Arme. Mehr noch als an den Tagen zuvor bewunderte Alessandro Cesares Gestalt. Jede Muskelfaser, jede Sehne war deutlich ausgeprägt. Aber auf diesem Körper, über den sich Donatello und Verrocchio gefreut hätten, weil sie ihn zum Vorbild eines griechischen

Gottes hätten nehmen können, saß ein Kopf mit einem Gesicht, das kaum Sympathien erweckte. Die Züge waren zwar männlich markant, aber der Mund wirkte verkniffen und die Augen …? *Verschlagen*, fiel Alessandro als erstes ein, aber er glaubte sich sofort verbessern zu müssen. Die dunklen Augen schauten prüfend, vielleicht sogar lauernd die Menschen um ihn herum an; in den Momenten jedoch, in denen sich Cesare unbeobachtet fühlte, stand in ihnen plötzlich eine unausgesprochene, einsame Trauer. Eine Trauer, die schnell in Entschlossenheit, ja Grausamkeit umschlagen konnte.

Die Hunde voran, ritt die Jagdgesellschaft eine Weile durch halboffenes Gelände. Der Wind kam ihnen nun deutlich entgegen, und Lorenzo ließ die Gruppe am Rande eines unübersichtlichen und dichten Eichenwaldes anhalten. Der Jagdaufseher wies auf den aufgewühlten Boden der Lichtung hin und auf mehrere Waldwege oder Schneisen, die in offeneres Gelände führten. Er wolle jetzt mit den Hunden das Schwarzwild, das mit Sicherheit im Eichengebüsch lagere, umgehen und, sobald es Witterung aufgenommen habe, in ihre Richtung treiben. Da der Wind gut stünde, könnten die Herren in aller Ruhe die Tiere abwarten und dann in dem offeneren Gelände verfolgen und stellen.

»Worauf wartest du noch?« blaffte ihn Cesare an. Lorenzo schaute erstaunt auf und gab dem Jagdaufseher einen Wink. Eine Weile hörte man nur sich entfernendes Hundegebell. Die Männer sprangen von ihren Pferden, vertraten sich die Beine und schlugen ihr Wasser ab.

Inzwischen war es heiß geworden, die Hunde waren kaum noch zu hören, die Männer dösten im Gras.

»Wann kommt eigentlich dein Bruder Angelo?« fragte Accurse Maynier.

»Er sollte längst hier sein«, antwortete Alessandro mit halblauter Stimme. »Hoffentlich ist er unterwegs nicht aufgehalten oder gar überfallen worden.«

»Aber er wird sich doch zu wehren wissen – als Condottiere.« Alessandro legte unsicher-abwägend seinen Kopf zur Seite.

»Mein Bruder Angelo kannte sich immer besser in der Bibel aus als in der Feldherrenkunst. Und ein großer Fechter war er auch nicht.«

Cesare war inzwischen, auf dem Rücken liegend, eingeschlafen und schnarchte. Lorenzo saß in sich gekehrt auf einem Stein, das Kinn auf seine Hand gestützt. Giovanni Crispo holte einen Brief aus einer Innentasche seines Jagdkleides und überflog ihn noch einmal. Pico las ein Buch, und Lorenzos Söhne alberten herum.

Plötzlich wurde das Hundegebell lauter. Cesare öffnete die Augen, sprang auf und schwang sich aufs Pferd. Die anderen folgten ihm. Und dann ging alles sehr schnell. Aus dem Gebüsch brach eine Bache mit einer Reihe von Frischlingen, schlug einen Haken und verschwand nach Süden. Cesare lachte. »Toskanisches Jagdglück!« rief er höhnisch. Aber der Hohn verging ihm, als mehrere Keiler, darunter ein mächtiger, grauborstiger mit gefährlich vorstehenden Hauern, auftauchten. Alessandro wunderte sich, daß sie nicht besprochen hatten, wie sie bei der Jagd vorgehen wollten, aber Lorenzo hatte bisher geschwiegen, niemand hatte so schnell die Tiere erwartet, und jetzt war es zu spät.

Die Pferde wieherten auf, tänzelten unruhig hin und her, die Reiter griffen nach ihren Spießen. Giovanni nahm sich den Bogen und legte einen Pfeil auf die Sehne. Einer der Jagdhelfer, die bei ihnen geblieben waren, rief ihnen zu, sich ruhig zu verhalten und abzuwarten, wohin die Keiler flüchten würden. Außerdem sollten sie sich vor dem Grauborstigen in acht nehmen, das sei ein ganz gerissener, er habe schon einmal einen Mann tödlich verletzt.

»Halt's Maul, wir wissen selber, was zu tun ist«, brüllte Cesare und stürmte auf die Keiler zu. Die Tiere waren sofort verschwunden, und Cesare brachte sein Pferd vor dem Dickicht zum Stehen. Inzwischen war die Hundemeute herangekommen. Wütendes Schnauben, Bellen und Knurren, aufheulende Hunde. Und wieder brach die Rotte aus dem Dickicht, verfolgt von der Meute. Ein paar Hunde bluteten schon, ein Keiler humpelte, an seine Seite hatten sich mehrere Hunde verbissen. Wie auf Absprache stürmten die Keiler in unterschiedliche Richtungen davon, und die Jäger wußten nicht recht, welchem Tier sie folgen sollten. Cesare brüllte wieder etwas, er ließ sein Pferd hochsteigen und galoppierte dann dem Grauborstigen hinterher. Er achtete nicht auf die Hunde, und sein Pferd trampelte einen zu Tode. Alessandro folgte ihm.

Der Keiler nutzte jedes Hindernis, um geschickt wegzutauchen.

Ein Teil der Hunde folgte ihm, andere jagten dem Rest der Keiler nach, die sich geschickt verstreuten. Die Hundeführer schrien den Hunden etwas zu, aber nun wurden sie von zwei noch jungen, leicht verletzten und wütenden Keilern angegriffen, und das Durcheinander vergrößerte sich. Lorenzo schaute sich unsicher um und folgte dann Cesare und Alessandro, der Rest der Jagdgruppe schloß sich ihm an.

Der alte Keiler war plötzlich in einer dichten, dornigen Gebüschgruppe verschwunden, in die kein Reiter ihm folgen konnte. Auch die Hunde waren nicht mehr zu sehen; ein wütendes Aufheulen zeigte aber, daß das Tier sich ihnen gestellt hatte. Die Jäger griffen nach ihren Spießen, nur Crispo legte einen Pfeil an und spannte den Bogen. Cesares Pferd tänzelte nervös hin und her, die anderen Reiter verteilten sich langsam um das Gebüsch. Und da brach der Keiler wieder hervor, mit blutigen Hauern. An seinen Rücken hatte sich einer der Hunde verbissen und wurde bis zum nächsten Baumstamm mitgeschleift, und bevor man dem alten Keiler folgen konnte, hatte er schon den Hund abgestreift und griff ihn nun direkt an. Die Hauer schlitzten dem aufheulenden Tier die Seite auf.

Aber nun war der Keiler eingekreist und sah kein Entkommen mehr. Schon steckte Crispos Pfeil in seinem Rücken. Alessandros Spieß erreichte seine Hinterflanke, eine wütende Bewegung schüttelte ihn ab. Aus einer klaffenden Wunde sprudelte Blut. Cesare ließ sein Pferd zurückgehen und griff nach dem Sauspieß, mit dem er das Tier tödlich verletzen konnte. Aber dafür hätte er absitzen müssen. Doch der Keiler, noch viel zu wenig geschwächt, wütete unter den Hunden. Cesare gab einen unartikulierten Schrei von sich, schleuderte seinen Spieß. Dieser sollte das Herz des Keilers treffen, aber da ihm gerade ein Hund an die Kehle ging, durchbohrte er den Hund und verletzte den Keiler nur leicht.

Der Jagdgehilfe wollte seinen Hunden zu Hilfe eilen. Mit dem Jagdspieß ging er den Keiler frontal an. »Laß ihn mir, laß ihn mir!« schrie Cesare. Der Spieß bohrte sich in den Keiler, und für einen Augenblick glaubte Alessandro, der Kampf sei entschieden, der Keiler, der wie der Fürst der Unterwelt sieben Leben zu haben schien, nun endlich erledigt. Er sprang vom Pferd, Cesare und Giovanni Crispo folgten. Sie hatten ihre Dolche in der Hand, mit denen sie dem Tier den Todesstoß versetzen wollten. Auch der Jagdhelfer griff nach seinem Dolch. Doch in diesem Augenblick, so nah am Tod, schienen dem Keiler ungeahnte Kräfte zu wachsen, und obwohl er aus vielen Wunden blutete, obwohl sich immer mehr Hunde in seine Flanken verbissen, stürzte er sich auf den jungen Mann.

Alessandro wollte ihm zu Hilfe eilen, aber Cesare riß ihn zurück. Gleichzeitig stolperte Crispo über einen Hund und schlug der Länge nach auf den Boden. Sein Dolch fiel ihm aus der Hand. Der Keiler hatte inzwischen den Jagdhelfer umgerannt und schlitzte ihm zuerst den Arm und die Brust, dann die Kehle auf. Hilflos lag er unter dem vor Blut triefenden Tier. Cesare rief etwas, ebenso der auf dem Boden liegende Crispo und Lorenzo, der noch auf seinem Pferd saß und nicht wagte, seinen Spieß zu werfen. In dem Durcheinander war niemand zu verstehen.

Der Keiler griff jetzt Crispo an, und nun ließ sich Alessandro nicht mehr zurückhalten. Aber bevor er eingreifen konnte, hatte Cesare dem Keiler seinen Dolch in die Seite gestoßen. Kaum steckte die Klinge, packte er die beiden Hauer und warf sich auf das Tier, um den sich mit letzter Kraft Wehrenden zu Tode zu ringen. Auf den blutiggekratzten Armen traten die Sehnen und Adern hervor. Die Muskeln schwollen an. Cesare schrie und keuchte. Der Keiler versuchte ihn abzuschütteln, aber es gelang ihm nicht. Für einen kurzen Augenblick schienen die Kämpfenden zu erstarren. Cesare versuchte, dem Keiler durch eine Drehung das Genick zu brechen, aber das Tier wehrte sich noch immer. Alessandro nahm Pico den Spieß ab, richtete ihn vorsichtig gegen das Tier, um nicht bei einer falschen Bewegung Cesare zu treffen. Der Keiler zuckte hoch, warf Cesare ab. Aber nun traf ihn Alessandros Spieß, und er brach endgültig zusammen.

Crispo sprang auf. Sein Gesicht war totenbleich. Cesare blieb noch einen Moment auf der blutgetränkten Erde liegen, rollte sich dann zur Seite und erhob sich auf seine Knie. »Das war knapp«, flüsterte er und wandte sich Alessandro zu, der ihm die Hand reichte, um ihm aufzuhelfen. Aber Cesare stand von alleine auf. »Ich hätte ihm das Genick gebrochen«, stieß er hervor und gab dem toten Keiler noch einen Fußtritt. »Trotzdem Dank«, warf er Alessandro zu, zog seinen Dolch aus dem Tier, wischte die Klinge und den funkelnden Griff sorgfältig ab.

Lorenzo kümmerte sich inzwischen um den wimmernden Jagdhelfer und versuchte, ihm Wasser einzuflößen. Der Mann flüsterte noch ein paar Worte, verlor dann das Bewußtsein, und kurz darauf atmete er nicht mehr.

Alessandro starrte Cesare an, der sich, ohne dem Toten einen Blick zu gönnen, den Staub von seinem Wams klopfte und seine Rißwunden untersuchte. Crispo neben ihm mußte sich übergeben. Der Jagdaufseher war inzwischen hinzugekommen und versuchte, die unversehrten Hunde anzuleinen und sich mit weiteren Gehilfen um die verwundeten zu kümmern. Es herrschte ein Rufen, Brüllen und Bellen. Alessandro, den Blick starr auf Cesare gerichtet, ging ein paar Schritte auf ihn zu. Cesare drehte ihm verwundert das Gesicht zu.

»Du schaust, als wolltest du mich ermorden, Farnese«, rief er mit einem künstlichen, viel zu hohen Lachen. Wie ein bedrohtes Raubtier sprang er zur Seite, packte Alessandro an den Schultern und schüttelte ihn. »*Du* hast das graue Ungeheuer besiegt, nicht ich.« Sein Mund lächelte, aber aus seinen dunklen, kalten Augen sprach Wut. »Vielleicht hast du mir sogar das Leben gerettet, Farnese.« Er riß Alessandro an seine Brust, daß ihm die Luft wegblieb. »Ein Borgia vergißt so etwas nicht!«

31. Kapitel

Lange nach Sandros Tod erwachte Silvia wie aus einem quälenden Traum. Sie erinnerte sich an die Geschehnisse der letzten Wochen nur verschwommen, fern und losgelöst. Ihr Haus, der kleine Palazzo der Ruffini, erschien ihr leer und leblos. Der Vater stieg wie ein Geist aus seinem Studiolo herab, verließ, meist am späten Abend, schweigend das Haus. Die Mägde stritten sich häufig. Noch nicht einmal Bianca, ihre Schimmelstute, war ordentlich gestriegelt und mit Wasser und Hafer versorgt. Nur Barbone, der bärtige Knecht, der zu alt war, um noch schwere Arbeit zu leisten, hing regelmäßig die Laternen neben das Hausportal, kehrte mit einem Reisigbesen die Korridore und auch den kleinen Innenhof und entfernte die Spinnweben. Er sprach kaum, aber er lächelte Silvia aus seinem zahnlosen Mund an, und wenn sie unbemerkt das Haus verlassen wollte, ließ er sie heraus und wartete dann so lange am Portal, bis sie zurückkehrte.

Silvia begann wieder an Alessandro zu schreiben. Er hatte lange nichts von sich hören lassen. Sie sehnte sich nach seinen Zeilen, aber sie war unfähig, von Sandros Tod zu berichten, ihn überhaupt nur zu erwähnen, und so blieb sie mitten im Brief stecken und zerriß ihn. Auch in den nächsten Tagen und Wochen gelang es ihr nicht, einen Brief zu beenden. Je schwerer sie sich tat, desto mehr vermißte sie seine Zeilen. Aber er schwieg beharrlich. Er mußte sich in eine andere Frau verliebt haben und wollte sie vergessen.

Silvia hielt es nun in den grauen, verschmutzten Mauern ihres Hauses, dieses immer fremder werdenden Gefängnisses, noch weniger aus. Sie mußte sich ablenken, sie suchte Hilfe, sie wollte das Schicksal herausfordern. Sie begann durch die Straßen, die Gassen und sogar die dunklen Hinterhöfe Roms zu streifen, ohne die Begleitung eines Knechts, der sie hätte beschützen können.

Doch die Stadt beachtete sie nicht.

Immer häufiger führte Silvias Weg an Rosellas Palazzo vorbei. Sie beobachtete die Adligen und Prälaten, die dort tagsüber eintraten, und sie glaubte einmal auch Kardinal Borgia erkannt zu haben. Wäscherinnen und Handwerker, auch Kupplerinnen verließen den Nebeneingang, und nachmittags, vor der Vesper, sah sie Rosella, aufgeputzt wie eine Königin und umgeben von einem Hofstaat junger Mädchen, aus dem Portal treten und in Richtung Santa Maria sopra Minerva ziehen.

Eines Tages jedoch lag Rosella auf einem Kissen im Fenster. Sie war stark geschminkt, und falsches Haar türmte sich turbanartig auf ihrem Kopf. Huldvoll grüßte sie manche der höhergestellten Passanten. Als sie Silvia entdeckte, winkte sie heftig und rief: »Welche Freude, dich zu sehen, Contessina. Du mußt hereinkommen und dir meinen kleinen Palast anschauen!«

Silvia zögerte. Rosella kam zum Portal geeilt und zog sie ins Haus. Sie bot ihr schweren, süßen Wein und Konfekt an und führte sie dann durch den Palazzo. Silvia hatte noch nirgendwo solchen

Luxus und Reichtum gesehen: Teppiche und Ledertapeten an den Wänden, Gemälde mit goldenen Rahmen, ein betrunkener Bacchus, nackte rundschenklige Nymphen und bocksfüßige Faunsgestalten, deren mächtige Schwänze sich gierig hochreckten. Überall tummelten sich Engelchen und trieben frech ihren Schabernack. Eine schwere Anrichte mit Obst und Süßigkeiten beherrschte die Stirnseite des Raums, mehrere bemalte Truhen umgaben den Kamin. Ein Spinett stand in der Ecke, neben ihm lagen Flöten und Lauten. Um einen langen Eichentisch reihten sich geschnitzte Stühle. Und das ganze Haus war von einem schweren süßen Duft durchzogen. Junge Tscherkessinnen, noch jünger als Silvia selbst, begegneten ihnen, und schwarzhäutige Dienerinnen lächelten und verbeugten sich stumm.

»Du hast Glück, kein Mann zur Zeit, keine Krankheit, kein Gezeter und alle geschwätzigen Kupplerinnen ausgeflogen. Ich habe ein wenig Ruhe zum Plaudern.«

Silvia fand, daß Rosella deutlich älter geworden war. Im Gegensatz zu ihrem überbordenden Haar, das zudem noch Edelsteine schmückten, umhüllte ihren Körper nur ein leichtes, unter der Brust zusammengebundenes Seidengewand. Die Pantoffeln waren mit Perlen bestickt. Rosella, nach Rosenwasser duftend, bewegte sich hoheitsvoll.

»Du siehst schlecht aus, mein Hühnchen – und spazierst ganz allein durch diese gefährliche und gewalttätige Stadt?«

Silvia nickte. Sie wußte darauf nichts zu sagen. Sie konnte nichts erklären. Sie stellte sich vor, Sandro, herangewachsen, würde sie als Sohn des Hauses begrüßen, wie eine Tante, als Freundin der Mutter, als ältere Schwester …

Als hätte sie ihre Gedanken erraten, sagte Rosella: »Ja, unser süßer Sandro. Er war nicht stark genug für diese Welt. Nun ist er bei den Engeln.« Sie seufzte. »Vielleicht gehört er auch dorthin.« Als Silvia protestieren wollte, fügte sie noch schnell an: »Der Sohn einer Hure, der nicht legitimiert wurde – er hätte es immer schwer gehabt.«

Rosella leerte ihr Weinglas, ein kostbares Glas aus Murano, und goß sich sofort ein neues ein.

»Einer Hure …« Sie wiederholte das Wort, als müsse sie ihm

nachhorchen, und warf einen mitleidigen Blick auf Silvia. »Aber diese Hure hat es weit gebracht. Ich bin jetzt eine vom Heiligen Stuhl anerkannte Kurtisane, eine *cortigiana honesta*, und kann mir erlauben, die höchsten Preise der Stadt zu nehmen. Ich besitze mehrere Häuser und verleihe auch Geld. Kardinal Borgia und seine Freunde besuchen mich regelmäßig. Juan, sein Sohn, erfuhr bei uns, was es heißt, seinen Mann zu stehen. Auch Cesare hat sich bei mir schon ausgetobt. Aber er soll sich jüngere Mädchen greifen für seine Wünsche, ich ziehe inzwischen die charmanten älteren Herren vor, die einen dicken Bauch haben und einen gemütlichen Schwanz. O, entschuldige das Wort!«

Silvia mußte plötzlich an Ippolita denken. Clarissa hatte damals erwähnt, Kardinal Borgia exorziere sie. Vielleicht wußte Rosella mehr von ihr. »Hast du etwas von Ippolita Crispo gehört?« fragte sie.

»Ich dachte, sie wäre wieder im Kloster Santa Cecilia. Aber genau weiß ich es nicht. Das arme Mädchen. Sie hat es nicht ausgehalten …«

Rosella unterbrach sich und verstummte.

»Was hat sie nicht ausgehalten?« fragte Silvia. »Den *exorcismus*?«

»Was weiß ich! Ich kümmere mich nicht um den kirchlichen Kram. Mir ist es auch gleichgültig, was Kardinal Borgia tut, wenn er nicht bei mir ist. Hauptsache, er läßt die Dukaten springen.«

Silvia wußte darauf nichts zu sagen. Rosella trank wieder, und als Silvia noch immer schwieg, fragte sie: »Wie geht es meinem Rotschopf Rufino? Ich habe ihm Geld zu günstigen Zinsen angeboten, aber er ist zu stolz, es anzunehmen. Dafür läuft er der fetten Tochter des Kardinals nach, du weißt schon, deiner Freundin Clarissa. Sie ist allerdings mehr an unserem einträglichen türkischen Gefangenen Dschem interessiert als an einem verarmten Römer.« Ohne eine Pause einzulegen, wechselte Rosella das Thema. »Und du sollst den ältesten Crispo-Sohn heiraten?«

Silvia schaute erstaunt auf.

»Ja, ich bin gut informiert, Piccolina. Dein Vater hat Spielschulden bei dem alten Crispo, hat ihm euer Gut in Frascati verpfändet, und nun kann er die Mitgift nicht aufbringen. Er müßte ihm das Gut überlassen. Dabei habe ich deinem Vater angeboten, ihm aus der Patsche zu helfen. Aber er hat abgelehnt, der Dummkopf.«

Während Silvia noch überlegte, was sie darauf antworten sollte, fuhr Rosella fort: »Wir haben uns geliebt, dein Vater und ich – bis deine Mutter dahinterkam. Sie wollte mich aus dem Weg räumen!« Rosella lachte kurz auf, schrill und heftig. »Ist dir bekannt, Piccolina, daß deine Mutter mir nach dem Leben trachtete?« Rosella griff so ungeschickt nach ihrem Pokal, daß der Wein überschwappte, dann goß sie ihn sich zwischen die gierig aufgestülpten Lippen. »Aber das hätte sie schon geschickter anstellen müssen, die kalte Schlange.«

Rosella leckte sich die letzten Reste Wein von den Lippen, verstummte kurz, als müsse sie noch über ihre letzten Worte nachdenken, dann straffte sie ihren Körper, strich sich die Haare aus der Stirn und wandte sich Silvia zu. »Entschuldige meine dummen Reden, vergiß sie einfach. Manchmal bin ich zu offen, das ist nicht gut in dieser verlogenen Stadt. Weißt du, ich habe deinen Vater sehr geliebt. Aber Liebe ist etwas Schreckliches. Sie führt nur ins Unglück. Das laß dir gesagt sein. Unser wichtigster Schatz und unsere Waffe ist unser Körper. Die Männer sind gierig, sind verrückt nach ihm, außerdem brauchen sie ihn für ihren Nachwuchs. Also nutze die Macht deines Körpers! Doch trenne ihn von deinen Gefühlen! Die Liebe mischt sich allzu leicht ein, sie macht uns schwach, sie treibt uns in den Wahnsinn – und in den Mord.«

Rosella hielt erneut inne, als müsse sie ihren Rededrang unterdrücken, und legte ihre Hand tröstend auf Silvias Arm. »Ich weiß, an wen du denkst – an deinen fernen Alessandro. Vergiß ihn! Er war in Florenz der größte Stecher von allen jungen Männern. Das weiß ich aus sicherer Quelle.«

Silvia starrte Rosella entsetzt an, dann verbarg sie das Gesicht hinter den Händen. Sie konnte den auf sie einstürmenden Gefühlen nicht mehr standhalten. Rosellas Worte über Alessandro machten ihr unversehens klar, warum er nicht mehr schrieb. Sie bewies, daß all seine verschnörkelten Liebeserklärungen selbstverliebte Lügen waren, daß er sich lustig machte über sie, die kleine Römerin, die er einmal gerettet und die sich unsterblich in ihn verliebt hatte. Jetzt verspürte er keine Lust mehr, ihr zu schreiben, war ihrer endgültig überdrüssig, ließ sie einfach fallen, bandelte mit einem toskanischen Edelfräulein an, plante vielleicht, mit einer Medici die Ehe einzugehen.

Und sie, sie sollte Giovanni Crispo heiraten, den sie gar nicht kannte. Dies bestimmte ihr Vater, weil er seine Spielschulden loswerden wollte. O heilige Mutter Gottes, warum starb sie nicht! Warum löschte sie der Allmächtige nicht einfach aus!

Silvia konnte die Tränen nicht zurückhalten. Rosella setzte sich neben sie und legte den Arm um ihre Schulter. Weindunst, vermischt mit dem Duft aus Rosenwasser, umhüllte sie.

»Alessandro …«, brachte sie heraus.

»Er wird dich ebensowenig heiraten, wie dein Vater mich geheiratet hat.« Rosellas Stimme klang barsch, obwohl sie Silvia gleichzeitig an sich drückte.

»Und was soll ich tun? Crispo heiraten? Vielleicht ist er häßlich, dumm und langweilig.«

»Es ist besser, du heiratest einen Crispo, vorausgesetzt, er hat genug Geld, als daß du dein Leben lang auf einen Farnese wartest und schließlich im Kloster endest.«

Silvia schluchzte auf. »Aber ich habe Alessandro doch geliebt.«

»Leidenschaftliche Liebe bringt nur Unglück. Sie macht uns abhängig und schwach. Ich glaube, daß die Liebe, die wir Frauen zu vergeben haben, sich rechnen muß. Heirate Crispo und ficke heimlich, wen du willst. Ficke meinetwegen auch Alessandro, wenn er nach Rom zurückkehrt und Lust auf dich hat.«

In Silvia protestierte alles. »Aber er schreibt mir nicht mehr, er hat mich vergessen!« rief sie. »Außerdem würde ich nie meinen Ehemann betrügen. O Gott, nie!«

»Nie?« Rosella lachte höhnisch auf. »Nie! Auch gut. Dann ist das Leben langweilig … Aber wer in den Dämmerstunden gern sehnsüchtige Sonette schreibt – warum nicht?«

Silvia schaute Rosella gequält an. »*Du sollst nicht ehebrechen*, heißt es«, stammelte sie. »Und die Ehre der Frau …«

»Und was war mit der Ehre deines Vaters, als er meinen Rock hob – schon zu Lebzeiten deiner Mutter? *Du sollst nicht ehebrechen!*« Sie lachte erneut höhnisch auf.

Silvia fühlte Haß gegen Rosella aufsteigen, obwohl sie spürte, daß Rosella recht hatte. Aber sie wollte, sie konnte es nicht zugeben.

»Du warst eine Hure, und mein Vater war ein Mann – das kann man überhaupt nicht vergleichen …«

Rosella wollte etwas antworten, ließ es aber dann. Sie zog den

Gürtel fest und hob mit den Händen ihre Brüste, strich sich über die Haare. Schließlich flüsterte sie: »Zuerst war ich deine Kammerfrau, dann erst die Geliebte deines Vaters, und ob ich es anfangs freiwillig tat ...«

Silvia schaute auf, wischte sich die Tränen aus den Augen und entdeckte in Rosellas Gesicht, unter der Schminke, die Spuren zunehmender Verwüstung. Ihr Haß war schon wieder verschwunden. Sie wollte auch nicht mehr an Rosella und ihren Vater denken. Die Bilder, die aufstiegen, ekelten sie.

Rosella reichte ihr ein Tüchlein und schaute dann aus dem Fenster. »Liebe muß sich rechnen«, wiederholte sie mit tonloser Stimme, noch immer abgewandt. »Und zwar solange sich dein Körper noch versilbern läßt. Nach ein paar Jahren verfällt er ohnehin. Dann mußt du soviel Geld haben, daß es dich schützen kann, wenn du alt bist. Irgendwann kaufst du dir einen Platz in einer bedeutenden Kirche, du bestellst einen Bildhauer, der dich als junge schöne Frau in Marmor meißelt, und einen Maler, der dich als junge, liebende Maria verewigt – oder auch als Maria Magdalena. Und noch in hundert Jahren werden die Pilger vor deinem Grabmal stehen und sich fragen, wer denn diese schöne Frau war. Und sie werden lesen: *Rosella da Roma, quedam cortegiana, hoc est meretrix honesta, requiescat in pace.*«

Rosellas Augen überflog ein dunkler Schatten, sie lachte auf und verzog höhnisch ihren Mund. »Noch kommt der Borgia. Sogar seine Söhne drängen sich hier herein, wenn sie in Rom sind. Wenn ich will, kann ich jeden kriegen.« Sie wandte sich wieder Silvia zu. »Jeden!«

Silvia antwortete nicht. Sie verstand Rosellas Stolz, sie verstand sogar ihre Geldgier. Aber gleichzeitig glaubte sie zu spüren, daß sich Rosella immer nah am Abgrund bewegte. Wie schnell konnten die einflußreichen Besucher sich von ihr abwenden ... Reichtum war ebenso vergänglich wie Liebe und Freundschaften. Sie brauchte nur an ihren Vater zu denken!

»Vielleicht sind Kinder besser«, sagte sie.

»Besser?« Rosellas Stimme war wieder laut und barsch.

»Viele Kinder zu haben bringt mehr Glück als viel Geld. Geld kann schnell verlorengehen, aber Kinder werden dich dein Leben lang begleiten und lieben.«

»So? Dein Leben lang? Sie sterben weg wie die Fliegen. Oder die Männer nehmen sie dir weg und stoßen dich in die Gosse. Oder sie verraten dich, kennen dich nicht mehr, wenn du sie brauchst.«

Silvia begriff zu spät, daß Kinder zu erwähnen falsch gewesen war. Rosellas Stimme klang scharf und verbittert, ihre Augen schauten haßerfüllt in den Raum, und sie selbst überfielen die Bilder von Sandros Tod.

Unwillkürlich traten ihr Tränen in die Augen.

»Was flennst du wieder?« blaffte sie Rosella an.

Silvia schüttelte den Kopf, wischte sich die Tränen ab und stand auf, um zu gehen. Rosella begleitete sie zur Tür, nahm sie in den Arm und drückte ihren Kopf an ihre Schulter. »Vielleicht hast du sogar recht, mein Hühnchen. Im Gegensatz zu mir kannst du noch viele Kinder auf die Welt bringen. Sie werden nicht alle sterben und könnten dir das Glück bringen, nach dem du dich so sehnst.«

32. Kapitel

Nachdem Kardinal Borgias Sohn von Florenz nach Pisa weitergereist und Angelos Ankunft jeden Tag zu erwarten war, stand auch Alessandros Abreise kurz bevor. In diesen melancholischen Tagen fühlte sich Alessandro unruhig und voll widersprüchlicher Gedanken. Bevor er einschlief, mußte er immer wieder an Cesare denken. Auf der einen Seite beeindruckte ihn die wilde, unbekümmerte Art des jungen Mannes, dieser starke, entschlossene Körper, die Sicherheit, mit er sich bewegte! Cesare war eins mit dem, was er tat, obwohl er d'Arignano hieß und ein Borgia war – und dann sein Anspruch: *Aut Caesar aut nihil*. Unglaublich, als Bastardsohn eines Kardinals so aufzutreten! Aber keiner hatte ihn ausgelacht. Dies war das eigentlich Unglaubliche daran. Er hatte als einziger gewagt, dem fanatischen Prediger von San Marco die Stirn zu bieten. Der Sohn eines Stiergeschlechts senkte den Kopf und ging den Gegner direkt an – dies konnte er nur bewundern.

Auf der anderen Seite stieß ihn die hochfahrende und hoffärtige Art des jungen Mannes ab, seine menschenverachtende Art, mit der er den Jagdgehilfen dem Tod preisgegeben hatte. Der arme Mann hatte ihm nichts getan, als Geschöpf Gottes verdiente er wie jeder andere Schutz und Beistand.

Irgendwann schlief Alessandro über seinen Gedanken ein und stürzte in einen Traum, der nicht mehr weichen wollte. »Du mußt kämpfen!« rief Cesare lachend und machte eine obszöne Geste. »Aber ich muß ihn doch retten«, antwortete Alessandro und zeigte auf den sterbenden Jagdgehilfen, der sich allerdings in den auf dem Boden liegenden Crispo verwandelt hatte. Alle standen um ihn herum, die ganze Jagdgesellschaft, sogar sein Bruder Angelo. Alessandro wollte Crispo auf die Beine ziehen, aber Crispo schien schon tot zu sein. Auf eine erschreckende Weise verwandelte sich das Geschehen nun. Alessandro zog einen kleinen Jungen aus dem Wasser, versuchte, den wild mit den Armen um sich Schlagenden in sein Boot zu ziehen. Das Boot drohte jedoch zu kentern, und der Junge, der nun ganz deutlich sein Bruder Angelo war, trieb ab, trieb den Arno hinunter und zerschellte an einem Brückenpfeiler, und am Ufer standen türkische Bogenschützen und sandten ihm ihre Pfeile nach. Wie ein Platzregen prasselten sie auf das Wasser und ließen den Arno anschwellen. Eine Frau drehte sich langsam im Fluß. War es Rosella? Oder gar Silvia? Die Pfeile der Türken hatten ihr Gesicht zerstört.

Als Alessandro langsam aus dem Traum erwachte, zerfielen die Bilder. Zurück blieben verwirrende Bruchstücke und ein würgendes Angstgefühl. Schnell zog er sich an und wanderte zum Ponte Vecchio. Eine Weile schaute er in die Fluten. Aber kein Körper trieb heran, unter ihm strömte nur das Wasser, das in der Bleifarbe des frühen Morgens dahinfloß, als wollte es ihm den Boden unter den Füßen wegziehen. Es galt, nun endgültig Abschied zu nehmen von diesem Fluß, es galt, eine Entscheidung zu fällen über Lorenzos Angebot, für die Medici in Rom tätig zu werden. Gleichzeitig mußte er sich darüber im klaren werden, ob er nun wieder in den Dienst der Kurie eintreten sollte oder nicht. Vielleicht ließ sich sogar beides verbinden. Aber was sich damit nicht verbinden ließ, war die Hoffnung, die sich an den Namen Silvia knüpfte. Sie hatten sich geliebt, sie hatten viele Briefe miteinander ausgetauscht, um die Ferne zu überbrücken, und doch hatte die Brücke der Worte ihre Liebe nicht getragen. Sie war durch den Fluß der Zeiten weggeschwemmt worden. Silvia, die für ihn die verführerische Reinheit verkörperte, verriet ihren Retter und ließ sich verheiraten – auch noch mit dem hohlen Schönling Giovanni Battista Crispo, der weihevoll das Wort *Kunst* im Munde führte, als sei ihm gegeben, ihre Botschaft in die Welt zu tragen. Aber wie die Botschaft lautete, war er unfähig zu sagen. Außerdem beherrschte er das Griechische noch immer nicht.

Unter Alessandro rauschte der Fluß so, wie die Jahre in Florenz an ihm vorbeigerauscht waren. Er hatte in dieser Stadt mit vielen jungen Frauen zusammengelegen, aber die meisten hatte er nach kurzer Zeit vergessen. Sie verschmolzen zu einem einzigen Bild, dem Bild der Livia, die neben ihm lag in der geheimnisvollen Stille des Schlafes. Er hatte sie nicht wieder wecken wollen.

Im Hintergrund stand aber in all den Jahren Silvias Bild, und mit jedem Brief, den er erhielt und schrieb, hatte sich seine Liebe erneuert. Allerdings hatte er nie daran gedacht, ihr zu sagen, er verzichte auf seine Laufbahn als Kirchendiener und wolle sie heiraten. Die Angst, seine Freiheit zu verlieren, war zu groß. Auch dann noch, als Silvia aufhörte, von Sandro, dem Kind mit seinen Augen und seinem halben Namen, zu erzählen.

Nun hatte Silvia die Konsequenzen gezogen. Was blieb Alessandro da anderes übrig, als zurück in den Schoß der Kirche zu flüchten? Zumal sein Bruder Angelo aus seinem Kampf gegen die Türken zurückkehrte und nun sicher nicht mehr sein Erstgeburtsrecht aufgeben wollte. Alessandro hatte gelegentlich daran gedacht, daß in der Vergangenheit so viele Farnese auf dem Schlachtfeld geblieben waren und womöglich auch seinen bibelkundigen, aber im Kämpfen wenig geübten Bruder das Schicksal seiner Vorfahren ereilen könnte. In diesem Fall wäre der Weg für ihn, den Zweitgeborenen, frei, sich seinen eigenen Lebensweg zu wählen. Denn der mütterliche Wunsch, sich in die Reihe der Zölibatäre einzugliedern, fiele weg, und als Erbe der Farnese-Besitztümer brauchte er nicht an zusätzliche Einkünfte und Benefizien zu denken. Aber all diese heimlichen Überlegungen waren nun hinfällig, Angelo war der Condottiere, der er hatte werden sollen, und konnte als Oberhaupt der Familie Farnese ein Orsini-Mädchen oder irgendein anderes heiraten, ein Kind nach dem anderen zeugen und dies alles mit frommen Sprüchen begleiten. Die Mutter würde glücklich sein. Und der jüngere Bruder mußte dazu den Segen geben.

Opfer, Entsagung, Verzicht – diese grauen, schwächlichen Worte schwammen inmitten seiner Gedanken wie ein langsam wirkendes Gift. Aber er wollte sich von ihnen nicht lähmen oder gar umbringen lassen. Er wollte nicht verzichten – nicht auf die Frauen, nicht auf Reichtum und Ruhm, er wollte durch das Leben stürmen und lieber früh sterben, als fett und weinselig in den Kapellen, Sakristeien und Beichtstühlen seine Liturgien herunterzuleiern oder seine Stunden zu verdämmern.

Aber wie war dies möglich? Nun hatte er jahrelang Platon gelesen und mit den klügsten Humanisten Italiens kluge Dispute geführt, wußte aber noch immer nicht, wer er eigentlich war, was er eigentlich wollte. Das *gnothi sauton*, das *Erkenne dich selbst* des delphischen Apollon erreichte man nicht durch bloßes Nachdenken, sondern durch Handeln, nicht durch eine *vita contemplativa*, sondern durch eine *vita activa*. Aber zu Beginn dieser *vita activa* mußten Entscheidungen stehen.

Mit der aufgehenden Sonne hatte sich das Wasser unter ihm golden gefärbt. Er hob den Kopf und schloß geblendet die Augen. Die Entscheidungen waren längst gefallen. Andere Menschen hatten sie für ihn getroffen. Silvia wollte Crispo heiraten. Und damit war sie für ihn verloren. Seine Mutter wie auch Kardinal della Rovere hatten immer daran festgehalten, er müsse in den Kirchendienst zurückkehren, um einmal Kardinal zu werden. Er war der Zweitgeborene, er mußte hinter Angelo zurückstehen, dagegen konnte er sich nur vergeblich auflehnen. Er mußte derjenige werden, der er war.

Wenige Tage später erreichte Angelo Farnese, von Venedig kommend, Florenz. Alessandro erkannte seinen Bruder kaum wieder. Angelo trug ein Wams aus Samt, einen in der Taille zusammengebundenen, gefältelten Umhang und geschwungen gemusterte Beinkleider. Ein dunkelblaues Barett mit einer Goldborte zierte seinen Kopf. Die Haare drängten darunter hervor und fielen bis auf die Schultern. Alessandro hatte seinen Bruder eher schmächtig in Erinnerung, alle Farnese zeichneten sich durch einen drahtigen Körper aus, nicht durch bäuerische Bulligkeit. Aber dem bibelfesten Angelo waren erstaunlich breite Schultern gewachsen, er preßte Alessandro bei der Begrüßung an sich wie ein Ringer, und Alessandro spürte eisenharte Muskeln.

Braungebrannt und mit markanten Gesichtszügen stand er nun vor ihm und lachte ihn an. »Du machst eine Miene, als käme ich aus dem Jenseits. Der Kriegsdienst hat mich ein wenig verändert, das ist wahr.«

Alessandro kämpfte noch immer gegen seine Verwirrung. »Was ist geschehen?« fragte er stockend.

Um Angelos Mund spielte ein spöttischer Zug. »Ja, lieber Bruder, *die auf den Herrn harren, kriegen neue Kraft*, heißt es bei Jesaja. So erging es auch mir. Zuerst haben mich alle Hauptleute ausgelacht, und die Söldner nahmen mich nicht ernst, bis ich begriff, daß mir Bibelsprüche im Feldlager nicht weiterhelfen. Ich mußte oft an unseren Vater und an unseren Großvater denken und fragte mich, wie sie sich wohl Anerkennung verschafft hatten. Dann bin ich täglich geritten und gelaufen, habe gefochten, gerungen und Lanzenstechen geübt – bis ich mich stark genug fühlte, auch dem Feind gegenüberzutreten. In einer großen Schlacht konnte ich mich nicht bewähren, aber ich geriet mit meinen hundert Mann in einen Hinterhalt. Es wurde ein blutiges Gemetzel, und ich stand keineswegs nur betend dabei. Lieber Bruder, schau mich an: Vor dir steht ein Sieger. Der Herr gab mir Kraft, mich zu wehren.«

»Und du hast einen Türken getötet?« fragte Alessandro ungläubig und noch immer verwirrt.

Angelo wurde ernst. »Nicht nur einen«, antwortete er leise und ohne jeglichen Stolz.

Alessandro wandte sich ab, weil er den Anblick seines verwandelten Bruders nicht mehr ertrug. Zum Glück begrüßte Angelo nun Lorenzo und die anderen Mitglieder der Accademia-Familie, so daß Alessandro unbemerkt in den Garten flüchten konnte. In der Rosenlaube fand er einen ungestörten Platz, in dem er sich von dem Anblick des vor Gesundheit und Kraft strotzenden Angelo erholte. Er begriff, daß jetzt die letzten Hoffnungen zerstoben. *Werde, der du bist*, wiederholte er mehrfach still vor sich hin, werde, der du geboren bist, nimm deine Bestimmung an, ergebe dich dem vorherbestimmten Schicksal. Alles ist entschieden. *Ich bin der Weg, die Wahrheit und das Leben*. Amen, basta und so soll es sein!

Ein Schatten fiel auf ihn, und als er aufschaute, stand Ugo vor ihm. Alessandro war so mit sich beschäftigt gewesen, daß er ihn nicht gehört hatte, und forderte ihn auf, sich neben ihn zu setzen.

Eine Weile schwiegen sie beide. Dann sagte Ugo: »Du wirkst in dich gekehrt und melancholisch, Alessandro – der Abschied von Florenz? Von der Jugend?«

Alessandro hob kaum den Kopf. »Und du?«

Ugo hielt die Hände vor sein Gesicht, als wolle er beten. »Ich muß mich verkaufen«, sagte er mit rauher Stimme.

»Wenn man kein Geld hat, muß man sich immer verkaufen. Oder anbiedern. Warum bleibst du nicht in Florenz? Lorenzo hätte sicher eine Aufgabe für dich. Oder warum gehst du nicht an die Universität von Bologna zurück? *Lathe biosas!* Das ist doch dein Wahlspruch.«

Ugo wirkte gequält. »Du weißt genau, warum ich nach Rom gehe«, flüsterte er.

»Noch immer Giulia?«

Er nickte.

»Aber ...« Alessandro wollte nicht aussprechen, daß eine Farnese nie einen mittellosen provençalischen Doktor der Philosophie heiraten würde. Darüber mußte sich Ugo im klaren sein. Er rannte einem Trugbild nach. Genauso, wie er selbst einem Trugbild nachgerannt war.

»Natürlich weiß ich, daß ich sie nie heiraten werde«, sagte Ugo mit fester Stimme.

»Aber warum ziehst du dann in ihre Nähe und quälst dich?«

»Warum ziehst du in die Nähe von Silvia Ruffini? Wirst du dich nicht quälen?«

Darauf wußte Alessandro nichts zu antworten.

Am übernächsten Tag war der Zeitpunkt des Abschieds gekommen. Alessandro versprach Lorenzo und seinen Söhnen, ihren geplanten Besuch in Rom vorzubereiten und dem Namen Medici einen besonders guten Klang zu geben. Den Mitgliedern der Accademia Platonica versprach er, Florenz bald wieder zu besuchen.

Ficino riet ihm, dem Licht gelehrter Wahrheit zu folgen und sich nicht in dem düsteren Labyrinth vatikanischer Kirchen und Verliese zu verlieren. Und er zwinkerte ihm zu. Pico verdrückte einige Tränen und flüsterte, er verdanke ihm sein Leben, und er werde bis an seine letzten Tage für ihn beten. »Wir müssen alle Buße tun, auf Eitelkeiten verzichten, auf Reichtum und die Versuchungen des Fleisches! Begib dich zurück in den Schoß der Mutter Kirche, lieber Freund, und werde einmal Stellvertreter Christi! Vertreibe all die geldgierigen und brünstigen Pharisäer aus dem Tempel des Herrn!«

Die Verabschiedung dauerte lange, weil ihm noch viele gute Ratschläge gegeben wurden. Dann zog Alessandro mit Angelo, Giovanni, Ugo und Accurse zum Dom, betete noch einmal und verließ die Stadt.

Kaum lagen die Befestigungen hinter ihnen, wurde die Gruppe aufgehalten, weil ein junger Mann, ein Maultier im Schlepptau, hinter ihnen hergehetzt kam und laut schrie, sie sollten warten. Es war Michelangelo Buonarroti.

»Ein Wunder«, begrüßte ihn Giovanni Crispo lachend, »ich hatte nicht mehr daran gedacht, daß du fertig wirst.«

»Ich kann das Relief auch wieder mitnehmen«, schnaubte der junge Bildhauer ärgerlich, während Alessandro und die anderen ihn neugierig umringten.

»Ich habe nämlich bei ihm eine Marmorarbeit bestellt – ein Geschenk für meine zukünftige Braut«, erklärte Crispo, nicht ohne anzügliches Lächeln, »aber der junge Mann wurde und wurde nicht fertig.«

»Zehn Dukaten«, rief Michelangelo Crispo mit gerunzelter Stirn zu und forderte einige der den Trupp begleitenden Knechte auf, ihm beim Umpacken der schweren Marmorarbeit zu helfen. Crispos Maultier ging unter der Last fast in die Knie.

»Ein stolzer Preis«, sagte Crispo. »Michelangelo, du bist noch sehr jung.«

Der Bildhauer schaute ihn finster an: »Aber ich weiß, was ich wert bin.«

»Dann wollen wir erst einmal sehen, ob auch dein Werk zehn Dukaten wert ist.« Crispo war abgesprungen und versuchte, den in

Decken eingeschlagenen Marmorblock freizulegen. Alessandro und die anderen Reisenden gesellten sich zu ihm. Nur Angelo blieb auf seinem Pferd sitzen.

Gemeinsam legte man den Marmorblock auf die Wegböschung und befreite ihn von den Decken. Michelangelo wandte sich ab. Es wurde still, als das Relief schließlich freigelegt war. Eine Madonna am Fußende einer Treppe, mit ihrem Kind auf dem Schoß. Ältere Kinder spielten hinter ihr. Der Säugling hatte an der Brust getrunken, aber nun schien er eingeschlafen zu sein. Der Blick der Frau war nicht liebevoll dem Kind zugewandt, auch nicht dem Betrachter. Sie schaute ernst, ein wenig traurig in die Ferne, schien zu träumen. Ob die Kinder auf der Treppe ihre eigenen waren? Konnte sie die Last, sie aufzuziehen, nicht mehr tragen? War der Vater der Kinder vielleicht gestorben, so daß sie betteln mußte?

»Schön, wenn auch ungewöhnlich«, sagte Crispo nach einer Weile. Er betrachtete das Relief intensiv und strich mit seinen Fingern über den Stein. »Eine Frau mit mehreren Kindern, das ist auf jeden Fall ein passendes Brautgeschenk – was meinst du, Farnese? Die Frau könnte allerdings mehr Freude ausstrahlen …« Er gab den Helfern einen Wink, das Relief wieder einzupacken und dem Maulesel auf den Rücken zu laden. Er kramte aus seiner Reisebörse mehrere Dukaten. »Ich gebe dir acht«, sagte er zu Michelangelo, »das ist mehr als genug.«

Mit abweisendem Gesicht nahm der junge Bildhauer das Geld entgegen. Die Reisenden stiegen in den Sattel. Sie winkten ihm Lebewohl und ließen die Pferde antraben.

Nur Alessandro blieb noch neben Michelangelo stehen. Das Bild der Madonna hatte sich, obwohl er es nur kurz betrachten konnte, tief in ihn eingegraben. Es kam ihm bekannt vor wie ein Traum, der sich mehrfach wiederholt hatte und nun, in Stein gemeißelt, zusammengefaßt worden war. Aber es konnte auch sein, daß das Relief ihn nur an die bettelnden Zigeunerinnen erinnerte, die an den Straßenrändern saßen und manchmal, so fand er, eine tiefe Verzweiflung ausstrahlten. Alessandro hatte ihnen oft ein paar Soldi zugeworfen.

»Sie schaut tatsächlich voller Trauer«, sagte er zu Michelangelo. »Aber ich glaube, gerade das gefällt mir an dem Relief.«

Der junge Bildhauer zuckte mit den Achseln.

»Die Frau wurde mit einem Mann verheiratet, den sie nicht liebt«, fuhr Alessandro fort, »sie hat ihm die Kinder geschenkt, die er von ihr erwartete, aber sie muß an den Mann denken, dem ihre eigentliche Liebe gilt.«

Michelangelo sah ihn ernst und prüfend an.

Alessandro nickte seufzend. »*Ich* hätte dir das Relief abkaufen sollen ...«

»He, Farnese, wir warten auf dich«, hörte er rufen.

Michelangelo antwortete nicht, zuckte nur erneut mit den Achseln.

»Du hast mehr Dukaten verdient«, sagte Alessandro, als er Michelangelo zum Abschied umarmte. »Aber du weißt selber, daß Geld nicht das Entscheidende ist. Ich glaube, du bist ein großer Künstler. Dein Werk zeigt die Wahrheit. Und es trifft ins Herz.«

Über Michelangelos Gesicht huschte ein Lächeln.

»Wann kommst du nach Rom?«

»Hier habe ich meine Familie – und meinen Gönner. Und meine Lehrer. Verschaffe mir einen großen Auftrag, und ich komme nach Rom.«

Alessandro war auf sein Pferd gestiegen. »Vielleicht finde ich jemanden. Auf jeden Fall bist du mir jederzeit willkommen.«

Michelangelo reichte ihm die Hand und schaute ihn noch einmal aus seinen tiefgründigen Augen an. »Wir werden uns wiedersehen, Alessandro. Und vergiß nicht: Wir beide schaffen es!«

33. Kapitel

»In den Sternen ist unser Schicksal verzeichnet, man muß es nur erkennen«, sagte der Vater leise zu Silvia und fügte dann verzweifelt an: »Ich sehe zwar die Zeichen, kann sie aber nicht richtig deuten. Es ist furchtbar.« Seine Stimme war lauter geworden, fiel dann in sich zusammen. »Wenn ich sie damals richtig gedeutet hätte – ich hätte euch nicht ziehen lassen. Ich war ohnehin dagegen, für ein so junges Mädchen wie dich schon einen Ehevertrag anzubahnen – aber deine Mutter wollte es so. ›Rufino, wir werden mit der besten und mächtigsten Adelsfamilie Roms verwandt sein‹, höre ich sie rufen. ›Da kann man nicht warten!‹ Ihr Wunsch, dich zu verheiraten, war unser Verderben.«

Aus seinen Augen flossen Tränen. Silvia schaute ihn mitleidig an, fühlte sich aber gedrängt zu widersprechen. »Wenn alles von Gott vorherbestimmt ist, dann konnten wir dem Überfall nicht entweichen«, antwortete sie. »Dann kann der Mensch sich nicht für richtig und falsch, für gut oder böse entscheiden, dann gibt es keine Willensfreiheit – nichts ist vorherbestimmt.«

»Man muß die Sterne nur richtig lesen«, entgegnete der Vater.

»Und steht auch in den Sternen, daß ich jetzt nicht mehr einen Orsini, sondern Giovanni Crispo heiraten soll?«

Ihre Stimme war schnippisch, und der Vater schaute erstaunt auf. »Du bist im heiratsfähigen Alter – und alles paßt.« Er wischte sich mit einem Tuch die Augen trocken und legte seinen Arm um Silvia. »Das weißt du doch. Die Crispo sind eine aufsteigende Familie. Giovanni ist ein schöner Mann, Roms unverheiratete Töchter reißen sich um ihn.« Der Vater drückte Silvia an sich. »Merkur und Venus nähern sich einer Konjunktion, das zeigt mir …«

»Aber der Vater Crispo hat sich lange Zeit nicht gerührt«, unterbrach ihn Silvia, »sie sind gar nicht mehr an mir interessiert.«

Ihr Vater schaute sie erschrocken an. »Wer sagt das?«

»Das sagt niemand. Aber ist denn Giovanni überhaupt schon aus Florenz zurückgekehrt?«

»Sie müssen dieser Tage in Rom eintreffen.«

»Sie?« rief Silvia erregt. »Ist Alessandro auch dabei?« Sie merkte selbst, wie ihre Stimme zu jubeln begann. Sie wollte ihrem Vater einen Kuß geben, aber er wehrte sie ab. »Schlag dir deinen Alessandro aus dem Kopf. Du mußt Giovanni Crispo heiraten. Der Farnese wird ohnehin wieder in den Kirchendienst eintreten. Abgesehen davon, würden sie eine zu hohe Mitgiftsumme fordern. Nein, es läßt sich nur mit dem Crispo machen.«

Der Vater starrte erneut auf seine Zeichen und Zahlen und begann zu rechnen.

»Und was ist mit Clarissa?« fragte Silvia patzig. »Sollte sie dir nicht ein schönes Sümmchen bringen?« Der Vater schaute mit Leidensmiene auf, und diese Miene reizte Silvia noch mehr als seine

Heulerei. Sie wünschte sich einen starken Vater, keinen Schwächling, der sich nur stark und stur zeigte, wenn es darum ging, seine Tochter zu verkaufen.

»Wolltest du nicht Schwiegersohn eines einflußreichen Kardinals werden, womöglich eines künftigen Papstes?« fuhr sie fort.

Der Vater schaute noch leidender.

»Mein Vater, der Schwiegersohn eines Papstes – dann hast du doch ausgesorgt!« Sie war laut und bestimmend geworden. »Dann brauche ich wirklich keinen Crispo mehr zu heiraten.«

»Della Rovere will kaum noch etwas zahlen, und die junge Signorina ziert sich – wegen eines Ungläubigen! Was sind das für Zeiten!« Die Stimme des Vaters war nun vollends brüchig. »Ich will nur noch nach Frascati zurück und dort in Ruhe leben. Es gibt kein Glück mehr für mich, ich spüre es.« Er sprach so leise, daß Silvia ihn kaum verstand.

Und plötzlich kam ihr eine neue Idee.

»Heirate doch Ippolita! Dann schuldet Vater Crispo *dir* eine Mitgift. Die Schulden bei ihm wären sofort bezahlt.« Je mehr Silvia über diesen Einfall nachdachte, desto überzeugender schien er ihr. Die Mutter Oberin, die ihr so geholfen hatte während der ersten Monate im Kloster, ihre Freundin, lebte dann ganz in ihrer Nähe. Sie würde aus den Fängen des Kardinals Borgia befreit …

»Sie war vom Teufel besessen.« Die Stimme des Vaters klang nun wieder sachlich, und dies zeigte Silvia, daß er ihren Vorschlag sich zumindest durch den Kopf gehen ließ.

»Sie ist ein so lieber Mensch – und auch nicht so dick wie Clarissa. O Gott, sie würde uns lieben …« Silvia schlang ihre Arme um den Hals ihres Vaters und drückte ihm einen Kuß auf die Wange. Vielleicht hatte sie tatsächlich eine Lösung gefunden.

»Der alte Crispo spricht nie von ihr«, sagte der Vater. »Und die Gerüchte, die über sie in Umlauf sind … Ich weiß nicht … Vielleicht holen wir uns den Teufel auch in unser Haus. Ich bin froh, daß wir ihn endlich mit Rosella los sind.«

Sein zögerliches Sprechen zeigte, daß er noch immer über ihren Vorschlag nachdachte. Er befreite sich aus Silvias Umarmung, warf einen prüfenden Blick auf sie und stellte sich ans Fenster. »Vielleicht lebt sie gar nicht mehr«, sagte er, aber bevor Silvia noch protestieren konnte, korrigierte er sich selbst: »Ich habe allerdings auch nichts von ihrem Tod gehört. Und wenn Kardinal Borgia sie vom Teufel befreit hat, müßte sie … Also, du heiratest Giovanni, ich heirate Ippolita …« Ein rachsüchtiger Ausdruck zog über sein Gesicht. »Dann muß der Crispo mir das zurückgeben, was er mir gestohlen hat. Wir sind wieder zu dritt, Chigi, er und ich, das Spiel beginnt von neuem.«

Der Vater gab Silvia, plötzlich in guter Stimmung, einen liebevollen Klaps auf die Wange und ließ sich seinen Mantel bringen, um in die Vesper zu eilen. »Willst du mich nicht begleiten? Du müßtest auch mal wieder zur Beichte.« Er wartete aber keine Antwort ab, sondern eilte aus dem Zimmer. »Ich werde Zwiesprache mit Gott halten«, rief er noch aus dem Gang, »und mit deiner Mutter.« Silvia hörte ihn pfeifend die Treppe hinuntereilen, rannte zum Treppenabsatz und schaute ihm nach. Er schüttelte die Faust. »Warum bin ich nicht längst darauf gekommen!« stieß er hervor.

»Warte!« rief sie ihm nach, aber er hörte sie nicht. »Ich will Giovanni aber nicht heiraten«, flüsterte sie kraftlos, wie zu sich selbst.

Der Vater war schon verschwunden.

Langsam ging Silvia zurück in sein Studiolo. Ihr Blick fiel auf die Bücher mit all den astronomischen Symbolen und Listen, mit dem Himmelskreis, in den die Stellung der Sternzeichen und Planeten eingezeichnet war. Entschieden schlug sie die Bücher zu. Während der Vater die Vesper besuchte, mußte sie herausfinden, wo Ippolita sich aufhielt. Womöglich lebte ihre Freundin tatsächlich wieder in ihrem alten Kloster. Dort mußte sie als erstes nachfragen.

Silvia verließ umgehend das Haus. Sie überquerte den Tiber auf der Ponte Sisto, eilte durch die verwinkelten Gassen von Trastevere, fand bald Santa Cecilia. Sie fragte an der Klosterpforte nach Ippolita, der Mutter Oberin. Aber es gab nur eine Schwester Ippolita, und als sie schließlich gerufen wurde, sah Silvia in ein altes, ausgemergeltes, mißtrauisches Gesicht. Fluchtartig verließ sie den Besucherraum, eilte in die Kirche. Als sie dort auf die Knie sank, um das *Ave Maria* zu beten und nachzudenken, sah sie plötzlich hinter dem Altar eine tiefverschleierte Nonne tanzen. Die Nonne schlug die Zimbel, hüpfte und sang und schien Silvia unablässig zu winken.

Vielleicht war Ippolita Crispo doch zurückgekehrt! Silvia starrte zum Chorraum, in dem die schwarze Gestalt noch immer ihre Verrenkungen ausführte. Plötzlich beugte sich die Nonne nach vorne, riß ihren Rock hoch und entblößte ihr Hinterteil. Silvia meinte gleichzeitig ein höhnisches Kichern zu hören. Entsetzt schaute sie sich um. Außer ihr und der schamlosen Nonne befand sich niemand in der Kirche.

Sie fühlte sich trotzdem von allen Seiten beobachtet und bekreuzigte sich. Ihr Mund war trocken, und der Hals fühlte sich zugeschnürt an. Mit fast tonloser Stimme rief sie »Ippolita!«. Wieder riß die Nonne den Rock hoch, drehte sich tanzend um die eigene Achse, warf ihren Oberkörper auf den Altar und schrie schließlich: »Warum kommst du nicht?«

Wie tot lag sie nun da.

Silvia wagte kaum zu atmen, schaute sich immer wieder vorsichtig um. Aber der Innenraum der Kirche schien ebenfalls den Atem anzuhalten. Auf Zehenspitzen schlich sie zum Chorraum. Die Nonne hatte den Kopf unter den Armen versteckt und zitterte.

»Ippolita?« flüsterte Silvia.

Das Zittern verstärkte sich. Der rechte Arm bewegte sich ein wenig, und ein einzelnes Auge starrte sie an. Es wurde so aufgerissen, daß die Pupille kreisrund hervortrat. Blutig gezackte Adern durchzogen das Weiße des Augapfels. Mit einem Schrei richtete sich die Nonne auf, riß ihre Arme hoch, und bevor sich Silvia versah, warf sie sich auf sie. Aber jetzt schrie sie nicht mehr unartikuliert, sondern schrie ihren Namen. Und Silvia erkannte in dem mageren, gezeichneten Gesicht mit seinen tiefliegenden, dunkel umrandeten Augen tatsächlich Ippolita.

Ippolita hatte sich mit solcher Wucht auf sie geworfen, daß beide neben dem Altar zu Boden stürzten. Sie bedeckte Silvias Gesicht mit Küssen, lachte und weinte und preßte sie an sich. »O Silvia, du rettest mich, du mußt mich retten«, flüsterte sie atemlos. »Sie haben mich hier eingesperrt und verleugnen mich, meine Eltern wollen nichts mehr von mir wissen, Kardinal Borgia will den Teufel aus mir heraustreiben. O Silvia!«

Wie ein großes Kind klammerte sie sich an Silvia, wälzte sich mit ihr über den Boden neben dem Altar. »Woher kommst du? Woher weißt du, daß ich hier bin? Sie sperren mich in den Carcer. Wenn sie mir Wasser und Brot bringen, starre ich sie an, mit dem bösen Blick, sie weichen zurück, und ich kann ihnen entweichen. Manchmal kreische ich auch, bis sie zu Boden stürzen. Ich kreische den Teufel herbei, und dann kommen die Abgesandten des Kardinals mit ihren Peitschen und Ruten, mit Weihrauch und Wasser. Ich werde gesalbt und geschlagen, und wenn er dann selber kommt, mit seinem bösen Stecken, wenn er mir die Beichte abnimmt, wenn er mir die Strafen auferlegt und ich niederknien muß …«

»Sei still«, flüsterte Silvia und strich ihr übers Gesicht. Aber Ippolita sprang auf, riß ihren Rock wieder hoch und drückte Silvias Finger auf blaue und dunkelviolette Striemen.

»Die Peitsche saust nieder, immer wieder«, preßte sie atemlos hervor, »und dann dringt er ein, wie der Erzengel Michael, mit seinem Schwert, um den Teufel aus mir herauszujagen.«

Wie von einem Schlag getroffen, stürzte sie zu Boden und bewegte sich nicht mehr. Als Silvia sich niederbeugte, hörte sie sie beten: *»Magnificat anima mea Dominum*. Hochpreist den Herrn meine Seele.«

»Ippolita«, flüsterte Silvia, »verstehst du mich, wir wollen dich hier herausholen.«

»Exsultavit spiritus meus in Deo, salutari meo. Mein Geist frohlockt in Gott, meinem Heile.« Ippolita hielt ihr Gesicht hinter den schwarzen Ärmeln ihrer Bekleidung verborgen.

»Mein Vater soll mit deinem Vater reden. Vielleicht kannst du ihn heiraten.«

»Quia respexit humilitatem ancillae suae: ecce enim ex hoc beatam me dicent omnes generationes. Quia fecit mihi magna qui potens est. Denn gnädig blickt Er auf Seine niedre Magd; siehe, selig preisen mich von nun an die Geschlechter. Denn Großes hat an mir der Mächtige getan.« Ippolita sprach immer schneller und lauter, sie wiederholte die Sätze, sprang auf und begann wieder zu tanzen.

»Er will mich heiraten, er will mich heiraten«, sang sie, drehte sich um die eigene Achse und warf die Arme anbetend vor dem Kruzifix hoch.

Silvia stand neben dem Altar und spürte, daß sie am ganzen Leib zitterte und nicht mehr sprechen konnte. Ihre Knie wurden weich, und sie mußte sich setzen. Ippolita, die in der Pose der Anbetung erstarrt war, sank in sich zusammen und setzte sich neben sie. Langsam schob sie ihre Haube vom Kopf und entblößte ihre Haare, lockerte sie und ließ sie über ihre Schultern fallen. Der irre Blick war aus ihrem Gesicht gewichen, sie schaute Silvia forschend an.

»Er will mich wirklich heiraten?« Sie wirkte nun völlig normal und vernünftig.

Silvia nickte. »Es war meine Idee. Ich soll deinen Bruder heiraten, aber ...«

Ippolita ließ sie nicht ausreden, fiel ihr um den Hals. »O ja, du mußt ihn heiraten. Wir werden alle glücklich.«

»Aber eigentlich liebe ich noch immer Alessandro Farnese. Obwohl er mich vergessen hat.«

Ippolita küßte ihre Hand und wiederholte unaufhörlich: »Wir werden glücklich, wir werden glücklich.«

TEIL III:

Die Eroberung des Glücks

34. Kapitel

Im Licht der untergehenden Sonne kehrte Alessandro in seine Heimat zurück.

Die Reisenden hatten den Weg über Orvieto und Bolsena gewählt und waren schon eine Weile am See entlanggeritten, die Inseln der Familie Farnese vor Augen und bald auch die hochragende Burg von Capodimonte. Alessandro sah seinen Bruder ein Gebet murmeln und fühlte sich von Ugo beobachtet. Er trieb sein Pferd zu einer schnelleren Gangart an. In die Freude über die Rückkehr mischte sich beklemmende Unsicherheit darüber, was ihn erwartete. Noch nie war ihm aufgefallen, wie abweisend und herrisch ihre Burg über der kleinen Halbinsel thronte und wie ängstlich die Häuser des Orts sich an die Felsen duckten. Als Kind hatte er oft mit den Dorfjungen gespielt, sie waren zusammen geschwommen, hinausgerudert auf den See, hatten geangelt. Seine Mutter hatte dies nie gern gesehen. Aber der Vater war leutselig gewesen, er konnte mit jedem reden, auch mit Schweinehirten und blinden Bettlern. Sein Vater fühlte mit jeder Kreatur. Wie hilfreich wäre es, er würde noch leben und seinem Sohn beistehen!

Alessandro wartete vor dem Tor der Burg auf die Mitreisenden, die sich erst einmal in die Kirche begaben. Er folgte ihnen unwillig und betete kurz.

Die Mutter eilte ihnen im Innenhof entgegen. Sie küßte Angelo auf die Stirn. Nun erschien auch Giulia und flog Alessandro in die Arme. Beide Frauen schlugen erstaunt und bewundernd die Hände über dem Kopf zusammen über Angelos männlich-breite Statur, und er lächelte, als hätte er diese Huldigung erwartet.

»O meine Jungen!« rief die Mutter erleichtert. »Ihr lebt! Ihr seid gesund! Jetzt gehen meine Träume in Erfüllung. Jeder von euch wird seinen Weg gehen. Ich bin so glücklich!«

Sie zog nun auch Alessandro an sich heran und küßte ihn auf die Stirn. Tränen standen in ihren Augen.

Accurse Maynier und Giovanni Crispo blieben nur eine Nacht in Capodimonte. Crispo wollte unbedingt zu seinem Vater zurückkehren, und Accurse trieb es nach Rom, weil er dort Lorenzo de' Medicis Empfehlungsschreiben abzugeben und Doktor Burchardus, den Zeremonienmeister des Papstes, aufzusuchen beabsichtigte. Ugo Berthone blieb bei Alessandro und, wenn immer es ging, in Giulias Nähe, die unentwegt von ihrer bevorstehenden Hochzeit sprach.

»Warum quälst du dich so?« fragte ihn Alessandro ein paar Tage später, als sie von einer gemeinsamen Angeltour in der Nähe der Isola Bisentina heimkehrten. Ugo schwieg, gab Alessandro dann aber abends einen Stapel Blätter, auf denen in ausgreifender Schrift düster-sehnsüchtige Sonette standen, in Italienisch wie in Provençalisch.

»Giulia wird einmal so berühmt wie Beatrice und Laura – und sie ist sicher schöner, als beide waren«, sagte Ugo, während Alessandro die Gedichte überflog.

»Da hast du recht«, antwortete er und umarmte seinen Freund.

Bald darauf erschien Kardinal della Rovere, klärte die Brüder Farnese mit grimmig heruntergezogenen Mundwinkeln über die politische Situation im Vatikan und über das Leben in Rom auf. »Man fragt sich, wie schlimm es noch werden kann. Ohne Schutz wagt sich heutzutage niemand mehr auf die Straßen der Heiligen Stadt. Aber dies ist noch das geringste Übel. Der gierige Papstsohn Franceschetto hat sich neuerdings darauf verlegt, den Kardinälen des Heiligen Kollegiums Geld durch das Kartenspiel abzunehmen. Ich selbst konnte mich einer Einladung nicht entziehen. Riario wird noch anwesend sein. Auch Caetani.« Della Rovere unterbrach sich und ließ seinen finsteren Blick über die im Raum Versammelten gleiten. »Dir hat Lorenzo eine vorläufige Aufgabe gegeben«, wandte er sich an Alessandro. »Aber dieser junge Mann« – er zeigte auf Ugo – »sollte hier nicht länger untätig herumhocken. Ich nehme ihn nach Rom mit – am besten euch beide. Was meinst du, Giovannella?«

»Unsere Familie verdankt dir so viel, verehrter Giuliano, ich werde ewig in deiner Schuld stehen.« Ein tiefer Blick ließ erahnen, daß die Dankesschuld eine alte Glut zum Aufglühen brachte.

Am nächsten Tag brachen Alessandro und Ugo mit Kardinal della

Rovere nach Rom auf. Angelo und Giulia blieben vorerst in Capodimonte. Die Mutter legte ihrem zweitgeborenen Sohn zum Abschied nur noch einmal nahe, die kirchliche Laufbahn nicht auszuschlagen.

Rom riß Alessandro aus seiner noch platonisch angehauchten Nachdenklichkeit und trieb ihm die Gedanken an Silvia aus, die sich während der letzten Tage verstärkt gemeldet hatten. Als erstes galt es, den verlotterten Farnese-Palast wieder präsentabel zu machen. Es galt auch, Lorenzo de' Medicis Geschenke zu verteilen, die seinen zweiten Sohn Giovanni ins Gespräch und in die Herzen der ältesten Familien und der wichtigsten Kardinäle bringen sollten. Für della Rovere hatte er Berichte über seine Erfahrungen in Florenz und seine Beobachtungen in Rom zu schreiben. Ugo verlor er für Tage aus den Augen. Kardinal della Rovere hatte seinen Freund vorerst als Skriptor und Sekretär zu sich genommen.

Als die beiden Freunde sich erneut trafen, erfuhr Alessandro von dem Spielabend, der auch schon an der Säule des Pasquino seinen Niederschlag gefunden hatte. Dort waren unglaubliche Summen genannt worden, und Ugo bestätigte, daß tatsächlich Kardinal Riario dem nichtsnutzigen Papstsohn vierzehntausend Golddukaten abgenommen hatte.

»Kannst du dir das vorstellen? Vierzehntausend! Dafür baust du dir einen ganzen Palast.« Ugos Empörung klang eher wie Begeisterung, und in seinen Augen glitzerte Hoffnung. Auffallend war auch, daß Ugo seine bisher schäbige Kleidung gegen elegante römische Roben eingetauscht hatte.

»Und du hast mitgespielt?« fragte Alessandro mit spöttischem Lächeln.

Ugo sprang auf. »Am Anfang ja. Die hohen Herren waren so gütig ... Und ich habe gewonnen!«

Nun war die triumphale Begeisterung unüberhörbar.

»Ich kenne dich nicht wieder, Ugo«, sagte Alessandro. »Epikurs Schüler, der zurückgezogene Philosoph, wird zum Spieler.«

»Wenn die Wölfe heulen, kann man nicht hinterm Ofen sitzen und miauen, sagt man in meiner Heimat.«

Er wirkte nicht mehr ganz so triumphal und versuchte, die aufkeimende Unsicherheit zu überspielen, indem er den Eingeweihten spielte. »Im Vatikan sehnt jeder den Tod Cibòs herbei. Als der Papst sich vor kurzem mit hohem Fieber niederlegte, standen die Diener schon bereit, seine Privatgemächer zu plündern, sein Sohn Franceschetto stürmte herbei, um den Kirchenschatz wegzuschleppen – und in ihm liegen nicht nur vierzehntausend Dukaten. Die Kardinäle mußten Franceschetto an Händen und Füßen zurückzerren und wollten sich selbst über den Schatz hermachen. Nebenan lag der Papst und rief, er sei noch nicht tot, und verfluchte sein Kollegium. Gleichzeitig streute jemand in der Stadt die Nachricht aus, er liege im Sterben, und schon nahmen die Übergriffe und Racheakte zu, die Morde und Vergewaltigungen. Jeder setzt darauf, daß nach der Sedisvakanz eine allgemeine Amnestie erteilt wird. Als dann Papst Innozenz wider Erwarten gesundete, zogen sich die Geier nur langsam aus seinen Gemächern zurück.«

Alessandro hatte genau zugehört und gleichzeitig die erregte Mimik und die engagierte Sprechweise seines Freundes beobachtet. »Ich kenne dich wirklich nicht wieder«, wiederholte er.

Ugo wurde plötzlich todernst: »Gönnst du mir meinen kleinen Spielgewinn nicht? Glaubst du, es ist einfach, hinzunehmen, daß deine Schwester einen anderen Mann heiratet, daß sie mich sowieso nie geheiratet hätte, weil sie eine Farnese ist und ich nur der kleine Provençale aus dem Luberon, ohne Adel, ohne Geld und ohne Pfründe.«

»Ich gönne dir alles«, rief Alessandro, »und würde viel lieber sehen, wenn du meine Schwester heiratest und nicht dieser halbblinde Orsini. Ich wollte dich nicht kränken.«

Ugo wandte sich mit einer verächtlichen Bewegung ab und wollte den Raum verlassen, drehte sich in der Tür aber noch einmal um: »Hast du dir schon wieder ein neues Amt im Vatikan gekauft? Leider wirst du dann endgültig auf die kleine Silvia Ruffini verzichten müssen.« Seine Stimme war nun regelrecht gehässig geworden. »Wie geht es ihr eigentlich?« Bevor Alessandro reagieren konnte, war Ugo schon verschwunden.

Am Abend nach diesem Gespräch saß Alessandro lange an seinem Schreibpult. Ugos letzte Sätze noch im Ohr, überlegte er sich, ob er nicht doch Silvia aufsuchen sollte, um ihr seine Enttäuschung über ihre geplante Heirat mit Giovanni Crispo mitzuteilen. Aber er fühlte, daß sein Stolz ihn daran hinderte. Außerdem würde sie ihm sofort erwidern, daß er für sie wohl kaum seine Laufbahn beim apostolischen Stuhl aufzugeben bereit sei.

»Ich muß meine Gelübde erfüllen«, würde er ihr im bedeutungsschweren Ton entgegenhalten. »Den Auftrag meiner Familie.«

Und sie, würde sie traurig oder spöttisch lächeln?

Er lächelte selbst halb spöttisch, halb traurig. Ob er wieder in den Kirchendienst zurückstrebte, weil er seine Gelübde erfüllen wollte, stand dahin. Aber die Kurie bot ihm noch am ehesten die Möglichkeit, eine gesellschaftliche Stellung mit hohen Einkünften und Einfluß zu erreichen.

Trotz allem sehnte sich Alessandro wieder nach Silvia. Sie hätte ihn geliebt und ihm Kinder geboren. Aber beide mußten sie auf ihr Glück verzichten. Es war am besten, er versuchte, sie zu vergessen.

Es dauerte nicht lange, da hatte ihm Kardinal della Rovere erneut das Amt eines päpstlichen Skriptors verschafft, und im Jahr darauf hatte Alessandro Farnese sich durch unauffälliges Verhalten und auffällige Zuwendungen an die päpstliche Schatulle derart bewährt, daß er zum apostolischen Sekretarius ernannt wurde. Seine Mutter Giovannella war zufrieden, Kardinal della Rovere nickte bestätigend und betonte, Alessandro müsse weiterhin unauffällig sein Auge auf den Borgia richten. Cibòs Ableben sei nur noch eine Frage der Zeit, und dann gehe es darum, ob er, della Rovere, oder der Katalane neuer Pontifex maximus würde. »Auf jeden Fall müssen wir verhindern, daß ein Mann, der mit dem Teufel im Bunde steht, zum Stellvertreter Christi aufsteigt.« Und er bekreuzigte sich flüchtig.

Im Jahr des Herrn 1490 heiratete Giulia Farnese Orso Orsini. Adriana del Mila, ihre Schwiegermutter, ließ Kardinal Borgia die Trauung vollziehen, und das Fest auf der Burg von Bassanello blieb lange Zeit in aller Munde und wurde auch kommentiert, wie man an der Säule des Pasquino erkennen konnte. Über einem Gedicht stand der Titel: *Die Schöne und die Biester*, und es schilderte in genüßlicher Offenheit, wie die Schöne das häßliche Biest mit einem mächtigen Biest betrog.

Alessandro hatte Kardinal Borgia bei der Trauzeremonie assistieren dürfen. Er fühlte sich unwohl in der geliehenen Priesterkleidung, legte sie auch nach der Messe sofort wieder ab und tanzte während des Festes viel, sogar mit der kleinen Lucrezia, der Tochter des Spaniers. Er war beeindruckt, wie leichtfüßig sich das zehnjährige Mädchen in seinen Armen bewegte, wie hübsch sie mit ihren Engelslocken war, wie klug sie auch schon über die Philosophen sprach – und das sogar in Latein. Silvia Ruffini war zwar als Brautjungfer eingeladen worden, hatte aber aus gesundheitlichen Gründen, wie sie schrieb, nicht erscheinen können. Giulia bedauerte dies sehr, aber Alessandro war es recht. Und weil das Fest Giulia ganz in Anspruch nahm, sprachen die beiden nicht darüber.

Ein halbes Jahr später, zur Zeit des Karnevals, lud Adriana del Mila zu einem großen Maskenfest in ihren Palazzo in Rom ein. Natürlich seien die Familien Borgia und Farnese-Caetani anwesend, teilte sie mit. Die Orsini schickten nur eine kleine Delegation, ihr gespanntes Verhältnis zu den Borgia war stadtbekannt, und sie konnten es offensichtlich noch nicht einmal bei einem Anlaß vergessen, bei dem Lebensfreude im Vordergrund stand. Alessandro erkannte unter den vielen Masken auch schnell Accurse Maynier, der zum Gefolge der Borgia gehörte und sich Alessandro lächelnd als ihr geheimer Zeremonienmeister »für spezielle Aufgaben« präsentierte. »Ich habe in Rom tatsächlich eine Nische gefunden«, erklärte er, während er seine Maske kurz abnahm, und Alessandro gratulierte ihm.

»Täglich gehe ich mit schönen Frauen um. Falls du mal eine benötigst, laß es mich wissen. Ich vermittle nur erste Ware. Oder wenn du für ein Fest weibliche Ausstattung brauchst – ich werde dir behilflich sein.« Accurse ließ seinen provençalischen Akzent verstärkt hervortreten und lächelte gewinnend.

Alessandro dankte ihm und begrüßte dann Giovanni Crispo, der sich als Paris verkleidet hatte. Alessandro vermißte die Helena an seiner Seite, und er konnte sie auch nicht bei den jungen Frauen, die sich in den hell erleuchteten Saal drängelten, erspähen. Sie stellten zwar ihre schönen Rundungen aus, verbargen aber ihr Antlitz. Ein unförmig fetter Mann fiel Alessandro auf. Er hatte sich als türkischer Sultan verkleidet. An seiner Seite schmiegte sich eine kaum weniger fette Kaiserin von Byzanz, die immer wieder kreischend auflachte, wenn der Sultan ihr etwas zuflüsterte. Plötzlich mischten sich auch griechische Nymphen unters Volk, die um ihre reizvollsten Körperteile nur leichte Seidenschleier schwenkten. Alessandro verlor jeglichen Überblick in dem Gewimmel von Menschen, und als eine der kärglich verschleierten, gut duftenden Nymphen ihm zuflüsterte: »Odysseus, ich bin deine Circe, soll ich dich verzaubern?«, erschrak er und glaubte, gerade von Rosella angesprochen worden zu sein.

Aber schon tauchte sie im Tanz der Schleier und Masken unter, und er fragte sich, ob Silvia anwesend sei. Er versuchte, sich zu Adriana del Mila durchzukämpfen, doch unter der Anzahl der wogenden Juno-Verkleidungen erkannte er sie nicht wieder.

Erst als das Festmahl aufgetragen wurde, lockerten sich die Masken, und wer seinen Appetit stillen wollte, mußte sein Gesicht, zumindest teilweise, entblößen. Die Gäste stürzten sich auf die Wachteln und Rebhühner, Kapaune und Tauben, Kanarienvögel und Junggänse. An einem anderen Tisch standen Aalpasteten bereit sowie Neunaugen in versilberter Sülze, schwarze Forellen und Störe. Dazu wurden Zitronenkompott, Gemüsekuchen, frische Mandeln, eingelegte Früchte und Marzipankonfekt gereicht. Leichter Weißwein aus Frascati mußte helfen, die Speisen herunterzuspülen, aber auch Malvasier, Zimtwasser und nicht zuletzt eine Auswahl von Branntweinen. Zwischen den Speisen überall parfümiertes Wasser zum Reinigen der Finger.

Schon nach kurzer Zeit sahen die Holztische mit ihren Damastdecken wie Schlachtfelder aus. Die ersten Gäste mußten sich übergeben, und auch die Wirkung des Branntweins war zu beobachten. Alessandro hielt sich im Trinken zurück, aß wenig und versuchte herauszufinden, ob er in dem Gedränge Silvia entdecken könne. Noch immer gab es Gäste, die ihre Maske nicht lockerten, die sich nur kurz ein Stück Marzipan oder ein gepfeffertes Ei in den Mund steckten.

Die Musik wurde lauter, die ersten Tänzer holten sich eine Partnerin zur einleitenden Passagiata. Bei der Pavane und Pavaniglia hielt man sich nicht lange auf, die Pfeifen schrillten, die Trommeln schlugen schnellere Rhythmen, und schon wurde zur Tordiglione und zum Tamburin laut lachend gehüpft und geschwenkt.

Alessandro geleitete seine Schwester Giulia zum Tanz. Ihr Mann

Orso Orsini, der sich als Vulkan furchterregend eingeschwärzt hatte, stopfte sich gerade seinen Mund mit Aalpastete voll und schien sein Auge nicht von den Speisen abwenden zu können. In seiner Nähe sprach Adriana del Mila, ihre Juno-Maske in der Hand, auf Kardinal Borgia ein, der, wie nicht anders zu erwarten, die majestätische Aufmachung eines Jupiters mit großer Selbstverständlichkeit trug. Giulia seufzte tief und ließ sich in Alessandros Arme gleiten. Eine Weile promenierten und hüpften sie, drehten sich zusammen und umeinander, aber dann wählten sie doch einfachere Figuren, um miteinander sprechen zu können.

»Adriana läßt Orso und mich nicht aus den Augen und auch nicht aus den Fängen. Jeden Tag läßt sie sich den Zustand meines Leibes beschreiben, und gelegentlich, wenn ich ein Bad nehme, drängt sie sich herzu ...« Giulia, die ihre Venus-Maske abgelegt hatte, seufzte.

»Du siehst nicht gerade glücklich aus«, sagte Alessandro und ließ sie unter seinem rechten Arm eine Drehung vollführen.

Sie ging nicht auf seine Bemerkung ein. Nach einer Weile sagte sie: »Du bist ein guter Tänzer, im Gegensatz zu Orso, der seinem Namen alle Ehre macht.«

Giulia hatte sich sorgfältig geschminkt. Sie schwitzte nicht und zeigte auch sonst keine Zeichen der Anstrengung. Sie trug ihre Schönheit unbewegt und unberührbar; ihre Augen jedoch zeigten, so fand Alessandro, untrügliche Zeichen der Trauer. Aber gerade diese Trauer machte sie noch schöner, noch geheimnisvoller, noch begehrenswerter für jeden Mann, der mehr wollte als die Reize, die jede Kurtisane ihm bieten konnte.

»Wo ist Silvia?« fragte sie unerwartet.

Alessandro zuckte mit den Schultern. »Woher soll ich das wissen? Frag den schönen Giovanni Crispo, ihm ist sie versprochen.«

»Von dieser Ehe wird schon seit langem gesprochen, aber nichts tut sich. Ich träume noch immer davon, daß wir alle zusammen ...« Sie unterbrach sich und sprach nun aufgeregt und schneller: »Ich glaube, ich habe sie vorhin erkannt. Sie muß da sein. Mit wem tanzt denn Crispo?«

Alessandro blieb kurz stehen und schaute sich um, ob er im Gedränge der Tänzer den schönen Paris finden könne. Tatsächlich erkannte er ihn am Rande des Feldes mit einer Diana, die ein langes Toga-Kleid trug, dazu einen Bogen mit Köcher und Pfeilen auf dem Rücken.

»Mit der Göttin der Jagd.«

»Und? Erkennst du sie?«

Er schüttelte den Kopf.

»Laß uns kurz an die frische Luft gehen!« Giulia zog ihren Bruder durch die Tanzenden zu einem Balkon. Da dieser besetzt war, schwebte sie die Treppe hoch bis zu einer nur schwach beleuchteten Dachloggia, durch die ein erfrischend kühler Windhauch wehte. Alessandro folgte ihr. Hier waren sie allein.

Giulia umfaßte eine Säule, die das Dach trug, und drückte ihren Körper gegen die Brüstung. »Du *darfst* nicht heiraten, ich *mußte* heiraten, und Silvia soll den *Falschen* heiraten. Wie können wir da glücklich werden?« Sie strich mit ihrer Hand über ihren Bauch und seufzte: »Ich bin noch nicht einmal schwanger. Der *Bär* strengt sich zwar mächtig an, aber Kraft alleine macht es nicht … Dabei …«

Sie unterbrach sich, schaute forschend zum Treppenausgang und schwieg.

»Sind wir nicht mehr allein?« fragte Alessandro wie nebenbei.

»Ich glaubte, etwas Helles gesehen zu haben, bin mir aber nicht sicher.«

Alessandro fand nichts Ungewöhnliches am Eingang der Loggia und wandte sich wieder seiner Schwester zu.

»Du weißt, daß der alte Borgia ein Auge auf mich geworfen hat«, sagte sie.

»Ich hörte es munkeln. Er versucht es bei allen schönen jungen Frauen.«

»Ja, aber er muß sich in mich verliebt haben. Dies hat mir wenigstens Adriana zugeflüstert.«

»Ist Adriana nicht die Mutter deines Mannes?«

»Im Herzen ist sie eine Borgia.«

»Und was meinst du mit *verliebt*?«

»Schau hier, die dreifache Perlenkette, sie erregt allgemein Bewunderung … Sie ist von ihm.«

»Aha! Und Orso?«

»Orso ist halbblind, in vielerlei Beziehung.«

Alessandro mußte kurz auflachen, wurde aber schnell wieder

ernst. »Warum hat dich unsere Mutter nur mit einem Krüppel verheiratet!«

Giulia zuckte mit den Achseln. »Familientradition.« Sie atmete tief und heftig und preßte ihren Körper an die Säule. Noch immer blieb ihr Gesicht unbewegt, nur ihre Mundwinkel schienen die Beherrschung zu verlieren. Alessandro beobachtete sie, und wie so häufig fand er sie abgehoben schön. Gleichzeitig drängte sich ihm ein anderer Gedanke auf: Giulia als Geliebte eines Borgia – dies würde nicht nur Perlenketten für sie bedeuten, sondern womöglich auch eine Förderung *seiner* Laufbahn. Kardinal della Rovere versuchte, ihn auf dem kurialen Schachbrett gegen den Borgia einzusetzen. Aber was geschah, würde nun der Borgia zum nächsten Papst gewählt und nicht *il terribile*? Wahrscheinlich durchschaute Borgia längst die Winkelzüge und Taktiken seines Gegners. Und natürlich konnte die eingesetzte Schachfigur Alessandro Farnese geopfert werden, wenn dies einen Vorteil versprach.

Alessandro spürte, wie in ihm die Wut des Benutzten hochstieg. Warum mußte er sich von dem Abkömmling eines Bauerngeschlechts und einem eingewanderten Katalanen zur Spielfigur machen lassen? Nein, er selbst mußte das Gesetz des Handelns in die Hand nehmen. Im Schachspiel der Macht, das die Herren Kardinäle hier gegeneinander führten, war er kein Bauer, noch nicht einmal ein Läufer oder Springer. Er wollte selbst die Figuren setzen. Und dazu brauchte er als ersten Schritt die Dame!

»Wie findest du den Borgia?« fragte er mit lauter Stimme.

»Pst!« Giulia legte die Finger auf die Lippen. »Welche Frau liebt kein Geschmeide?« flüsterte sie dann. »Welche Frau liebt nicht, verwöhnt, umschwärmt zu werden von mächtigen Männern?«

»Dann tu es!« Auch Alessandro sprach jetzt leiser, aber drängend.

»Was soll ich tun?«

»Gib Borgias Werben nach! Hol dir das Geschmeide und die Dukaten! Laß dich verwöhnen! Vergiß deinen Orso! Und du wirst unser Geschlecht groß machen!«

Giulia lachte auf und tippte Alessandro auf die Brust. »Du kleiner Träumer!« Dann wurde sie wieder ernst. »Und wenn der Borgia nach ein paar Monaten meiner überdrüssig ist, weiß ganz Rom, daß ich eine Ehebrecherin bin, Orso verstößt mich, die Orsini beginnen einen Rachefeldzug – und mir bleibt nur noch das Kloster oder der Tod.«

Alessandro schüttelte den Kopf. »Stell dir vor, der Borgia wird bald Papst. Dann wirst du die Geliebte eines Papstes. Alle Welt wird dich kennen und verehren. Die Dichter werden dich besingen. Die Gesandten werden deinen Ruhm in alle Welt tragen. Und die Maler werden dich als Muttergottes verewigen.«

»Das wäre alles viel zu schön, um wahr zu sein.« Giulia wandte sich ab und starrte in die Nacht. »Mich fröstelt«, sagte sie. »Wir sollten wieder nach unten gehen und tanzen.«

Er hielt sie fest. »Und wenn du es für mich tust?«

»Komm, laß uns gehen!«

Alessandro preßte sie an sich. »Wenn Borgia Papst wird, könnte er dir noch mehr als Perlen schenken. Ich könnte Kardinal werden. Vielleicht selbst einmal Papst!«

Giulia befreite sich aus seiner Umarmung. »Alessandro, du bist verrückt.«

Plötzlich hörten sie jemanden die Treppe hochschnaufen.

»Laß uns verrückt sein!« flüsterte Alessandro ihr noch ins Ohr. »Den Verrückten gehört die Welt!« Schon stand Jupiter im Türrahmen. Er schaute sich um, dann strebte er, noch immer ein wenig schnaufend, aber doch leichtfüßig für seine Körperfülle, ihnen entgegen. Er streckte die Arme aus, nahm von jedem die Hand. »Meine liebsten Farnese-Kinder, ihr macht es richtig. Raus aus dem Getümmel, frische Abendluft atmen, frei unter dem Firmament des Schöpfers – da wird die Seele weit, sie möchte sich fortschwingen. Ja, manche Träume könnten wahr werden.«

Jupiter ließ sein R rollen und umarmte Giulia, kaum hatte er beiden die Hand gedrückt. Er nannte sie »mein Beichtkind«, »die schönste Blume auf Gottes Erdenrund«, »die wahre Venus« und »meine kleine Alkmene«. Dann nahm er die Maske ab, und zum Vorschein kamen seine wulstigen Lippen und die mächtige, weit nach unten gebogene Nase. Die Augen blickten liebevoll-gütig wie die eines weisen Herrschers. Noch einmal nahm er Giulias Hand und drückte sie an seine Lippen, nicht ohne ihr tief in die Augen zu blicken.

Sie errötete bis unter die Haarspitzen.

Nun legte er seinen Arm auf Alessandros Schultern. »Du solltest bei uns bleiben, lieber Alessandro, Männer wie dich braucht die Kurie. Ich weiß, wie schwer es dir fallen muß, auf das freie Leben eines Mannes aus altem Kriegergeschlecht zu verzichten, aber nicht nur auf dem Schlachtfeld kann man Siege erringen, auch in unserer Weihrauchwelt gibt es manchen Strauß zu fechten – das weißt du selbst. Und was die Freiheit angeht: Ein echter Mann nimmt sich, was er braucht.«

Borgias Stimme blieb weich und einschmeichelnd, sein Lächeln gewinnend. Alessandro fand den Kardinal, vor dem ihn della Rovere immer wieder eindringlich warnte, schönrednerisch, wenn nicht gar falsch, und doch gefiel ihm, was er sagte. Die Spanier übertrieben gern, das wußte er, sie trugen ihr Herz auf der Hand, sie konnten liebevoll sein und kurz darauf grausam, sie verstellten sich und liebten das Ränkespiel, und dennoch: Dieser von aller Welt als skrupellos verschriene Kardinal und Vizekanzler der Kurie, der dem Teufel näher stehen sollte als dem dreieinigen Gott, war einfach gewinnend.

»Habe ich recht, mein Kind?« fuhr Borgia fort, legte seinen Arm um Giulias Hüfte und drückte sie an sich.

Giulia deutete ein Nicken an; erneut griff er ihre Hand und führte sie zu seinem Mund.

Kurz darauf schob sich Alessandro wieder in den Tanzsaal, griff sich die nächste Nymphe und schwenkte sie ein paarmal durch den Raum. Kaum hielt er lachend an, segelte Adriana del Mila, inzwischen ohne Maske, heran und schob ihn zu Orso, der verloren an dem abgegessenen Bufett stand und sich Wein einschenken ließ. Seine dunkelbärtige Vulkanmaske hatte er ebenfalls abgenommen, weil er schwitzte, wie er Alessandro ohne Umschweife mitteilte. Sein zerstörtes Auge verbarg er unter einer schwarzen Kappe; sein Gesicht wirkte schief.

Alessandro hatte verstanden, was Adriana del Mila von ihm erwartete, und plauderte über die Falkenjagd. Orso wollte aber lieber über seine Ehefrau Giulia sprechen, die »schön wie die Morgenröte« sei. Dann trank er einen Branntwein, stieß auf und ergänzte, nicht ohne mit seiner Zunge mehrfach zu stolpern: »Im Bett muß man sie erst einmal zum Rennen bringen, aber wenn sie in Fahrt kommt, galoppiert sie wie eine rassige Araberstute, das kannst du mir glauben.«

Als Alessandro merkte, daß sich ihm jemand von hinten näherte, wollte er sich umdrehen. Aber Orso umarmte ihn und preßte ihn an sich. »Wir sind Brüder und müssen zusammenhalten«, rief er ihm ins Ohr, und nur mit Mühe konnte sich Alessandro von seinem Klammergriff befreien.

Es war Diana, die sich ihnen genähert hatte, jetzt aber schon wieder in der Menge zu verschwinden drohte. Alessandro klopfte Orso freundschaftlich auf die Schulter, rief ihm, schon davoneilend, »Warte auf mich, ich bin gleich wieder zurück!« zu und eilte der Göttin der Jagd nach.

35. Kapitel

Aus einem Augenwinkel konnte Silvia sehen, daß sich Alessandro von Giulias Ehemann Orso Orsini löste, um ihr nachzueilen. Sie zog den Bogen fester über ihre Schulter und schlängelte sich zwischen den Menschen hindurch. Als sie eine Stimme »Silvia! Silvia! Warte auf mich!« rufen hörte, drängte sie eine Gruppe von Huren beiseite und schob sich schließlich hinter einen Vorhang. Ihr Herz schlug bis hoch in den Hals. Es pochte so laut, daß sie glaubte, trotz des Lärms könnten die Vorbeitanzenden es hören. Schweiß stand ihr auf der Stirn, und sie versuchte, langsamer zu atmen, um sich wieder zu beruhigen.

Nein, sie wollte jetzt nicht mit ihm sprechen. Während sie ihn in seiner Apollo-Verkleidung sofort erkannt hatte, hatte er zwar mehrfach seine Augen auf ihr ruhen lassen, doch war es ihm offensichtlich nicht eingefallen, daß sie sich als Göttin der Jagd hierher gewagt haben könnte – aber wie sollte es ihm auch einfallen, nachdem er es noch nicht einmal fertiggebracht hatte, sie nach seiner Rückkehr aus Florenz aufzusuchen. Dabei hatte sie sich Jahre nach ihm verzehrt! Und er hatte sie einfach vergessen! Keinen einzigen Brief hatte sie von ihm mehr erhalten – und sie selbst hatte ihm nach Sandros Tod auch nicht mehr geschrieben. Nun sah sie ihn nach Jahren zum ersten Mal wieder, hinter einer Maske verborgen, und mußte etwas erleben, was sie nie für möglich gehalten hätte. Sie hatte nicht jedes Wort verstanden, was Alessandro zu Giulia auf der Loggia gesprochen hatte, und doch wurde ihr klar, zu was Alessandro seine Schwester drängte. War nicht der heilige Stand der Ehe ein Sakrament? Band die Ehe nicht zwei Menschen aneinander in guten wie in bösen Zeiten? Und war nicht insbesondere jede Frau, die die Ehe brach, verdammt und geächtet, vor Gott und den Menschen?

Silvia lugte durch den Spalt des Vorhangs und entdeckte Alessandro in ihrer Umgebung nicht mehr. Dafür entstand eine Bewegung unter den Anwesenden, die Musik verstummte, die Menschen zogen sich zu den Seiten des großen Saals zurück und ließen in der Mitte einen Platz frei, auf den eine Holzplatte gestellt wurde mit einem quadratischen Loch in der Mitte. An seinen Rand schleppten zwei Männer einen wuchtigen Thronsessel. Silvia schlüpfte wieder hinter dem Vorhang hervor und mischte sich unter die Menschen.

Was sie nun sah, ließ sie erschauern. Ein schwergewichtiger Mann in einem langen Gewand, dessen Gesicht fast unter einem wallenden Bart verschwand, nahm auf dem Thronsessel Platz und gab einen Wink, das offensichtlich geplante Schauspiel zu beginnen. Dumpfe Trommelschläge hallten durch den Raum. Die Zuschauermenge teilte sich, und ein bis auf einen Lendenschurz nackter muskulöser Mann trug auf seinem Rücken ein Holzkreuz. Auf seinem Kopf hatte man einen Dornenkranz befestigt und rote Flüssigkeit über Kopf, Gesicht und Schultern gegossen.

Gemurmel in der Menge, manche lachten kurz auf, andere verzogen ihre Mienen oder verbargen ihr Gesicht wieder hinter ihrer Maske. Da und dort schien unterdrückte Empörung aufzuflammen. »Das ist Cesare Borgia und sein Vater«, hörte Silvia ihren Nachbarn flüstern. Und eine andere Stimme ergänzte: »Was für eine unglaubliche Blasphemie!«

Aber das Schauspiel lief ab. Jesus von Nazareth trug sein Kreuz, römische Soldaten in Blechrüstungen schlugen ihn unter Gejohle an dieses Kreuz, der Gekreuzigte fluchte wie ein Kutscher, brüllte wie ein Stier, und Gottvater auf seinem Thron schien sich herrlich zu vergnügen. Das Kreuz wurde hochgestemmt und in dem Loch verankert. Eine sehr junge Maria schlich gebückt heran, jammernd, flehend die Arme zu Gottvater gereckt. Der Bärtige sprach: »Er muß sterben, damit wir alle leben können!« Er lachte anschließend so laut, daß auch das Publikum, das bisher in einer unsicheren Anspannung verharrt hatte, zu kichern begann. Nun prustete der Gekreuzigte los, und plötzlich erbebte der Saal vor Gelächter.

»Borgias Tochter Lucrezia spielt die Maria, ein Kind!« hörte Silvia von ihrem Nachbarn.

»Laß uns gehen«, sagte die andere Stimme. »Ich kann diese Gotteslästerung nicht ertragen. Die Borgia werden wirklich noch einmal Roms Untergang. Stell dir vor, das Kollegium wählt den fetten Lüstling auch noch zum Papst.«

»Das ist zur Zeit mehr als wahrscheinlich.«

Silvia hatte eine Weile nicht mehr das Schauspiel verfolgen können, weil sich die Zuschauer nach vorne drängten, aber jetzt waren einige Fackeln gelöscht worden, und sie sah einen Soldaten einen Schwamm hochhalten. »Igitt«, rief der Gekreuzigte, und die Menge fiel wieder in brüllendes Gelächter. Schließlich schrie er: »Mein Gott, mein Gott, warum hast du mich verlassen?« Für einen Augenblick erstarrten die Zuschauer. Cesare glaubte wohl, sein Ruf sei nicht verstanden worden, und brüllte ihn noch einmal in den Raum. Diesmal klang er noch beklemmender, und noch immer löste sich die Erstarrung nicht. Ein drittes Mal schrie er mit heiserer Stimme: »Mein Gott, mein Gott, warum hast du mich verlassen?«

In die angespannte Stimme hinein antwortete Kardinal Borgia mit lächelnder Lässigkeit: »Das habe ich doch gar nicht!«

Die Anspannung löste sich erneut in einem explodierenden Gelächter. Der Gekreuzigte rief mehrfach »Ich sterbe, ich sterbe«. Am Rand zerrissen Helfer ein Leinentuch, Pauken wurden geschlagen und Holzklötze umgestoßen, und schließlich ließen die Soldaten das Kreuz wieder auf den Boden und banden den Gekreuzigten los. Cesare stand auf, rieb sich seine Gelenke und stemmte das Kreuz hoch. Die Zuschauer applaudierten wild, und Cesare posierte wie ein siegreicher Gladiator. Schließlich warf er das Kreuz auf den Haufen der Holzklötze und sank seiner Schwester Lucrezia auf den Schoß. Sie schloß seine Augen, streichelte ihn, und bis sich die Zuschauer beruhigt hatten, blieb diese Pietà bewegungslos auf dem Boden hocken.

Plötzlich sprang Kardinal Borgia auf und rief: »Wo ist denn Maria Magdalena? Sie darf bei unserem Spiel nicht fehlen.« Behende zog er eine junge Frau auf das Podium. Silvia erkannte sofort, daß er Giulia Farnese neben seinen Kindern niederknien ließ. Dann segnete er alle drei und flüsterte Giulia zwei Worte zu, die, nach seinen Lippenbewegungen zu schließen, nur heißen konnten: »Heute abend!« Mit großer Geste und lächelnd segnete er schließlich die erneut applaudierenden Zuschauer, um anzuzeigen, daß das Schauspiel beendet sei. Tanzweisen wurden angestimmt, und die ersten Paare fanden zusammen, während die Utensilien der Vorführung weggeschafft wurden.

Silvia hatte sich nicht von der Stelle bewegt und folgte mit ihren Augen jeder Bewegung Giulias, die nun lächelnd mit Kardinal Borgia plauderte, der sich seinen Gottvaterbart von seinen rasierten Wangen zog. Giulia wirkte ein wenig angespannt, aber doch auch glücklich. Sie nahm Lucrezia in den Arm, und Vater Borgia küßte, bevor er sich entfernte, beide auf die Stirn, nicht ohne Giulia noch eine Botschaft ins Ohr zu flüstern. Silvia entdeckte Alessandro, der nur darauf gewartet zu haben schien, sich seiner Schwester nähern zu können. Wieder heimliches Zuflüstern, und ein siegreiches Lächeln zog über sein Gesicht.

Silvia starrte ihn an, aber Alessandro bemerkte nicht, daß er beobachtet wurde. Er hatte sie noch immer nicht erkannt. Am liebsten hätte sie sich ihr albernes Diana-Kostüm und die Maske vom Leib gerissen. Statt dessen schritt sie möglichst hoheitsvoll an ihm vorbei.

»Das ist doch Silvia«, hörte sie Giulia rufen. Aber sie tat so, als sei sie nicht gemeint, und ging einfach weiter. Kaum hatte sie den großen Saal verlassen, rannte sie zum nächsten Balkon. Überall sich drängelnde Menschen. Die meisten hatten nun ihre Masken abgelegt, lachten, tranken und schäkerten miteinander. Wie in einem Bordell, dachte Silvia. Am liebsten hätte sie das Haus sofort verlassen. Aber mit wem? Ihr Vater war krank und deshalb zu Hause geblieben. Zwei Knechte hatte er zu ihrer Begleitung abgestellt. Sie hatte zu Fuß gehen müssen, eine Kutsche auszuleihen konnte sich ihr Vater nicht leisten. Zum Glück fand sich in der Truhe ihrer Mutter das Kostüm der Diana. Insgeheim hatte sie darauf gehofft, daß sie *ihn* treffen, daß *er* sie nach Hause bringen würde. Aber nun?

Sie ließ sich ein Glas Zimtwasser reichen, stürzte es hinunter und eilte die Treppen hoch bis zur Dachloggia. Niemand außer ihr suchte hier oben die erfrischende Nachtluft. Sie hockte sich in eine Ecke, bedeckte ihr Gesicht mit den Händen und ließ den Tränen freien Lauf. Der Bogen hing ihr noch immer über dem Rücken und drückte sie. Sie nahm ihn ab, zerbrach ihn und warf ihn achtlos zur Seite, den Köcher mit den Pfeilen gleich hinterher.

Es dauerte lange, bis die Tränen versiegten. Dann stand sie wieder auf und schaute über die Brüstung gebeugt in die Nacht hinaus, über das schlafende Rom, das in dem Dunkel unter ihr zu rumoren schien. Am Himmel stand die Sichel des Mondes, und die hellsten der Sterne flimmerten herab. Aus dem *piano nobile* drang ein Gewirr von Stimmen, Musik tönte hoch, Gelächter. Wie konnte Gott es zulassen, daß einer seiner höchsten Diener den Tod seines einzigen Sohnes verhöhnte, IHN selber und die Gottesmutter dazu! Zumal dieser Diener gerade dabei war, einen neuen Ehebruch zu begehen – und ihre Freundin Giulia war das Opfer. Nein, wie ein Opfer wirkte sie nicht! Und Giulias Bruder Alessandro Farnese, selbst wieder ein Diener der Kirche, fädelte die Todsünde ein.

Silvia wünschte ein Erdbeben herbei, einen Schwefelregen, mit dem Gott, wie einst Sodom und Gomorrha, dieses Haus und diese Stadt vernichtete. Ja, ohne Widerspruch, ohne Wehklagen würde sie mitsterben in seinem Strafgericht. Gott mußte wie ein Eroberer aus den tiefen Steppen Asiens die Stadt in Trümmer legen und ihre Einwohner niedermetzeln. Zuerst diesen Palast einer Kupplerin, ja auch den Vatikan mit all seinen Kurtisanen und sündigen Priestern, den Papst eingeschlossen. Der Staub des Vergessens sollte sich über Rom legen. In Hunderten von Jahren sähe ganz Rom so aus wie das Forum Romanum heute, mit seinen Marmortrümmern und aus dem Boden ragenden Säulen, die wie Zeichen einer untergegangenen Welt vor sich hin dämmerten. Unter dem Schutt der Häuser würden Ratten ihre Wege graben und die Knochen der Erschlagenen benagen, von dem Unkraut an den zerborstenen Mauern nährten sich Ziegen, und räudige Katzen paarten sich im Schatten der Steine.

Plötzlich hörte sie zwei Stimmen im Treppenhaus, eine weibliche und eine männliche. Schnell richtete sie sich auf, strich ihr Kleid zurecht und ordnete ihr Haarnetz.

»Du bist betrunken.« Die weibliche Stimme.

»Mir ist schlecht.« Die männliche.

»Warum frißt du auch soviel.«

Der Mann rülpste laut.

»Du bleibst jetzt so lange hier oben, bis du dich wieder unter Menschen wagen kannst, ohne daß ich mich für dich schämen muß. Was soll denn Rodrigo von dir denken. Du führst dich auf wie ein Bauerntölpel. Ein Orsini!«

Adriana del Mila erschien mit ihrem Sohn Orso. Sofort hatte sie Silvia entdeckt, und es entfuhr ihr ein erstauntes und unwilliges »Ach«. Aber sie setzte umgehend ein falsches Lächeln auf und begann darüber zu reden, wie sehr man gelegentlich frische Luft benötige, um innerlich frei zu werden ... Silvia starrte sie feindselig an, und Adriana del Mila preßte ihre Lippen zu einem Strich zusammen. Orso unterdrückte ein weiteres Rülpsen.

Mit einem dahingeworfenen »Ihr kennt euch, nehme ich an« verschwand seine Mutter. Eine Weile sprach niemand. Orso versuchte, Fassung zu gewinnen und seine nicht mehr ganz sicheren Bewegungen unter Kontrolle zu halten.

»Ein schönes Fest«, sagte er schließlich, kaum noch lallend, aber sehr langsam, und als Silvia nicht antwortete, fügte er an: »Trotzdem hat mir Borgias Vorführung nicht gefallen. Es war eine Blasphemie, ja, eine Blasphemie. Und die war nicht witzig.«

»Da habt Ihr recht«, antwortete Silvia.

Beide schwiegen und schauten auf den Boden.

»Ihr seid Giulias Freundin, nicht wahr?« begann Orso nach einer Weile erneut das Gespräch.

»Ihre beste Freundin«, verstärkte Silvia mit bedeutungsschwangerem Ton seine Aussage.

»Und ich bin ihr Mann«, antwortete Orso, jetzt wieder verstärkt lallend.

»Ach ja!«

Schweigen.

Silvia sah ihn an, den Einäugigen, und obwohl er dumm und bäurisch wirkte, obwohl er betrunken und vollgefressen war, tat er ihr leid. Seine Mutter hatte ihn aus krankhaftem Ehrgeiz an Roms schönste Frau gefesselt. Und sie an ihn. Das Paar paßte zusammen wie Vulkan und Venus. Natürlich würde sie ihn betrügen. Und ein homerisches Gelächter würde in Roms Palästen erschallen.

Aber Silvia fand diese Vorstellung nicht zum Lachen. Sie fand sie entwürdigend. Schamlos. Und im tiefsten Sinne sündig. Wenn Giulia wenigstens einen jungen hübschen Mann gewählt hätte! Sie ließ sich jedoch von einem alten, geilen Kardinal ins Bett ziehen, und ihr Bruder schob die Zögernde noch.

»Wißt Ihr, Orso, daß Eure Frau Giulia gerade dabei ist, Ehebruch mit Kardinal Borgia zu begehen?«

Silvia hörte sich selbst kalt und ruhig diesen ungeheuerlichen Satz sagen. Ja, sie tat recht daran, Orso zu informieren. Vielleicht war die Ehre ihrer Freundin doch noch zu retten. Und der tödliche Haß dieses Bären brauchte sich nicht auszutoben und neues Unheil heraufzubeschwören.

»Heute nacht soll er stattfinden. Ihr seid Giulias Mann, Ihr könnt diese Sünde verhindern. Ihr müßt verhindern, daß Ehrlosigkeit und Unglück über Euer Haus kommen.«

Ihre Worte schienen echolos in einem Abgrund zu verschwinden. Orso starrte auf den Boden, schob seinen Fuß scharrend hin und her, strich sich die Haare aus der Stirn. Dann hob er seinen Kopf und richtete den Blick auf sie. Sein Auge wirkte nun nicht mehr glasig, sondern klar – und voll wütender Angst.

»Ihr seid eine schamlose Verleumderin«, sagte er langsam, aber völlig ernüchtert.

Silvia zuckte zurück. Sie suchte Orsos Blick, aber er hatte sich abgewandt. Der Mann nahm ihre Warnung nicht an, er wollte seine Ehre nicht verteidigen, die Reinheit seiner Frau nicht retten, das Unglück nicht verhindern. Er war ein elender Feigling. Und sie, sie hätte schweigen müssen. Was trieb sie, diesem adligen Trunkenbold die Wahrheit zu offenbaren? Warum hatte sie sich auf seine Seite geschlagen? Dieser halbblinde Bär ging sie nichts, rein gar nichts an! Und doch ertrug sie nicht, wie schamlos und berechnend eine tödliche Sünde angebahnt wurde.

»Warum könnt Ihr der Wahrheit nicht ins Gesicht sehen?« hörte sie sich kühl antworten.

Orso atmete tief durch, wollte aufbrausen, unterdrückte aber jeden Ausbruch. Seine Hand mit den kräftigen Fingern lag zitternd auf der Brüstung.

»Wenn Ihr verhindern wollt, daß der Kardinal Euch zum Hahnrei macht, müßt Ihr sofort eingreifen. Sonst ist es zu spät.« Und nicht ohne Hohn in der Stimme fügte sie an: »Sonst könnt Ihr ihn vielleicht noch erpressen.«

Beinahe hätte sie ihre Hand auf seine gelegt, um ihn zu beruhigen, um ihn von seinem Zittern zu befreien, aber sie beherrschte sich, weil er diese Geste sicher mißverstanden hätte.

»Wer seid Ihr, daß Ihr es wagt, im Haus meiner Mutter ...« Orso brach mitten im Satz ab, und seine Hand zitterte noch stärker.

Silvia schwieg nun, und auch er brachte kein Wort mehr heraus. Beide standen sie an der Brüstung, keiner bewegte sich, auch dann nicht, als Adriana del Mila nach ihrem »Bärchen« rief. »Deine liebe Giulia hat sich schon zurückgezogen, du mußt heute bei mir deinen Rausch ausschlafen, betrunkene Ehemänner sind jungen Frauen nicht zuzumuten.«

Als Adriana del Mila vor ihnen stand, schien sie sofort zu begreifen, welches Gespräch hier stattgefunden hatte. Ihr Mund wurde wieder schmal. Sie baute sich vor Silvia auf. Silvia glaubte, jeden Augenblick würde sie ihr ins Gesicht spucken.

»Wer sich in anderer Leute Angelegenheiten einmischt, kommt darin um«, preßte Adriana hervor. Mit einer entschiedenen Bewegung wandte sie sich Orso zu und führte ihn zur Treppe. Auf dem Treppenabsatz drehte er sich um und rief, von seiner Mutter gehalten, Silvia schleppend zu: »Eine bösartige Verleumderin seid Ihr. Ihr solltet Euch schämen.«

Es dauerte eine Weile, bis Silvia in der Lage war, sich aus dem Schutz der dunklen Loggia zu lösen und die Treppe hinabzusteigen. Die meisten Gäste waren schon gegangen. Zum Glück traf sie weder Adriana del Mila noch Orso. Auch die Borgia waren verschwunden. Nur Alessandro stand noch mit einigen seiner Freunde zusammen. Da sein Blick direkt auf sie fiel und sie keine Maske mehr trug, konnte er einer Begrüßung nicht mehr ausweichen. Silvia ging ihm aber nicht entgegen, sondern strebte dem Ausgang zu. Er rannte ihr nach und küßte ihre Hand. Sie nahm ihn nur noch wie durch einen

Schleier wahr. In seine schön gedrechselten Begrüßungs- und Wiedersehensworte hinein erklärte sie: »Kannst du mich nach Hause bringen, jetzt sofort?«

Er verstummte.

Sie schaute ihm in die Augen. »Bitte!«

»Ich habe aber keine Kutsche«, brachte er unsicher hervor.

»Ich kann laufen oder reiten. Außerdem habe ich zwei bewaffnete Männer dabei.«

Sie wanderten im Licht zweier Fackeln durch die nächtlichen Straßen. Alessandro führte sein Pferd am Zügel. Außer ein paar nichtssagenden Bemerkungen sprach er nicht. Auch Silvia brachte kein Wort über die Lippen, obwohl in ihrem Innern ein Sturm tobte. Es gab so viel zu sagen, hinauszuschleudern, ihm einzuhämmern, ihm, der sie vergessen und übersehen hatte; der sie längst nicht mehr liebte. Aber sie war auch stumm geworden, weil ihr das, was sie Orso verraten hatte, den Hals zuschnürte. Längst bereute sie ihre Offenheit, und sie verstand sich selbst nicht mehr.

Vor ihrem Haus verabschiedete sich Alessandro, indem er stumm ihre Hand nahm und sie an seine Brust drückte. Sie schluchzte auf, stieß »Ach, Alessandro« hervor, riß sich los und ließ die Portaltür hinter sich zufallen.

O Gott, was ist geschehen, dachte sie, als sie zitternd auf ihrem Bett lag, was habe ich getan? Sie starrte auf den Baldachin, der sich wie eine düstere Wolke herabzusenken schien. »Ich habe etwas furchtbar Falsches getan«, flüsterte sie.

36. Kapitel

Alessandro zweifelte nicht daran, richtig gehandelt zu haben. Er war im richtigen Moment nach Rom zurückgekehrt, hatte die florentinische Gemeinde durch den Einsatz für Giovanni de' Medici hinter sich gebracht und wurde von Kardinal della Rovere unterstützt. Kardinal Borgia, der Erzgegner des *terribile*, schwebte im siebten Himmel. Dieser Himmel trug den Namen *La bella Giulia* aus dem Geschlecht der Farnese. Die Folge war, daß Alessandro noch zu Lebzeiten von Papst Innozenz VIII. Protonotar wurde.

Der kränkliche Cibò ging dann endlich den Weg aller Sterblichen, und im August des Jahres 1492 wählte das Konklave den Katalanen zum neuen Pontifex maximus. Er hatte mehr Dukaten aufbringen und mehr Benefizien versprechen können als sein Gegenspieler aus dem Hause della Rovere. Rodrigo Borgia nannte sich als Papst Alexander VI.

Kardinal della Rovere schäumte und stieß wilde Drohungen aus. Er werde die Franzosen ins Land holen, den geilen Lüstling vom Stuhl Petri jagen, mit eisernem Besen die Weiber aus dem Vatikan jagen, die schamlose Familienwirtschaft bekämpfen.

Papst Alexander VI. Borgia dagegen zeigte sich bei bester Laune. Noch in der Nacht des Maskenfestes bei Adriana del Mila habe er seine kleine Alkmene besucht, berichtete er in trauter Runde, und sie aufnahmebereit gefunden. Neun Monate später sei zwar kein Herkules zur Welt gekommen, sondern nur eine süße Laura, aber was noch nicht sei, könne noch werden. Giulia widersprach ihm nicht und lächelte. Sie war schöner denn je und trug Kleider und Diademe, um die sie jede Römerin beneidete.

Natürlich beanspruchte auch Orso Orsini, der Vater der kleinen Laura zu sein. Giulia schwieg dazu, und Orsos Mutter Adriana lächelte fein. Nach der Geburt seiner Tochter hatte er auf eine Pilgerfahrt ins Heilige Land ziehen wollen. Aber noch bevor sein Schiff den Hafen von Ancona verließ, kehrte er unerwartet um und erhielt eine gutbezahlte Stelle beim päpstlichen Heer. Meistens hielt er sich jedoch in seiner Burg in Bassanello auf.

Die Orsini hatte sich der neue Papst nicht zu Freunden gemacht. Da Giulia eine Farnese war und die Farnese aus alter Tradition und nachbarschaftlicher Nähe heraus gute, häufig auch eheliche Verbindungen mit den Orsini pflegten, bedeutete dies für Alessandro einen Balanceakt. Immerhin gelang es ihm, den Aufruhr der Orsini ein wenig zu dämpfen, aber untergründig brodelte es weiter. Insbesondere Fürst Virginio Orsini, der Herr von Bracciano, einer der obersten Heerführer des Papstes, grollte unverhohlen.

Alessandros Rechnung ging jedoch auf. Kaum war Rodrigo Borgia Papst geworden, wurde Alessandro Farnese zum päpstlichen Thesaurar ernannt. Damit hatte er eins der wichtigsten Ämter in der Kurie übernommen. Und ein Jahr später, im September 1493, wurde er, gerade mal fünfundzwanzig Jahre alt, zum Kardinaldiakon von Santi Cosma e Damiano ernannt – obwohl er bisher nur die niederen Weihen empfangen hatte. Die Familie war zufrieden, am meisten seine Mutter Giovannella, und natürlich mußte dieses Ereignis gefeiert werden. Und welcher Ort kam für eine solche Feier besser in Frage als die Isola Bisentina, idyllisch gelegen im Lago di Bolsena, ein kleines Arkadien. Es sollte ein großes Fest werden, das zeigte, daß die Familie Farnese aufzusteigen begann und sich in Zukunft durchaus mit den Orsini und Colonna, Caetani und Savelli messen konnte.

Und es wurde ein großes Fest.

Als die Gäste längst wieder nach Rom oder auf ihre Landsitze zurückgekehrt waren, ruderte Alessandro an einem sonnigen und warmen Oktobertag mit seinem Bruder Angelo, der seit seiner Rückkehr aus Venedig entweder der Mutter Gesellschaft leistete oder in Rom eine Frau suchte, zur Insel, um an ihrem Lieblingsplatz, der von Felsen eingeschlossenen, lauschigen Westecke, zu schwimmen und den Tag zu verträumen. Eine Weile lagen sie in der Sonne, beobachteten die Möwen oder starrten einfach nur in den von den Zweigen und Blättern großer Steineichen halb verdeckten Himmel. Alessandro kletterte schließlich auf den hoch über das Wasser aufragenden *Sirenenfelsen*.

Die junge Giulia hatte sich nach einem Bad dort oben einmal zum Trocknen in die Sonne gelegt, nackt wie eine griechische Nymphe, und schließlich zu singen begonnen. Alessandro hatte sich herangeschlichen, um ganz in ihrer Nähe zu sein. Sie hatte ihn völlig mißverstanden, aber zum Glück war alles ohne Streit und ungute Gefühle abgegangen. Wie ja überhaupt die Insel im See Ort mancher Abenteuer gewesen war. Als Angelo kurz zuvor darauf angespielt hatte, war Alessandro wieder die Überfahrt während eines heftigen Tramontana-Sturms eingefallen. Damals hatte er beinahe seinen Bruder verloren, und noch heute dachte er ungern an dieses Ereignis.

Während Alessandro sich in der warmen Oktobersonne ausstreckte, schwamm sein Bruder in den See hinaus. Auch Angelo war ein guter Schwimmer geworden. Selbst Giulia genoß bis heute die Freiheit, gelegentlich mit ihren Brüdern auf die Insel zu rudern, über die alten Zeiten zu plaudern, zu schwimmen und auf dem Sirenenfelsen zu träumen.

Alessandro schloß die Augen und ließ seinen Gedanken freien Lauf. Wieder drehten sie sich um die Entwicklung der letzten Jahre, und wieder kam er zu dem Urteil, er habe damals richtig gehandelt, der Kuppelei der alten Vettel nicht entgegenzuarbeiten, sondern sie für die eigenen Zwecke einzusetzen. Seine Schwester Giulia war nicht für einen Orso Orsini geschaffen, dies hatte auch ihre Mutter inzwischen erkannt, sie durfte ihren magischen Schatz, dieses einmalige Gottesgeschenk der Schönheit, nicht verkümmern lassen hinter den dicken Mauern einer abgelegenen Orsini-Burg. Nicht nur *ein* Auge durfte auf ihr ruhen, viele Augen mußten sie anschauen. Auf diesem meist bewegungslosen oder nur fein lächelnden Gesicht lag der Widerschein der höchsten Liebe, wie sein alter Meister Marsilio Ficino anbetend betont hätte. Und nun war *La Bella Giulia* zur Konkubine eines Papstes geworden, erzog die Papsttochter Lucrezia und herrschte wie eine Königin in einem Palast, der direkt an den Vatikan grenzte. Und sie ging im Hort der Zölibatäre ein und aus. Die Frommen und Buchstabengläubigen unter den Kardinälen und Prälaten murrten zwar gelegentlich über die verlotterten Sitten unter dem neuen Papst, aber sie alle genossen Giulias Anblick, als wäre sie eine neue Bathseba oder gar eine Susanna im Bade.

Die einzige, die sich damals quergelegt hatte, war Silvia gewesen. Sie hatte doch tatsächlich Orso gewarnt, nachdem sie das geschwisterliche Gespräch zwischen ihm und Giulia belauscht haben mußte. So etwas Unglaubliches war lange nicht in Rom geschehen und hatte auch für genügend Klatsch gesorgt. Man hatte Silvia eine Reihe von Namen aus der Marienlitanei angehängt, wie *virgo purissima* oder *castissima*. *Refugium peccatorum*, Zuflucht der Sünder, wurde sie genannt, *regina confessorum*, Königin der Bekenner, oder sogar *sancta virgo virginum*, und immer waren diese Namen begleitet von einem ironischen bis spöttischen Lächeln, von feinem oder auch krachendem Gelächter.

Weil einzelne Krähen mit lautem Krächzen vorbeizogen, öffnete Alessandro kurz die Augen, um nach ihnen zu sehen. Aber die Sonne blendete ihn derart, daß er die Augen sofort wieder schloß.

Die Krähen schienen sich auf Baumwipfeln niedergelassen zu haben. Er hörte sie nur noch ab und zu, als wollten sie sich eine kurze Botschaft zurufen.

Die erneute Begegnung mit Silvia – nach so vielen ereignisreichen Jahren – hatte in Alessandro ein seltsames Gefühl hinterlassen. Als sie wie eine zerzauste Diana vor ihm stand, als er sie stumm durch das nächtliche Rom begleitete, schon gar, als sie sich mit einem Aufschluchzen von ihm verabschiedete, spürte er, daß seine kleine, Giovanni Crispo versprochene Silvia noch immer an ihm hing. Dabei war sie so klein nicht mehr, neunzehn Jahre alt mußte sie sein. Sie war feingliedrig und schlank, und ihr Antlitz wirkte mild. Auch sie war schön, aber auf eine ganz andere Art als Giulia. Giulias Schönheit ähnelte einem griechischen Tempel, Silvia erinnerte eher an ein im Wald verstecktes Nymphäum. Die eine mächtig, majestätisch und anbetungswürdig, die andere versteckt, verwunschen und liebenswert. Giulia war Venus, Helena und Athene in einem, Silvia Nausikaa, Kalypso und Maria. Noch immer spürte Alessandro tief in seinem Herzen den Zauber, der von Silvia ausging. Und er spürte auch Mitleid, weil Giovanni Crispo sie noch immer nicht geheiratet hatte. Vielleicht hätte er sie darauf ansprechen sollen, als er sie damals nach dem Maskenfest nach Hause brachte. Aber sie wirkte seltsam verstockt, und er selbst fühlte noch den gekränkten Stolz darüber, daß sie trotz ihrer Liebesschwüre einen anderen Mann hatte heiraten wollen, ohne ihn darüber zu benachrichtigen, ohne überhaupt noch einen einzigen Brief zu schreiben.

Natürlich hatte er Silvia auf die Feier anläßlich seiner Kardinalsernennung eingeladen. Sie kam mit ihrem Vater, dessen Rotschopf grau geworden war. Beide hatten sie sich Vater und Sohn Crispo angeschlossen. Auch Ippolita Crispo war diesmal dabei, kaum zu erkennen hinter einem Schleier. Silvia wirkte ernst und verschlossen, und mehrfach hatte er sie angesprochen, hatte mit ihr getanzt. Sie berührte ihn bei der Pavaniglia mit warmer Hand, und einmal zog er sie auch an sich; sie schmiegte sich an seine Brust. Aber dann plötzlich verweigerte sie sich ihm. Nein, sie wolle nicht mit ihm tanzen, hatte sie schroff gesagt. Kurz darauf sah Alessandro sie mit seinem Bruder Angelo sowie Ippolita und Giovanni Crispo zusammensitzen. Später tanzte sie mit Crispo. Alessandro wollte darüber lachen, aber er spürte, wie ihn ihre Zurückweisung kränkte und schmerzte.

Eine Weile sah er sie nicht mehr, weil er sein Kardinalshabit umzulegen und seinen offiziellen Gastgeberpflichten nachzukommen hatte. Der spät erschienene Papst mußte von ihm umschmeichelt werden, Cesare, vor nicht langer Zeit zum Bischof von Valencia und ebenfalls zum Kardinal ernannt, klopfte ihm auf die Schulter, die hübsche Lucrezia küßte ihm nicht nur seinen Ring, sondern anschließend auch noch die Wange – was Gelächter hervorrief und Applaus bei ihrem Vater. Selbst *Il terribile* lächelte sein grimmig-freundliches Lächeln, umarmte ihn, flüsterte ihm dabei ins Ohr: »Wir dürfen nicht aufgeben. Der Borgia wird einen Fehler machen, und dann fegen wir ihn vom Stuhl Petri.« Alessandro antwortete mit einem freundlichen Lächeln, und anschließend plauderte Kardinal della Rovere mit dem Papst, als seien sie alte Freunde.

Zwischen ihnen lag auf vielen Kissen Prinz Dschem, der türkische Sultansbruder, die berühmte Geisel der Kurie, jedes Jahr willkommene vierzigtausend Dukaten wert. Er war gekleidet wie ein orientalischer Herrscher, und unter der weitwallenden Bekleidung erahnte man beeindruckende Fettmassen. Schwarze muskulöse Diener standen bewegungslos wie Säulen hinter ihm, halfen ihm, sobald er sich erheben wollte, und trugen ihn dann in einer Sänfte. Denn schon Gehen war für ihn zuviel der Bewegung. Della Roveres Tochter Clarissa lagerte an seiner Seite, wie immer fröhlich mit ihrem kreischenden Lachen, inzwischen fast ebenso fettleibig wie der Prinz. Rufino Ruffini, Silvias Vater, schlich mehrfach um diese Gruppe herum, seine Augen auf Clarissa gerichtet, aber die junge Frau nahm ihn nicht wahr, da ihre Augen ganz dem Prinzen galten. Nur ihr Vater, der Kardinal, winkte Ruffini einmal herbei, flüsterte ihm etwas ins Ohr, machte eine verstohlene Geste, die andeutete, er solle sich zurückhalten und abwarten.

Alessandro wechselte zu der Gruppe, die Adriana del Mila und seine eigene Mutter Giovannella bildeten und zu der noch eine graufaltige Orsini gehörte und der Bruder der Mutter, Kardinal Caetani. Die jüngeren Familienmitglieder der Farnese, die Alessandro lange nicht gesehen hatte, seine beiden Vettern Pietropaolo und Ranuccio, tanzten, tranken oder drückten sich mit den zur Unterhaltung eingeladenen Kurtisanen auf lauschigen Bänken hinter den großen Rhododendronbüschen herum.

Schließlich stieß Alessandro auf seinen Bruder Angelo, der sich mit Ippolita Crispo von der Gesellschaft abgesetzt hatte und im kleinen Kräutergarten lustwandelte. Alessandro wollte sich zu ihnen gesellen, weil er lange nicht mit Ippolita gesprochen hatte und sich von ihrer Genesung überzeugen wollte, aber er zögerte, weil die beiden so ins Gespräch vertieft waren, daß sie ihre Umgebung nicht wahrzunehmen schienen. Ippolita zupfte einen Thymianzweig und roch an ihm, während Angelo auf sie einsprach. Und plötzlich geschah etwas, was Alessandro zutiefst erschreckte. Angelo nahm mit einer zärtlichen Geste Ippolita den Schleier vom Gesicht. Sie wandte ihren Blick nicht scheu ab, sondern hob ihren Kopf. Angelo beugte sich vor. Jetzt wird er sie küssen, dachte Alessandro erstarrt. Aber Angelo küßte sie nicht, sondern strich ihr nur über die Wangen, drückte dann ihr Gesicht an seine Brust, und eine Weile lehnten die beiden wie eine Marmorskulptur aneinander, drückten eine vertraute Einheit aus, die Alessandro einen schmerzhaften Stich versetzte.

Abrupt drehte Alessandro sich um und eilte zu den Gruppen, die sich im Hof der Villa, auf den Rasenflächen und der Terrasse, aber auch in den hinteren Teilen des Parks verteilt hatten. Erst bei den Tanzenden entdeckte er Silvia, die elegant von Crispo geführt wurde und mit ihren Füßchen über die Terrasse zu schweben schien. In seiner Aufmachung als Kardinal konnte Alessandro nicht tanzen, und so wandte er sich erneut ab. Seine Stimmung war gedrückt. Er feierte den wichtigsten Schritt seiner Laufbahn, er war regelrecht nach oben katapultiert worden, seine Brust hatte sich vor Stolz und Würde gebläht, aber nun bewirkten ein paar Beobachtungen, daß seine Siegerstimmung in sich zusammenfiel. Dies ärgerte ihn zusätzlich. Wenn wenigstens Giulia anwesend wäre! Sie hatte ihn jedoch bisher versetzt. Ihre kleine Laura brauche sie, hatte sie betont, aber versprochen, dennoch zu kommen. Allerdings erst, wenn die Kleine ausgeschlafen habe. Alessandro verstand seine Schwester nicht. Seit wann richteten sich Erwachsene nach den

Schlafbedürfnissen der Kinder?! Wozu gab es Ammen und Kindermädchen? Giulia hatte sogar ernsthaft erwogen, ihre Laura selbst zu stillen. Aber ihr hoher und heiliger Liebhaber hatte es ihr ausreden können. Außerdem befürchtete sie, ihr schöner Körper sei nach dem Stillen nicht mehr der alte.

Überall um Alessandro herum Gelächter und fröhliches Treiben, zufriedene Gesichter. Man plauderte und tauschte Klatsch aus, Intrigen wurden gesponnen, und die Kurtisanen trugen das ihre dazu bei, daß einsame Junggesellen sich nicht ganz so einsam fühlen mußten. Selbst die beiden vatikanischen Hauptgegner schienen für einen Abend auf dieser verwunschenen Insel zu Freunden geworden zu sein, als hätte eine Glücksfee oder eine Inselnymphe sie verzaubert. Nur er selbst, der Gastgeber, der zu Feiernde, war miserabler Stimmung. Dabei hatte man ihn in all den Reden, die gehalten wurden, mit Schmeicheleien überhäuft. Die Andacht war vom Heiligen Vater persönlich gehalten worden, und er hatte taktvoll vermieden, zu erwähnen, daß es jetzt für den frischernannten Kardinal von Santi Cosma e Damiano vielleicht an der Zeit sei, die höheren Weihen anzustreben. Das Bankett war einwandfrei, ohne daß es protzig wirkte. Die Musikanten aus Neapel erste Wahl. Sogar das Wetter zeigte sich von seiner besten Seite. Gottvater persönlich schien seine segnende Hand über sie alle zu halten, schien Alessandro seine Sünden zu verzeihen – und dennoch. Seine gute Laune war dahin.

Alessandro überlegte, ob er kurz mit einer der Kurtisanen – auf Rosella und ihre Mädchen hatte er verzichtet – in der Villa oder in einer der Lauben verschwinden sollte. Aber er hielt es doch für wenig passend, an einem solchen Festtag fleischlichen Begierden nachzugehen. Das mochte der Borgia tun. Wenn eine andere Frau in seine Arme gesunken wäre, wäre er vielleicht schwach geworden. Aber Silvia hing an Crispos Armen!

Wahrscheinlich würde sie ihn demnächst doch heiraten. Nach Jahren der Verhandlungen zwischen den Vätern. Die Witze über den schönen Giovanni und die kleine Ruffini auf der Wartebank setzten langsam Staub an. Eine unendliche Geschichte! Genauso wie man über Vater Ruffini und seine Angebetete Witzchen riß. Der grau gewordene Rotschopf wollte die fette Bastardtochter des *terribile* heiraten. Der Kardinal hatte zuerst nur eine magere Mitgift geben wollen, wurde dann großzügiger, um seine Tochter endlich loszuwerden, aber jetzt schien sie ihr Herz vollkommen an den monströs verfetteten Heiden verloren zu haben. Die Tochter eines Kardinals und Papstanwärters war verrückt nach einem muslimischen Prinzen, der sie in seinen Harem einzubauen be-gann, ohne daß es der Kardinalsvater verhindern konnte. Und Rufino Ruffini gab noch immer die Hoffnung nicht auf. Zwischendurch sollte er sich auch um die verhexte Crispo-Tochter bemüht haben, so wurde gemunkelt, von einem finanziell günstigen Tauschgeschäft war die Rede, aber auch diese Hoffnung hatte sich zerschlagen. Der Mann konnte einem leid tun. Drei Söhne gestorben, die Frau ermordet, von der Geliebten verlassen, das Bastardkind gestorben, selbst hoch verschuldet, die Tochter noch immer im Haus und außerdem das Gespött der besseren Gesellschaft.

Während Alessandro seinen Blick im Gewirr der niederhängenden Zweige eines Olivenbaums verlor, segelte seine Mutter auf ihn zu. Seine Mutter pflegte noch immer ihre unerbittlich strenge Schönheit, und heute strahlte sie eine Zufriedenheit aus, die schon Glück genannt werden mußte. Ohne sie wäre ihr zweitgeborener Sohn heute nicht Kardinal, das wußte er, das wußte sie.

»Mein Gelübde ist erfüllt, Alessandro. Ich bin zufrieden und kann erhobenen Hauptes vor unseren Herrn treten.«

»Das hat noch Zeit, liebste Mama.«

Sie wischte seine Bemerkung zur Seite. Er hatte mit ihr heute noch kaum ein Wort gesprochen, aber das war auch nicht nötig, denn die Riege der anwesenden Kardinäle scharte sich um sie.

»Du siehst nicht glücklich aus, mein Sohn. An einem solchen Tag!?«

Sie rückte seinen runden Kardinalshut gerade und legte die leicht verrutschte Kapuze wieder in ordentliche Falten.

»Aber schön siehst du aus. Hast du die Sprache verloren?« Sie schaute ihn jetzt direkt an. »Wer mit fünfundzwanzig Kardinal wird, kann es auch zum Papst bringen. Denk daran! Dein Urahn Benedetto Caetani wird dir beistehen.«

Alessandro schwieg. Eigentlich hätte er seine Mutter vor Glück umarmen können. Aber gleichzeitig fiel sie ihm auf die Nerven.

»Es ist die kleine Silvia, nicht wahr?« Noch immer schien sie mit der Ordnung seiner Kardinalsrobe beschäftigt zu sein.

»Woher weißt du ...?« entfuhr es ihm.

»Eine Mutter schaut tief in das Herz ihrer Söhne.« Sie rieb an einem Fleck am Ärmel. »Die Ruffini wird heiraten. Du hast Besseres vor, als dich an eine Frau zu hängen. Es gibt reizvolle und kluge Kurtisanen in Rom. Die Ruffini ist ein armes Dummerchen – allerdings mit einem guten Becken!«

»Mama! Wie sprichst du von Silvia! Sie mag zwar arm sein, aber dumm ist sie nicht ...«

Über das gerade noch verächtlich blickende Gesicht ihrer Mutter ging plötzlich ein freundliches Leuchten. »Ah, wer kommt denn da? Bezaubernd siehst du aus, mein Kind. Laß dich umarmen!« Einen Augenblick hatte Alessandro gehofft, seine Mutter würde Silvia begrüßen. Aber es war die Tochter des Papstes, die sie in die Arme nahm und küßte. Seine Mutter hielt sich nicht lange mit weiteren Floskeln auf, winkte Lucrezia ›bis nachher‹ zu und strebte zu Adriana del Mila inmitten der Kardinäle, die den Heiligen Vater in seiner weißen Robe umstanden wie ein purpurner Glorienschein.

»Darf ich dir noch einmal gratulieren, Alessandro?« Lucrezia stieg auf die Zehen, reckte ihr Gesicht ihm entgegen und küßte ihn, bevor er sich versehen hatte, direkt auf den Mund.

37. Kapitel

Silvia hatte sich, erhitzt vom Tanz mit Giovanni Crispo, im Schatten einer großen Zeder niedergelassen und sich ein Glas Wasser reichen lassen, als ihr Blick auf Alessandro und Lucrezia fiel. Beinahe wäre ihr das Glas aus der Hand geglitten. Alessandro ... küßte ... die frühreife Papsttochter! War er nicht gerade erst zum Kardinal ernannt worden? Wollte er vielleicht aller Welt vor Augen führen, wie sehr er sich an die kirchlichen Gesetze zu halten beabsichtige? Und war die dreizehnjährige Papsttochter nicht kürzlich, viel zu früh für ihr Alter, mit Giovanni Sforza, dem Conte di Pesaro, verheiratet worden? Und nun küßten sich der Kardinal Farnese und die verheiratete Contessa di Pesaro in aller Öffentlichkeit – und keiner nahm daran Anstoß, schien es überhaupt nur wahrzunehmen!

Silvia drehte sich kurz Giovanni Crispo zu, der sich neben sie gesetzt hatte und wie zufällig seine Hand auf ihre legte. Sie zog ihre Hand weg, lächelte ihn aber an, beobachtete dann sofort wieder das schamlose Paar. Überall in Rom streuten die päpstlichen Günstlinge Loblieder auf die kluge und schöne Lucrezia aus, ihr Lehrer, der berühmte Humanist Pomponeo Leto, habe ihr elegantes Latein gelobt, aber sie sei nicht nur klug, sondern auch trotz ihrer Jugend eine Schönheit, mit ihrem goldenen Haar, den strahlendweißen Zähnen und der wohlgeformten Büste. Silvia fand diese einfältigen Lobhudeleien peinlich. Ihre Freundin Giulia war schön, darüber gab es keinen Zweifel, auch die Neider mußten dies zugeben, aber Lucrezia hatte eine zu schmale Nase, einen zu großen Mund, dafür einen zu kleinen Busen. Aber vielleicht wuchsen ihr die Brüste noch, wenn sie älter und womöglich schwanger wurde. Falls sie überhaupt schon schwanger werden konnte. Außerdem blickten ihre Augen nichtssagend in die Welt. Man konnte ja noch nicht einmal sagen, ob sie grün waren, blau, braun oder grau. Richtig war allerdings, daß dieses dreizehnjährige Mädchen den besonderen Appetit ihres Vaters geerbt zu haben schien. Zwei Jahre vor der Ehemündigkeit verheiratet und schon auf der Schwelle zum Ehebruch – mit einem Kardinal. Da zeigte sich die sündige Schamlosigkeit, die ihrer Familie angeboren zu sein schien!

Alessandro und Lucrezia hatten sich zur Seite gedreht und plauderten angeregt miteinander. Silvia konnte natürlich nicht verstehen, worüber die beiden sprachen, aber sie sah überdeutlich, wie sie lachten und sich dabei zueinander beugten, wie sie sich scheinbar zufällig berührten. Lucrezia schaute bewundernd zu Alessandro auf, zu dem jüngsten Kardinal im Heiligen Kollegium, und er sonnte sich in ihrer Bewunderung. Ja, Alessandro war eitel, eingebildet und kannte keine Moral! Und Lucrezia? Sie schwenkte ihr Hinterteil vor den Männern wie eine läufige Hündin. Mit ihrem Vorbau konnte sie ja nicht viel Eindruck schinden. Aber ihr Hintern war auch zu dünn. Und ihr Becken noch immer das eines Kindes. Wie Alessandro wieder lachte! Und Lucrezia kicherte! Man hörte sie trotz des Lärms der vielen Personen und trotz der Musik.

Wahrscheinlich würde Alessandro ihre Stimme *glockenhell* nennen. Dabei war sie schrill!

»Weltliche Werte sind nicht das Entscheidende«, hörte sie jemanden sagen.

Ach ja, neben ihr saß noch immer Giovanni Crispo, mit seinen großen dunklen Augen, seinen *Samtaugen*, seinem seidigen Haar und dieser wunderbar vibrierenden Stimme, und sprach auf sie ein.

»... Ruhm und Reichtum.«

»Was wolltest du sagen, lieber Giovanni, entschuldige, ich war ein wenig abgelenkt.«

Silvia warf ihren Körper regelrecht herum, um nicht weiter auf das schäkernde Paar starren zu müssen, und legte nun ihrerseits die Hand auf Giovannis Arm.

»Ich würde nicht so weit gehen, zu behaupten, man müsse ein Eremitenleben führen, wie das die griechischen Philosophen empfehlen, aber ein Leben voller Beschaulichkeit im Kreis einer lebendigen Familie, an der Seite eines liebenden Weibes, ein der Kunst gewidmetes Leben – das ist das, was mir vorschwebt.«

»Aber Giovanni, welcher römische Adlige ist schon an Kunst interessiert!« rief Silvia aus. »Es geht ihnen doch nur um Waffen, Rassepferde und schwerbrüstige Kurtisanen. Dabei ist die Kunst das Höchste im Leben – neben der Religion.«

Bist du das eigentlich, die da redet, fragte sich Silvia. Aber sie schaute Giovanni in seine dunklen Augen, sie versenkte sich in sie, sie beobachtete seine weichen Lippen beim Sprechen. Die Zähne, die zum Vorschein kamen, reihten sich wohlgeformt in einer gesunden Elfenbeinfarbe.

Giovanni war beim Ausdruck *schwerbrüstig* zurückgezuckt, und Silvia schob sofort nach: »Weißt du, ich rede gern, wie mir der Schnabel gewachsen ist. Ich drecksele nicht so die Sätze, wie die Herrn Prälaten und Kardinäle – aber du wolltest etwas über Ruhm und Reichtum, über Benefizien und Mitgift sagen?«

Giovanni stotterte und kratzte sich am Hinterkopf. »Nun, nicht jeder von uns kann als Bischof oder Kardinal in den prallgefüllten Topf der Mutter Kirche greifen ...«

»... aus dem Milch und Honig fließen ...«

»... ja, richtig, ich meine ...«

»Aber wenn es um die Mitgift geht, da schaut man doch auf jeden Dukaten.«

Silvia versuchte, Giovanni ohne jeden Hintersinn anzuschauen. Er schlug die Augen nieder und errötete leicht.

»Ich meine«, begann er nach kurzer Pause, »mein Vater, verstehst du, und dann die Sterne, aber wirklich, du hast recht, ich meine, Frascati ist wirklich sehr schön, aber die Mitgift ... die Mitgift ist wirklich nicht das Entscheidende – wenn man sich liebt.«

Zum Schluß hatte er ganz schnell gesprochen. Noch immer wagte er nicht, Silvia in die Augen zu schauen. Aber sie wagte, ihn anzusehen. Wenn er auch irgendwie harmlos wirkte, so war er doch ein *wirklich* schöner Mann. Schöner auf jeden Fall als Alessandro.

»Du sprachst über die Bedeutung der Kunst im Leben, lieber Giovanni. Auch für mich ... weißt du, manchmal dichte ich oder schreibe Novellen. Ich male sogar, aber im Malen bin ich nicht gut. Du jedoch, das habe ich gehört, sollst wunderbare Porträts anfertigen ...«

»Hast du das gehört?«

»Das erzählen viele.«

Giovanni schaute sich scheu um, ob vielleicht jemand ihr Gespräch belausche. Dann flüsterte er: »Ich möchte dich malen, Silvia, davon habe ich schon immer geträumt. Glaubst du, daß du ...«

Sie lachte kurz auf. »Warum fragst du nicht *La bella Giulia* oder die hochgepriesene Papsttochter Lucrezia? Dann wird man dein Bild vielleicht sogar im Vatikan hängen sehen.«

Noch einmal schaute sich Giovanni um. Er neigte anschließend seinen Kopf nach unten, als wolle er Silvia die Hand küssen. »Silvia ... Silvia ...«

Natürlich hatte sie nicht wirklich etwas dagegen, von Giovanni porträtiert zu werden. Im Grunde schmeichelte ihr sein Wunsch. »Warum eigentlich nicht!« rief sie mit heller Stimme.

»Wirklich?«

»Ja, ja!«

»Als Heilige.«

»Aber Giovanni, ich bin doch keine Heilige!«

»Für mich bist du wie eine Heilige.«

Silvia mußte wieder auflachen, viel zu hoch, wie sie selbst

bemerkte. Giovanni schaute sie nun an, schaute ihr in die Augen, und nun errötete *sie*!

Zum Glück entstand eine heftige Bewegung unter den Gästen, einige applaudierten und blickten in Richtung Hafen. Auch Alessandro schaute dorthin, rief etwas und winkte. Er wollte aufspringen, besann sich jedoch auf die Würde, die sein Amt und auch sein Gewand erforderten. Silvia entging keine seiner Bewegungen, sie durchschaute ihn. Er beugte sich erneut zu Lucrezia, mit der er die ganze Zeit gescherzt haben mußte, und flüsterte ihr etwas ins Ohr. Lucrezia lachte spöttisch auf und wollte auch ihm etwas zuflüstern. Weil sie aber so klein war, zog sie Alessandro zu sich herunter. Ja, sie legte die Arme um seinen Hals. Nein, sie küßte ihn nicht, aber am liebsten hätte sie es getan. Das sah Silvia, ohne daß irgendein Zweifel an ihrer Beobachtung entstehen konnte, schließlich war sie selbst eine Frau. Lucrezia flüsterte Alessandro etwas ins Ohr, Wange an Wange. Silvia konnte leider nicht sehen, ob Lucrezia ihm vielleicht das Ohr oder zumindest die Wange küßte, konnte auch nicht hören, welche eindeutigen Hinweise sie ihm zuflüsterte – aber sie merkte, daß Alessandro zwar Lucrezia lauschte, aber gleichzeitig sie, Silvia, anschaute. Ihre Blicke trafen sich. Silvia spürte sich noch tiefer erröten.

Aber schon eilte Alessandro seiner Schwester Giulia entgegen, die soeben mit ihrer knapp zweijährigen Laura auf dem Arm erschienen war. Die Kleine wollte schon selbst laufen, und die gesamte Gästeschar, die Kardinäle voran, applaudierten. Laura war herausgeputzt wie eine Prinzessin, und ihre Mutter schritt über das Gras wie eine Königin. Nein, wie eine Göttin.

Schon wurden Mutter und Kind von lärmenden Gästen umringt, und auch Silvia eilte hinzu. Giovanni folgte ihr zögernd. Adriana del Mila, bei der Giulia, wie auch Lucrezia, zur Zeit wohnte, führte das Kind wie eine stolze Großmutter im Kreis umher. Orso, der Vater, stand hinter ihr und ruckte an seiner Augenbinde. Als er das Kind hochnehmen wollte, schob sich seine Mutter dazwischen und rief Laura zu: »Nun begrüße erst einmal den Heiligen Vater.«

»Ja, komm zu deinem *Papa*!« rief der Papst und streckte der Kleinen die Arme entgegen. Sie juchzte auf und ließ sich hochnehmen, zog ihm seine weiße Kappe vom Kopf und warf sie auf den Boden. Alle lachten. »Du, du, du!« drohte ihr scherzhaft der Papst.

»Papa, Papa!« rief Laura.

»Und wo ist dein großer Onkel?« fragte der Papst.

»Daaa«, antwortete sie und zeigte auf Alessandro, der nun die Kleine dem Papst abnahm und sie wie eine Tänzerin herumschwenkte. Auch ihm wollte sie den großkrempigen Hut vom Kopf stoßen. Aber er ließ es nicht zu, sondern warf sie in die Luft, so daß alle Frauen künstliche Erschreckenslaute ausstießen. Laura aber juchzte auf. »Onkel Lassi«, stieß sie aus, als Alessandro sie auf die Wange küßte.

»Ja, ich bin dein stolzer Onkel Alessandro, und du bist meine allerliebste Laura.«

»Lessandro«, versuchte die Kleine auszusprechen. »Alessandro … lieb.«

Während die Gäste erneut begeistert klatschten und bravo riefen, drehte sich Alessandro mit Laura und kam dann direkt auf Silvia zu. Sie wollte zurücktreten, aber schon stand er vor ihr und reichte ihr mit großer Selbstverständlichkeit das Kind.

»Und das ist deine liebe Tante Silvia, die beste Freundin deiner Mutter – und auch meine beste Freundin.« Alessandro verbeugte sich vor ihr, und Silvia stand nun mit dem Kind auf dem Arm vor der gesamten Gästeschar. Alle lächelten sie erwartungsvoll an, als müsse sie ein Kunststück vorführen. Laura schaute Silvia ernst und forschend an. Auch Alessandro an ihrer Seite lächelte. Und Adriana del Mila lächelte. Orso, hinter ihr, zupfte heftig an seiner Augenbinde. Der Papst winkte. Er lächelte wie ein glücklicher Vater.

Alessandro zwinkerte ihm zu.

Silvia lächelte nun auch die kleine Laura an – und sie lächelte zurück. Silvia war glücklich. Ja, wie damals, mit Sandro, dachte sie. Beinahe hätte sie losgeschluchzt. Aber sie beherrschte sich, ihre Augen wurden nur feucht. Alle beobachteten sie. Da, im Hintergrund stand ihr Vater. Er wußte, was in ihr vorging. Die Kleine untersuchte nun die Perle, die über ihrer Stirn hing.

Giulia war hinzugetreten, gab Silvia einen Begrüßungskuß und flüsterte etwas, was sie nicht verstand. Auch der Papst stand nun neben ihr, und sie wußte nicht, wie sie sich mit dem Kind auf dem Arm verhalten sollte.

Zum Glück nahm er ihr Laura wieder ab.

»Und wann können wir *dein* Kind taufen, meine Tochter?« fragte er mit anzüglichem Lächeln. »*Seid fruchtbar und mehret euch*, sagt der Herr. Ihr dürft nicht so stolz sein. Wer einen solchen Liebreiz ausstrahlt, darf der Liebe nicht entsagen.«

Sie wußte nicht, was sie darauf antworten sollte. Aber tatsächlich glaubte sie, ihre Freundin Giulia, die Mutter der kleinen Laura, die Ehefrau des einäugigen Orso Orsini und die Geliebte des Papstes, müsse die glücklichste Frau auf der Welt sein.

38. Kapitel

Alessandro war nicht unzufrieden, aber auch nicht besonders glücklich. Der Aufstieg im Vatikan hatte sich dank Giulias Einfluß günstiger und schneller als erwartet entwickelt, er war Kardinal geworden, auch wenn die alten Herren im Heiligen Kollegium die Nase rümpften über den jungen Spund, der zudem noch nicht einmal die höheren Weihen vorweisen konnte. Aber das Kardinalsamt brachte auch teure Repräsentationspflichten mit sich, die Erwartung, sich einen anständigen Palazzo zu kaufen und die entsprechende Anzahl von Bediensteten zu beschäftigen, kurz: hohe Kosten. Der Papst überschüttete Giulia mit Juwelen und Diademen, mit golddurchwirkten Kleidern und Perlenketten, damit ihre leidenschaftliche Schönheit weiter zu ihm auflodere, ihren Bruder jedoch vernachlässigte er mit pekuniär spürbaren Gunstbeweisen. Es gab Titel und Ehre, nicht jedoch Benefizien und Einkünfte.

Dies minderte Alessandros Einfluß im Kräfte- und Ränkespiel der Kardinäle und der wichtigen römischen Familien. Er war nicht in der Lage, sich Anhänger und Parteigänger zu kaufen, er mußte sie durch Liebenswürdigkeit und Überredungskünste sowie durch allerlei Versprechungen an sich binden. Nach außen hin galt er nach seiner Ernennung zum Kardinal als Borgias Parteigänger. Auch wußte man, daß der erotische Einsatz seiner Schwester ihm zu der Stellung verholfen hatte. Darüber wurde viel gewitzelt, mehr oder weniger abschätzig. Kardinal *Gonella*, Unterrock, hieß er bei den Neidern in Kirchenkreisen. Das Volk nannte ihn Kardinal *Fregnese*, Fotzese, oder auch Kardinal *Fick-ihn*. Und bei nicht wenigen

Männern schwang Anerkennung, wenn nicht gar Hochachtung mit.

Alessandro kümmerte sich wenig um diese Bezeichnungen, die ihm natürlich auch zu Ohren kamen. Viel mehr beschäftigte ihn, daß Cesare, der mit ihm zum Kardinal ernannt worden war und längst auch offiziell den Namen Borgia trug, ihn mit mißtrauischen Augen beobachtete. In den Wäldern des Mugello hatte das Schicksal sie beide unfreiwillig aneinandergekettet. Und eines Tages würde Alessandro diese Ketten erneut spüren.

Aber nicht nur weil Cesare ihn beobachtete, mußte Alessandro äußerst vorsichtig vorgehen, wenn er Kardinal della Rovere, der sich in Frankreich aufhielt, Informationen zukommen ließ. Die Spione der Borgia saßen überall. Bedienstete und kleine Kirchendiener wurden schamlos bestochen; falls sie sich als unsichere Kantonisten herausstellten, starben sie schnell eines unnatürlichen Todes. Dies galt in Rom als offenes Geheimnis, und auch Accurse Maynier, inzwischen der Geheime Zeremonienmeister des Papstes, bestätigte die lässige Skrupellosigkeit des Stellvertreters Christi. Immerhin begehe der Papst seine »nicht immer christlichen Taten«, so drückte er sich aus, mit Charme und guter Laune, meist finde er für sie auch irgendeinen Grund oder Vorwand, außerdem könne man ihm selten etwas nachweisen. Seinem Sohn Cesare dagegen sei alles zuzutrauen. Er scheue, wenn er es für angebracht halte, nicht vor Mord zurück. Bekannt sei die Familie Borgia schon lange für ihre Giftmischerei. Dabei spiele weißes Arsen eine Rolle und die berüchtigte *cantarella*, ein langsam wirkendes, schwer erkennbares Gift. Auch der Dolch würde leichtherzig eingesetzt. »Wer einen Stier im Wappen führt, möchte, so nehme ich an, kein Lamm sein«, schloß Accurse lächelnd seinen Bericht über die Vorgänge im Vatikan.

Alessandro diskutierte mit Accurse und Ugo nicht nur die Veränderungen, die sich während der letzten Jahre in Rom abgespielt hatten, sondern kam auch auf die Zeitläufte im allgemeinen zu sprechen, die sich dramatisch zu ändern schienen. Granada, das letzte Bollwerk der Mauren in Spanien, hatte kapituliert; die Juden waren aus dem Lande vertrieben. Viele seien nach Rom gekommen, berichtete Ugo, man höre Schlimmes von ihnen. Aber nun habe der

Genuese Columbus auf dem Seeweg nach Indien Länder mit sagenhaften Reichtümern entdeckt und mit Wilden, die nackt umherliefen, Menschen opferten und ihnen das Herz aus dem Leib schnitten. Von Kannibalen war die Rede und von Meeresungeheuern, von allesverschlingenden Stürmen. Trotzdem, unterbrach ihn Accurse, Gold sei dort zu holen, unendliche Mengen an Gold und Silber, überall würden Expeditionen aufgestellt und Schiffe losgeschickt, um die neue Welt zu erobern, insbesondere aber, um die Menschen dort der Herrschaft der katholischen, allumfassenden Mutter Kirche zuzuführen.

Alessandro wies auf die Tatsache hin, daß die Sterne Unheil prophezeiten und dieses Unheil offensichtlich auch bevorstehe. Jeder wußte es: Saturn und Mars traten im Jahre des Herrn 1494 nach zwanzig Jahren wieder in Konjunktion, und das Volk erwartete Hagelstürme, Feuersbrünste, Erdbeben, Überschwemmungen, Pestepidemien. Und natürlich Kriege. Die Astrologen und Propheten überboten sich in Schreckensprophezeiungen. Alessandro wies auf Savonarolas Worte hin, der schon vor Jahren den Einfall eines neuen Cyrus vorhergesagt, ja regelrecht herbeigewünscht hatte.

Ugo und Accurse nickten.

Und tatsächlich schien sich seine Prophezeiung zu erfüllen. Der französische König Charles VIII. war, angestachelt und überredet von Kardinal della Rovere und dem Mailänder Herrscher Lodovico Sforza, genannt *il Moro*, mit einer geballten Heeresmacht in Norditalien eingefallen. Mehrere Geheimbriefe von della Rovere informierten Alessandro, der Franzose wolle in Rom ein Konzil einberufen und den Teufelspapst absetzen. Anschließend marschiere er nach Neapel und installiere dort wieder die Herrschaft der Anjou. Wer sich ihm entgegenstelle, werde niedergewalzt. Wichtig sei, daß der jetzige simonistische Occupator auf dem Stuhl Petri kaum der Vernichtung entgehen könne.

»Ja«, bestätigte Accurse, »Seine Heiligkeit ist sehr beunruhigt. Aber Papst Alexander sieht den Herrgott und das Recht auf seiner Seite und will keineswegs nachgeben.«

Alessandro, verunsichert, suchte bei seinen Freunden um Rat. Er haßte Gewalt, und daher verurteilte er auch della Roveres skrupellose Politik. Auf der anderen Seite wagte er nicht, sich offen zu den

Borgia zu bekennen und dem franzosenfreundlichen Kardinal die Gefolgschaft aufzukündigen. »Der Papst ist nicht minder skrupellos, ganz zu schweigen von seinen Söhnen. Niemand weiß, wie sich die Machtverhältnisse in absehbarer Zeit ändern werden. Eine eindeutige Parteinahme kann schnell den Verlust aller Ämter, die Einkerkerung oder sogar den Tod bedeuten. Ich habe meinen Aufenthalt in der Engelsburg noch nicht vergessen. Auf keinen Fall will ich Opfer von Verschwörungen oder Intrigen sein, der Spielball von Kräften, die mächtiger sind als ich oder die ich nicht verstehe. Ich will selbst spielen, ich will am liebsten sogar die Regeln bestimmen.«

Er hatte sich in Rage geredet, und seine beiden Freunde nickten stumm, ohne ihn anzuschauen.

Während der nächsten Wochen und Monate überschlugen sich die Ereignisse.

Der Siegeszug des verwachsenen und knollennasigen Franzosenkönigs Charles VIII. schien nicht mehr aufzuhalten zu sein. Der Norden Italiens hatte ihm zugejubelt, Florenz war sofort in die Knie gegangen und hatte den piken- und hellebardenbewehrten Fußsoldaten sowie den gepanzerten Rittern die Tore geöffnet – und im Verlauf dieser Ereignisse hatte Savonarola die Macht in der Stadt am Arno ergriffen. Piero de' Medici und sein jüngerer Bruder Giovanni mußten aus der Stadt fliehen und in Rom Zuflucht suchen. Die Medici wurden enteignet, ihren Palast plünderten die Besetzer. Und jetzt zogen die neuen Vandalen unter ihrem französischen König nach Rom. Daß die schweizerischen und deutschen Landsknechte, die Gascogner Bogenschützen und französischen Ritter blutrünstige Barbaren waren, hatten sie nach der Eroberung von Rapallo gezeigt. Nicht nur die Verteidiger der Feste, sondern die gesamten Einwohner der Stadt hatten sie niedergemetzelt. Plündernd und sengend zogen sie durch das Land.

Und dann standen sie am Rande des päpstlichen Patrimoniums. Papst Alexander VI., der Nachfolger Petri, heuerte Soldaten an und ließ die Stadtmauern befestigen. Er baute die Engelsburg aus und befahl, sie mit Proviant sowie Munition zu versorgen. Aber die Bevölkerung der Stadt revoltierte, weil die Nahrung knapp wurde.

Denn die Colonna, Anhänger der Franzosen, hatten das Kastell von Ostia besetzt und kontrollierten somit den Seezugang der Stadt. Und nun fiel sogar ein Teil der Orsini, die als Condottiere im Dienst des Papstes standen, von ihm ab. Viterbo öffnete den Eindringlingen die Tore, und in Bracciano, dem Stammsitz der Orsini, bezog Charles sein Hauptquartier.

Alessandro war in heller Aufregung. Mehr denn je befürchtete er, als heimlicher Parteigänger della Roveres in die dunkelsten Verliese der Engelsburg geworfen zu werden. Der Borgia zeigte ja, daß er sich nicht scheute, die Kardinäle, die sich offen auf die Seite der Franzosen schlugen, als Geiseln zu nehmen und einzusperren. Sogar die Unterhändler des Franzosenkönigs setzte er gefangen. Stur beharrte er darauf, dem allerchristlichsten König den Weg durch das Patrimonium zu versperren, obwohl seine Streitkräfte lächerlich waren im Vergleich zu denen der Franzosen und sogar noch nicht einmal die eigene Bevölkerung Anstalten machte, die Stadt zu verteidigen.

Die Anhänger des Franzosen streuten überall in der Stadt aus, Charles wolle nur Neapel erobern und Rom verschonen. Anschließend plane er einen gottgefälligen Kreuzzug gegen die Türken. Der Papst dagegen, so bewiesen abgefangene Dokumente, verbünde sich sogar mit dem Sultan, dem Erzfeind der Christenheit.

Das Volk von Rom sah nun ganz klar, was es immer schon geahnt hatte: Der Teufel war der eigentliche Herrscher im Vatikan und Papst Alexander sein williger Helfer.

Alessandro überlegte, wie er sich verhalten sollte. Am sichersten schien ihm, sich aus dem Umfeld des Papstes und somit aus der bedrohten Stadt zu verziehen und nach Capodimonte zu gehen, zu seiner Mutter und zu seinem Bruder Angelo. Dieser war zwar eigentlich auch ein Condottiere des Papstes, galt aber durch seine verwandtschaftliche Bindung an die Orsini als unsicherer Kandidat. Ebenso wie Orso Orsini, der als gehörnter Ehemann Giulias zwar im päpstlichen Sold stand, sich aber hauptsächlich auf seiner Burg in Bassanello aufhielt, dort auf die Jagd ging und, wenn Alessandro es ihm nahelegte, den in seiner Ehre gekränkten Edel- und Ehemann spielte.

Weil die Franzosen sich nicht aufhalten ließen, auf Rom vorzurücken, schickte der Papst Giulia als Hofdame seiner gerade verheirateten Tochter Lucrezia an den Hof von Pesaro. Begleiten ließ er sie von Adriana del Mila. Dort waren die Signoras in Sicherheit. Aber Giulia langweilte sich schnell und fühlte sich vernachlässigt. Die päpstlichen Geschenke blieben aus. Sofort schrieb sie leidenschaftliche Briefe an ihren Liebhaber, in denen sie betonte, daß ihr Herz dort wohne, wo auch ihr Schatz sei. Diese so schön doppeldeutige Stelle hatte ihr Bruder Alessandro für sie formuliert. Sie entstammte dem Lukas-Evangelium, und zwar einer Passage, die vom Geiz handelte. Der kluge Borgia mußte den Hinweis verstehen, dessen war sich Alessandro sicher.

Aber bevor er ihn in klingende Münze oder glitzernde Juwelen umsetzen konnte, geriet Alessandro endgültig in Entscheidungszwang. Es sah so aus, als würde der Papst bald abdanken und nach Neapel fliehen. Er erwartete sicher, daß Giulia ihm von Pesaro aus folge. Dann wäre sie aber vollends dem Einfluß ihres Bruders entzogen. Außerdem demonstriere die Familie Farnese auf diese Weise, daß sie noch zu den Gefolgsleuten des Borgia gehöre. Dies wäre unklug, möglicherweise sogar höchst riskant.

Alessandro rief also seine Schwester aus Pesaro zurück, und zwar nach Capodimonte, wo sie gemeinsam die unruhigen Zeiten zwischen Skylla und Charybdis überstehen konnten. Die mächtige Burg war nicht einfach im Handstreich zu nehmen, außerdem vermied der Aufenthalt an diesem Ort den Hinweis auf eine eindeutige Parteinahme. Kardinal Farnese verließ mit seiner Familie das Patrimonium Petri nicht, blieb aber auch nicht in der Nähe des Papstes.

Alessandro beschrieb Giulia die gefährliche Situation, in der sich ganz Italien und insbesondere das Oberhaupt der katholischen Kirche befinde, und schilderte zudem in dramatischen Farben, daß ihr ältester Bruder Angelo, das Oberhaupt der Familie Farnese, schwer erkrankt sei und mit dem Tode ringe.

Giulia gehorchte ihrem Bruder und eilte sofort an Angelos Krankenbett. Adriana del Mila ließ es sich nicht nehmen, in diesen schweren Zeiten ihre liebe Giulia zu begleiten.

Kaum waren die beiden in Capodimonte eingetroffen, erreichte sie auch schon ein Schreiben des Papstes: Giulia solle sich sofort zu ihm nach Rom begeben. Alessandro antwortete an ihrer Stelle, bevor seine Schwester zu dem Heiligen Vater aufbreche, müsse erst ihr rechtmäßiger Ehemann Orso Orsini, der zur Zeit in seiner Burg in Bassanello weile und der seine Gattin zu sehen wünsche, die Zustimmung geben. Schließlich stünde seine Ehre auf dem Spiel – natürlich auch die Ehre der schönen Giulia sowie die Ehre der Familien Orsini und Farnese.

Der Papst schäumte. Er schrieb einen wütenden Brief an seine Geliebte, warf ihr Niedertracht und Undankbarkeit vor, verbot ihr »unter Androhung von Kirchenbann und ewiger Verdammnis«, sich nach Bassanello zu begeben, »um dich erneut diesem Zuchthengst hinzugeben«.

Alessandro las den Brief mit dramatischer Betonung seiner Schwester vor, und beide mußten heftig lachen. Allerdings fand er selbst, daß ihr Lachen nicht echt klang. Hatte er den Bogen vielleicht überspannt? Was geschah, wenn der Borgia die Invasion der Franzosen überlebte? Auch Giulia stand die Angst in den Augen geschrieben. Sie wollte ihren Liebhaber wirklich nicht verlieren.

Angelo, der inzwischen wieder zu gesunden begann, fand das Hin und Her der Forderungen und Anschuldigungen moralisch verwerflich. Die Mutter enthielt sich eines Urteils, studierte aber, wie sie mehrfach kommentarlos betonte, die *Apokalypse Johannis'*. War Adriana del Mila zugegen, sprachen Alessandro und Giulia überhaupt nicht über die verzwickte Lage.

Man saß tatsächlich in der Falle. Truppenteile der Franzosen zogen am Lago di Bolsena entlang nach Süden. Mittelitalien war vollständig in ihrer Hand. Und Virginio Orsini hatte Bracciano, seine Burg, tatsächlich dem Feind überlassen, hatte den Papst also verraten.

Nun war guter Rat teuer. Als der Papst durch einen Geheimboten Orso Orsini eine hohe Geldsumme bot, damit er seine eheliche Forderung an Giulia fallenlasse, gab dieser großzügig nach. Seine Gemahlin dürfe sich nach Rom begeben, ließ er Alessandro wissen. Giulia wollte den Bogen nicht überspannen und den Ritt wagen. Adriana del Mila solle sie begleiten. Alessandro runzelte die Stirn, weil er die Reise zur Zeit für viel zu gefährlich hielt.

»Denk an deine Freundin Silvia«, sagte er. »Ich möchte nicht, daß es euch ähnlich ergeht. Die Landsknechte sind wahre Bestien. Und ich werde euch nicht retten können.«

Adriana del Mila schnarrte ihn an: »Dann begleite uns. Einem hohen Würdenträger der Kirche werden die Soldaten des allerchristlichsten Königs nichts tun. Du kannst dich ja als Gesandter der Kurie ausgeben.«

Mit zusammengekniffenen Augen und Lippen starrte Alessandro aus dem Fenster. Aber dann beherrschte er sich wieder und ließ schweigend einen hochmütigen Blick über Giulias Schwiegermutter gleiten. Er durfte nie vergessen, daß sie eine Nichte des Borgia war und doppelzüngig wie eine Schlange.

»Wir haben uns für dich geopfert, damit du Kardinal werden kannst, jetzt zeig, daß du ein Mann bist!« giftete sie.

»Was meinst *du* dazu, Mama?« fragte Alessandro seine Mutter, ohne Adriana eines Blicks zu würdigen.

»Ich glaube nicht, daß die Franzosen Edelfrauen etwas tun. Ich werde euch nach Rom begleiten, Giulia. Ich bin eine alte Frau. Mein Leben steht in Gottes Hand.« Ihre Stimme klang bestimmt, und sie bekreuzigte sich. Ein kurzer verächtlicher Blick streifte Adriana.

Aber nun mischte sich Angelo ein, der schweigend neben dem lodernden Kamin gestanden hatte: »Es kommt nicht in Frage, Mutter, daß du dich in Gefahr begibst. *Ich* werde Giulia begleiten. Ich bin ein Farnese, ich bin Condottiere, ich werde sie verteidigen.«

»Nein, auf keinen Fall, du bist noch krank«, rief Giulia. »Ich habe schon meinen Vater verloren, ich will nicht auch noch meinen Bruder verlieren. Ich reite mit Adriana allein. Einige bewaffnete Knechte können uns begleiten. Wir begeben uns in Gottes Hand. ER wird uns schützen.« Sie klang so entschieden, daß zuerst niemand zu widersprechen wagte. Aber dann sprachen alle durcheinander, bis sie, wie auf Befehl, gleichzeitig verstummten.

Giulia stampfte mit dem Fuß auf. »Ich reise mit Adriana allein, basta!« rief sie. »Und zwar sofort.«

»Ich begleite euch«, rief Alessandro, ebenso bestimmt.

»Ich auch!« betonte Angelo.

»Ihr bleibt hier!« schrie ihre Mutter.

Als schließlich Giulia sich weigerte, in Begleitung ihrer Brüder überhaupt zu reisen, gaben zuerst Alessandro, dann auch Angelo nach.

In der frühen Morgenstunde des 29. November verließen Giulia und die zeternde Adriana del Mila Capodimonte. Dreißig Mann Eskorte hatten die Brüder zusammengestellt. Aber kaum näherte sich der Zug Montefiascone, ertönte schon Hufgetrappel hinter ihnen, und aus dem Morgennebel schälten sich die mächtigen Streitrösser der französischen Ritter. Leichtbewaffnete Reiterei schwärmte zudem von zwei Seiten heran. Widerstand war zwecklos, wie Giulia sofort erkannte. Es waren schreckliche Minuten der Angst. Später, in einer ruhigen Stunde, als ihr Geliebter seinen Kampf um das Überleben auf dem Stuhl Petri ausgefochten hatte, beschrieb sie die Vorgänge in allen Einzelheiten ihrem Bruder.

Die gepanzerten Ritter auf ihren ebenso gepanzerten Pferden donnerten mit angelegten Lanzen heran, und Giulia sah sich schon niedergestoßen und totgetrampelt. Sie schickte ein Stoßgebet zu der Jungfrau Maria. Adriana schrie laut auf und fiel aus der Sänfte. Die beiden Maultiere, die sie trugen, scheuten, wurden aber sofort von den Franzosen eingefangen.

»Wehrt euch nicht, laßt die Waffen sinken!« rief Giulia ihrer Eskorte zu. Die Männer wichen zurück, so daß Giulia allein und schutzlos auf dem staubigen Weg stand. Einen Moment dachte sie an Flucht, aber dann hielt sie doch ihr unruhig tänzelndes Pferd am Zügel.

Die Franzosen galoppierten an ihr vorbei, ließen ihre Pferde auslaufen und umrundeten sie. Ein großgewachsener Mann unter einem hohen Federbusch klappte sein Visier hoch.

»Ihr seid meine Gefangene, Signora!« rief er Giulia in näselndem Italienisch zu.

»Und wer seid Ihr – Monsieur?« Giulias Stimme zitterte, aber sie versuchte, ihre Angst zu unterdrücken.

Der Franzose nahm seinen Helm ab und betrachtete sie von oben bis unten. Er war noch jung. Sein Gesicht rahmten schwarze Haare und ein dunkler Bart ein, aber seine Augen blickten offen und freundlich.

Giulia überlegte hektisch, wie sie sich verhalten sollte. Aber bevor sie noch zu einem Ergebnis gekommen war, nahm sie sich mit sorgfältigen Bewegungen ihre Haube vom Kopf und den Schleier vom Gesicht, sie schüttelte die Pracht ihrer sich lockernden Haare und lächelte den Franzosen gewinnend an.

»Quelle beauté!« rief er und schaute sich, Zustimmung heischend, nach den anderen Rittern um, die inzwischen ebenfalls ihr Visier hochgeklappt oder sogar ihren Helm abgenommen hatten. »Ich bin Yves d'Alègre und befehlige die Vorhut des allerchristlichsten Königs, Charles VIII. von Frankreich.«

Giulia sah den Blick des Franzosen auf ihrem Gesicht ruhen. Sie reckte ihren Oberkörper und fuhr sich mit der freien Hand durch das Haar. Hinter ihr hörte sie Adriana »Aber Giulia!« zischen. Noch einmal deutete sie ein Lächeln an und versuchte, eine möglichst hoheitsvolle Miene aufzusetzen.

»Und ich bin Giulia Farnese und reise nach Rom – als Pilgerin, zum Heiligen Vater persönlich. Laßt mich durch! Ich weiß, daß ihr Franzosen dafür bekannt seid, nicht nur mutige Kämpfer zu sein, sondern auch Frauen Respekt zu erweisen.« Und wieder lächelte sie gewinnend.

Der Franzose lachte auf. »O ja, Madame, wir ehren die Frauen.« Er erwiderte ihr Lächeln, aber seine Mundwinkel zogen sich spöttisch nach unten. »Wir lieben die Frauen. Daher würden wir Euch gerne unser Geleit anbieten. Die Straßen sind unsicher heute, wie Ihr wißt. Überall Wegelagerer, die Frauen als Freiwild betrachten … Farnese? Da gibt es einen jungen Kardinal …«

»Er ist mein Bruder …«

»Dann müßt Ihr *la bella Giulia* sein. Quelle fortune!«

Giulia reckte noch einmal ihren Oberkörper. »Monsieur …«

Aber der Franzose lenkte sein Pferd direkt neben sie, und seine Eisenhand näherte sich ihrem Kinn. Als er merkte, wie sehr ihn seine Rüstung hinderte, griff er nach ihrem Schleier, riß ihn an sich und befahl mit plötzlich scharfer Stimme: »Entwaffnet die Bande und nehmt die beiden Frauen in die Mitte. Etwas Kostbareres konnte uns nicht in die Hände fallen. La plus belle femme d'Italie! O là là!« Nicht ohne süffisantes Lächeln fügte er an: »Wir werden sie hegen und pflegen.«

Er schwenkte den Schleier wie eine Trophäe durch die Luft. Und die Ritter um ihn brachen in ein schmutziges Gelächter aus.

39. Kapitel

Der Vormarsch der französischen Armee war nicht mehr aufzuhalten. Auch die Versuche, Charles VIII. auf diplomatischem Weg zur Umkehr zu bewegen oder zur Abkehr von seinen Forderungen, schlugen fehl. Zudem wollte Rom sich nicht verteidigen. Silvia hörte von ihrem Vater, der sich tagelang durch die Stadt trieb, daß der Papst das eigene Heer habe nach Süden abziehen lassen. Zwar seien einige Versuche gemacht worden, die Stadt für eine Belagerung zu befestigen, aber insgesamt verhielten sich Roms Bürger inzwischen wie gelähmt: Sie fürchteten sich vor den Franzosen, denen seit der Eroberung von Rapallo der Ruf der Mörderbande vorauseilte. Gleichzeitig hofften sie auf ein gnädiges Schicksal, wenn sie sich der Übermacht ergaben – so hatte sich Florenz verhalten und war dabei gut gefahren.

Silvia nahm am Weihnachtstag mit ihrem Vater am Hochamt in Santa Maria ad Martyres teil. Sie mußte weinen, als sie bei der Fürbitte auf die Grabplatten ihrer Mutter und ihrer Brüder schaute. Ihr Vater neben ihr sah grau vor Schlaflosigkeit aus. Sie wußte noch nicht einmal, warum es ihn so umhertrieb, seit Ippolitas Zurückweisung mehr denn je. Er wollte nicht darüber sprechen. Und seit bekannt war, daß Angelo Farnese sich um Ippolita bemühte, anscheinend erfolgreich, hatte er alle Hoffnung auf eine Wiederheirat aufgegeben.

Als sie in die zugige Weihnachtsnacht hinaustraten, meinte sie Giovanni Crispo in der Menge zu sehen. Aber dann hatte sie sich wohl doch geirrt. Aus der Seitenstraße strömten die Menschen herbei, die die Messe in Santa Maria sopra Minerva besucht hatten. Rosella, begleitet von ihrer gesamten zahlreichen *famiglia*, begegnete ihnen und begrüßte Silvia mit einer warmen, nach Rosenöl duftenden Umarmung. Sogar der Vater reichte ihr die Hand und lächelte schwach.

Silvia blickte Rosella in die Augen und wußte, daß ihre ehemalige Kammerfrau ihre Gedanken lesen konnte.

»Er hält sich in Capodimonte auf«, sagte Rosella. »Als Freund Kardinal della Roveres hat er von den Franzosen nichts zu befürchten.«

Silvia seufzte erleichtert auf.

»Aber seine Schwester, die Papstgeliebte Giulia, ist einem Trupp

Franzosen in die Hände gefallen.« Rosellas Gesicht war ernst geworden. »Hoffentlich …«

Silvia fühlte, wie ihr das Blut aus dem Gesicht wich. »Glaubst du …?«

»Kind, laß uns nach Hause gehen!« unterbrach der Vater ihr Gespräch. »Wir alle stehen in Gottes Hand, und wer weiß, was uns die nächsten Tage noch bringen werden.«

Er wandte sich zum Gehen. Rosella flüsterte Silvia ins Ohr: »Wenn du Hilfe brauchst, komm zu mir. Unter Prälaten und Soldaten geht es uns Kurtisanen immer besonders gut!«

Silvia nickte und eilte ihrem Vater nach.

Am Tag des heiligen Silvester, am einunddreißigsten Dezember des Jahres 1494, marschierte das Heer des Franzosenkönigs unbehindert in Rom ein. Es war schon Nacht, aber die Stadttore, von unzähligen Fackeln hell erleuchtet, standen weit offen. Ein heftiger Wintersturm ließ Regen niederpeitschen. Trotzdem säumten die Römer die Via Lata und jubelten dem französischen Heer zu! »Francia! Francia!« schrie die Menge.

Silvia hatte sich in Begleitung ihres Vaters aus dem Haus trauen wollen, um mit eigenen Augen zu sehen, wer da die Stadt besetzte. Aber ihr Vater hatte sich in sein Studiolo verzogen, die Botschaft der Sterne zu entziffern versucht und war dann auf die Knie gesunken, um zu beten. »Ich höre deine Mutter«, rief er Silvia zu. »Sie spricht zu mir. Sie sagt, unser Ältester kehre heim. Vielleicht haben sie uns damals den Falschen gebracht. O mein Sohn, darf ich dich endlich wieder in die Arme schließen?«

Silvia schauderte, als sie die flackernden Augen ihres Vaters sah. Sie ließ ihn allein, zog Männerkleider über und rannte aus dem Haus. Die Straßen waren schwarz vor Menschen. Alle wollten sie die Soldaten sehen und womöglich auch den Franzosenkönig, dem der Ruf vorauseilte, nicht nur gnomenhaft klein, sondern auch abgrundtief häßlich zu sein.

Bald hatte Silvia den Heereszug erreicht, der im Schein flackernder Fackeln Sturm und Regen trotzte und in erstaunlicher Ordnung in die Stadt marschierte. Vorneweg die Schweizer in ihrer bunten Pluderkleidung, gerüstet mit ellenlangen Piken, hinter ihnen die deutschen Landsknechte mit Streitäxten und Hellebarden. Die Gascogner waren mit Armbrüsten, Arkebusen und leichteren Büchsen bewaffnet. Unüberhörbar folgte den Fußsoldaten die Reiterei. Abertausende von Pferdehufen trappelten über das römische Pflaster. Zuerst die leichte Reiterei. Dann die schwerbewaffneten Ritter, die Lanzen in den Himmel gereckt, die Schwerter gegürtet, Streitkolben am Sattelknauf befestigt. Die Visiere waren heruntergeklappt und ließen die Ritter wie stählerne Wesen aus den Tiefen des Jenseits erscheinen. Auch ihre schweren Schlachtrösser wirkten unter den Rüstungen wie Kampfmaschinen aus einer anderen Welt. Man hatte ihnen zudem Ohren und Schwanz kupiert, wie Silvia voller Mitleid erkannte. Was mußten diese Tiere tragen! Aber wenn sie einmal ins Galoppieren kamen, dann widerstand ihnen niemand, dann walzten sie alles nieder.

Manchmal, so dachte Silvia, war es doch gut, kein Mann zu sein. Diese Ritter mußten monatelang durch ein fremdes Land ziehen, im Sommer der Hitze ausgesetzt und im Winter der Kälte, dem Regen und dem Sturm. Irgendwann drohte schließlich die Schlacht. Wenn man das Pferd unter ihnen wegstach, was dann? Dann schepperten sie in ihren Rüstungen zu Boden und mußten wie Schildkröten auf dem Rücken abwarten, bis man sie wieder aufrichtete – oder tötete. Wenn sie aber gegeneinander anrannten, die Lanzen angelegt, und diese Lanzen drangen durch das Visier, durch die Augen in den Kopf – Silvia schüttelte sich bei dem Gedanken.

Vor ihr ratterten nun die Kanonen in die Stadt: die schweren, acht Fuß langen Bronzekanonen, die Feldschlangen und Falkonetten. Immer wieder erhaschte sie den Blick eines Soldaten, der neugierig und hungrig in die Menge schaute, die noch immer »Francia! Francia!« brüllte.

Plötzlich hielt ihr jemand von hinten die Augen zu. Sie wollte aufschreien, aber schon verschloß eine Hand ihren Mund. Einen Augenblick durchglühte sie die Vorstellung, ihr Bruder könne tatsächlich, wie von den Toten auferstanden, zurückgekehrt sein. Aber sofort verwarf sie diese Vorstellung und trat um sich, bis sie ein wohlbekanntes Lachen hörte.

»Ich bins, Giovanni«, flüsterte ihr eine Stimme ins Ohr. »Was machst du denn hier?«

»Das siehst du doch!« Kaum hatte Crispo sie losgelassen, fuhr sie verärgert herum und hätte ihm am liebsten eine Ohrfeige versetzt. Aber inzwischen drängte die Menge den Kanonen nach und stieß sie zur Seite.

»Du ganz allein?«

»Ja, sicher, ich habe keine Angst.«

»Hoffentlich kommt es zu keinen Plünderungen«, sagte Crispo, während er den Kanonieren nachschaute. »Die Colonna-Anhänger sollen schon die ersten Häuser gestürmt haben.«

Tatsächlich war Silvia froh, auf Giovanni Crispo gestoßen zu sein. Inzwischen umgaben sie fragwürdige Gestalten, und sie sah, wie in einer dunklen Ecke drei Männer einen Alten niederstachen, um ihn anschließend in aller Ruhe auszurauben. Giovanni übersah den Mord und betonte, er wolle Silvia jetzt lieber nach Hause begleiten. Vor der Haustür zögerte er, sich zu verabschieden. »Ich habe es noch weit bis zu unserem Palazzo im Campo Marzo ...«, sagte er, und Silvia verstand natürlich, was er wollte. Seine Augen sprachen eine deutliche Sprache. Aber sie überging seine indirekte Bitte.

»Ich danke dir, lieber Giovanni, daß du mich sicher nach Hause begleitet hast.« Sie reichte ihm die Hand.

Er ergriff sie und zog sie an seine Lippen. »Silvia«, hauchte er.

Sie schaute ihm in seine sanften, großen Augen. Einen Augenblick war sie geneigt zu glauben, sie könne ihn vielleicht doch lieben und den anderen, ihren Retter, vergessen. Alessandro hatte nicht nur seine Schwester verkauft, sondern auch noch Lucrezia Borgia geküßt! Wahrscheinlich würde er auch des Teufels Großmutter küssen, wenn sie ihm versprach, aus ihm einen Papst zu machen.

Hinter ihr, im Eingang, tauchte plötzlich der Vater auf. Er stieß Crispo zurück, zerrte sie ins Haus und warf die schwere Eichentür zu. Wie von Sinnen schrie er: »Wo warst du?« und »Ich bin gestorben vor Angst«. Dann schlug er sie ins Gesicht, umarmte sie sofort wieder und brach schließlich schluchzend zusammen.

Als sie später, tief in der Nacht, noch gemeinsam vor dem glimmenden Kamin saßen, begann der Vater endlich wieder zu sprechen. »Du bist der letzte Mensch, der mir geblieben ist«, erklärte er mit düsterer Stimme. »Aber ich weiß nicht weiter. Ich habe sogar

Geld von Rosella genommen. Sonst hätten sie uns längst aus unserem Haus vertrieben.«

»Aber warum hast du Crispo so zurückgestoßen?«

Er starrte in die Glut und antwortete nicht.

»Warum hat es eigentlich nicht mit Ippolita geklappt? Du hast mir nie die Gründe genannt.«

Der Vater schaute sie kurz an und starrte dann wieder in die Glut. »Der alte Crispo ist ein Verbrecher«, sagte er dumpf, »für dich stellt er zu hohe Forderungen, und für sie wollte er nichts geben. Dabei hatte ich eine Lösung gefunden. Außerdem war Ippolita dagegen. Sie ertrage alte Männer nicht, sie würde krank bei der Vorstellung – das erklärte mir der alte Crispo mit schiefem Grinsen. ›Und keiner von uns will doch, daß sie wieder krank wird‹, sagte er noch. Ich wußte, daß es ihm ernst war.«

Ihr Vater schloß die Augen und bedeckte sein Gesicht. »*Sie* ist es, die hinter allem steht«, flüsterte er noch.

»Wer?«

»Deine Mutter!«

Der nächste Tag brachte kaum besseres Wetter, aber zuerst eine ungewohnte Stille. Die Stadt schien erstarrt zu sein. Silvia eilte auf die Dachterrasse und sah, wie es an einigen Ecken brannte. Und plötzlich hörte sie dumpfe Schläge, als würde mit einem Rammbock ein Tor eingestoßen. Dann meinte sie sogar Kanonenschüsse zu hören und lautes Jubelgeschrei.

Schon am Nachmittag des ersten Januar begannen die Hausbesetzungen und Plünderungen. Einer ihrer Knechte hatte sich gerade noch vor den Franzosen in das Haus retten können und erzählte atemlos, die Franzosen besetzten die großen Paläste zur Einquartierung, und außerdem begännen Colonnas Soldaten wahllos zu plündern. Zuerst hätten die Schweizer, Gascogner und Deutschen nur gemurrt und sich zurückgehalten, weil der französische König schwere Strafen angekündigt habe, aber dann seien auch sie losgelaufen, und jetzt sei kein Halten mehr. »Wer sich wehrt, wird niedergemacht.«

»Verrammelt das Portal und holt alle Waffen, die wir im Haus haben«, befahl der Vater und versuchte, die Straße hinabzuschauen und nach möglichen Angreifern Ausschau zu halten.

»Keine Gewalt«, bat Silvia. Aber ihr Vater hörte nicht auf sie. Er selbst schob mit mehreren Männern eine schwere Truhe vor die Eichentür und holte einen alten Bogen aus der Jagdkammer.

Als er sich wieder seiner Tochter zuwandte, rann ihm der Schweiß die Stirn herab. »Sie werden dich schänden und dann ermorden«, keuchte er. »Wie deine Mutter. Ich lasse es nicht zu, nein, ich lasse es diesmal nicht zu!«

Aber an diesem ersten Januar hörte man nur entferntes Geschrei, dann war wieder Ruhe. Abends lautes Weibergelächter und betrunkenes Grölen.

Am zweiten Januar noch immer nichts, und ein mutiger Passant rief ihnen von der Straße zu: »Der König läßt Plünderer hängen! Aber die Soldaten brauchen noch immer Häuser, in denen sie schlafen können. Wer Platz hat, sollte sein Haus freiwillig zur Verfügung stellen. Er wird entschädigt.« Der Mann betrachtete das Portal genauer und verschwand, ohne ein weiteres Wort zu verlieren.

Am nächsten Tag stand ein Trupp Franzosen vor dem Palazzo der Ruffini, kaum daß es hell geworden war. Sie forderten Einlaß, weil ihre Offiziere ihn für kurze Zeit benötigten. Silvia ging auf den Balkon und hörte sich in aller Ruhe ihre Wünsche an. Zum Schluß pfiffen und johlten die Soldaten, riefen: »Öffne uns dein Tor, junge Frau, wir sind deine Kavaliere!«

Der Vater riß Silvia zurück und schlug die Balkontür zur. Plötzlich steckte im Fensterladen ein Pfeil, und heftige Schläge an die Eingangstür zeigten, daß die Franzosen ihre Forderung ernst meinten.

»Was machen wir jetzt?« fragte Silvia, aber statt einer Antwort rannte ihr Vater in die Kellergewölbe, kam mit einem rostigen Schwert zurück, ließ es dann fallen und verschwand erneut.

»Warte!« hörte sie ihn rufen. »Öffne ihnen nicht! Ich werde mit ihnen verhandeln.«

Silvia kroch auf allen vieren auf den Balkon und spähte nach unten. Tatsächlich schlugen die Soldaten mit allem, was sie hatten, an das Portal. Ein Schuß löste sich. Silvia hörte die Kugel an der Hauswand entlangpfeifen und in die Dachkragung einschlagen. Und dann sah sie ihren Vater. Er mußte durch den Hinterausgang das Haus verlassen haben und stand nun vor den Soldaten. Sie umringten ihn sofort, schrien in mehreren Sprachen auf ihn ein und zeigten immer wieder auf das Portal. Er versuchte sie zu beschwichtigen, sagte etwas, was in dem Lärm unterging. Seine Haare standen nach allen Seiten ab, er fuchtelte mit den Armen, versuchte offensichtlich immer wieder, die Soldaten wegzuschicken.

Plötzlich geschah es. Ein junger Mann unter einem weiten Barett schlug mit der flachen Seite seines Schwerts den Vater auf den Kopf. Der Vater strauchelte. Wie auf Befehl prügelten nun die anderen mit allem, was sie hatten, auf ihn ein. Sofort ging er zu Boden. Sie traten nach ihm. Einer versuchte, ihm den Kopf abzuschlagen, verletzte dabei einen Kameraden, und zwischen den beiden entstand ein heftiger Streit, in den sich auch die anderen einmischten.

Silvia rannte die Treppe nach unten und ließ von den verängstigten Knechten die Truhe zur Seite schieben. Vorsichtig öffnete sie die Eingangstür. Ihr Vater lag blutüberströmt im Dreck der Gosse, die Soldaten prügelten gegenseitig auf sich ein. Blitzschnell zog Silvia den Verwundeten ins Haus und ließ sofort die Tür verbarrikadieren.

»Bringt ihn hoch und verbindet seine Wunden«, befahl sie. Draußen schienen nun die Soldaten entdeckt zu haben, daß der Vater verschwunden war, und bestürmten erneut die Tür. Aber sie hielt ihren Schlägen und Tritten stand.

Silvia schaute nach dem Vater, den man auf sein Bett gelegt hatte. Er blutete aus vielen Wunden. Ein Auge war zugeschwollen. Aber er konnte noch leise sprechen.

»Ich wollte mit ihnen verhandeln«, sagte er. »Aber sie … sie sind tollwütige Tiere.«

Dann verlor er das Bewußtsein.

»Wascht die Wunden aus, verbindet sie, gebt ihm Wasser, los, los!«

Silvia rannte erneut zum Balkon und sah, wie die Franzosen ihren Streit beendet hatten und beratschlagten. Als eine Gruppe Reiter auftauchte, schrien sie alle durcheinander. Die Reiter verschwanden wieder, und dann tranken die Soldaten erst einmal Wein und holten sich aus den angrenzenden Häusern Brot, Schinken, Käse und Oliven. Silvia schaute erneut nach ihrem Vater. Als sie zurückkam, sah sie mit Entsetzen, daß die Franzosen eine Feldschlange herbeigezogen hatten und nun auf das Portal richteten. Erneut herrschten

Geschrei und Durcheinander. Die Kanone wurde geladen und ausgerichtet. Ein Kanonier erschien und brüllte seine Kameraden an, weil sie offensichtlich alles falsch gemacht hatten. Eine Traube von Männern verdeckte die Kanone. Schließlich schien doch alles gerichtet zu sein. Der Kanonier ließ sich eine Fackel reichen.

In diesem Augenblick trat Silvia an die Balkonbrüstung. Sie hatte alle Angst verloren. Ihr Vater war schwer verwundet, sie hatte Crispo zurückgestoßen und weggeschickt, ihr trotz allem unvergessener Alessandro hielt sich hinter den Mauern von Capodimonte versteckt, und seine Schwester Giulia, die vom Papst so verwöhnte *bella Giulia*, befand sich in den Händen der entmenschten Soldateska. Wahrscheinlich war ihr Gewalt angetan worden, so wie Silvia dies bei ihrer Mutter hatte mit ansehen müssen, und dann hatten die Unmenschen ihr die Kehle durchgeschnitten. Ihr vorher auch noch die langen Haare abgeschnitten und ihr mit Schönheit gesegnetes Antlitz entstellt. In Rom nannte man das Zerschneiden des Gesichts *sfregio*, und manche Hure hatten einen solchen Akt grausamer Gewalt ertragen müssen. Wenn erst die Soldaten die Tür eingeschossen hatten, würden sie sich wutentbrannt wie aufgestachelte Kampfhunde auf alles stürzen, was sich regte. Und auch sie, die Herrin des Hauses, niederwerfen, ihr brüllend die Kleider vom Leib reißen – wie damals! Damals war sie Jungfrau, heute war sie noch immer Jungfrau. Nein, sie mochte es sich nicht vorstellen, sie ertrug die Gedanken an die zu erwartenden Qualen nicht. Lieber stürzte sie sich vom Dach. Ihr Leiden wäre dann kürzer. Ein greller Schmerz – und ewiger Frieden.

Aber konnte sie ihren schwerverletzten Vater der raubgierigen und mordlüsternen Meute überlassen? Sie würden ihn aus seinem Bett zerren, ihn endgültig zu Tode martern, aus dem Fenster werfen oder ihm seinen Kopf abschlagen und ihn aufgespießt auf der Dachterrasse ausstellen.

Nein!

Die Soldaten unter ihr brüllten etwas hoch, fuchtelten mit den Armen, wiesen auf die Kanone und auf das Hausportal, auf die Fackel und noch einmal auf die Kanone. Silvia beugte sich über die Brüstung. Unter ihr verzerrte Gesichter mit aufgerissenen Mündern und tierischem Gebrüll.

Nein und noch mal nein!

Sie schüttelte den Kopf und schrie nach unten, sie sollten verschwinden. Die Soldaten verstummten plötzlich. Silvia wußte, daß sie sich nun zu entscheiden hatte. Sollte sie sich einfach fallenlassen, kopfüber hinabstürzen auf das Pflaster, der Mörderbande vor die Füße. Nein, alles in ihr wehrte sich, bis zum letzten Blutstropfen wollte sie sich, ihren Vater und ihre *famiglia* verteidigen. Gleichzeitig fühlte sie sich gelähmt. Was sollte sie schon gegen diese Horde ausrichten?

Plötzlich hörte sie sich schreien: »Der Teufel soll euch holen, ihr Mörderpack, ich verfluche euch bis ins siebte Glied!« Ihre Stimme ging unter in dem vielstimmigen Gebrüll, das von der Straße hochdrang.

Und dann senkte der Kanonier die Fackel.

Eine heftige Explosion folgte, das Haus bebte, Pulverdampf hüllte alles ein, und das Wutgeschrei verwandelte sich in Schmerzgebrüll. Zuerst sah Silvia nichts. Aber dann sah sie die Männer sich im Dreck wälzen. Blut überall. Abgetrennte Gliedmaßen. Zerborstenes Eisen.

Die Feldschlange war explodiert und hatte die um sie Herumstehenden in Stücke gerissen.

»Der Teufel wird euch holen, der Teufel wird euch holen!« schrie Silvia triumphierend auf die Verwundeten und Sterbenden herab.

Und als hätte der Teufel seine Sendboten schon geschickt, kamen die ersten Krähen und Raben herbeigeflattert.

Die unverletzten Soldaten und andere, die zu Hilfe eilten, zerrten die Schwerverwundeten und Sterbenden in die nächste Gasse, und es dauerte nicht lange, da stand unter Silvia nur das grotesk aufgerissene Eisenrohr der Kanone. Um sie herum bluteten verstümmelte Leiber aus. Die Rabenvögel segelten herab und begannen nach ihnen zu picken. Auch die ersten Hunde schlichen mit geducktem Kopf heran.

Niemand wollte mehr das Haus besetzen.

Silvia eilte zu ihrem Vater, der ihr schwach zulächelte. Sie berichtete ihm von dem Vorgefallenen, aber er schien nur einen Teil zu verstehen. Er lächelte, als sei er schon in einer anderen Welt, und flüsterte: »Dein Bruder …« Dann wurde er wieder bewußtlos. Silvia schickte nach einem Arzt, aber der Knecht kam unverrichteter Dinge wieder zurück. Überall Plünderungen, Überfälle, Tote auf den Straßen. Insbesondere seien die Häuser der Juden ausgeraubt, sogar der Palazzo der früheren Papstgeliebten und Mutter seiner Kinder, Vannozza Cattanei, sei aufgebrochen und geleert. Überhaupt hausten die Söldner in den Palästen wie die Barbaren. Es waren Barbaren!

Um Silvia drängten sich die Mägde und zitterten. Auch die Stallknechte und Hausburschen sahen nicht gerade mutig und kämpferisch aus.

»Haben wir noch genug Proviant im Keller?« fragte Silvia.

Der Hausverwalter nickte.

»Wir verteidigen das Haus und warten ab, was geschieht. Vielleicht ziehen die Franzosen bald ab.«

Silvia verkleidete sich als Pferdeknecht und schlug sich bis zu Rosellas Palazzo durch. Dort wimmelte es von französischen Offizieren, es war kein Durchkommen. Nur eine schriftliche Nachricht für Rosella konnte sie einem der Mädchen zustecken.

Durch die Straßen zogen betrunkene Landsknechte und machten sich öffentlich über die Huren her.

Auf dem Campo de' Fiori hingen mehrere Söldner am Galgen.

»Der König greift durch«, hörte sie, als sie sich unter eine Gruppe von Wasserträgern mischte. »Er hat das Plündern unter Todesstrafe gestellt.«

»Wir sollen wieder alles zurückbekommen.«

»Besonders die Juden stehen jetzt unter seinem Schutz.«

»Er verhandelt noch mit dem Papst.«

»Der bleibt nicht lange, dieser Zwerg. Hauptsache, die Festung Ostia wird endlich befreit und wir kriegen wieder was zu fressen.«

»Der Papst hat sich in der Engelsburg verschanzt.«

»Die hohen Herren fressen sich satt, und wir hungern. Wie immer!«

Wieder zu Hause, sah Silvia, wie ihr Vater von Stunde zu Stunde schwächer wurde. Als er für kurze Zeit zu Bewußtsein kam, flüsterte er mehrmals »Agostino Chigi, der junge Bankherr«.

»Was ist mit ihm?« fragte Silvia und beugte ihren Kopf ihm zu.

Aber er küßte sie nur, dann röchelte sein Atem schwer.

»Was ist mit dem Chigi?«

»Sie haben mich alle betrogen, beim Spiel und auch sonst. Bedroht und erpreßt. Mir und der Familie Rache angedroht. Daher ...«

Wieder versagte seine Stimme, und er schien zu sterben. Aber dann kam er erneut zu sich und versuchte, Silvias Hand zu greifen. Sein Gesicht war totenbleich, die Bettlaken von Blut durchnäßt. Sie wischte ihm die Stirn ab, flößte ihm Wasser ein, hielt seine Hand.

»Heirate den jungen Crispo«, flüsterte er mit letzter Kraft. »Sag seinem Vater, ich hätte Beweise ... die Alaunminen ... deine Mutter ...«

Wieder erstarb seine Stimme, die Augen blieben halb geschlossen. Aber noch atmete er.

Silvia hielt seine Hand, und obwohl sie sich wie die Hand eines Toten anfühlte, glaubte sie, daß Kraft in sie einströme. Ihren Vater hatte sie immer geliebt. Sie mußte ihn retten! Er konnte noch genesen! Der Allmächtige mußte ein Wunder vollbringen!

Die Brüder tot, die Mutter tot, der kleine Sandro gestorben – Gott durfte ihr nicht auch noch den Vater nehmen.

Heirate den jungen Crispo!

Und sie schickte Giovanni weg, der sie mit verliebten Augen anschaute. Warum nur? Weil sie noch immer Alessandro liebte? Ja, sie liebte ihren Retter, den fernen Kardinal – obwohl sie nicht verstand, warum. Sie müßte ihn hassen! Zumindest müßte er ihr gleichgültig sein! Er hatte sie einfach fallengelassen, vergessen, sich nie erklärt. Sie war nun fast zwanzig Jahre alt und hätte längst heiraten müssen. Eine richtige Frau werden und Kinder in die Welt setzen. Sie wartete auf ihn, obwohl er gar nicht kommen durfte – und sie stieß auch noch Giovanni Crispo zurück. Starb ihr Vater jetzt, war sie ganz allein!

Silvia wischte sich übers Gesicht. Nein, jetzt keine Tränen!

Entschlossen erhob sie sich, zog wieder Männerkleider über und schlug sich zum Palazzo der Crispo durch. Unterwegs begegneten ihr Soldaten, die in Reih und Glied nach Süden, zur Porta San Sebastiano, marschierten. Sollte der Franzosenkönig wirklich abziehen? Sie fragte eine junge Hure, die den Männern nachwinkte. Aber die Hure verstand kein Italienisch.

Der Palazzo der Crispo war offensichtlich verschont worden. Keine Spuren eines Kampfes oder einer Einquartierung. Silvia klopfte, wurde aber unfreundlich abgewiesen. Erst als sie sich zu erkennen gab, durfte sie ins Haus. Schon stürzte ihr Giovanni entgegen. Er wollte sie küssen, aber sie reichte ihm nur die Hand und bat um ein Gespräch mit seinem Vater.

Der alte Crispo schaute sie mißtrauisch an und erkundigte sich nach seinem alten Freund und Geschäftspartner Rufino.

»Mein Vater ist verletzt. Aus diesem Grunde verhandele *ich* mit Euch. Es geht um unser Gut in Frascati und den Ehevertrag.«

Der alte Crispo schaute sie noch mißtrauischer an und warf einen Blick auf seinen Sohn, der einen Freudenschrei ausgestoßen hatte, aber nun kein Wort mehr herausbrachte.

»Es ist ungewöhnlich, daß die Braut den eigenen Ehevertrag aushandeln will, sehr ungewöhnlich ...«

»Die Zeiten sind ungewöhnlich, Messer Crispo«, unterbrach ihn Silvia.

»Vater«, rief Giovanni mit flehender Stimme.

Sein Vater brachte ihn mit einer Handbewegung zum Schweigen und erklärte: »Das Gut Frascati ist an mich verpfändet und nie ausgelöst worden. Euer Vater befand sich in großen finanziellen Schwierigkeiten ... Vielleicht sind sie ja inzwischen behoben. Fortuna ist eine launische Göttin.« In seine Stimme mischte sich ein höhnischer Unterton.

Silvia schaute ihn prüfend an. Er war ein alter Fuchs, aber seine Augen wirkten nicht so sicher, wie er sie glauben machen wollte. Er warf erneut einen kurzen Blick auf seinen Sohn, strich sich über seine Samtrobe und schlug dann den Fellkragen hoch.

»Kalt ist es diesen Januar, elend kalt. Und nichts zu heizen! Die Vandalen in der Heiligen Stadt!«

»Es war Betrug im Spiel. Und Erpressung«, sagte Silvia ohne Übergang. »Die Alaunminen – ich besitze Beweise ...«

Silvia wußte genau, daß sie keine Beweisstücke in der Hand hielt. Blieb Crispo ruhig und forderte Erklärungen und Beweise, stand sie schlecht da. Außerdem: Wer würde sich heutzutage, in einem besetzten Rom, in Kriegszeiten, um ein längst vergangenes Geschäft kümmern, bei dem vielleicht einer der Beteiligten über den Tisch gezogen worden war? So etwas kam täglich vor!

»Ich kann Frascati als Mitgift einbringen. Aber unseren Palazzo im Rione della Pigna muß ich allein behalten ...«

Wieder beugte sich Giovanni vor und flüsterte mit flehender Stimme seinem Vater zu: »Vater, ich liebe sie. Und der Stand der Sterne …«

»… ist noch immer bedrohlich.«

Silvia erhob sich, ohne den alten Crispo anzublicken. »Ich muß gehen. Meine Bedingungen sind klar. Ich werde die Beweise vorlegen, sobald wieder Ruhe eingekehrt ist in der Stadt. Auch gegen Agostino Chigi.«

Sie merkte, wie die Erwähnung dieses Namens den alten Crispo zusammenzucken ließ. Trotzdem verließ sie mit entschlossenen Schritten den Raum.

»Silvia!?« rief ihr Giovanni nach, aber sie drehte sich nicht mehr um.

Sie eilte nach Hause, um von ihrem Vater Genaueres zu erfahren. Falls er noch sprechen konnte. Falls er überhaupt noch am Leben war.

40. Kapitel

Alessandro hatte die Tage in selbstgewählter Einsamkeit auf der Isola Bisentina verbracht, schwimmend, lesend und sogar betend. Er sorgte sich um seine Schwester Giulia, von der er seit ihrer Gefangennahme nichts mehr gehört hatte. Natürlich hatte er sofort Kardinal della Rovere benachrichtigt und um Intervention gebeten, aber was im einzelnen geschehen war, darüber blieb er im Ungewissen. Die Gefahr, daß ihr Gewalt angetan wurde, ja, daß man sie sogar umbrachte, stieg von Tag zu Tag – gerade in dem Durcheinander, das in Rom herrschte, das gewiß auch im französischen Heer herrschte, in dem wegen des babylonischen Sprachengewirrs unter den Söldnern kein Befehl richtig ausgeführt wurde.

Zumindest sein Bruder hatte sich gesund nach Rom und dann wieder zurück nach Capodimonte durchschlagen können, wo ihn die Mutter schon bangend erwartete. Über Giulia hatte er nichts in Erfahrung gebracht, aber nach ihrem römischen Palazzo hatte er schauen können. Deutsche Landsknechtsführer waren dort einquartiert worden, hatten Stroh auf die Marmorböden geschüttet, die mit Intarsien verzierten Holzwände verschmiert und zerkratzt, überall ihre Zeichen hinterlassen und den Vorratskeller leergeräumt. Natürlich hatten sie auch das Silberbesteck weggeschleppt – aber wie durch ein Wunder war es der Familie Farnese dann nach einer Anordnung des Königs zurückerstattet worden. Also, insgesamt war man glimpflich davongekommen und hatte auch keine Verluste an Personen zu beklagen. Womöglich hatte die eine oder andere der jüngeren Mägde den ausgehungerten Männern die Beine breitmachen müssen, aber da auch die Stallknechte der eigenen *famiglia* nicht immer zimperlich waren und manche der Mägde kaum von Straßenhuren zu unterscheiden waren, brauchte man sich über solche Geschehnisse nicht aufzuregen.

Alessandro lag im Schatten seiner Lieblingseiche, unter ihm schwappten die Wellen über die Felsen, vereinzelte Möwen schrien, und aus dem Waldstück, das einen Teil der Insel bedeckte, hörte er die Vögel lärmen. Die Hortensien blühten, der späte Ginster leuchtete mit seinen gelben Rispen. Und immer wieder zogen süße Jasmindüfte herüber, vom Garten der Villa, in dem einzelne Gärtner harkten und schnitten. Sonst war er allein auf der Insel. Vielleicht kam Angelo noch herübergerudert.

Nach der Rückkehr war sein Bruder wieder sehr ernst gewesen. Natürlich lag seine gedrückte Stimmung daran, daß er nicht erfahren hatte, wo Giulia sich aufhielt. Als er allerdings begann, von Ippolita Crispo zu berichten, hellte sich sein Gesicht auf. In ihr habe er sein Glück gefunden, erklärte er leise.

»Der Borgia hatte sie in seinen Fängen. Vielleicht ist sie vom Teufel besessen«, warf die Mutter ein.

»Sie ist der liebste Mensch auf Erden.«

Die Mutter verdrehte die Augen. »Liebe, Liebe – und warum dauert alles so lange bei euch?«

»Die Ereignisse sind nicht danach, zu heiraten«, erklärte Angelo geduldig, aber bestimmt, und berichtete anschließend über das allgemeine Kriegsgeschehen und seine Folgen.

Charles VIII. hatte Neapel im Handstreich genommen und dann offensichtlich seinen Kreuzzug gegen die Türken vergessen. Er gab sich dem Wohlleben und der Hurerei hin, und seine Söldner nicht minder. Angelo berichtete von dem Geschehen ganz sachlich, und doch schwang Verachtung mit gegenüber dem häßlichen Zwerg, der da gewagt hatte, mit seiner eisenstarrenden Ritterschar und den fremdländischen Schlagetots, insbesondere aber mit Hilfe der beeindruckenden Kanonen, Italien zu erobern und zu verwüsten. Dennoch hatte der Papst ihn mit bloßer Diplomatie überlistet, und seine Geisel Cesare Borgia war dem Dummkopf entflohen. Dafür war die andere Geisel, der Sultansbruder Dschem, *gestorben* – wahrscheinlich an Gift.

Angelo hatte, während er Alessandro und seiner Mutter die Ereignisse berichtete, den Kamin anstecken lassen und legte nun Holz nach. Er friere leicht, bemerkte er, selbst in dieser Jahreszeit noch, aber wenn die Tramontana blase … Im Feldlager sei dies besonders unangenehm gewesen, vergangenen Winter habe er heftig gehustet. Aber der Frühling werde sich schon noch durchsetzen.

Und dann berichtete er von der neuen Seuche, die viele Franzosen in Neapel überfallen habe und die daher jeder *morbo gallico* nenne. »Wie eine Überschwemmung breitet sie sich aus, hat längst auch die Italiener erfaßt, ist inzwischen in Rom heimisch und wälzt sich nach Norden wie nach Süden. Es ist eine Lustseuche und Gottes Antwort auf die Sünden der Menschen. ER straft uns!«

Alessandro schwieg, weil er mit seinem frommen Bruder keine Diskussion darüber führen wollte, ob eine neue Seuche nun eine Strafe Gottes sei oder nicht. Er glaubte nicht an diese Theorie, denn die Seuche traf Schuldige wie die Unschuldigen, und Gott war gerecht. Zumindest müßte ein Gott, an den er glauben konnte, gerecht sein. Deswegen glaubte er auch nicht an den strengen, düsteren, eifernden und eifersüchtig liebenden Gott der Bibel, er glaubte an ein Wesen, das fern war, unerkannt, sich nicht zeigte. Die meisten Menschen mußten ihren eigenen Weg finden, ihre Taten vor sich selbst verantworten. Womöglich waren manche von vorneherein auserwählt, ihnen flog alles zu, andere dagegen waren verdammt und konnten sich mühen, wie sie wollten: Am Ende standen doch nur der Galgen, die Armut oder das Siechtum. *Viele sind berufen, aber wenige sind auserwählt*, hieß es im Matthäus-Evangelium. Ob sein Bruder Angelo auserwählt war? Oder er selbst? Manchmal glaubte er daran, daß ihm Gott nur Prüfungen auferlege und noch viel mit ihm vorhabe, dann wiederum drängte sich ihm der Gedanke auf, er müsse sein Lebensziel gegen alle

Widerstände durchsetzen, sogar gegen Gottes Willen. Doch war dies überhaupt möglich?

Das Gespräch mit Angelo stockte eine Weile, aber dann berichtete sein Bruder überraschend, daß ihr Vetter Ranuccio, Condottiere in neapolitanischen Diensten, nicht mehr unter den Lebenden weile. »Er ist nicht im Kampf gefallen, sondern der *morbo gallico* hat ihn dahingerafft. Irgendwo bei Sermoneta.« Er schwieg kurz, während die Mutter ihn erschrocken ansah. Alessandro erschrak ebenfalls, weil Ranuccio einer ihrer nächsten Verwandten war. Er hatte mit ihm nicht viel zu tun gehabt, daher berührte ihn sein Tod auch nicht persönlich. Aber jeder Tod in der Familie war ein Aderlaß, den man verkraften mußte und der keineswegs eine Gesundung nach sich zog. Nach dem Ableben der Väter gab es vier Söhne und potentielle Erben der Farnese-Lehen, des Farnese-Namens. Angelo und er selbst, die Vetter Ranuccio und Pietropaolo. Jetzt gab es nur noch drei.

»Ich habe Kranke gesehen …«, fuhr Angelo fort, und seine Stimme zitterte vor Erregung. »Sie sind über und über mit Geschwüren bedeckt, ihre Knochen schmerzen so, daß sie sich kaum bewegen können, und nachts finden sie keinen Schlaf mehr. Die Seuche trat zuerst unter Soldaten und Huren auf. Manche glauben sogar, die Männer, die den Seeweg nach Indien finden wollten, hätten sie mitgebracht.«

»Sterben denn alle daran?« fragte die Mutter.

»Nein, nein«, antwortete Angelo, »bei vielen verschwinden die Geschwüre nach einer Weile, auch die Schmerzen in den Gliedern. Es soll drüben in der neuen Welt, die der Genuese entdeckt hat, ein Holz geben, dessen Sud hilft. Andere Ärzte meinen, man müsse die Kranken mit einer Quecksilberpaste einreiben und dann in ein Schwitzhaus stecken. So könnten die Gifte abfließen. Ich weiß nicht …« Er schwieg und hielt seine Hände gegen die Flammen. »Niemand ist mehr sicher.«

Alessandro mußte an Giulia denken, und er wußte, daß auch seine Mutter und Angelo an sie dachten. Seine schöne Schwester! Zumindest ihre kleine schwarzhaarige, immer ein wenig traurige Tochter Laura hatte sie hier in Capodimonte unter der Obhut der Großmutter zurückgelassen. Aber sie selbst war, als sie unbedingt nach Rom zu ihrem Geliebten hatte ziehen wollen, schwanger! Alessandro sah die ermordete Signora Ruffini vor sich, Silvias Mutter, er sah sie da liegen in ihrem Blut, gräßlich zugerichtet, er sah den einen Mann, den sein Spieß durchbohrte, den anderen, den sein Pfeil traf, und er sah auch wieder die kleine Silvia vor sich, wie sie zitternd auf dem Boden hockte, wie er sie in den Arm nahm …

Alessandro hatte diese Bilder während der letzten Tage nicht abschütteln können. Während er jetzt unter der ungerührt vor sich hin flüsternden Steineiche lag, beschäftigte ihn nicht nur der Gedanke an Giulia, er fragte sich auch, wie Silvia die Besetzung und Plünderungen der Franzosen überstanden haben mochte, ob auch in ihrer *famiglia* der *morbo gallico* Einzug gehalten habe. Immer weniger ertrug er, nach Capodimonte geflohen zu sein und tatenlos von den Ereignissen in Rom und Neapel nur zu hören. Aus diesem Grunde war er auch zur Isola Bisentina gerudert. Er mußte sich ablenken und gleichzeitig nachdenken. Er las Gedichte des großen, unvergessenen Lorenzo, die Liebesverse seines alten Kameraden Pico, Polizianos und natürlich Petrarcas Sonette. Er las auch Ficinos Abhandlung über die Liebe und dann Platons *Gastmahl*. Um sich abzulenken, schwamm er lange in dem noch kühlen See. Er betete zur Jungfrau Maria und rief laut das *Magnificat* in den Wipfel der Eiche über ihm. Er lauschte dem Klang der eigenen Worte, der leisen Antwort des Windes in den Blättern.

Plötzlich hörte er seinen Namen rufen. Er sprang auf und rannte zum Felsvorsprung. Es war Angelo, der ihm aus einem kleinen Boot zuwinkte.

»Nachrichten von unserer Schwester«, rief er. »Sie lebt, sie lebt!«

Während Alessandro die Felsen hinabkletterte, vertäute Angelo das Boot. Die beiden Brüder umarmten sich.

»Was ist geschehen? Erzähl!« drängte Alessandro.

Angelo reichte ihm Giulias Brief.

Alessandro riß das Siegel auf und las:

Rom, im Dezember 1494

Mein Herzensbruder Alessandro,

endlich komme ich dazu, Dir zu berichten, was in den letzten Wochen geschehen ist. Ich hoffe, Ihr habt Euch nicht allzu große

Sorgen um mich gemacht, denn ich bin in Sicherheit. Allerdings habe ich mein Kind verloren – die Aufregungen waren zu groß. Und doch braucht niemand zu befürchten, meine Ehre sei angerührt worden. Der Franzose, der Adriana und mich gefangennahm, ein Baron namens Yves d'Alègre, erwies sich als ein echter *uomo gentile*. Er führte mich zu seinem König, der nicht minder höflich und zuvorkommend war. Allerdings ist er tatsächlich ein grotesk häßlicher Mann. Er könnte mir leid tun, wenn er kein König wäre, so verwachsen, wie er ist, mit Knollennase und tranigen Augen. Er sah mich an, als wollte er mich auf der Stelle verschlingen. Aber er sicherte Adriana und mir beste Behandlung zu. Und dann war auch schon Rodrigos Angebot da, ihm sofort die Lösegeldforderung von dreitausend Talern auszuzahlen. Und schon wurden wir nach Rom eskortiert wie Königinnen.

Und was glaubst Du, wie Rodrigo mir entgegenritt? Der Heilige Vater im Gewand eines Ritters! Sein Wams aus schwarzem, goldbesticktem Samt, Stiefel aus Valencia, ein Barett aus Seide. Um seine Hüfte ein Wehrgehänge mit Dolch und Degen. Rodrigo als schwarzer Ritter! Das mußt Du Dir vorstellen! Er ist ja nicht mehr ganz schlank und jung, aber wie er da so in diesem tapfren Aufzug vor mir stand, mußte ich doch lachen. Er war wieder sehr zärtlich. Und freigebig. Im Vatikan war schon alles verpackt, das Silberzeug, die Teppiche, die Tiara. Rodrigo befürchtete, der Franzose könnte ihn absetzen oder einsperren, und wollte sich nach Neapel zurückziehen. Er dachte sogar daran, abzudanken. Aber erst einmal verbrachten wir eine leidenschaftliche Nacht miteinander. Er schenkte mir am Morgen eine Perlenkette und ein Diadem mit Diamanten. O Gott, ich wage gar nicht, mir vorzustellen, wie wertvoll die Geschenke sind. Und dies alles in einer Situation, in der er um sein Amt, ja um sein Leben fürchten mußte. Noch immer ist mein Herz da, wo mein Schatz sich aufhält!

Nach dieser Nacht war plötzlich von einer Flucht nach Neapel nicht mehr die Rede. Rodrigo beschloß, in Rom zu bleiben und zu kämpfen. Ein echter Ritter auf dem Stuhle Petri.

Ich glaube, er liebt mich wirklich. Und er braucht mich in dieser schweren Zeit. Er vergoß sogar einige Tränen über sein Kind, das ich verlor. Aber ich bin sicher, der Barmherzige wird mich erneut segnen. Rodrigo hat auf jeden Fall das in seiner Macht Stehende getan, um mir den Verlust zu ersetzen.

Ich hoffe, alles wird gut.

Wann sehen wir uns wieder?

Hast Du etwas von Orso gehört?

Der Herrgott vertreibe die Eindringlinge aus unserem schönen Italien!

In Liebe,
Deine Schwester Giulia

PS

Ich fand keinen vertrauenswürdigen Boten für den Brief. Die Ereignisse überschlugen sich, wie Du wahrscheinlich weißt. Die Orsini haben Rodrigo verraten! Er war so wütend, wie ich ihn lange nicht gesehen habe, und er wird sich noch einmal an ihnen rächen. Dann fragte er mich, ob denn auch meine Familie zu dem Feind übergelaufen sei. ›Dein Bruder Angelo‹, rief er. ›Und Alessandro, den ich zum Kardinal gemacht habe? Ich traue niemandem mehr. Ich bin von Verrätern umgeben.‹ Er war außer sich, und seine Söhne Cesare und Juan bekräftigten ihn in dem Verdacht, daß alle Welt ihn verraten wolle. Ich versuchte, ihn zu beruhigen, indem ich ihm erklärte, daß Du mich ja schließlich zu ihm gelassen hättest und Dich in Capodimonte um unsere alte Mutter kümmern müßtest. Aber er blieb mißtrauisch.

Und nun sollen die Franzosen schon kurz vor unserer schönen Stadt stehen.

PSS

Im Januar 1495. Noch immer ist der Brief nicht abgeschickt. Die Franzosen haben Rom besetzt. Rodrigo floh in die Engelsburg und hat den Eindringlingen die Stirn geboten. Das Haus seiner alten Freundin Vannozza wurde geplündert. Ich blieb die meiste Zeit bei ihm, um ihm seelischen Beistand zu leisten. Aber er ist ein alter Fuchs. Und ich weiß auch nicht, wie sehr ich ihm noch trauen kann. Am meisten hört er auf seinen Sohn Cesare.

Was wird werden? O, lieber Alessandro, manchmal habe ich Angst. Auch der Pöbel von Rom ist nicht auf Rodrigos Seite.

Ich weiß nicht, wie und wann der Brief Dich erreichen wird.

Ich hörte übrigens, daß der Palazzo der Ruffini angegriffen wurde und der alte Rufino ihn verteidigt hat. Die Franzosen hätten ihn sogar mit Kanonen beschossen, hieß es. Aber seine Tochter Silvia, *unsere* Silvia, habe die Franzosen ganz allein in die Flucht geschlagen. Mit magischen Kräften, sagen die einen, die anderen behaupten: mit Hexerei. Hoffentlich haben die Franzosen sich nicht gerächt.

Alessandro ließ den Brief sinken, schaute seinen Bruder ratlos an und reichte ihn herüber. Als Angelo ihn gelesen hatte, sagte Alessandro: »Der Brief ist vom Januar. Aber wir haben Juni. Was ist inzwischen geschehen? Hast du weitere Nachrichten?«

Angelo schaute ihn triumphierend an. Wie häufig bei seinem Bruder mischte sich in diesen Triumph auch ein ängstliches Flackern.

»Ein Diener Crispos brachte den Brief und übergab mir auch einen an mich gerichteten Brief von Crispo selbst. Ich bin nun über die militärische Lage informiert. Ich werde noch morgen abreisen.«

»Crispo? Was hat denn Crispo mit Giulia zu tun? Nun erzähl schon! Spann mich nicht auf die Folter!«

Angelo lächelte. »Also«, begann er bedächtig, aber in einem sehr zufriedenen Ton, »der Franzose hat den Rückzug aus Neapel antreten müssen, war nur kurz in Rom und zieht mitsamt seinem Heer nach Norden.«

»Ja, dann kann er jederzeit hier auftauchen, unser Vieh abschleppen, die Dörfer plündern und Capodimonte erobern ... Was ist denn nun mit Giulia?«

»Eins nach dem anderen.« Wieder machte Angelo eine künstliche Pause, und Alessandro trommelte nervös mit den Fingern. »Es sieht so aus, als zöge das französische Heer über Civitavecchia und Corneto. Aber vielleicht marschiert ein Teil am Lago di Bolsena vorbei. Wir müssen die Burg schließen und notfalls verteidigen. Die Franzosen werden keine Zeit haben, sie zu belagern, denn der Papst hat eine Liga gegen sie geschmiedet: die Venezianer, die Spanier, ja auch die Mailänder und die Deutschen tun sich zusammen, um die Eindringlinge außer Landes zu jagen. Ich werde eine venezianische Reitertruppe führen.«

»Und wo hält sich Giulia mit ihrem geliebten Rodrigo auf?«

»Der Papst ist vor Charles nach Orvieto geflohen und hat sich weiter nach Perugia abgesetzt. Und unsere Schwester – wenn Crispo recht hat, hält sie sich noch in Rom auf. Sie wollte den Papst nicht begleiten. Cesare hetzt gegen sie.«

»Und?«

»Mehr weiß ich nicht. Wahrscheinlich lebt sie wie früher mit Adriana del Mila in dem Palazzo bei Santa Maria in Portico. Crispo sagt, der Papst hätte ihr sehr übelgenommen, daß sie ihn nicht nach Orvieto begleiten wollte. Vielleicht schwindet die Liebe jetzt.«

»Wir müssen sie aus seinen Klauen befreien!« rief Alessandro, ohne nachzudenken. »Wenn er ihrer überdrüssig ist, läßt er sie umbringen.«

»Das glaube ich nicht. Crispo meint ...«

»Ich höre immer nur Crispo. Was hast du denn mit diesem Schönling zu tun? Ich verlasse mich nicht auf das Urteil dieses ... dieses ... Kunstfreundes.«

Alessandros Stimme zitterte vor Aufregung, aber Angelo blieb gelassen. Er räusperte sich und fuhr fort: »Crispo hat mir auch noch geschrieben, Rufino Ruffini sei gestorben. Er wurde bei der Verteidigung seines Hauses von den Franzosen schwer verletzt und ist nun seinen Verletzungen erlegen.«

»Und Silvia?« Alessandro schrie fast. »Warum erzählst du mir dies jetzt erst? Du weißt doch, daß ich ...« Er unterbrach sich selbst. In den noch immer gelassen auf ihm ruhenden Augen seines Bruders sah er sein Spiegelbild. Er spürte plötzlich, daß Angelo ihm überlegen war – zumindest im Moment. Er spürte auch, daß er seinen Bruder nicht verstand, vielleicht nie verstanden hatte. Voller Scham schloß er die Augen und versuchte, sich zu beruhigen.

»Hör zu, Alessandro«, hörte er Angelo sprechen, »ich muß dir etwas mitteilen. Ich werde jetzt gegen die Franzosen kämpfen, und wenn wir sie aus dem Lande geworfen haben, komme ich zurück und heirate Ippolita Crispo.«

Alessandro riß die Augen auf und starrte seinen Bruder an.

»Und Giovanni Crispo wird Silvia Ruffini heiraten. Wir planen eine Doppelhochzeit.«

Alessandro konnte nicht fassen, was er da hörte. Obwohl es seit langem zu erwarten war. Aber weil alle so lange darauf warten mußten, glaubte niemand mehr daran. Er mußte sich setzen. Angelo verbarg nur mühsam eine höhnische Schadenfreude. Ja, nun triumphierte der frömmelnde Condottiere über seinen jüngeren Bruder! Silvia Ruffini heiratete den Crispo, den blassen, nichtssagenden, dummen Crispo. Und Angelo Farnese, der Sohn des großen Pierluigi und Enkel des tapferen Ranuccio, heiratete Crispos geistig verwirrte Schwester, die jederzeit Gefahr lief, als Hexe angeklagt, gefoltert und verbrannt zu werden. Sein Bruder, das Oberhaupt der Familie Farnese, derjenige, der sie am Leben halten mußte, wollte eine Irre heiraten – die noch nicht einmal viel Geld einbrachte. Dabei hatte ihre Mutter doch längst schon eine Orsini ausgesucht.

»Und was sagt unsere Mutter dazu?« fragte Alessandro und versuchte, sachlich zu klingen. Aber er merkte selbst, wie hilflos sich seine Stimme anhörte.

»Sie wird mir den Segen geben. Ich brauche sie nicht um Erlaubnis zu bitten.«

Alessandro ballte seine Fäuste. Die ruhige Gelassenheit seines Bruders, seine gespielte Überlegenheit machte ihn wütend. Gott, warum hatte er ihn damals nicht absaufen lassen? Sein Leben wäre anders, wäre glücklicher verlaufen.

»Ich weiß, was du über Ippolita denkst«, fuhr Angelo fort, »aber es kümmert mich nicht. Borgia hat sie auf dem Gewissen. Ich ... ich muß sie retten. Es ist schwer, ein guter Mensch zu sein und Gottes Gnade zu gewinnen. Man muß kämpfen ...« Als Alessandro nicht reagierte, fuhr er fort: »Ich kann Ippolita retten. Wir lieben uns. Sie sehnt sich nach Kindern. Unsere Kinder werden in Capodimonte aufwachsen, sie werden wie wir hier auf der Isola Bisentina spielen.«

»Ja, gewiß«, preßte Alessandro hervor.

»Was Silvia angeht – sie ist jetzt ganz allein auf sich gestellt. Crispo hat sich heftig in sie verliebt. Er weiß, daß sie sich immer nach dir gesehnt hat. Du warst ihr großer Held. Aber der Held hat sie einfach fallengelassen, hat sie vergessen – und außerdem ist er ein Kardinal. Er darf sie gar nicht heiraten.« Und wieder lag Triumph in Angelos Stimme.

Alessandro fühlte sich erschlagen von den Worten seines Bruders. Und auch von der Art, wie sein Bruder sie vorgebracht hatte. Dies war jetzt die Rache. Die Rache dafür, daß der jüngere Bruder der Stärkere war, der Liebling des Vaters. Unmöglich konnte er jetzt mit Angelo nach Capodimonte zurückrudern. Sie hätten sich heftig gestritten, und dies in einem kleinen Boot. Wie leicht fiel da einer über Bord. Und dann gäbe es wieder Verdächtigungen. Er wollte sich aber weder streiten noch verdächtigen lassen. Er mußte ungestört nachdenken.

So ließ er Angelo alleine in das Boot steigen.

»Wir sehen uns nicht mehr«, sagte sein Bruder. Die Stimme klang traurig. »Ich reite morgen in aller Frühe ab. Wir wollen die Franzosen an einem für sie ungünstigen Ort angreifen.«

»Viel Glück«, antwortete Alessandro kalt. »Wir werden uns spätestens an deinem Hochzeitstag wiedersehen. Wenn du willst, lese ich die Messe. Aber wahrscheinlich ziehst du den Papst vor. Er wird es sich gewiß nicht nehmen lassen, seinen exorzierten Schützling Ippolita zu trauen.«

In Angelos Augen standen Tränen. Er reichte Alessandro die Hand.

»Wir sind doch Brüder«, sagte er. »Wir müssen zusammenhalten.«

Einen Augenblick schwankte Alessandro, ob er nicht doch mit Angelo zurückrudern sollte. Aber dann drehte er sich um, ohne ihm ein *Auf Wiedersehen* nachzurufen.

Alessandro fühlte eine zunehmende Trauer. Er schlich zu der Kapelle, die am Ostufer der Insel auf einem Felsvorsprung in den Himmel ragte und deren Innenraum mit uralten Fresken bemalt war, mit streng blickenden Aposteln, die keine Entschuldigung gelten ließen. Er betete und schrie den Gekreuzigten an, er schlug sich seine Fäuste an den Kopf und fiel auf die Knie. Bis tief in die Nacht blieb er hier, aber er erlangte weder Ruhe noch Erlösung. Schließlich schlief er vor dem Altar erschöpft ein.

Am nächsten Morgen wachte er hungrig auf. Alles, was ihn während der vergangenen Nacht so gequält hatte, schien plötzlich in eine gewisse Ferne gerückt. Aus dem Halbdunkel der Kapelle trat er in das gleißende Sonnenlicht. Um ihn Vogelgezwitscher. Die

Blüten der Oleandersträucher umsummt von Bienen. Im Dunst ferngerückt die hochragende Burg von Capodimonte.

Alessandro reckte sich und versuchte dann, einen Handstand zu machen. Im zweiten Anlauf gelang es ihm. Anschließend rannte er die kurze Strecke zu ihrer Villa. Im Kräutergarten harkte einer der Gärtner und grüßte freundlich. Alessandro holte sich einen Krug Wasser aus dem Brunnen und schaute wieder über die spiegelnde Fläche des Sees.

Die Wut des vergangenen Tages war gewichen. Er brauchte sich nun nicht mehr zu verstecken, er konnte nach Rom zurückkehren, an seinen ihm angestammten Platz im Konsistorium. Er freute sich sogar darauf, in seiner Kirche Santi Cosma e Damiano, mitten im Trümmerfeld der alten römischen Foren, eine Messe zu lesen – auch wenn vielleicht nur Ziegenhirten, Lumpensammler und alte Bettelhuren sich von ihm segnen ließen. Aber hatte nicht Christus gesagt: *Was ihr getan habt an einem meiner geringsten Brüder, das habt ihr mir getan?* Ja, er brach das Brot auch mit den Armen und trank den Wein mit den Gestrauchelten. Und während er noch über den See schaute, roch er regelrecht den Duft von Weihrauch und sah sich segnend die Arme heben.

Aber dann drängte sich ein anderer, beunruhigender Gedanke auf. Seine Schwester Giulia war in Gefahr. Der Borgia würde ihr nicht vergessen, was während des letzten Jahres geschehen war, dieses Zieren und Zerren, gerade in Stunden der Bedrängnis. Auf der anderen Seite: Hatte der Franzosenkönig den Papst nicht derartig geschwächt, daß er sich kaum noch durchsetzen und sich auch keinen privaten Skandal erlauben konnte? Außerdem stellten sich noch andere Fragen: Was war mit della Rovere? Floh er mit Charles nach Frankreich? Mußte Ugo ihn begleiten? War ein Schatten des Verdachts auf den jungen Kardinal Farnese gefallen? Suchten vielleicht schon die Spione der Borgia-Familie nach einem Grund, ihn kaltzustellen oder gar zu ermorden?

Nein, weder von der Isola Bisentina noch von Capodimonte aus konnte Alessandro beurteilen, was sich in Rom zusammenbraute, wie er sich zu verhalten habe. Und auf Briefe von Giovanni Crispo gab er schon gar nichts. Ja, Crispo! Er mußte schleunigst nach Rom zurück. Vielleicht gelang es ihm noch, Silvia aufzusuchen und von ihrem Vorhaben abzubringen. Sie durfte den Schönling nicht heiraten! Aber mit welchem Argument sollte er sie davon überzeugen? Er machte sich doch nur lächerlich.

Alessandro ruderte nach Capodimonte, hetzte den steilen Weg zur Burg hinauf und stürzte sofort ins Schlafzimmer seiner Mutter, die gerade von ihren Kammerfrauen gewaschen und angezogen wurde. Sie warf ihm nur einen kurzen Blick zu.

»Angelo hätte nicht in den Krieg ziehen dürfen«, sagte sie. »Mars dominiert und steht in Opposition zur Venus, außerdem hatte ich heute nacht wieder meinen Traum. Die Rabenvögel ...«

»Aber ist dein erstgeborener Sohn nicht Condottiere?« unterbrach sie Alessandro. »Kämpfen ist sein Beruf. Allerdings wird er sich nicht lange bei seinen Soldaten aufhalten, er will ja heiraten, wie ich gehört habe. Mein Bruder wird mit Signorina Crispo hierherziehen und Schafe züchten, wie du. Jeder muß seine Aufgabe erfüllen. Meine Aufgabe ist, Priester zu sein. Daher darf ich mich verabschieden. Der französische Feind ist auf der Flucht. Ich begebe mich umgehend nach Rom. Außerdem will ich Giulia sehen.«

Die Mutter lehnte sich zurück, schloß die Augen und ließ sich weiterschminken. »Adriana schrieb mir, Giulia gehe es gut«, sagte sie. »Möchtest du vielleicht auch Silvia Ruffini aufsuchen? Man hört von ihr interessante Neuigkeiten.«

Alessandros Laune wurde immer düsterer. Nun mußte er sich auch noch von seiner Mutter verhöhnen lassen. Aber sie hatte sich getäuscht, wenn sie meinte, sie könnte ihn verletzen.

»Ich darf mich von dir verabschieden, geliebte Mutter.« Alessandro versuchte, seine Stimme sarkastisch klingen zu lassen. »Mach dir keine Sorgen um deinen Erstgeborenen, ich werde für ihn beten. Und die Raben suchen nur nach Aas. Aas findet sich in unserer Familie nicht. Bald wird Hochzeit sein.«

Die Mutter öffnete ihre Augen, stützte sich auf und schaute ihn forschend an. »Warum haßt ihr Brüder euch nur?« seufzte sie. »Jeder hat seine Aufgabe und erfüllt sie nach seinen Kräften. Ich habe euch immer beide geliebt.« Ihre Stimme wurde weich. »Vielleicht hast du recht. Ich sollte nicht so viel auf Vorzeichen und Träume achten. Aber wenn man allein lebt, erheben sich überall Stimmen und sprechen. Verstehst du das?«

Alessandro schwieg.

Sie seufzte und schloß wieder die Augen. »Du verstehst es nicht. Trotzdem segne ich dich, mein Sohn. Mach deine Sache gut in Rom. Du wirst einmal Papst. Wie dein Urahn Benedetto. Über den Raben schweben die Engel. Es ist der ewige Kampf der Geier gegen die Adler. Aber die Adler werden siegen. Luzifer hat seine Macht verloren.«

Alessandro hatte zugehört, ohne seine Mutter zu unterbrechen. Nun schwieg sie. Die Kammerfrau kämmte ihre schütter gewordenen Haare. Sie waren grau und hatten den alten Glanz verloren.

Er betrachtete sie lange Zeit, ohne daß sie sich rührte. Dann verabschiedete er sich von ihr. Noch am Abend wollte er in der Ewigen Stadt sein.

In Rom ritt er zuerst zum Palazzo der Farnese. Er fand ihn nach Pferden und geschlachteten Schweinen stinkend und verwahrlost vor. Die Hälfte der *famiglia* hatte sich davongemacht, einige waren an dem *morbo gallico* gestorben, die noch Anwesenden hatten das zurückgegebene Silber verkauft, angeblich, weil es zerkratzt und verbogen gewesen sei. Außerdem hätte man von etwas leben und das Haus nach Abzug der Barbaren renovieren müssen. Der Hausverwalter bekreuzigte sich. Alessandro wanderte durch die Räume. Überall Kratzereien und Schmierereien, die Bibliothek gefleddert, der Weinkeller leer. Und ein Bild seines Urahns Bonifaz, des Papstes, hatte den Bogenschützen als Zielscheibe gedient. Man hatte ihm die Nase weg- und die Augen ausgeschossen.

Alessandro erfüllte eine kalte Wut.

Dann eilte er zu seiner Schwester Giulia, die ihn mit einem Aufschrei der Freude empfing und nicht mehr aus den Armen lassen wollte. Aber selbst die Freude über das Wiedersehen dämpfte seine Wut nur wenig. Giulia verstand ihn nicht, glaubte, alles würde wieder gut. Allerdings sei Rodrigo noch nicht bei ihr erschienen, erklärte sie, obwohl er nach Rom zurückgekehrt sei. »Ich habe meinem stolzen Ritter in seinem schwarzen Samtwams geschrieben, aber er hat nicht geantwortet. Und was eigenartig ist: Eins meiner Kammermädchen wurde aus dem Haus entführt, geschändet und dann ermordet. Alle im Haus sagen, auch Adriana: Das ist eine Warnung.«

Alessandro brauchte nicht lange nachzudenken. Er sah seine Schwester ebenfalls in Gefahr. Vielleicht zogen sich sogar über ihm düstere Wolken zusammen. »Du mußt aus Rom heraus«, rief er. »Und zwar sofort. Ich traue dem Papst nicht. Er haßt die Orsini, nachdem sie ihn verraten haben, und dein Mann ist ein Orsini. Außerdem: Wenn er vermutet, ich könnte mit della Rovere in Verbindung stehen, wird er dich als Geisel nehmen. Wenn gar seine Leidenschaft erlahmen sollte ...«

Er sah, wie Giulias schönes, stolzes Gesicht plötzlich alt und verbraucht wirkte, als hätte ein böser Dämon von ihr Besitz ergriffen. Dann überfiel ihn der Gedanke: Vielleicht ist es gut, daß Angelo keine Orsini heiratet. Der Papst hätte die Heirat zu diesem Zeitpunkt als Kampfansage empfunden.

»Hast du etwas von Silvia Ruffini gehört?« fragte er.

Er merkte selbst, wie er plötzlich zitterte. Er setzte sich, stand wieder auf, eilte zum Fenster und preßte dann seinen Rücken gegen die Wand.

»Was ist mit dir los, Alessandro?« fragte sie. »Ich kenne dich nicht wieder. Wir haben doch das Schlimmste überstanden, der Feind zieht ab. Anderen erging es nicht so gut.«

»Sie heiratet den lächerlichen Crispo!« schrie er.

»Aber davon ist schon sehr lange die Rede. Mich wundert das überhaupt nicht. Nur daß unser Angelo Ippolita heiratet ... Weißt du im übrigen, daß Silvia seit der Vertreibung der Franzosen in ihrem Viertel wie eine Heilige verehrt wird? Die zerborstene Kanone ist zu einer Reliquie geworden.«

»Aber ihren Vater hat sie offensichtlich nicht retten können, die heilige Silvia.«

Giulia antwortete nicht, und Alessandro trommelte mit den Fäusten gegen einen Wandteppich, bis der Staub ihn husten ließ.

»Ich werde einen neuen Palazzo kaufen, und zwar einen richtigen, großen. Schließlich bin ich Kardinal. Ich kann unseren stinkenden Pferdestall nicht mehr ertragen.«

Der Gedanke, einen neuen Palazzo zu kaufen, war ihm plötzlich gekommen. Dies war zur Zeit die Lösung. Der Kauf zeigte, daß er und seine Familie mehr Bedeutung anstrebten und daß sie auch finanziell gut dastünden. Außerdem würden den alten bald sein Bruder Angelo mit seiner neuen Frau beziehen, und zusammen unter einem Dach wollte er mit ihm keineswegs wohnen.

»Um den Palazzo zu kaufen, brauche ich Geld. Auch von dir.«

Giulia schwieg.

Noch am Abend hatte Alessandro einen Palazzo gefunden, der ihm würdig genug erschien und den er ausbauen konnte: den Palazzo Ferriz in der Nähe des Campo de' Fiori. Nach dem Einmarsch der Franzosen und ihren Plünderungen waren manche Häuser billig zu haben, so auch dieser Palazzo, aber Mittel für den Kauf und die Instandsetzungen fehlten ihm. Er bedrängte Giulia, ihm Geld für die Anzahlung zu geben. Da in ihrer Truhe kaum Dukaten lagerten, gab sie ihm schließlich das Diamantendiadem.

»Aber es ist nur geliehen, und ich möchte einen Schuldschein von dir«, sagte sie.

Alessandro unterschrieb mit zusammengekniffenen Lippen den Schein und überlegte schon, bei wem er das Diadem versetzen könnte, ohne daß sofort ganz Rom davon wußte. Es kamen nur die Juden in Frage. Aber warum nicht! Er hatte nichts gegen Juden. Nur wenn sie überhöhte Zinsen nahmen, mußte man sie daran erinnern, daß sie den Heiland ans Kreuz genagelt hatten und gerade erst aus Spanien vertrieben worden waren. In Italien dagegen, insbesondere in Rom, gewährte man ihnen viele Privilegien. Da machten sich Wucherzinsen nicht gut.

Alessandro überreichte ihr den Schuldschein.

»Du solltest sofort nach Capodimonte abreisen.«

Während der nächsten Tage machte Giulia jedoch keine Anstalten, seinem Rat zu folgen.

Alessandro drängte. Sie müsse heimlich Rom verlassen, erklärte er, der Papst dürfe ihre Abreise erst bemerken, wenn sie in Sicherheit sei. Giulia zögerte noch immer. Alessandro malte die Gefahren in drastischen Farben aus und versprach ihr, er rufe sie wieder zurück, sobald er den Eindruck gewinne, der Papst grolle ihr nicht mehr.

»Aber du weißt, was mein heimliches Verschwinden bedeutet?« fragte sie. »Die Geschenke werden aufhören.«

»Ich schaffe es auch allein«, antwortete er mit zusammengekniffenen Lippen. Dann traten ihm plötzlich Tränen in die Augen. »Ich dachte, ich hätte sie vergessen. Ich wollte sie vergessen, damals, als ich zum ersten Mal davon hörte, daß sie Crispo heiraten sollte. Ich war in meinem Stolz gekränkt, ich war wütend – aber ich kann sie nicht vergessen.«

Giulia nahm ihn in den Arm. »Jeder kann vergessen. Mein Bruder, du bist Kardinal! Du hast kein Recht, von ihr die Liebe zu fordern, die du selbst nicht geben kannst.«

Er entwand sich ihren Armen. »Aber ich könnte sie doch geben. Ich kann Silvia nur nicht heiraten.«

»Willst du sie zu deiner Konkubine machen?«

Alessandro erschrak.

»Siehst du«, sagte Giulia.

Er schüttelte den Kopf und schaute sie an. »Bist du nicht auch eine Konkubine?«

»Ja, ich bin eine Konkubine.« Sie erwiderte seinen Blick mit einer tiefgründigen Angst in ihren Augen.

Alessandro begab sich zum Palast des Kardinals della Rovere, wo er Ugo Berthone vorfand. Der Kardinal sei mit Charles, dem Franzosenkönig, nach Frankreich gezogen, habe ihn aber in Rom gelassen.

»Das trifft sich gut«, sagte Alessandro.

Wenige Tage später erschien in den frühen Morgenstunden die Kutsche, mit der Giulia nach Capodimonte gebracht werden sollte. Alessandro wollte die Abreise persönlich überwachen und war in der Verkleidung eines venezianischen Kaufmanns erschienen. An seiner Seite, ebenfalls wie ein Kaufmann verkleidet, stand Ugo. Er lächelte Giulia an, und Giulia lächelte, nicht ohne einen Anflug von spöttischer Überlegenheit, zurück. Dann stieg sie wortlos in die Kutsche und mit ihr Ugo. Schließlich beugte sie sich noch einmal aus dem Fenster, nun wieder ernst, und sagte zu Alessandro: »Ich habe einen Einäugigen geheiratet, wie meine Mutter es wollte, und ich wurde die Geliebte des Papstes, wie mein Bruder es wollte. Ende ich jetzt in Gefangenschaft?«

Sie gab der sie begleitenden Eskorte das Zeichen zum Aufbruch. Dann winkte sie Alessandro doch noch zu. An diesem Morgen fand er ihr Antlitz trotz der klaren und ausgewogenen Gesichtszüge grau und zerstört. Vielleicht lag es auch nur daran, daß sie nicht geschminkt war. Er schaute lange der Kutsche nach.

Noch am selben Abend setzte er sich hin und schrieb Silvia Ruffini einen Brief. Als er ihn noch einmal durchgelesen hatte, zerriß er ihn und warf die Schnipsel ins Feuer. Er versuchte, Accurse Maynier aufzusuchen, um die Stimmung des Papstes seiner Schwester gegenüber zu erkunden. Aber er traf ihn nicht an.

Dann begab er sich zu Rosella. Sie empfing ihn und versprach, ihm Geld für seinen Palazzo zu leihen.

Eine Weile überlegte Alessandro, ob er Crispo aufsuchen sollte. Aber sein Stolz stand dagegen. Natürlich hätte er auch zu Silvia gehen können. Aber er wagte es nicht, und außerdem sagte sein Stolz auch hier: Nein!

Der Papst war mit dem kruden Krieg gegen die Franzosen und diplomatischen Winkelzügen beschäftigt, rief seine Kardinäle nicht zusammen und war nur für seine Vertrauten zu sprechen. Also nicht für Kardinal Farnese. Von Kardinal della Rovere erhielt Alessandro keine Nachrichten. Aber es sprach sich in Rom herum, daß die Truppen der Liga die französischen Heerteile, die noch im Königreich Neapel geblieben waren, heftig bedrängten und außerdem versuchten, Charles VIII. den Rückweg nach Frankreich abzuschneiden.

Alessandro ging täglich zum Palazzo Ferriz, um mit einem Architekten die notwendigen Umbaumaßnahmen zu besprechen. Im alten Palazzo Farnese fühlte er sich noch immer nicht wohl, weil die Kritzeleien an den Wänden ihn zu verhöhnen schienen. Der Gestank nach Blut, Mist und Urin war offensichtlich nicht zu vertreiben und verstärkte sich durch die beginnende Sommerhitze. Von Giulia hatte er nur gehört, daß sie sicher in Capodimonte angekommen sei. Sein alter Freund Ugo Berthone sei ein angenehmer Begleiter gewesen und vertreibe ihr ein wenig die Langeweile. Er habe ihr sogar das Schachspiel beigebracht.

Die Mutter schickte keinen Gruß. Auch von seinem Bruder Angelo hörte Alessandro nichts. Aber was sollte Angelo ihm auch schreiben. Die Hochzeitsvorbereitungen waren sicher in vollem Gange – die Familie Crispo würde bald mit der Familie Farnese verwandtschaftlich verbunden sein. Und damit auch die Familie Ruffini! Das hieß, das einzig übriggebliebene Glied dieser Familie: Silvia. Silvia wurde die Frau des Schwagers seines Bruders. Ja, die Frau des Schwagers seines Bruders.

Zu Hause erreichte ihn eine kurze Nachricht von Accurse Maynier. Der Heilige Vater sei aufgebracht über das heimliche Verschwinden seiner Geliebten. Er beschuldige sie der Undankbarkeit. Ihren Bruder habe er einen *elenden Ränkeschmied* genannt.

Alessandro wurde unsicher, ob Giulias von ihm erzwungene Abreise wirklich richtig gewesen war. Ob seine ganze Taktik und das Lavieren zwischen den beiden Parteien geschickt und erfolgreich sei. Wenn der Papst ihn nun fallenließe?

Um seine Loyalität zu bekräftigen, wollte er erneut um eine Audienz bitten. Als er sich über den verstopften Ponte Sant' Angelo quälte, schossen plötzlich die Kanonen der Engelsburg Salut. Und der Pöbel grölte: »Sieg, Sieg! Die Franzosen sind geschlagen! Lang lebe der Heilige Vater!«

Wie ein Lauffeuer sprach sich in Rom herum, daß die Liga bei Fornovo einen großen Sieg über Charles, den »halbblinden Zwerg«, errungen habe. Vernichtend seien der Krüppel und sein verseuchtes Heer geschlagen.

Der Heilige Vater war viel zu beschäftigt, seinen Triumph zu feiern, als daß er den unbedeutenden Kardinaldiakon von Santi Cosma e Damiano empfangen konnte. Alessandro zog wieder unverrichteter Dinge aus dem Vatikan ab.

In den nächsten Tagen vernahm er, daß der Sieg doch nicht so vernichtend gewesen sei. Die Franzosen hätten sich durchschlagen können. Aber ihr gesamtes Beutegut sei den Soldaten der Liga in die Hände gefallen.

Alessandro interessierte der Sieg von Fornovo nur wenig. Er wußte, daß bald sein Bruder vor der Tür stehen würde, wahrscheinlich mit zurückerobertem Beutegut beladen. Und dann stand der Hochzeit, der Doppelhochzeit, nichts mehr im Weg.

Bis dahin konnte Alessandro wahrscheinlich sogar schon einen Flügel des neuen Palazzos beziehen, und Angelo durfte seine Ippolita über die Schwelle des alten Hauses in den Pferdegestank tragen. Aber wahrscheinlich plante sein Bruder, in Capodimonte zu heiraten, noch besser: auf der Isola Bisentina. Auf ihrer gemeinsamen Kindheitsinsel. Dem Ort der Abenteuer und Träume. Alessandro konnte den Gedanken daran nicht ertragen und versuchte, ihn durch erneutes Studium der Umbaupläne seines neuen Palastes zu verdrängen.

Bald erreichte ihn eine weitere Nachricht von Accurse. Der Sieg von Fornovo sei im Grunde kein eindeutiger Sieg gewesen. Auch Charles beanspruche, gesiegt zu haben. Er selbst habe wie ein Löwe gekämpft. Aber sein durch Krankheiten geschwächtes Heer habe die Liga nicht niederringen können. Daher habe sein Troß einige Waffen und einen Teil des Beuteguts in Italien lassen müssen.

»Zum Glück für alle Beteiligten«, schrieb Accurse, »hielten sich die Verluste auf beiden Seiten in Grenzen.«

Wenige Tage später traf Alessandro seinen Onkel, den Kardinal Caetani. Normalerweise hatte er mit ihm wenig zu tun, obwohl er ihn durchaus mochte. Der Onkel war ein gemütlicher älterer Herr, der gern dem Wein zusprach und sich lange über die Deutung apokrypher Bibelstellen auslassen konnte. Bei den Sitzungen des Konsistoriums schlief er meistens ein. Der Onkel berichtete ihm, in der Hitze schwitzend, er freue sich schon auf die Hochzeit seines Neffen Angelo, ganz Rom spreche auch von den tapferen Taten der Silvia Ruffini, sie habe sicher das Zeug zu einer modernen Judith. Leider habe der Herrgott in seinem unerforschlichen Ratschluß ihren Vater abberufen, obwohl er sich tapfer den Barbaren entgegengestellt habe, um die Ehre und das Leben seiner Tochter zu verteidigen.

Dann kam Onkel Caetani auf die Schlacht von Fornovo zu sprechen. »Borgia brüstet sich, als habe er selbst das Schwert gegen den französischen Zwerg geführt, und seine Stellung in Italien hat er auch stärken können, aber eigentlich war die Schlacht eine Niederlage, denn vor lauter Gier haben sich die italienischen Soldaten auf den Beutetroß gestürzt, statt die Franzosen zu bekämpfen. Charles hat mit seinem Heer auf jeden Fall geordnet weiterziehen können. Und wie ich die Franzosen und unseren Freund della Rovere kenne, werden sie sich bald wieder zurückmelden. Unser Frieden, der so lange gehalten hat, ist endgültig vorbei. Armes Italien! Und alles nur wegen der Konkurrenz zweier Kardinäle, die unbedingt Papst werden wollten. Aber Gottes Wege sind unerforschlich. Ich versuche sie seit langem nicht mehr zu erkunden, mein Junge. Ich genieße lieber den guten Wein unserer Heimat.« Er leckte sich kurz die Lippen. »Bis bald auf der Hochzeit! Die kleine Ruffini soll sich ja bei dem Aushandeln des Ehevertrags besser geschlagen haben als der gerissenste Jude. Wirst du deinen Bruder und den Crispo trauen? Endlich kommt die Familie wieder zusammen. Ich segne dich, mein Sohn!« Schnaufend und schwitzend verabschiedete er sich von seinem Neffen.

Und dann erreichte Alessandro die Nachricht, die er nicht glauben wollte, weil sie so unwahrscheinlich klang. Die Verluste in der Schlacht von Fornovo waren gering, so berichteten alle Augenzeugen übereinstimmend. Aber unter den wenigen befand sich Angelo Farnese.

Alessandro fragte mehrfach nach. Immer wieder hieß es bestätigend: Ja, Angelo Farnese, der erstgeborene Sohn und Erbe des Pierluigi Farnese, der Condottiere der Venezianer, sei im Kampf gegen die Franzosen gefallen. Eine Kugel aus einer Arkebuse habe die Rüstung durchschlagen und seinen Bauch zerrissen. Unter furchtbaren Qualen habe er noch auf dem Schlachtfeld, während seine eigenen Soldaten sich auf den gegnerischen Troß stürzten, ein Gebet gesprochen und seine Seele in Gottes Hand gelegt.

Zuerst fühlte Alessandro nichts.

Dann erinnerte er sich daran, daß er seinem Bruder schon mehrfach den Tod gewünscht hatte. Aber nie hatte er daran gedacht, daß dieser Wunsch Wirklichkeit werden könnte.

Nun war er Wirklichkeit geworden.

Angelo, sein einziger Bruder, der Erstgeborene und Erbe, war in einer lächerlichen Schlacht gefallen. Er war seinem Vetter Ranuccio in den Tod gefolgt. Er, Alessandro, der Zweitgeborene, ein Mann der Kirche, war nun der Erbe des Pierluigi Farnese und mit seinem Vetter Pietropaolo der übriggebliebene Namensträger der Familie. Aber er durfte nicht heiraten, durfte keine legitimen Kinder zeugen. Was dies bedeutete, wußte jeder. Starb Pietropaolo, blieb er ganz allein übrig. Dann erbte er zwar auch die Lehen dieses Zweigs der Familie und ein bedeutendes Vermögen, aber ohne legitimierte Söhne starb die Familie Farnese aus. Die Lehen wurden mit seinem Tod eingezogen. Dies war das Ende eines stolzen Geschlechts von Kriegern.

Dann überwältigte Alessandro die Trauer über den Tod seines Bruders. Im Zorn waren sie auseinandergegangen. Und warum? Weil er seinen Bruder immer gehaßt hatte. Schon als Kind hätte er ihn beinahe ertrinken lassen. Aber die Selbstvorwürfe kamen zu spät, sie holten den Bruder nicht ins Leben zurück. Jetzt stand er da, ein Scherbengericht sein bisheriges Leben. Zwar war er Kardinal – aber was nützte ihm dieser Titel? Der Purpurrock war nichts als ein Gefängniskleid.

In dieser Stimmung setzte Alessandro sich an den Schreibpult und versuchte, sich seinen Schmerz von der Seele zu schreiben. Er schrieb einen Brief an die von ihm immer offen oder insgeheim geliebte Silvia Ruffini, an den reinen, unberührten Engel, den er vor langen Jahren aus der Hand einer Mörderbande befreit hatte.

41. Kapitel

Als Silvia Alessandros Briefsiegel sah, machte ihr Herz heftige Sprünge. Sie brach das Siegel, öffnete mit zittrigen Händen den Brief und las langsam, jedes Wort leise mitsprechend, was Alessandro schrieb. »*Cor, unde venis*, meine liebste Silvia …« So begannen seine Zeilen. Sie begannen, wie sein erster Brief geendet hatte, mit einem Horaz-Zitat. *Herz, wohin gehst du?* Ja, wohin war sein Herz gegangen? Weit weg, zu weit. Nie wieder konnten sich die beiden getrennten Teile treffen. Er hatte ihr einfach nicht mehr geschrieben, hatte sie vergessen, übersehen, hatte sie nie aufgeklärt über sein Schweigen – und nun, nach dem Tod ihres Vaters, war sie Giovanni Crispo endgültig versprochen. Das Warten, das Bangen, das Hoffen und Verzweifeln mußten ein Ende haben.

Sie überflog seine hilflos verschnörkelten Sätze, seine Ausflüge in die Vergangenheit, in denen von Liebe und verletztem Stolz die Rede war. Von *ihrem* Schweigen. Von dem Gefühl, alle bisherigen Liebesschwüre seien nichts als Lüge gewesen. Sie verstand ihn nicht. Sie fand sich in der umständlich gedrechselten Wortwahl nicht mehr zurecht. Er ging Jahre zurück, zu seinem Aufenthalt in Florenz – ja, damals hatten sie sich häufig geschrieben, bis der Briefwechsel plötzlich abbrach. Sie war eine Weile nicht in der Lage gewesen, ihm zu schreiben, weil der kleine Sandro, *ihr* Sandro mit *seinen* Augen, gestorben war und sie sich schuldig fühlte an seinem Tod. Aber dann schrieb sie ihm nicht mehr, weil *er* so beharrlich schwieg. Und jetzt sprach er von Stolz, von Crispos Ankündigung, die ihn so verletzt habe, daß er all ihre Worte nur noch für Lügen gehalten habe – sie verstand ihn nicht. Eine dunkle Ahnung stieg in ihr auf – aber warum konnte Alessandro nicht klar und deutlich schreiben, was geschehen war, was er gefühlt hatte und warum er plötzlich in ein schwarzes, düsteres, nicht enden wollendes Schweigen verfiel. Statt dessen kam er auf seine Geldnöte zu sprechen, auf seine unsichere Stellung zwischen den Kardinalsfraktionen, auf den inneren Konflikt, den seine Schwester Giulia auszufechten habe zwischen einem ungeliebten Ehemann und einem erkaltenden Liebhaber.

Silvia warf den Brief auf ihr Pult und wanderte aufgeregt im Zimmer auf und ab. Dieses Thema reizte sie heute wie damals. Sie hörte regelrecht noch seine einschmeichelnde Stimme, wie er Giulia überredete, Borgias Werben nachzugeben, ihre Ehe zu brechen, ihre Ehre zu verraten – um schnöder Vorteile willen. Um eigener Vorteile! Damals brach ihre sehnsüchtige Liebe zusammen; das Bild, das sie trotz seines langen Schweigens bewahrt, an das sie sich geklammert hatte, es wurde zerstört.

Heftig atmend nahm sie Alessandros Brief wieder in die Hand. »Nie habe ich dich vergessen, geliebte Silvia«, las sie nun, »obwohl mir bewußt war, daß ich auf Grund meiner kirchlichen Bindung auf die Freuden einer Ehe verzichten muß. Ja, ich versuchte, meine Gefühle zu unterdrücken, Deine Gegenwart zu meiden, um mein inneres Feuer zu ersticken. Aber nun stehe ich da, an der Schwelle eines neuen Lebensabschnitts, und weiß nicht weiter.«

Ja, sie wußte auch nicht weiter. Sollte sie etwa dem hohen kirchlichen Würdenträger, der apostolischen Eminenz, dem Kardinaldiakon von Santi Cosma e Damiano, Ratschläge erteilen, wie er sein Leben zwischen Leidenschaft und Weihe, Würde und Geldnöten zu führen habe? Hatte sie nicht gerade erst ihren Vater verloren? Hatte sie sich nicht dazu durchgerungen, Giovanni Crispo zu heiraten, weil sie als Waise nicht in voller Verantwortung einer *famiglia* vorstehen und sich mit den Gläubigern ihres Vaters herumschlagen wollte? Ja, um was ging es Alessandro eigentlich?

Und dann stieß sie auf einen Satz, der sie erbleichen ließ. Die ganzen verdrechselten Rechtfertigungs- und Erläuterungsversuche traten in den Hintergrund. Alessandro teilte ihr mit, sein Bruder

Angelo sei in der Schlacht von Fornovo gefallen. Sie legte den Brief ein zweites Mal auf ihr Pult und nahm ihn nicht wieder in die Hand.

Bisher hatte sie nur Siegesmeldungen erhalten, Triumphgeschrei auf Roms Straßen gehört und Dankgebete in den Messen. Aber was nützte der Sieg, wenn Angelo Farnese, der Mann, der die arme Ippolita erlösen sollte, als einer der wenigen Opfer dieser Schlacht aus ihrer Mitte gerissen worden war? Silvia schossen die Tränen in die Augen. Was war das für ein Gott, der die Frommen opferte, der verhinderte, daß eine arme gequälte Seele wie Ippolita dem Leben zurückgegeben wurde! Der zuließ, daß ein Vater, der seine Tochter retten wollte, totgeschlagen wurde! Der zuließ, daß Silvias ganze Familie nacheinander ausgelöscht wurde, obwohl sie nicht schlechter und besser war als viele andere! Ein solcher Gott war ungerecht, launisch und grausam. An die Liebe eines solchen Gottes konnte man nicht glauben. Ja, konnte man überhaupt an seine Existenz glauben?

Einen Tag lang wollte Silvia nicht ihr Zimmer verlassen und weigerte sich, etwas zu trinken und zu essen. Als Giovanni Crispo sich anmeldete, empfing sie ihn nicht. Aber sie las die Mitteilung, die er hinterließ. Seine Botschaft sei ganz einfach, schrieb er, er liebe sie und wolle sie auch nach dem tragischen Tod von Angelo Farnese noch heiraten. Die Frage der Mitgift spiele für ihn keine Rolle. Sein Vater sei reich genug. »Und ich weiß sehr wohl, daß er deinem Vater Unrecht angetan hat, daß die Art und Weise, wie Agostino Chigi im Verein mit anderen ehrenwerten Männern deinen Vater hintergangen und bedroht hat, verwerflich war. Daß Ippolita nun wahrscheinlich nie mehr einen Ehemann finden wird, daß sie sich aber auch weigert, irgendwo in einem abgelegenen Winkel unseres Landes den Schleier zu nehmen, ist sehr bedauerlich. Wenn du nichts dagegen hast, werden wir sie in unsere *famiglia* aufnehmen.«

Silvia setzte sich, nachdem sie Giovannis Zeilen gelesen hatte, an ihr Pult, legte Alessandros ihr noch immer entgegenleuchtenden Brief in die Schublade und antwortete Giovanni umgehend. Er sei ein ehrlicher, großmütiger Charakter, und sie danke ihm. Selbstverständlich habe sie nichts dagegen, Ippolita, ihre alte Freundin, der sie viel verdanke, in ihr Haus aufzunehmen. Giovanni möge ihr verzeihen, daß sie ihn nicht empfangen habe, aber die Nachricht vom Tod des Angelo Farnese habe sie mehr getroffen, als sie sich habe vorstellen können.

Und nun trat etwas ein, was Silvia sich noch weniger vorstellen konnte. Giovanni Crispo war, wie sie später von ihm in allen Einzelheiten erfuhr, in Sorge und Trauer nach Hause gegangen. Seine Schwester Ippolita hatte seinen Augen sofort angesehen, daß er fürchte, Silvia könne von dem Ehevertrag zurücktreten. Bis zu diesem Augenblick hatte man ihr den Tod ihres Verlobten verschwiegen, weil man um ihre Gesundheit fürchtete. Aber nun erzählte ihr Giovanni, was geschehen war und was Silvias abweisendes Verhalten begründe.

Angelo war tot. Angelo, den es nicht kümmerte, daß sie auf schreckliche Weise ihre Jungfräulichkeit verloren hatte, daß sie mehrfach als vom Teufel besessen gebrandmarkt und exorziert worden war. Angelo, der sie hatte retten wollen, der jung war und nicht alt und verzweifelt, der nicht von Liebe sprach und schon gar nicht von Mitgift, der aber in jeder seiner Bewegungen und Blicke seine Liebe ausdrückte, dieser Angelo war tot. Ippolita lachte auf, und Giovanni glaubte, sie verliere nun gänzlich ihren Verstand. Sie lachte laut und schluchzte laut, sie riß sich ihr Kleid vom Körper, bis sie nackt vor ihrem Bruder stand. Noch immer konnte man die Narben sehen, die ihr zugefügt worden waren – von einem Mann, der nun Stellvertreter Christi und Nachfolger der Apostel war.

Giovanni sprach ihr gut zu, nahm sie in den Arm, rief ihre Kammerfrau, damit sie wieder bekleidet würde. Aber Ippolita riß sich von ihm los und begann in dem Raum umherzutanzen, und je länger sie tanzte, desto weniger konnte man sie ansprechen. Ihre Augen waren in die Ferne gerichtet. Sie lächelte und summte und sang dann wieder.

Als sie ohnmächtig zusammenbrach, gelang es, sie zu bekleiden. Aber bald kam sie wieder zu sich und begann erneut zu tanzen und zu singen. Crispos Eltern, sprachlos vor Entsetzen, befahlen, sie in ihrem Zimmer einzusperren. Sie ließen einen Arzt holen. Als das Zimmer wieder aufgeschlossen wurde, damit der Arzt sie untersuchen konnte, stürzte sich Ippolita auf ihn, kratzte ihm sein Gesicht blutig, riß ihn zu Boden und rannte die Treppe hinunter. Im Nu stand sie auf der Straße und begann wieder zu tanzen. Giovanni folgte ihr und sprach begütigend auf sie ein, versuchte sie in den Arm zu nehmen und ins Haus zu führen. Aber sie ließ sich nicht einfangen, sondern kratzte und biß, sobald sie jemand berührte. Kaum war sie frei, tanzte sie durch die Straßen und Gassen, sang laut und vernehmlich ein Lied, das alle Jungfrauen aufforderte, ihr zu folgen. Zwischendurch rief sie immer wieder: »Das Himmelreich ist nahe« und »Kommt her zu mir, alle, die ihr mühselig und beladen seid, die ihr eingesperrt seid in das Gefängnis eurer Jungfräulichkeit, die ihr geschändet ward und nun verworfen seid. Folget mir, so werdet ihr Ruhe finden für eure Seelen und eure geschundenen Leiber. Unser Joch wird leicht sein und die Last genommen von unserem Geschlecht!«

Unter den Menschen bildete sich eine Gasse, durch die Ippolita tanzte. Immer wieder warf sie ein Kleidungsstück von sich, so daß sie sich bald nackt drehte, aber wie ein tödlich bedrängtes Raubtier sich auf jeden stürzte, der ihr zu nahe kam. Es geschah sogar, daß einige Frauen ihr tanzend folgten.

Bevor der Bargello seine *sbirren* schicken konnte, hatte Ippolita bei der Engelsbrücke den Tiber erreicht. Giovanni war ihr nahe geblieben, hatte immer wieder versucht, ihr gut zuzureden, sie in den Arm zu nehmen. Aber sie hörte ihn nicht. Eine Weile balancierte sie mit erhobenen Armen am Ufer des Tiber entlang, um sie die anderen Mädchen, viele von ihnen inzwischen ebenfalls unbekleidet. Und dann stürzte sich Ippolita in den Fluß. Drei Mädchen folgten ihr, die anderen schrien laut auf und erkannten, was mit ihnen geschehen war. Sie tauchten in der Menge unter, die nun grölend das Geschehen beklatschte. Eins der Mädchen konnte noch aus dem Wasser gezogen werden. Die beiden anderen strampelten und verschwanden in dem Strudel, der um die Brückenpfeiler entstand.

Wo jedoch war Ippolita?

Giovanni, der sie immer im Auge behalten hatte, sah sie plötzlich nicht mehr. Sie mußte untergetaucht sein, hinabgezogen – oder hatte ein Engel sie gerettet? Niemand hatte sie ertrinken sehen, und nirgendwo tauchte sie wieder auf. Sie trieb an kein Ufer, noch fand sie einer der Fischer. Ippolita hatte sich singend und tanzend von der Welt verabschiedet, und Gott hatte sich ihrer gnädig angenommen. So sah es Giovanni in seinem Schmerz, und auch Silvia versuchte es so zu sehen.

Die Kurie ließ sofort in allen Kirchen verkünden, daß sämtliche Berichte über die vom Volk so bezeichnete *tanzende Heilige* erfunden seien. Eine junge Frau, deren Geist leider vom Teufel besessen gewesen sei, habe sich ertränkt, um ihren Qualen zu entgehen. Dies sei eine Todsünde. Und auch wenn die Leiche nicht wieder aufgetaucht sei, so bedeute dies noch nicht, daß Engel herabgeschwebt seien und sie in den Himmel getragen hätten, wo sie nun sitze im Kreis der Heiligen und Märtyrer. Aber in den Spelunken Roms, in den Katen am Zufluß der Cloaca maxima, bei den Wäscherinnen und Straßenhuren, den Mägden und dunkelhäutigen Sklavinnen sprach man nur von dem Wunder ihrer Rettung, von Gottes Erbarmen für die Armen, von der *heiligen Ippolita*.

Giovanni schloß seinen Bericht mit starrer Miene, sich immer wieder mit den Fingern durch die Haare fahrend: »Selbst unsere Küchenmädchen sagen: Sie ist nicht tot, sie war auch nicht vom Teufel besessen, sondern vom Allmächtigen auserwählt. Als Nothelferin wird sie uns in Zukunft Beistand leisten.«

Silvia, zu deren Füßen Giovanni saß, nahm seine Hand und drückte sie an ihr Herz. Sie wußte nichts zu sagen. Sie wollte ihn trösten, aber sie mußte selbst getröstet werden. Giovanni hob seinen Kopf, seine Augen verschwammen in Tränen, er schluchzte auf. Er versuchte, sein Gesicht zu verbergen. Dann klammerte er sich an sie. Sie strich ihm wie einem Kind über den Kopf.

Nach einer Weile beruhigte er sich wieder.

»Ich kann nicht mehr«, flüsterte er. »Mein Vater ...«

Silvia zog ihre Hand zurück. Sie fühlte plötzlich, wie die Zuneigung für ihn sich aufzulösen begann. Wie der Boden unter ihr zu schwinden drohte. Wie sie Hilfe brauchte, die Hilfe jedoch in einen Nebel eintauchte. Sie wollte etwas Liebevolles, Tröstendes sagen, aber ihre Stimme versagte.

»Ich glaube, ich muß auf ein Leben in Zufriedenheit und Glück verzichten«, sagte Giovanni mit rauher Stimme. »Hätte ich mehr auf Ippolita aufgepaßt, könnte sie heute in Frieden und im Einklang mit Gottes Geboten leben.«

»Es lag doch nicht an dir«, rief Silvia empört. Ihre Empörung zielte jedoch nicht auf seine Selbstvorwürfe, sondern auf das, was dahinter stand: Er versuchte, sich von seinen Versprechungen zu befreien. Er wollte sich zurückziehen. Er stand nicht mehr zu seinem Wort – nachdem sie ihm gegen alle inneren Widerstände *ihr* Wort gegeben hatte.

»Glaubst du wirklich?« Er schaute sie ein wenig beruhigt an.

Silvia stand auf. »Giovanni«, begann sie, aber sie merkte sofort, wie ihre Stimme belehrend, fordernd, ja vielleicht sogar ärgerlich klang. Sie stellte sich ans Fenster und schaute hinaus in die Abenddämmerung. Sie durfte jetzt nichts falsch machen. Sonst konnte sie Ippolita gleich in den Tiber folgen. »Ihr Herz war voller Liebe«, fuhr sie fort, und ihre Stimme zitterte vor Rührung. »Gott hat sie abberufen, ebenso wie Angelo. Auch wenn wir nicht verstehen, warum … Sollen wir an IHM und SEINER Weisheit zweifeln?«

Ja, schrie es in ihr, natürlich zweifeln wir. ER ist nicht weise, ER ist unbarmherzig, gefühllos und grausam.

Giovanni schüttelte den Kopf. Er wirkte nun wirklich verzweifelt. Ein zweites Mal begann er: »Mein Vater …«, aber erneut unterbrach er sich und versuchte, mit einer barschen Handbewegung das, was er sagen wollte, wegzuwischen.

Silvia ging einen Schritt auf ihn zu. Er umfaßte ihre Hüfte und legte seinen Kopf an ihren Schoß. Sie legte die Hände auf sein Haar und drückte ihn an sich.

»Liebst du mich wirklich?« fragte sie leise.

Er schaute sie mit einem großen, treuen Hundeblick an.

Sie schloß die Augen.

Nun strich plötzlich sein warmer Atem über ihr Gesicht.

Sie ließ zu, daß er sie küßte. Sie erwiderte seinen Kuß. Sein Atem wurde schneller, heftiger, und sie konnte gerade noch verhindern, daß er mehr verlangte als einen Kuß.

»Wir werden bald verheiratet sein. Kannst du solange noch warten?« flüsterte sie. »Ich weiß, daß du die Ehre einer Frau achtest.«

Er richtete sich auf und nickte, obwohl ihm schwerfiel, die heftigen Zuckungen seiner Männlichkeit zu unterdrücken. Er wollte etwas sagen, aber sie verschloß seine Lippen mit ihrer Hand. Er ergriff ihre Hände, preßte sie an seine Lippen und flüsterte schließlich: »Ich bin verrückt nach dir. Früher dachte ich immer, daß ich gegen den Farnese keine Chance habe. Aber heute weiß ich, daß du mich wirklich liebst.«

Silvia küßte ihn, und nun fiel es ihr doppelt schwer, sein Drängen abzuwehren.

Sie lagen sich lange in den Armen. Immer wieder schob sich seine Zunge zwischen ihre Lippen, und sie zerwühlte sein schwarzes, glänzendes Haar.

Als er sich verabschiedete, versprach er ihr, erst dann wiederzukommen, wenn er einen festen Hochzeitstermin habe. »Du wirst nicht lange warten müssen.«

Sie lächelte.

»Wer wird uns trauen?« fragte er.

Sie zuckte mit den Achseln.

»Soll ich Alessandro fragen?« Er lächelte schief.

Silvia mußte sich beherrschen. Sie schüttelte nur den Kopf. Wie konnte Giovanni so geschmacklos sein! Aber vielleicht wollte er nur seinen Triumph auskosten, vielleicht war er von Alessandro zu häufig gedemütigt worden.

»Aber einladen müssen wir ihn«, betonte Giovanni.

»Ich möchte auf jeden Fall Giulia dabeihaben.«

»Ich werde ihn einladen, den Herrn Kardinaldiakon. Vielleicht spricht er ein paar würdige Worte.« Und wieder zog über sein Gesicht der Ausdruck schiefen Triumphs.

Ein letzter Kuß, und Giovanni verschwand im Dunkel der römischen Gassen.

Silvia schlief schlecht während der folgenden Nächte. Die Entscheidung war gefallen, und sie war richtig. Trotzdem schlief Silvia schlecht. Der Schlaf mied sie ganz, nachdem sie einen zweiten Brief von Alessandro erhalten hatte. Er war kürzer, weniger verschnörkelt, und diesmal spürte sie seine Verzweiflung. Er sprach auch offen von seiner Liebe.

Sie warf den Brief, kaum hatte sie den Schlußsatz gelesen, ins Feuer. Als er aufloderte, versuchte sie ihn wieder herauszuholen, weil sie ihn noch einmal lesen wollte und sie sich selbst nicht mehr verstand. Aber sie verbrannte sich nur die Finger. Der Brief verkohlte. Und doch machte sie sich daran, Alessandro sofort zu antworten.

»Ich verstehe Dich nicht mehr, lieber Alessandro«, begann sie, und ihre Feder flog so über das Papier, daß mehrere Tintenkleckse das Bild ihrer Schrift verunstalteten. »Hast Du Dich nicht der heiligen Mutter Kirche versprochen?« Sie fand diesen Ausdruck ein wenig pompös, aber gleichzeitig schien er ihr auch zu passen. »Was Deine Verzweiflung angeht, so fühle ich mit Dir. Deine Liebe jedoch kann und darf ich nicht erwidern. Du bist ein Mann Gottes, und ich werde Giovanni Crispo heiraten.« Sie hielt kurz inne. Sie empfand ihre Sätze wie gezielte Ohrfeigen. Aber warum sollte sie verstecken, was sie dachte, fühlte und was den Tatsachen entsprach? »Du weißt, daß ich Dich lange sehnsüchtig liebte. Und auch Du schienst mich zu lieben. Aber dann gab es plötzlich einen Bruch. Du schwiegst. Du ließest nichts mehr von Dir hören. Nie erhielt ich eine Erklärung.« Warum dieser Vorwurf? Ach, es war gleichgültig. Hauptsache, Alessandro verstand, was in ihr vorging, und ließ sie in Zukunft in Ruhe. »Selbst als Du wieder zurück in Rom warst, hast Du mich gemieden. Du wolltest nichts mehr von mir wissen. Vielleicht hast Du an Lucrezia Borgia gedacht. Und um jeden Preis wolltest Du im Kirchendienst schnell aufsteigen. Oder hast Du etwa den Einfluß Deiner Schwester Giulia nicht bei dem Papst geltend gemacht? Das Volk nennt Dich nicht zufällig Kardinal *Gonella*. Trotzdem möchte ich Dich, auch in Giovannis Namen, zu unserer Hochzeit einladen. In *Freundschaft*, Deine Silvia.«

Sie unterstrich das Wort *Freundschaft* und atmete tief durch.

42. Kapitel

Noch bevor Alessandro Silvias Brief erhielt, mußte er zur Beisetzung seines Bruders nach Capodimonte reiten, wo Giulia und seine Mutter ihn schon erwarteten. Angelo sollte auf der Isola Bisentina begraben werden, an der Seite des Vaters. Der Schock über seinen Tod hatte die Mutter stumm gemacht, und Giulia stand panische Trauer ins Gesicht geschrieben. Sie brach immer wieder in Schluchzen aus, preßte dann ihre kleine Tochter Laura an sich. Alessandro umarmte beide und sprach ein Gebet. Auch er wußte nichts Tröstliches zu sagen.

Am Abend vor dem Begräbnistag erreichte eine apostolische Abordnung Capodimonte: Onkel Caetani und weitere Kardinäle. Papst Alexander hatte seinen Geheimen Zeremonienmeister Accurse Maynier geschickt, und sogar Ugo Berthone tauchte, als der Tote zur Insel gerudert werden sollte, am Hafen von Capodimonte auf. Er drückte der Mutter sein Beileid aus, dann auch Giulia, die ihn aus feuchten, aber forschenden Augen anblickte. Ugo versuchte, seine Gefühle Giulia gegenüber zu verbergen, aber seine verkrampfte Haltung zeigte, daß er sie noch immer nicht überwunden hatte. Schnell wandte er sich von Giulia ab und Alessandro zu.

»Grüße von Kardinal della Rovere und seine tiefempfundene Anteilnahme. Du weißt, daß er sich in Frankreich aufhält. Als einer der ersten erfuhr er von Angelos Tod. Ein Zufallstreffer, völlig ungezielt. Vielleicht ist Angelo sogar von einer italienischen Kugel getroffen worden. Seine ganze Truppe raffte schon das Beutegut an sich, er allein wollte noch kämpfen. Ach Gott ...« Ugo seufzte, dann wischte er sich seine Augen trocken.

Alessandro nickte nur. Dann stießen die Boote vom Ufer ab. Alessandro ruderte mit Accurse, Ugo und Angelos Knappen den Sarg zur Insel. Dort zog er sich um und hielt, assistiert von Onkel Caetani, die Totenmesse. Es war ein strahlender Tag, und obwohl schon Juli, schmetterten die Vögel der Insel ihren Gesang über das Grab, in das Angelo gesenkt wurde, und ein spätblühender Jasmin verströmte einen bedrängendsüßen Duft.

Auch als die Trauergemeinde zum Mahl beisammen saß, blieb die Stimmung gedämpft, fast stumm. Giulias Gesicht war, soweit man es hinter dem Schleier erkennen konnte, voller Tränen. Die Mutter sprach noch immer nicht, bis auf einen Satz, den sie an Alessandro richtete: »Du bist jetzt das Oberhaupt der Familie.« Und dieser Satz klang wie ein Vorwurf.

Alessandro wäre am liebsten sofort nach Rom geflohen. Dort mußte ihn Silvias Antwort erwarten. Dort konnte er noch am ehesten dem Druck ausweichen, der plötzlich auf seinen Schultern lag. Und dem unausgesprochenen Vorwurf seiner Mutter, die ihren Lieblingssohn verloren hatte. Der Allmächtige hatte ihre Pläne durchkreuzt und den Zweitgeborenen, den Kirchendiener, zum Erben bestimmt. Ob sie schon fassen konnte, was dies bedeutete?

Alessandro pickte sich ein paar Oliven von seinem Teller, während Ugo und Accurse zu seiner Rechten die neuesten Nachrichten von den Erzfeinden Borgia und della Rovere austauschten. Giulia zu seiner Linken berichtete ihm gleichzeitig, sie sehe Rodrigo gelegentlich und man gedenke der alten Zeiten, in denen *Herz* und *Schatz* noch nah beieinander wohnten. Ansonsten bestimme die Politik zur Zeit sein Leben.

»Er ist mir entglitten«, flüsterte sie Alessandro zu, »und ich werde alt.«

»Du bist noch immer schöner als jede andere Frau in Rom«, antwortete Alessandro ohne Überzeugung in der Stimme.

»Ich hatte Silvia am Grab erwartet«, wechselte Giulia das Thema, »auch euren Freund Crispo.«

»Sie wollen heiraten.«

»Ich weiß.«

Alessandro schaute Giulia ins Gesicht, um zu sehen, wie sie das knappe und kühle *Ich weiß* meinte, aber seine Schwester verbarg nun perfekt ihre Gefühle. Während er Giulia noch prüfend anschaute, hörte er Accurse zu Ugo sagen: »Ich bin Vater geworden. Ein Sohn. Ich habe ihn Jean genannt, oder Gian, wie die Italiener sagen. Ich werde ihn adoptieren.«

»Und die Mutter?« fragte Ugo.

»Ich werde sie nach Deutschland zurückschicken. Oder auch mit einer kleinen Geldsumme abfinden. Eine Hure darf meinen Sohn nicht aufziehen.«

Alessandro wollte sich gerade in das Gespräch seiner Freunde einmischen, als Giulia sagte: »Ich hatte wieder eine Fehlgeburt. Du hast die Chance verpaßt, ein zweites Mal Onkel zu werden.«

Alessandro brauchte eine Weile, bis er antwortete. »Und wer wäre der Vater gewesen?«

Giulia zögerte kurz, lächelte dann schmerzlich. »Seine Heiligkeit.«

»Vielleicht ist es gut so. Der Oberpriester der Christenheit hat schon genügend Bastarde.«

Alessandro hatte mit harscher Stimme geantwortet. Giulia schaute ihn betroffen an, verdeckte dann ihr Gesicht mit dem Schleier.

Er erhob sich. Er hielt diese Trauergesellschaft nicht mehr aus. Es war einfach unmöglich, daß er weiter Konversation trieb und sich die Nachrichten von anderer Leute Kinder anhörte. Daß er sich nach Silvia fragen ließ. Daß die Mutter vorwurfsvoll schwieg. Daß die Vögel sangen, statt tot vom Himmel zu fallen.

Ohne irgend jemand zu benachrichtigen, ging er zur Anlegestelle, zog seine Kardinalsrobe aus und ließ sich einen einfachen Kittel reichen. Er nahm sich ein kleines Boot und ruderte allein auf den See hinaus. Nach einer Weile ließ er sich auf der glitzernden Wasserfläche zwischen Capodimonte und der Isola Bisentina treiben. Es war ihm gleichgültig, wenn die Trauergemeinde ihn vermißte. Er hatte seine Pflicht getan, die Messe gelesen und seinem Bruder einen würdigen Abschied ermöglicht. Mehr war von ihm zur Zeit nicht zu erwarten.

Das Boot schaukelte leicht, und kleine Wellen schlugen gegen die Holzplanken. Alessandro entblößte seinen Oberkörper und schloß die Augen vor der blendenden Sonne. Es war ein friedlicher Julitag, und am liebsten würde er sich ewig treiben lassen. Er hörte einen Schrei wie von einem Kind, und als er seine Augenlider einen Spalt öffnete, sah er eine Möwe über ihm fast bewegungslos im Wind stehen und ihn beobachten. Damals, vor vielen Jahren, riß der Wind die Möwen über ihnen weg, als während der heftigen Tramontana ihr Boot zu kentern drohte und Angelo über Bord ging. Noch heute fühlte Alessandro die Todesangst, die ihn erfaßte. Er mußte Wasser aus dem Boot schöpfen, sonst wäre es mit ihm untergegangen, und wollte gleichzeitig Angelo retten. Und er rettete ihn dann auch, indem er ihm die Hand hielt und ihn langsam ins Boot zog, obwohl es beinahe gekentert wäre und sie beide hätten ertrinken können. Alessandro wußte nicht, ob Angelo seiner Mutter je das Geschehen im einzelnen berichtet hatte, aber ihm warf er auf jeden Fall eine Weile vor, ihn absichtlich in den aufgewühlten See gestoßen zu haben. Als sie dann älter wurden, sprachen sie nicht mehr darüber. Alessandro vergaß es auch, wie so vieles aus seiner Kindheit. Zu lange lag es zurück. Aber heute, gerade heute, tauchten die Erinnerungen in einer Klarheit auf, als sei er mit seinem Bruder erst gestern in den Sturm geraten.

Alessandro ruderte ein Stückchen weiter. Er wollte an etwas

anderes denken. Er wollte an Silvia denken, die er ebenfalls gerettet hatte und die ihm noch etwas schuldete. Und die er liebte. Zu lange hatte er seine Gefühle geleugnet, aber nun brachen sie mit Macht hervor. Gott wollte ihn jedoch prüfen. Oder, wenn es keinen Gott gab, das Schicksal. *Das Schicksal stiftet Unglück, damit wir besser unseren Wert erkennen können,* hatte Horaz geschrieben; es klang Alessandro wie Hohn in den Ohren. Der Tod hielt reiche Ernte in seiner Familie. Vielleicht wählte er ihn als nächsten aus. Oder seinen inzwischen kränkelnden Vetter Pietropaolo. Würde er ihn beerben, hätte er endlich genügend Einkünfte, um seine Stellung als Kardinal richtig ausfüllen zu können – solange ihn der Borgia ohne nennenswerte Benefizien ließ. Nachdem nun auch noch Giulia von ihrem kurialen Liebhaber knapp gehalten wurde ... Die Schulden des neuen Palazzos ... Seine Lage wurde immer auswegloser. Und wenn ihn nun der *morbo gallico* heimsuchte und nichts half, ihn am Leben zu halten? Oder die Pest? Oder die *mal aria*, die jeden Sommer in Rom ihre zahlreichen Opfer forderte? Er war jung und stark, aber gegen die Heimtücke von Krankheiten konnte er ebensowenig ausrichten wie gegen die Heimtücke von Männern, die mächtiger waren als er. Starben die männlichen Glieder der Familie Farnese, fiele das Lehen an die Kirche zurück, der Name Farnese verschwände. Dies mußte er sich immer wieder sagen. Dies erschien wie ein Menetekel an den hohen Mauern von Capodimonte und an den neu gemauerten Wänden seines Palazzos. Es gibt nur noch Pietropaolo und dich! Der Borgia würde heimlich triumphieren und mit Stolz auf Cesare, Juan und Jofré schauen. Die Orsini mit ihrer Unzahl an Söhnen würden Krokodilstränen heucheln und sich insgeheim die Hände reiben, weil sie nun im nördlichen Latium die einzige maßgebliche Adelsfamilie waren.

Noch immer begleitete Alessandro die Möwe. Eine Weile war sie verschwunden, aber kurz darauf wieder aufgetaucht. Er winkte ihr zu, sie reagierte nicht. Weiß und rein schwebte sie im Licht der Sonne, wie ein Engel. Vielleicht war sie ein Engel. Zwischen Himmel und Erde schwebten schon immer Wesen, die alle Schulweisheit nicht erklären konnte.

In den letzten Tagen hatte Alessandro sich keine Tageshoroskope legen lassen, weil sein neuer Astrologe in Rom wohnte. Insgesamt konnte er zufrieden sein mit seinem Geburtshoroskop. Der dickliche Glatzkopf hatte ihm günstige planetarische Konstellationen nachgesagt, sein *medium coeli* insbesondere verheiße eine letztlich erfreulich verlaufende Entwicklung seines Lebenswegs. Als Alessandro genauer nachfragte, studierte der Glatzkopf seine Tabellen, Zeichen und Zahlen und verlangte schließlich mehr Geld. Es war immer dasselbe mit den Sternlesern, Chiro- und Nekromantikern, den Wahrsagern und Anhängern der Magie: sie gierten nach Geld. Und günstige Auskünfte waren ausnahmslos besonders teuer.

»Der Wunsch Eurer Mutter«, sagte der Glatzkopf und schaute ihn forschend an.

»Wahrscheinlich wünscht sie, daß ich Papst werde.« Alessandro mußte lachen.

»Nun, ich würde nicht ausschließen, daß Ihr dieses Ziel erreicht.« Der Astrologe war ein Schlitzohr, ein Schmeichler. Wie er schon grinste!

»Natürlich werde ich Papst«, rief Alessandro und lachte laut. »Was ich mir vornehme, erreiche ich. Und wie viele Kinder werden mir einmal geboren?« Stellte ein Kardinal eine solche Frage, mußte sich der Sterndeuter natürlich winden.

»Mehrere«, antwortete der Glatzkopf, ohne zu zögern, »von einer einzigen Frau, die Ihr liebt. Und ich erkenne Reichtum und Ruhm. Die Venus in Konjunktion mit Eurem Jupiter. Die Sonne im Löwen. Euer *medium coeli* liegt im 10. Haus. Die mehrfache Begegnung mit dem Tod wird Euch reifen lassen. Die Suche nach dem Lebenssinn trägt Früchte. Ihr werdet Eure unverkennbaren Fähigkeiten einmal der Menschheit zur Verfügung stellen und große Verantwortung tragen.«

Die Begegnung mit dem Tod ... Der Glatzkopf hatte Angelos Tod vorausgesehen. Erinnerte an andere Tode. Aber an welche? Und mehrere Kinder prophezeite er ihm. Eins war zweifelsfrei richtig: Sorgte Alessandro nicht für Nachwuchs, ruhte die Zukunft der Familie allein auf den schwächer werdenden Schultern seines Vetters. Doch sollte Alessandro vielleicht sein Kardinalsamt aufgeben? Nein, dies kam nach all den Kämpfen nicht mehr in Frage. Schafe züchten wie seine Mutter, Olivenbäume und Wein anbauen? Nein, auf keinen Fall! Die Frau, von der der Astrologe sprach, konnte eigentlich nur Silvia Ruffini sein. Ihre Schicksalswege hatten sich früh und entscheidend gekreuzt. Sie waren aneinandergebunden, ob sie es wollten oder nicht. Silvia mußte ihm die Kinder gebären, die die Planeten ihm prophezeiten.

Die Möwe war verschwunden. Die Sonne brannte heiß auf seine Haut. Er nahm die Ruder und erreichte bald den Hafen von Capodimonte. Seiner Mutter und Giulia hinterließ er die Botschaft, er habe unbedingt nach Rom reisen müssen, der Heilige Vater persönlich habe ihn gerufen. Dann ritt er los und erreichte am späten Abend die Ewige Stadt. Den Brief, den er sofort an Silvia schreiben wollte, hatte er auf seinem Ritt schon entworfen. Sicher erwartete ihn eine Antwort auf seinen ersten Brief. Angelos Tod war schrecklich. Aber dieser Tod war auch ein Wink – nicht nur des Schicksals, auch des allmächtigen Vaters. Er war ihm Auftrag und Verpflichtung. Alles würde gut!

Alessandro fand, kaum hatte er seinen Palazzo betreten, Silvias Brief vor. Er überflog ihn und stürzte aus seiner euphorischen Stimmung ab. Er mußte sich setzen. Maßlose Enttäuschung machte sich in ihm breit. Wut erfaßte ihn, dann Verzweiflung. Eine Weile überlegte er, ob er Silvia sofort aufsuchen sollte. Er schwankte, aber dann brach er auf. Vor dem Palazzo der Ruffini blieb er stehen. Aus einem einzigen Fenster drang ein schwacher Lichtschein nach draußen.

Er starrte nach oben.

Aber dann klopfte er doch nicht, sondern eilte weiter zu Rosellas Haus.

Obwohl mehrere Fackeln an ihrem Portal brannten, sollte er abgewiesen werden. Alessandro wollte nicht glauben, was er hörte. Der Diener wiederholte, die Signora empfange heute nur einen ausgewählten Gast. Offensichtlich wußte der Kerl nicht, wen er vor sich hatte. Alessandro war zur Zeit nicht in der Stimmung, sich von einem Lakaien abweisen zu lassen. Er versetzte ihm einen Faustschlag ins Gesicht und verschaffte sich auf diese Weise Einlaß. Als ein zweiter Diener mit einem langen Dolch auf ihn zustürzte, lächelte er freundlich und drückte dem Verdutzten einen Dukaten in die Hand. »Die Signora erwartet mich«, sagte er knapp. Als das ganze Dienergesindel herbeistürzte und heftiger Tumult ausbrach, stand Rosella plötzlich selbst auf dem Treppenabsatz. Ein kurzes Leuchten huschte über ihr Gesicht.

»Alessandro!« rief sie. »Dich hätte ich am wenigsten erwartet.«

Sie umarmte ihn und drückte ihm lächelnd ihr Beileid aus. »Heute kann ich dich aber leider nicht empfangen, weil ich hohen Besuch erwarte.«

»Dann schick ihn weg!« Alessandro marschierte schon die Treppe zum ersten Stock hoch, wo sich Rosellas Empfangsraum, der anschließende Bankettsaal, das Musikzimmer und ihr eigenes Schlafzimmer aneinanderreihten.

»Er würde es mir sehr übelnehmen, und er kann sehr rauhbeinig werden.« Rosella nahm Alessandros Hand. »Komm morgen zurück. Morgen nehme ich mir Zeit für dich, einen ganzen Abend – und eine Nacht dazu. Ach, Alessandro ... Komm morgen, heute kann ich wirklich nicht.«

Er hörte jedoch nicht auf sie, sondern betonte mit dem bezaubterndsten Lächeln, das ihm zur Verfügung stand, sein heutiger Besuch bei ihr sei lebenswichtig und unaufschiebbar. Ihr Widerstand wurde schon schwächer, und Alessandro wies auf Angelos Tod hin und sprach weiter. Irgendwann ließ sich Rosella überreden und wies die gesamte Dienerschaft an, den angekündigten Besuch sehr höflich zu empfangen, ihn aber um keinen Preis in den ersten Stock zu lassen. Man solle ihm ein von ihr schnell geschriebenes Brieflein überreichen und ihn bitten, am nächsten Tag zurückzukommen. Dann werde sie ihn sogar kostenlos bewirten.

Seufzend wandte sie sich wieder Alessandro zu. »Mit was darf ich dich erfreuen? Mit Stierhodenpastete und einem feurigen Wein aus Sizilien? Gepfefferten Eiern in Safransauce? Dazu ein kleines Liedchen, das ich selbst komponiert habe?«

Alessandro zog sie aber, während sie noch sprach, an sich und brachte sie mit einem Kuß zum Schweigen. Seine Hand griff nach ihrer Brust, glitt dann über ihr Kleid.

»Langsam, mein Junge«, stieß sie zwischen zwei Küssen hervor, aber Alessandro ließ sich nicht mehr aufhalten. Als er an ihrer schweren Samtrobe riß, um sie zu entkleiden, zog sie ihn in ihr Schlafzimmer. Zwei junge dunkelbraune Mädchen halfen beiden aus ihrer Kleidung. Alessandro konnte es nicht schnell genug gehen, und als er sich auf Rosellas Bett legte, ragte seine Männlichkeit stolz und fordernd in die Luft. Die beiden Mädchen kicherten. Rosella schickte sie weg. Auch sie war nun nackt. Alessandro erinnerte sich nur noch vage an ihre erste Begegnung und hatte vergessen, wie er ihren Körper damals erlebt hatte. Aber nun schien sie schwer und mächtig geworden zu sein. Langsam näherte sie sich ihm, kniete lächelnd am Bettrand über seinen Oberschenkeln. Er konnte es nicht abwarten, sich mit ihr zu vereinigen, und zog ihre sich öffnende Scham über seinen zuckenden Speer. Sie drückte seinen Oberkörper auf die Kissen und senkte sich dann langsam auf ihn herab. Er stöhnte laut auf und glaubte einen Augenblick, sein Körper müsse vor quälender Lust zerspringen.

Einige Duftkerzen brannten hinter Rosellas breitem Rumpf, so daß ihr Antlitz im Schatten lag und die Umrisse ihres Leibes sich in einem hellen Saum abzeichneten. Immer wieder hob und senkte sich dieser Schatten auf ihn, und er versuchte, ihn mit aller Macht zu durchstoßen. Doch je heftiger er kämpfte und sich wand, desto tiefer schien er einzudringen in eine schwarze Grube voller Schlangen. Bis plötzlich ein weicher, aber entschiedener Griff ihn umfaßte. Der Schmerz trieb ihn dazu, wie ein Tier zu röcheln, zu fauchen. Am liebsten hätte er Rosella in ihre schwankenden Brüste gebissen. Aber bevor es dazu kam, schloß sie seinen Mund mit ihren Lippen. Er zuckte und stemmte sie hoch. Aber er konnte sie nicht lange halten. Langsam senkte Rosella sich auf ihn herab und hielt ihn regungslos umschlossen.

Du bist ihr ausgeliefert, schoß es ihm durch den Kopf. Du wirst sie nie besiegen. Sie ist eine Göttin der Fruchtbarkeit. Sie kann Leben geben und vernichten.

Für einen Augenblick schwanden ihm die Kräfte. Aber sie schien genau dies zu bemerken, denn was vorher so widerstandslos gewesen war, umschloß ihn nun fest; was zuvor zu regungslos gewartet hatte, forderte ihn nun zu einem tänzerischen Kampf auf. Rosella lag unversehens neben ihm, und er fühlte sich nackt. Er wollte zwischen ihre Beine steigen, aber sie legten sich über ihn. Plötzlich saß sie rückwärts auf seinem Schoß und schien ihm seinen männlichen Speer abbrechen zu wollen. Alessandro stöhnte auf, und schon glitt sein Schwanz zwischen ihre Finger, und sie spielte mit ihm wie mit einem frechen Kind. Aber dann drehte sie ihm plötzlich ihr mächtiges Hinterteil zu, und wieder mußte er an eine archaische Göttin denken. An das Fest der Hexen mit ihren fetten Ärschen, die auf Stangen ritten und sich Ziegenböcken und Eseln darboten. Zum ersten Mal in ihrem Tanz schien er sie führen zu dürfen. Sie kniete sich und richtete ihren Oberkörper auf. Sie lachte laut. Aber schließlich ließ sie sich fangen und niederbeugen, und mit einem gezielten Stoß erreichte er das Herz ihres Widerstands, sie rief ihn wie einen Opfergott herbei, bäumte sich schließlich auf und starb, und alle weiteren Stöße dienten dazu, daß er selbst dahinging.

Als sie nach einer Weile, erneut ineinander verschränkt, stumm nebeneinanderlagen, hörte er einen heftigen Lärm im Haus, Pochen und Schlagen, durcheinanderklingende Stimmen. Ein Mann schien etwas zu rufen. Rosella zuckte auf, ließ sich dann aber wieder zurücksinken. Der Lärm verstärkte sich jedoch, näherte sich ihrem Zimmer, entfernte sich wieder, und nach einer Weile war er ganz verschwunden. Sie seufzte und gab sich Alessandros Begehren ein zweites Mal hin.

Leer und zufrieden lag er schließlich auf ihrem Bett, während sie ihn, den Kopf auf die Hand gestützt, anlächelte und dann sein Gesicht zwischen ihre Brüste zog. Wenn Silvia dir keine Kinder gebären kann oder will, dann nimm Rosella, dachte er. Sie ist eine Göttin der Liebe, eine Göttin der Fruchtbarkeit. Sie wird deine Konkubine und bringt die Kinder zur Welt, die die Farnese-Familie stark und mächtig werden läßt.

»Werde die Mutter meines männlichen Erben!« sagte er.

Zuerst lachte sie nur auf. Aber als sie merkte, daß er es ernst meinte, schaute sie ihn entgeistert an. Dann erhob sie sich und streifte sich ihr helles Unterkleid über.

»Wenn Silvia nichts von mir wissen will, dann muß ich eine andere Frau finden. Mein Geschlecht darf nicht untergehen. Und da mir verwehrt ist zu heiraten ... Der Papst selbst hat auch viele Kinder. Er zeigt uns, wie man sich zu verhalten hat.«

Alessandro saß noch immer nackt auf dem Bett, während Rosella sich vor einem Spiegel ihr Haar kämmte. Schließlich flocht sie sich einen Zopf und wandte sich ihm wieder zu. »Mein Sandro mußte sterben. Ich werde nie wieder einem Kind das Leben schenken. Es wäre verdammt«, sagte sie kurz und knapp.

Alessandro versuchte, ihr seine Lage zu erklären.

»Hast du mich nicht verstanden? Nie!« Sie war nicht lauter geworden, ihre Stimme wurde jedoch scharf.

Er sprach weiter, aber weil sie nicht reagierte, wurde er wütend und schrie sie an. Nun wurde auch sie laut. Eine Weile stritten sie sich. Schließlich wollte Rosella ihn wieder beruhigen. Sie küßte ihn und spielte mit seinem schlaffen Glied, bis es sich wieder rührte. Aber ihr *Nie* klang ihm noch zu schrill in den Ohren. Er schob sie zur Seite. Stumm kleidete er sich an, während sie sich auf ihrem Bett streckte.

»Ich verstehe dich, Alessandro«, sagte sie schließlich mit sanfter Stimme, »aber ich kann nie die Mutter deiner Kinder sein. Sie wären immer nur die Bastarde einer Hure. Das weißt du genau. Auch du würdest sie so sehen. Kein Papst würde sie dir legitimieren. Das ist doch dein Ziel. Man würde dich auslachen. Warum gehst du nicht zu Silvia. Sie hat dich immer geliebt.«

Alessandro schaute sie an, um zu prüfen, wie ernst sie ihre Worte meinte. Er glaubte, ein leises spöttisches, verächtliches oder hämisches Lächeln erkennen zu können. Sie lag da in ihrem hellen Unterkleid, das bis über die Schenkel hochgerutscht war, eine ihrer Brüste hing aus dem Ausschnitt, und sie lächelte – wie ein weiblicher Dämon. Ja, sie war wirklich eine Hexe. Sie hatte den bösen Blick, sie verwandelte wie Circe die Männer in Schweine.

Schnell kleidete er sich an.

»Glaubst du, daß sie mich überhaupt noch liebt?« fragte Alessandro trotzdem.

Aber bevor sie antworten konnte, hörten sie einen lauten Schlag, ein brechendes Krachen. Das ganze Haus erbebte. Viele Männerstimmen brachen gleichzeitig in Jubelgebrüll aus. Die Mädchen im Haus schrien auf. Der Lärm verstärkte sich und näherte sich ihnen.

»Wer ist denn das?« fragte Alessandro beunruhigt.

»Verschwinde!« rief ihm Rosella zu. »Nimm die hintere Treppe!« Sie selbst schlüpfte in die Tür, die hinter dem Wandteppich versteckt war.

Als Alessandro auf den Gang trat, stürmte ihm schon eine Gruppe maskierter Männer entgegen. Der Anführer blieb vor ihm stehen. »Ach du bist es«, rief er mit Erstaunen.

Alessandro kannte die Stimme, obwohl sie durch die Maske dumpfer klang.

Der Maskierte hielt ihm einen reichverzierten Dolch vor die Nase. Die Klinge war spitz und geschliffen, der Elfenbeingriff endete in der Figur eines Stiers, der den Kopf senkte, um zuzustoßen. »Ich verstehe, Trauernde brauchen Trost.« Er lachte höhnisch, trat bedrohlich nahe an Alessandro heran und hielt ihm den Dolch direkt unter die Nase. »Du Hurensohn hast mich abweisen lassen. Das hat noch niemand lebend überstanden. Aber weil du es bist ... weil deine Schwester ... weil dein Schmerz sicher unstillbar ist ...« Die höhnische Ironie ließ seine Stimme fast überschnappen. »Daher lassen wir dich am Leben. Außerdem möchte ich nicht, daß eine Mutter um zwei Söhne trauern muß.«

Nun begriff Alessandro auch, wer vor ihm stand. Das rollende R verriet es ihm. Während der letzten Jahre in Rom hatte Alessandro genügend über seine Gewalttaten gehört – obwohl er mit ihm zum Kardinal ernannt worden war. Aber selten trug der Messerschwinger das Purpurgewand.

»Es tut mir leid«, sagte Alessandro und trat einen Schritt zurück. »Ich wollte niemanden kränken, aber ...«

»Ich weiß«, heuchelte der Maskierte mit falscher Stimme. »Ich verstehe dich. Daher will ich dir auch ein weiteres Vergnügen bereiten. Schließ dich uns zu einer kleinen *sfregio*-Bestrafung an!«

Alessandro schüttelte den Kopf und trat noch einen Schritt zurück. Aber sofort zuckte der Dolch vor sein Gesicht, und der Maskierte preßte die Klinge an seine Wange. »Du bist dabei, Kardinal *Fregnese*, bei deiner Männlichkeit!« fauchte er und griff ihm im selben Augenblick zwischen die Beine. Er preßte Alessandros Hoden schmerzhaft zusammen, und blitzschnell lag die Klinge nun auf seiner Schamkapsel. »Oder willst du sie verlieren?«

Die Männer hinter ihm brüllten vor Lachen.

»Wo ist die Hure, auf daß wir ihr zeigen, wozu zurückgewiesene Männer fähig sind.«

Alessandro rief: »Laß sie in Frieden! Es war allein meine Schuld.«

Er versuchte, den Maskierten, der ihn nun zur Seite schob, aufzuhalten. Aber es gelang ihm nicht.

Die Männer drängten in Rosellas Raum, rissen das Bett auseinander, stießen das Gebetspult um, leerten die Truhe und zerrten die Teppiche von der Wand. Schon hatte einer von ihnen die Geheimtür entdeckt und geöffnet. Der Anführer zerrte Rosella aus dem Dunkel und stieß sie auf die Kissen.

»Weißt du, was ein *sfregio* ist, mein Täubchen?«

Rosella erbleichte und wollte etwas sagen, aber der Maskierte hielt ihr das Messer vor das Gesicht und ritzte ihr mit der Spitze ein kleines Kreuz auf die Wange. Rosella schrie auf. Ein Faustschlag folgte, und Blut floß aus ihrer Nase.

Alessandro überlegte fieberhaft, was zu tun sei. Aber was sollte er gegen einunddreißig bewaffnete Männer tun? Er war umringt von mehreren, die offensichtlich aufpassen sollten, daß er sich nicht davonstahl.

Der Anführer hatte nun seinen Schwanz freigelegt. Die Männer hatten Rosella das Unterkleid vom Leib gerissen und hielten sie fest. Und dann begann, was in Rom, der Heiligen Stadt, immer wieder geschah. Das Ritual einer einunddreißigfachen Vergewaltigung. Als Rosella schrie, brachte sie ein weiterer Faustschlag zum Verstummen, mehrere folgten. Sie wimmerte nur noch. Ihr Gesicht schwoll an, die Augen waren kaum noch zu sehen. Einer nach dem anderen der Maskierten stürzte sich auf sie. Blut floß aus ihr. Manch einem machte es Mühe, die Stärke aufzubringen, in sie einzudringen. Aber die anderen feuerten ihn an und ließen nicht locker, bis es ihm gelungen war.

Alessandro mußte zuschauen. Es war ein gespenstisches Geschehen, das schließlich, weil die Kerzen heruntergebrannt waren, fast im Dunkel stattfand. Das Johlen, Grölen und Anfeuern wurde mit der Zeit leiser, bis zum Schluß nur noch Keuchen und Stöhnen zu hören war. Rosella lag wie tot auf dem Boden. Alessandro wurde übel. Er ekelte sich vor dem, was geschah, auch vor sich selbst, als er merkte, daß ein Sog ihn ins Geschehen hineinzog und er sich ebenso hätte auf Rosella stürzen können. Gleichzeitig wurde er eiskalt. Es galt, ruhig Blut zu bewahren, um hier lebend herauszukommen. Die Männer hatten getrunken und waren unberechenbar.

Rosella würde die Massenvergewaltigung überstehen, falls ihr Anführer nicht tatsächlich den *sfregio* ausführte.

»Und jetzt bist du dran, *Fregnese*«, hörte Alessandro.

»Du weißt, daß ich dazu nicht in der Lage bin«, antwortete er kalt.

»Du schlapper Hurensohn von einem Kardinal! Hat sie dich schon so ausgesaugt, daß du keinen mehr hochkriegst?«

Gott, warum kann man diesem Wahnsinnigen nicht seinen eigenen Dolch ins Gedärm jagen! dachte Alessandro. Warum lebt so etwas in dieser Stadt und wird von Monat zu Monat mächtiger!

Plötzlich blitzte wieder das Messer mit dem Stiergriff auf, und die Klinge schnitt Rosella die Wange auf. Ihr Schrei ging unter in einem tierischen Gebrüll, mit dem die Männer nun ihre Messer zückten, um sich mit ihnen auf Rosella zu stürzen. Alessandro schloß die Augen und preßte seinen Rücken an die Wand, um nicht in die Knie zu gehen. Er hatte keine Waffe dabei, noch nicht einmal einen kleinen Dolch. Er konnte nichts tun. Er konnte Rosella nicht helfen.

Er sah noch, wie der Maskierte dem blutverschmierten Körper Rosellas einen Tritt gab. Dann winkte er seinen Männern, zu verschwinden. Und ebenso schnell, wie sie hereingestürmt waren, rannten sie den Gang zur Treppe. Keiner hatte seine Maske abgezogen. Der Anführer stand als letzter vor Alessandro. »Du bist eine Memme, Kardinal *Fregnese*. Deine Schwester hat die Beine breitgemacht, damit du Kardinal werden kannst. Vielleicht werde auch ich sie einmal besuchen, *la bella puttana*. Und was diese Hure angeht …« Er trat noch einmal nach Rosella. »Vielleicht hätte ich sie sofort kaltmachen sollen. Ich bin jedoch wie du ein Mann Gottes, und heißt es nicht: *Du sollst nicht töten*? Aber jeder wird in dieser Stadt wissen, was es heißt, einen Cäsar zu beleidigen.«

Er wischte seinen blutverschmierten Dolch an Alessandros Wams ab und verschwand mit einem rauhen Lachen.

Er ist wirklich wahnsinnig, dachte Alessandro. *Aut Caesar aut nihil!* Er geht über Leichen. Beim nächsten Mal bringt er dich um.

Dann kniete er sich neben Rosella. Er mußte die Augen schließen, um sich nicht sofort zu übergeben. Ihr Gesicht war durch Dutzende von Messerstichen und offenen Schnittwunden kaum noch als das Gesicht einer Frau zu erkennen. Die Augen schwammen in Blut, das Fleisch klaffte auf, die Nase hing nur noch an einem Hautlappen. Nun stürzten die Mädchen des Hauses herein, die Dienerinnen und Hausknechte folgten. Es war ein großes Durcheinander, ein Aufschreien und wildes Jammern. Mehrere der Mädchen wurden ohnmächtig. Alessandro hielt sein Ohr an Rosellas Mund. Sie atmete noch. Flüchtig untersuchte er ihren Körper. Er fand keine weiteren Stichwunden.

Er ließ eine Trage holen und sie darauf betten. Dann wurde das Blut abgetupft. Noch bevor Rosella hinuntergetragen wurde, hatte ein Mädchen einen Chirurgus geholt. Er untersuchte ihre Wunden, ließ Salben auftragen und verband sie. Er fragte nicht, was geschehen sei, sagte zum Schluß nur: »Sie kann überleben, aber man wird sie nicht mehr wiedererkennen.«

Alessandro überlegte, was zu tun sei. Sie brauchte Pflege, sie brauchte einen Menschen, der sich um sie kümmerte, der ihr auch seelischen Beistand geben konnte. Und ihm fiel nur ein einziger Mensch ein.

Er befahl mehreren Knechten, ihm mit Rosella auf der Trage zu folgen.

Als sie auf die Straße traten, bewegte Rosella sich und schien etwas sagen zu wollen. Alessandro beugte sich zu ihr nieder und lauschte. Zuerst verstand er überhaupt nichts. Er glaubte, seinen Namen zu hören. Sie suchte seine Hand, und er drückte sie vorsichtig. Dann sprach sie plötzlich doch so deutlich, daß er sie verstand: »Wenn ich überlebe, wird er von meiner Hand sterben, der Hundesohn.« Die Lippen begannen verstärkt zu bluten, sie stöhnte und verstummte. Alle Verbände waren inzwischen durchweicht von Blut. Bald standen sie vor dem Haus der Silvia Ruffini. Alessandro klopfte laut und rief ihren Namen. Es dauerte eine Weile, bis ein Licht angezündet wurde und die Tür zum Balkon sich öffnete.

»Erklärt ihr, was geschehen ist, laßt euch nicht abweisen und verschweigt meine Person«, wies er Rosellas Knechte an, drückte ihnen einige Dukaten in die Hand und tauchte unter in der nächtlichen Dunkelheit der römischen Gassen.

43. Kapitel

Als Silvia begriff, daß eine Schwerverletzte versorgt werden sollte, ließ sie sofort die Tür öffnen. Mit Entsetzen hörte sie, daß es sich um Rosella handelte. Ihr Blick fiel auf das, was einmal das Gesicht der stadtbekannten Kurtisane gewesen war, und sie unterdrückte einen Schrei. Rosella bewegte ihre Hand, suchte nach ihr. Silvia nahm sie, drückte ihre Lippen auf sie und ließ ihre ehemalige Kammerfrau in das verwaiste Zimmer ihres Vaters bringen.

Die ganze Nacht wachte Silvia bei ihr, aber Rosella sprach nicht. Manchmal glaubte Silvia, sie würde sterben, dann stöhnte Rosella aber wieder auf und bewegte das, was von den Lippen übriggeblieben war. Zu verstehen war nichts.

Silvia ließ erneut den Chirurgus holen. Sie benachrichtigte Crispo, dessen Familie schon die Hochzeitszeremonie in Santa Maria ad Martyres vorbereiten ließ. Crispo eilte herbei, verzichtete aber darauf, Rosella zu sehen. Er berichtete, in der Stadt spreche sich das Verbrechen schon herum. Bei dem *sfregio* an Roms teuerster Kurtisane habe es sich sicher um den Racheakt eines ihrer Kunden gehandelt. In Verdacht stehe ein hochstehender Römer, der an dem Abend bei Rosella gewesen sei und sich mit ihr lauthals gestritten habe. Sogar der Heilige Vater bedauere den Vorfall und habe eine gründliche Untersuchung angekündigt, die überwacht werde von seinem Sohn Cesare persönlich, dem Kardinal von Valencia.

»Weißt du, wer der Anführer war?« fragte Crispo.

»Sie trugen alle Masken, erzählten Rosellas Diener.«

Nachdenklich ging Crispo im Zimmer auf und ab. »Willst du, daß Rosella in deinem Haus bleibt?« Ein leichter Ton der Mißbilligung schwang in seinen Worten mit.

»Wenn du sie sehen würdest ...«, antwortete Silvia und wandte sich von ihm ab. »Sie hat mir einmal gedient – o Gott, zu was sind Männer fähig!« Silvia konnte die Tränen nicht unterdrücken, und Crispo versuchte, sie zu trösten.

»Ich habe nichts dagegen, daß du sie pflegst«, sagte er nach einer Weile gedehnt. »Aber natürlich wirft es ein seltsames Licht auf unsere Familie.«

Silvia schüttelte unwillig die Hand ab, die Crispo auf ihre Schultern gelegt hatte. »Das Licht der Barmherzigkeit«, sagte sie trotzig, obwohl sie noch immer mit den Tränen kämpfen mußte.

Crispo legte ihr von hinten die Arme um die Hüfte und zog sie an sich. »Ich weiß, daß sie deine Kammerfrau war. Und ich habe auch von dem kleinen Sandro gehört …«

Silvia schluchzte auf.

Crispo drückte sie nun an sich. »Barmherzigkeit ist eine christliche Tugend. Ich verstehe dich.« Er legte seinen Kopf auf ihre Schulter. Langsam versiegten ihre Tränen.

Er räusperte sich und sagte, wie nebenbei: »Du weißt, daß das Gerücht geht, Kardinal Alessandro Farnese sei an diesem Abend im Haus der Rosella gewesen.«

Silvia fuhr herum. »Das weiß ich nicht!« rief sie entsetzt. »Wer streut solche Gerüchte aus?«

»Nun, Rosellas Mädchen.«

»Alessandro? Das kann doch nicht sein!«

Crispo machte ein unglückliches Gesicht. Aber er sah nicht danach aus, als lüge er oder als wolle er Alessandro vor ihr schlechtmachen. Und doch hatte er genau dies erreicht.

»Ich kann mir allerdings nicht vorstellen«, fuhr Crispo fort, »daß Alessandro sich an einem solchen Verbrechen beteiligen oder es gar anstiften könnte. Gerade jetzt, nachdem sein Bruder gefallen ist.« Er fuhr sich mit seiner Hand durch die schwarzen Haare, die in lockigen Wellen auf die Stirn und bis auf die Schultern fielen.

Silvia nickte. Sie wollte jetzt auch nicht an Alessandro denken. Sie hatte ihm einen deutlichen Brief geschrieben, und er hatte bisher noch nicht geantwortet. Er würde auch nicht mehr antworten, so stolz, wie er war. Ein Farnese! Sie zwang sich, ihrem zukünftigen Ehemann in seine dunklen großen Augen zu schauen. In ihnen lag ihre Zukunft! Und wieder fiel ihr auf, was für ein schöner Mann ihr Giovanni eigentlich war. Viel schöner als Alessandro, den sie so lange in ihrer kindlichen Anhänglichkeit und Dankbarkeit geliebt hatte. Alessandro hielt oft den Kopf nach vorne, und sein Schädel mit der großen spitzen Nase bekam dann etwas Adlerähnliches. Und auch die Augen konnten durchdringend, aber gleichzeitig undurchdringlich starren. Alessandro war nicht zu fassen. Giovanni dagegen blickte mit treuen Augen in die Welt, mit gutmütigen, vielleicht sogar mit barmherzigen Augen. Und wenn sie sprach, dann hörte er zu. Meist mit einem leicht zur Seite geneigten Kopf und nachdenklicher Miene. Giovanni konnte, daran gab es keinen Zweifel, keiner Menschenseele etwas zuleide tun. Wahrscheinlich hatte er auch nie Kurtisanen besucht. Er war ein Träumer, ein Künstler. Alessandro dagegen ging offensichtlich regelmäßig zu Kurtisanen.

Trotzdem konnte Silvia sich nicht vorstellen, er habe sich an Rosella derart brutal rächen wollen. Warum sollte er es auch tun? Dennoch: Warum stritt er sich mit Rosella? Sollte er nicht viel eher um seinen Bruder trauern und in Abgeschiedenheit beten?

Ein böser Gedanke schlich sich in ihre Überlegungen. Sollte ihm vielleicht sogar Angelos Tod zupaß kommen? Nun war er das Haupt der Farnese-Familie und der Erbe. Aber was nützte ihm, daß er die Stelle des Erstgeborenen einnahm? Er blieb Kardinal und durfte nicht heiraten!

Giovanni hatte sie auf ihren Hals geküßt und streichelte ihr über die Haare. »Alessandro muß unschuldig sein«, bemerkte er. »Hätte er den *sfregio* angestiftet, wäre er sicher nicht bei Rosella gewesen. Ach, auf Gerüchte sollte man überhaupt nichts geben.«

Silvia wußte nicht, was sie von Giovannis Reden halten sollte. Er schien hellseherisch ihren verborgenen Gedanken folgen zu können. Wie er sie nun warm und zärtlich an sich drückte! Ein Mann, der wirklich liebte! Auf jeden Fall glaubte sie so wenig wie Giovanni, daß Alessandro etwas mit dem *sfregio* zu tun haben könnte. Und doch blieb der Verdacht wie ein Stachel, der mit jedem Versuch, ihn zu entfernen, tiefer in sie eindrang.

Silvia gab Giovanni einen flüchtigen Kuß und wollte kurz nach Rosella schauen.

»Willst du nicht doch mitkommen?«

Er schüttelte den Kopf und stellte sich ans Fenster. Silvia lehnte sich an ihn. Draußen glühte ein Julitag über den Gassen und Plätzen von Rom. Man ging am besten in die Frühmesse oder besuchte am Spätnachmittag die Vesper, verließ tagsüber das Haus nicht. Die Menschen drückten sich in die Häuserschatten. Am Palazzo gegenüber hockte eine Bettlerin, seit Tagen schon, eine bucklige alte Frau, eingehüllt in schwarze Tücher, aus denen sie gelegentlich ihre knochige Hand streckte, als wolle sie eine Münze entgegennehmen. Aber niemand kümmerte sich um sie, noch nicht einmal die junge Straßenhure, die gleich neben ihr im Schatten eines Hauseingangs stand und die schamlos vor jedem Mann, der an ihr vorbeistrich, die Brüste entblößte. Die Handwerksgehilfen gingen zu ihr und die Wasserträger. Im Hintergrund keifte eine Kupplerin. Und dann gab es da noch einen Mann, der seit kurzem auftauchte und sie schlug.

Silvia mußte an ihren Vater denken, der Rosella in die dunkle Ecke des Flurs gedrängt hatte, aber auch an Rosellas Hochmut – und was daraus geworden war. Wie konnte sie, Silvia, froh sein und Gott danken, daß sie ein großes Haus ihr eigen nannte, daß sie ihren Körper nicht verkaufen mußte, an vornehme oder gar an arme Männer, daß sie trotz aller Schicksalsschläge und Schulden einen Mann gefunden hatte, der sie liebte.

Welche Frau konnte von sich sagen, wirklich geliebt zu werden?

Unten neben der Straßenhure stand nun ein unbekannter Mann in einem schwarzen Umhang und schien mit ihr zu verhandeln. Nach seiner Kleidung zu schließen, war er kaum einer ihrer Kunden. Er blickte immer wieder zu Silvias Palazzo hoch. Die junge Hure schüttelte den Kopf. Der Mann steckte ihr etwas zu, eine Münze wahrscheinlich, und verschwand in der nächsten Gasse.

Silvia starrte nach draußen. Nun geschah nichts mehr, ein Hund überquerte die Straße, die Hure kratzte sich zwischen ihren Beinen, und die Bettlerin streckte ihre Totenhand aus.

Wieder zog Giovanni Silvia an sich. »Weißt du, daß ich gerade an Michelangelo Buonarroti geschrieben habe. Er soll nach Rom kommen, hörte ich. Ich weiß, daß du sein Relief liebst. Ich möchte, daß er mir eine Venus meißelt, aus Carrara-Marmor. Und du sollst ihm zum Vorbild dienen.«

Silvia wußte nicht, was sie auf diese Mitteilung antworten sollte. Giovanni liebte sie wirklich. Vielleicht übertrieb er auch, wenn er von ihr eine Marmorstatue meißeln ließ. Von Michelangelo, dem Künstler aus Florenz, sprach er immer wieder. Er sei noch jung, eingebildet zwar, aber der kommende Bildhauer von Italien. Und unter den reichen römischen Kardinälen werde schon über einen großen kirchlichen Auftrag gesprochen. Er, Giovanni Crispo, müsse mit ihm rechtzeitig einen Vertrag abschließen, dann könne der geldgierige Künstler seinen Preis noch nicht so hoch ansetzen.

Silvia gab Giovanni einen Kuß auf die Wange und ließ ihn allein, um nach Rosella zu schauen. Ihre alte Kammerfrau schien wach zu sein. Silvia flößte ihr ein wenig Wasser ein. Dann lauschte sie den Flüsterlauten, die Rosella ausstieß.

»Wer war es, Rosella?« fragte Silvia.

Sie hörte etwas, von dem sie nur »mit rollendem R« verstand.

»Ein Mann, der mit rollendem R sprach?« fragte sie.

Rosella bewegte leise ihren Kopf, aber Silvia wußte nicht, ob sie wirklich nickte. Auch ihren verbundenen Augen konnte sie nichts entnehmen. Dann verstand sie »Alessandro Farnese«.

»Was ist mit Alessandro Farnese?« rief sie schrill.

Rosella reagierte nicht.

Beinahe hätte Silvia sie geschüttelt. Aber Rosella reagierte noch immer nicht. War sie gar tot? Hatte sie ihr Wissen um Alessandro mit ins Grab genommen? Silvia spürte keinen Atem. Aufgeregt lief sie aus dem Zimmer und ließ nach dem Chirurgus schicken, anschließend ging sie nachdenklich zu Giovanni zurück.

»Rosella hat von einem Mann mit rollendem R gesprochen«, sagte sie leise, »und hat Alessandro erwähnt.«

»Und was hat sie sonst noch gesagt?« Giovanni nahm sie beruhigend in den Arm.

»Nichts! Sie wird sterben!«

»Wir sind alle in Gottes Hand.«

Silvia kämpfte mit den Tränen.

»Soll ich einen Priester rufen lassen?«

»Warte noch ein wenig.«

Sie schwiegen eine Weile, und Silvia schneuzte sich.

»Die Spanier rollen das R«, sagte Giovanni unvermittelt.

Silvia mußte sofort an Cesare Borgia denken, über den die wildesten Gerüchte durch Rom schwirrten. »Glaubst du, einer der Borgia-Söhne könnte … Cesare vielleicht?«

Giovanni wurde plötzlich bleich, löste sich von ihr und starrte nachdenklich auf den Boden. »Ich habe Cesare und Alessandro bei der Wildschweinjagd erlebt …« Er schüttelte unwillig den Kopf, als müsse er einen Gedanken verscheuchen.

»Cesare soll die päpstliche Untersuchung überwachen ...«, sagte Silvia zweifelnd.

Giovanni schaute ihr in die Augen, und in seinem Blick standen Unsicherheit und Angst. »Die verletzte Rosella in deinem Haus, Alessandro Farnese und jetzt auch noch ein Spanier bei ihr während des Anschlags, womöglich ein Borgia ... Weißt du, daß du in Lebensgefahr schwebst?«

»Wieso?« Silvia schaute Giovanni entgeistert an.

»Du könntest zuviel wissen.«

»Aber ich weiß doch gar nichts.«

»Bald bist du eine Crispo, dann werde auch ich ...«

Giovanni war totenbleich, und seine Hand zitterte.

44. Kapitel

Eine Weile glaubte Alessandro, er schwebe in Lebensgefahr. Das Verbrechen an Rosella da Roma, obwohl in aller Munde, schien trotz der Ankündigungen weder untersucht noch gesühnt zu werden. Es hatte sich längst herumgesprochen, daß ein Mann mit rollendem R dabei war – aber natürlich gab es in Rom viele Spanier, die dem weichen Singsang der italienischen Sprache einen unangenehm harten Beiklang unterlegten.

Immer wenn Alessandro durch die Straßen zum Vatikan ritt, fühlte er sich beobachtet und verfolgt. Gleichzeitig überlegte er, ob er nicht selbst aussagen sollte gegen den Papstsohn. Aber hatte er ihn gesehen? Stünden nicht sofort dreißig Aussagen gegen ihn? Würde Cesare ihn nicht beiseite schaffen lassen, bevor es wirklich zu einer Konfrontation kam?

Plötzlich hieß es, man habe endlich den Anstifter gefunden. Es handele sich um einen jungen römischen Kardinal. Alessandro wußte, daß nicht Cesare gemeint war, sondern er selbst. Accurse trug ihm zu, die *sbirren* stünden schon bereit, ihn abzuholen und in den Torre di Nona zu sperren, und später berichtete er ihm von dem Auftritt der Entlastungszeugin.

Denn plötzlich und unerwartet stand eine verschleierte Frau vor dem Bargello, an ihrer Seite Silvia Ruffini. An ihr sei der *sfregio* verübt worden, erklärte Rosella, sie wolle endlich ihre Aussage zu Protokoll geben.

Unruhe und Unsicherheit bei dem Bargello.

»Woher wißt Ihr überhaupt …?« fragte er.

Mit dem einen ihr gebliebenen Auge starrte Rosella ihn an, und er hob beschwichtigend und abwehrend die Hände.

»Sie hat den bösen Blick«, murmelte er dem Protokollant zu, und dieser bekreuzigte sich.

Dann schickte der Bargello einen Boten zum Vatikan.

»Ihr hört von mir«, sagte er zu Rosella. »Ihr könnt jetzt gehen.«

Aber Rosella blieb, unbeeindruckt von seinen Worten, stehen, reckte ihren Körper und ließ ihr Auge rollen.

Nun bekreuzigte sich auch der Bargello.

»Wenn Ihr meine Aussage nicht sofort protokolliert, werde ich, ohne Schleier vor dem Gesicht, direkt zum Vatikan gehen und in den Straßen laut den wahren Täter ausrufen.«

»Wagt es!« Die Drohung des Bargello wirkte nicht sehr überzeugend, und er trat einen Schritt zurück, als Rosella ihn wieder anstarrte.

»Mich schüchtert niemand mehr ein«, rief sie und ging direkt auf ihn zu. »Signora Ruffini, meine Herrin, ist meine Zeugin. Und außerdem habe ich alles, was ich weiß, schriftlich bei einem Notar hinterlegt. Ebenso die Aussagen meiner Mädchen.«

Der Bargello hielt die Hände abwehrend vor den Körper. »Na gut«, sagte er und ließ sie in der Ecke des Raums sich niedersetzen und ihre Aussagen protokollieren. Schließlich versprach er mit versteinerter Miene, unnachsichtig jedem Verdacht, gegen wen er sich auch richte, nachzugehen. Kardinal Farnese sei zwar durch ihre Aussage entlastet, aber da die Täter maskiert gewesen seien, könne man von keinem konkreten Verdacht ausgehen.

Tage später wurde die Untersuchung niedergeschlagen.

Eine Zeitlang vermied Alessandro, abends sein Haus zu verlassen. Die Gefahr, plötzlich aus dem Hinterhalt überfallen zu werden, schien ihm zu groß. In der Stadt sprach man offen darüber, daß der *sfregio* an der bekannten Kurtisane noch nicht gesühnt sei, und hinter vorgehaltener Hand wurde weiter von dem »jungen Kardinal« gesprochen. Aber niemand meinte damit Alessandro Farnese, sondern den Sohn des Papstes. Vielleicht dachte sein Rivale daran, so überlegte sich Alessandro, ihn aus dem Weg zu räumen, indem er Rosella einen Rachemord unterschob. Auf diese Weise könnte er sie dem Henker übergeben und sich dabei gleichzeitig zweier Zeugen entledigen.

Während Alessandro jeden Tag den Dolch eines Attentäters erwartete, verlor er die Lust an der körperlichen Liebe. Zu sehr standen ihm auch noch die Bilder der Massenvergewaltigung vor Augen. Um sich abzulenken und gleichzeitig zu beschäftigen, studierte er, wie in alten Zeiten, Platons *Apologie*. Bewundernd dachte er an den alten Philosophen. Ja, wer so standhaft und unbeschwert wie Sokrates den Schierlingsbecher nehmen konnte! Im Kreis der Schüler und Geliebten sich niederlegen und nicht wieder aufwachen. Aber wo waren *seine* Geliebten? Wo waren *seine* Freunde? Würden sich Silvia und Ugo, Accurse und Rosella, Crispo, Pico und wer auch immer um ihn scharen, wenn er in ungebrochener Würde dahinschied? Noch nicht einmal Mutter und Schwester standen ihm in diesen Zeiten zur Seite.

Aber er wollte sie auch nicht sehen.

Als er nach Wochen noch immer keinen Anschlag erlebt hatte, zog Alessandro wieder die Purpurrobe seines Amtes über und begab sich ins Konsistorium. Er glaubte nun nicht mehr an einen Racheakt. Er fühlte sich plötzlich wieder sicher. Aufmerksam betrachtete er die Ränkespiele der Kardinäle und ihre Kämpfe um die *besten Happen*, wie man sagte; er beobachtete mit Gleichmut und ohne sich einzumischen ihre Streitereien, die oft genug in Beschimpfungen und Beleidigungen ausarteten. Seine Rolle war die des freundlichen, neutralen *Gonella*-Günstlings, des jungen Mannes, den niemand so recht ernstnehmen mußte, obwohl er sich immer wieder durch klarsichtige Analysen und einsichtige Ratschläge Gehör zu verschaffen wußte. Zelebrierte der Papst seine Auftritte in vollem Ornat oder trat er mit seinen drei Söhnen Cesare, Juan und Jofré sowieso seiner Tochter Lucrezia im Prunk einer Heiligen Familie auf, verbarg sich Alessandro hinter seiner Rolle wie hinter einer Maske und berichtete in geheimen Briefen della Rovere von den Vorkommnissen im Vatikan.

Cesare, der als der jüngste Kardinal im Konsistorium häufig neben Alessandro saß, übersah ihn entweder oder grinste ihn in verschwörerischem Hohn an. Als Onkel Caetani einmal, wenig zum Thema passend, die Geschichte von Judith und Holofernes zwar kurzatmig, aber dafür in nicht enden wollenden Sätzen erläuterte, flüsterte Cesare ihm völlig unerwartet zu: »Den Auftritt, den deine Rosella vor dem Bargello hingelegt hat, hätte ich gerne gesehen. Sie hat den Feigling ganz schön ins Schwitzen gebracht. Als er mir von dem Vorfall berichtete, schlotterten seine Knie noch immer, und er bekreuzigte sich. Mein Gott, was verachte ich die Mucker!« Cesare lachte verächtlich auf.

Alessandro schaute auf seinen Onkel, der noch immer nicht aufhören wollte, die *exempla* der Apokryphen auszulegen, und flüsterte: »Sie ist nicht meine Rosella.«

»Aber sie lebt bei *deiner* Silvia.«

»Silvia Ruffini ist auch nicht *meine* Silvia.«

Cesare lachte erneut auf. Kardinal Caetani lächelte geschmeichelt, weil er glaubte, sein Hinweis auf die »Gefahren des Wollustschlafs« habe Cesare zum Lachen gebracht.

»Nein, da hast du recht, sie ist demnächst Crispos Silvia«, fuhr Cesare so laut fort, daß sich die neben ihm sitzenden Kardinäle nach ihm umdrehten.

Alessandro antwortete nicht und starrte auf den Boden.

Cesare legte ebenfalls eine kurze Pause ein, dann flüsterte er: »Was bist du für eine schlappe Memme geworden, Farnese. Hast du die Zeiten vergessen, als du mit Mirandola das verheiratete Hühnchen aus dem Bett geholt hast? Davon sprach man sogar in Perugia. Wenn dir der Crispo im Weg ist – es gibt immer unauffällige Möglichkeiten – eine Übelkeit mit Todesfolge, ein Jagdunfall ... Und falls du das Abenteuer von damals wiederholen willst: Sag mir nur Bescheid, ich bin dabei. Und ich verspreche dir, diesmal haben wir mehr Erfolg. *Veni, vidi, vici.*«

Alessandro mußte noch lange über Cesares Vorschlag nachdenken. Er stieß ihn ab, ja, er widerte ihn an. Gleichzeitig bewunderte er seine unverfrorene Art. Allerdings war ihm nicht klar, ob ihm Cesare nicht eine Falle stellen wollte. Von Vater und Sohn Borgia konnte man einiges lernen. Charmante Härte, Skrupellosigkeit, Taktiken der Verstellung. Aber wo lag ihre Achillesferse?

Alessandro wollte Cesares Bemerkung über Silvia vergessen. Er versuchte, das Bild der aus einunddreißig Wunden blutenden Rosella loszuwerden. Er überlegte, nach Capodimonte zu reisen, gab seinen Plan aber sofort wieder auf. Um wieder auf andere Gedanken zu kommen, um wieder Kraft und Leben in seinen Gliedern zu spüren, gab er seine Enthaltsamkeit auf und suchte die Arme junger, frischer Kurtisanen. Für kurze Zeit konnte er die Auflösung, ja die Auslöschung des Alessandro Farnese, des Kardinals von Santi Cosma e Damiano, genießen. Aber sobald der Rausch verflogen war, betrachtete er lange seinen nackten Körper, der nicht mehr so muskulös aussah wie der Körper der griechischen Olympioniken und der auch nicht die Kraft des Cesare Borgia besaß. Ohne Kardinalsrobe, ohne Jagdkleid, ohne Seidenwams und zweifarbige Beinkleider stand er einem Menschen gegenüber, der ihm seltsam fremd war.

Noch fremder wurde er sich, als eines Tages Geschwüre auf seiner nackten Haut wuchsen. Wilde Schmerzen fesselten ihn ans Bett, der Schlaf floh ihn. Er wußte, daß die Lustseuche auch ihn erfaßt hatte. Und seltsam klar stand vor seinen Augen, daß er nun sterben würde. Er war noch nicht einmal vergiftet worden oder einem Mordanschlag zum Opfer gefallen. Er starb nicht ehrenvoll in einer Schlacht wie Angelo. Nein, wie sein Vetter Ranuccio starb er an dieser heimtückischen Krankheit, die von den Franzosen hinterlassen worden war. Es mußte so sein, die Familie sollte ausgelöscht werden. Dies war Gottes Plan. Ja, Alessandro Farnese hatte Gottes Gerechtigkeit angezweifelt, ihn beschimpft, geleugnet sogar, und nun rächte ER sich. ER strafte die Familie Farnese, indem ER sie langsam auslöschte. Nun schickte ER Giovannella Caetanis Zweitgeborenen zur Hölle. Zurück blieb der kränkelnde Pietropaolo. Der Papst brauchte nicht lange zu warten, das Lehen einzuziehen und es seinem Sohn Cesare zuzuschieben.

Alessandro wagte nicht, seiner Mutter und seiner Schwester eine Nachricht von seiner Krankheit zukommen zu lassen. Nein, niemand durfte davon wissen. In seinem Zustand ertrug er nicht, besucht zu werden. Er war ein Aussätziger. Er konnte die Schwäche nicht ertragen, mit der er seinen Besuchern ins Gesicht sehen mußte. Und die tödliche Angst in den Augen seiner Mutter ertrug er auch nicht. Sie wußte, was ihnen drohte. Und Giulia wußte auch, daß ihr Liebesopfer sinnlos gewesen war. Alles war sinnlos, alles!

Alessandro bäumte sich trotz der Schmerzen auf. Er hatte sich immer stark gefühlt, auch in den trübsten Momenten, die er in dem Verlies der Engelsburg hatte ertragen müssen. Ihm war es gelungen, Kardinal zu werden. Aber die von ihm geliebte Frau hatte er nicht halten können, und er hatte auch nicht verhindern können, daß die Kurtisane Rosella so brutal mißhandelt wurde. Ja, er hatte die Gewaltakte sogar mit ansehen müssen. Dabei haßte er Gewalt. Im Grunde wollte er ein guter Mensch sein, der anderen Menschen half, zu dem andere Menschen aufschauten, den seine Mitmenschen liebten. Aber gleichzeitig wollte er auch leben. Sich hineinstürzen in das Treiben der Welt. Angesehen sein, einflußreich, mächtig. Ruhm wollte er ernten. Und eine Frau lieben, Kinder haben. Viele springlebendige Kinder, für die er sich aufopfern würde! Sie würden es ihm danken und es weit bringen in der Welt.

Aber Rosella hatte seinen Wunsch von sich gewiesen.

Silvia heiratete Giovanni Crispo.

Und er, Alessandro Farnese, der Sohn des Pierluigi Farnese, der letzte dieses Geschlechts, er mußte sterben.

Gott löschte ihn aus.

Aber warum löschte ihn Gott aus, wenn er die Borgia am Leben ließ? War etwa der Stellvertreter Christi ein Ausbund an Frömmigkeit und Gottesfurcht? Und sein Sohn Cesare ein Vorbild an Tugend und Sündenlosigkeit? Warum liebte Gott die Borgia mehr als die Farnese? Warum hatte er die eine Familie ausgewählt und nicht die andere?

Alessandro warf sich in seinem stinkenden Bett trotz der Schmerzen herum. Er nahm das Kruzifix von der Wand und hätte es beinahe in den Kamin geworfen. Aber dann hängte er es wieder an den Haken und sprach ein *Credo*. Er wurde ruhiger und wußte: Niemand strafte ihn, er unterlag einfach einem blindwütigen Schicksal. Aber er wollte nicht *einfach* unterliegen. Und noch war er nicht tot. Solange er atmete, würde er kämpfen! Es starben nicht alle an dem *morbo gallico* – warum dann er!? Was hatte Horaz geschrieben? Das Schicksal stiftet Unglück, damit wir besser unseren Wert erkennen können.

Als er sich kaum noch bewegen konnte und seine Haut in blutigen Eiterbeulen glühte, schickte er den herumpfuschenden Bader weg und ließ den Arzt holen, der in Rom berühmt war wegen seiner Behandlung der Seuche. Alessandro wagte, auf den Sud von Guajakholz zu vertrauen, den ihm der Jude verordnete.

Und der Sensenmann schlich des Nachts an seinem Zimmer vorbei, und auch am Tage blieb er vor der Tür.

Alessandro verließ wochenlang nicht seinen Palazzo. Er dämmerte vor sich hin und träumte vom Kampf der Geier und der Adler. Er sah schwarze Vögel auf sich herabstürzen. Sie gruben ihre Schnäbel in seine Haut, die blutig aufplatzte, sie rissen Stücke aus ihm heraus, und er schrie.

Aber eines Morgens fühlte er sich besser.

Der Medicus machte ein zufriedenes Gesicht.

Alessandro wußte, er würde genesen.

Noch immer fühlte er sich schwach. Nun versuchte er, Epikur zu lesen. Er dachte an seine eigenen Gelübde. Er versuchte, Gott herbeizurufen.

Aber der Allmächtige schwieg. ER half ihm nicht. ER blieb der *deus absconditus*.

Alessandro schaute aus dem Fenster in einen trüben Himmel. Wie ein Gefangener vegetierte er in seiner eigenen Festung dahin, während die Haut in Schuppen abfiel und ihn schrecklich juckte.

Aber der Medicus sah täglich zufriedener aus.

Ein Brief seiner Mutter erreichte Alessandro. Sie mache sich Sorgen, weil sie so lange nichts von ihm gehört habe. »Mein Bruder berichtete mir, du seist krank. Hoffentlich nichts Ernsthaftes. Aber Du hast ja eine starke Natur. Du bist ein Adler! Meinem Leben fehlt nach Angelos Tod jede Freude. Mehr denn je kümmere ich mich um meine Schafe, pflege ich meinen Kräutergarten und stelle neuerdings auch Salben, Pulver, Gesundheitswässer und gelegentlich auch Gifttropfen her.«

Auch Giulia schrieb ihm, ohne von seiner Krankheit zu wissen. Er fühlte einen Funken der Freude, aber als er den Brief las, wurde er schnell wieder trüber Stimmung. Giulia berichtete von einer erneuten Fehlgeburt, an der sie beinahe gestorben wäre. »Gott scheint unser Geschlecht auslöschen zu wollen. Auch unsere Mutter leidet sehr darunter, daß kein männlicher Erbe zu erwarten ist. Immer wieder spricht sie von Angelo.«

Alessandro hätte ihren Brief beinahe in den Kamin geworfen. Dann nahm er ihn wieder in die Hand. Giulia berichtete nun von ihrer Haut. Sie brauche täglich mehr Pflege, die ersten Falten ließen sich nicht mehr verbergen. Obwohl ihre Haare noch immer bis über die Hüfte reichten, brächen sie jetzt an den Spitzen. »Täglich sitze ich ein bis zwei Stunden vor dem Spiegel, um mir meine Schönheit zu erhalten.«

Ein müdes Lächeln umspielte Alessandros Mund.

»Gelegentlich lädt mich mein päpstlicher Geliebter zu einem Treffen in seine Privatgemächer ein oder läßt sich in seiner Sänfte zu mir tragen. Dann kommt es zu einem kleinen Nachspiel zwischen uns beiden, bei dem ich mich jedoch heftig anstrengen muß, um seine Glut wieder anzufachen. Zwischendurch reise ich nach Bassanello, zu Orso. Dann ist viel von Jagd und von den eingekerkerten Verwandten die Rede. Nachts läßt mein Bärchen mich meist in Ruhe. Ich bin froh drum. Die Freuden der Liebe nutzen sich ab. Und dann beunruhigt uns auch die neue Seuche.«

Als Alessandro die Einladung zu der Hochzeit von Giovanni Crispo und Silvia Ruffini in den Händen hielt, sah seine Haut noch immer entstellt aus. Er wußte nicht, ob er froh sein sollte, eine Entschuldigung zu haben, die Erniedrigung dieser Hochzeitsfeier zu umgehen. Während er mit der Einladung in den Händen am Fenster stand, grummelte in der Ferne ein Gewitter. Einzelne dumpfe Donnerschläge rollten über die Häuser der Stadt, als würden schwere Bombarden ihre todbringenden Geschosse losschicken, um das Ewige Rom zu zermalmen. Und die Blitze erhellten den Himmel wie unlesbare Botschaften.

Alessandro spürte einen Stich in seinem Herzen. Ja, Silvia, *seine* Silvia, heiratete den Schönling Crispo. Nach Jahren des Wartens und des Unglücks geschah es endlich. Er wollte ihr einen Brief schreiben, aber dann dachte er an Cesares Rat und sah sich nicht mehr in der Lage, auch nur eine echt klingende Zeile auf das Papier zu bringen. Er ließ dem Hochzeitspaar eine Botschaft überbringen, sobald er wieder gesund sei, werde er sie persönlich beglückwünschen und ein Geschenk vorbeibringen.

Und dann dauerte es ein Jahr, bis er endlich die Kraft aufbrachte, den Gang zum Rione della Pigna anzutreten. Giovanni Crispo und seine junge Frau waren nicht in Crispos Elternhaus im Campo Marzo gezogen, sondern in das Ruffini-Haus. Alessandro verstand diese Entscheidung, obwohl sie ungewöhnlich war, und er bewunderte Silvia insgeheim für ihre Stärke, sich gegen die Crispo-Familie durchzusetzen.

Es dauerte auch deswegen ein Jahr, weil der Vetter Pietropaolo auf einer Reise nach Neapel an der Pest gestorben war. Alessandro als der einzig übriggebliebene männliche Farnese erbte sein Lehen und mußte die Vermögensverhältnisse klären, Schulden übernehmen, sich an den einzelnen Orten, die seinem Vetter gehört hatten, sehen lassen und die Verwaltung besprechen. Seine Einnahmen stiegen nun, aber nicht so, wie er sich erhofft hatte. Daran, daß er nun der letzte der vier Farnese-Männer war, versuchte er möglichst nicht zu denken.

Und es gab einen weiteren Grund, weswegen Alessandro so lange brauchte, bis er Silvia und Giovanni endlich gratulieren konnte: Silvia wurde schnell schwanger, und er wollte sich dem Anblick ihres gesegneten Leibes nicht aussetzen.

Und dann kam ein gesunder Junge auf die Welt und wurde Sandro getauft.

Alessandro befürchtete, er könnte Silvia nie aufsuchen. Der brennende Wunsch jedoch, sie zu sehen, wurde von Woche zu Woche stärker. Drei Monate nach der Geburt des Kindes machte er sich schließlich auf den Weg. Von seiner Krankheit waren keine Spuren mehr zu entdecken; er wollte auch nicht über sie sprechen.

Alessandro hatte für Silvia und Crispo ein Bild der Heiligen Familie malen lassen, und zwar von Michelangelo Buonarroti, der seit einiger Zeit in Rom als Bildhauer arbeitete, aber auch zeichnete und malte. Im Vordergrund sollte eine Maria stehen, der Joseph den Jesusknaben über die Schulter reichte. Gleichzeitig sollte es aber auch so aussehen, als reiche sie ihm das Kind. In der Gestaltung der Gottesmutter war Michelangelo frei, aber das Gesicht des Joseph sollte an Alessandro selbst erinnern. Michelangelo machte ihn durch einen Bart und einen tonsurähnlichen Haarkranz älter, aber erkennbar blieb er trotzdem.

Alessandro bezahlte Michelangelo den geforderten Preis, ohne zu feilschen, und brachte dann das Geschenk persönlich zu Silvias Palazzo. Zum ersten Mal nach langen Jahren sah er sie wieder. Sie empfing ihn mit dem kleinen Sandro auf ihrem Schoß, Crispo an der Seite. Alessandro selbst trat ganz betont in Kardinalsrobe auf und spielte seine kuriale Würde aus. Er hielt ihr die Ringhand hin, und tatsächlich deutete sie einen Kuß an. Crispo erließ er diese Prozedur, lockerte die verkrampfte Situation dann aber durch ein herzliches Lachen, kitzelte den kleinen Sandro, der fröhlich aufquiekte. Crispo packte das Gemälde aus und erkannte sofort, von wem es stammte.

»Unser Michelangelo«, rief er, und: »Da hast du dich aber in Unkosten gestürzt!« Dann zeigte er auf den Joseph und brach in Gelächter aus. »Zum Glück habe ich noch mehr Haare auf dem Kopf. Gott, dieser alte Mann! Der sieht ja aus wie ein Mönch. Aber wie wir wissen, entstammt Jesus einer *unbefleckten Empfängnis*.« Crispo fand seine Bemerkung witzig und wollte nicht aufhören, über sie zu lachen.

Alessandro ließ seinen Blick auf Silvia ruhen, die ihn kurz anschaute und dann ihren Jungen herzte.

»Ich freue mich, daß du glücklich bist«, sagte Alessandro zu ihr, als Giovanni das Bild an die Wand stellte, um es aus einer größeren Entfernung betrachten zu können.

»Ungewöhnlich, diese Haltung der Gottesmutter, so verdreht. Typisch Michelangelo. Na ja, ich male meine Heiligen in weniger verzerrten Posen. Was, Liebling?«

Silvia nickte, antwortete aber nicht. Sie war ein wenig reifer geworden, fand Alessandro, aber schöner, als er sie in Erinnerung hatte. Ihre Gesichtszüge waren fein und sanft. Giulias Schönheit prunkte mit den großen, auseinanderstehenden Augen, den weichen, vollen Lippen, dem starken Kinn. Und natürlich schlug die unglaubliche Fülle ihrer Haare jeden in Bann. Silvias Schönheit dagegen drängte sich nicht auf, man bemerkte sie erst bei dem zweiten Blick. Aus ihren Augen sprach eine helle Neugier, vermischt mit einer verschleierten Sehnsucht.

Alessandro spürte erneut den Verlust, den er sich selbst zugefügt hatte.

Silvia drückte das Kind an ihre Brust, lächelte glücklich und betrachtete dann Alessandros Geschenk. »Dies ist nun die zweite Arbeit von Michelangelo, die wir besitzen, und immer steht eine Mutter mit ihrem Kind im Vordergrund – keine Heilige, wie mein Giovanni sie malt, auch keine Venusgestalten, wie Botticelli sie geschaffen haben soll. Giovanni hat mir viel von ihnen erzählt. Du kennst sie wahrscheinlich auch.«

Alessandro nickte. Das Kind auf Silvias Schoß schien nun einschlafen zu wollen, und sie selbst saß da wie eine Gottesmutter, gütig, rein, unnahbar.

Crispo lachte und mischte sich wieder ins Gespräch ein. »Botticelli hat sich von Savonarola anstecken lassen und ist zu einem bußfertigen Frömmler geworden. Michelangelo tut gut daran, sich hier in Rom seine Aufträge zu holen. Das Klima in Florenz ist zur Zeit kunstfeindlich. Und außerdem wettert der Dominikaner besonders gegen Sodomiten.«

Er grinste anzüglich. Als weder Silvia noch Alessandro reagierten, ließ er einen Krug Wein holen, schenkte aber selbst ein, nicht ohne auf die Schönheit der Murano-Gläser hinzuweisen, die er Silvia zur Hochzeit geschenkt habe.

Alessandro schaute Silvia an, und sie erwiderte lange seinen Blick. Schließlich gab sie dem unruhig werdenden Kind einen Kuß, reichte es der Amme und flüsterte ihr etwas zu.

Und plötzlich trat ein Ungeheuer in den Raum. Alessandro wußte sofort, daß *sie* es war. Wie eine Geistererscheinung trug sie ein langes weißes Seidenkleid, die Haare offen, das Gesicht war unbedeckt.

Rosella.

Zuerst mußte er seinen Blick abwenden. Aber dann zwang er sich, ihr ins Gesicht zu schauen. Aber *Gesicht* konnte man nicht nennen, was zwischen der Haarfülle lag. Wo das rechte Auge gewesen war, befand sich jetzt eine aufgerissene, blutunterlaufene Vertiefung ohne Lider und ohne Brauen. Das linke Auge gab es noch: es bewegte sich, wenn auch das untere Lid aufklaffte. Das obere Lid zog sich ein Stück über die Pupille, bedeckte jedoch nie den blutig verwaschenen unteren Teil des Augapfels. Statt einer Nase fand sich eine zerschnittene Fläche. In die Stirn war ein Vulva-Zeichen geschnitten, die Wangen waren kreuz und quer durchzogen und zerfurcht von tiefen Narben. Die Lippen von mehreren Scharten geteilt. Nur das Kinn war weitgehend unberührt geblieben und sah menschlich aus.

Alessandro glaubte, Rosella lächeln zu sehen. Sie begrüßte ihn, indem sie seine Hand nahm und vorsichtig an den Mund führte. Sie strich ihm wie einem Kind über die Wange. Ihre Stimme war noch die alte, wenn auch die Lippenlaute verschwommen klangen. Alessandro wußte nicht, was er sagen sollte.

»Ich führe das Leben einer Büßerin. Vielleicht habe ich verdient, was mir angetan wurde«, sagte sie, und wieder konnte man die Bewegungen der Narben nur als Lächeln deuten. »Aber mein Tag wird kommen.« Die Narben im Gesicht verzerrten sich, und nun wurde aus der Büßerin eine grausame Medusa.

Crispo schaute unwillig auf. »Zum Glück hat uns Cesare Borgia in Ruhe gelassen. Zu was er fähig ist, wissen wir jetzt.«

Am Abend nach seinem Besuch saß Alessandro zusammengesunken vor dem kalten Kamin seines neuen Palazzos, beleuchtet nur von einem kleinen Talglicht auf dem Sims. Die schwüle Sommernacht ließ Roms Dächer immer wieder durch zuckendes Wetterleuchten hervortreten, dann in unruhige Dunkelheit fallen. Er betrachtete, wie unabsichtlich, seine Hände, die langen Finger, die im Halbmond gepflegter Nägel endeten, den Ring als Zeichen seiner kurialen Würde. Je mehr er in sich versank in dieser nächtlichen Stunde, desto mehr fühlte er ein inwendiges Zittern, das sich nach außen verlagerte und auf seine Finger übertrug. Warfen die fernen Blitze ihre Schlaglichter in sein Studio, fühlte er sich wie die Marmorstatue eines Trauernden. Der Stein ließ ihn nicht frei, aber gleichzeitig schien der Marmor Risse zu bekommen.

45. Kapitel

Silvia lag im Badezuber, umhüllt vom warmen, duftenden Rosenwasser, und strich zärtlich über ihren sich wölbenden Leib, in dem sich Leben regte. Rosella leistete ihr Gesellschaft, spielte Laute und sang. Unvermittelt fragte sie: »Bist du glücklich?« Silvia brauchte nicht lange nachzudenken, um eine Antwort zu finden. Sie lächelte nur. Auch die zweite Schwangerschaft brachte sie in Hochstimmung. Alles in ihr vibrierte vor Energie. Jedem Tag sah sie mit Freude entgegen, wachte früh auf und schlich barfuß auf die Dachterrasse, um den Vögeln zu lauschen, die in ihren Käfigen um die Wette sangen. Sie selbst hielt sich mehrere Zeisige und auch teure Kanarienvögel und achtete darauf, daß sie gut gepflegt wurden. Schickte dann die Sonne ihre ersten warmen Strahlen über Roms Dächer, entblößte sie an einer uneinsehbaren Stelle der Terrasse ihren Körper und ließ ihn von der Sonne bescheinen. Ein unglaubliches Wohlgefühl durchströmte sie. Ja, dies war Glück.

Später schlich sie wieder in ihr Schlafzimmer, in dem Giovanni noch, leise schnarchend, schlief. Sie weckte ihn. Während er grunzend sich streckte und vorsichtig blinzelnd die Augen öffnete, schlug sie die Decke zur Seite und setzte sich in ihrer mächtigen Nacktheit auf seine Schenkel. Auch diese Schwangerschaft hatte zu Beginn, vielleicht drei Monate lang, alle Lust in ihr abgetötet, um sie anschließend um so stärker anzustacheln. Sie selbst war überrascht von dem Wandel, der in ihrem Leib vor sich ging, und Giovanni noch viel mehr. Als *uomo gentile* hatte er natürlich sofort ihren Widerwillen gegen die körperliche Vereinigung akzeptiert, zumal er sich nicht sicher war, ob der Beischlaf während der Schwangerschaft nicht Mutter wie Kind schaden könne und vielleicht sogar als eine Sünde angesehen werden müsse. Aber wer außer Gott schaute schon in ihr Schlafzimmer! Gott lächelte großzügig, da ihm nichts Menschliches fremd war. Eine kontrollierende Schwiegermutter lebte nicht im Haus, die Kammerfrauen hatten draußen zu bleiben, solange beide im Bett lagen, und dem Beichtvater erzählte sie nichts von ihrem nächtlichen Leben.

Als dann ihre Lust wiederkehrte, regelrecht gierig und unersättlich dazu, staunte Giovanni und reagierte verwirrt. Er war der Mann, und sie war die Ehefrau, keine Kurtisane. Dies bedeutete, daß er über sie stieg, schön ordentlich, wie die Kirche es befahl, von Angesicht zu Angesicht, so daß sie sich erkennen konnten, meist allerdings nur bei dem Schein eines kleinen Öllichts oder überhaupt im Dunkeln. Mit Streicheln und Küssen hielt er sich nicht lange auf. Das hieß, er küßte zuerst ihre linke, dann ihre rechte Brust. Immer in dieser Reihenfolge. Und dann drang er auch schon in sie ein, gleichgültig, wie bereit sie war. Zuerst ein paar Stöße, als müsse er sich vergewissern, daß alles zueinander passe, dann eine kurze Pause, während der er noch einmal ihre Brüste küßte. Erst links, dann rechts. Eine Weile rührte er sich nicht, doch spürte sie, wie sein Glied leise zuckte. Er stöhnte kurz auf und begann, zuerst langsam, dann immer schneller sein Becken zu bewegen. Schweiß trat ihm auf die Haut, besonders im Nacken, und rann tröpfelnd und kitzelnd auf ihr Gesicht. Schließlich drückte er ihre Beine hoch, manchmal sogar bis hinter seine Schultern, griff ihre Hinterbacken und ackerte, daß er ihr schon leid tun konnte. Sie selbst hatte keine Schwierigkeiten, ihn in sich zu fühlen, und wenn er kämpfte und keuchte, dann stiegen auch die Wellen in ihr hoch und höher, bis sie schließlich über ihr zusammenschlugen. Sie bäumte sich auf. Giovanni schaute sie erstaunt an. Er lag nun schlaff auf ihr und schwitzte. Nach einer Weile legte er sich neben sie, griff nach ihrer Hand und flüsterte, daß er sie liebe.

Zu Beginn der Ehe hatte er keine Nacht ausgelassen, in sie einzudringen, bis sie sicher war, schwanger zu sein. Dann ihr Widerwille und seine Bereitschaft, zurückzustehen. Er besuchte, wenn sie nicht irrte, noch nicht einmal eine Kurtisane, griff sich auch keine Magd, um sich Erleichterung zu verschaffen. Er lag einfach neben ihr und hielt ihre Hand. Als sie dann aber plötzlich wieder die Lust ergriff, blieb er sehr zurückhaltend. Mit anderen Männern hatte sie keine Erfahrungen, daher wußte sie nur, wie Giovanni Liebe machte. Rosella allerdings hatte ihr von vielen Variationen erzählt, wie man die Glocken bimmeln lassen konnte, und sie hatte Silvia auch gezeigt, wie man sich selbst berühren mußte, um heftige Lust zu empfinden.

Als Giovanni zusammengerollt neben ihr schlief, probierte sie aus, was Rosella ihr gezeigt hatte. Und dabei mußte sie an Alessandro denken! Tatsächlich durchfuhr sie sehr schnell eine regelrecht schmerzhafte Woge des Verlangens, schließlich explodierte ihr Körper stöhnend und sich aufbäumend, und sie warf sich so heftig im Bett herum, daß Giovanni aufwachte und verschlafen fragte, was denn los sei. Sie versuchte, ihn an sich zu ziehen, griff nach seinem Glied. Es war schon steif. Sie brauchte nur ihr Bein über ihn zu legen, und schon glitt es in sie hinein. Wieder durchfuhr sie eine wilde Hitze. Sie sah Giovannis Gesichtsausdruck nicht, weil es dunkel im Zimmer war, nur das Weiße seiner Augen verdrehte sich. Er wollte sie auf den Rücken drehen, um wieder, wie er es gewöhnt war, zwischen ihren Beinen zu liegen. Aber sie ließ sich nicht abwerfen. Je mehr er sich bemühte, desto eindeutiger bestimmte sie das Tempo der Bewegungen. Und schließlich gab er es auf, und beide glitten sie auf einer aufschäumenden Woge davon.

Am nächsten Morgen lächelte er unsicher, sie spielte mit seinem geschrumpften Glied und brachte es erneut zum Wachsen. Giovanni schaute sie ungläubig an.

»Du bist doch schwanger«, flüsterte er.

»Ja, natürlich.«

»Aber ...«

»Jetzt ist alles anders.«

Anfangs ließ er sich jede Nacht verführen. Als dann ihr Bauch wuchs und er sich nicht mehr auf sie legen sollte, begann sie ihn nach Rosellas Anweisungen zu leiten und zu führen. Er wurde jedoch immer zurückhaltender. Seine Kraft schien zu schwinden. Als sie schließlich im siebten Monat eine mächtige Vorwölbung vor sich hertrug und ihn aufforderte, sie kniend *a tergo* zu beglücken, wies er auf kirchliche Verbote hin und wandte sich von ihr ab, um zu schlafen. Sie wünschte sich Alessandro herbei und blieb noch lange wach liegen.

Rosella hatte aufgehört, auf der Laute zu spielen.

»Liebst du Giovanni eigentlich?«

»Er ist mein Ehemann und der Vater meines Sohnes. Bald wird unser zweites Kind zur Welt kommen. Ich bin die Schulden, die mein Vater angehäuft hat, los und darf so lange im warmen Wasser plätschern, wie ich will. Unser Haus steht voller Kunstwerke. Ich singe mit dir und schreibe, gerade jetzt wieder, Sonette und Novellen ...«

»Die du keinem zu lesen gibst.«

»Nein, es sind erotische Werke, ich muß sie geheimhalten. Stell dir vor, Giovanni fallen sie in die Hände!«

»Und warum darf *ich* sie nicht lesen? Habe ich dir nicht manche Geheimnisse der Liebe verraten?«

Silvia schwieg. Rosella hatte recht, aber trotzdem wollte sie nicht, daß sie die Werke ihrer Sehnsüchte las. Sie wollte sich ihr nicht gänzlich ausliefern. Sie war glücklich darüber, daß Rosella in ihrem Haus lebte, sie waren gute Freundinnen, die über fast alles sprechen konnten, aber noch immer erschrak sie gelegentlich vor Rosellas entstelltem Gesicht. Etwas Tierisches, Wildes, Unberechenbares schaute sie an, etwas Unmenschliches, ja Hexenhaftes, Dämonisches. Als Rosella jung und schön war, konnte sie gelegentlich wild und wütend starren, aber jetzt starrte ihr rechtes Auge immer wild und wütend. Das leere linke Auge wollte sie nicht durch eine Klappe verbergen oder durch ins Gesicht fallende Haare. Nein, Rosella trug einen nur selten abgeschirmten Haß in sich, und sie wollte ihn zeigen. Gingen sie in die Messe, zog sie gelegentlich den Schleier vom Gesicht, und die Frauen um sie herum wichen zurück, bekreuzigten sich und wendeten ihren Blick ab. Mitleid stand in ihren Augen, Angst und Erschrecken, aber auch Widerwillen, ja Haß. Im Viertel kannte jeder Rosellas Schicksal, und wie die Mägde im Haus sich erzählten, hielten die meisten sie für eine gefährliche Hexe, die mit ihrem bösen Blick die Menschen verwünschen konnte.

Und dann gab es auch noch einen Bruder, der sich gelegentlich ins Haus stahl, aber immer nur in der Küche oder im Pferdestall blieb. Worüber Rosella mit ihm sprach, wußte Silvia nicht. Sie hatte den Bruder schon einmal gesehen, vor langer Zeit, als sie Rosella in dunkle Gassen und Hinterhöfe gefolgt war. Sie hatte Rosella nach ihm gefragt, aber eine ausweichende, regelrecht unwillige Antwort erhalten. Irgendein Geheimnis versteckte Rosella noch vor ihr, so offen und dankbar sie sich sonst zeigte. Ein dunkles Geheimnis, und seine Quellen mußten lange zurückliegen.

Giovanni erzählte sie nichts von ihren Vermutungen. Giovanni hatte sich zwar mit Rosellas Zugehörigkeit zu ihrer *famiglia* abgefunden, aber er konnte sich noch weniger als sie an ihren Anblick gewöhnen und mied sie, wenn möglich. Vielleicht spürte er auch Angst vor ihr. Einmal hatte er gesagt: »Sie weiß zuviel«, dann aber nicht verraten, was genau er meinte. Wie es überhaupt so manche Geheimnisse auch zwischen ihnen, den Eheleuten, gab. Zum Beispiel hatte Giovanni sie nach der Abfassung des Ehevertrags nie auf die Drohungen angesprochen, die sie seinem Vater gegenüber erhoben hatte. Ihr Schwiegervater verhielt sich ihr gegenüber kühl und zurückhaltend, aber höflich.

Silvia wischte mit einem Schwamm über ihr Gesicht. Rosella sollte ihre Tränen nicht sehen. Sie war glücklich, aber sie konnte gleichzeitig trauern. Sobald sie an die Auseinandersetzung mit dem Schwiegervater dachte, sah sie den tödlich verletzten eigenen Vater vor sich. Er hatte ihr nicht mehr viel erzählen können von dem, was er dem alten Crispo und wohl auch Agostino Chigi vorwarf. Es ging auf jeden Fall um die Rechte an der Ausbeutung der Alaunminen im Tolfa-Gebirge nordwestlich von Rom. Alle drei waren sie Geschäftspartner, und jeder von ihnen wußte, daß sie einmal richtig reich werden könnten. Aber dann setzte der Vater, in seiner allgemein bekannten heftigen Spielleidenschaft nach zuviel Weingenuß leichtsinnig geworden, Chigi und Crispo gegenüber seinen Anteil an den Minen ein – und verlor. Sie hatten unbedingt gewollt, daß er diesen Einsatz setzte, und er fühlte sich im nachhinein übertölpelt. Er zahlte seinen Verlust in bar, aber beide bestanden darauf, daß er aus dem Vertrag ausscheide. Schließlich drohten sie ihm, bedrohten ihn. Erpreßten ihn. Bis er nachgab.

Mehr wußte Silvia nicht, aber sie erahnte, daß sie nicht alles wußte. Und wenn sie an Crispos Reichtum dachte und daran, wie verschuldet und erniedrigt ihr Vater seine letzten Jahre hatte leben müssen, wenn sie daran dachte, daß Agostino Chigi zu einem der reichsten Männer in Rom aufgestiegen war, dann brach in ihr eine heftige Wut auf. Einmal würden ihre Söhne sich den Reichtum zurückholen, der ihnen zustand.

»Warum weinst du?« fragte Rosella.

»Ach, mein Vater …«

Aber sie sah nicht nur ihren Vater vor sich, sondern auch ihre ferne Mutter, sogar ihren ältesten Bruder und die beiden jüngeren. Sie sah Rosellas kleinen Sandro sterben. Heftig schluchzte sie auf. Aber dann dachte sie daran, daß sie einen eigenen Sandro auf die Welt gebracht hatte, ihren süßen kleinen gesunden Sandro, der schon zu sprechen begann. Und nun war sie zum zweiten Mal schwanger. Sie wußte, es würde eine leichte Geburt, ein gesundes Kind, vielleicht sogar ein zweiter Junge.

Silvia lächelte. Die Tränen, die noch immer ihre Augen füllten, waren Tränen des Glücks.

Rosella sang leise und einschmeichelnd:

»Ein altes Lied der Liebe möcht' ich singen,
Bestürmen, Liebster, dich erneut mit wilder Kraft,
Des kalten Herzens Zögern zauberhaft
Zu heißer Wünsche Sternenflug beschwingen.«

Sie sang auch noch eine zweite Strophe, in der von *Tränenströmen* die Rede war, hielt dann aber inne und sah Silvia, die zum Schluß mitgesungen hatte, fragend an.

»Denkst du noch manchmal an ihn?«

Silvia strich wieder über die Wölbung ihres Leibs und antwortete nicht, aber sie deutete ein Nicken an. Doch kam sie sich schlecht vor, weil Giovanni sie liebte, weil er sich bemühte, ihr alle Wünsche von den Augen abzulesen, weil er nie laut wurde und sie nicht schlug, wie so viele Ehemänner. Außerdem wurde sie von den Damen der römischen Gesellschaft beneidet, weil sie, die verarmte Ruffini, Roms schönsten Junggesellen geheiratet hatte. Giovanni hatte zwar ein wenig an Gewicht gewonnen, aber noch immer glänzten seine Haare in mattem Schwarz, sein Mund lächelte weich und geschwungen, und seine Augen schauten groß und verständnisvoll. Außerdem brauchten sie keine Geldsorgen mehr zu quälen. Die Alaunminen von Tolfa brachten offensichtlich so viel ein, daß Giovanni es aufgeben konnte, seine immer süßlicher werdenden Heiligenbilder zu malen. Er erstand statt dessen griechische und römische Kunstwerke.

Überall schaufelte man die Ruinen frei und suchte nach Resten der Alten. Meist stieß man nur auf Inschriften und Sarkophage, Kapitelle und Reliefs, aber gelegentlich fand man auch Torsi, abgeschlagene Arme oder Köpfe. Wenn aber kaum zerstörte Statuen auftauchten, schöne Jünglinge oder Venus-Figuren, dann überboten sich die Sammler, und ihr Giovanni war dabei. Schon jetzt besaß er eine der wertvollsten Antikensammlung von Rom. Der Innenhof ihres Palazzos und ein eigens für seine Sammlung gebautes Gebäude in Frascati waren voll. Giovanni warf auch sein Auge auf die zeitgenössische Kunst. Er sprach schon lange von Michelangelo. Vor kurzem hatte er mehrere Gemälde von Botticelli günstig erworben. Er erwähnte Tiziano Vecellio, dem er ebenfalls eine große Zukunft prophezeite. Und natürlich hatte er nach der Hochzeit begonnen, den Ruffini-Palazzo gründlich umbauen, erneuern und verschönern zu lassen und seine eigene Heiligen-Werkstatt dort einzurichten.

Daß Alessandro ihnen ein Bild des Michelangelo geschenkt hatte, mußte Giovanni, mehr als er es zeigen wollte, gefreut haben. Immer wieder betrachtete er es, aber neben der Freude zeigte er auch eine seltsame Nachdenklichkeit. Wie nebenbei erzählte er ihr, er habe Michelangelo vor kurzem aufgesucht und ihn davon in Kenntnis gesetzt, daß er versuche, ihm einen großen kirchlichen Auftrag zu verschaffen, aller Wahrscheinlichkeit nach eine *Pietà*.

»Ich sprach schon mit Jacopo Galli, dem Bankier. Er hat bei Michelangelo einen *Bacchus* in Auftrag gegeben, außerdem einen *Cupido*. Galli ist sicher, daß Michelangelo in der Lage ist, eine wunderbare *Pietà* zu schaffen. 450 Dukaten sind im Gespräch, das ist für einen so jungen Bildhauer sehr ordentlich. Vielleicht lade ich ihn einmal ein. Was meinst du, meine Liebe?«

Silvia hatte nur teilweise zugehört, weil ihr wieder Michelangelos *Heilige Familie* vor Augen stand und sie, im Gegensatz zu Giovanni, in dem Joseph ein verstecktes Porträt Alessandros entdeckt hatte. Außerdem verwirrte sie, daß sie in der letzten Zeit verstärkt einen weiteren Besuch herbeisehnte.

Kurz vor der zu erwartenden Niederkunft ließ Alessandro sich tatsächlich wieder anmelden. Silvia argwöhnte, Rosella habe ihn über ihren Wunsch informiert. Denn während eines ihrer ausgedehnten Bäder hatte sie Rosella ihren heimlichen Wunsch gestanden.

Giovanni empfing ihn höflich. Sie selbst versuchte, ihre Freude hinter der Maske zurückhaltender Höflichkeit zu verbergen. Sofort ließ sie Sandro holen, und stolz demonstrierte sie durch eine kurze Unterhaltung mit ihrem Sohn, wie gut er schon sprechen konnte. Alessandro war diesmal in einem schwarzen Samtwams mit einem weiten roten Seidenumhang erschienen, trug dazu farblich dezente Beinkleider und feinste Lederschuhe aus Siena. Seinen Kopf bedeckte ein dunkelblaues Barett. Er sah wie ein Herzog aus, und in dieser Aufmachung konnte er durchaus neben Giovanni bestehen.

Die Unterhaltung schleppte sich hin, nachdem der kleine Sandro sie wieder verlassen hatte. Giovanni sprach von seinen Neuerwerbungen, erwähnte auch Michelangelo und fragte Alessandro, ob er

Jacopo Galli kenne und den französischen Kardinal von San Dionigi mit dem unaussprechlichen Namen.

»Ein großer Kunstfreund, unser Jean Bilhères de Lagraulas«, antwortete Alessandro.

»Siehst du«, sagte Giovanni zu Silvia, als hätte sie die Aussage je bezweifelt.

Dann trat eine lange Pause im Gespräch ein. Alessandro ließ seine Augen auf Silvia ruhen, länger, als die Höflichkeit es zuließ, Giovanni kratzte sich am Kopf, stand auf, öffnete die Tür und brüllte dann das Treppenhaus hinunter, warum der Wein nicht komme.

Dann zog er Alessandro vor Botticellis *Verkündigung*, die er kurz zuvor erworben hatte. Er nannte sofort den in seinen Augen günstigen Preis und behauptete, Botticelli habe früher besser gemalt. »Der Einfluß des fanatischen Dominikaners macht sich überall bemerkbar. Aber nicht mehr lange, das sage ich dir.« Er zeigte auf den Engel. »Der hat offensichtlich Schnupfen. Schau dir mal seine Nase an! Hat sich wahrscheinlich beim Fliegen unterkühlt.« Er lachte kurz über seine Bemerkung und fuhr dann fort: »Aber die Madonna hat mich an Silvia erinnert, daher erwarb ich das Bild.«

Silvia hatte sich auf eine mit Kissen gepolsterte Liege gebettet, weil die Schwangerschaft sie nun schon ein wenig belästigte. Sie betrachtete die beiden Männer. Längst hörte sie nicht mehr hin, was Giovanni vor sich hin plapperte. Alessandro lobte die Darstellung der Landschaft und überprüfte dann die angebliche Ähnlichkeit zwischen der Madonna und ihr. Dabei ließ er wieder seine Augen lange auf ihr ruhen. Giovanni blieb der schönere Mann, daran gab es keinen Zweifel, aber auch Alessandro war durchaus ansehnlich. Im Grunde jedoch fand Silvia dies völlig unerheblich. Vor ihr standen nicht ein schöner und ein weniger schöner Mann, sondern ein Hampelmann und ein Herzog. Und der Hampelmann, der schöne und reiche Hampelmann, war ihr eigener Mann. Ihr drängte sich auf, wie er sich während der letzten Monate im Bett gemüht, wie er sich dann immer mehr zurückgezogen hatte. Und daß er nicht bereit war, ihr *a tergo* Lust zu bereiten, obwohl er doch auf seinen von ihm so geschätzten griechischen Vasen sehen konnte, wie die Griechen es trieben. Aber eigentlich ging es ihr nicht nur darum, etwas Neues auszuprobieren, zumal gerade ihr Zustand diese Annäherung nahelegte, ihr ging es vielmehr darum, wie wenig einfallsreich und neugierig ihr Giovanni sich im Bett verhielt. Nein, darum ging es auch nicht. Es war wie verhext: Irgend etwas ließ ihren Ehemann so gegen Alessandro abfallen, daß sie gar nicht mehr hinschauen mochte. Aber was? Was ließ Alessandro so herzoglich aussehen? Dabei wirkte er eher traurig, niedergedrückt. Und trotzdem strömte sein Körper einen Willen, eine Kraft aus, die noch gefesselt war, die sich aber jederzeit entladen konnte. O Gott, nicht *es* war verhext, sondern *sie* war verhext!

»Ich muß dir unbedingt meine neueste griechische Vase zeigen«, rief Giovanni plötzlich und zog Alessandro wieder zu der Liege, auf der Silvia lag. »Warte hier, ich hole sie dir. Du glaubst nicht, wie freizügig die Griechen sich verhielten. Wir malen Madonnen, sie aber betrunkene Silene, nackte Nymphen – und was beide zusammen trieben.« Er lachte verschämt, trank einen Schluck Wein und eilte aus dem Zimmer.

Alessandro blieb stehen, wo Giovanni ihn hingezogen hatte, schaute Silvia an. Sie hielt seinem Blick stand, auch dann noch, als er fast zu schmerzen begann.

»Ich freue mich über dein Glück«, sagte Alessandro schließlich und wies mit einer knappen Kopfbewegung auf ihren Bauch.

Bevor sie darüber nachdenken konnte, was sie tat, streckte sie die Hand aus. »Willst du den Kleinen fühlen?«

Alessandro reichte ihr die Hand, und sie legte sie auf ihren Leib. »Spürst du die Bewegungen. Er tritt mich. Er will heraus. Bald wird es soweit sein.«

Zärtlich strich Alessandro über ihren Bauch. Plötzlich kniete er neben ihr, zog ihre Hand an seine Lippen, küßte sie.

»Warum nur, warum?« flüsterte er.

»Ja, warum?« Auch sie flüsterte. »Du hast mir nie mehr geschrieben. Du hast mich vergessen. Einfach so. Ohne eine Erklärung.«

Alessandro rückte noch ein Stückchen näher an sie heran. »Und du? Plötzlich wolltest du Crispo heiraten – und hast es mir noch nicht einmal mitgeteilt. Auch du schriebst mir nicht mehr. Ich war wie vor den Kopf geschlagen. All die Worte ...«

Silvia schüttelte den Kopf. »Aber ich wollte ihn gar nicht heiraten, es war die Idee meines Vaters. Außerdem starb damals Sandro, ich war verrückt vor Schmerz. Warum hast du mich nicht gefragt ...?«

Alessandro legte ihre Hand an seine Wange und starrte ins Leere. Er schüttelte immer wieder den Kopf. »War wirklich alles nur ein Mißverständnis?« Erneut drückte er ihre Hand an seine Lippen.

Sie wußte nicht, was sie antworten sollte. Was plötzlich geschah. Wie sich alles auflöste. Nun schaute er auf und sah sie forschend an.

Sie lächelte traurig.

Er beugte sich plötzlich vor. Seine Augen näherten sich ihren Augen. Kurz hielt er inne. Und er küßte sie auf die Lippen.

Sie zuckte nicht zurück, als er sie berührte. Ihre Lippen brannten. Sie wies ihn noch nicht einmal in seine Schranken. Sie wußte selbst nicht, was sie tun sollte, ihr Körper bewegte sich von allein, sie lagen sich in den Armen. Er küßte sie, und sie küßte ihn. In diesem Moment durchfuhr sie ein nie erlebtes Glühen. Giovanni hatte sich angestrengt, sie zu beglücken, er hatte ihre linke und ihre rechte Brust geküßt, hatte geackert und gestoßen, geschnauft und gestöhnt, und sie hatte sich schließlich auch hinwegtragen lassen, die Wellen der Erregung schlugen über ihr zusammen, aber dieser so schmerzhaft lustvolle Hitzestoß, den sie nun empfunden hatte ...

Silvia befreite sich von Alessandro und wollte ihn zurückschieben. Aber er küßte sie noch einmal, und erneut ließ sie es zu, und wieder diese schmerzhafte und so befreiende Lust!

Sie hörte Giovanni sich nähern. Alessandro stand auf und ging ihm entgegen, während sie versuchte, den Widerschein der Glut auf ihrer Gesichtshaut zu mindern.

Giovanni hielt Alessandro die Vase hin und lachte unsicher, als suche er Verständnis für eine schmutzige Tat.

»Nur wenige Striche, und so lebensecht, nicht wahr?«

Silvia versuchte, sich zu erheben.

Da Alessandro nicht antwortete, fuhr Giovanni fort: »Aber gewagt.«

Alessandro antwortete noch immer nicht.

»Wie sagte doch unser verehrter Ficino: Alles ist Liebe, und in der Schönheit strebt die Liebe zu einem Körper, in einem Körper zusammen – oder so ähnlich.« Er lachte, als habe er einen Witz gerissen, dann schlug er Alessandro spielerisch auf den Arm. »Alte

Zeiten was, du Stecher? O Gott, wie haben wir sie genossen! Und du hast nie eine Gelegenheit ausgelassen.«

Alessandro schaute mit elegischem Blick auf die Vase, dann auf Silvia.

Sie lächelte ihn an und erschrak selbst darüber, wie offen, wie auffordernd sie lächelte.

46. Kapitel

Alessandro nahm ihr Lächeln mit nach Hause. In seinem Kopf drehten sich die Gedanken, so daß ihm fast schwindlig wurde. Es war unglaublich, aber alles schien nur ein Mißverständnis gewesen zu sein, das Schweigen, der Stolz, das Vergessen – ein albernes, dummes, nicht enden wollendes Mißverständnis. Und nun liebten sie sich wieder, wie damals, wie immer. Obwohl sie verheiratet war. Obwohl sie ein Kind erwartete. Obwohl er Kardinal war. Er hatte sie küssen dürfen, und sie lächelte ihn an.

Er trug das Lächeln in seinen Schlaf und hoffte, von ihm zu träumen. Er wachte morgens mit diesem Lächeln auf und überlegte ernsthaft, ob er nicht Michelangelo beauftragen sollte, eine lächelnde Madonna zu malen. Er ritt durch die Stadt und sah die Dienstmädchen, die Wäscherinnen und natürlich die Kurtisanen lächeln. Sogar die Bettlerinnen lächelten, wenn er ihnen einen Denaro zuwarf. Im Vatikan begegnete er Lucrezia Borgia. Auch sie lächelte ihn an, und er fand ihr Lächeln bezaubernd, ja verführerisch. In aller Munde war, daß sie von ihrem Giovanni Sforza, dem Grafen von Pesaro, geschieden war, wegen Nichtvollzugs der Ehe – natürlich lachte ganz Rom darüber und fragte sich, wer der nächste Ehemann nun sein sollte. Die Stadt tuschelte auch über die Freizügigkeit, mit der Lucrezia angeblich ihre Gunst verteilte. Feine, süße Gesichtszüge unter blonden, offen getragenen Engellocken … verführerisch schön. Aber er träumte nicht von Lucrezia, sondern von Silvia. Von Silvias Lächeln.

Im Vatikan allerdings herrschte eine Stimmung, die wenig Anlaß zum Lächeln gab. Alessandro hatte während der letzten Zeit die politischen Entwicklungen nur am Rande verfolgen können, während seiner Krankheit hatte er sich vergraben, und nun … der Kuß, ihr Lächeln … aber die Ereignisse nahmen keine Rücksicht auf seine beflügelte Stimmung. Der Kampf zwischen Papst Alexander VI. und Savonarola, dem Prior von San Marco, trieb auf seinen Höhepunkt zu. Er gipfelte in der Exkommunikation und Anklage des Priors, führte zu Folter und Geständnis und endete in Strangulation und anschließendem Scheiterhaufen auf der Piazza della Signoria. In Rom hörte man nur einen zufriedenen Nachhall der Vorgänge. Giovanni de' Medici, Alessandros junger Kardinalskollege und Schützling, freute sich ganz besonders, weil er nun wieder die Rückkehr der Medici nach Florenz in greifbare Nähe gerückt sah. Die beiden Freunde betranken sich gemeinsam. Zu einem Kurtisanenbesuch hatte Alessandro keine Lust, er erwähnte eine Frau, die wieder in sein Leben getreten sei, daher … Giovanni verstand und versprach ihm mit schwerer Zunge, falls er, der Medici, jemals Papst würde – »wenn, dann Leo mit Namen« –, würde er alle Kinder seines alten Freundes legitimieren, wer auch immer sie geboren hätte. Alessandro staunte über die so offen ausgesprochenen Ambitionen von *il Magnificos* gerade mal dreiundzwanzigjährigem Sohn und legte freundschaftlich lächelnd die Hand auf seine Schulter.

Mit großer Freude erhielt Alessandro die Nachricht von seiner Schwester Giulia, sie weile zur Zeit in Rom, wohne wieder im Palazzo bei Santa Maria in Portico, und die Nähe zu Seiner Heiligkeit sei kein Zufall, denn eine neue Annäherung von *Herz* und *Schatz* habe stattgefunden. Sofort eilte Alessandro zu ihr, und die Geschwister fielen sich in die Arme.

»Seine Liebe lodert wie in alten Tagen«, flüsterte ihm Giulia ins Ohr. Alessandro war im Kardinalspurpur erschienen und versuchte, kuriale Würde an den Tag zu legen, aber es gelang ihm schlecht, da er, trotz aller vatikanischen Betriebsamkeit, auf lächelnden Wolken zu schweben schien. Natürlich bemerkte Giulia sofort seinen Zustand. Er hüllte sich jedoch in lächelndes Schweigen, erwähnte nur nebenbei seinen Besuch bei Silvia, nahm seine Kappe ab und machte ohne Rücksicht auf die lange Robe einen Handstand. Fast hätte er das Gleichgewicht verloren, aber er konnte sich gerade noch auf den Armen halten.

Schließlich setzten sie sich an das Fenster von Giulias Studiolo und tauschten, immer mit Blick auf San Pietro und den Palast des

Papstes, die neuesten Nachrichten aus. Alessandro berichtete von dem Verlauf seiner Krankheit und Giulia von ihren Ängsten vor ihr. Orso habe sie, seine Frau, schon längere Zeit nicht mehr angerührt, und Rodrigo sei bisher, trotz seines abwechslungsreichen Lebenswandels, von der Krankheit verschont geblieben. Cesare allerdings und auch sein Bruder Juan hätten sie durchgestanden. »Ich kann sie nicht ausstehen, die beiden Ältesten von Rodrigo. Sie sind eifersüchtig und bösartig wie die Gockel. Cesare hat längst bereut, Kardinal geworden zu sein. Jetzt wurde sein jüngerer Bruder Juan, ohnehin schon der Liebling des Vaters, zum Gonfaloniere und Generalkapitän der päpstlichen Truppen ernannt und sollte die Orsini-Burgen erobern, nachdem viele der Orsini-Condottieri zu den Franzosen übergelaufen sind. Rodrigo will Juan tatsächlich die Orsini-Lehen geben. Aber Juan ist ein eitler, hochnäsiger und dummer Laffe und als Heerführer völlig ungeeignet. Es ist ihm noch nicht einmal gelungen, die Burg von Bracciano stürmen zu lassen. Die Orsini haben triumphiert. Und doch feiert Rodrigo seinen Sprößling, als habe er ganz Frankreich erobert. Ach Gott, warum erzähle ich dir das, du weißt es sicher schon.«

Alessandro lächelte. »Ich weiß nur, was mir Accurse Maynier berichtet hat. Der alte Schönredner nennt das Verhältnis der Brüder *heikel* und den Kampf gegen die Orsini *gefährlich*. Er befürchtet eine Zuspitzung der Konflikte, nachdem die Franzosen vertrieben sind.«

»Unsere Mutter hat Angst«, unterbrach ihn Giulia, »daß nach den Orsini die Caetani dran sind oder auch die Farnese. Man darf Rodrigo oder seinen Söhnen keinen Vorwand liefern. Daher bin ich auch so froh, daß ich und Rodrigo wieder ...«

»Und hat er sich generös gezeigt?«

Sie bewegte ihren Kopf hin und her. »Ja und nein. Immerhin hat er mir ein reich besticktes Seidenkleid für den Sommer und ein Brokatkleid für den Winter geschenkt, dazu ein Diadem. Er liebt ja meine Haare so sehr – obwohl sie jetzt nur noch bis auf die Hüften fallen. Und wenn ich so sehe, wie jung die Mädchen sind, die ihn umspringen – siehst du diese Falten? Und die Haut an den Oberschenkeln wellt sich auch schon ...«

Giulia versank in trübes Schweigen.

»Du hast das schönste Haar, das ich auf Gottes Erde gesehen habe. Es ist sogar schöner als Silvias Haar.«

Kaum war das Stichwort *Silvia* gefallen, wollte Giulia genau hören, wie sein Besuch ausgefallen sei, was er ihr gegenüber noch fühle, und als er wieder geheimnisvoll lächelte, rief sie aus: »Du hast dich richtig in sie verliebt!«

»Nein, nein«, wehrte er ab. »Sie ist verheiratet, wird bald ihr zweites Kind auf die Welt bringen, und ich bin ein Zölibatär. Ich werde nie heiraten dürfen.« Plötzlich spürte er mit aller Wucht das Absurde, das Ausweglose seiner Situation. Er hatte sich tatsächlich in Silvia verliebt, aber nun war es zu spät. Und das Schlimme daran war: Ein dummes Mißverständnis hatte sie in die Irre gehen lassen.

»Versuch es trotzdem«, rief Giulia, nahm seine Hand und drückte sie an ihre Brust. »Unsere Mutter hat es auch gesagt.«

»Was soll ich versuchen?«

»Wenn du keinen männlichen Nachfolger hast, werden alle unsere Lehen an die Kurie zurückfallen, unser Name wird aussterben – das darfst du nicht zulassen. Unsere Mutter träumt schon wieder von Rabenvögeln, die um Capodimonte kreisen, sie sieht die Wölfe mit funkelnden Augen vom Monte Cimino hinabsteigen und vor unseren Mauern heulen. Und ich … ich …« Giulia holte sich ein Seidentüchlein aus ihrem Ausschnitt und tupfte sich die Augen ab. »Verstehst du, es darf nicht umsonst gewesen sein … Selbst wenn du Papst würdest … Denk an unseren Vater – was würde er sagen?«

»Aber was soll ich unternehmen. Silvia ist verloren. Und eine andere Frau …«

Alessandro mußte an Silvias Lächeln denken, an die Umarmung und ihren Kuß. Es drängte ihn, sie wiederzusehen, ihre Stimme zu hören, ihren Bauch zu betasten. Es war das erste Mal in seinem Leben, daß er einer Schwangeren die Hand auf das werdende Leben gelegt und seine Bewegung gespürt hatte. Das Schicksal hatte Silvia und ihn durch seine Rettung aneinandergekettet, aber dennoch hatten sie sich in die falsche Lebensrichtung drängen lassen. Und nun war es zu spät. Crispo war zudem kerngesund und mied jegliche Gefahr. Wahrscheinlich ging er noch nicht einmal auf die Jagd. Die Farnese dagegen starben aus, daran gab es nach Pietropaolos

Tod kaum noch einen Zweifel, und er, der zweite Sohn des Pierluigi und Enkel von Ranuccio, dem Alten, würde ihr Totengräber sein.

Aber auch er ertrug diesen Gedanken nicht.

»Clarissa kommt nicht mehr in Frage«, begann Giulia wieder, »sie ist kürzlich ins Kloster von San Sisto eingetreten. Ihr Vater hat knurrig den Einstand gezahlt. Einmal habe ich sie besucht. Seit Dschems Tod ist sie abgemagert und betet unaufhörlich. Sie lacht noch nicht einmal mehr. Du würdest sie nicht wiedererkennen.«

Giulia versank in nachdenkliches Schweigen.

»Hast *du* eigentlich Silvia schon besucht?« fragte Alessandro seine Schwester.

Giulia schaute ihn an, und plötzlich traten ihr wieder Tränen in die Augen. »Nein, erst nach der Niederkunft werde ich sie beglückwünschen. Sie hat mir geschrieben, wie gut es ihr während der Schwangerschaft geht ...« Ihre Stimme wurde brüchig, und erneut tupfte sie sich die Tränen aus den Augen. »Ich hatte übrigens wieder eine Fehlgeburt, und nun kann ich überhaupt keine Kinder mehr bekommen. Die Ärzte sind sich vollkommen sicher. Verstehst du? Es ist wie ein Fluch, der über unseren Häuptern schwebt. Ich hatte auf weitere Kinder gehofft, von Rodrigo oder meinetwegen auch von Orso. Was ist mir geblieben? Ein einziges Mädchen, meine kleine, stille Laura ...« Plötzlich rief sie: »Lucrezia! Lucrezia Borgia!«

Alessandro schaute erstaunt auf. »Was ist mit ihr?«

Giulia griff wieder seine Hand und drückte sie an ihre füllige Brust. »Sie ist gerade geschieden, ich weiß, wie sehr sie sich nach Liebe sehnt, ihr Vater setzt sie skrupellos ein, um seiner Familie Vorteile zu verschaffen. Ich weiß, daß sie dich mag. Wenn du ... verstehst du ... du mußt dich nur ein wenig anstrengen ... Wenn sie ein Kind von dir ... Rodrigo würde es sicher legitimieren.«

Alessandro schüttelte den Kopf. Jede Annäherung an die Papsttochter wäre ein Verrat an Silvia. Und außerdem konnte er kaum die Pläne durchkreuzen, die der alte Borgia mit ihr vorhatte. Eine schwangere Lucrezia war nicht zu verheiraten, brachte weder Dukaten noch politische Bündnisse. Ihre Brüder würden Rache nehmen an dem Mann, der es wagte, dem weiblichen Familieneigentum zu nahe zu treten. Und außerdem war nicht klar, ob

Lucrezia sich wirklich nach Liebe sehnte oder ob sie nur von wollüstigen Begierden getrieben wurde.

»Sie ist sehr hübsch und hat ein feuriges Wesen«, fuhr Giulia fort. »Du würdest deine Freude an ihr haben. Und klug ist sie auch. Sie hat Aristoteles gelesen, allerdings nur in Latein. Ich glaube, sogar Plato.«

»Und du kannst tatsächlich keine Kinder mehr bekommen?« unterbrach sie Alessandro.

Giulia schüttelte stumm den Kopf und wandte sich ab.

»Es tut mir leid.«

Eine Weile schwiegen beide.

»Hast du eigentlich noch Schulden?« fragte Giulia schließlich.

»Mehr als genug. Nach Pietropaolos Tod sind zwar meine Einnahmen gestiegen, aber noch immer reichen sie nicht aus. Der Borgia muß mir endlich eine anständige Pfründe oder ein einträgliches Bistum geben. Vielleicht kannst du noch einmal – zu geeigneter Stunde ...?«

Giulia hob skeptisch die Augenbrauen. »Bei den Borgia nennt man dich nur den *Gonella*. Außerdem hat Rodrigo sein Mißtrauen noch nicht verloren. Einmal hat er gesagt: ›Dein Bruder muß sich erst wieder bewähren.‹ Und dabei tauschte er einen bezeichnenden Blick mit Cesare aus.«

»Um so mehr sollte ich die Finger von Lucrezia lassen. Ich glaube, sie stellen sich unter Bewährung etwas anderes vor.«

Alessandro fühlte plötzlich heftigen Ärger in sich aufsteigen. Von der ganzen intriganten Familie Borgia fühlte er sich abschätzig behandelt und gleichzeitig bedroht. Er war zu feige, sich offen auf die Seite ihrer Gegner zu schlagen, wagte aber auch nicht, sich ihnen bedingungslos anzuschließen. Er verachtete und haßte sie. Aber gleichzeitig bewunderte er sie. Und dies ärgerte ihn am meisten. *Aut Caesar aut nihil.* Der Vater Papst, reich wie Krösus und fruchtbar wie Abraham. Die Söhne bald Fürsten. Die Tochter Herzogin. Und über allem schlugen die Glocken von San Pietro. Jesus hätte diese Familie wie die Geldwechsler und Wucherer mit der Peitsche aus dem Tempel Gottes vertrieben. Aber Jesus war am Kreuz gestorben. Es triumphierten die Skrupellosen und Pharisäer.

»Vielleicht hast du recht«, sagte Giulia. »Lucrezia könnte dich in Teufels Küche bringen. Also doch Silvia!«

Wieder erschien das Bild der schwangeren Silvia vor ihm wie ein Madonnenporträt, und unwillkürlich mußte er lächeln. Ja, Silvia, trotz allem! Es war nur ein Mißverständnis gewesen. Sie liebten sich noch immer. Und hatte er sie damals nicht dem Leben zurückgegeben? *Do ut des*, sagten die alten Römer. Warum sollte auch sie nicht sein Leben und das seiner Familie retten!? Aber er scheute sich, diesen Gedanken auszusprechen.

Giulia schaute verloren in die Ferne.

»Als ich hörte, daß sie schon wieder schwanger war und es auch blieb … Ich konnte sie nicht besuchen, ich hätte ihren gesegneten Leib nicht ertragen. Verstehst du mich?«

Sie sah Alessandro nun mit derartig verwundeten Augen an, daß er sie spontan in den Arm nahm.

»Du wirst jemanden finden, du mußt es«, hörte er sie flüstern. »Du mußt Vater werden. Rodrigo hat es auch geschafft. Als Heiliger Vater wird er eine Dynastie von Cäsaren gründen. Was er kann, kannst du auch.«

47. Kapitel

Bald nach Alessandros Besuch brachte Silvia einen gesunden Tiberio zur Welt. Sie überstand die Geburt schnell und ließ es sich diesmal nicht nehmen, den Kleinen selbst zu stillen. Für Wochen, ja Monate galt ihre Aufmerksamkeit dem Säugling, doch versuchte sie gleichzeitig, Sandro nicht zu vernachlässigen. Ihr Mann Giovanni hielt es zwar prinzipiell für besser, eine Amme stille das Kind, aber gleichzeitig fand er es rührend, wie Silvia sich um ihren Zweitgeborenen kümmerte.

»Weißt du, daß du schöner bist denn je?« sagte er.

»Ach, Giovanni, laß deine Schmeicheleien!«

»Nein, nein, ich meine es ernst.« Er holte seine Staffelei und versuchte, sie in mehreren Anläufen als Madonna mit Kind zu porträtieren, aber er blieb unzufrieden mit dem Ergebnis. Silvia wirkte, wie er selbst fand, auf seinen Bildern seelenlos, und das Kind gelang ihm schon gar nicht. Entweder sah es aus wie ein kleiner Greis oder wie ein wurstiges Schweinchen.

»Michelangelo muß dich malen – ich kann es einfach nicht.« Verstört starrte er auf die unfertigen Bilder und warf sie schließlich kurzerhand in das Kaminfeuer, wo sie hoch aufloderten und verglommen.

Bald darauf begann die Zeit der Besuche. Die Crispo-Familie hatte den Neuankömmling kurz nach der Geburt begutachtet und war während der Taufe anwesend; nun erschien sie ein zweites Mal, diesmal mit üppigen Geschenken, mit einem Blumenteller aus Gubbio, Gläsern aus Murano und einem flämischen Wandteppich voll religiöser Motive. Silvia freute sich über Giovannis Stolz, von seiner ganzen Familie wegen dieses gesunden Jungen, des zweiten schon, gelobt zu werden. Selbst sein Vater plauderte eine Weile mit ihr und versprach dann, demnächst einige Anteile an den Tolfa-Minen ihren Söhnen zu überschreiben.

Agostini Chigi schickte eine römische Säule mit einer antiken Sphinxfigur, die angeblich in Alexandria gefunden worden sei. Und die Papstfamilie übersandte einen spanischen Granatapfelbaum für den Garten hinter dem Palazzo.

Als sich Giulia Orsini-Farnese und ihr Bruder, der Kardinal von Santi Cosma e Damiano, anmeldeten, sprang Silvia auf und eilte ihnen entgegen. Tränen der Wiedersehensfreude zwischen den Freundinnen, würdige Worte von seiten des Kardinals. Dann Begeisterung über den strammen Säugling, der schon lächelte und überhaupt gut gelaunt auf dem Schoß der Mutter die Besucher ertrug. Als er hungrig wurde, scheute sich Silvia nicht, ihn in ihrer Anwesenheit zu stillen. Giulia war schließlich ihre beste Freundin, und Alessandro – ach Gott, sollte sie sich vor ihm schämen? Der kleine Tiberio lag zufrieden nuckelnd an ihrer bloßgelegten Brust. Giulia hatte Sandro auf den Schoß genommen und sprach mit ihm. Alessandro stand auf und betrachtete, die Hände hinter dem Rücken gefaltet, die Geschenke für Mutter und Kind. Als er sich wieder setzte, warf er einen kurzen Blick auf Tiberio und auf ihre Brust. Silvia spürte diesen Blick, als hätte er sie berührt. Sie lächelte ihn an, und er lächelte zurück.

An diesem Tag fühlte sie sich so glücklich wie lange nicht.

Giovanni, der stolze Vater, weilte auswärts. Er hatte erklärt, ein wichtiges Treffen hindere ihn leider daran, seinen alten Freund und die schöne Giulia, wie es sich gehöre, zu empfangen, aber er hoffe, sie noch zu sehen. Außerdem bringe er eine kleine Überraschung mit, sie mögen bitte warten.

Am frühen Abend erschien er in Begleitung eines Mannes, den er mit großer Geste einführte: Michelangelo Buonarroti! Der große Künstler! Der zweite Praxiteles!

Michelangelo war die Vorstellung offenkundig unangenehm. Er schaute unwirsch auf Giovanni, begrüßte dann aber lächelnd die Farnese-Geschwister und gab Silvia mit einer tiefen Verbeugung die Hand. Seine eingeschlagene Nase fiel ihr natürlich sofort auf, auch die Kräuselhaare, und der Griff seiner Hand war schmerzhaft fest. Aber am meisten faszinierten sie seine Augen, die blitzschnell alles aufzusaugen schienen und dann hungrig umherspähten.

»Galli hat ihm den Auftrag für eine große *Pietà* verschafft«, rief Giovanni. »Wir müssen ihm gratulieren.« Giulia klatschte in die Hände, ihr Bruder deutete Applaus an. »Auch ich habe einen kleinen Anteil am Zustandekommen des Vertrags«, fuhr Giovanni fort, strahlend vor Stolz, und legte seinen Arm auf Michelangelos Schulter. Da Michelangelo eine abwehrende Bewegung machte, zog er seinen Arm zurück, klopfte ihm aber noch generös auf den Rücken und wandte sich wieder Silvia und den Gästen zu. Es schien, als wolle er eine Rede halten.

»Auch der Heilige Vater zeigt großes Interesse an dem Werk, das offiziell der Kardinal von San Dionigi in Auftrag gegeben hat und für das sich unser Bankier und Kunstfreund Jacopo Galli verbürgt. Der Heilige Vater hat sogar vorgeschlagen, seinen Sohn Juan als *modello* für die Jesusfigur zu nehmen, und unser Freund Michelangelo ist noch dabei, sich diesen Vorschlag gründlich durch den Kopf gehen zu lassen.«

Michelangelo winkte mit einer nur halb unterdrückten heftigen Bewegung ab, aber Giovanni ließ sich nicht beirren.

»Juan Borgia, der Herzog von Gandìa, ist ein schöner Mann und ausdrucksvoller Charakter, und dem Heiligen Vater ist für seinen Vorschlag zu danken. Der Herzog von Gandìa wäre auch bereit, sich der Mühe des Modellsitzens zu unterziehen. Wobei ich einflechten möchte, daß auch sein Bruder Cesare, der Kardinal, nicht abgeneigt wäre, sich als Christus in Marmor verewigt zu sehen. Aber wie sein Bruder Juan richtig bemerkte: Seine Stierbrust ist zu breit für den Heiland, der ja schließlich kein jüdischer Gladiator in römischen Diensten war.«

Giovanni lachte auf, schaute kurz Michelangelo an und drehte sich erneut mit beifallheischendem Lächeln den Gästen zu. Silvia fragte sich, warum er sich vor gerade mal vier Zuhörern in seiner Rede sonnte, statt kurz und bündig zu sagen, was ihm am Herzen liege, und sie schämte sich für ihn. Prüfend ließ sie ihren Blick über die Anwesenden gleiten. Giulia trug kühl und zurückgenommen ihre göttinnenhafte Schönheit. Michelangelos Falte zwischen den Augenbrauen vertiefte sich von Satz zu Satz. Nur Alessandro schien sich über Giovannis Auftritt zu amüsieren. Dabei suchten seine Augen jedoch nicht den Redenden, sondern sie, die den satten und zufrieden eingeschlafenen Tiberio noch auf dem Schoß hielt. Sie erwiderte seinen Blick, schaute dann wieder auf Michelangelo, der sie nun ebenfalls ansah, anschließend seine Augen zu Giulia wandern ließ.

»Der Heilige Vater hat aber nicht nur über ein *modello* für den Heiland nachgedacht, sondern auch für Maria, für die im tiefen Leid versunkene Gottesmutter. Ja, und an wen hat er gedacht?«

Giovanni hielt inne, weitete seine Brust und genoß die neugierigen Blicke, die seiner Verzögerung folgten. Silvia wurde diese Veranstaltung immer unangenehmer, zumal auch Michelangelo keineswegs Freude daran zu haben schien. Seine Augen wanderten noch immer von einem zum anderen, und über sein schon etwas knittrig wirkendes, obwohl noch junges Gesicht zogen unausgesprochene Gedanken und Stimmungen wie Wolkenschatten, die über das Land eilten.

»An *La bella Giulia* hat er gedacht. An wen sollte er sonst denken?« Er lachte, als hätte er einen Witz erzählt. »Und aus diesem Grunde freue ich mich auch besonders, daß unser lieber Kardinalsfreund Alessandro Farnese seine Schwester mitgebracht hat, die schönste Frau Roms und eine der schönsten Frauen des Erdenrunds. Ich glaube, daß auch unser Michelangelo, der schon so wundervolle Marmorfiguren wie den *Bacchus*, den *Cupido* geschaffen hat, sich nichts Schöneres vorstellen kann, als unsere Giulia hier als Muttergottes aus dem Marmor zu schlagen.«

Es entstand Unruhe unter den Anwesenden. Michelangelo stierte mit finsterem Gesicht auf den Boden. Silvia winkte das Kindermädchen herbei und reichte ihr den schlafenden Tiberio. Sie konnte sich vorstellen, daß Michelangelo sich nur ungern seine Modelle vorschreiben ließ und daß der Einsatz ihres Gatten peinlich enden würde.

Giovanni hob beruhigend die Hände. »Laßt mich noch ein Wort sagen. Ich glaube, auch im Namen von Michelangelo zu sprechen, wenn ich meine Einschätzung kundtue, daß weder Cesare noch Juan Borgia sich eignen, dem toten Christus als Vorbild zu dienen. Aber in diesem Raum gibt es einen anderen Mann, der diese Rolle ausfüllen könnte und der auch dazu bereit wäre.«

Giovanni schaute niemanden an, grinste nur breit und stellte sich in Positur. Silvia glaubte, in den Boden versinken zu müssen. Er drängte sich selbst auf! Giovanni Crispo, der sich für Roms schönsten Mann hielt, wollte gern als Christus für die Ewigkeit festgehalten werden. Natürlich war Giovanni ein schöner Mann, bisher hatte er jedoch sein Aussehen als Gottesgabe hingenommen. Dieser Ausdruck peinlicher Eitelkeit!

Mit weitausladender Geste wies Giovanni auf Michelangelo: »Der Künstler hat das Wort.«

Michelangelo starrte noch immer auf den Boden. Silvia sah, wie sein ganzer Körper mit dem oder gegen das kämpfte, was er sagen wollte, er verzog sein Gesicht zu einer Grimasse, die Arme zuckten, er sagte mehrmals »also« und »im Grunde« und »überhaupt«.

»Das ist ungewöhnlich«, preßte er schließlich hervor, und als Giovanni sofort wieder das Wort ergreifen wollte, brachte er ihn mit einer heftigen Bewegung zum Schweigen.

Silvia sprang auf, nachdem Michelangelo ihr, so glaubte sie wenigstens, einen hilfesuchenden Blick zugesandt hatte, und rief: »Ich schlage folgendes vor: Giulia und Giovanni können sich so setzen, wie Michelangelo die Haltung der Figuren vorschwebt. Er kann Christus und seine Mutter am lebenden Modell darstellen. Dann sieht er viel eher, ob sie seinem inneren Bilde entsprechen. Er ist schließlich der Künstler und muß frei sein, sich im großen Rom oder anderswo seine Modelle auszusuchen.«

Silvia war ins Schwitzen gekommen und fühlte die Röte, die über ihr Gesicht zog. Irgendwie mußte sie die Situation retten.

»Ich glaube, wir sollten ihm mehr Zeit zum Nachdenken lassen«, fügte sie noch an.

»Nein, nein, es ist schon gut«, sagte Michelangelo grimmig und packte Giovanni am Handgelenk, zerrte ihn zu Giulia.

»Und jetzt?« fragte Giovanni, unsicher lachend.

»Soll er sich mir zu Füßen legen?« fragte Giulia mit einem leicht unwilligen Unterton in der Stimme.

Ächzend ließ sich Giovanni nieder und lehnte sich an Giulias Knie.

»Auf ihre Beine. Die Maria hält ihn auf ihren Oberschenkeln wie ein Kind.«

»O Gott, wie soll das gehen?« entfuhr es Giulia.

Alessandro half Giovanni lächelnd auf die Beine und versuchte, ihn zu halten, während er sich der aufstöhnenden Giulia auf die Beine legte.

»Er ist ziemlich schwer«, rief sie, und Giovanni drohte immer wieder herunterzurutschen.

Silvia fand die Situation inzwischen sehr komisch und mußte kichern. Neben ihr war Alessandro rührend bemüht, den beiden lebenden Modellen eine gewisse würdevolle Trauer in ihre Haltung zu legen. Michelangelo stand beobachtend dabei. Auch ihm huschte ein Lächeln über die Lippen.

Silvia befahl einem Diener, einen großen Thronstuhl zu holen, aber bevor er kam, war es Giulia gelungen, eine angestrengte Trauer in ihre Gesichtszüge zu legen, und Giovanni verkrampfte sich mühsam in die Stellung eines Toten.

»Ja, so zum Beispiel«, rief Michelangelo mit verächtlich heruntergezogenen Mundwinkeln. »Nicht bewegen!«

Da saß nun eine Frau und schaute auf einen Mann, der in halb verrenkter Haltung auf ihren Oberschenkeln lag. Silvia schüttelte unwillkürlich den Kopf. Es ging überhaupt nicht. Giulia bemühte sich weiterhin um Trauerhaltung, und ihr schöner Giovanni schloß nun die Augen, sah aber nicht tot, sondern nur verblödet aus. Silvia mußte sich abwenden, um nicht loszuprusten. Auch Michelangelos Gesicht hellte sich immer mehr auf. Er schaute inzwischen vergnügt auf die würdelose Pose, die beide mühsam zu halten versuchten.

»Danke«, rief er, »und nun das nächste Paar.«

»Nein, nein!« wehrte Silvia ab.

Ihr Giovanni öffnete die Augen und schaute überrascht, aber noch immer dumm.

Giulia schien erleichtert, aber gleichzeitig bildete sich ein harter, verächtlicher Zug um ihren Mund.

Michelangelo duldete keinen Widerspruch. Er setzte Silvia auf den Thronsessel, ließ sich einige Vorhänge geben und legte sie über ihre Beine. Silvia wollte sich noch immer wehren, aber schon zog der Bildhauer Alessandro heran, schaute ihn, dann sie prüfend an und bettete ihn schließlich so auf den Boden, daß sein Oberkörper sich entspannt gegen ein Bein lehnen konnte.

Silvia ließ es geschehen. Ihr Blick glitt über den lächelnden Giovanni, der offenkundig nicht wußte, was er von dem Fortgang der Dinge halten sollte, zu Giulia, die sie todernst anschaute. Michelangelo legte nun ihre rechte Hand unter Alessandros Achsel und die linke auf ihr Knie. Dann drehte er ihren Kopf leicht nach unten. Alessandro lächelte wie über ein Kinderspiel und schloß die Augen. Silvia merkte, wie er sich entspannte, wie leicht er wurde. Unmerklich schien sein Körper an ihrem Oberschenkel entlangzugleiten. Er ließ sich regelrecht fallen. Vor ihr, an sie gelehnt, lag ein Mann in Kardinalsrobe, wie ein erschöpfter Liebhaber. Er vertraute ihr mit geschlossenen Augen. Tot sah er wahrhaft nicht aus. Und sie selbst? Schaute sie trauernd auf ihn? Ein Lächeln huschte über ihr Gesicht. Noch einmal korrigierte Michelangelo ihre Haltung, und nun konnte sie auch ein ernstes, ja ein trauriges Gesicht aufsetzen.

Plötzlich fühlte sie sich den Tränen nahe. Hatte sie nicht seit Jahren eine solche Situation herbeigesehnt? Alessandro war ihr so nah wie noch nie. Und sie trug nicht schwer an ihm. Aber ein purpurner Rock umhüllte seinen Körper für immer. Sie selbst war verheiratet und Mutter zweier Kinder. Sie brauchte keine Trauer zu mimen, sie trauerte. Sie trauerte um ihn. Michelangelo mußte ihre Lage traumhaft sicher erkannt haben. Alessandro hatte sich in sie ergeben, das fühlte sie an seiner Haltung, an seinem gottergebenen Gesicht. Er hatte sich in den Schoß der Kirche fallen lassen. Nun ruhte er dort, und sie durfte um ihn weinen.

»Sehr gut«, rief Michelangelo. »Mutter und Sohn. Eine Schönheit, die durch die Trauer erst richtig zur Geltung kommt. Und Hoffnung im Tod.« Ohne sich weiter zu erklären, verabschiedete er sich knapp und verschwand. Verdutzt und verwirrt blieben sie regungslos sitzen, bis auf Alessandro, der aufsprang und lachte.

»Komm, zeig mir deine Neuerwerbungen!« forderte er Giovanni auf, legte seinen Arm auf dessen Schulter und zog ihn zum Ausgang des Raums. »Lassen wir die Freundinnen allein!«

Giovanni ließ sich willenlos wegführen, drehte sich vor der Tür noch einmal kurz um. Sein Gesicht drückte Unsicherheit, ja Bestürzung aus.

Kaum waren sie verschwunden, fand sich Silvia mit Giulia allein. Auch Giulia schien noch schockiert zu sein. Ihr Gesicht war maskenhaft starr. Silvia fühlte nur eine abgrundtiefe Trauer. Als wüßte sie, daß morgen der Tod sie entführen würde, für immer. Vielleicht rief das Nachstellen des Todes ihn gerade herbei. Vielleicht fühlte er sich verhöhnt und schlüge zu. Was täte sie, wenn Alessandro jetzt wirklich stürbe? Müßte sie ihn dann betrauern wie die Gottesmutter? Und was wäre, wenn Giovanni stürbe? Ein seltsames Gefühl beschlich sie, und sie versuchte, es zu unterdrücken.

»Warum läßt du deine Kinder nicht wieder zu uns bringen?«

Silvia war so in ihre Gedanken versunken, daß Giulias Frage sie aufschreckte.

»Die Kinder!« wiederholte Giulia. »Ich freue mich so, wenn ich einen Säugling sehe.«

»Aber …« Silvia stockte. »Ja, sicher, warum nicht.«

Giulias Gesicht hielt sie jedoch davon ab, das Kindermädchen zu rufen. Es erstarrte immer mehr.

Silvia beugte sich vor und fragte: »Wie geht es Laura? Warum hast du sie nicht mitgebracht?«

Giulia nickte, schien die Frage gar nicht verstanden zu haben.

»O Gott, Giulia«, rief Silvia, »entschuldige, es war dumm von mir, diesen Vorschlag gemacht zu haben. Natürlich sollst du Michelangelo Modell sitzen. Der Papst will es so, und du bist auch viel schöner als ich. Ich werde wahrscheinlich sowieso bald wieder schwanger, und dann bin ich mit meinem dicken Bauch ohnehin nicht zu gebrauchen.« Sie versuchte zu lachen.

Aus Giulias Augen rannen nun dicke Tränen über die Wangen. Ihr Gesicht blieb unbewegt. Es war, so fand Silvia, auch in diesem Zustand schön, klar und vornehm. Ohne die Wirrungen, Unsicherheiten, Sehnsüchte, die Scham und die Schuld, die sonst die Frauen quälten. Sie waren hinter einer Maske versteckt.

»Warum weinst du?« fragte sie.

»Ich habe verloren«, hauchte Giulia mit brechender Stimme. Ihr Gesicht verzerrte sich noch immer nicht. »Ich bekomme keine Kinder mehr, ich werde alt, ich bin eine Frau ohne Ehre – und außerdem wird unsere Familie untergehen. Weder Alessandro noch ich können den Untergang aufhalten.«

Giulia weinte mit bewegungsloser Miene. Aber gleichzeitig klang das, was sie sagte, theatralisch. Silvia wußte nicht, wie sie darauf reagieren sollte.

»Mir ist dies gerade klar geworden. Ich wollte alles gut machen. Ich habe mich von meiner Mutter an einen Halbblinden verheiraten lassen. Ich sehnte mich nach einem hochgestellten und reichen Liebhaber. Ich wollte Alessandro helfen. Aber mein Bruder hat noch immer Schulden und ist unglücklich bis in den Tod. Rodrigo wird mich irgendwann von sich stoßen. Und unsere Mutter versinkt in Schwermut und Trauer. Aber ins Kloster gehe ich nicht. Eher …«

Sie schwieg. Noch immer rannen die Tränen die Wangen hinunter und tropften auf ihren Ausschnitt. Mit einer fahrigen Bewegung strich sich Giulia ihr Seidenkleid glatt und wischte mit dem Ärmelbund die Tränen weg. Sie tat es so geschickt, daß der Lidstrich nicht verschmierte. Jetzt lächelte sie plötzlich.

»Ich habe dich und Alessandro gerade beobachtet«, fuhr sie fort. »Ihr seid ein Paar, das zusammenpaßt. Und ihr liebt euch. Ich sehe das. Für eine Ehe ist es jetzt zu spät. Ihr könnt nur an eurer Liebe festhalten.«

48. Kapitel

Was ist die Liebe, fragte sich Alessandro, als er schlaflos in seinem Bett lag.

Er hatte Silvias Haus ohne seine Schwester verlassen. Die Frauen hatten sich in Silvias Studiolo zurückgezogen und ausrichten lassen, sie wollten nicht gestört werden. Crispo zuckte mit den Achseln, blieb, nachdem er ihm ohne Begeisterung seine Neuerwerbungen gezeigt hatte, wortkarg, sogar mißgelaunt.

»Es tut mir leid«, sagte Alessandro. »Meine Idee war es nicht, Michelangelo aufzufordern …«

»Ist schon gut!« unterbrach ihn Crispo. »Der Kerl ist undankbar und hochfahrend, läßt sich außerdem nichts sagen. Aber Rom wird ihn schon zurechtbiegen.«

Alessandro verabschiedete sich.

»Und wirst du Michelangelo nun als Modell dienen, wenn er, falls er dich ruft?« fragte Crispo.

Alessandro zuckte mit den Schultern. »Es hängt von Silvia ab.«

»Ihr wart ein schönes Paar«, sagte Crispo mit galliger Stimme. »Aber wahrscheinlich ist Silvia ohnehin bald wieder schwanger.« Sein Ton schlug nun in triumphierenden, bösartigen Hohn um. »Tja, euer Pech, ihr Kurialen, ihr Diener Gottes.«

»Was meinst du damit?«

»Nichts Spezielles, Eure Eminenz, nichts Spezielles.« Er verbeugte sich in gespielter Unterwürfigkeit.

Alessandro ließ ihn stehen.

Aber den ganzen Abend beschäftigte ihn der Besuch bei Silvia. Er sah sich noch in ihrem Schoß liegen, schämte sich auf der einen Seite für diese unwürdige Haltung; gleichzeitig fühlte er ihre Wärme, die Sicherheit in ihrer Nähe – und noch mehr. Begann der Samen, der damals, vor vielen Jahren, gelegt worden war, nach all den Mißverständnissen erst jetzt zu keimen? Aus einem einzigen Lächeln heraus? Schoß er nun in die Höhe?

Ach Gott, was war die Liebe?

Auch als er sich ins Bett legte, drehten sich Alessandros Gedanken noch um sie. Gott, den er angerufen, zu dem er lange ein inbrünstiges *Pater noster* und ein *Credo* gebetet hatte, gab ihm keine Antwort, aber der Wortlaut des *Ave Maria*, den er seit langem wieder bedacht hatte, hakte sich in ihm fest: *benedictus fructus ventris tui*. Gebenedeit ist die Frucht deines Leibes. Gebenedeit war Silvias Leib und auch die Frucht ihres Leibes. Aber unfruchtbar blieb sein eigener Leib. Wie ein kastrierter Eunuch fühlte er sich, dabei kannte er die Kraft seiner Lenden.

Worin lag nun die Liebe? Daß man vögelte, bis man erschöpft, leer und müde wegdämmerte? Dann müßte er Rosella lieben. Daß man mit einem Weibe lebte, Kinder zeugte, sich um sie sorgte und bei ihnen blieb in guten wie in schlechten Zeiten? War Liebe also Fürsorge – und mehr noch: Mitgefühl, Barmherzigkeit? Nicht nur mit einem Wesen, sondern mit allen, auch mit den Ärmsten unter den Brüdern, wie Christus es gefordert hatte? Oder galt Platons Gedanke von der Zeugung und Geburt im Schönen? Aber was war das Schöne? Worin bestand die Schönheit seiner Schwester? In etwas Hoheitsvollem, Göttinnenhaftem? Und Silvias Schönheit? In der engelhaften Verkörperung von Unschuld und Reinheit?

Nein, nein, all dies umschrieb und erklärte die Liebe nicht.

Sie fiel vom Himmel, wie eine heilige Krankheit, und ließ den Befallenen nicht mehr los. Sie mochte lange schlummern, dann brach sie aus. Wehrte man sich gegen sie, festigte sich ihr Griff. Und wenn man sich ihr ergab? Erstarb sie dann? Verschwand sie über Nacht und hinterließ Narben? Narben vielleicht, aber meist auch Früchte. Ohne Früchte mußte der Baum des Lebens in Trauer und Einsamkeit verdorren.

Die Liebe war auch eine Brücke. Ja, sie überbrückte den reißenden Fluß zwischen zwei Menschen. Sie überbrückte die Zeit. Eine lange Zeit. Sie konnte die Kindheit mit dem Alter verbinden, die Jugend mit der Reife. Sie überwand sogar das Vergessen.

Oder zeugte sie tatsächlich von der ursprünglichen Einheit der Liebenden, von der Sehnsucht nach neuerlicher Vereinigung dessen, was ein eifersüchtiger Gott getrennt, was von Natur aus aber eins war?

Alessandro fiel in einen Schlaf, der seine Gedanken fortspann und mit Bildern füllte. Zwischendurch wachte er immer wieder auf und erinnerte sich an die Brücke der Engel, die er vor sich gesehen hatte und über die er mit vorgestreckten Armen gerannt war, an den Ponte Vecchio und die Frau, die mit ihrem Kind in den Fluten herantrieb und unter ihm in die Tiefe gerissen wurde. Er sah sich zwischen Silvias Beinen liegen, auf einem Seidenkleid, zurückgelehnt, und Angelo, sein Bruder, stand dabei und lächelte. Giulia stieß ihn den Sirenenfelsen hinab, und Wellen über Wellen, die von der Tramontana hochgepeitscht worden waren, ergossen sich über ihn. Weit oben im Himmel schwebte eine Taube, aber bei näherem Hinsehen entpuppte sie sich als Adler, der sich hoch in die Milchstraße schwang.

Immer wieder mußte er solche Traumfetzen erinnern. Es war quälend. Einmal erschien sogar sein Vater, winkte ihm, wies dann auf sein Zeugungsinstrument, und schweißnaß wachte er auf, wußte lange nicht, ob er nun geträumt hatte oder ob sein Vater wirklich in sein Zimmer getreten war.

Als der graue Morgen dämmerte, stand Alessandro auf. Unerkannt in einfacher Kleidung besuchte er die Frühmesse. Wieder grübelte er über die Liebe nach, auch über die so schwer zu verstehende Gottesliebe, und versank in Gedanken an Silvia. Silvia war fern, und dennoch liebte er sie. Gott war ebenfalls fern, und doch mußte es ihm gelingen, die Ferne, das Vergessen, die Zweifel zu überbrücken. Gott war für ihn die Brücke zur Welt. Aber er brauchte etwas, was er über diese Brücke tragen konnte. Hinter ihm gähnte die Leere. Am Rand stand seine Mutter. Ihr gegenüber seine Schwester. Kinder mußten mit ihm über die Brücke gehen. *Lasset die Kindlein zu mir kommen, denn ihrer ist das Reich Gottes*. Und was erwartete sie auf der anderen Seite der Brücke? Was erwartete ihn?

Grübelnd ging er nach Hause, zog sich um und ritt in den Vatikan.

Als er dort Accurse Maynier traf, hellte sich sein Gesicht auf. Accurse wirkte hektisch und sah nicht danach aus, als könne er jetzt mit ihm über die Liebe philosophieren. Er überbrachte ihm statt dessen die Einladung zu einem großen Fest, das Vannozza Cattanei, die alte Geliebte des Papstes und die Mutter seiner Lieblingskinder, in ihrem Palazzo ausrichtete. Zu diesem Fest wurde jeder, der im Vatikan Rang und Namen hatte, erwartet, dazu der hohe römische Adel, falls er nicht gerade in Ungnade gefallen war.

»Deine Schwester«, so flüsterte ihm Accurse zu, »wurde nicht eingeladen.«

»Natürlich nicht«, antwortete Alessandro und zuckte mit den Achseln. »Sie wird kaum Wert darauf legen.«

Leider gehörte aber auch Silvia mit ihrem Mann Giovanni nicht zu dem Kreis der Gäste, mußte Alessandro feststellen, als er im Palazzo der Cattanei eintraf und mit der Lässigkeit eines Schauspielers die Dame des Hauses, den Heiligen Vater und die gemeinsamen vier Kinder begrüßte. Mit großer Selbstverständlichkeit trug der Papst seine weiße Robe und gab sich gleichzeitig als Familienvater. Die vier Kinder glänzten in Schönheit und Goldschmuck. Die Mutter in Reife und einem schweren Brokatkleid, mit einem Diadem auf dem Kopf, das Alessandro bekannt vorkam. War es nicht das Diadem, das der Papst Giulia geschenkt und das er, um den Umbau seines Palazzos zu finanzieren, verkauft hatte?

Die Familie hatte sich huldvoll aufgereiht wie eine Königsfamilie. Neben dem Vater und Vannozza standen Juan auf der einen und Lucrezia auf der anderen Seite. Ihr folgte der junge Jofrè mit Sancia, seiner spanischen Frau, und am Rande stand Cesare in Kardinalskleidung. Er war der einzige, der grimmig dreinschaute.

Alessandro begrüßte ihn als letzten, und weil ihn ein Anflug von Mitleid erfaßte darüber, daß der erfolgsgewöhnte Cesare so an den Rand gedrängt wirkte, schlug er ihn freundschaftlich auf die Brust und flüsterte ihm zu: »*Aut Caesar aut nihil?*«

Cesares Körper spannte sich wie der Körper eines Löwen, der sich angegriffen fühlt. Seine Augen wurden schmal. Aber Alessandro lächelte ihn offen und gewinnend an. Cesare verlor die geduckte Anspannung, schlug ihn ebenfalls auf die Brust und sagte dann so laut, daß die Umstehenden ihn verstehen mußten: »Genau, *aut Caesar aut nihil.*« Etwas leiser fügte er an: »Dies sollte auch für dich gelten, *Gonella.*« Er lachte höhnisch.

»Wie meinst du das?« erwiderte Alessandro gelassen. »Es kann zur gleichen Zeit nur einen Cäsar geben.«

Cesare lachte auf. »Genau«, sagte er nun wieder mit lauter Stimme, »es gibt nur einen Cäsar.« Ein Blick streifte seinen Bruder Juan, der gerade mit hochnäsigem Lächeln dem nächsten Gast die Hand reichte und Cesares Äußerung überhörte. Nur sein Vater hatte sie wahrgenommen und warf einen kurzen, argwöhnischen Blick auf seinen Sohn.

Zum Glück gesellte sich Accurse Maynier zu Alessandro, nachdem er die Einhaltung der Tischordnung überwacht hatte, und man sprach über die alten Zeiten. Accurse berichtete schließlich von seinem kleinen Sohn, der einen starken Willen besitze und nicht immer leicht zu leiten sei. Gelegentlich brauche er sogar die Peitsche. »Aber wer eine deutsche Hure als Mutter hat ...«, ergänzte er. Dann mußte er aufspringen, weil wieder ein Streit über die Sitzordnung entbrannt war und er die Rangfolge klären mußte.

Als einer der letzten Gäste erschien, wie Alessandro mit großer Freude feststelle, Ugo Berthone als Abgesandter des Kardinals della Rovere. Er verbeugte sich tief vor dem Papst und überbrachte Seiner Heiligkeit die besten und freundschaftlichsten Grüße und wünschte Signora Cattanei Gesundheit und ein langes Leben. Zu seinem Bedauern sei Kardinal della Rovere noch immer verpflichtet, sich in Frankreich aufzuhalten, und schicke daher ihn, seinen unterwürfigen Diener. Der Papst lächelte. Leider war Accurse gezwungen, Ugo an der Tafel im Nebenraum unterzubringen. Alessandro gesellte sich nach einer Weile zu ihm. Ugo wirkte aber abgelenkt, erzählte, er erhalte ein Skriptorenamt im Vatikan. Er müsse auf jeden Fall in Rom bleiben. Ein kurzes, wehmütiges, doch auch glückliches Lächeln überzog sein Gesicht.

»Man munkelt so einiges über dich und Silvia Crispo«, sagte er wie nebenbei.

»Wer munkelt da?« Alessandros Stimme klang schärfer als beabsichtigt.

»Nun, deine Schwester zum Beispiel.« Ugo schaute an ihm vorbei.

»Siehst du sie?«

»Du hattest mich doch zu ihrem Begleiter auserkoren. Gelegentlich suche ich sie auf, und wir spielen eine Runde Schach miteinander.«

»Davon hat sie mir nie etwas erzählt«, sagte Alessandro unwirsch.

»Jeder hat seine kleinen Geheimnisse«, erwiderte Ugo mit leisem Lächeln.

Alessandro nickte nur und verzog sich dann wieder zu seinem Platz am Tisch der Kardinäle.

Kurz darauf hatte Ugo das Fest verlassen.

Während des Banketts führte Juan das große Wort. Sein Vater lachte, die Mutter Vannozza strahlte, ein Teil der Kardinäle klatschte vorsichtig Beifall, der Rest schwieg. Lucrezia küßte ihren Bruder, der hinwiederum seine Schwägerin Sancia küßte. Cesare aber, der neben seiner Mutter saß, beteiligte sich nicht am Gespräch, er küßte auch niemanden und spendete keinen Beifall.

Ein kurzes Erstaunen erregte ein maskierter Mann, der Juan Borgia etwas ins Ohr flüsterte und dann wieder verschwand.

Das Fest ging weiter mit Tanz und erotischen Vorführungen, aber schließlich waren die älteren Kardinäle entweder eingeschlafen oder hatten sich nach Hause begeben. Juan wollte nun noch mit den jüngeren Freunden die schönsten Kurtisanen der Stadt besuchen und bestand darauf, daß sein Bruder Cesare dabei sein müsse, mit ihm die anderen Draufgänger der Stadt, außerdem Alessandro, Giovanni de' Medici und natürlich der »maître de plaisir« Accurse Maynier.

Alessandro fand wenig Freude an den mit falschem Glitter behängten Kurtisanen, die sich fast alle um Juan scharten. Es war zu eng, zu heiß, es roch nach Schweiß, ranzigen Duftsalben, fauligem Fisch und männlichem Sperma. Jedesmal, wenn ihm Wein nachgegossen wurde, hockte sich ihm irgendeine Hure halbnackt auf den Schoß und versuchte, seine Männlichkeit aus der Reserve heraus und, wie einst Kalypso, in ihre feuchte Höhle zu locken. Aber Alessandro dachte an Silvia und widerstand allen Versuchungen.

In den frühen Morgenstunden ging man auseinander. Nur Juan hatte noch nicht genug. Mit dem Maskierten, der plötzlich aufgetaucht war, wollte er eine ungenannte Person besuchen.

Und dann wurde Juan Borgia, der Lieblingssohn des Papstes, nicht mehr gesehen.

Alessandro wurde, wie alle Gäste des Festes, in den Vatikan gerufen und befragt. Aber er konnte keine Auskunft geben, wenigstens nicht mehr als die anderen Besucher der Kurtisanen auch. Er sah Accurse mit wehender Robe zum Papstpalast eilen. Und je länger der Tag fortschritt, desto aufgeregter gebärdete sich der Hofstaat des Heiligen Vaters.

Am übernächsten Tag wurde Juan Borgia, der Herzog von Gandìa, tot aus dem Tiber gezogen. Er trug noch seine Kleidung, sogar seine Dukaten hatte er bei sich. Aber zehn Dolchstiche hatten ihn ins Jenseits befördert.

Sein Vater wollte zuerst nicht glauben, was geschehen war. Dann jammerte und wehklagte er, aß drei Tage nichts, und man befürchtete schon, er würde seinem Lieblingssohn nachfolgen. Gleichzeitig wurden heftige Nachforschungen angestellt und manche Teilnehmer des großen Festes verdächtigt. Alessandro befand sich ungewollt in einem hektischen Durcheinander von Geschrei und heimlichem Flüstern. Es war, als löse sich der päpstliche Hofstaat auf, als würde bald jeder über jeden herfallen.

Alessandro traf sich während dieser Tage mehrfach mit Accurse, der den Leichnam hergerichtet hatte und der auch bei den Vernehmungen der Zeugen anwesend war. Er hatte den Papst über die Untersuchungen informieren müssen und konnte beobachten, wie der Verdacht auf die Familie Orsini fiel, dann auf einen der päpstlichen Offiziere, den Juan beleidigt hatte. Immer mehr Namen wurden gehandelt, schließlich auch Kurtisanen, denen Juan vielleicht Geld schuldete oder die er gekränkt hatte. Der Papst selbst sprach in ungewohnter Schuldzerknirschung von göttlicher Strafe für seine Sünden, versprach, Buße zu tun, eine Reform der Kirche einzuleiten und dem weltlichen Leben abzuschwören. Das Liebste sei ihm genommen, und niemand könne ihm diesen Verlust ersetzen.

Plötzlich breitete sich ein seltsames Schweigen im Vatikan aus. Wer gestern noch eine Reihe von Verdächtigungen ausgesprochen hatte, schüttelte heute nur noch abwägend den Kopf und enthielt sich jeglicher Äußerung. Aber jeder wußte, daß ein neuer alter Verdacht nicht mehr von der Hand zu weisen war. Dieser Verdacht richtete sich gegen einen Mann aus der allernächsten Umgebung des Toten. Niemand wagte seinen Namen zu nennen, am wenigsten der Papst, der plötzlich kein Interesse mehr an der Aufklärung des Verbrechens zeigte und sich in geheimnisvollen Andeutungen erging.

Eine Weile wurde viel gebetet, gebeichtet und von Buße gesprochen. Der Heilige Vater beauftragte eine Gruppe von Kardinälen, darunter auch Alessandro Farnese, die schädlichen Auswüchse im kirchlichen Leben zu benennen und zu untersuchen sowie Vorschläge zu ihrer Eindämmung zu erarbeiten. Dann war er nur noch für seine engsten Vertrauten zu sprechen. Lucrezia Borgia zog sich in das Kloster von San Sisto zurück. Der Palazzo der Vannozza Cattanei blieb verschlossen. Giulia wurde der Zutritt zum Vatikan verwehrt. Cesare Borgia reiste als Leiter einer offiziellen Abordnung nach Neapel, wurde von seinem Vater jedoch nicht verabschiedet. Als er zurückkam, wurde er, so trugen es die ausgestreuten Gerüchte bis in den hintersten Winkel von Rom, von seinem Vater gar nicht oder nur sehr kühl und knapp begrüßt.

Langsam begann Gras über den Mord zu wachsen. Jedem in Italien und an den europäischen Höfen war klar, wen der schwerwiegende Verdacht meinte, und die Geschichte von Kain und Abel wurde häufig zitiert. In Rom selbst sprach niemand den Verdacht laut aus. Denn niemand wollte wie der Herzog von Gandìa aus dem Tiber gefischt werden.

Der Mann mit der Maske wurde nie gefunden.

Plötzlich erhielt Accurse Maynier den Auftrag, als Vize-Legat nach Venedig zu gehen. Begründungen, warum er nicht mehr der Geheime Zeremonienmeister Seiner Heiligkeit sein dürfe, erhielt er nicht. Welche Aufgabe ihn in Venedig erwartete, wußte er ebenfalls nicht. Mit einem schmerzlichen Lächeln verabschiedete er sich von Alessandro, gab allerdings keine Kommentare ab, da er in Begleitung war.

Monate später erhielt Alessandro von Ugo, der inzwischen apostolischer Skriptor geworden war, die Nachricht, Accurse müsse Venedig verlassen und nach Avignon gehen; er habe eine Baronie im päpstlichen Comtat, am Fuße des Luberon, erhalten und werde nicht mehr nach Rom zurückkehren. Einige Tage später verriet Ugo bei einem Treffen in Alessandros Palazzo, Accurse sollte endgültig kaltgestellt und abgeschoben werden und sei von ihm heimlich auf die Belehnungsliste gesetzt worden. Es sei gelungen, den Papst zu überlisten, aber die Fälschung habe nicht lange unentdeckt bleiben können, und nun müsse auch er Rom verlassen. Als einfacher Skriptor sei er ebenfalls nach Avignon *versetzt.*

»Und warum hat man Accurse kaltstellen wollen? Er hat doch keinem etwas getan«, fragte Alessandro.

Ugo, der seinen Kopf auf die Hände gestützt hielt, antwortete dumpf: »Er wußte zuviel. Er hatte vielleicht Beweise, die den Mörder eindeutig überführen konnten. Dies wußte auch der Papst. Und dem Heiligen Vater war klar, daß alle, die zuviel wissen, gefährlich, aber auch gefährdet sind. Wenn der Wolf erst einmal zugebissen hat, wird sein Blutdurst sich nicht mehr stillen lassen.«

»Du meinst, Cesare hätte ihn …«

Ugo nickte und flüsterte: »Niemand nennt seinen Namen.«

»Und warum bringst du dich selbst in Gefahr mit solch einer verrückten Tat?«

Ugo sah ihn erstaunt an. »Verrückt? Ich wollte für Accurse etwas Gutes tun. Ihn und seinen kleinen Sohn absichern in seinem provençalischen Exil.«

»Ja, aber …«

»Ich weiß …« Ugo sah Alessandro aus schweren, dunkel umrandeten Augen an. »Ich halte es nicht mehr in Rom aus. Täglich ekelt es mich mehr. Ich lebe mitten in einem Sumpf. Man tritt und tritt und sinkt immer tiefer ein. Längst mußte ich Epikurs Ratschlag für ein glückliches Leben vergessen. Als ich plötzlich nicht mehr in Diensten della Roveres stand, sondern zum apostolischen Skriptor ernannt wurde, ohne daß man mich gefragt hatte, wußte ich, daß ich die Kontrolle über mein Leben endgültig zu verlieren begann.« Er unterbrach sich kurz und fuhr dann fort: »Ich werde nach Avignon gehen und dort *im Verborgenen leben*.«

»Was sagt della Rovere dazu?«

»Er sucht wieder Anschluß an Borgia. Auch er würde mich ohne weiteres opfern.«

Alessandro verstand noch immer nicht, was Ugo zu seiner waghalsigen Hilfe getrieben hatte. »Und wenn man dich nun eingekerkert hätte? Dann hättest du im Verborgenen *sterben* können!«

Ugo nickte. »Diese Gefahr war mir bewußt. Mir war sie gleichgültig, als ich die Liste ergänzte. Du wirst es nicht glauben: Auch deine Schwester gab mir die Kraft, etwas zu tun, was mich befreien sollte. So oder so.«

»Wann hast du sie das letzte Mal gesehen?«

Ugo sah ihn gelassen an. »Vor noch nicht langer Zeit. In der Nacht, als Vannozza Cattanei ihr großes Fest feierte.«

Alessandro wollte nicht glauben, was er hörte. »In der Nacht?«

»In der Nacht.«

»Und sie hat dich empfangen?«

»Sie hat mich empfangen.«

»Bist du zum Papagei geworden?« fragte Alessandro verärgert.

Ugo schwieg, und Alessandro mußte erst einmal auf sich wirken lassen, was sein Freund gerade gesagt hatte. Sie sprachen eine Weile überhaupt nicht mehr. Alessandro fühlte eine seltsame Kälte in sich hochkriechen. Sein alter Freund hatte etwas erreicht, was er ihm nie zugetraut hatte. Und alles hinter seinem Rücken. Auch Giulia hatte Ugo nie erwähnt. Er fragte schließlich: »Wann verläßt du Rom?«

»In drei Tagen.«

Und dann sagte Ugo etwas, was Alessandro noch mehr überraschte als das, was er gerade gehört hatte: »Willst du nicht mitkommen?«

Er verstand die Frage nicht. Dann wurde ihm klar, er sollte mit seinen Freunden in die Verbannung gehen. Ins Exil. Er, Alessandro Farnese, der Kardinal von Santi Cosma e Damiano! Zuerst wollte er die Aufforderung brüsk zurückweisen, doch dann besann er sich. Was stand dahinter? Glaubten seine beiden Freunde, er sei gescheitert? Er würde es nie mehr zu etwas bringen, weder bei der Kurie noch im privaten Leben? Oder glaubten sie, ihm drohe Gefahr? Er könnte doch noch verdächtigt werden, Beihilfe geleistet zu haben am Mord an Juan Borgia, er könnte abgesetzt werden, eingesperrt? Oder womöglich sogar umgebracht!? Warum sprach Ugo nicht wirklich offen mit ihm?

Ugo sah ihn aus traurigen Augen an.

Für einen Augenblick schien es Alessandro verlockend, Rom zu verlassen. Vielleicht befand er sich tatsächlich in Gefahr. Vielleicht sollte auch seine Familie, wie die Orsini, enteignet und vertrieben werden. Vielleicht konnte er durch seinen Weggang den gordischen Knoten, der ihn mit Silvia verknüpfte, durchtrennen. Aber wie sollte er den Papst dazu bringen, ihm eine Aufgabe in Avignon zuzuweisen – ohne Verdacht zu erwecken?

Ugo gab die Antwort: »Zur Zeit ist die Stelle des Legaten für das Comtat in Frankreich unbesetzt. Ich sehe niemanden, der sie gerne übernähme. Du könntest dem Papst vorschlagen, dich dorthin zu schicken.«

»Was würde Giulia dazu sagen? Und meine Mutter? Und ...«

»Silvia würde weinen, aber ihr Leben würde leichter.«

»Du willst, daß ich mich selbst kastriere.«

»Als Kirchendiener sind wir kastriert.«

»Ich bin es nicht«, schrie Alessandro in plötzlich aufbrechender Wut. »Ich bin nicht kastriert, und ich werde es nie sein!«

49. Kapitel

Im Jahre 1499 sollte Giovanni Crispo, von seinem Vater geschickt, nach Venedig reisen, um dort die Niederlassung seines römischen Handelshauses zu überprüfen. Er verspürte dazu wenig Lust, weil er von Geschäftspraktiken kaum etwas verstand, aber sein Vater erklärte, sein Sohn solle nicht nur für die Kunst Geld ausgeben, sondern sich auch einmal nützlich machen fürs Geschäft. Giovanni gab nach und erklärte Silvia, die Reise könne er zum Anlaß nehmen, einige Antiken und vielleicht auch das eine oder andere Gemälde eines zeitgenössischen Malers zu erwerben. Silvia, die gerade Tiberio abgestillt hatte, überlegte, ob sie Giovanni nicht begleiten sollte. Die Kinder waren in guter Obhut, Rosella wachte über die *famiglia* und erledigte alle häuslichen Aufgaben zu Silvias Zufriedenheit, und sie selbst könnte endlich einmal aus Rom herauskommen und ein wenig von der Welt sehen, die zur Zeit immer weiter und bunter wurde. Florenz, Venedig – beides mußten wunderbare Städte sein. Mailand, Genua. Vielleicht könnte Giovanni mit ihr auch in die nördlichen Berge reisen, von denen sie sich immer wieder berichten ließ. Nur wenige Menschen fühlten sich von ihnen angezogen, aber sie träumte von ihnen: zerklüftete Eisspitzen und blendende Schneefelder, stürzende Bäche, versteckte Seen und dunkle Wälder mit Bären und Wölfen.

»Um Bären zu jagen brauchen wir nicht zu den Alpen zu reisen. Außerdem ist Jagen Männersache«, mäkelte Giovanni.

»Ich will ja keine Bären jagen, ich will etwas anderes sehen als die sieben Hügel Roms.«

»Wir haben doch Frascati und die Albaner Berge.«

»Warum verstehst du mich nicht, Giovanni? Ich will einmal heraus aus unserem Palazzo, aus Rom. Ich bin neugierig auf die bunte Welt.« Silvia sah ihn bittend an und griff nach seiner Hand.

Giovanni lachte verkrampft. »Die Berge sind nicht bunt, sondern grau oder weiß und sollen meist in Wolken sein, überall stürzen Felsen nieder oder sogar Lawinen, die Wege sind in der Regel unpassierbar – nichts für empfindsame Damen, die wohlklingende Verse dichten und Novellen schreiben. Außerdem machen dort noch mehr Wegelagerer die Gegend unsicher als hier. Ich fühle mich aber für deine Sicherheit verantwortlich – nach all den schlimmen Erfahrungen, die du erleben mußtest.«

Silvia sah Giovanni mißtrauisch an. Sorgte er sich wirklich um ihr Wohlergehen, oder wollte er sie aus ganz anderen Gründen nicht dabeihaben?

»Und sollen unsere Jungen in ihrem zarten Alter die Mutter so lange entbehren?«

Giovanni schaute zufrieden drein, da er glaubte, ein wirklich zugkräftiges Argument gefunden zu haben.

»Venedig ist eng, feucht und dreckig. Mailand ist auf jeden Fall zu weit. In Genua lungert Gesindel aus allen Ecken der Welt herum. Florenz, ja Florenz – aber gerade haben sie den Fanatiker Savonarola verbrannt, die Medici dürfen immer noch nicht zurück, Kämpfe soll es dort geben, Fehden, Racheakte. Zur Zeit erscheint es mir nicht geraten, das schöne Florenz aufzusuchen. Man weiß nie ...«

»Ich habe dich schon verstanden, Giovanni«, unterbrach ihn Silvia. »Ich bleibe hier.« Verärgert stand sie auf und verließ den Raum.

»Aber mein Herz ...«, rief ihr Giovanni nach.

Silvia schlug die Tür zu, verzog sich in ihr Studiolo, das einmal das Studiolo ihres Vaters gewesen war, und wollte niemanden sehen. Vielleicht hatte Giovanni recht, aber trotzdem ärgerte sie sich. Seit langem begrenzte sich ihr Leben auf ihren Palazzo und, im Sommer, auf Frascati. Dort konnte sie wenigstens ausreiten. Hier in Rom ging sie, begleitet von der verschleierten Rosella und gelegentlich von Giovanni, in die Messe und manchmal auf den Markt. Und manchmal besuchten sie Freunde und Geschäftspartner von Giovanni. Gerade jetzt fehlte ihr etwas, nachdem sie während der letzten Wochen fast täglich in Michelangelos Werkstatt dem Bildhauer Modell gesessen hatte. Mit und ohne Alessandro.

Ja, Michelangelo hatte darauf bestanden, daß es nur zwei inspirierende Vorbilder für die Maria und den Gekreuzigten gebe. Ohne sie könne und wolle er nicht arbeiten.

Giovanni war alles andere als begeistert darüber, daß sie sich so häufig in eine Bildhauerwerkstatt begab. Er hatte seine Enttäuschung nur mühsam überwunden, aber immerhin spürte er einen gewissen Stolz, daß *seine* Silvia den Sieg davongetragen habe über *la bella Giulia*.

»Kardinal *Gonella* kann ruhig den Gekreuzigten spielen«, erklärte er. »Man soll das Schicksal nicht herausfordern. Ich bin zwar ein aufgeklärter Humanist, aber wer weiß, ob nicht der Tod sich rächt, wenn man ihn so quicklebendig nachäfft.« Und er bekreuzigte sich.

Kam Silvia am späten Nachmittag wieder nach Hause, fragte Giovanni sie in spitzer Neugierde: »Na, hat die Muse den Künstler geküßt? Und wie war es, einen *Unterrock* zu betrauern?«

Silvia antwortete selten auf diese Fragen. Sie hätte Giovanni ohnehin nicht die Wahrheit sagen können, und sie wollte nicht lügen. Sie wollte ihre Sünde nicht noch vergrößern. Denn sie genoß die Nachmittage in der Werkstatt. Schon der Geruch aus Steinstaub und männlichem Schweiß gefiel ihr. Und dann die Ernsthaftigkeit, mit der Michelangelo sie zeichnete. Er verlor, wenn er erfolgreich arbeitete, alles Mürrische, er strahlte Begeisterung aus, er lachte sogar. Dann quälte er sich wieder und sprach kaum noch. Am meisten genoß sie allerdings, mit Alessandro zusammenzusein. Nie tauschten sie irgendwelche verfänglichen Worte aus, natürlich nicht. Ihr Verhältnis zu Alessandro war trotz des Kusses für sie geklärt. Sie war eine ehrbare, verheiratete Frau. Sie hatte lange genug gelitten, nach diesem so unglücklichen Mißverständnis. Daß er allerdings seine Schwester Giulia an den Papst verkuppelt hatte, war kein Mißverständnis.

Während der letzten Zeit hatte sie über dieses Verhalten vermehrt nachdenken müssen. Sie wollte seine Kuppelei nicht entschuldigen, aber man mußte auch sehen, daß Giulia zugestimmt hatte, die Konkubine des Borgia zu werden. Sie hätte das Ansinnen Alessandros und ihrer eigenen Schwiegermutter sowie das Werben des Papstes zurückweisen können. Silvia war sich nicht mehr ganz sicher, wie *sie* sich in dieser Situation verhalten hätte. Ihr wäre der Borgia-Papst zu alt gewesen. Zu dick auch. Zu lüstern. Zum Glück hatte sich die Frage für sie nicht gestellt. Nun war sie zweifache Mutter. Ihr Giovanni liebte sie, umsorgte sie. Sie teilten die Liebe zur Kunst, obwohl er immer seltener malte und sie ihre Novellen vor ihm verstecken mußte. Hoffentlich war der Allwissende dort oben im Himmel kurzsichtig. Wenn ER las, was sie schrieb ... ER mußte ihr die Freude an der Sünde nachsehen!

Aber war das Verhältnis zu Alessandro für sie wirklich geklärt? Als Kardinal sollte er zu Kurtisanen gehen oder sich ihretwegen auch eine Konkubine ins Haus holen. Ein Mann brauchte die Befriedigung seiner Geschlechtslust. Befriedigte er sie nicht, wurde er meist mißgelaunt und streitsüchtig. Und dann kam es auch vor, daß er über unschuldige Mädchen herfiel und sich an ihnen abreagierte. Sie hatte ja selbst an ihrem Vater erlebt, wohin die geschlechtliche Abstinenz führte. Aus diesem Grunde wies sie Giovanni auch nicht ab, wenn er sich zwischen ihre Beine kniete, erst die linke, dann die rechte Brust küßte und ohne weitere Vorbereitungen sein Glied in sie einführte. Anschließend die gewöhnliche schweißtreibende Stoßerei durchführte. Und wieder sah er einen Sohn gezeugt. Nur wollte es zur Zeit nicht klappen mit dem aufkeimenden Leben in ihr.

Vor kurzem war es zu einer heiklen Situation bei Michelangelo gekommen. Er hatte viele Studien gezeichnet und wollte nun den Christus im Lendenschurz vor sich sehen. Der Herr Kardinal sollte sich ausziehen. Und sich dann in der Schlaffheit eines Toten auf ihre Beine betten. Aber natürlich war Alessandro zu groß und zu schwer für sie. Schließlich rutschte er zwischen die aufbauschende Seide, die ihre Beine bedeckte. Eine Gänsehaut lief über seinen Körper, als sie sich zu ihm hinunterbeugte. Ihre Haut glühte. Zum Glück sah es niemand, weil sie überall bedeckt war. Sie glühte nicht nur, alles an ihr wurde so empfindsam, daß sie hätte schreien können. Die Beine, die Alessandro berührte, brannten! Und als Michelangelo sie für einen Augenblick allein ließ und auch keiner der Gehilfen im Raum war, zog Alessandro ihren Kopf zu sich herunter und küßte sie – zum zweiten Mal. Sie war eine verheiratete Frau und schon oft von ihrem Mann geküßt worden, aber diesmal verlor sie sich für kurze Zeit in einem süßen Austausch der Seelen. War sie ehrlich, mußte sie zugeben, daß sie Alessandro in diesem Augenblick sofort hätte aufnehmen können. Als Michelangelo wieder hereinschlurfte, richtete sie sich auf. Er befahl, sie solle in ruhiger, liebender Trauer auf Alessandro schauen.

Abends, wieder zu Hause bei ihrem Ehemann und ihren beiden kleinen Söhnen, verhielt sie sich ungeduldig zu Sandro und bissig zu Giovanni. Dieser ließ eine abwertende Bemerkung über Kardinal *Gonella* fallen, Sandro trotzte, der kleine Tiberio jammerte. Sie wurde nun wirklich ärgerlich, rannte schließlich aus dem Zimmer, warf die Tür hinter sich zu. Als Giovanni abends sich ihr mit freundlichen Worten näherte und sich zwischen ihre Beine klemmen wollte, stieß sie ihn, zum ersten Mal in ihrer Ehe, zurück. Er reagierte erschrocken und dann beleidigt. Bald sei er für lange Zeit fort, und sie würde sich noch nach ihm sehnen.

»Wer weiß, vielleicht ruft mich der Allmächtige auf der Reise ab. Dann wird dich diese Nacht bis an dein Lebensende verfolgen«, meinte er.

Silvia war schon fast soweit, sein Eindringen doch noch geduldig zu ertragen, als er auf ihre Pflicht als Ehefrau und seine Rechte als Ehemann hinwies. Nun platzte sie beinahe vor Ärger. Aber sie beherrschte sich, stieß nur »Nun gut!« hervor. Er sollte seine eheliche Pflicht haben und sein eheliches Recht mal zeigen! Sie schwang sich auf seine Beine und riß an seinem schlaffen Glied.

»Laß mich! Jetzt habe *ich* keine Lust mehr«, stieß er stöhnend hervor und wollte sie abwerfen.

Aber sie klammerte sich an ihn und bewegte ihre Hand mit aller Macht.

»Du tust mir weh!«

Wieder dieser greinende Ton, der sie ganz verrückt machte.

Langsam wuchs sein Glied. Sie hätte es am liebsten abgerissen. Noch blieb alles viel zu schwabbelig. Giovanni strengte sich auch nicht an, sondern blieb stöhnend unter ihr liegen.

Und dann geschah etwas, was sie überhaupt nicht mehr steuern konnte. Was sie nicht verstand. Wofür sie sich im nachhinein schrecklich schämte. Worüber weder sie noch Giovanni jemals sprach.

Sie schlug ihn. Sie schlug ihn mit der flachen Hand ins Gesicht. Er schaute sie erstaunt und blöde an, versuchte dann, ihre Hände festzuhalten, was ihm erst nach weiteren Schlägen gelang. Aber nun ragte sein Glied ihr in wilden Zuckungen entgegen. Und sie fühlte sich auch bereit, ihn aufzunehmen, in gieriger Lust, wie seit der Schwangerschaft nicht mehr. Noch während er sie festhielt, rutschte sie nach vorne. Er stöhnte nun mit Grund. Sie schlug ihn erneut. Er drehte seinen Kopf zur Seite. Als er sich warm in sie ergoß, gab sie noch immer nicht auf, ließ ihn nicht los, bis sie ihn zerkleinert und zerdrückt hatte.

Sie wandte sich von ihm ab.

Bevor sie einschlief, stöhnte er noch einmal auf und flüsterte: »O Gott, was ist mit uns geschehen!«

Bald darauf stand die Abreise bevor. Über Silvias Wunsch, ihn zu begleiten, wurde nicht mehr gesprochen. Giovanni betonte, er wisse nicht, wie lange er im Norden Italiens bleiben müsse. Monate gewiß. Womöglich sogar länger.

»Dann werde ich dich eigenhändig holen«, sagte sie lächelnd.

Er schaute unsicher auf und runzelte die Stirn.

»Vielleicht nimmst du dir in Venedig eine Geliebte, während ich hier verkümmere. Die Frauen dort sollen sehr freizügig sein.«

Er grinste schief und antwortete: »Ich finde keine Frau, die mich so liebt wie du.«

Aber dann schaute er sie so hilflos an, daß sie ihn in den Arm nahm.

Er drückte seinen Kopf an ihre Brust. »Ich liebe dich«, flüsterte er so leise, daß sie ihn kaum verstand.

»Komm wieder«, antwortete sie ebenso leise.

Kaum war er abgereist, erreichte sie eine Einladung von Giulia, sie in Capodimonte zu besuchen. Silvia nahm die Einladung mit großer Freude an, und entgegen ihren ursprünglichen Plänen reisten Rosella und die beiden Kleinen mit. Es dauerte nicht lange, da umarmten sich die beiden Freundinnen unter Tränen.

Einige Tage war die Freude ungetrübt. Die beiden Jungen durften am Wasser plantschen, Laura spielte mit ihnen und beaufsichtigte sie gleichzeitig, die Freundinnen saßen im Schatten einer Akazie beisammen und tauschten nach so langer Zeit ihre Erlebnisse, Wünsche und Ängste aus. Silvia berichtete von dem Ärger darüber, daß sie Giovanni nicht begleiten durfte, und Giulia erzählte, daß nach dem Tod von Juan Borgia der Heilige Vater sie nicht mehr zu sich gerufen habe.

»Wir werden älter, liebe Silvia, und die Männer wenden sich Jüngeren zu.«

»Und was ist mit Orso?«

Giulia zuckte mit den Achseln. »Gelegentlich erhalte ich einen Brief von ihm. Er sorgt sich um seinen Sold, den der Papst kürzen oder streichen könnte. Außerdem fiel er kürzlich vom Pferd und hat sich ein Bein gebrochen.« Sie schaute nachdenklich in die Ferne. »Wir haben alle von meiner Liebschaft profitiert – aber ich werde die einzige sein, die dafür zahlen muß.« Ein Schatten verdüsterte kurz ihr Gesicht, aber dann hellte es sich wieder auf. »Ich bereue es trotzdem nicht. Nicht nur wegen der Perlen und Edelsteine, der kostbaren Kleider und Teppiche. Rodrigo war kein schlechter Liebhaber. Er kennt alle Arten, uns zu beglücken, trotz seines mächtigen Bauchs. Er zelebriert die Liebe ebenso, wie er die Messe zelebriert. Er bringt uns zum Singen und Beten, Flüstern und Schreien, Zittern und Verstummen. Schmerz und Lust liegen so nahe beieinander. Nein, ich bereue das Liebesopfer nicht. Ich fühlte mich jedesmal durch ihn verwandelt. Erhöht. Ich war die Fürstin, die Königin. Wenn auch nur für eine Nacht.«

Silvia hörte schweigend zu. Wirre Gedanken durchkreuzten ihren Kopf.

»Was mich quält, ist meine Unfruchtbarkeit. Ein einziges Mädchen habe ich zur Welt gebracht! Sonst nur Fehlgeburten, eine nach der anderen. Und nun bin ich verdorrt.«

Sie sah Silvia mit einem großen, eindringlichen Blick an.

»Bist du zur Zeit in anderen Umständen?«

Silvia schüttelte den Kopf.

Sie wurden unterbrochen von Giulias Mutter, die sich zu ihnen setzte, weil sie ihnen ihren letzten Traum erzählen wollte. In ihm stieg eine schöne, mächtige Frau in ein Badebecken und wurde dort von ihrem eigenen Ehemann ermordet.

»Und warum?« fragte Silvia aus Höflichkeit.

»Warum wohl!« antwortete die Mutter. »Bei so etwas spielt immer männliche Eifersucht eine Rolle. Ihr solltet euch in acht nehmen.«

Giulia lachte auf. Silvia schwieg zuerst, sagte dann aber doch: »Ich gebe meinem Mann keinen Anlaß zur Eifersucht.«

Giulia lachte noch einmal: »Unsere Mutter hat gar keinen Traum erzählt, sondern die Geschichte der Gotenkönigin Amalaswintha. Und die wurde nicht aus Eifersucht ermordet, sondern weil sie zu herrschsüchtig war.«

Nun lachte die Mutter. Silvia wußte nicht, ob sie sie auslachte, ob sie sie hatte aufziehen wollen oder vielleicht nur erschrecken. Vielleicht war sie in ihrer hochragenden, abweisenden Burg auch nur wunderlich geworden.

Gewöhnlich störte die Mutter die beiden Freundinnen aber nicht, sondern ritt tagsüber zu ihren Schafherden oder vergrub sich in den

Kellergewölben der Burg, in denen, tief unten im Berg, sich Tiegel und Gläser, Mörser und Schalen reihten, dazu Kräuter und Salben, diverse Arzneien und Stoffe, die Silvia nicht kannte, die aber geheimnisvolle lateinische Namen trugen.

Rosella sorgte dafür, daß die beiden Jungen beaufsichtigt und versorgt waren, und wenn sie Zeit hatte, stieg sie mit Mutter Giovannella in den Keller und diskutierte mit ihr die Wirkungen der Kräuter und Arzneien. Aber wohl nicht nur dies. Einmal entdeckten Giulia und Silvia die beiden, wie sie mit geschlossenen Augen vor einem geschliffenen Stein oder Glas hockten und unverständliche Silben murmelten, während gleichzeitig auf dem Feuer eine seltsam grünliche Flüssigkeit in einem Glas vor sich hin brodelte.

»Da sind zwei Hexen beisammen«, flüsterte Giulia, mehr scherzhaft als ernst gemeint.

»Ach wo!« sagte Silvia, bekreuzigte sich aber gleichzeitig. Ihr gruselte es trotzdem in den dunklen, feuchten Räumen und Gängen, und sie winkte Giulia, die beiden in Ruhe zu lassen und unbemerkt wieder das Sonnenlicht aufzusuchen.

»Wahrscheinlich unterhält sich meine Mutter mit der seit langem vermoderten Gotenkönigin«, sagte Giulia lachend.

Silvia hörte nicht hin, sondern eilte zu ihren beiden Söhnen, die friedlich mit Laura am Wasser spielten und sie freudig umarmten, als sie sich zu ihnen setzte.

Als bald darauf Alessandro in Capodimonte auftauchte, erschrak Silvia zuerst und stürzte dann in einen Taumel aus Freude und Angst, Sehnsucht und Beklemmung. Sie hatte während der vergangenen Wochen immer wieder an ihn gedacht, befürchtet, daß er käme, und ihn gleichzeitig herbeigewünscht. Von Giovanni hörte sie nichts, und so vergaß sie ihn fast. Gelegentlich erschrak sie, weil ihr wieder bewußt wurde, daß er ihr Ehemann war. Aber sie vermißte ihn nicht, und nach Rom zog sie auch nichts zurück. Das einzige, was sie vermißte, waren die Sitzungen bei Michelangelo. Wenn ihr die Erinnerungen an diese Stunden den Schlaf nahmen, setzte sie sich im Licht mehrerer Kerzen an ein Pult und schrieb eine kurze Novelle.

Aber nun war Alessandro da. Silvia schlief schlecht, träumte wirr, lachte tagsüber unvermittelt, wurde rot und verlor den Appetit. Sie wagte ihn kaum anzusehen, als stünden sie beide nackt voreinander. Er jedoch warf häufig einen forschenden Blick auf sie. Sie sprachen kaum miteinander, und wenn, dann über belanglose Dinge oder über die Kinder, die schnell Zutrauen zu ihm gewonnen hatten, weil er gern mit ihnen am Wasser plantschte.

Bei einer abendlichen Mahlzeit fragte er sie, ob sie schon auf der Isola Bisentina gewesen seien.

»Wir haben auf dich gewartet«, antwortete Giulia. »Unsere Mutter hat uns davor gewarnt, ohne männlichen Schutz hinüberzurudern. Die Gärtner hätten von nächtlichen Gestalten berichtet, und aus dem alten Brunnenschacht soll Jammern und Wehklagen heraufklingen. Manchmal allerdings auch ein fernes Singen. Ich nehme an, Amalaswintha treibt ihr Unwesen«, sagte sie spöttisch. »Unsere Mutter träumt schon von ihr.«

»Aber warum ist sie früher nicht aufgetaucht?« fragte Alessandro lachend. »Ich bin ihr noch nie begegnet. Sie soll rothaarig und sehr schön gewesen sein. Zu eurer Beruhigung werde ich mir demnächst einmal die Insel ansehen und mir die Geister und Wiedergänger ein wenig vorknöpfen.« Er zwinkerte Giulia zu, und beide lachten.

Eines Morgens wachte Silvia im ersten Dämmerschein auf und trat ans Fenster, um die sanfte silberne Stimmung über dem See zu betrachten. Nebelschwaden waberten über das Wasser, und aus ihnen tauchte ein kleines Boot auf wie eine Geistererscheinung. Eine dunkle Gestalt ruderte, und neben ihr lag eine andere. Silvia konnte kein Gesicht erkennen, und plötzlich hatten die Nebel über dem Wasser das Boot wieder verschluckt. Es war so ruhig in dieser frühen Stunde, daß Silvia sogar Stimmen zu hören glaubte. Dann ein Singen – von fern über den See. Ja, eine weibliche Stimme sang. Aber sie sah niemanden. Morgens schwebten wirklich die Geister über den See.

Da tauchte das Boot wieder auf. Der Mann stand nun wie eine steinerne Figur am Heck. Das Wesen, das auf den Planken lag, hatte den Arm über den Bootsrand gelegt. Die Hand glitt durch das Wasser. Und wieder hörte Silvia dieses ferne Singen, und unwillkürlich mußte sie an die Sirenen denken, die Odysseus in den Untergang locken wollten.

Sie fror und legte sich wieder ins warme Bett. Sie schlief erneut ein und wurde, als die Sonne schon hoch stand, von Sandro geweckt. Rosella stand, Tiberio auf dem Arm, in der Tür. Silvia streckte ihre Arme nach dem Kleinen aus, und mit einem Aufjuchzen kam er zu ihr. Auch Sandro krabbelte nun aufs Bett. Die Jungen kuschelten sich an sie, und sie spürte ein tiefes, unzerstörbares Glück.

Eine Weile sah sie Alessandro kaum, weil er frühmorgens zum Angeln oder auf die Jagd ging und häufig erst spät zurückkehrte. Silvia fühlte eine verstärkte Unruhe, und sie konnte sich nicht verhehlen, daß sie ihn vermißte. Um so mehr freute sie sich, als er nach einer Weile vorschlug, sie alle sollten zur Insel hinüberrudern. Er hatte ein großes Picknick vorbereiten lassen.

Silvia lag im Schatten neben Giulia, Rosella saß an einen Baum gelehnt und spielte auf der Laute. Mutter Giovannella sammelte Kräuter. Alessandro spielte mit Sandro, während Tiberio über das Gras krabbelte und sich an den Käferchen und Grillen erfreute. Später schliefen die Kinder. Alessandro ging zu seiner Lieblingsstelle am Westufer der Insel, zum Sirenenfelsen, um zu schwimmen. Nach langer Zeit kam er zurück und wollte auch Giulia und Silvia bewegen, sich im Wasser abzukühlen. Beide folgten ihm.

Während der nächsten Tage und Wochen ließen sie sich immer wieder zur Insel rudern. Silvia vergaß Giovanni nun gänzlich. Sie vergaß auch Rom mit seiner stickigen, krankmachenden Augusthitze. Sogar Frascati fiel gegen Capodimonte und die Isola Bisentina ab. Hier gab es keine Sorgen. Alle waren sie gesund. Die Schulden, die das Leben ihres Vaters so bedrückt hatten, sein schrecklicher Tod – all dies lag zurück. Der Krieg, der sie vor Jahren bedroht hatte, war fast vergessen. Die Verfolgung der Orsini, der Mord an Juan Borgia – so schrecklich dies war, es brauchte sie nicht zu berühren.

Silvia lag im Schatten einer Pinie, die Augen geschlossen, und träumte vor sich hin. Sie sah Michelangelo an seinem weißen Marmor herumschlagen und roch den Staub der Werkstatt. Sie fühlte Alessandros Nähe, spürte ihn, wie er auf oder zwischen ihren Beinen gelegen hatte, und konnte ein sich verstärkendes Sehnen nicht unterdrücken. Sie hatten sich geküßt, zum Zeichen, daß sie sich verziehen hatten, sie hatten die Mißverständnisse aufgeklärt, denen eine jahrelange Entfremdung gefolgt war – aber während dieser Jahre hatten sie nicht nur warten und sich verzehren können. Sie mußten sich für eine Zukunft entscheiden, und sie hatten sich entschieden. Nun gab es eine klare Grenze zwischen ihnen. Und sie beide wußten um die Vergeblichkeit eines möglicherweise gefährlichen Gefühls. Es durfte keine Liebe mehr zwischen ihnen geben, denn eine solche Liebe wäre eine große Sünde, würde ihre Ehre und Tugend zerstören und ihr Leben sprengen wie die Kanone, die vor ihrem Haus explodiert war.

Silvia seufzte tief und rekelte sich. *Ehre*, *Tugend* – große, tönerne und kalte Worte. Im warmen Spätnachmittag schwanden sie dahin wie das Eis, das ihre Speisen kühlte. Eine Wolke schien die Sonne zu verdecken, es wurde dunkler hinter ihren Augenlidern. Als sie sie öffnete, beugte sich Alessandro über sie. Sie erschrak noch nicht einmal. Am liebsten hätte sie die Arme um seinen Hals geschlungen. Aber sie schloß nur wieder die Augen, und er küßte sie auf die Stirn.

Später schwammen sie, während Giulia mit den Kindern im Wald Vögel beobachtete. Rosella erschien, setzte sich auf den Sirenenfelsen, ihr Gesicht verborgen hinter ihrem Schleier, bekleidet mit einem leichten Leinenkleid. Sie spielte wieder Laute und sang sogar. Summte mehr. Im Wasser konnte man sie kaum hören. Dann stieg sie herab und streifte am Ufer ihr Kleid ab. Noch immer hatte sie einen schönen Körper. Das Gesicht war bedeckt, ein heller Schleier. Langsam stieg sie ins Wasser. Silvia befürchtete, sie könnte hinabgezogen werden und nie wieder auftauchen. Aber dann drehte sie sich um und schritt genauso langsam, wie sie ins Wasser eingetaucht war, wieder hinaus, legte sich nackt auf den Felsen, um ihren Körper trocknen zu lassen.

Die Sommertage verschwammen im Glück. Silvia konnte sich nichts Schöneres mehr vorstellen. Mit Giulia sprach sie nicht mehr über das Altern oder das Verlassenwerden, auch nicht mehr über Unfruchtbarkeit. Mutter Giovannella hörte auf, morgens ihre Träume zu erzählen. Der kleine Tiberio lernte während der Wochen laufen, und er liebte, wie auch Sandro, ganz besonders den Onkel Alessandro, der nicht müde wurde, mit ihnen zu spielen.

Nachts wachte Silvia manchmal auf und mußte sich an das geöffnete Fenster stellen, um frische Luft einzuatmen. Von draußen drangen die Geräusche des Sees herein, das Quaken der Frösche und ferne Schreie, von Vögeln vielleicht. Einmal sah sie auch einen riesigen Schatten an den hochaufragenden Mauern der Burg entlanggleiten. Über allem der helle Schleier der Milchstraße, wie ein Band quer über den Himmel gezogen. Oder der Mond, der sich über den See in den Himmel schob, der wuchs und heller wurde, bis er schließlich die Sterne überstrahlte und die Milchstraße zum Verschwinden brachte.

Als Vollmond war, erzählte Alessandro, er wolle am Abend zur Insel hinüberrudern und die Nacht dort verbringen. »Warum kommt ihr nicht mit?« fragte er Giulia und sie.

Giulia zögerte, Silvia fand dieses nächtliche Abenteuer zwar verlockend, aber auch angsteinflößend.

»Oder wir bleiben nach einem Picknicktag einfach auf der Insel. Lassen die Kinder mit unserer Mutter und Rosella zurückkehren und genießen die Mondnacht. Wenn die Geister uns erschrecken sollten, werde ich sie vertreiben.«

Mutter Giovannella war skeptisch. »Du forderst sie heraus. Tagsüber sind sie in den Brunnenschacht verbannt, aber nachts gehört die Insel ihnen.«

»Aberglaube!« Alessandro lachte.

Sie schaute ihn an, dann Giulia und ließ schließlich lange ihre Augen auf Silvia ruhen.

»Na, was ist?« fragte er.

»Wenn du meinst«, antwortete Giulia zögerlich.

Silvia erfaßte eine plötzliche Lust, dieses Abenteuer einzugehen. Die Neugierde drängte sie, zu erleben, wie sich die Welt auf dieser kleinen, stillen und so idyllischen Insel verwandelte in ein mondbeschienenes Geheimnis. Ihr gesamtes Leben hatte sie noch nie in der freien Natur genächtigt, die Stimmen der Nacht hautnah erlebt.

»Ja, gerne«, sagte sie.

Bevor es dunkel wurde, brach Mutter Giovannella mit den Kindern und Rosella auf. Gerade als das Boot ablegen wollte, sprang Giulia noch hinein.

Alle schauten sie fragend an.

»Ich habe plötzlich Angst.« Sie war ganz bleich. »Kommt mit zurück, ihr beiden, ich habe ein ungutes Gefühl. Unsere Mutter hat recht. Die Mondnacht gehört nicht uns. Und auf der Insel spukt es, das haben die Fischer schon immer gesagt. Vielleicht geht tatsächlich der Geist der ermordeten Amalaswintha um.«

»Sie wurde auf der Nachbarinsel Martana ermordet«, sagte Alessandro.

»Vielleicht gibt es eine Verbindung. Einen Geheimgang ...«

»Ich bleibe«, sagte Alessandro bestimmt, »ihr könnt Silvia mitnehmen, wenn sie will.«

»Ich bleibe auch«, sagte Silvia.

Langsam verschwanden die Boote auf dem dämmernden See. Noch länger, als man sie sah, hörte man die Stimmen, insbesondere Sandros helle Kinderstimme.

Silvia durchzuckte der Gedanke, sie könne ihre Kinder nie wiedersehen. Aber dann siegte die Neugier über die Angst. Und die Neugier vermischte sich mit der Freude daran, mit ihrem Retter, mit dem unerschrockenen Helden ihrer jungen Tage, allein zu sein.

Alessandro machte ein Feuer, und sie tranken Wein, aßen ein paar Oliven, dazu Käse und Brot, später noch Obst. Der Mond erhob sich über dem Horizont, spiegelte sich im Wasser. Alessandro führte sie in die kleine Kapelle am östlichen Ufer, und dort beteten sie stumm. Finster und streng blickten die Apostel sie an. Draußen ertönte ein Geschrei unterschiedlichster Stimmen. Spitze, fiepende Stimmen, dazu dumpfes Gequake und Geknarre, das Huhu von Käuzchen und weinerliches Rufen wie aus Kindermund. Langgezogene Töne, die fast ein Lied ergaben. Als sie aus der Kapelle hinaustraten, warf der Mond scharfe Schatten. Ein Teil der Welt war in Schwärze getaucht, der andere stand bewegungslos in einem farblosen Grau.

Alessandro nahm sie bei der Hand und führte sie einen kaum erkennbaren Pfad durch das Waldstück zur westlichen Seite der Insel.

»Du bist ja so still?« sagte er.

Sie antwortete nicht.

Am Sirenenfelsen angekommen, hockte sich Alessandro auf den Boden. Sie blieb stehen, aber er hatte ihre Hand nicht losgelassen und zog sie neben sich. Zögernd folgte sie ihm. Unter ihnen das Wasser, schwarz, dann, dem Mond zu, silbrig bewegt. Leises Plätschern gesellte sich zu dem Konzert der Rufe und Schreie, das ihr inzwischen fast ohrenbetäubend laut erschien. Der Mond jetzt wie eine Silberscheibe, wie ein Loch, das den Blick in das Jenseits erlaubte.

Alessandro legte wie ein großer Bruder den Arm um sie und drückte sie an sich.

»Du zitterst ja«, flüsterte er.

Sie antwortete nicht. Ihre Angst hatte sie verloren. Es war noch warm, sie zitterte auch nicht vor Kälte. Das Mondlicht auf dem Wasser schien ebenfalls zu zittern. Sie lehnte ihren Kopf an Alessandros Schulter. Noch nie hatte sie eine so friedliche, freie Nacht verbracht. Die Natur umfing sie wie eine zweite Haut, hatte sie in eine Welt versetzt, in der die alten Gesetze nicht mehr galten. Sie bereute nicht, mit Alessandro auf der Insel geblieben zu sein. Sie spürte jetzt erst richtig, wie eingesperrt sie gelebt hatte. Was es bedeutete, die Einheit mit der Natur zu suchen. Die Sehnsucht nach der Einheit … Hatte nicht Alessandro ihr in einem seiner Briefe lange Platons Gleichnis beschrieben? *Cor, unde venis* – ja auch diese Zeilen fielen ihr wieder ein. Wohin ging ihr Herz? Die Frage ängstigte sie nicht mehr. Sie war längst entschieden. Aber in dieser Nacht …

Alessandro drehte sein Gesicht ihr zu und bettete ihren Kopf auf den weichen Boden. Sie starrte in das Himmelsloch, durch das sie beide entschwinden konnten. Vor das sich jetzt Alessandro schob. Er strich ihr zart übers Gesicht, sie nahm seine Hand und küßte sie. Es war angenehm und zog sich unendlich hin. Jetzt küßte er sie, und sie verschwand in diesem Kuß. Seine Hand spürte sie auf ihrer Hüfte, dann auf ihrer Brust. Du bist sehr leicht angezogen, dachte sie, als hätte sie längst sich selbst verlassen. Ihr Körper drängte sich zu ihm hin, und ihre Lippen küßten ihn. Es war, als träumte sie. Seine Hand brannte auf ihrer Haut. So langsam, wie der Mond über den Himmel zog, schwebten die einstmals getrennten Körper zusammen. Sie folgten nur dem Ruf der Natur. Um sie ein Fiepen und Knarren, ein Pfeifen und Rufen, ein Gurren, Schmatzen, Flüstern und Schmeicheln. Der helle Schein des Mondes nun unbeweglich.

Seine Arme hielten ihren Leib, ihr Leib barg, was vorsichtig forschend sie suchte. Er fand sie, und sie lächelte ihn an. Der Himmel kippte, über ihr das Weiße der Sternaugen. Lippen berührten sie, überall. Eine Woge nach der anderen trug sie hinweg. Eine Nacht, die nie enden sollte.

50. Kapitel

Als es zu dämmern begann und eine graue Welt aus dem See geboren wurde, hüllte Alessandro Silvia in eine Decke und trug die Schlafende in den Schatten der Steineiche. Er drückte sie an sich. Silvia war seine Geliebte. Er würde sie nie wieder loslassen. Sie war für immer an ihn gebunden. Er fühlte sich glücklich und stark wie nie zuvor.

Silvia schlief, bis die Sonne sich über den Horizont erhob. Als sie aufwachte, schaute sie ihn zuerst liebevoll an, aber als er sie küssen wollte, wehrte sie ihn ab und setzte sich auf. Sie starrte ins Leere.

»Was haben wir getan?« fragte sie tonlos.

»Du liebst mich«, antwortete er. »Du hast es mir endlich bewiesen.«

»Und du?«

»Auch ich liebe dich.«

Sie wandte sich ab. Als er sah, daß sie zitterte, nahm er sie in den Arm. Sie wehrte sich nicht mehr. Ein Schatten fiel über seine Stimmung, aber er verstand sie auch. Und trotzdem war er sich sicher, daß sie etwas Richtiges getan hatten. Sie waren füreinander bestimmt! Ein eifersüchtiger Gott hatte sie getrennt, doch die Sehnsucht war stärker gewesen. Und nun war ein neues Kapitel aufgeschlagen. Noch allerdings gab es Fesseln, die sie nicht abgeschüttelt hatten. Das wußte er, das wußte sie. Aber ohne diese Nacht hätten sie nie eine Lösung gefunden.

Silvia schluchzte leise und sah ihn dann unter Tränen, aber lächelnd an. »Wir müssen diese Nacht vergessen, Alessandro. Wir dürfen nie mehr darüber sprechen.«

Alessandro schüttelte den Kopf. »Ich kann dich nicht wieder loslassen. Du gehörst zu mir.«

Silvia schüttelte den Kopf. »Ich gehöre niemandem, weder dir noch Giovanni. Du hast kein Recht … Niemand hat ein Recht … Wir waren glücklich – für eine Nacht. Dabei muß es bleiben.«

Er kniete sich vor sie, nahm ihre Hände, drückte sie an seine Brust. »Du hast recht: Du gehörst niemandem. Aber wir beide gehören zusammen. Wir haben uns endlich gefunden.« Als Silvia an ihm vorbeischaute, wurde seine Stimme drängender: »Was immer auch geschieht … Ich fühle solch eine Kraft – und Hoffnung. Wir werden eine Lösung finden. Und wenn du mich liebst …«

»Ach, Alessandro …«, flüsterte sie und wischte sich wieder die Tränen aus den Augen.

Bevor die Sonne ihren Höchststand erreichte, ruderte Alessandro Silvia zurück nach Capodimonte. Mit jedem Ruderschlag fühlte er sich stärker und sicherer, trotz ihrer Bedenken und Widerstände. Diese Nacht hatte ihm nicht nur ein unvergeßliches Glückserlebnis beschert, sondern auch die Gewißheit, daß er all seine Ziele erreichen würde. Ihm kam der Gedanke, sein Kardinalamt aufzugeben, um zu heiraten und die Familie vor dem Aussterben zu bewahren. Angelo war tot, seine Vettern lebten nicht mehr, der Papst würde ihm die Dispens erteilen. Zu viel stand für die Farnese-Familie auf dem Spiel. Ein junges adliges Mädchen fand sich überall, eine Orsini vielleicht, wie es der Familientradition entsprach … Er unterbrach seine Gedanken selbst. Hatte er etwa Silvia erobert, um eine Orsini zu heiraten? Nein: Silvia mußte die Mutter seiner Kinder werden. Sie allein. Gab er sein Kardinalamt auf, wie es auch Cesare Borgia getan hatte, bewies er ihr die Ernsthaftigkeit seiner Liebe, und sie würde sich vielleicht von Giovanni Crispo trennen. Aber der Papst müßte ihr die Erlaubnis erteilen. Dies würde er sich sicher teuer bezahlen lassen wollen. Und was geschah mit Silvias Söhnen? Crispo würde die Söhne behalten. Nein, das ließ sie nie zu, nie …

Alessandro beobachtete sie. Sie lag auf den Planken und ließ ihren Arm über den Bootsrand hängen. Durch die Finger glitt das Wasser. Ihre Augen waren in die Ferne gerichtet. Und wieder überfiel ihn dieses brennende Gefühl, in ihr genau das gefunden zu haben, was er seit damals, seit ihrer Rettung, suchte. Vielleicht könnte er, wie Ugo vorgeschlagen hatte, als Legat nach Avignon gehen und sie mitnehmen. Die Kinder würden sie einfach entführen …

Nein, Silvia würde nicht mitspielen. Und auch in ihm selbst sträubte sich alles dagegen. Was suchte er in Avignon? Von der Liebe allein konnte ein Mann nicht leben, er brauchte eine Aufgabe und ein Ziel. Und sein Ziel bestand darin, einmal Papst zu werden.

Alessandro wunderte sich selbst, wie selbstverständlich er, der junge Kardinaldiakon ohne höhere Weihen, davon ausging, einmal Pontifex maximus zu werden. Er hatte über dreißig Mitbewerber, alle hatten sie die höheren Weihen, und die meisten waren reicher als er.

Auf jeden Fall blieb er Kardinal – und liebte Silvia trotzdem. Borgia hatte es ihm vorgelebt. Seine verheiratete Konkubine Vannozza hatte ihm vier Kinder geboren. Was Borgia konnte, das konnte er auch. Waren seine Kinder erst einmal auf der Welt und hatte er somit das Überleben seiner Familie gesichert, dann machte er sich daran, die höchste Stufe der christlichen Herrschaftsleiter zu erklimmen.

Nun lächelte Silvia ihn liebevoll, aber mit schmerzlichem Ausdruck an. Er lächelte zurück. In ihren Augen standen keine Tränen mehr. Er würde es schaffen!

Als sie an der Kaimauer anlegten, kamen ihnen Diener entgegengelaufen und winkten aufgeregt mit den Armen. Sie sollten sofort hoch zu Madonna Caetani kommen. »Es ist etwas Schreckliches geschehen!«

»Meine Kinder?« rief Silvia entsetzt.

»Die Kinder sind wohlauf«, antwortete einer der Männer und wies auf die geschützte Uferstelle, an denen man sie, von Rosella beaufsichtigt, spielen sah.

Silvia eilte sofort zu ihnen, während Alessandro hoch zur Burg rannte.

Seine Mutter und Giulia kamen ihm auf der Brücke entgegen.

»Der Papst hat Sermonata erobert!« rief die Mutter. »Mein Bruder ist in der Engelsburg eingesperrt. Wegen Majestätsbeleidigung. Kannst du dir das vorstellen? *Majestätsbeleidigung*. Sind wir denn bei den Türken? Ein Caetani kann einen Borgia gar nicht beleidigen, dazu steht der Katalane viel zu sehr unter ihm. Aber der Papst hat eine richtige Armee aufgeboten. Meine Neffen mußten flüchten, die gesamten Besitzungen der Caetani sind eingezogen, damit sie die Papsttochter erwerben kann, wie man hört. Alles von langer Hand eingefädelt. Wie eine Krake frißt sich die vermaledeite Katalanenfamilie in unsere Heimat, will uns ersticken und aussaugen.«

Alessandro versuchte, seine Mutter zu beruhigen, aber es gelang ihm nicht.

»Wie kannst du hier so ungerührt einem Unterrock nachstellen, wenn meine Familie, die Familie von Papst Bonifaz, ausgelöscht werden soll?« rief sie. »Auch du bist ein Caetani! Nun sag doch was!«

Alessandro blieb kühl. »Du bist jetzt eine Farnese. Uns wird der Papst nichts tun.«

Die Mutter geriet außer sich vor Zorn und Empörung.

»Und wenn er morgen mit seinem Heer vor Capodimonte steht?« Theatralisch rang sie ihre Hände. »O Gott, warum hast du mir meinen Pierluigi genommen? Warum mußte mein Angelo fallen? Sie würden kämpfen.« Ein verächtlicher Blick streifte Alessandro, und als er nicht reagierte, schlug sie mit ihren kleinen Fäusten auf ihn ein. »Ich will dich hier nicht länger sehen, auch deine kleine Hure nicht. Glaubst du etwa, ich wüßte nicht, was vor sich geht?«

»Mutter, nun beruhige dich doch!« Giulia versuchte, sie in die Burg zu ziehen, aber es gelang ihr nicht.

Die Mutter raste weiter. »Und dann die Hexe, die ihr angeschleppt habt. Ich kenne ihre Künste. Giftmischerei! Schwarze Magie! Der Gestank des Teufels!«

Kurz hielt sie inne und bekreuzigte sich.

Giulia gelang es nun, sie in die Burg zu führen. Alessandro schaute die Felsen hinab zu der Stelle, an denen die Kinder spielten. Die beiden Frauen saßen bei ihnen, Rosella hielt Silvia, die zu weinen schien. In ihrer Nähe saßen ein paar Fischer und flickten ihre Netze, Möwen hockten wie aufgereiht an der Ufermole und schauten ihnen zu. Er fühlte sich plötzlich taub und leer, die Gedanken in seinem Kopf gelähmt.

Langsam wandte er sich ab und folgte Giulia. Im Empfangssaal, unter den Porträts seines Vaters und Großvaters, erwartete ihn seine Mutter. Sie thronte auf dem Farnese-Sessel, hatte ihre Hände über die Löwenköpfe gelegt, in denen die Armlehnen endeten, und fragte mit strenger Stimme: »Was gedenkst du also zu tun, mein Sohn?«

Der Ton gefiel ihm nicht. Er ließ seinen Blick über sie und die Porträts wandern und stellte sich ans Fenster. In der Ferne verschwamm die Insel im milchigen Licht. Dort hatte sich, daran gab es keinen Zweifel, sein Schicksal entschieden. Aber wenn diese Entscheidung nun zu spät kam? Vielleicht hatten der Papst und sein Sohn Cesare längst beschlossen, die Familie der Farnese auszulöschen und sich ihre Burgen und Besitztümer einzuverleiben. Der Angriff auf die mächtigen Orsini war nur unvollkommen gelungen. Die Caetani und die Farnese waren zwar nicht so reich, aber dafür auch schwächere Gegner. Sie konnten kein Heer aufbieten.

Einen Augenblick fühlte Alessandro sich verzagen, aber dann kehrte der Wille wieder zurück, zu kämpfen und zu siegen.

Er hatte längst begriffen, daß nach dem Mord an dem Papstsohn Juan, nach einer kurzen Zeit der Besinnung und Buße, die Familie Borgia ihre Herrschaft auszuweiten und gleichzeitig zu festigen begann. Die ergrauten Herren des Heiligen Kollegiums machten sich noch Illusionen darüber, was sich hinter ihrem Rücken abspielte. Ihm dagegen war klar, daß der neue *Cäsar* längst das Ruder im Vatikan zu übernehmen begann. Er gab sein Kardinalamt auf und zog nach Frankreich, um dort das Herzogtum Valence verliehen zu bekommen und eine französische Prinzessin zu heiraten. Dies war möglich, weil der neue französische König Louis XII. eine Scheidungsdispens benötigte und der Papst sich diese Dispens teuer bezahlen ließ. Der Papst zeigte damit gleichzeitig, daß er die Seiten wechselte. Er verbündete sich mit dem französischen König gegen die Sforza von Mailand und gegen die Venezianer. Auch Kardinal della Rovere hatte sich inzwischen mit dem Borgia ausgesöhnt. All dies hatte sich seit Monaten angebahnt. Aber nach dem Angriff auf die Caetani erschien die päpstliche Politik unter einem anderen Licht. Sie konnte sich auch gegen die Farnese und insbesondere gegen ihn persönlich richten. Della Rovere würde dem Borgia sicherlich ohne weiteres einen Läufer opfern, und auch *la bella Giulia* schützte ihn zur Zeit nicht mehr.

Sollten seine hochfliegenden Pläne so schnell abstürzen? Nein, er ging lieber unter, als sich freiwillig zurückzuziehen. Rückzug wäre die eigenhändige Kastration des Kirchendieners.

Alessandro schaute zum Ufer hinunter. Silvia wiegte den kleinen Tiberio in ihren Armen. Vielleicht sang sie. All die Gedanken und Befürchtungen verblaßten vor der Sehnsucht, die er empfand. Am liebsten würde er sich sofort zu ihnen gesellen, Tiberio auf den Arm, Laura an die Hand nehmen, mit ihnen auf die Insel rudern und den ganzen restlichen Sommer dort verbringen.

Alessandro drehte sich herum. Seine Mutter saß eingefallen in ihrem schweren Sessel und starrte ins Leere. Sie erwartete eine Antwort von ihm, Hilfe, Stärke, Sicherheit. Giulia sah ihn an, bedrückt, aber auch neugierig.

»Rabenschwärme ziehen über den See«, sagte die Mutter plötzlich mit dumpfer Stimme, stand auf und wandelte wie der Geist ihrer selbst aus dem Raum.

51. Kapitel

Die Jungen strahlten Silvia an, als sie die beiden begrüßte. Tiberio ließ sich in ihren Armen wiegen, dann strebte er aber wieder auf den Boden und wackelte zu Sandro. Er juchzte auf, als das Wasser über seine Füße schwappte, setzte sich und patschte mit seinen kleinen Händen so heftig, daß er sich und seinen Bruder naßspritzte. Sandro hatte eine Burg aus Sand und Steinen gebaut und ließ nun die geschnitzten Ritterfiguren, die Alessandro ihm geschenkt hatte, gegeneinander antreten. Auch Laura freute sich über Silvias Erscheinen, sie schmiegte sich an sie und berichtete, sie habe die letzte Nacht bei den beiden Jungen schlafen dürfen.

Silvia warf einen kurzen Blick auf Rosella, die, ihr Gesicht hinter einem dünnen Schleier verborgen, auf einem Felsen saß und sie zu beobachten schien. Weil sie sich durchschaut fühlte, wandte Silvia sich wieder ab. Sie nahm erneut Tiberio auf den Arm, aber der Kleine wollte lieber im Wasser plantschen, daher ließ sie ihm seinen Willen.

Unschlüssig stand sie auf und bewegte sich ein paar Schritte am Wasser entlang, starrte dann auf die kleinen glitzernden Wellen, die auf die Uferkiesel schwappten. Sie fühlte sich hin- und hergerissen zwischen einem schmerzhaften Glücksgefühl und brennender

Scham. Gleichzeitig spürte sie die Ausweglosigkeit ihrer Situation. Sie hatte sich von Alessandro überreden lassen, die Nacht auf der Insel zu verbringen, hatte sich verführen lassen, hatte sich ihm hingegeben – ihr Widerstand war weggeschmolzen im Mondlicht, in der Abgeschiedenheit, in der lauen Sommernacht unter dem Flüstern der Blätter und dem vielfältigen Konzert des Nachtgetiers. Aber wie sollte es jetzt weitergehen? Erwartete Alessandro etwa von ihr, daß sie jede Nacht in sein Bett schlüpfte, um sich von ihm beglücken zu lassen? Sie konnte unmöglich ... sie war verheiratet ... ihre Kinder, Giovannis Kinder ... nein, sie hätte sich zu einer ehebrecherischen, ehrlosen Konkubine gemacht. Noch war alles geheim. Doch wie schnell kam ein Gerücht auf!

Was sollte sie nun tun? Wie konnte es weitergehen? Sie sah keine Lösung, und diese Ausweglosigkeit machte sie hilflos und wütend.

Als Tiberio müde zu werden begann, nahm Silvia die Kinder und stapfte mit ihnen die Steintreppe zur Burg hinauf. Rosella folgte ihnen, ohne eine Bemerkung, eine Frage oder einen Kommentar. Aber Silvia spürte ihren bohrenden Blick im Rücken.

Giulia empfing sie mit einem fragenden Gesicht und hakte sich bei ihr unter. Alessandro habe sich entschlossen, angeln zu gehen, um in Ruhe nachdenken zu können, berichtete sie und erzählte dann von dem Angriff des Papstes auf die Familie der Mutter und von ihren Ängsten. »Wenn es Rodrigo jetzt auch noch auf die Ländereien der Farnese abgesehen hat – was wird dann aus uns? Wir brauchen Hilfe ...«

Sie sprach nicht weiter, sondern schaute Silvia erwartungsvoll an. Aber bevor Silvia antworten konnte, erschienen die Kinder wieder. Laura fragte, ob sie Tiberio schlafen legen dürfe. Silvia nickte. Singend verschwand Laura, mit dem Jungen auf dem Arm, Rosella nahm Sandro bei der Hand und folgte ihr.

Die beiden Freundinnen, nun allein, schauten sich an.

Silvia wollte etwas sagen, spürte aber, daß sie gleich losschluchzen mußte, und wandte sich ab, um ihre Tränen zu bekämpfen.

Giulia legte ihr die Hand auf den Arm. »Alessandro braucht dich«, sagte sie mit leiser Stimme. »Er liebt dich.« Als Silvia nicht reagierte, fügte sie noch an: »Vielleicht taucht in ein paar Tagen ein Heer vor Capodimonte auf ...«

»Ich habe mit den Borgia nichts zu schaffen und fürchte mich nicht vor ihnen«, sagte Silvia auftrumpfend und zog ihren Arm weg. Sie wanderte im Raum auf und ab, ließ ihre Augen über die Kredenz gleiten, über die Silberschalen und Pokale, Leuchter und Elfenbeinschnitzereien. Aber all diese Dinge lenkten sie nicht ab und gaben ihr schon gar keine Hilfe bei der Entscheidung, die sie treffen mußte.

Sie stellte sich ans Fenster und schaute über den See. Die Isola Bisentina winkte als friedliche, von Bäumen bedeckte Insel, als Zufluchtsort, als Ort der Erfüllung.

»Ich liebe ihn ja auch«, flüsterte sie. Giulia war ihr nicht gefolgt. »Aber ich sehe keinen Ausweg.« Hinter ihrem Rücken ein kälter werdendes Schweigen. »Ich werde nach Rom zurückkehren und alles vergessen. Ich darf mein Leben nicht zerstören. Schon um meiner Kinder willen.« Das Schweigen hinter ihr vereiste. »Was geschehen ist … Ich hätte nicht allein mit ihm auf der Insel bleiben dürfen.«

Sie drehte sich um und sah Giulia hilfesuchend an. Aber das Gesicht ihrer Freundin war abweisend. Giulias große Augen blickten sie kalt an.

»Glaubst du wirklich, daß du vergessen kannst, was geschehen ist? Und daß alles geheim bleiben kann?«

Silvia meinte eine Drohung in Giulias Stimme zu hören.

»Meine Ehre …«

Giulia lachte höhnisch auf. Silvia wußte sofort, daß sie Giulia gegenüber das Wort *Ehre* nicht in den Mund hätte nehmen dürfen. Giulias Gesicht war bleich geworden, kurz hatte sich ihr Mund verzerrt. Jetzt erstarrten ihre Gesichtszüge wieder.

»Ach, Giulia, warum verstehst du mich nicht?«

Giulias Blick hinderte sie daran, auch nur einen Schritt auf sie zu zu gehen. Ihre Freundin hob den Kopf und schüttelte unwillig ihr Haar. »Ich verstehe dich sehr gut, liebe Silvia.« Sie unterbrach sich kurz und blickte noch hochmütiger auf sie herab.

»In Rom kann nichts geheim bleiben. Was glaubst du, was man über dich und deine Ehre sagen wird? Eine verheiratete Frau bleibt nachts mit einem Mann auf einer einsamen Insel zurück. Sie hat sich ihm hingeben, hat ihn vielleicht sogar verführen wollen. Wie stehen ihr Mann und seine Familie nun da? Rom wird Spott und Gelächter über sie ausschütten.« Je länger Giulia redete, desto schneidender wurde ihre Stimme.

»Du hast ja recht«, antwortete Silvia leise und schaute auf den Boden. Ein Schauer lief über ihren Rücken.

Giulia fuhr mit weicherer Stimme fort: »Hast du vergessen, daß Alessandro sich damals in Lebensgefahr begab, um dein Leben und deine Ehre zu retten?«

Silvia war nicht mehr in der Lage, sich zu beherrschen. Sie sank auf die Bank am Fenster und brach in Tränen aus. Der See draußen, die Insel und das kleine Boot, das sie zu sehen glaubte, verschwammen. Ihren ganzen Körper schüttelte es. »Was soll ich tun?« preßte sie schließlich hervor.

»Schenke ihm einen Sohn!« antwortete Giulia ohne Umschweife. Die Kälte in ihrer Stimme hatte sich verloren; statt dessen lag etwas Flehendes in ihr, etwas Verzweifeltes.

Silvia erschrak, als hätte sie ein Bannstrahl aus heiterem Himmel getroffen. Eine Erleuchtung. Die Verkündung eines Todesurteils. Eine schreckliche Erlösung.

Noch am selben Tag brach sie mit Rosella und ihren Kindern nach Rom auf. Alessandro war ihr nicht mehr begegnet.

Als sie über die Burgbrücke ritt, sah sie unten am Kai ein Ruderboot anlegen.

»Onkel Alessandro, Onkel Alessandro!« rief Sandro und winkte dem Mann, der das Boot vertäuen ließ. Auch der kleine Tiberio hob sein Ärmchen und winkte.

Silvia wandte sich ab und gab ihrem Pferd die Peitsche.

In Rom fand sie einen Brief von Giovanni vor. Sie brach das Siegel und öffnete ihn derartig heftig, daß das Papier einriß. Ungeduldig legte sie die gezackten Stellen nebeneinander und las. Ihr Ehemann erzählte von Venedig, der »Perle der Adria«. Es gebe in der Stadt viele Künstler, Händler und Huren. Außerdem Betrüger, wie selbst er bei der Niederlassung ihres Handelshauses hätte bemerken müssen. Zu seinem großen Bedauern, denn dadurch gebe es für ihn viel zu tun. Silvia verstehe sicherlich, daß sich sein Aufenthalt in Venedig noch ausdehnen müsse. Es folgte ein Postscriptum, das länger war als der eigentliche Brief und in dem Giovanni Klatsch über venezianische Künstler ausbreitete. Silvia überflog seine Zeilen. Zum Schluß erkundigte er sich formelhaft nach ihrem Befinden und dem Gedeihen der Kinder.

Silvia hätte den Brief am liebsten sofort ins Feuer geworfen. Aber es brannte kein Feuer im Kamin. So riß sie ihn entzwei, faltete ihn aber anschließend wieder sorgfältig und steckte ihn zwischen die Seiten eines Buchs. Gedankenverloren schaute sie aus dem Fenster. Wieder fror sie. In ihrem Kopf sammelten sich keine hilfreichen Gedanken. Alles war erstarrt, düster und schwer.

Während der folgenden Tage sprach Silvia nur das Nötigste mit ihren Kindern. Auch Rosella gegenüber fand sie keine Worte. Wenn ihre ehemalige Kammerfrau abends in ihrem Zimmer erschien, schickte Silvia sie sofort wieder hinaus, bevor sie in Tränen ausbrach. Sie verließ das Haus nicht, ging noch nicht einmal zur Messe. Jeden Besucher befahl sie, abzuweisen, ungeachtet der Person. Nur ihren Beichtvater ließ sie zu sich. Da sie ihm vertrauen wollte, gestand sie ihm ihre Sünde. Ihr wurde das Beten vieler Rosenkränze auferlegt, außerdem Spenden für die Mutter Kirche und eine lange Zeit der Keuschheit. Sie versprach alles, fühlte sich aber nach dem *ego te absolvo* keineswegs von ihrer Sünde befreit. Und die Ausweglosigkeit schien sie täglich mehr zu lähmen.

Aber dann raffte sie sich doch auf, Michelangelo zu besuchen. Der junge Bildhauer empfing sie bestens gelaunt und führte sie in den hinteren Teil der Werkstatt. Der Stein aus Carrara war schon soweit behauen, daß man die *Pietà*-Gruppe gut erkennen konnte. Silvia neigte ihr Haupt, so wie es Michelangelos Maria tat, und sah sich wieder mit Alessandro Modell sitzen. Ein warmes Gefühl der Zuneigung überschwemmte sie. Erneut umhüllte sie die Mondnacht auf der Isola Bisentina, sie fühlte sich schweben, in einer unbeschreiblichen Erfüllung …

Als sie wieder zu Hause war, spürte sie zum ersten Mal die Veränderung in ihrem Körper. Am deutlichsten fühlte sie ein Ziehen in der Brust. Natürlich wußte sie, was dieses Ziehen bedeutete. Zumal sie auch schon eine Weile auf ihre unreinen Tage gewartet hatte.

Die erste Reaktion war eine bestürzte Freude. Die zweite eine lebensmüde Trauer. Aber schließlich fühlte sie so etwas wie Erleichterung.

Sie erwartete ein Kind. Sie flüsterte »benedictus fructus ventris tui«, und es war, als würde ihr eine leise Stimme antworten. Sie schaute sich im Raum um: niemand war zu sehen. Sie eilte auf die Dachterrasse. Unter ihr glühte das spätsommerliche Rom herauf mit all seinen unangenehmen Gerüchen, seinen krakeelenden Menschen, den flatternden Tauben. Schnell verzog sie sich wieder in ihr Studiolo, wo sie in den astrologischen Folianten ihres Vaters blätterte. Aber all die Zeichen und Winkel, die Konstellationen und Häuser, die Zahlen und seltsamen Symbole verwirrten sie nur.

Noch am Abend eröffnete sie Rosella, daß sie schwanger sei und daß nur Alessandro Farnese als Vater in Frage komme.

»Die Würfel sind gefallen«, sagte Rosella, und ihr Gesicht verzog sich zu einer Grimasse, die wohl Lächeln bedeuten sollte.

»Und wenn ich das Kind nicht will?«

»Willst du dich gegen Gottes Willen auflehnen?«

Silvia mußte lachen. Rosella sprach plötzlich wie eine fromme Betschwester. Dabei kannte sie die Mittel, die ihr halfen, das Kind wieder loszuwerden.

»Du weißt, was die Kirche dazu sagt«, sagte Rosella.

»Die Kirche, was interessiert mich die Kirche! Alessandro ist die Kirche, er ist ihr Stellvertreter, der Vater dieses Kindes – o Gott, wäre ich doch nicht nach Capodimonte gereist!«

Aber Silvia wußte genau, daß sie nur daherredete. Das Kind starb nicht, nicht in den nächsten Tagen, nicht in den nächsten Wochen, und sie hatte es auch nie sterben sehen wollen. Es war tatsächlich eine Entscheidung gefallen.

Als es dämmerte, ging sie mit Rosella zur Abendmesse.

»Was soll ich tun?« fragte sie sie, als beide nach der Rückkehr auf der Dachterrasse saßen. Eine milde Herbstnacht lächelte ihnen zu, und der Mond stand wie damals in einer riesigen Scheibe über dem Horizont.

»Giulia Farnese hat es dir vorgelebt.«

»Aber Alessandro ist kein Papst. Er ist noch nicht einmal besonders reich. Dies habe ich längst begriffen. Giovanni ist auf jeden Fall reicher. Außerdem: Weißt du, ob nicht der Papst Alessandro kaltstellt und die Lehen der Farnese einzieht? Denk an die Caetani.

Vielleicht sperrt der Borgia ihn sogar ein. Soll ich als die ehebrecherische Geliebte eines Häftlings vor meinen Mann treten?«

Als Silvia an Giovanni dachte, daran, daß sie ihm gestehen mußte, was geschehen war, brach sie in Tränen aus.

Rosella tröstete sie nicht.

Silvia fühlte sich erbärmlich allein.

Dann sagte Rosella etwas, was sie kaum glauben konnte. »Du allein kannst Alessandro retten. Wenn du wagst, ihm zur Seite zu stehen, wirst du sein Geschlecht groß machen, und du wirst wirklich *benedicta in mulieribus* sein.«

»Als Ehebrecherin?«

»Als Ehebrecherin!«

»Und woher weißt du das?«

Rosella hüllte sich in Schweigen.

Silvia starrte in ein grausames Medusengesicht. Die Haare kringelten und wellten sich wie Schlangen. Und dann der irre Blick aus dem einen Auge!

In diesem Moment sehnte Silvia zum ersten Mal Giovanni herbei. Aber wo war ihr Giovanni jetzt, da sie ihn brauchte? Er schrieb ihr belanglose, geschwätzige Briefe und besuchte dann wahrscheinlich eine der venezianischen Kurtisanen.

Silvia starrte auf das Gemälde an der Wand, auf die nackte fliehende Frau und den Mann, der, wild sein Schwert schwingend, sie verfolgte, um ihre Liebe zu erzwingen. Immer schon hatte sie das Bild gehaßt, auch wenn es von dem berühmten Botticelli stammte und eine Novelle des noch berühmteren und von ihr durchaus geliebten Boccaccio illustrierte.

»Manchmal muß ich an Sandro denken, *unseren* Sandro. Er hatte *seine* Augen«, sagte sie.

Das große, blutunterlaufene Auge Rosellas zuckte.

»Ich will das Kind behalten«, fuhr Silvia fort. Sie ließ ihren Blick zu Michelangelos Madonnenrelief wandern und zu dem Bildnis der Heiligen Familie. »Auch wenn es *sein* Kind ist und nicht Giovannis. Giovanni wird mir die Sünde verzeihen, wenn ER sie mir verzeiht. Ich kann nicht als Ehebrecherin leben. Wenn mir jemand Sandro und Tiberio nähme – ich würde sterben.«

Rosella schwieg.

Noch am selben Abend setzte sich Silvia an ihr Schreibpult und teilte Alessandro ihren Entschluß mit. Der Brief endete: »Ich darf Dich nicht wiedersehen, Alessandro, und Du wirst Dein Kind nie sehen dürfen. Es wird Giovannis Kind sein.«

52. Kapitel

Alessandro freute sich schon darauf, Silvias Kinder, die ihm so lieb zugewinkt hatten, in den Arm zu nehmen. Er hatte Silvia ganz bewußt allein gelassen und sich zum Angeln zurückgezogen, um ihr ein wenig Zeit zu lassen, sich mit der neuen Lage anzufreunden, auch um seiner Schwester Giulia die Möglichkeit zu geben, mit ihr zu reden. Hinzu kam, daß auch er selbst nachdenken wollte. Die Nacht auf der Insel hatte ihnen die Erfüllung ihrer Liebe gebracht – genaugenommen, die erste Stufe der Erfüllung. Die zweite bestünde in einem Konkubinat, die dritte in einem gemeinsamen Kind. Er mußte sich allerdings im klaren sein, daß die zweite Stufe am schwierigsten zu erklimmen war. Aber nachdem er gespürt hatte, wie sehr ihn Silvia liebte, zweifelte er nicht mehr daran, sein Ziel zu erreichen.

Störend war zur Zeit allerdings der Borgia-Angriff auf die Familie der Mutter. Womöglich stand seine eigene Stellung im Vatikan auf dem Spiel. Und auszuschließen war nicht, daß die Borgia sich auch die Ländereien der Farnese aneignen wollten. Er mußte auf jeden Fall nach Rom reiten, um vor Ort die Lage zu erkunden.

Als er hörte, daß Silvia plötzlich abgereist sei, erschrak er und wurde unsicher, ob er sich nicht grundlegend in der Einschätzung ihrer Gefühle geirrt habe. Er fragte Giulia, ob Silvia etwas gesagt, ob sie sich gestritten hätten, aber Giulia berichtete nur, Silvia habe verstört gewirkt, und sie selbst habe ihr geraten, ihm, dem letzten Farnese, einen Sohn zu schenken. »Das ist es doch, was du willst.«

Alessandro schaute sie zweifelnd an. »Ja, auch«, sagte er zögernd.

Giulia warf herrisch ihren Kopf hoch und sagte: »Die Liebe vergeht, die Kinder bleiben«, wandte sich dann aber ab.

»*Falls* sie bleiben«, warf Alessandro ein.

»Es reicht, wenn eine Person in der Familie unfruchtbar ist –

streng dich also an!« Ihre Stimme sollte bestimmend klingen, aber sie zitterte.

»Du verfügst schon über mich wie unsere Mutter, liebe Giulia.« Alessandro konnte einen Anflug von Ärger nicht unterdrücken.

Giulia warf ihm einen verwunderten Blick zu und eilte an ihm vorbei aus dem Zimmer.

Am nächsten Morgen ritt Alessandro nach Rom, ließ sich in seine Kardinalsrobe einkleiden und begab sich in den Vatikan. Das erste, was er von Kardinal Gamboa, einem der engsten Vertrauten des Papstes, erfuhr, war die Nachricht, daß Cesare Borgia, der Herzog von Valence, im Gefolge des französischen Königs Mailand erobert habe und nun dabei sei, die päpstlichen Lehen in der Romagna, die lange keinen Zins gezahlt hätten, von ihren selbstherrlichen Usurpatoren zu befreien.

»Dann muß ich dem Heiligen Vater Glück wünschen. Zudem möchte ich ihm versichern, daß ich meine ganze Kraft einsetzen werde ...«

»Er wird sie benötigen«, fiel ihm Gamboa mit offensichtlichem Hohn ins Wort.

Immerhin gelang es Alessandro, sich mit der *aula terza* einen Raum weiter dem Papst zu nähern und mit dem wesentlich offeneren und leutseligeren Kämmerer seiner Heiligkeit, Kardinal Casanova, ins Gespräch zu kommen. Zur Zeit bereite der Heilige Vater das Heilige Jahr 1500 mit all seinen Feiern vor. »Große Pilgerscharen werden erwartet«, erklärte Casanova. »Jeder Diener der Kirche muß alles in seinen Kräften Stehende tun, damit die allumfassende, allein seligmachende Kirche unter dem Pontifex maximus Alexander VI. aus dem Hause Borgia ...«

»Ja, natürlich«, unterbrach ihn Alessandro. »Deswegen bin ich ja hier.«

Casanova runzelte die Stirn, ließ sich aber doch herab, Auskunft zu geben über das Schicksal des Kollegen Caetani. »Die Luft in der Engelsburg tut ihm nicht gut. Mehr kann ich nicht sagen. Aber Ihr wollt sicher wissen, ob auch Mitglieder der Familie Farnese im Verdacht stehen ...« Er vollendete den Satz nicht und spannte Alessandro genüßlich auf die Folter. »Nun, Verfehlungen kann man natürlich überall finden. Sind wir nicht allzumal Sünder?

Dem Heiligen Vater bleibt nichts verborgen – aber ich kann Euch versichern, die Güter der Familie Farnese sollen nicht eingezogen werden.«

»Das beruhigt mich«, antwortete Alessandro ohne jegliche Gefühlsregung.

Weil das Audienzzimmer des Papstes noch immer verschlossen blieb, erzählte Casanova, Signora Lucrezia sei zur Herrin von Nepi ernannt worden und habe die Caetani-Besitzungen erworben. »Man könnte sie jetzt Eure Nachbarin nennen.«

»Oh, das freut mich aber, und ganz besonders natürlich meine Schwester Giulia, unter deren Fittichen sie bekanntlich aufgewachsen ist.«

Das Audienzzimmer des Heiligen Vaters öffnete sich den gesamten Nachmittag nicht mehr, weil, wie man hörte, Seine Heiligkeit ein wenig müde sei und sich außerdem, nach einer Ruhepause, beim Kartenspiel erholen müsse.

Verärgert über die Warterei, aber halbwegs beruhigt, ritt Alessandro zurück in seinen Palazzo, um dort den Boten auszufragen, den er zum Rione della Pigna geschickt hatte, um Neuigkeiten von Silvia Crispo zu erfahren. Der Bote jedoch hatte nichts zu berichten. So machte sich Alessandro am folgenden Tag selbst auf, Silvia zu besuchen, allerdings nicht in Kardinalsrobe, um nicht aufzufallen. Er wurde schon am Eingangsportal des Crispo-Ruffini-Palazzos abgewiesen.

Wütend kehrte er um und ritt noch am selben Tag nach Capodimonte zurück. Er berichtete Giulia und seiner Mutter davon, daß zur Zeit keine Gefahr für die Farnese bestehe. Seine Mutter wollte ihm jedoch kaum glauben und verschwand wieder kopfschüttelnd und unter Unkenrufen in den unterirdischen Gewölben der Burg.

»Hast du Silvia gesehen?« fragte Giulia, als sie allein waren.

Er schüttelte den Kopf.

Seine Hoffnung, von Silvia bald Nachricht zu erhalten, erfüllte sich nicht. Jeden Tag bestieg er den Wehrgang der Burg und schaute in die Ferne. Manchmal ruderte er auch wieder mit Giulia zur Insel. Der Wind wehte die Blätter von den Bäumen, und wenn er stärker blies, ächzten die Stämme und Äste, und die steinernen Wände der Villa schienen zu wehklagen. Giulia versuchte, ihn aufzuheitern. Sie sang viel und spielte Laute. Wenn er über den See schaute, zum im Dunst verschwimmenden Ufer, lehnte sie sich an ihn, und er legte seine Arme um sie.

Nach Wochen düsterer Anwandlungen und der Mutlosigkeit raffte er sich wieder auf, einen Boten nach Rom, zum Rione della Pigna, zu schicken, um zu erkunden, was man sich im Viertel an Neuigkeiten erzähle. Kaum war der Bote wieder zurück, ließ er ihn zu sich kommen und fragte, mit seinen Fingern auf die Stuhllehne klopfend: »Welche Gerüchte gehen um?«

Der Bote schaute ihn von unten an und grinste breit. »Wer setzt schon auf Gerüchte?«

Alessandro hätte den Kerl am liebsten geohrfeigt.

»Es geht das Gerücht«, so bequemte sich der Bote nun doch zu berichten, »daß Silvia Crispo-Ruffini in anderen Umständen ist – obwohl ihr Gatte schon geraume Zeit in Venedig weilt.«

Alessandro wollte zuerst nicht glauben, was er hörte. Er ließ den Boten die Wahrheit seiner Aussage beschwören, und als dieser seine Worte wiederholte, sprang er auf und konnte seinen freudigen Triumph kaum verbergen. Er entlohnte den widerlich grinsenden Mann reichlich und eilte zu Giulia und seiner Mutter, um ihnen die Nachricht zu überbringen. Giulia teilte seine Freude und gab ihm einen Kuß, die Mutter verzog keine Miene.

»Wenn es ein Junge wird«, rief Alessandro, »kann die Familie Farnese aufatmen.«

»Wenn es ein Junge wird«, wiederholte seine Mutter ungerührt, »wird Giovanni Crispo einen dritten Sohn haben.«

»Nein, nein!« protestierte Alessandro. »Silvia wird *meinen ersten* Sohn auf die Welt bringen.«

»Mein Sohn, du kennst die Frauen nicht«, antwortete die Mutter.

Und dann erhielt er Silvias Brief. Er riß das Siegel auf und rannte in sein Zimmer. Er wagte ihn noch nicht zu lesen und wanderte, um ruhiger zu werden, vom Gebetspult zum Fenster, vom Fenster zum Bett und vom Bett erneut zum Gebetspult. Er schickte ein Stoßgebet zum Himmel. Er dachte an all seine Versprechungen und Gelübde, versprach auch, Gott nie mehr zu leugnen, verstärkt Messen in Santi Cosma e Damiano zu lesen und eifrig in der vatikanischen Reformkommission mitzuarbeiten.

Und dann beugte er sich über den Brief, folgte mit seinen Augen langsam den Schwingungen und Formen ihrer Handschrift, fügte Wort an Wort. Er las etwas von Schuld und Opfer. Ja, Silvia hatte recht, er hatte Schuld auf sich geladen, hatte eine verheiratete Frau verführt, Opfer mußten natürlich gebracht werden, sein alter Freund Giovanni Crispo werde wohl ein Opfer bringen müssen, und die Ehre einer verheirateten Frau ... Aber was galt dies alles, wenn zwei Menschen sich liebten! Da stand etwas von Gewissensqualen – ja, das schlechte Gewissen quälte auch ihn, mehr denn je vielleicht. Aber das Glück war doch in greifbare Nähe gerückt, es brach hinter all den dunklen Schatten der Vergangenheit wie die Sonne hinter Gewitterwolken hervor. So mußte es auch Silvia sehen. Sie konnte ihm ihre Liebe nicht direkt gestehen, sie benötigte diese dunklen Wolken, um ihre Gefühle zu verstecken. All dies war verständlich. Doch wann fiel endlich das entscheidende Wort?

Plötzlich erblaßte Alessandro. Er las Sätze, die wie Blitzschläge niederfuhren. Die Sonne der Liebe schien endgültig verschwunden. Und zum Schluß stand da: *Du wirst dein Kind nie sehen dürfen!*

Die Hand, die den Brief hielt, sank nach unten.

Er wollte nicht glauben, was er gelesen hatte, eine fremde Macht hatte die Sätze gefälscht. Silvia war nicht mehr Silvia, und er nicht mehr er selbst. Das Zimmer erstickte ihn, die Burg von Capodimonte, der Stammsitz der Farnese, ein Gefängnis, nicht besser als die Engelsburg, hochragend, verschlossen, von der Welt abgewandt. Er mußte hinaus!

Als Alessandro zum Zinnengang eilte, stieß er Giulia fast um.

»Was schreibt sie?« rief sie ihm nach.

»Laß mich allein!« schrie er.

Über ihm der Himmel, nichts als Kälte und Einsamkeit, eine blasse, farblose, undurchsichtige Leere. Unter ihm die fast senkrecht abfallende Burgmauer, von trotzig sich haltenden Pflanzen bewachsen, Zuflucht für Tauben und Krähen, für Dohlen und Fledermäuse. Tiefer noch die sich an den Fels klammernden Häuser des Dorfes und dann die einsam dahindümpelnden Boote auf dem See aus Blei.

Du wirst dein Kind nie sehen dürfen!

Ein Reiter in der Ferne, hinter ihm eine Staubfahne.

Alessandro versuchte, den Brief noch einmal von Anfang an zu lesen, aber seinen Blick zog es unaufhörlich zu den Schlußsätzen. Seine Mutter hatte recht. Die Frau, die er liebte, von der er immer geglaubt hatte, daß auch sie ihn liebe, diese Frau stieß ihn zurück.

Der Reiter näherte sich in vollem Galopp dem Dorf, schaute sich kurz um und preschte dann die Gassen hoch. Er tauchte in einen schwarzen Hausschatten. Alessandro hörte das Schlagen der Hufe, als das Pferd die Brücke zur Burg betrat.

Aufgeregtes Rufen nach ihm.

Alessandro schaute unwillig nach unten. Im Hof stand ein schweißbedecktes Pferd, seine Flanken zitterten, Schaum vor dem Maul.

Neben ihm, staubbedeckt – Cesare Borgia!

Ihn hatte er am wenigsten erwartet, und schon gar nicht ohne Begleitung.

»Ich brauche ein frisches Pferd«, rief er Alessandro zu, »und ein paar Bissen zu essen. Ich muß weiter nach Rom.«

Alessandro eilte ihm entgegen. Cesare schlug ihm auf die Schulter und umarmte ihn. »Endlich treffe ich wieder eine bekannte Seele! Ja, da schaust du. Vor dir steht der von dir gerettete Cesare Borgia, jetzt aber nicht mehr als Kastrat im Kirchenrock, sondern als Herzog von Valence. *Alea jacta est*, der Rubikon ist überschritten. Ich werde für meinen Vater die Romagna erobern. Aber das ist erst der Anfang. Bald werde ich der Fürst von ganz Mittelitalien sein. *Aut Cäsar aut nihil*. Wasser! Wein!«

Er stürzte den Inhalt des Bechers, den man ihm reichte, hinunter, ließ sich gleich nachfüllen.

»Mensch, Farnese, du siehst aus, als hättest du ebenfalls die Nase von den römischen Sodomiten voll, von den vollgefressenen und weinseligen Schmarotzern am Glauben des Volks, von dem ganzen Weihrauchgeschmeiß.« Er schlug Alessandro auf die Brust. »Eminenz *Fregnese*, du sagst ja gar nichts! Wo versteckst du deine Geliebte?«

Alessandro überging seine Frage und gratulierte ihm steif zu seiner Ernennung.

Inzwischen war auch Giulia erschienen, und Cesare ahmte eine vollendete Verbeugung nach. »Meine schöne Giulia, wir sind uns gelegentlich begegnet, im Hause des Vaters und des Sohnes und des heiligen Weibes«, sagte er mit spöttisch heruntergezogenen Mundwinkeln.

Giulia deutete ein herablassendes Nicken an.

Cesare schien sich von ihrer abweisenden Haltung nicht beeindrucken zu lassen. »Ich reite nach Rom. Soll ich meine Schwester Lucrezia, Euren ehemaligen Schützling von Euch grüßen. Und Eure Schwiegermutter Adriana?«

Der Hohn in Cesares Stimme war unüberhörbar, aber Giulia behielt bemerkenswert gut die Fassung, wie Alessandro fand. »Grüßt mir auch meinen Geliebten, Euren Vater, und sagt ihm, noch immer sehne sich mein Herz nach seinem Schatz.«

In einem langen dunklen Trauerkleid, mit einer Haube auf dem Kopf und das Gesicht hinter einem Schleier verborgen, war plötzlich die Mutter Giovannella hinzugetreten und sagte, noch bevor Cesare antworten konnte: »Und grüßt mir besonders meinen Bruder, Kardinal Caetani, den eine überhebliche *Majestät* in den Kerker hat werfen lassen.«

Alessandro beobachtete Cesare genau. Einen Augenblick lang schien der Papstsohn aufbrausen zu wollen. Fast unmerklich preßte er Augen und Lippen zusammen. Aber schon strahlte er in einem breiten Lächeln. »Meinen Dank für die Grüße. Ich werde sie ausrichten.« Dann wurde er plötzlich ernst. »Ich verstehe Eure Sehnsucht und Eure Sorge.« Er trat einen Schritt auf Giulia zu, die nicht vor ihm zurückwich. Er ergriff sogar ihre Hand, führte sie in einer galanten Bewegung an seinen Mund und deutete einen Kuß an. »Ihr seid noch immer so schön wie in meinen Jugendtagen, als ich von Euch träumte. Nie ward mir Erfüllung zuteil. Ihr entschwebtet in das Bett meines Vaters, der Euch unter seinem fetten Bauch begrub. Versteht Ihr den Schmerz, den ich erleiden mußte?«

Giulia zog ihre Hand zurück. Ihre schweigende, hoheitsvolle Schönheit wurde noch abweisender. Aber Cesare ließ sich nicht abweisen. Er näherte sich ihr so, daß Alessandro schon glaubte, eingreifen zu müssen. Cesare strich mit seiner rechten Hand über ihre Wange und fuhr ihr durch das Haar. »Eure Schönheit ist tatsächlich noch immer der Traum eines jeden Mannes. Ich werde meinem Vater davon berichten.«

Er blickte Giulia in die Augen, und sie wich seinem Blick nicht aus.

Mit einer Bewegung des Unwillens zog sich die Mutter zurück, und auch Giulia verabschiedete sich nun mit einer stummen Verbeugung. Alessandro ließ Cesare Brot und Oliven, Hühnerfleisch und Obst vorsetzen.

Cesare sprach kaum mehr, warf aber immer wieder einen prüfenden Blick auf Alessandro, der ihm beim Essen Gesellschaft leistete, aber selbst nichts zu sich nahm.

»Willst du die Nacht nicht als unser Gast in Capodimonte bleiben?« fragte Alessandro.

Cesare schaute hoch und grinste dann mit vollem Mund. »Danke für die liebenswürdige Einladung. Für gewöhnlich hätte ich sie sofort angenommen. Wer kann schon die Gegenwart von zwei so liebreizenden Damen und einem alten Freund abweisen, und nach einer langen Reise sehnt man sich nach einem bequemen vorgewärmten Bett – aber leider muß ich noch heute abend meinen Vater sehen. Morgen geht es schon wieder nach Bologna zurück. Leih mir lieber dein bestes Reitpferd.«

Kurze Zeit später verließ er Capodimonte auf Alessandros Rappen. Er versprach, am nächsten Morgen noch einmal vorbeizuschauen und das Pferd zurückzubringen.

Alessandro schaute ihm nach, wie Cesare, kaum hatte er die geduckten Häuser Capodimontes hinter sich gelassen, in einen gestreckten Galopp fiel und eine Fahne aus Staub hinter sich herzog, die langsam verwehte.

Tatsächlich erschien er nach Sonnenaufgang wieder vor dem Tor der Burg. Alessandro erwartete ihn schon. Cesare lobte das Pferd und zeigte auf seine eigene Araberstute, die noch aus dem Stall von Dschem, der Türkengeisel, stamme. »Edle Rasse, nervös und empfindsam wie ein Weib von Klasse, aber schnell, schneller sogar als der Wind. Braucht allerdings manchmal die Peitsche. Wie die Weiber auch.« Er lachte und warf sich in die Brust.

»Ich habe im übrigen eure Grüße ausgerichtet. Mein Vater dankt euch und läßt euch durch mich ausrichten, daß Kardinal Caetani die Engelsburg bald verlassen darf und daß er sich selbst freuen würde über einen Besuch der verehrten Frau Schwester.« Cesare grinste.

»Verstehst du, mein Vater mag nicht immer nur Frischfleisch, das er seit einiger Zeit vorgesetzt bekommt.«

»Ich werde die Grüße ausrichten«, sagte Alessandro kühl.

Cesare ließ seinen Blick auf ihm ruhen.

»Warum kommst du nicht mit?« fragte er unvermittelt.

»Wohin?«

»Zu meinem Heer nach Bologna. Von dort rollen wir die Romagna auf. Ich habe von dem Franzosenkönig nicht nur eine Frau, sondern auch eine schöne Truppe erhalten, etwa zehntausend Mann, einige Lanzenreiter dabei, Söldner aus der Schweiz, Gascogner Bogenschützen, Artillerie. Jetzt werde ich meinem Vater zeigen, wer von seinen Söhnen der beste Eroberer ist.« Er lachte wieder, wie in Erwartung eines männlichen Abenteuers. »He, komm mit, du Kardinalsmemme, zeig, was in dir steckt. Vielleicht kann ich mich revanchieren dafür, daß du mir einmal das Leben gerettet hast. Weißt du noch? Das borstige Untier, das nicht sterben wollte?« Cesare blitzte ihn aus seinen kleinen Augen an, aber Alessandro ging auf sein grobschlächtiges Kumpanenverhalten nicht ein. Ihm war allerdings klar, daß hinter diesen kleinen Augen, diesen großmäuligen Worten mehr steckte als Condottiere-Prahlerei.

»Pack ein paar Sachen ein, den Rest erhältst du von mir: Waffen, Geld und natürlich Weiber.«

Alessandro spürte, wie Cesares Aufforderung in ihm etwas zum Klingen brachte. Wie es ihn plötzlich lockte, ihm zu folgen, mit ihm loszureiten, weg von Capodimonte, weg von Rom, im Kittel des Jägers oder im Wams des Kriegers und nicht mehr in der Purpurrobe des Kardinals. Aber natürlich stand noch etwas anderes im Hintergrund. Es war, als könnte er auf diese Weise den gordischen Knoten mit einem Schlag durchhauen.

Du wirst dein Kind nie sehen dürfen!

Dieser Satz hatte ihn die ganze Nacht nicht schlafen lassen. Silvia trug sein Kind, aber sie verriet ihre Liebe und wollte bei Crispo bleiben. Wenn der Schönling keinen Skandal machte, würde *sein* Kind, der Sproß der Farnese, als ein Crispo getauft werden, und niemand könnte dies verhindern. Seine Mutter hatte recht.

Während der Nacht hatte er immer wieder vor seinem geistigen Auge Cesare gesehen, wie er herangaloppierte, die Staubfahne hinter sich, und war neidisch geworden auf die Freiheit und das männliche Leben, das der Reiter verkörperte. Davon hatte Alessandro selbst einmal geträumt: reiten, kämpfen, sich abends Frauen nehmen und sie morgens wieder wegwerfen. In Zelten leben, in der freien Natur sein, die Sonne spüren, den Wind und den warmen Sommerregen. Statt dessen führte er das sinnlose Leben eines Prälaten. War Kardinal einer der ärmsten Kirchen Roms, war Oberhirte von Bettlern, Ziegenhirten und Straßenhuren, war der Diakon eines Trümmerfelds. Und Mitglied einer Kommission, die die Kirche reformieren sollte, aber keinerlei Befugnisse hatte, ihre Vorschläge in die Tat umzusetzen. Außerdem wuchsen ihm seine Schulden erneut über den Kopf. Der Palazzo in Rom war eine einzige Baustelle, kaum ein Handwerker kam noch, weil er zu selten die Rechnungen bezahlte. Und Rom, was sollte er in dieser stinkenden, dreckigen Stadt voll hochnäsiger Heuchler und raffgieriger Ränkeschmiede?

Rom, das war während der verstrichenen Monate Michelangelo gewesen und Silvia, eine erneut aufkeimende Liebe, die ihn überwältigte, eine Leidenschaft, die an Wahnsinn grenzte. Und als dann Silvia sie in Capodimonte besuchte, klärte sich der Wahnsinn, wandelte sich zu einer heiligen Begeisterung, von der Marsilio Ficino immer gesprochen hatte. Silvia war das Wesen, das ihn täglich mit Begeisterung füllte. Zudem hatte er ihre beiden Jungen lieben gelernt. Nie hätte er gedacht, daß er kleine Kinder, die er bisher immer für herumtollende Tiere hielt, so in sein Herz hätte schließen können. Wenn er mit ihnen spielte, am Wasser, mit den Ritterfiguren, wenn er sie herumwirbelte und mit ihnen auf den Schultern durch die weiten Gänge der Burg galoppierte, dann fühlte er plötzlich Leben.

Aber seit Silvia Capodimonte fluchtartig verlassen hatte, war das Leben aus den Mauern gewichen, die Mutter stieß nur noch graue Prophezeiungen aus und schaute ihn an, als fehle ihm die Kraft, die Familie Farnese am Leben zu erhalten. Dabei war er der Zweitgeborene, und *ihr* sehnlichster Wunsch hatte ihn zu den Robenträgern getrieben. Er hatte den Purpur gehaßt, diese giftige Farbe, diese Farbe von Schlangenblut. Für die Mutter hatte er Giulia in die Arme eines geilen Wüstlings getrieben. Und die Folgen: Die Falten um ihre Lippen vertieften sich, die Augen wurden trüb vor verborgener Trauer, die Haare, ihre wunderbaren langen seidigen Haare, glänzten nicht mehr. Die meisten Edelsteine waren inzwischen verkauft. Und was waren die Folgen für ihn? Langweilige Sitzungen im Konsistorium, langweilige Messen, sinnlose Untersuchungen und monatlich steigende Schuldenberge. Trotzdem hatte er sich mit alldem abgefunden. Ja, er wollte nun Kardinal bleiben, weil vor ihm noch ein halbes Leben lag und er dieses Leben krönen wollte mit dem Titel des Pontifex maximus. Weil ein Seelenhirte auf jeden Fall reicher werden konnte als ein Schafhirte. Und weil er glaubte, daß er sein Ziel, die Familie Farnese am Leben zu erhalten und groß zu machen, als Kardinal und Papst leichter erreichen konnte denn als mürrischer Grundherr von Capodimonte.

Aber nun stieß ihn Silvias Antwort ins Leere. *Du wirst dein Kind nie sehen dürfen!* Die aufkeimende Hoffnung war zunichte gemacht.

Und seine Antwort hieß Cesare. *Aut Caesar aut nihil.* Der Papstsohn hatte immer gewußt, was er wollte. Auch er war auf Befehl seines Vaters Kardinal geworden, aber er hatte nicht ertragen, eingezwängt zu leben in Kastratenröcken. Er hatte es sich nicht bieten lassen, daß sein Bruder ihm die Liebe des Vaters stahl. Er hatte gehandelt, ohne Skrupel. Und die Folge? Sandte ihn sein Vater ins Exil? Oder vernichtete ihn gar Gottes Bannstrahl? Ließ ER ihn am *morbo gallico* sterben oder am Gift einer der Kurtisanen, die er erniedrigt, am Degen der Edelleute, die er beleidigt hatte? Im Gegenteil, Cesare legte den Kardinalsrock ab, wurde französischer Herzog und heiratete eine französische Prinzessin.

Der Rubikon war überschritten, die Würfel waren gefallen.

»Ich komme mit«, sagte Alessandro.

»Mensch, du bist doch nicht die Memme, für die ich dich hielt.« Cesare umarmte ihn. Und wieder spürte er die gewaltige Kraft dieses Mannes. Aber Cesare prüfte ihn auch. Er hielt ihn umklammert, als wolle er ihm zeigen, daß er ihn mit reiner Muskelkraft zerquetschen könne. Cesare hatte sich jedoch getäuscht, wenn er glaubte, in ihm einen Lakaien gefunden zu haben. Wie durch Zufall trat er Cesare auf den Fuß, und als dieser vor Schmerz aufschrie, sprengte er den Klammergriff. Cesare wußte nun, daß die *Memme*

Alessandro Farnese zwar körperlich der Schwächere war, sich aber zu wehren verstand.

Als Alessandro sich von Giulia verabschiedete, blickte sie ihn mit sorgenvollen Augen an. »Soll ich es noch einmal versuchen?« fragte sie.

»Warum nicht? Du bist noch immer die schönste Frau von Rom.«

»Ach, Alessandro ... Begib dich nicht in Gefahr! Du wirst Vater! Vergiß Silvias Worte. Sie weiß nicht, was sie sagt. Das Kind wird immer dein Kind bleiben. Du mußt um das Kind, du mußt um sie kämpfen. Du bist kein Krieger!« Sie küßte ihn zum Abschied auf den Mund.

Dann sagte er seiner Mutter Lebewohl. Sie war in Schwarz gekleidet. In ihren Augen standen Tränen. »Dein Vater und Angelo sind an deiner Seite und werden dich beschützen. Gott mit dir, mein Sohn. Heute bin ich stolz auf dich. Auch wenn ich dich nie wiedersehe ...«

Auch ihm standen nun Tränen in den Augen. Er umarmte sie und flüsterte: »Du wirst mich wiedersehen. Du wirst auch noch meinen Sohn in den Armen halten. Und eines Tages werde ich auf dem Stuhle Petri sitzen. Wir gehören dem Geschlecht der Adler an, nicht der Geier!«

»Du bist mein Sohn!« rief sie ihm noch nach, als er mit Cesare die Burg verließ. Bald waren sie auf der staubigen Straße nach Bolsena und weiter nach Siena. Sie gaben den Pferden die Sporen und ließen ihnen kaum Zeit, sich auszuruhen. Erschöpft und durstig, aber in bester Stimmung erreichten sie am nächsten Abend Bologna und damit Cesares Heer.

Alessandro erhielt Waffen und zwei Streitrösser, Kampfkleidung, sogar eine Rüstung. Als er zum ersten Mal in seinem Leben einen schweren Harnisch anlegte, wurde er unsicher, ob er tatsächlich das Richtige getan hatte. Er entschied sich, einen kleinen Trupp der leichten Reiterei anzuführen.

Cesare lachte. »Eine Rüstung ist kein Unterrock«, rief er.

Alessandro antwortete nicht. Giulias Abschiedsworte klangen ihm plötzlich wieder in den Ohren. *Begib dich nicht in Gefahr!* Er mußte an Angelos Tod denken, an diesen unerwarteten, sinnlosen Tod.

»Im übrigen werden wir bald einen Unterrock vor der Nase haben«, fuhr Cesare fort. »Den Unterrock von Caterina Sforza.«

53. Kapitel

Anfang Februar zog Giovanni Crispo als Teil eines großen Kaufmannszuges in Rom ein. Ein Dutzend Maultiere schleppten die Schätze, die er in Venedig gekauft hatte, antike Torsi und Reliefs, Gemälde von Mantegna, Bellini und dem jungen Carpaccio, Glas aus Murano, Teppiche und Bücher. Er machte zuerst Station im Palazzo seines Vaters im Campo Marzo und berichtete ihm, die Unterschlagungen, Betrügereien und Erpressungen unter dem alten Verwalter seien beendet und geahndet – er machte die Geste des Kopfabschneidens –, ein neuer, vertrauenswürdiger Mann führe jetzt die Geschäfte, nachdem die Bücher in Ordnung gebracht worden seien. Außerdem habe er, sein Sohn Giovanni Battista, einen neuen Geschäftszweig eröffnet: den Handel mit Kunst, insbesondere mit Antiken. Ein Teil dessen, was er mitgebracht habe, sei zum Wiederverkauf bestimmt.

Der Vater, der mit Stirnrunzeln die Last der Maulesel begutachtet hatte, sagte knapp: »Da bin ich aber beruhigt. Du solltest in Venedig Geld verdienen, keins ausgeben.«

»Lieber Vater«, antwortete Giovanni hocherhobenen Hauptes, »ich habe uns viel Geld verdient.«

»Uns?«

»Ja, uns. Über einen Teil der Gewinne werde ich in Zukunft allein verfügen. Der Kunsthandel ist mein Metier.«

Der Vater schaute ihn halb verärgert, halb belustigt an und verabschiedete ihn mit der Bemerkung: »Mit Kunst zu handeln ist besser, als Heiligenbildchen zu malen und verschuldete Frauen zu heiraten. Deine Gattin Silvia haben wir im übrigen während deiner gesamten Abwesenheit nicht gesehen, auch die Enkelsöhne nicht. Sie soll sich lange bei den Farnese in Capodimonte aufgehalten haben.« Er hielt inne und sah Giovanni forschend an, fuhr dann fort: »Im übrigen hat der Papst die gesamte Caetani-Sippe enteignet und verjagt. Er braucht offensichtlich Lehnsgüter für seine Tochter Lucrezia. Man muß heutzutage besonders vorsichtig sein, mit wem man Umgang pflegt. Die Borgia sind zu allem fähig. Man darf ihnen keinen Vorwand liefern.«

»Zu was Cesare Borgia fähig ist, habe ich gerade in Forlì gesehen.«

Sein Vater war aber an einem Bericht über Kriegsgreuel wenig interessiert, auch nicht an dem Schicksal von Caterina Sforza, und so zog Giovanni mit den schönsten Stücken seiner Neuerwerbungen zum Rione della Pigna, um endlich seine Familie in die Arme schließen zu können.

Silvia sah ihn schon von weitem die Straße hochkommen. Da es kalt war, trug er einen langen Samtmantel mit rotem Innenfutter, dazu ein schwarzes Barett mit drei Pfauenfedern. Das grauscheckige Pferd, das er ritt, mußte er auf der Reise erworben haben. Es war schlank mit einem langgestreckten schmalen Kopf und wahrscheinlich aus Arabien eingeführt. Selbstbewußt, ja stolz saß er auf seinem Reittier und schaute schon erwartungsvoll zum Balkon hoch.

Silvia nahm Tiberio auf den Arm und Sandro an die Hand und trat auf den Balkon. Sie ließ die Kinder ihm zuwinken und winkte selbst. Giovanni strahlte. Er rief etwas, was sie nicht verstand, trabte zum Eingangsportal und sprang ab.

Kurze Zeit später trat er ihnen mit ausgebreiteten Armen entgegen. Silvias Herz schlug hoch bis in den Hals. Sie befahl Sandro, seinem Vater entgegenzurennen, und ließ auch den kleinen Tiberio loswackeln. Giovanni nahm beide in den Arm, drückte sie an sich, küßte sie. Sandro erzählte sofort, daß sie am Wasser gewesen seien. »Und Onkel Alessandro hat ganz viel mit uns gespielt.« Tiberio kam zu Silvia zurückgewackelt. Nun wollte Giovanni seine allerliebste Frau in die Arme schließen. Er stockte plötzlich, starrte auf ihren Bauch. Zuerst ging ein Strahlen über sein Gesicht, doch schnell wurde es abgelöst von ungläubigem, ja entsetztem Staunen.

Silvia wollte ihm einen Kuß geben, aber er wich zurück. Unwillig schüttelte er Sandro ab, der noch an seinem Mantel hing und von Capodimonte erzählte.

»Bist du in anderen Umständen?« fragte er beherrscht, aber bleich geworden.

Silvia nickte und versuchte, die Tränen zurückzuhalten.

Er wirkte erstarrt. »Kann ich überhaupt der Vater sein?«

Sie deutete ein Kopfschütteln an.

»Und wer ist es?« Er winkte ab. »Du brauchst es mir nicht zu sagen. Es ist nicht schwer zu erraten.« Sein Gesicht war leer vor Bestürzung. Er drehte sich um und verließ den Raum.

Während der nächsten Stunden saß Silvia an einem Fenster, das auf den Innenhof führte, und beobachtete, wie Giovanni die Fracht der Maulesel auspacken und die Kunstgegenstände aufstellen ließ, um sie auf Schäden zu überprüfen. Er warf ihr keinen einzigen Blick zu, und sie wagte nicht, hinunterzugehen und sich zu ihm zu gesellen.

Als Silvia schon im Bett lag, kam er schließlich zu ihr. Das Zimmer war nur von einem kleinen Öllicht beleuchtet, so daß sie seinen Gesichtsausdruck kaum erkennen konnte.

»Es kann nur der Farnese gewesen sein«, sagte er mit tonloser Stimme und warf einen kurzen Blick auf sie.

Sie deutete ein Nicken an.

Er setzte sich auf den Bettrand, seine Schultern eingefallen, sein Rücken krumm. So wie er dasaß, tat er ihr leid. Sie wußte nicht, wie sie ihm erklären sollte, was geschehen war. Die letzten Monate hatten sie durch die Hölle der Sehnsucht, Angst und Selbstzerfleischung geschleift. Sie liebte Alessandro, sie haßte ihn dafür, daß er sie in eine unlösbare Zwickmühle gebracht hatte, sie haßte sich selbst, daß sie nicht stark genug gewesen war, ihm – und ihren eigenen Wünschen – zu widerstehen, sie weinte, weil ihr Glück von einem lange zurückliegenden Mißverständnis zerstört worden war. Sie betete um ihre Errettung – aber Errettung hätte den Tod des in ihr wachsenden Wesens bedeutet, und sie wollte keine Todsünde begehen. Sie wollte auch nicht ihr Kind verlieren, denn es war *sein* Kind. Und es war *ihr* Kind.

Als sie jetzt Giovanni wiedergesehen hatte, war in ihr trotz ihrer Liebe zu Alessandro der Wunsch erwacht, sich mit ihm zu vereinigen. Giovanni mußte sie von dem anderen befreien. Auch wenn der andere in ihr heftigere Leidenschaften erregte. Giovanni mußte sich nehmen, was ihm zustand. Sie kannte ihre Gefühle aus den vorherigen Schwangerschaften. Sie fühlte sich stark und mutig und wild vor Begierden. Daher hatten sie auch die Wintermonate, eingesperrt in ihrem Palazzo in Rom, so gequält. Um sich abzulenken und gleichzeitig ihrer Erregung nachzukommen, hatte sie eine Liebesnovelle nach der anderen geschrieben. Und nun war Giovanni zurückgekehrt, saß neben ihr – vielleicht könnte sie, könnte er alles Vergangene auslöschen in einer lustvollen Wiederbegegnung, einem überbrückenden Wiedererkennen. Er durfte alles mit ihr tun, durfte ihr auch Schmerzen zufügen, er mußte sich als Mann erweisen, der zupackte, der strafte, der sich rächte – der aber auch verzieh und die Vaterschaft übernahm.

Sie berührte vorsichtig seine Schulter. Aber unwillig schüttelte er ihre Hand ab.

Dann schwiegen beide lange.

»Ich wäre ihm im übrigen beinahe begegnet«, erklärte Giovanni schließlich mit leiser Stimme. »Er hat sich dem Borgia angeschlossen. Sie führen Krieg in der Romagna, zusammen mit fremdländischen Söldnern unter dem Befehl der Franzosen. Ja, unser Kardinal Farnese ist ein Krieger geworden. Ich habe ihre heldischen Taten gesehen. Die Bauern wurden ausgeplündert und malträtiert. Es gibt kaum noch Verpflegung in der Romagna. Imola ist gerade noch davongekommen, ebenso Forlì. Beide Städte haben ihre Tore den Eindringlingen geöffnet, kein Bürger wollte sein Leben für die Sforza verlieren. *La tigressa* ist so verhaßt wie der blutrünstigste männliche Tyrann!« Giovanni sprach das Wort mit verächtlich-hochgezogenen Lippen aus. »Die Frau ist rachsüchtig, schreckt vor keinem Mord zurück und hätte sogar ihre Kinder geopfert, als sie vor Jahren der Geiselhaft entfloh. Aber jetzt hat sie einen ebenbürtigen Gegner gefunden. Beide sind geil wie die Hyänen. Da muß es ein Fest gegeben haben. Und der Farnese immer dabei!«

»Was für ein Fest?« fragte Silvia leise.

Giovanni ging auf ihre Frage nicht ein. »Caterina Sforza hat Cesare sogar noch in eine Falle locken wollen. Auf der Zugbrücke der Zitadelle bot sie ihm die Kapitulation an, raspelte Süßholz, und als er darauf eingehen, als er auf sie zugehen wollte, zogen ihre Leute die Brücke hoch. Aber einen Augenblick zu früh. Cesare konnte zurückspringen und versprach der heimtückischen Sforza Rache. Zwei Wochen versuchten seine Kanonen, eine Bresche in die Festung zu schießen, ohne Erfolg. Aber dann gelang die Eroberung, und das Morden begann. Und dein Farnese immer dabei.«

Er schwieg, und Silvia wagte einzuwerfen: »Ich kann mir nicht vorstellen, daß Alessandro besiegte Feinde tötet. Außerdem ist er nicht *mein* Farnese.«

Giovanni lachte verächtlich auf. »Vierhundert Mann haben sie niedergemacht. Da gab es kein Entkommen. Gekaufte Söldner, die für Geld alles tun, Abschaum. Und die Herren Hauptleute stritten sich um ihr prominentestes Opfer, um Caterina Sforza, *la contessa furiosa*.«

»Woher weißt du das alles?«

Unwillig fuhr Giovanni sie an: »Ich bin durch Forlì gezogen, habe mit vielen Menschen gesprochen, war sogar in der geplünderten und ausgebrannten Festung. Da lagen die Leichenteile noch, teilweise verbrannt, von Hunden und Krähen halb aufgefressen. Und obwohl es Winter ist, stank es grauenhaft.«

»Bist du Alessandro begegnet?«

»Gott bewahre. Ich war froh, daß diese Hyänen nach dem Streit um die Beute weitergezogen sind. Der Borgia hat sich sofort über die Sforza hergemacht, aber da die Franzosen sie gefangengenommen hatten und sich offensichtlich im Angesicht einer Frau an ihre Ritterlichkeit erinnerten, wollten sie *la tigressa* nicht *il toro* überlassen. Die Sforza ist schließlich die Halbschwägerin des deutschen Kaisers und daher ein gutes Lösegeld wert. Also schützten die ritterlichen Franzosen zuerst ihre Beute und lieferten sie dann doch dem Papstsohn aus für einen kräftigen Batzen Dukaten. Geld stinkt auch in Frankreich nicht.«

Giovanni erhob sich und wanderte im Zimmer auf und ab. Schließlich stellte er sich vor Silvias Gebetspult und starrte auf das Kruzifix an der Wand.

»Der Borgia holte sich also die Sforza, die dreifache Witwe, in sein Haus und hat dann mit ihr angestellt, was er mit Frauen am liebsten anstellt. Er hat ihr die Heimtücke heimgezahlt. Kardinal Farnese, der neue Borgia-Freund, immer dabei. Er war ja auch schon dabei, als Rosella vergewaltigt und verstümmelt wurde, dein alter Freund und Retter. Bald wird er als Marmorchristus in der heiligsten Basilika der Christenheit stehen, und du … du …«

Silvia glaubte, er würde sie nun schlagen. Aber er hatte sich nur über sie gebeugt, hob seinen Arm noch nicht einmal. Dann eilte er aus dem Zimmer.

Während der nächsten Tage begegneten sie sich kaum. Silvia schloß sich in ihr Studiolo ein, ließ nur Rosella zu sich und erzählte ihr alles, was sie gehört hatte.

»Bisher sind das reine Gerüchte«, erklärte Rosella. »Dein Mann hat nichts gesehen. Dem Borgia ist einiges zuzutrauen, sicher auch eine Vergewaltigung seiner Geisel, aber Caterina Sforza liebt selber starke Männer und war nie wählerisch, wenn es um ihr Vergnügen ging.«

»Was geht mich Caterina Sforza an!« schrie Silvia. »Und auch der Borgia interessiert mich nicht. Nur Alessandro interessiert mich!«

Die Vorstellung, der Vater des in ihr wachsenden Kindes habe sich als Mörder hilfloser Männer entpuppt, als Vergewaltiger der Frauenbeute, diese Vorstellung fand Silvia unerträglich. Sollte es wirklich möglich sein, daß Alessandro sie liebte und kurz darauf eine andere Frau vergewaltigte? Nein, sie konnte es sich nicht vorstellen. Aber wenn es so wäre, dann wäre er für sie gestorben. Dann wünschte sie ihm den Tod in einer der Schlachten, die er jetzt mit Cesare gewinnen wollte. O nein, natürlich wünschte sie ihm *nicht* den Tod, sie wünschte niemandem den Tod. Und doch war der Gedanke an einen Vergewaltiger, den sie liebte, so quälend, daß sie sich übergeben mußte.

Erst Tage später begegnete Silvia Giovanni wieder. Weil sie es nicht mehr aushielt, sich von ihren Kindern so lange entfernt zu halten, verließ sie ihr Studiolo. Sie fand Giovanni mit den beiden Jungen vor dem Kamin sitzen. Sandro ließ gegen seinen Vater einen Teil der Ritterfiguren aufmarschieren, und Giovanni verteidigte sich mit dem anderen Teil. Tiberio saß daneben auf seinem Schaukelpferd und galoppierte unter Geschrei und Juchzern. Kaum sahen die beiden Jungen Silvia, stürzten sie ihr in die Arme. Auch Giovanni erhob sich und gab ihr die Andeutung eines Kusses. Sie blickte ihn forschend an. Dann setzte sie sich zu Vater und Söhnen und ließ sie weiterspielen.

Jetzt müßtest du sticken oder sonst eine weibliche Tätigkeit verrichten, dachte sie. Aber sie hatte noch nie gestickt. Sie hatte lieber gelesen, Novellen geschrieben oder auch gemalt. Ihr Blick streifte wieder Botticellis Gemälde an der Wand, die Hunde, die sich in die Beine der Nackten verbissen, die vor Entsetzen aufspringenden Gäste des Picknicks. Sie hatte vor kurzem noch einmal Boccaccios Novelle gelesen. Natürlich verstand sie, was der Erzähler seinen Zuhörern mitteilen wollte, aber jede der anwesenden Frauen – und sie waren in der Mehrzahl – hätte ihn sofort in die Schranken weisen müssen. Kein Mann konnte und durfte die Liebe erzwingen! So hochmütig sich eine Frau auch gab, sie mußte das Recht haben, nein zu sagen, ohne dafür grausam und endlos bestraft zu werden!

Giovanni blickte kurz zu ihr auf. Sie versuchte, ihren sich inzwischen mächtig wölbenden Leib zu verbergen. Gleichzeitig lächelte sie ihn an. Er lächelte schwach zurück und ließ dann wieder seine Ritter gegen Sandros Ritter die Lanzen kreuzen.

Während der nächsten Tage begegnete ihr Giovanni häufiger und berichtete ihr auch, was er während der vergangenen Monate in Venedig alles erledigt hatte. Er war zum Geschäftsmann geworden! Zum Kunsthänder! Auf ihre Schwangerschaft gingen sie nicht ein.

Schließlich bat Silvia ihn, doch wieder in das eheliche Schlafzimmer zurückzukehren. Er zögerte, versprach es aber. An diesem Abend saßen sie zum ersten Mal nach seiner Rückkehr ohne die Kinder vor dem Kamin. Giovanni ließ das Feuer kräftig schüren, schickte dann den Diener hinaus. Er holte selbst einen großen Krug Wein aus der Küche und schenkte auch Silvia ein. Sie sah ihn an, suchte seinen Blick. Aber er wich ihr aus.

Das erste, was er sagte, war: »Ich muß es meinem Vater sagen. Ich war seit meiner Ankunft nicht wieder bei ihm. Er schöpft Verdacht.«

Silvia unterdrückte aufkeimenden Ärger. Sie nahm seine Hand. »Giovanni«, flüsterte sie, »ich liebe dich noch immer.«

»Das hast du nicht gerade bewiesen«, antwortete er unwirsch.

Sie atmete tief durch, versuchte, die sie erneut aufwühlenden Gefühle nicht zu beachten, und erzählte so sachlich, wie sie es konnte, von dem Mondschein in dieser einen Nacht, von ihrer Neugier auf die nächtliche Natur, von dem Wein, dem sie zugesprochen hätten, von ihren Scherzen, von ihrer Dankbarkeit Alessandro gegenüber.

Grimmig ins Feuer starrend, hörte Giovanni ihr zu.

Sie versuchte, alles zufällig aussehen zu lassen. Sie sei Opfer dieser wunderbaren Mondnacht geworden. Sie habe ihn, ihren Ehemann, immer vermißt.

Je grimmiger Giovanni zuhörte, desto schneller sprach sie, selbst dann noch, als sie alles gesagt hatte, was sie hatte sagen können, ohne das Eigentliche zu beschreiben. Aber sie merkte selbst, wie

Alessandro durch ihre Worte zum hinterlistigen Verführer wurde. Sie wollte das Bild, das sie von ihm zeichnete, korrigieren. Aber je mehr sie ihn reinzuwaschen versuchte, desto mehr stellte sie ihn bloß.

Giovanni hörte ihr schweigend zu. Der Grimm in seiner Miene war verschwunden, sein Körper fiel, wie das Feuer im Kamin, immer mehr in sich zusammen. Und als wollte er diesen Vergleich bestätigen, legte er nicht nach. Silvia warf schließlich ein paar Scheite in die Glut, so daß die Funken sprühten. Aber er rührte sich nicht, hob noch nicht einmal seinen Blick.

»Wenn du mir verzeihst«, sagte sie schließlich, »wenn du das Kind unter meinem Herzen als dein Kind annimmst, dann bleibe ich bei dir.«

Giovanni reagierte nicht.

Silvia merkte sofort, daß sie sich falsch ausgedrückt hatte. »Ich habe mich längst für dich entschieden«, korrigierte sie sich, »ich bin deine Frau, ich liebe dich. Die Frucht meines Leibes soll dein Kind sein – ist unser Kind! Wenn du mir verzeihst.«

Er schwieg.

»Du mußt mir verzeihen!« Sie stürzte auf die Knie, griff seine Hand, bedeckte sie mit Küssen.

»Warum muß ich dir verzeihen? Er hat dich auf hinterlistige Weise verführt. Ich müßte *ihm* verzeihen«, sagte Giovanni schließlich leise. »Aber ich verzeihe ihm nicht.«

»Laß nicht zu, daß unser Leben zerstört wird!« flehte sie ihn an. »Du mußt das Kind annehmen. Wer weiß schon, daß du nicht der Vater sein kannst. Niemand wird wissen, daß du …«

»Ich akzeptiere dein Kind.«

Wieder küßte sie seine Hand.

»Und was erwartest du noch von mir?«

Sie setzte sich wieder und starrte in das Feuer. Giovanni hatte recht, sie dies zu fragen. Sie wußte selbst nicht recht, was sie erwartete.

»Soll ich etwa unsere Ehre verteidigen?«

Sie schaute ihn verständnislos an.

Giovanni lief rot an, seine Stirnadern traten hervor. »Soll ich ihn vor den Bargello schleppen und mich lächerlich machen? Soll ich ihn beim Papst anschwärzen und mich dem Hohn der Prälaten aussetzen? Soll ich ihm etwa einen Mörder an den Hals schicken? Ja, das kann ich tun. Das ist das einzige, was ich tun kann.«

Silvia schwieg. Wie kam er nur auf solche Gedanken? Sie wußte nicht, was sie auf diese absurden und zudem gefährlichen Ideen antworten sollte.

Um ihn zu beruhigen, legte sie ihre Arme um seinen Hals. Aber plötzlich brach es aus ihm heraus. Er warf ihre Arme zurück, hob seine Hand und schlug sie ins Gesicht. Es war nur ein leichter Schlag, er schmerzte nicht. Und er hatte recht, sie zu schlagen.

Noch kniete er vor ihr, selbst erschrocken über seine Tat. Sie sah, daß er ein unvermindert schöner Mann war. Sie spürte, wie das Begehren in ihr stieg, wie die Flammen es anheizten – nach so langer Zeit sehnte sie sich danach, geliebt zu werden, sehnte sie sich nach der inneren Glut. Giovanni sollte ihre linke, dann ihre rechte Brust küssen, es war besser als nichts, auch wenn es nicht an die Vereinigung auf dem Sirenenfelsen heranreichte, an die sie sich jetzt, gerade jetzt erinnerte; er sollte seinen Pflock in sie hineinschlagen oder sollte sich niederlegen, damit sie über ihn steigen und auf ihm reiten konnte, bis beiden die Sinne vergingen. Die Glocken mußten klingen, die Kraniche ziehen, der Himmel aufreißen.

Aber Giovanni sank in sich zusammen.

»Liebst du mich nicht mehr?« fragte sie ihn und ließ ihre Hand über seine Brust wandern.

Er blieb kalt. Nichts regte sich. Nur ein Hundeblick.

»Ich weiß nicht, was ich tun soll. Am liebsten würde ich wieder nach Venedig gehen.«

»Dann gehen wir gemeinsam nach Venedig.«

Giovanni antwortete nicht, und ein böser Verdacht stieg in ihr auf.

In dieser Nacht schliefen sie wieder in einem Bett, aber keiner von beiden wagte den anderen zu berühren. Am nächsten Tag verließ Silvia morgens früh das Haus, um allein in die Messe zu gehen. Nach deren Ende zog es sie zu Michelangelos Werkstatt. Der Künstler arbeitete schon. Sein Gesicht hellte sich auf, als er sie erkannte, und nahm ein spöttisches Erstaunen an, als er ihren Leib sah. Dann führte er sie zu der *Pietà*, die inzwischen weit gediehen war. Vor sich sah sie eine sanfte Maria, eine liebende Maria, und einen Christus, der zu schlafen schien. Der Gekreuzigte war tot und lebte noch. Das Blut pulsierte in seinen Adern, und doch schien aus seinem Körper jegliche Kraft gewichen.

Eine plötzliche Angst erfaßte Silvia. Sie verabschiedete sich schnell von dem verdutzten Michelangelo und eilte, ohne auf den Winterschmutz der Gassen zu achten, zum Palazzo des Kardinals Farnese. Sie fragte dort, ob Seine Eminenz anwesend sei. Der Hausverwalter schüttelte den Kopf. Seine Eminenz sei schon seit Monaten nicht mehr in Rom gewesen, es gebe Gerüchte über seine Teilnahme an dem Feldzug des Herzogs von Valence. Der Mann stockte.

»Was ist?« fuhr ihn Silvia an.

»Es gibt auch andere Gerüchte.«

»Was meinst du damit?«

Aber mehr war aus dem Mann nicht herauszuholen. Immerhin verriet er ihr, daß Madonna Giulia in dem Palazzo bei Santa Maria in Portico weile.

Obwohl Silvia schon die Füße schmerzten und sie in der nassen Vorfrühlingsluft fror, eilte sie zum Vatikan und ließ sich bei Giulia melden.

Tatsächlich war Giulia im Haus. Sie sah müde, mitgenommen und traurig aus, als sie Silvia empfing, und zog sich mit ihr in eine kleine Dachmansarde zurück.

»In diesem Haus gibt es hundert Ohren und kaum einen sicheren Platz«, erläuterte sie. »Du siehst nicht gut aus. Bist du krank?«

Silvia wollte kein Gespräch über ihre Stimmung oder ihre körperliche Verfassung führen; sie interessierte auch nicht, ob Giulias Anwesenheit auf eine frisch aufgeflammte Liebe des Papstes hinwies, sie wollte nur Neuigkeiten über Alessandro hören.

»Er ist in den Krieg gezogen«, sagte Giulia. »Er war verzweifelt.«

»Ich bin auch verzweifelt, Giovanni ist ebenfalls verzweifelt. Wir sind alle verzweifelt.«

Sie unterbrach sich, weil Giulia sie düster anblickte.

»Ja und?« fuhr Silvia fort.

Giulia zuckte mit den Achseln. »Ich weiß nur, daß Cesares Feldzug gegen Imola und Forlì erfolgreich war und er bald hier in Rom erwartet wird. Von Alessandro habe ich nichts gehört. Auch Cesares Botschaften an seinen Vater erwähnen ihn nicht.«

Giulia wich ihrem Blick aus.

»Warum sagst du nichts mehr?« In Silvias Stimme lag ein beschwörender Klang.

»Ich muß immer wieder an unseren Bruder Angelo denken. Er war einer der wenigen, die in Fornovo fielen. Er war einer der besten Menschen – und wurde geliebt. Erinnerst du dich noch an Ippolita?«

»Natürlich erinnere ich mich an sie. Aber was willst du damit sagen?«

»Ach, Silvia, das weißt du genau.«

54. Kapitel

Cesare Borgia hatte mit dem kampferprobten und furchteinflößenden französischen Heer Imola und Forlì ohne Schwertstreich besetzen können und schließlich auch die Feste von Forlì mitsamt der sich wütend verteidigenden Caterina Sforza erobert. Es war zum Schluß viel Blut geflossen. Als die Soldaten, durch den Verrat eines Handwerkers auf eine Schwachstelle der Befestigungsmauer hingewiesen, schließlich eine Bresche schießen konnten und unter Geschrei in die Zitadelle stürmten, fühlte Alessandro sich plötzlich an den Kampf in Arezzo erinnert. Als stünde er neben sich, sah er sich parieren und attackieren. Damals schien ihm alles so leicht zu gehen, so spielerisch. Aber nun rannten verdreckte Männer an ihm vorbei, mit gezückten Waffen, brüllten, die Augen wie Irre, trieben sich gegenseitig voran – und rissen auch ihn mit. Cesare Borgia in voller Rüstung unter den ersten. Die Gascogner mit angelegten Armbrüsten. Die Verteidiger der Zitadelle hoben die Arme, warfen die Waffen weg, aber es nützte ihnen nichts. Sie wurden sofort niedergestochen. Das Gebrüll verstärkte sich, wenn die Schwerter, die Piken und Hellebarden in die Leiber fuhren. Erst vor dem Turm baute sich Widerstand auf, und Alessandro sah sie inmitten ihrer Männer: *La tigressa* in einem Brustharnisch, mit dem Schwert in der Hand. Sie kämpfte selbst. Die Haare aufgelöst, sprang sie furchtlos auf den ersten Franzosen zu und hieb auf ihn ein, so daß er erschrocken zurückwich. Ein Pfeil fuhr ihm in den

Hals, und aufschreiend stürzte er nieder. Sie feuerte ihre Männer an, und das Handgemenge wurde dichter und dichter.

Alessandro war stehengeblieben. Hinter ihm stürzten sich die Söldner auf alle, die sie lebend erwischten. Sie hackten auf sie ein, rissen ihnen die Kleider vom Leib, stritten sich um jeden Fetzen Beute, stießen die Dolche in die nackten Körper und wühlten mit ihnen in den Eingeweiden, um nach Edelsteinen zu suchen. Alessandro mußte sich fast übergeben. In dem Durcheinander drohte sein Pferd zu scheuen und verletzt zu werden. Er stieg ab und band es an einem Ring fest. Immer mehr Söldner strömten an ihm vorbei, stießen ihn zur Seite oder nach vorne, und ehe er sich versah, befand er sich mitten im Fechtgetümmel. Nicht weit entfernt war Cesare Borgia, der mit seinem Brustkorb wie ein Stier und Armen wie Baumstämme regelrechte Schneisen durch die noch kämpfenden Verteidiger der Feste schlug. Er wollte sich immer wieder Caterina Sforza nähern, aber entweder wich sie aus oder wurde durch ihre Männer zu gut gedeckt, so daß er sie nicht erreichte.

Alessandro parierte einige Angriffe und zog sich dann wieder so weit zurück, daß er verschnaufen konnte. Er war nicht mehr so in Übung wie damals in Arezzo; er spürte auch den Widerwillen gegen das spritzende Blut und das aufklaffende Fleisch, gegen all dies sinnlose Morden, gegen die Männer, die dafür bezahlt wurden, daß sie andere töteten. Gleichzeitig riß es ihn hinein. Es waren nicht nur die Angreifer, die ihn vorwärtsdrängten, nein, das Gebrüll riß ihn mit, er hörte sich plötzlich selbst brüllen, seine Arme zuckten, als er die Arme der anderen schlagen sah. Ein Rausch zwang ihn vorwärts, und wieder tauchte er in das Klirren der Waffen, den Aufschrei der Verwundeten, das Stöhnen der Sterbenden ein. Neben ihm war Cesare, der mit nicht nachlassender Berserkerwut um sich drosch.

Die Verteidiger wichen zurück. Ein spitzer Schrei. Caterina. Einer der Schweizer Söldner packte sie von hinten und hielt sie fest, ein zweiter schlug ihr das Schwert aus der Hand, ein dritter griff nach ihren strampelnden Beinen, ein vierter riß an ihren Haaren, und schließlich gingen sie alle zu Boden. Wie auf Befehl streckten Caterinas Verteidiger die Waffen. Verdutzt schauten die kämpfenden Angreifer sich um, weil sie keinen Widerstand mehr fanden, und stürzten sich dann auf die Sich-Ergebenden. Nach kurzer Zeit war keiner mehr am Leben. Das Blut floß in Bächen zwischen den Pflastersteinen, suchte sich seinen Weg, verteilte sich in Rinnsale, schlängelte sich davon. Noch immer stachen die Männer in tote Menschenleiber. Kein Kopf durfte auf dem Rumpf bleiben, kein Bein am Körper. Und schließlich prügelten sich die Söldner um die Beute. Fäuste flogen. Die Offiziere versuchten einzugreifen, aber vergeblich.

Einige der Soldaten wollten sich auf Caterina stürzen. Sie war inzwischen wieder aufgestanden, die Hände auf dem Rücken gefesselt, fluchend wie ein Pferdeknecht, das Gesicht und die Haare blutverschmiert. Baron Yves d'Alègre und der Bailli von Dijon, die französischen Heerführer, stellten sich vor sie, Cesare eilte hinzu, und als noch immer einer der Schweizer sie zur Seite reißen wollte, schlug ihn Cesare mit einem Wutschrei nieder. Mit verzerrter Miene richtete sich der Mann auf und wollte seine Pike Cesare in den Bauch rammen. Aber Cesare sprang blitzschnell zur Seite. Der Schweizer konnte den Schwung seines Laufs nicht abbremsen. Alessandro stand hinter Cesare, und plötzlich sah er die Spitze der Lanze direkt auf sich zurasen. Es war zu spät, ihr ausweichen zu wollen. Aber plötzlich verlor sie alle Kraft, stieß Alessandro nur leicht an und fiel auf den Boden. Mit ihr fielen zwei Hände. Cesare hatte sie dem Schweizer blitzschnell abgeschlagen. Als der Mann mit aufgerissenen Augen auf den Blutstrahl starrte, der aus seinen Armen schoß, hieb ihm Cesare mit einem Schlag auch noch den Kopf ab. Der Körper sackte zu Boden, und sein Blut ergoß sich in die Pfützen der anderen.

Dann brach die Metzelei zusammen. Die Söldner ließen keuchend ihre Waffen sinken, wischten sich Schweiß und Blut von der Stirn, suchten sich einen Platz zum Niedersitzen. Manche säuberten ihre Waffen. Andere betrachteten die Beute. Es war plötzlich fast gespenstisch still geworden, nur Caterinas Lachen schrillte über den Platz.

Alessandro starrte auf die Pike, die ihn berührt, aber nicht verletzt hatte. Cesare hatte sich schon wieder gefangen und legte ihm den Arm auf die Schulter. »*Do ut des*, sagten die alten Römer. Ich gebe, damit du gibst. Das war knapp.«

»Danke, Cesare«, flüsterte Alessandro fast ohne Atem, »du hast mir das Leben gerettet.«

Cesare machte eine generöse Geste und sprang dann auf Caterina Sforza zu, die von den Franzosen abgeführt werden sollte.

»Sie gehört mir!« rief er.

Die beiden französischen Hauptleute schauten sich an.

»Wohl kaum, Monsieur le Duc«, antwortete der Bailli von Dijon.

»Ihr habt vergessen, welches Heer Euch die Städte eroberte«, ergänzte Yves d'Alègre nicht ohne Herablassung.

»Mein Onkel, der König von Frankreich ...«, versuchte Cesare aufzutrumpfen.

»... hat uns klare Anweisungen gegeben«, fuhr der Franzose fort. »Wir führen keinen Krieg gegen Frauen. Wir sind Ritter!«

Cesares Stirnadern schwollen an. Alessandro sah, wie seine Faust den Griff des Schwertes umklammerte. Aber dann lächelte er, winkte ab und deutete eine höhnische Verbeugung an. Er trat einen Schritt auf Caterina zu und hob mit verächtlicher Miene ihr Kinn. Sie spuckte ihm ins Gesicht. Seine Augen weiteten sich, aber gleichzeitig kniff er die Lippen zusammen.

»Das wirst du büßen, du schmutzige Schlampe!« zischte er.

Sie kreischte auf vor Lachen. »Du lächerlicher Bastard, du Sohn einer Hure, du verwanzter Signor d'Arignano, du drohst einer Sforza? Komm nur in mein Bett, und ich werde dir zeigen, wie meine Fotze dich klein kriegt. Dir wird der Schwanz abfallen, und du wirst nur noch winseln. Ich werde dich in den Staub treten ...«

Die Franzosen schoben sich vor Caterina, bevor Cesare handgreiflich werden konnte, und führten sie ab. Der Papstsohn sah ihnen wütend nach und machte sich dann mit den ihm direkt unterstehenden Söldnern auf, die eroberte Zitadelle zu verlassen. Achtlos ritt er an den Verletzten vorbei, um die sich inzwischen die ersten Feldscher und Chirurgi kümmerten. Alessandro begleitete ihn in seine Unterkunft in Forlì. Beide mußten sich mühsam ihren Weg durch die Bürger der Stadt bahnen, die zur inzwischen brennenden Feste eilten.

Cesare fluchte nur noch leise vor sich hin, stieß Drohungen aus und trank am Abend, als sie sich vor der hereinkriechenden nassen Kälte durch ein prasselndes Kaminfeuer schützten, einen Becher Wein nach dem anderen. Alessandro trank mit. In seinem Kopf tanzten noch die blutigen Bilder. Und er spürte den leichten Druck auf dem Bauch, den die Pike des Schweizers verursacht hatte. Er, der Kardinal von Santi Cosma e Damiano, hatte wie ein gewöhnlicher Soldat gekämpft. Wie durch ein Wunder hatte Gott ihn am Leben gelassen. Cesare persönlich war der Lebensretter. Aber warum? Warum stand nun wieder ein Engel an seiner Seite, ein Engel mit der Statur eines Gladiators? Hatte er dies wirklich verdient?

Alessandro trank, bis seine Bewegungen langsamer und unsicherer wurden, bis die Zunge überall anstieß, und er taumelte, als er aufstand, um seine Notdurft zu verrichten. Als er zurückkam, hockte Cesare noch immer vor dem Feuer und murmelte etwas vor sich hin. Alessandro wollte nicht glauben, was er erlebt hatte. Er forderte IHN heraus, und ER rettete ihn ein weiteres Mal. Gott trat immer wieder unerwartet in sein Leben. Seine Dankesschuld überstieg alles, was er leisten konnte. Und trotzdem leugnete er IHN immer wieder.

Alessandro mußte irgendwann vor dem Kamin eingeschlafen sein. Als er wieder aufwachte, war das Feuer kalt, Cesare verschwunden, sein Kopf schwer und voll spitzer Schmerzen. Außerdem plagte ihn Übelkeit. Er goß eiskaltes Wasser über sich, und während er sich abtrocknete, entdeckte er eine Reihe von kleinen Wunden, die er gestern, nach dem Kampf, gar nicht bemerkt hatte. Blutbesudelt waren sie alle gewesen.

Er begegnete auch wieder Cesare, der völlig ausgenüchtert war und sich in einem prächtigen Brustharnisch präsentierte. Es gehe um Caterina Sforza, erklärte er, sie sei seine Geisel, er werde sie den Franzosen notfalls abkaufen.

»Auf das Stichwort *Lösegeld* hin haben sie nicht abschlägig reagiert«, sagte er mit verächtlichem Hohn.

Und tatsächlich wurde Caterina Sforza während der nächsten Tage in die Unterkunft des Herzogs von Valence überstellt. Cesare stand neben der Tür, betrachtete mit triumphierendem Grinsen die Ankunft der gefesselten Frau. Sie schüttelte die Haare und erwiderte seinen Blick mit einem herausfordernden Lächeln.

Cesare verhielt sich Caterina gegenüber freundlich, ja zuvorkommend. Er ließ ihr die Fesseln abnehmen, Wein und bestes Essen bringen, achtete jedoch darauf, daß sie streng bewacht wurde.

»Man muß das Schwein mästen, bevor man es schlachtet«, kommentierte er sein Verhalten Alessandro gegenüber.

Begegnete sie Cesare, aber auch Alessandro, schüttelte sie immer wieder ihre offene Mähne, reckte ihre Brust und lächelte.

Cesare ließ sie aber in Ruhe.

Das Heer sollte sich noch ein paar Tage ausruhen, bevor es zu einer weiteren Eroberung nach Pesaro aufbrach. Alessandro entfloh in der Zwischenzeit der naßkalten Stadt mit der noch immer schwelenden Zitadelle, dem Leichengestank in den Gassen und ritt in die nahegelegenen Wälder. Cesare wollte ihn begleiten. Alessandro konnte sich nicht dagegen sträuben, obwohl er lieber allein gewesen wäre, aber dann war es ihm auch recht, zumal Cesare während der verstrichenen Tage kaum geprahlt oder herumkommandiert hatte. Noch immer wirkte er regelrecht in sich gekehrt.

Weil es kühl war, machten sie zwischendurch ein Feuer und brieten sich über den Flammen ein Stück Fleisch. Als sie es gegessen hatten, hockten sie noch eine Weile am wärmenden Feuer, und Cesare kam ins Reden. Er erzählte von seiner Kindheit im Hause seiner Mutter und ihres Mannes, der d'Arignano hieß und der lange Jahre sein offizieller Vater gewesen war.

»Daher hat sie dich *Signor d'Arignano* genannt?« fragte Alessandro, dem ein Licht aufgegangen war.

Cesare schürzte verächtlich die Lippen. »Sie wollte mich kränken und verletzen, aber dafür wird sie büßen.«

Cesare erzählte, sein Bruder Juan sei ihm immer vorgezogen worden. »Natürlich hat er das gesamte Erbe meines Halbbruders Pedro Luis erhalten. So war es immer schon, auch zu der Zeit, als mein wirklicher Vater mich in einer Geheimbulle zwar anerkannte, ich offiziell aber noch immer den falschen Namen führen mußte. Und dann durfte ich mich *Borgia* nennen, galt aber noch nicht als *sein* Sohn. Er wollte um jeden Preis Papst werden. Aber ein Papstkandidat hat keine Söhne, höchstens Neffen. All diese lächerliche Heuchelei. Er glaubte, er habe sie noch nötig. Bei unserer Mutter im Hause verhätschelte er uns, in der Öffentlichkeit verleugnete er uns. Und dann sollte ich, obwohl ich älter als Juan bin, Kardinal werden, wurde zum Studium nach Perugia und Pisa geschickt. Währenddessen erhielt Juan die Herzogwürde von Gandìa. Später, nach seiner Papstwahl, protzte unser Vater mit seinen Kindern und ergriff jede Möglichkeit, uns Ämter und Pfründe zuzuschieben. Juan wurde Generalkapitän des Heeres und Gonfalionere, ich blieb der kastrierte Kardinal.« Er machte eine lange Pause. »Verstehst du mich, Farnese?«

Alessandro nickte. »Ich mußte ebenfalls Kardinal werden, als Zweitgeborener.«

»Ich war aber der Erstgeborene«, trumpfte Cesare noch einmal auf, »und habe Juan in jeder Beziehung geschlagen.« Wieder unterbrach er sich für lange Zeit, und auch Alessandro versank ins Nachdenken. »Aber jetzt ist Juan tot, und ich durfte den Eunuchenrock endlich ins Feuer werfen – und wurde Herzog von Valence, *il Valentino*! Ich glaube, ich habe meiner kleinen französischen Frau Charlotte d'Albret sogar ein Kind gemacht in unserer Hochzeitsnacht. Achtmal habe ich sie gefickt, Mensch, was hat sie gesungen! Und ich war hinterher kaputt!« Er lachte. »Und zwischendurch mußte ich dauernd auf den Abtritt. Ich hatte säuischen Dünnschiß. Aber das hält einen Borgia nicht davon ab, seinen ehelichen Pflichten nachzukommen.« Er trank einen großen Schluck Wein aus seinem Ziegenschlauch. »Ob ich meine Charlotte jemals wiedersehen werde?« Er mußte aufstoßen. »Und du, Farnese, wen hast du in der letzten Zeit bis zum Erbrechen gefickt?«

Alessandro versuchte, dieses Thema zu meiden, und wollte von dem Verhalten seiner Mutter und seinem älteren Bruder Angelo erzählen.

»Rosella vielleicht«, unterbrach ihn Cesare, »die Oberhure? Aber die hat ja nun ihre Schnitte weg. Danach hast du sicher nicht wie ein Eremit gelebt.«

Alessandro schüttelte den Kopf.

»Farnese, warum bist du seit Tagen so still? Man hat mir aus Rom einige Gerüchte überbracht. Du weißt doch, die Familie Borgia hat ihre Ohren überall. Der Kardinal Farnese soll die Silvia Crispo, vormals Ruffini, geschwängert haben. Alle Achtung, Junge, genauso muß man es machen. Schau dir meinen Vater an! Der hat sich trotz seiner früheren Heuchelei auch durch nichts einschüchtern lassen. Nur entreiß deinen Sohn dem Crispo und laß ihn schnell legitimieren, sonst heißt er sein Leben lang wie der Heiligenmaler. Und das kannst du ihm nicht antun.« Sein Gesicht verzog sich zu einer verächtlichen Fratze, und er entblößte seine Zähne. »Heute abend packen wir uns die Sforza«, preßte er unvermittelt hervor, »inzwischen ist sie weichgekocht.«

La tigressa fauchte tatsächlich wie eine Raubkatze, als Cesare sich ihr, wie angekündigt, näherte und sie begriff, was geschehen sollte. Natürlich war er nicht allein. Den widerstrebenden Alessandro hatte er mitgeschleppt, außerdem noch seinen Adlatus Michelotto, den *Mann fürs Grobe*, wie Cesare ihn nannte.

Caterina beschimpfte die Männer zuerst unflätig, aber als sie merkte, daß es ernst werden sollte, gab sie sich plötzlich liebenswürdig und zeigte sich bereit, die Liebeskraft des Romagna-Eroberers zu erproben. Sich von ihrer Ausdauer überzeugen zu lassen. Sich dem Sieger mit jeder Faser ihres Leibes hinzugeben. Cesare jedoch ging auf ihre so offensichtlich falschen Töne nicht ein, sondern ohrfeigte sie mehrfach. Bevor sie reagieren konnte, griff er in ihre Haarmähne, riß ihren Kopf nach hinten und küßte sie. Als Antwort faßte sie ihn dorthin, wo er am empfindlichsten war. Wieder reagierte er mit ein paar schallenden Ohrfeigen.

Alessandro wollte den Raum verlassen, aber der grinsende Michelotto winkte ab. Die Tür war abgeschlossen. Cesare riß sich nun sein Wams vom Körper und das Hemd gleich hinterher. Die Schrammen, die er bei der Eroberung der Zitadelle davongetragen hatte, ließen seine muskulöse Brust noch heldenhafter erscheinen. Alessandro kam sich neben diesem spanischen Kampfstier schmächtig vor. Auch Caterina schien beeindruckt und strich ihm mit ihrer Hand über die Brusthaare. Er riß ihr das Kleid von den Schultern, und sie half tatsächlich nach.

»Los, Michelotto, zieh sie ganz aus. Ich trau dieser Judith nicht. Vielleicht trägt sie noch ein Messer bei sich.«

Cesare warf Caterina aufs Bett, und Michelotto wollte ihren Unterrock über die Füße zerren. Sie strampelte, trat nach den Männern. »Alessandro, pack an!« Wieder wollte er sie ohrfeigen, aber sie schlug um sich und trat gezielt nach seiner Männlichkeit. Cesare sprang lachend zur Seite, und nach einem weiteren Handgemenge hatte er sie mit Michelottos Hilfe vollständig entkleidet.

Michelotto ergriff Caterina nun von hinten und preßte ihre Arme hinter den Rücken. Da sie wieder strampelte und nach Cesare trat, hob Michelotto sie in die Luft. Die beiden Männer brüllten vor Lachen. Alessandro lehnte sich an die Wand und schloß die Augen. Sein Schwanz preßte sich schmerzhaft gegen den Stoff seiner Schamkapsel. Er konnte nicht mehr ertragen, dabeizustehen und zuzuschauen, wie die beiden Männer sich über die Frau hermachten, die sich wehrte und sie gleichzeitig reizte.

Er öffnete die Augen wieder. Weder Cesare noch Michelotto achteten auf ihn. Caterina hörte plötzlich auf zu strampeln und spreizte ihre Beine. »Komm, du Schwein, ich laß dich versaufen, ich freß dich auf, diese Fotze ist schon mit so vielen Männern fertiggeworden, dich wird sie auch noch kleinkriegen.« Cesare stürzte sich mit einem Wutschrei auf sie und wollte sie niederpressen. Aber blitzschnell trat sie nach seinem vorgereckten Schwanz, er jaulte auf und schlug ihr dann so wild ins Gesicht, daß Blut aus der Nase trat und die Lippen aufsprangen.

Caterina schrie vor Schmerzen, preßte aber anschließlich doch ein höhnisches Lachen hervor. »Na, Valentino, wie fühlt sich der Schwanz eines Stieres an?«

Cesare verlor nur kurz seine Kraft. Er kniete auf ihren Schenkeln, bis sie vor Schmerzen aufschrie, dann preßte er sie blitzschnell auseinander. Caterina wurde noch immer von Michelotto gehalten. Cesare riß nun ihren Kopf zur Seite, daß sie vor Schmerzen die Augen schloß, und griff mit seiner Hand zwischen ihre Beine.

»Ich reiße dich bis zum Bauchnabel auf!« fauchte er.

Caterina fluchte und schrie. Cesare gab Michelotto mit seinem Kopf einen Wink. Mit einem Ruck drehten sie die Frau herum und preßten ihr Gesicht in die Kissen. »Du liebst es sicher nach der Art der Sodomiten, Megäre, du sollst deine Freude daran haben.«

Caterina zuckte und wand sich. Michelotto lockerte seinen Griff, so daß sie wieder atmen konnte. Noch einmal bäumte sie sich auf, als Cesare seine Ankündigung wahr machte, dann ließ sie geschehen, wogegen sie sich nicht mehr wehren konnte.

Cesare war schnell fertig. Er wälzte sich neben sie und zog ihren Kopf hoch, um ihr ins Gesicht sehen zu können. Aber sie drehte sich zur Seite. Alessandro sah ein verwüstetes Gesicht, einen vor Wut und Schmerz irren Blick, Blut tropfte noch immer aus der

Nase. Die Lippen waren geschwollen.

»Los, *Fregnese*, nimm sie dir! Eingeritten ist sie schon.«

Alessandro schüttelte den Kopf. Er ekelte sich vor dieser tierischen Rache, vor dieser widerlichen Gewalt und auch vor sich selber. Ihn ekelte auch der Anblick von Sperma, Blut und Schweiß.

»Darf ich?« rief Michelotto.

»Du hältst sie auf dem Kissen«, brüllte ihn Cesare an. »Ich will, daß der Farnese sie fickt.«

Er sprang auf, packte Alessandro und drückte ihn auf ihren Körper. Alessandro spürte, wie er zustoßen wollte, wie er hätte zustoßen können und wie es ihn trotzdem ekelte. Cesare machte ihn zum Lakaien und gleichzeitig zum Mittäter, und dagegen wehrte sich jetzt alles in ihm. Eine eiserne Faust preßte seinen Kopf neben Caterinas verschmiertes Gesicht. Wieder der Blick aus wutverzerrter Angst. Aber dann veränderte er sich plötzlich. Hilflosigkeit und Schwäche standen in ihren Augen. Sie flüsterte etwas, was nach einer Bitte klang.

Er kämpfte sich frei und stand auf.

»Was ist?« brüllte Cesare.

»Ich habe genug«, antwortete er und ging zur Tür.

»Fick sie! Ich will sehen, wie du sie fickst! Du hast dich schon vor der Hure gedrückt, jetzt hast du keine Entschuldigungen.« Cesares Stimme überschlug sich.

Alessandro entriß Michelotto den Schlüssel und schloß die Tür auf.

Cesare sprang ihn an. »Ich erschlag dich, du Memme, wenn du sie nicht fickst!«

55. Kapitel

Silvia stand kurz vor ihrer Niederkunft: Sie keuchte vor Atemnot und konnte nirgendwo bequem sitzen, geschweige denn, leichtfüßig gehen. Giovanni schlief zwar wieder im gemeinsamen Ehebett, hatte sich jedoch geweigert, ihre Wünsche zu befriedigen. Selbst ihre geduldigen Annäherungen an ihn wies er beharrlich zurück, und seine schlaffe Männlichkeit bewies die Vergeblichkeit ihrer Versuche.

Schließlich verlor Silvia die Lust nach liebevoller Vereinigung.

Das Kind hatte sich gesenkt, ihr Körper bereitete sich auf die Geburt vor, und der Stolz in ihr wuchs von Tag zu Tag und verdrängte die geschlechtliche Gier.

Giovanni sorgte sich dennoch um ihr Wohlergehen, riet ihr, alle Anstrengungen zu meiden und nicht so häufig beim Schein der Kerzen an ihrem Pult zu sitzen und ihre »Geheimberichte« zu schreiben.

Gewöhnlich war er in der Stadt unterwegs, um die in Venedig erworbenen Kunstgegenstände zu verkaufen. Speiste er zu Hause, berichtete er häufig von seinem Vater, der weiterhin mit Agostino Chigi viel Geld verdiene, insbesondere durch die Alaun-Minen von Tolfa.

Silvia wünschte sich, die Frühlingstage in Frascati zu verbringen. Dort herrsche bessere Luft, sie fühle sich freier und könne auch leichter ihr Kind zur Welt bringen. Aber Giovanni bestand darauf, daß sie in Rom blieben. Für Frascati habe er keine Zeit, außerdem gebe es in Rom bessere Ärzte, und allein wolle er Silvia auf keinen Fall lassen. Auch sein Vater habe gesagt …

»Ist ja gut«, unterbrach ihn Silvia. »Wir bleiben in Rom.«

Das Gespräch erstarb, und jeder aß still vor sich hin.

Giovanni trank hastig und bohrte am Ende der Mahlzeit mit seinem elfenbeinernen Zahnstocher in den Zähnen. Silvia fand, daß er dick geworden war. Sein immer schon fleischiges Kinn drohte, ein Doppelkinn anzusetzen.

Das Kind in ihr strampelte, als halte es seine Gefangenschaft in dem dunklen Frauenleib nicht mehr aus. Kurz kam Silvia die Befürchtung, sie oder das Kind könnten während der Geburt sterben. Sie wollte aber nicht daran denken. Die beiden bisherigen Geburten waren leicht gewesen, und nach aller Erfahrung weitete sich das Becken mit jeder Entbindung. Natürlich konnte das Kind falsch liegen – oder eine Krankheit – oder einfach böse Geister … Sie dachte daran, unter welchen Bedingungen das Kind gezeugt worden war. Wenn nun damals auf dem Sirenenfelsen der Keim gelegt worden war zu einem kleinen Dämon, der in ihr wuchs und sie vernichten sollte? Rosellas Sandro, der neues Leben erlangende Racheengel …

Silvia glaubte, sich übergeben zu müssen. Aber dann beruhigte sie sich, und die Übelkeit wich wieder. Sie mußte vergessen. Auch Giovanni mußte vergessen.

Und doch konnte sie Alessandro nicht aus ihrem Gedächtnis, aus ihren Gefühlen verbannen.

Er hatte die Eroberung von Imola und Forlì als Begleiter des Papstsohns überlebt und hielt sich zur Zeit in Rom in seinem Palazzo in der Nähe des Campo de' Fiori auf. Caterina Sforza war als Gefangene im vatikanischen Belvedere untergebracht, und man erzählte sich in Rom viel von ihrer ungebremsten Wildheit und Wut. Und über Cesare Borgia, den *Valentino*, kursierten noch mehr Gerüchte. Täglich vergewaltige er sie, hieß es. Dann hinwiederum wurde behauptet, er habe sie nie vergewaltigt, sie sei freiwillig in sein Bett gekrochen und könne nicht genug bekommen. Cesare sei ihrer längst überdrüssig.

Silvia befragte die Besucher des Hauses, die Kunstinteressierten, die Händler, befragte sogar die Dienstboten. Und nach der Messe schwätzte sie mit ihren Nachbarinnen. Cesare war in aller Munde. Von Alessandro Farnese, dem Kardinal, hörte sie kaum etwas. Er halte nach langer Unterbrechung gelegentlich eine Messe. Man sehe ihn in den Vatikan reiten. Er beauftrage wieder Handwerker, an seinem Palazzo weiterzubauen. Er besuche oft seine Schwester. Aber das, was Silvia hören wollte, erfuhr sie nicht. Auch nicht von Rosella.

Dafür begann Giovanni immer schlechter von Rosella zu sprechen. »Sie ist eine Hexe«, sagte er. »Eine Giftmischerin. Sie hat den bösen Blick. Sie spricht mit den Toten. Sie hat Freunde in der Unterwelt. Ihr Bruder ist der reine Abschaum. Aber besser eine Hexe, die einem wohlgesinnt ist … Sonst müßte man sie dem Heiligen Offizium ausliefern und verbrennen lassen.«

»Das kommt auf keinen Fall in Frage.« Silvias Ton war bestimmt.

Giovanni antwortete nicht, holte sich wieder seinen Zahnstocher aus dem Wams und entblößte seine Zahnreihen, als wolle er jeden Augenblick zubeißen.

Sie hatte die Lust an der Konversation verloren und ließ ihre Gedanken treiben. Alessandro hatte ihr einen Brief zukommen lassen. Er bat sie darin, sich mit ihm bei Michelangelo zu treffen. Die *Pietà* sei fertig und unglaublich schön. Wie ein Blitz habe das Kunstwerk ihn getroffen, wie der Blitz, der damals Saulus zu einem Paulus … Silvia hatte den Brief zwar bis zu seinem gefühlvollen

Ende gelesen, bis zu dem letzten Postskriptum, ihn dann aber ins Feuer geworfen. Selbstverständlich ging sie nicht zu Michelangelo, obwohl sie vor Neugier auf die fertige *Pietà* brannte.

Giovanni reinigte nun seine Backenzähne. Dabei schaute er sich jedesmal genau an, was er aus den Ritzen und Löchern herausgepult hatte.

»Noch immer ist unsere Ehre nicht wiederhergestellt«, sagte Silvia unvermittelt. Etwas trieb sie, ihn zu reizen. Natürlich hatte sie nie gewollt, daß er Alessandro einen der jederzeit verfügbaren *bravi* auf den Hals schickte, aber sie war sich ohnehin sicher gewesen, daß er dazu niemals in der Lage sein könnte. Giovanni Battista Crispo, ihr Gemahl, der erfolgreiche Kunsthändler und Sohn eines nach Geld stinkenden Vaters, der seinen Reichtum auf wenig ehrenvolle Weise erlangt hatte, schien sich damit abgefunden zu haben, daß sein drittes Kind nicht von ihm stammte, daß der Verführer unbestraft und die Ehefrau lange Zeit unbefriedigt blieb. Ob er nach der Geburt noch immer vermied, seinen ehelichen Pflichten nachzukommen – wenigstens den Pflichten? Ihr Vater hatte sich vor langer Zeit über die Kammerfrau seiner Tochter hergemacht – Giovanni schien kein Mädchen im Haus so anziehend zu finden, daß er sie geschwängert hatte. Ob er inzwischen Kurtisanen besuchte? Bisher hatte Silvia noch nichts bemerkt. Die Männer rochen doch anders, wenn sie nach einem solchen Besuch nach Hause kamen, sie blieben schlaff und desinteressiert. Giovanni war zwar schlaff und desinteressiert, aber er roch immer nach Giovanni und nicht nach Fiammetta oder Imperia oder Ambrosina.

Giovanni reagierte nicht, sondern behandelte einen besonders hartnäckigen Zahn. Er spülte mit Wein nach und spuckte die Flüssigkeit in den Kamin.

»Du bist ein Schlappschwanz!« sagte sie voller Verachtung.

»Besser ein Schlappschwanz als tot. Außerdem bin ich kein Schlappschwanz, sondern lebensklug. Kann ich jetzt noch etwas daran ändern, daß du einen Bastard auf die Welt bringst? Wahrscheinlich wird er ohnehin irgendwann sterben. Soll ich mich zum Gespött machen? Soll ich die Geschäfte meines Vaters behindern? Der *Fregnese* hat dich gevögelt und uns ein Kuckucksei ins Nest gelegt – du mußt mit dieser Sünde leben und Gott um Verzeihung bitten. Ich war so großmütig und habe dir verziehen – obwohl nicht jeder so großzügig wäre. Der *Gonella* sicher nicht. Stell dir mal vor, du wärst mit ihm verheiratet, und ich hätte dich geschwängert. Er hätte wahrscheinlich das Heer seines Kumpanen Cesare aufgeboten, um mich in tausend Stücke reißen zu lassen. Aber ich heiße nicht Alessandro.«

»Das ist wohl wahr!«

Silvia hatte Giovanni nicht daran hindern können, so zu reden und zwischendurch noch immer mit dem Zahnstocher in den Zähnen herumzuwerken. Im übrigen hatte sie selbst ihm das elfenbeinerne Schmuckstück geschenkt. Feinste Schnitzereien verzierten den Griff, und dementsprechend hoch war der Preis gewesen. Aber er brauchte dieses Instrument, im Gegensatz zu ihr, da sie noch weitgehend intakte Zähne besaß.

»Was willst du damit sagen?«

»Nichts will ich damit sagen, aber ich möchte, daß du deine Ehre als Mann verteidigst.« Der Teufel ritt sie, daß sie ihren Giovanni so reizte.

»Aber ich verteidige sie doch – indem ich den Mund halte und nichts unternehme. Wenn erst die ganze Stadt darüber redet, daß Giovanni Battista Crispos Ehefrau sich einem geilen Kardinal mit Namen *Fregnese* hingegeben hat, dann ist die Ehre des Giovanni Crispo beschmutzt und natürlich auch die Ehre der Silvia Crispo, vormals Ruffini, der Tochter eines untadeligen Vaters und einer geschändeten Mutter. Und wenn man sich dann weiter erzählt, daß der *Fregnese* derjenige war, der sie damals vor der Vergewaltigung gerettet hat, wird man messerscharf schließen, sie habe sich dem *Fregnese* aus Dankbarkeit hingegeben und dabei doppelte Lust empfunden – was durchaus zutreffend sein könnte, zumindest was die Lust angeht.«

Silvia fühlte sich erstarren. »Wenn du meinst«, brachte sie mühsam hervor und wollte sich erheben. Als ihr Blick Giovanni streifte, blitzten seine Augen sie giftig an. Den Zahnstocher hielt er in der Hand, als wollte er jeden Augenblick zustechen.

Ihr schwindelte, und sie mußte sich wieder setzen.

»Und was die Ehre angeht«, fuhr Giovanni fort, mit einer Stimme, die sie überhaupt nicht an ihm kannte, »so sendet ein Crispo keine geheuerten Mörder aus. Das überläßt er den Borgia und den mit ihnen befreundeten Familien. Ich kann mir auch nicht vorstellen, daß dein Vater, der ehrenwerte Rufino Ruffini, Gott hab ihn selig, dir beigebracht hat, daß man sich unliebsamer Menschen durch Meuchelmord entledigt.«

»Hör auf!« flüsterte Silvia.

»Er war ein ehrenwerter Mann, der Rotschopf Ruffini, ein Bankrotteur zwar, aber ehrenwert. Und am Ende eines Lebens auch noch ein Held. Ein Heiliger.«

»Hör bitte auf!« flehte Silvia.

»Wenn er natürlich auch seine auf so schlimme Weise zu Tode beförderte Gemahlin mit einer Kammerfrau betrogen hat, mit einer Hexe aus der dreckigsten Gosse Roms.« Crispo genoß sichtlich seine Worte. »Niemanden hätte es damals gewundert, so meint wenigstens mein Vater, wenn herausgekommen wäre, daß diese Hure ein wenig nachhalf, die Nebenbuhlerin aus dem Weg zu räumen. Dies nur als Anmerkung zum Thema Meuchelmord.«

Silvia bedeckte ihr Gesicht mit den Händen. So elend wie in diesem Augenblick hatte sie sich noch nie gefühlt. So erniedrigt. Warum versank sie nicht einfach in eine Ohnmacht, aus der sie nie wieder erwachte? Warum gab ihr Gott nicht die Kraft, aufzustehen und diesen Giovanni Battista Crispo für immer zu verlassen? Warum trat jetzt nicht Rosella in den Raum und brachte ihren Verleumder endgültig und für immer zum Schweigen?

Crispo redete weiter: »Natürlich könnte ich auch ganz heimlich dem *Fregnese* einen Boten schicken und ihn auffordern, sich mit mir zu schlagen. Aber bist du ernsthaft der Meinung, ich sollte mich mit einem *Kriegshelden* duellieren, mit einem kampf- und frauenerprobten Eroberer?«

Silvia antwortete nicht, schaute auch nicht auf. Crispos Stimme war scharf geworden, und plötzlich riß er ihre Hände von ihrem Gesicht. »Schau mich an, wenn ich mit dir spreche, und antworte mir! Willst du wirklich, daß ich mich von deinem *Fregnese* abstechen lasse?«

Silvia schloß die Augen und glaubte, nun wirklich in Ohnmacht zu fallen.

Aber sie fiel nicht.

»Du willst, daß mich dein Geliebter ins Jenseits befördert, damit du endlich freie Bahn hast. Das ist deine heimtückische Absicht. Aber du hast dich getäuscht. Ihr täuscht euch alle in mir. Sogar mein Vater täuscht sich in mir. Ich werde es euch noch zeigen!«

Er wischte sich sein Wams ab, als habe er sich besudelt, richtete sich auf, zog es glatt und stolzierte aus dem Zimmer.

Silvias Blick starrte noch lange auf die Tür, durch die er verschwunden war. Und sie wußte: nichts mehr würde so sein, wie es vorher war.

Wenige Tage später – sie hatte Giovanni gebeten, nicht mehr neben ihr zu schlafen – setzten die Wehen ein. Rosella ließ eine Hebamme holen, die Kammer für die Geburt säubern und mit Duftkräutern auslegen. Die Hebamme brachte einen Geburtsstuhl mit. Silvia fühlte, anders als bei den ersten beiden Geburten, eine tiefe Traurigkeit und eine zunehmende Angst. Sie vergoß Tränen, dann durchzuckte sie ein wütender Schmerz. Aber die Wehen verschwanden wieder, und die Angst verstärkte sich. Warum sollte sie nicht jetzt, gerade jetzt, bestraft werden für ihre Sünden? Gott gab und Gott nahm. Gott gab ihr das Leben, Gott nahm ihr das Kind. Wie schon einmal bei Rosellas Sandro. Aber nein, sie wollte nicht, daß das Kind starb, eher wollte sie selbst sterben. Starb sie, würde Alessandro vielleicht das Kind an sich nehmen und es als sein eigenes legitimieren lassen. Dies war ihr auf jeden Fall lieber, als wenn es bei Crispo aufwüchse.

Die nächsten Wehen nahmen ihr die Luft. Sie versuchte, tief zu atmen.

»Woran denkst du, Silvia?« fragte sie Rosella.

Die Hebamme ermahnte sie: »Denkt daran, daß das Kind heraus will! Aber Ihr müßt helfen.« Dann flößte sie ihr eine bittere Flüssigkeit ein.

Wieder verschwanden die Wehen. Silvia schaute in Rosellas entstelltes Gesicht. Die Hebamme legte Leinentücher bereit und befühlte ihren Bauch. Als Silvia etwas sagen wollte, zerriß sie schon wieder ein Schmerz. Er verschwand plötzlich wieder, und sie dachte an ihren Sandro und an Tiberio, an die Geburt ihrer beiden Söhne, an das Glück und die Freude, als sie die Kinder zum ersten Mal in ihren Armen gehalten hatte …

Und dann gab es nicht mehr viel nachzudenken.

Es war Nachmittag, als das Mädchen das Licht der Welt erblickte: die letzten Sonnenstrahlen eines weichen und warmen Frühlingstags. Es war gesund. Silvia fühlte sich erschöpft, doch nicht dem Sterben nahe. Die Hebamme hielt das krähende Mädchen voller Freude in die Luft. Noch bevor der Nabel abgebunden wurde, legte man Silvia in ihr Bett und das Kind an ihre Brust.

»Wie soll es heißen?« fragte die Hebamme. »Was sagt der Herr?«

»Der Herr sagt nichts«, antwortete Silvia mit schwacher Stimme, »er ist noch nicht einmal anwesend. Costanza soll sie heißen, die Standhafte.«

»Ein schöner Name.«

Rosella drückte ihr einen Kuß auf die Stirn, bedeckte dann aber das eigene Gesicht mit einem Schleier. Die Kleine bewegte ihre Ärmchen und wimmerte ein wenig, als hätte sie eine große Anstrengung überwunden. Aber genau dies hatte sie auch. Und Silvia vergoß Tränen.

Giovanni erschien erst am nächsten Morgen, um das Neugeborene in Augenschein zu nehmen. »Ganz der Vater«, sagte er höhnisch, gab Silvia einen flüchtigen Kuß und verließ den Raum.

Am nächsten Tag wurde getauft. Die Familie Crispo erschien, schaute sich das Kind wortlos an und nahm dann in betonter Frömmigkeit an der Messe teil. An ihren Geschenken erkannte Silvia nicht, ob sie wußten, wer der richtige Vater war. Auch Giulia Orsini, Alessandros Schwester, war gekommen. Cesare Borgia hatte dem Kind eine wertvolle Kette übersenden lassen. Und als die Messe schon begonnen hatte, tauchte Michelangelo auf, winkte Silvia zu und zeichnete während des Taufaktes ununterbrochen.

In der Kapelle stand, unter einer schwarzen Kutte verborgen, ein Mönch. Sie beobachtete ihn immer wieder, aber er ließ sein Gesicht nicht erkennen. Sie wußte nicht, ob sie sich freuen oder ob sie Angst empfinden sollte. Als das Kind dann getauft war, war der Mönch plötzlich verschwunden.

Am nächsten Tag drangen laute Stimmen vom Innenhof hoch. Silvia sollte noch nicht aufstehen, aber es zog sie zum Fenster, weil sie nicht nur Crispo hörte, sondern auch eine andere Stimme, die ihr bekannt und lieb war. Unten im Hof stand eine alte Wiege, neben ihr Giovanni und – Alessandro. Sie hatte es gewußt. Sie rief seinen Namen und winkte ihm, heraufzukommen.

Schnell legte sie sich wieder ins Bett. Giovanni trat als erster ein, schief grinsend, ihm folgte Alessandro, ernst, ja regelrecht mit ängstlichem Blick. Aber dann lächelte er ihr zu, und dieses Lächeln traf sie so tief ins Herz, daß sie beinahe vor Schmerz aufgeschrien hätte. Giovanni sagte etwas. Aber sie hörte nicht auf ihn. Alessandro verbeugte sich vor ihr und schaute dann Costanza ins Gesicht. Das Kind schlummerte und bewegte dabei seine Lippen.

Giovanni griff es, riß es aus dem Schlaf und nahm es auf den Arm. Das Köpfchen wackelte, die Kleine begann sofort zu weinen. Er hielt sie Alessandro hin. Alessandro glaubte, er wolle sie ihm reichen, aber Giovanni riß das Kind wieder zurück.

»Mein Mädchen«, stieß er mit verächtlichem Grinsen aus.

Alessandro schwieg. Er lächelte nur. »Sind wir nicht alle Gottes Kinder?« sagte er schließlich mit leiser Stimme.

Giovanni wurde plötzlich ärgerlich. »Bezeichnest du dich etwa als Gott?«

»Nein, aber als Kind des Allmächtigen.« Alessandro blieb gelassen. Er war einen Schritt zurückgetreten. »Ich freue mich, daß Mutter und Kind gesund sind. Als Geschenk habe ich eine alte Familienwiege mitgebracht. Sie ist wirklich sehr alt, und ich würde mich freuen …«

»Ja, ja«, rief Giovanni, »wir werden sie nicht wegwerfen.«

»Danke, Alessandro!« sagte Silvia, unter Tränen.

Giovanni schaute sie an, dann Alessandro, und mit einer plötzlichen Bewegung drückte er ihm das Kind in den Arm.

»Danke, Alessandro«, äffte er Silvia nach und rannte aus dem Zimmer.

Alessandro sah ihm nicht nach, sondern bettete das Kind in seinen linken Arm, strich ihm die Härchen aus der Stirn und versuchte, die Weinende zu beruhigen. Und tatsächlich, Costanza beruhigte sich.

»Ich segne dich, mein Kind«, sagte er.

Silvia versuchte erfolglos, die Tränen zu unterdrücken.

Er stand lange neben ihrem Bett, die Kleine streichelnd und mit weicher Stimme auf sie einredend. Schließlich reichte er sie ihr. Sie legte sie sich an die Brust und ließ sie trinken.

Er schaute unbewegt zu. Als Costanza wieder eingeschlafen war, setzte er sich auf den Bettrand und griff Silvias Hand. Sie ließ es zu. Nach einer Weile sagte er: »Ich weiß nicht, was der barmherzige Vater noch mit mir vorhat. Aber ich habe nur einen Wunsch: Daß du die Mutter meiner Kinder wirst. Dies war immer mein Wunsch gewesen.«

Silvia schaute ihn kopfschüttelnd an und flüsterte: »Aber wie soll das gehen, Alessandro. Du weiß doch, daß ...«

»Ich weißt, aber bei Gott ist kein Ding unmöglich.«

»Eine verheiratete Frau und ein Kardinal – das ist vielleicht nicht bei Gott, aber doch bei den Menschen unmöglich. Und so leben wie Vannozza Cattanei – oder deine Schwester Giulia – möchte ich nicht. Es wäre für mich zu demütigend.«

Er hauchte ihr einen Kuß auf die Stirn und stand auf.

»Liebst du mich überhaupt, Alessandro?«

»Weißt du das noch immer nicht?«

56. Kapitel

Alessandro fand viel zuwenig Zeit, seine kleine Tochter zu besuchen und über seine Liebe zu Silvia nachzudenken. Im Heiligen Jahr 1500, nach dem erfolgreichen Romagna-Feldzug, stand er plötzlich als Begleiter Cesares, des Herzogs von Valence, mitten im Geschehen, das Rom erfaßte: Im Februar geschah der Einzug des Siegers durch die Porta del Popolo in die Ewige Stadt. Hundert Maultiere, alle geschmückt, vorneweg, fünfzig Maultiere hinterher. Cesare in schwarzem Samt, das Ehrenband des Sankt-Michaels-Ordens umgelegt, den Arm wie einst der Triumphator Julius Cäsar erhoben, so ritt er, begleitet von seinem jüngeren Bruder und seinem Schwager, zum Vatikan, wo ihm sein Vater von der Loggia entgegenwinkte. Dann feierlicher Empfang in der Camera del Pappagallo: der Papst auf seinem Thron, vor sich Kissen aus Goldbrokat. Cesare kniete nieder, küßte seinem Vater ehrerbietig beide Füße, dann die rechte Hand. Der Papst half ihm auf und küßte ihn auf den Mund. Dann mußten Cesares Begleiter dem Papst die Füße küssen. Alessandro war sich unsicher, ob er als Kardinal auch vor dem Heiligen Vater niederknien solle. Er stellte sich lieber neben den Papst und neben seine Kardinalskollegen, die zum Empfangskomitee gehörten. Kardinal della Rovere winkte ihm mit den Augen und machte ihm ein wenig Platz. Als die Fußküsserei nicht aufhören wollte, flüsterte er ihm ins Ohr: »Von dir hört man ja allerhand.«

Weil er sich beobachtet fühlte, antwortete Alessandro nicht. Und tatsächlich: Cesare bewegte sich spöttisch lächelnd auf ihn zu und sagte dann leise: »Du weißt wohl noch immer nicht, wo du stehst, Farnese.«

Alessandro erwiderte sein spöttisches Lächeln und flüsterte zurück: »Ich stehe immer auf der richtigen Seite.«

»Hoffentlich, du Frauenheld!« Und wie so oft bei Cesare schwang im Tonfall seiner Stimme eine Drohung mit.

Am nächsten Tag wurde dem Heiligen Vater und dem Volk von Rom eine aufwendige Siegesfeier geboten. Elf Prachtwagen, die die großen Siege Cäsars darstellten, zogen an der neugierigen Menge vorbei über die Piazza Navona zum Vatikan. Auf dem letzten stand Cesare und winkte als wiedergeborener Cäsar der Menge zu. Auch Alessandro mußte von dem Siegerwagen herabwinken, obwohl er eine Unpäßlichkeit vorgetäuscht hatte. Aber Cesare hatte seine Absenz nicht akzeptiert, und so hob sich das leuchtende Purpurrot seines Kardinalsrocks vom schwarzen Samt des *Valentino* ab. Derartig demonstrativ hatte Alessandro sich noch nie als Cesares Anhänger in der Öffentlichkeit präsentiert. Wahrscheinlich war inzwischen auch bekannt, daß er bei der Eroberung der Romagna-Städte mitgekämpft hatte. Und was über ihn und Caterina Sforza gemunkelt wurde, wollte er sich gar nicht erst vorstellen. Cesares Leute streuten entweder aus, er sei ein Frauenschänder, oder sie verunglimpften ihn als Schlappschwanz. Beides machte ihn nicht gerade glücklich. Rom war eine einzige Gerüchteküche, die Feinde und Verleumder logen und verbogen die Wahrheit, daß die Balken von San Pietro ächzten.

Alessandro blinzelte in die Menge. Vielleicht erkannte er das eine oder andere Gesicht. *Sie* sicher nicht, aber ihren Gatten. Den offiziellen Vater. Den Schönling, den sie geheiratet hatte, den sie aber sicherlich nicht liebte.

Alessandro hoffte auf das baldige Ende dieses pompösen Triumphzugs, doch der Papst war so begeistert von den Siegeswagen, den Trommelwirbeln und dem Trompetengedröhn, den Hochrufen der Menge und dem cäsarischen Stolz seines Sohnes, daß der gesamte Zug ein zweites Mal an ihm vorbeidefilieren mußte.

Als sie schließlich alle absteigen konnten, war es Abend, und die offiziellen Karnevalsfeiern begannen in der Stadt. Masken tobten betrunken durch die Straßen, und schon während der ersten Stunden gab es eine auffällige Häufung von Angriffen auf Leib und Leben.

Cesare bot Alessandro an, ihm einen Harnisch zu leihen, damit er als Feldherr auftreten könne. »Du führst *la tigressa* an der Kette durch die Menge. Wie wäre das? Sie folgt dir auf Knien – und wer will, darf ihr Kleid heben.« Die Vorstellung einer auf dem Boden kriechenden, vom Pöbel ausgezogenen Caterina Sforza schien ihn zu amüsieren. »Am liebsten hätte ich sie heute auf dem Triumphwagen in Ketten mitgeführt, wie es die Römer taten, aber die ritterlichen Franzosen waren dagegen. So haben wir sie erst einmal in den Belvedere gesperrt.« Er sah Alessandro spöttisch an. »Dort kannst du sie jederzeit besuchen – du Memme.« Er schlug ihn auf den Arm. »Ich will, daß du dieses Mannweib zum Singen bringst.«

Am nächsten Tag stand Alessandro wieder neben dem Heiligen Vater auf der Loggia, um den Karnevalsbelustigungen beizuwohnen. Juden und Greise mußten unter dem Gejohle und Gegröle der Menge um die Wette rennen. Wer niederstürzte, wurde solange in den Hintern getreten, bis er sich wieder keuchend aufrichtete. Aufgeben war nicht zugelassen. Dann jagten junge Männer auf Hengsten ohne Sattel an der Loggia vorbei. Viele Pferde brachen aus oder bockten, und die mutigen Reiter flogen auf das Pflaster. Der Papst lachte jedesmal laut auf. Noch mehr erfreute ihn, als Esel und sogar Ochsen als Reittiere dienten und, schmerzhaft geschnürt oder mit Eisenspitzen gepiekst, ungewöhnliche Bocksprünge vollführten.

Den Höhepunkt der Feierlichkeiten boten die Stierkämpfe. Insbesondere die Spanier in Rom waren aus dem Häuschen. Es wurde auf den Straßen von nichts anderem gesprochen, zumal diesmal der neue Cäsar, der Papstsohn, persönlich teilnehmen wollte. Alessandro mußte wieder in der Reihe der Kardinäle stehen, die den Heiligen Vater würdig einrahmten, meist am äußeren Rand, weil er einer der jüngsten war und noch nicht die höheren Weihen empfangen hatte. Die gereizten Tiere stürzten sich auf die Reiter, die sich ihnen mit ihren Lanzen entgegenstellten, oder wurden von buntgekleideten Männern mit Degen abgestochen.

Alessandro fand das Schauspiel blutrünstig und widerwärtig, aber das Volk tobte, und auch der Heilige Vater applaudierte immer wieder, wenn ein Stier zu Boden ging.

Und dann erschien tatsächlich Cesare auf einem Rappen, eine Lanze im Arm, selbst von Kopf bis Fuß in Schwarz wie der Fürst der Hölle. Der Stier, gereizt zwar, aber kaum verletzt, stürzte auf ihn zu und wollte das Pferd auf die Hörner nehmen. Cesare ließ ihn herankommen, machte im letzten Augenblick einen Satz nach vorne, so daß der Stier ins Leere rannte. Als er an der Bande entlangtrabte, ohne recht zu wissen, wen er angreifen sollte, galoppierte Cesare auf ihn zu und stieß ihm die Lanze voll in die Seite. Das Tier knickte ein, raffte sich wieder auf. Blut spritzte in Fontänen in die Luft. Sofort wollten sich die anderen Kämpfer mit ihren Degen auf den Stier stürzen, aber Cesare brüllte ihnen etwas zu, und sie ließen ab. Der orientierungslose Stier versuchte, die Lanze abzuschütteln. Da galoppierte Cesare, der sich eine neue Waffe hatte geben lassen, erneut heran.

Alessandro konnte kaum sehen, was geschah, denn die Kardinäle waren aufgesprungen und verdeckten ihm die Sicht. Als er wieder freie Sicht hatte, steckte eine zweite Lanze in dem blutenden Tier, das ein paar Schritte auf die Mitte der Kampfarena zu stakste, jeden Augenblick aber zusammenzubrechen drohte. Cesare war vom Pferd gesprungen und ließ sich ein Zweihänderschwert geben. Er stellte sich nun direkt vor den Stier, das Schwert vor sich haltend wie der Erzengel Michael, und schaute in die Menge, grüßte dann seinen Vater. Der Papst war aufgesprungen und hielt den Daumen nach unten. Er brüllte seinem Sohn etwas zu, was Alessandro nicht verstehen konnte, weil das Toben der Menge alles übertönte. Der Stier, blutigen Schaum vor dem Maul, schabte mit seinen Vorderhufen den Boden auf, senkte den Kopf, knickte schließlich ein, als wolle er um einen gnädigen Tod bitten. Cesare hob nun sein Schwert über den Kopf, trat einen Schritt zur Seite. Plötzlich wurde es still, ein tausendfaches erschrockenes Einatmen: Das Schwert sauste nieder und trennte mit einem Streich dem Stier den Kopf vom Rumpf. Cesare machte vor Begeisterung über seine eigene Leistung einen Luftsprung, sein Vater fuchtelte, ohne jegliche päpstliche Würde, mit den Armen, die Kardinäle jubelten und lachten, die Menge schien die Stadt mit ihrem Toben sprengen zu wollen. Das Schreien und Brüllen tat Alessandro in den Ohren weh. Er trat einen Schritt zurück und fing einen Blick Lucrezias ein, die zwischen ihrem Vater und ihrem Ehemann Alfonso von Aragon gesessen hatte. Lucrezia schaute ihn mit glasigen, halbgeöffneten Augen an, als stünde sie mitten auf dem Höhepunkt geschlechtlicher Erregung.

Die Triumphfeiern der päpstlichen Familie endeten aber auch mit dem Karneval noch nicht. In einer farbenprächtigen Messe am vierten Fastensonntag ernannte der Pontifex maximus seinen Sohn zum Generalkapitän der päpstlichen Truppen, zum Gonfalioniere der *ecclesia militans*. Alessandro hatte die Aufgabe, das karmesinrote Barett und den Mantel zu halten, die Insignien der neuen Würde. Während er sie hielt, fragte er sich, wie viele Dukaten, wie viele Ablässe das Barett wohl wert sei. Gefüttert war es mit Hermelinfell. Außen zierte ein Stück Goldbrokat mit vier nußgroßen Perlen die Stirnseite. Auf dem Barett befand sich eine Taube aus reinweißen Perlen.

Alessandro mußte nun Barett und Mantel Kardinal della Rovere reichen, der sie an den Papst weitergab. Dieser legte seinem Sohn den Mantel um und setzte ihm das Barett auf. »Segne, Herr, diesen Unseren Bannerträger, der gewißlich von Dir Uns und Unserem Volke geschenkt worden ist«, rief der Papst. Nun übergab er ihm den Stab der Macht und schließlich auch noch die rote Rose, die während der Messe auf dem Altar gelegen hatte. Cesare mußte niederknien, und der Papst sprach mit seiner lauten, wohltönenden, vor Begeisterung erhöhten und vibrierenden Stimme: »Empfange aus Unseren Händen, die Wir, obzwar unverdient, Gottes Stellvertreter sind auf Erden, die Rose, als Symbol der Freude des triumphierenden Jerusalem wie der kämpfenden Kirche. Nimm sie hin, geliebtester Sohn, der du von weltlichem Adel bist, mächtig und reich an Tugenden, auf daß du fernerhin auch den Adel gewinnest jeglicher Tugend in Christo, dem Herrn. Diese Gunst möge dir aus seiner überströmenden Milde gnädig verleihen, der da ist der Dreieine in Ewigkeit. Amen.« Die Menge wiederholte jubelnd das *Amen* und brach dann in Beifall aus. Cesare hob die Rose wie ein Siegeszeichen über seinen Kopf und nahm die Huldigung entgegen.

Alessandro wartete. Vor ihn drängten sich in falscher Begeisterung seine Kardinalskollegen, um Cesare zu beglückwünschen. Sogar della Rovere zog seinen Mund zu einem gequält freundlichen Lächeln breit. Der Papst strahlte. Cesare schwenkte zwischendurch immer wieder die Rose durch die Luft und drückte sie schließlich Lucrezia in die Hand, nachdem er sie lange auf den Mund geküßt hatte. Alfonso, Lucrezias Ehemann, stand mit säuerlicher Miene neben ihr. Cesare schlug ihm freundschaftlich, aber zu fest auf die Schulter. Alfonso, der diese Geste überhaupt nicht ertragen konnte, zischte Cesare etwas zu, was Alessandro nicht verstand. Plötzlich stand in Cesares Gesicht der Ausdruck blanker Wut. Er stieß Alfonso weg und riß Sancia, die Frau seines jüngeren Bruders Jofrè, an seine Brust. Sein Gesicht überstrahlte jetzt wieder ein triumphierendes Blecken. Dann senkte er seine Lippen in ihren weichen, vollen Mund, und sie schien nicht abgeneigt, ihren Körper an seinen zu pressen.

Alessandro stellte sich an das Ende der wartenden Prälatenreihe, die vor dem *Valentino* buckelte. Das Barett des neugekürten Gonfaloniere ragte zwischen all den purpurnen Kappen stolz in die Höhe, und unter ihm leuchtete ein überaus zufriedenes Gesicht. Ja, Cesare hatte es geschafft. Der Tod seines Bruders Juan und der Verzicht auf das Kardinalamt hatten ihm den Weg geöffnet. Fünfundzwanzig Jahre war der Papstsohn alt und inzwischen einer der mächtigsten Männer Italiens, zudem ein Verwandter und Günstling des französischen Königs. Er wußte, was er wollte: *Aut Caesar aut nihil*.

Aber welche Länder wollte dieser neue Cäsar erobern? Die Herzogtümer des Patrimoniums, gut – aber darüber hinaus? Wollte er die Macht in Neapel ergreifen – und sich mit Aragon anlegen? Venedig, die Serenissima, erobern? Florenz angreifen? Mailand gar, das der allerchristlichste französische König für sich beanspruchte? War er nicht für all diese Mächte und ihre Herrscher nichts als ein päpstlicher Bastard, dem die Eroberung von zwei Städtchen mit Hilfe einer fremden Armee zu Kopf gestiegen war? Ein Meuchelmörder an seinem Bruder zudem? Auf der anderen Seite strahlte Cesare eine unbändige Kraft aus – und er besaß sie auch. Alessandro hatte ihn selbst in Forlì kämpfen sehen, er hatte gesehen, wie der Mann mit dem Stier im Wappen dem Stier den Kopf abschlug. Und wie die Frauen auf ihn flogen. Selbst Caterina Sforza, sosehr sie auch gedemütigt und vergewaltigt worden war von ihm, hätte wahrscheinlich nichts gegen ihn als ihren Liebhaber einzuwenden gehabt. Und dann die Selbstverständlichkeit, mit der er sich in das Zentrum der Aufmerksamkeit stellte! Die lässige Sicherheit des Auftretens!

Und trotzdem. Überall prophezeiten Wahrsager und Astrologen ein Unglück. Der Stellvertreter Christi, der nur das Wohl seiner Familie im Sinn hatte und alle christlichen Gesetze und göttlichen Gebote, die man sich nur vorstellen konnte, übertrat, dieser Heilige Vater und sein unheiliger Sohn mußten sich irgendwann einmal den Zorn des Allmächtigen zuziehen. So es überhaupt einen Gott gab, mußte dieser Gott dazwischenfahren und die Familie Borgia zerquetschen wie eine Ansammlung von Kakerlaken. Und wenn er eine Krankheit sandte, die sie dahinraffte. Aber vorher zog sie noch eine Blutspur durch Rom und Italien. Alessandro brauchte nur an die Familie seiner Mutter, die Caetani, zu denken. Sein gemütvoller, dem Weine und den Apokryphen ergebener Onkel: im Kerker der Engelsburg verreckt. Zur Zeit hatte sogar Kardinal della Rovere, ihr Todfeind, klein beigegeben und schmeichelte sich bei ihnen ein. Und er, der Kardinaldiakon Farnese, der zwischen beiden stand, der noch immer den Auftrag hatte, die Borgia-Sippe auszuhorchen, mußte sich nach außen hin als Anhänger dieser Sippe geben.

Alessandro beobachtete genau die Machtkämpfe zwischen den Fraktionen und die Winkelzüge, die jeder beherrschen mußte, wenn er sich nicht alsbald kaltgestellt sehen wollte. Die klug oder plump eingefädelten Intrigen, die verlogenen Abmachungen und die eigennützigen Beistandsversprechungen. Er begriff, daß er sich auf dieser Bühne der Lügen und Verstellungen zunehmend geschickter bewegte. Und er merkte mit Erstaunen, daß ihm dieses Spiel sogar Vergnügen bereitete.

Auf der anderen Seite sehnte er sich nach seiner kleinen Tochter Costanza und ihrer Mutter. Nachts, wenn er die anstrengenden Tage noch einmal an seinem Auge vorbeiziehen ließ und die Wärme und Nähe eines geborgenen Familienlebens vermißte, fielen ihm die zahlreichen Diskussionen mit Ugo über Epikur ein. *Lathe biosas!* Lebe im Verborgenen, suche das Glück in einer Seelenruhe, die dem nur leise bewegten, sich kräuselnden Meer ähnelt. Lächelnder Frieden unter dem Schatten einer Pinie, im Duft des Thymian und der Zistrosen. Irgendwo draußen, nicht mehr im Gestank der Cloaca maxima, in den mephitischen Ausdünstungen der kotigen Gassen und in Palästen, in denen Gottes Wort im Munde geführt und gleichzeitig mit den Füßen getreten wurde. Er wünschte sich, die Tage auf der Isola Bisentina verbringen zu dürfen, mit Silvia und ihrer gemeinsamen Tochter, aber auch mit Silvias fröhlichen Söhnen und der traurigen Laura. Die Kinder würden im Wasser plantschen, er konnte mit ihnen herumtollen, und nachts dürfte er Silvia in den Armen halten.

Auf diese Weise würde er das Geschlecht der Farnese gefahrlos vermehren können, gleichzeitig jedoch in Bedeutungslosigkeit versinken lassen. Ein Farnese, der mit seinen Kindern spielte und einen Garten anlegte, statt eine Armee zu führen oder zumindest als Kardinal die römischen Fäden zu ziehen – das war lächerlich. Außerdem vermied er immer wieder den Gedanken, daß Silvia verheiratet war und er ein Mann der Kirche. *Ich bin der Weg, die Wahrheit und das Leben*. Warum akzeptierte er nicht endgültig sein Schicksal? Das Leben forderte Verzicht und Opfer. Von jedem, auch von ihm. Und von Silvia. So war es, so würde es immer sein. Er sollte endlich darauf verzichten, Unmögliches zu erwarten. Verzichtete er auf *sie*, könnte er vielleicht IHN gewinnen, den Weg der Wahrheit – bis hin zum Stuhl Petri. Sein Blick schweifte zum Westfenster der Apsis. Ein blendender Sonnenstrahl fiel in die Basilika direkt auf den Altar, auf den Lucrezia die Rose der *ecclesia militans* abgelegt hatte.

O Herr, ist dies dein Zeichen? fragte er sich.

Er wurde angestoßen. Er war an der Reihe, Cesare zu gratulieren. Wie er selbst merkte, wirkte er ein wenig müde und abgelenkt. Natürlich sah auch Cesare, daß die Glückwünsche kaum von Herzen kamen. Trotzdem drückte der *Valentino* ihn an seine Stierkämpferbrust.

»Eigentlich hätte ich dich längst in den Orkus befördern müssen, *Gonella*«, flüsterte er ihm ins Ohr. »Aber du hast mir das Leben gerettet, ich habe dir das Leben gerettet, und außerdem mag ich dich. Nur darfst du mich nie verraten, sonst erwürge ich dich eigenhändig. Aber vorher reißen wir beide noch der *tigressa* den Arsch auf. Ich weiß, du bist ein Mann, keine Memme. Und auch kein verfluchter Kastrat!«

Cesare hielt Alessandro ein Stück von sich weg, um ihm ins Gesicht sehen zu können.

»Ich hörte, du bist Vater geworden. Auch ich habe dir also zu gratulieren. Aber der Crispo wird deine Tochter nicht hergeben, und die arme Kleine wird nie wissen, ob sie nun eine Crispo oder eine Farnese ist, die Tochter eines Gockels oder eines Löwen. Das ist schlimm für sie, ganz schlimm. Nimm sie dir, sie ist dein Kind! Und wenn sich der Crispo sträubt – soll ich dir verraten, wie man sich einen Nebenbuhler vom Hals schafft? Es gibt viele Wege, die meisten sind ungefährlich. Wenn ich dir und deiner Silvia helfen soll – ich tu's um der kleinen Costanza willen. Ein Wink genügt, sie wird eine Farnese, und ihr seid frei!«

57. Kapitel

Silvia fühlte sich so eingesperrt wie seit ihrer Jugend nicht mehr. Crispo hatte Bedienstete angestellt, die sie überwachen sollten – *beschützen* nannte er die Tätigkeit der Gefängniswärterinnen und Spione. Einmal hatte Silvia sogar ein Kammermädchen erwischt, das sich an ihrem Pult zu schaffen machte, gerade noch rechtzeitig, bevor sie das Schloß aufbrach. Sie hatte die Dienerin auspeitschen lassen, und schließlich gestand das Mädchen, der Herr selbst habe sie dazu beauftragt. Crispo stritt alles ab, ließ das Mädchen ein zweites Mal auspeitschen und jagte es dann aus dem Haus. Eine Weile schrieb Silvia überhaupt keine Geschichten mehr, und wenn, dann endeten sie düster, so düster wie die Stimmung im Hause.

»Ich sehe dunkle Wolken heraufziehen«, hatte Rosella nach dem Vorfall erklärt.

Aber da Rosella seit geraumer Zeit nur noch die Kassandra spielte, falls sie sich überhaupt ansprechbar zeigte, wollte Silvia nicht mehr viel auf ihre Worte geben. Zumal die dunklen Wolken nicht erst heraufzogen, sondern schon den Himmel verdüsterten.

Überhaupt hatte sich in ihre Freundschaft etwas eingeschlichen, was sie zu zersetzen drohte. Crispos Unterstellung, Rosella könnte an dem Überfall und dem Mord an der Mutter beteiligt gewesen sein, könnte ihn vielleicht sogar mit dem Vater gemeinsam geplant haben ... Nein, dieser Gedanke war so bösartig, daß Silvia ihn nicht zu Ende denken mochte. Ihr Vater war immer nur das Opfer gewesen – des Ehrgeizes ihrer Mutter, der Machenschaften von Agostino Chigi und Vater Crispo, er war auch Rosellas Opfer –, und zum Schluß opferte er sich selbst. Ihr Vater war ein Heiliger.

Aber Rosella? Die Wegelagerer hatten ihr nichts getan, so behauptete sie wenigstens, und es gab für sie ein Motiv. Dies ließ sich nicht leugnen. Außerdem entstammte sie einer Familie, der man damals einiges nachsagte ... Vorstellbar war es, aber Silvia wollte es nicht glauben. Und sie mochte auch nicht an den schrecklichen Vorfall erinnert werden.

In die Messe ging Silvia mit ihrem Gemahl, der sie in der Kirche auf die Frauenseite entließ, aber darauf achtete, daß eine ganze Schar von Dienerinnen sie umgab.

All dies war wenig erfreulich und erhöhte den Wunsch auszubrechen.

Zumindest ihre Kinder entwickelten sich so, wie es sich eine Mutter wünschte. Gottes Gnade schien über ihnen zu leuchten. Schon daß alle drei noch am Leben waren, bewies, daß das Schicksal es gut mit ihnen meinte. Sandro tobte mit Tiberio durch das Haus oder galoppierte auf seinem Steckenpferd über den Innenhof. Tiberio war ein verträumtes Kind, obwohl auch ihn die Wildheit packen konnte. Costanza wurde von ihr jetzt noch, ein Jahr nach der Geburt, gestillt – ein Kind, das immer nur lächelte, ja jeden anlachte, der es hochnahm, sogar Crispo, der immer wieder betonte, daß auch ihm Costanza ein liebes Kind sei.

Und der wirkliche Vater?

Alessandro schrieb ihr regelmäßig Briefe, obwohl er seit geraumer Zeit häufig Aufgaben für Cesare Borgia erfüllen mußte und außerdem in der nach dem Tode Juans einberufenen Reformkommission mitarbeitete. Die Sünden der Kirche, denen er begegnete, vermischten sich für ihn mit den eigenen Sünden. Alessandro berichtete Silvia aus seiner Vergangenheit, manchmal beichtete er ihr seine Verfehlungen. Aber Caterina Sforza habe er nicht angerührt, betonte er, selbst wenn das Gerücht auftauchen sollte. Immer wieder kam er auf sie zu sprechen, und manchmal empfand Silvia Eifersucht auf die Gefangene, deren ungebärdige und ungebändigte Kraft er zu bewundern schien.

Was er für den Herzog von Valence im einzelnen erledigte, schrieb er nicht. Zunehmend berichtete er jedoch von den Erkenntnissen der Reformkommission. Diese Tätigkeit liege ihm sehr am Herzen, und er glaube, eine Reform der Kirche an Haupt und Gliedern, das Abstellen der gröbsten Mißstände und eine bußfertige Besinnung seien nötiger denn je. »Doch sieht es zur Zeit so aus, als habe der Heilige Vater die wahren Aufgaben seiner Hirtenpflicht, die er nach dem Tod seines Sohnes so deutlich gespürt hatte, wieder vergessen. Cesares Einfluß wächst von Tag zu Tag. Ob wir unsere Reformbulle jemals veröffentlichen dürfen, steht dahin. Und dies betrübt mich.«

Gelegentlich besuchte Alessandro seine Tochter. Meist, wenn Giovanni nicht zu Hause war. Silvia durchfuhr eine glühende Freude, aber sie ließ ihn immer eine Weile warten, bis sie ihn mit Stil und Würde empfangen konnte. Er widmete sich liebevoll seiner Tochter, im übrigen auch Sandro und Tiberio, die sich immer über ihn freuten und ihn sofort in ihr Spielzimmer ziehen wollten, um mit ihm zu toben. Das Wort *Liebe* nahm er nicht mehr in den Mund, aber er schaute Silvia mit Augen an, aus denen Liebe sprach.

Cor, unde venis – mit diesem Hinweis auf einen seiner allerersten Briefe hatte sie ihn einmal verabschiedet. Er drehte sich daraufhin noch einmal um, nahm ihre Hände, küßte die Fingerspitzen, dann auch ihren Mund.

All dies geschah zu Zeiten, in denen Crispo sie kaum noch anrührte, und wenn, dann nachlässig, grob und kurz.

Bei der Enthüllung von Michelangelos *Pietà* in einer Seitenkapelle von San Pietro waren sich die beiden Männer im übrigen einmal begegnet.

»Wir haben uns sogar eine Weile unterhalten«, betonte Crispo.

Silvia brannte auf einen genauen Bericht. Crispo hatte ihr untersagt, ihn in die Messe zu begleiten, in deren Verlauf die Skulptur enthüllt werden sollte. Als sie protestierte, erklärte er kurzerhand, dann gehe er nicht, und ob sie als Frau ohne männliche Begleitung gerade diese Messe besuchen dürfe, bezweifele er. Sie hatte nachgegeben, sich aber geschworen, sich die *Pietà*, *ihre Pietà*, allein und ohne männliche Begleitung anzuschauen – es sei denn in *seiner* Begleitung.

»Er ist noch immer der alte. Hauptsächlich an profanen Dingen interessiert. An der Jagd zum Beispiel. Ein Kardinal, der auf die Jagd geht! Statt Hirsche zu schießen, sollte er lieber seine ihm anvertrauten Schäfchen hegen und pflegen – damit er sie ins Trockene bringen kann.«

Crispo sprach, wie immer, wenn er Alessandro erwähnte, in einem hämischen Ton und lachte nun über seinen Wortwitz.

Silvia lächelte noch nicht einmal. »Du gehst doch auch auf die Jagd. Warum soll sich ein Kardinal nicht eine kleine Freude gönnen«, entgegnete sie schnippisch.

Crispo grinste überlegen. »Das habe ich mir dann allerdings auch gedacht und ihn zu einer Bärenjagd ins Tolfa-Gebirge eingeladen. Agostino Chigi jagt dort immer, Wölfe, Hirsche, sogar Bären. Dein Farnese war nicht abgeneigt, sich diese Freude zu gönnen – obwohl er, dies muß ich zugeben, ein wenig zögerte, bevor er meine Einladung annahm.«

Silvia beschlich ein ungutes Gefühl bei der Vorstellung, Giovanni und Alessandro könnten gemeinsam auf die Jagd gehen. Warum hatte ihr Ehemann Alessandro eingeladen? Er haßte ihn doch – oder empfand zumindest eine unausrottbare Eifersucht. Obwohl sie ihm keinen Anlaß mehr lieferte. Im Grunde hatte sie sich damit abgefunden, daß es für sie und ihr Glück keine Lösung gab. Daß sie verzichten mußte. Ihr Vater hatte sich für sie geopfert, sie opferte sich für die Zukunft ihrer Kinder.

Die Sucht der Männer, auf die Jagd zu gehen, verstand sie ohnehin nicht. Genausowenig, wie sie verstand, daß bisher alle Männer, denen sie begegnet war, davon geschwärmt hatten, wie Cesare Borgia dem Stier den Kopf abgetrennt hatte. Mit *einem* Streich! Wer Lust dabei empfand, Tiere zu jagen, der jagte auch Menschen. Der jagte Frauen, die er dann niederwerfen und in die er seinen Speer bohren konnte – um ihnen zum Schluß die Kehle durchzuschneiden.

Es war wirklich verrückt. Giovanni Crispo und Alessandro Farnese wollten auf die Jagd gehen! Wie konnte sich Alessandro darauf einlassen? Wer wußte denn, welche Hintergedanken Crispo dabei hegte?

Nein, am besten dachte sie nicht mehr daran. Vielleicht war die Jagd nur eine Grille der beiden Männer, um sich gegenseitig zu prüfen. Oder Crispo wollte herausfinden, wie *sie* reagierte.

Aber dann ergriff sie doch eine bohrende Angst. Sie sah die *Pietà* vor sich, sie sah sich selbst vor sich und den toten Alessandro. Wenn dies nicht ein Omen war! Die *Pietà war* ein Omen. Crispo plante irgend etwas!

»Zuerst hatte ich gedacht«, fuhr Crispo nach einer Pause fort, »wir nehmen Agostino mit, vielleicht sogar meinen Vater. Aber der wird langsam zu alt. Und Agostino ...? Vielleicht ist es besser, wir gehen ohne ihn, nur wir beide mit unseren Jagdhütern. Es könnte ein Gespräch von Mann zu Mann zustande kommen.«

Und dann sagte Giovanni etwas, was sie überraschte.

Er schaute sie lange an und sagte leise: »Weißt du eigentlich, daß ich dich noch immer liebe. Obwohl du von einem anderen Mann träumst.«

Ihr Protest fiel schwach aus, sie merkte es selbst.

»Wie ist denn nun die *Pietà*?« fragte sie. Sie wandte sich ab, weil sie Giovannis Blick nicht aushalten konnte.

»Ich habe nur *dich* und *ihn* in Marmor gesehen. Du bist so schön wie eine jungfräuliche Göttin und ewig jung. Und er ist nicht tot, sondern schläft.«

Giovanni hatte seinen Blick gesenkt und schaute auf seine gefalteten Hände, als würde er beten. Er tat ihr leid, und sie fragte sich, wie er es bei der Enthüllungszeremonie hatte aushalten können. Jeder sah doch, wer da abgebildet war. Und sicher hatten viele das Gerücht gehört, daß Alessandro der Vater ihres dritten Kindes war. Giovanni mußte sich gehörnt und bloßgestellt vorgekommen sein. In seiner Nähe stand auch noch Alessandro. Wie mußte er ihn hassen! Und dann schlug er ihm vor, gemeinsam Wölfe oder gar Bären zu jagen!

»Mir wäre es lieber, ihr ließet den gemeinsamen Jagdausflug«, sagte sie möglichst beiläufig.

»Warum?« fragte Giovanni, ohne aufzublicken.

»Es ist zu gefährlich.«

Giovanni schaute auf. »Zu gefährlich für wen? Für die Bären?« In seinem Gesicht stand trauriger Spott.

Während der nächsten Wochen und Monate war von der Bärenjagd nicht mehr die Rede. In Rom ging ein schweres Unwetter nieder, begleitet von einem Sturm, der einen Kamin des Papstpalasts abknickte, ihn das Dach durchschlagen ließ. Alles stürzte auf die nächste Decke, unter welcher der Papst seine Audienz hielt. Die Balken hielten nicht stand und begruben den Papst und einen Teil seiner Begleiter. Drei Männer waren tot, der Papst konnte Stunden später – nur leicht verletzt – aus den Trümmern geborgen werden. Ein Wink Gottes und eine wunderbare Rettung zugleich?

Silvia las Alessandros Bericht mit zitternden Händen.

»Die wunderbare Rettung gilt auch für mich«, fuhr er fort, »denn ich assistierte dem Heiligen Vater während der Audienz. Gerade in dem Moment, als das Unglück geschah, stand ich in der Tür, um einen Gesandten hereinzuführen. So traf mich die niederstürzende Decke nicht. Wie kann ich dem Allmächtigen für seine erneute wundersame Rettung danken? Durch was habe ich sie verdient? Wir sind allzumal Sünder, aber ich, das weiß ich, bin ein schwerer Sünder – insbesondere an den Menschen, die mich lieben. An meinem Bruder Angelo, an meiner Schwester Giulia und der geliebten Mutter meiner Tochter.«

O Gott, dachte Silvia, warum kommt deine Einsicht erst jetzt! Aber dann fühlte sie sich selbstgerecht und schämte sich für ihren Gedanken.

Einige Wochen später, der Heilige Vater war kaum genesen, wurde Alessandro Zeuge eines weiteren schrecklichen Vorfalls. »Ich trat gerade«, las Silvia in seinem Brief, »aus dem Papstpalast kommend, in die gleißende Sonne des Platzes vor San Pietro, als ich sah, wie eine Gruppe von Männern fast direkt vor meinen Augen einen Reiter von seinem Pferd zerrten und auf ihn einstachen. Ich schrie um Hilfe, rief nach den Wachen und wollte dem Opfer zu Hilfe eilen. Die Bande ließ ab und verschwand, ohne daß ich sie in dem blendenden Licht erkennen konnte. Der Überfallene war – du wirst es nicht glauben – Alfonso von Aragon, Lucrezias Ehemann, der Schwiegersohn des Heiligen Vaters! Am hellichten Tag, direkt vor San Pietro niedergestochen! Welches Sakrileg! Jetzt eilten auch schon die Frauen aus dem Palazzo bei Santa Maria in Portico herbei. Sie hatten Alfonso wohl nachgeschaut. Ich half, ihn in die Arme seiner schluchzenden Frau zu betten. Auch Giulia, meine Schwester, war dabei. Alfonso lebte noch, er war weniger schwer verletzt, als es ausgesehen hatte.

Der Heilige Vater sandte sofort die besten Ärzte, aber Alfonso befürchtete, er solle vergiftet werden, und ließ außer Lucrezia und Giulia niemanden in seine Nähe. Ja, die beiden kochten sogar für ihn. Auch ich, sein Retter, durfte zu ihm. Wir beteten zusammen und baten den gütigen Herrgott um baldige Genesung. Und ER erhörte uns.

Natürlich wirst Du fragen, wer solche frevelhafte Tat begangen oder angestiftet haben könnte. Nun, überfallen hatten Alfonso gedungene Mörder. Aber von wem gedungen? Ich wage es kaum niederzuschreiben, aber man munkelte sofort, Cesare selbst könnte die *bravi* geschickt haben. Er selbst behauptete, die Orsini seien es gewesen. Beweise vorzulegen blieb er uns schuldig.

So finden wir uns täglich im Palazzo der Lucrezia ein, pflegen den Kranken und beten mit ihm.«

Kaum hatte Silvia den Brief gelesen, stand für sie der Entschluß fest. Allein, ihr Gesicht durch einen Schleier bedeckt, würde sie zu dem Palast neben San Pietro reiten, um dort ihre Freundin Giulia zu besuchen. Dabei träfe sie dann auch auf Alessandro. Und mit ihm zusammen schaute sie sich die *Pietà* an. Davon hielt sie jetzt niemand mehr ab!

Als wenige Tage später ihr Gemahl unterwegs war und während der Siesta-Zeit schläfrige Stille im Haus herrschte, ließ sie sich Bianca satteln. Der Stallknecht murrte, tat aber, wie ihm befohlen wurde. Eigenhändig öffnete Silvia das Portal zur Straße. Noch bevor Giovannis Gefängniswärterinnen reagieren konnten, hatte sie sich schon auf den Rücken der Stute geschwungen und ritt davon.

Die Straßen glühten unter der August-Sonne. Sie begegnete Pilgergruppen, die die Aussicht auf reichlichen Ablaß sogar zu dieser Zeit zu den sieben Hauptkirchen Roms trieb. Die meisten Römer jedoch hielten sich in ihren Häusern auf oder dösten im Schatten vor sich hin.

Es gelang ihr tatsächlich, sich bei Madonna Giulia anmelden zu lassen. Schon auf der Treppe kam ihr die alte Freundin entgegen. Sie vergossen Tränen über Tränen. Und dann stand da auch Alessandro. Sie umarmte ihn, er küßte sie. Zum ersten Mal in ihrem Leben sah sie in die klugen, lebendigen Augen Lucrezias. Alle strahlten vor Freude darüber, daß Alfonsos Wunden so schnell heilten. Er selbst war aufgestanden, strahlte aber nicht vor Freude, sondern brütete in Wut und Angst. Er begrüßte Silvia kurz, nicht ohne Mißtrauen, und stellte sich dann ans Fenster, um über die vatikanischen Gärten zu schauen. Er hatte sich offensichtlich gerade mit Alessandro über Jagdwaffen unterhalten, über die jeweiligen Vorteile von Langbogen und Armbrust und wandte sich nun wieder seinem Gesprächsthema zu. Immer wieder spannte er einen Bogen, um Alessandro zu zeigen, wie schnell man mit einem Langbogen reagieren könne. Dann schoß er sogar Pfeile in den Garten und jubelte, als einer von ihnen im Stamm eines Obstbaums steckenblieb.

»Siehst du, und so schieße ich auch Hirsche ab.«

Alessandro spähte immer wieder zu Silvia hinüber, die ihre Blicke kaum von ihm abwenden konnte. Sie bat ihn mit sehnsüchtigen Augen, sich doch ihr zu widmen. Wieder spannte Alfonso den Bogen und zielte auf einen Gegenstand im Garten.

»Halt, was macht Ihr?« rief Alessandro plötzlich aufgeregt. »Ihr dürft nicht … das ist viel zu gefährlich.«

Alfonso lachte nur. »Da ist ja der Meuchelmörder! Den schieß ich ab!«

Und noch bevor Alessandro reagieren konnte, schwirrte der Pfeil von der Sehne, und draußen hörte man einen Schrei.

»Verdammt, daneben!« rief Alfonso.

Alessandro war bleich geworden.

»Was hast du getan, Geliebter?« Lucrezia eilte zu ihm.

Alfonso warf wütend den Bogen auf den Boden und nahm sich die Armbrust. Lucrezia und Alessandro fielen ihm in die Arme, aber er schüttelte sie ab. Dann ließ er die Armbrust sinken. »Jetzt hat er sich davongeschlichen. Aber ich kriege die Pestbeule schon noch.«

Alessandro nahm ihm die Armbrust ab, Lucrezia zog ihn zum Bett.

»Du mußt dich schonen, Geliebter, komm, leg dich wieder auf die Decke. Ich will dich pflegen.« Sie streichelte seine Brust, fuhr vorsichtig über den Wundverband, gab ihm einen Kuß. »Laß Cesare in Frieden, reize ihn nicht, er ist unberechenbar.«

Alfonso knurrte, ließ sich dann aber weiter verwöhnen und schloß die Augen. Lucrezia strich ihm wie einem kranken Kind über den Kopf und sang leise ein Lied.

Gerade als Silvia, Alessandro und Giulia den Raum auf Zehenspitzen verlassen wollten, dröhnten Männerstimmen von unten hoch. Lucrezia sah sie erschrocken an. »Bleibt bei uns!« rief sie noch, als Cesare mit Michelotto und anderen Männern hereinstürmte.

»Raus hier!« brüllte er die Frauen an. »Ich will mit meinem Schwager alleine sprechen. Er hat auf mich geschossen, er wollte mich ermorden. Das muß gesühnt werden. Man schießt nicht ungestraft auf einen Cäsar.«

Während der stiernackige Michelotto mit seinen Pranken Silvia und Giulia packte und zur Tür zerrte, schien Cesare erst jetzt Alessandro zu entdecken.

»Was machst du denn hier?« rief er mißtrauisch. Er ließ seinen Blick von ihm zu Giulia und Silvia wandern. »Die ganze Sippe – alle raus, auch du, Lucrezia.«

»Wage nicht, ihn anzurühren, ich hole sofort unseren Vater. Er wird dich ...«

Cesare lachte nur. »Er wird gar nichts. Der Spanier ist zu nichts mehr nütze – ich werde diesem frechen Pfau zeigen, daß ein Cesare Borgia sich mit keinen Halbheiten zufriedengibt.«

Lucrezia fiel ihrem Bruder in die Arme. »Laß ihn am Leben! Du weißt doch, daß ich ihn liebe. Du hast schon Perotto ermordet, nicht auch noch Alfonso!«

Alfonso lag mit weit geöffneten Augen auf dem Bett, Cesare stieß Lucrezia von sich. Sie wehrte sich, aus dem Zimmer gedrängt zu werden. Aber Michelotto schob sie nach draußen und verschloß die Tür hinter sich.

Lucrezia verschwand, um ihren Vater zu holen, Silvia flüchtete sich in Alessandros Arme. Auch Giulia klammerte sich an Alessandro, als man von innen Drohungen und Angstschreie hörte, die schließlich in erstickten Geräuschen untergingen.

Stunden später stand Silvia, noch immer sprachlos und zitternd, vor der *Pietà*. Neben ihr Alessandro und Giulia. Sie beteten stumm. Schließlich führte Alessandro sie hinaus in das Abendlicht. Giulia weigerte sich, den Palazzo, in dem man gerade Lucrezias Ehemann Alfonso erwürgt hatte, zu betreten, und ließ sich von ihrem Bruder in dessen Palast in der Nähe des Campo de' Fiori bringen. Alessandro begleitete dann auch Silvia nach Hause. Wortlos saßen beide auf ihren Pferden.

Kurz bevor sie sich verabschiedeten, fragte er: »Warum bist du gekommen?«

»Ich wollte dich sehen.« Während sie die Zügel des Pferdes an den Ring neben dem Portal band, fügte sie noch mit leiser Stimme an: »Es kann nicht so weitergehen.«

»Aber was sollen wir tun?«

Sie schlug die Augen nieder, und beide standen eine Weile stumm voreinander.

»Hast du übrigens gehört«, begann er wieder zu sprechen, »daß Giovanni und ich uns in den nächsten Tagen zur Jagd im Tolfagebirge verabredet haben?«

»Ich weiß nur, daß Giovanni diese Idee ausgeheckt hat.« Sie faßte Alessandros Hand. »Geh nicht mit ihm. Ich habe Angst.«

Aber er lachte nur kurz auf, gab ihr einen flüchtigen Kuß und ritt davon.

Sie schaute ihm nach, bis er verschwunden war.

Während der nächsten Nächte plagten Silvia Alpträume. Einmal wachte sie nach Mitternacht auf. Vor ihr schwebte ein Öllicht. Hinter dem Öllicht stand ein Geist, der Geist ihres ältesten Bruders, in einem langen hellen Gewand, gesichtslos, röchelnd. Sie rief nach ihrer Kammerfrau, aber niemand kam. Sie zog die Decke über ihren Kopf, und nichts geschah. Als sie nach einer Weile die Decke langsam wegschob, stand Rosella vor dem Bett.

»Ich höre Stimmen, ich höre Streit, ich sehe den Untergang eines Mannes.«

»Was? Wie? Wo hörst du was? Wovon sprichst du?« Silvia schrie sie an, aber Rosella reagierte nicht, starrte nur mit ihrem einen Auge in das Licht, das sie vor sich hielt.

Am nächsten Morgen wußte Silvia nicht, ob sie alles geträumt hatte oder ob Rosella wirklich bei ihr gewesen war.

Die folgende Nacht blieb sie lange auf und bat Rosella, bei ihr zu schlafen. Rosella nickte, mußte aber verschwunden sein, nachdem Silvia eingeschlafen war. Und wieder überfielen sie Alpträume. Aber vielleicht waren es keine Träume. Sie sah den Überfall auf die Mutter vor sich, sah die Männer über sie steigen, hörte das gurgelnde Geräusch. Ihr Vater beugte sich über Rosellas Rücken und stieß immer wieder sein Becken vor. Aber nun beugte er sich blutüberströmt über Silvia selbst. Er tauchte sie ins Dunkel und küßte sie. Dann wieder das Licht von Kerzen. Sie schlang die Arme um seinen Hals. Oder war es ihr Bruder? Ein lichtes Gefühl wie Kindheit, die Tage in Frascati, *er* tauchte dann auf, Alessandro, er sollte sie entführen, mit ihr davonreiten, hinaus aus dem Gefängnis.

Ein heftiger Lärm an den Portalen des Gefängnisses. Sie wußte nicht, ob sie noch träumte oder ob sie schon wieder zurückgekehrt war in die Wirklichkeit. Tatsächlich hörte sie Schläge und eine Stimme. Sie wurde gerufen. Der Hausverwalter rannte zum Portal. Sie schlüpfte aus dem Bett, warf sich einen Umhang über und trat auf den Balkon. Unter ihr stand ein blutüberströmter Mann.

58. Kapitel

Der Tod konnte süßer nicht sein. Er war umgeben von Engeln in purpurroten Kleidern, aufgefahren gen Himmel, und hinter ihm stand der Erzengel Michael mit seinem flammenden beidhändigen Schwert. Aber er selbst schwebte, stand oder saß nicht, sondern lag auf einen Schoß gebettet, und über ihn beugte sich das liebste Engelsgesicht, von langen Haaren eingerahmt, und lächelte ihn an. Er lächelte zurück und hörte eine Stimme: *Du bist mein Sohn, an dem ich Wohlgefallen habe*. Es war die Stimme seines Vaters, und ein süßes Kindheitsglück erfüllte ihn. Sein Vater liebte ihn, und er liebte den Vater. Er liebte das Lächeln des Engels, der seine Hand auf seine Stirn legte, seinen Mund herabbeugte und seine Lippen küßte.

Ja, er konnte aufstehen, vom Tod hinabsteigen, sich niederlassen auf den goldenen Thron, und über ihm schwebten weiße Tauben. *Ich bin der Weg, die Wahrheit und das Leben.* Und trotzdem küßte sie ihn. Ihn umgaben Engelchen, Sandro, Tiberio, Costanza, und neben ihnen reihten sich die Purpurträger, alle seine Freunde und Neider, die alten Herren und die ehrgeizigen Neulinge. *Habemus papam!* Ja, er saß auf dem Stuhle Petri. Seine Mutter kniete vor ihm und küßte ihm die Füße, er reichte Giulia die Hand zum Kuß, reichte Silvia den Mund. Und dann umgaben sie ihn, und er nannte die Mutter *prudentia*, die Schwester *iustitia*, die Geliebte *pax* und die Tochter *abundantia*. Klugheit, Gerechtigkeit, Frieden und Überfluß, diese vier Wesen sollten sein Leben bestimmen. Beifall im Gotteshaus, Beifall vor San Pietro, Beifall auf der Via papale bis hin zu San Giovanni in Laterano. Er spendete den Segen, all den strahlenden und gläubigen Augen, er setzte die Tiara auf und verkündete das Reformkonzil, er verkündete den Frieden auf Erden, und alle, alle jubelten ihm zu.

Auch der Allmächtige, der Allwissende, der Allgütige lächelte ihm zu.

Und dann schlug er die Augen auf.

Noch immer lächelte ein liebendes Gesicht ihn an.

Silvia lächelte.

Er lag auf ihrem Schoß.

»Ich bin im Himmel. Ich war Papst«, flüsterte er.

»Du hast geträumt«, antwortete sie, ebenso flüsternd.

Ja, er hatte geträumt. Aber er war auch die halbe Nacht geritten, hatte die Wachen an der Porta del Popolo bestechen müssen. War bis zu ihrem Haus geritten, hatte geklopft und gerufen, bis Silvia auf dem Balkon erschien. Sie ließ die Tür öffnen und verband dann selbst seine Wunden. Und auf ihrem Schoß mußte er eingeschlafen sein.

»Du wirst frei sein«, sagte er.

»Was ist geschehen, Alessandro, was ist geschehen? Bist du überfallen worden?« Sie schüttelte ihn. »Du hast vorhin nur wirres Zeug geredet. Giovanni erwähnt. Er käme nicht mehr. Was heißt das?«

Langsam setzte er sich auf. »Er wird nicht kommen.«

»Was heißt, er wird nicht kommen?« Silvias Stimme wurde immer lauter, drängender, ängstlicher.

Langsam fühlte sich Alessandro wieder in die Wirklichkeit zurückkehren. Es war etwas Schreckliches geschehen, und dennoch erfüllte ihn ein tiefes Glücksgefühl. Vielleicht klang der Traum in ihm noch nach.

»Du wirst frei sein«, wiederholte er.

Aber sie trommelte ihm nun mit ihren kleinen Fäusten auf die Brust und preßte hervor: »Ich will wissen, was geschehen ist. Du bist hier in meinem Haus. Wenn Giovanni zurückkommt …«

»Giovanni ist tot«, antwortete er.

Silvia erstarrte.

Nun war der Traum zerstoben, und Alessandro sah wieder das Geschehen des vergangenen Tages an sich vorbeiziehen. Der Ritt ins Tolfagebirge, nur sie beide, Giovanni und er, mit je einem Jagdhüter und ein paar Hunden. Die Schäfer erzählten ihnen von einer Bärin mit zwei Jungen, die schon einen Hirten überfallen habe und Lämmer reiße.

»Die holen wir uns«, rief Crispo. »Da machen wir die Jungen zu Waisen.«

Aber Alessandro hatte keine Lust dazu verspürt. Zum einen widerstrebte es ihm, eine Bärenmutter zu töten und somit ihre Jungen dem Hungertod preiszugeben, zum anderen wußte er, daß Bärenmütter, die ihren Nachwuchs verteidigten, äußerst gefährlich waren. Weder Giovanni noch er waren so jung und kräftig wie damals im Mugello, die beiden Jagdhüter noch viel älter als sie, die Hunde unerfahren.

Giovanni ließ sich jedoch nicht davon abbringen, die Bärin töten zu wollen. In seinen Augen blitzten Gier und Heimtücke auf, aber an all seinen Bewegungen erkannte Alessandro auch, daß die Angst ihm im Nacken saß. So machten sie sich auf den Weg. Alessandro redete absichtlich besonders laut, die Hunde bellten, und nur einmal sahen sie die Bärin kurz in einer Lichtung. Dann verzog sie sich in ein fast undurchdringliches Tal und verschwand am Ende des Tals in den Felsen.

»Er wollte die Bärin unbedingt verfolgen«, begann Alessandro zu berichten, »auch dann noch, als sie mit ihren Jungen flüchtete.«

Silvia schaute ihn mit stummer Erwartung, mit einem bohrenden Blick an.

»Er ließ nicht locker. Wir mußten unsere Pferde stehenlassen und uns mühsam den Weg durchs Unterholz bahnen, dann sogar Felsen hochklettern. Die Sonne versank schon. Nirgendwo gab es einen Steg, nirgendwo menschliche Behausungen. Die Hunde über uns. Die beiden Jagdhüter zitterten vor Angst. So kann man keinen Bären jagen.«

Alessandro hielt inne und wischte sich übers Gesicht.

»Du hast ihn getötet«, sagte Silvia mit tonloser Stimme. »Er war dein Nebenbuhler. Er stand dir im Weg. Du hast ihn aus dem Weg geräumt. Du bist ein Mörder. Wie Cesare Borgia.«

Alessandro schüttelte den Kopf. Er wollte nicht hinhören, was Silvia in ihrem Entsetzen von sich gab. »Laß mich erzählen, wie es gewesen war«, sagte er.

»O Gott, der Mann, den ich liebe, ist ein Mörder.«

Alessandro schloß die Augen und suchte die Worte für das, was geschehen war. »Wir kletterten weiter und stießen bald auf den ersten zerrissenen Hund. Ich weigerte mich, der Bärin jetzt noch nachzusteigen, aber Giovanni nannte mich einen feigen Hurensohn und beschimpfte mich unablässig. Also verfolgten wir das Tier noch höher hinauf. ›Ich will es wissen‹, keuchte er, ›ich will wissen, ob der Kardinal noch immer der bessere Jäger ist. Erinnerst du dich daran, wie du den Keiler getötet hast, während ich flach auf dem Boden lag? Heute bist du ein geiler Prälat und machst in die Hose, wenn du einem Bären folgen sollst. Heute will ich sehen, wer zuerst auf dem Boden liegt.‹«

Alessandro hielt inne. Er merkte, wie er zunehmend gegen eine Mauer ungläubiger Verständnislosigkeit sprach. Silvia war aufgestanden, hatte ihr Kruzifix von der Wand genommen und hielt es vor sich, als müsse sie einen Dämon abwehren.

»Willst du nun wissen, wie er starb?« fragte er.

Sie schaute ihn nur an.

Er seufzte und fuhr fort: »Er war wie besessen. Auch als ich meinen Jagdhüter zurückschickte und sein Jagdhüter sich weigerte, uns zu folgen, ließ er nicht nach. Ich weiß nicht, was er im Schilde führte. Ihm war es sogar recht, daß die beiden Männer zurückblieben. Natürlich hätte ich mich weigern können, aber er packte mich immer wieder bei meiner Ehre und betonte außerdem, er würde unter allen Umständen, auch ganz allein, der Bärin folgen. Sein Astrologe habe ihm vorausgesagt, heute sei ein entscheidender Tag für ihn, er spüre, daß die Entscheidung in dem Sieg über die Bärin liege. ›Ich will es wissen!‹ rief er immer wieder.«

»Und gleich wirst du behaupten«, unterbrach ihn Silvia, »er habe dich ermorden wollen.«

Alessandro wußte nicht, was er darauf antworten sollte. Tatsächlich hatte er daran gedacht, insbesondere, als Giovanni darauf bestand, weiterzuklettern, selbst als die beiden Jagdhüter und damit die einzigen Zeugen zurückblieben. Es war der entscheidende Augenblick zwischen ihnen, und jeder wußte es. Giovanni drängte vorwärts, kletterte, stieß Felsbrocken los, die seinem Mitjäger dann auf die Schulter flogen, die sein Gesicht und seinen Körper verletzten. Giovanni lachte nur. Wieder fanden sie einen zerrissenen Hund, zerfleischt bis zur Unkenntlichkeit. Der Schweiß floß ihnen in Strömen über den Rücken. Sie kamen kaum vorwärts, weil die Felsen immer steiler wurden. Wahrscheinlich hatte sich die Bärin längst davongeschlichen. Ja, alles drängte tatsächlich auf einen Mord hin. Giovanni wollte ihn die Felsen hinabstoßen – oder von dem Tier zerfleischen lassen.

»Warum schweigst du?« fragte Silvia.

»Plötzlich stand die Bärin vor uns, richtete sich auf, wischte einen der Hunde, der sie angriff, zur Seite. Ich richtete den Spieß gegen sie, Giovanni spannte den Bogen. Ich rief ihm noch zu, den Spieß zu nehmen, der Pfeil würde die Bärin kaum verletzen, sondern nur wütend machen. ›Genau das soll sie, wütend sein‹, rief er und schoß den Pfeil ab. Und wie ich es vorhergesehen hatte: Der Pfeil traf, aber er verletzte das Tier nur leicht. Die Bärin knickte ihn ab und stürzte sich auf uns. Es ging so schnell! Ich richtete den Spieß gegen sie, um sie abzufangen, wenn sie sich auf uns fallen ließ. Giovanni trat mehrere Schritte zurück und spannte wieder seinen Bogen. Er war verrückt. Vielleicht wollte er auch fliehen. Oder …«

Alessandro unterbrach sich selbst.

»Oder – was?«

»Ich weiß es nicht. Ich hörte Giovanni schreien. Über mir das Bärengebrüll, die Reißzähne, das dunkle Ungetüm, die Pranken mit den scharfen Krallen. Ich wich zurück und hielt das Tier durch den

Spieß auf Distanz. Die Bärin schlug ihn mehrfach zur Seite. Aber plötzlich gab sie auf, wandte sich ab, war im Nu verschwunden.«

»Und wo war Giovanni?«

»Ich sah ihn nicht mehr. Er war abgestürzt. Er mußte beim Zurückgehen, während er den Bogen spannte, gestolpert und in den Abgrund gestürzt sein. Vielleicht hundert Ellen tief. Ich schaute den steil abfallenden Hang hinunter. Unten im Tal bedeckte undurchdringlicher Blätterwald den Boden. Aber ich konnte sehen, wo er zum ersten Mal aufgeschlagen war. Ich erkannte einen Blutfleck an einem spitzen Felsen.«

Er schwieg eine Weile, auch Silvia schwieg. Noch nicht einmal Tränen flossen.

»Ich stieg dann hinunter«, fuhr er schließlich fort. »Es wurde dunkel, ich rief nach den Jagdhütern. Giovannis Mann war nicht zu finden, meinen Gehilfen traf ich schließlich. Wir wollten noch nach Giovanni suchen, aber wir konnten nichts mehr sehen. Ich hätte die Nacht über im Tal bleiben und bei Helligkeit nach ihm suchen sollen. Vielleicht wirfst du mir das vor, Silvia. Ich ließ Giovanni einfach liegen. Niemand konnte ihm mehr helfen. Und ich, ich wollte nur dich sehen. Noch in der Nacht ritten wir nach Rom zurück.«

»Jetzt haben ihn die Wölfe gefressen«, sagte Silvia kalt.

»Silvia, ich beschwöre dich ...«

»Vielleicht war er gar nicht tot.«

»Er kann nur tot gewesen sein. Gott hat es so gerichtet. Giovanni war wie besessen. Du mußt mir glauben.«

»Ich möchte dir glauben, Alessandro, aber ...« Ihre Stimme klang alles andere als überzeugt.

»Warum vertraust du mir nicht? Wie kannst du mir nur unterstellen, ich hätte ihn getötet?«

Sie schwieg.

»Ich hätte ihn nicht liegenlassen sollen. Ich reite sofort hin, um ihn zu suchen.«

»Es wird zu spät sein. Im Tolfagebirge gibt es viele Wölfe, das weiß ich von Giovanni. Es ist zu spät, es ist alles zu spät.«

Alessandro ergriff ihre Hände. »Silvia, es ist nicht zu spät. Du wirst jetzt frei sein. Weißt du, was das bedeutet? Du bist frei!«

59. Kapitel

Du bist frei: In Silvias Ohren klangen seine Worte immer wieder nach. Sie klangen verführerisch und nach der Erfüllung all ihrer Wünsche. Nicht mehr eingesperrt sein in ein Haus, aus dessen Wänden sie ihre Brüder anlächelten, die Mutter ihr entgegentrat, in dessen Studiolo der Vater den Stand der Sterne zu deuten versuchte. In manchen Ecken hatten der Vater und Rosella ihre Vereinigung vollzogen, und im großen Bett hatte Giovanni ihre linke, dann ihre rechte Brust geküßt. In diesem Raum war der erste Sandro gestorben, und hier war der zweite geboren. Dieses Haus war ihre Welt und ihr Gefängnis.

Du bist frei.

Frei, dieses Haus zu verlassen und in einen halbfertigen Kardinalspalast zu ziehen? Frei, weiterhin die Befehle ihres Schwiegervaters zu mißachten und die beiden Jungen bei sich zu behalten? Frei von Angst?

Die Konkubine eines Kardinals zu werden, das war die Freiheit, die er meinte. Und gewann sie diese Freiheit, verlor sie ihre Ehre. Für immer.

Und damit stand etwas Bedeutendes gegen diese Freiheit.

Tagelang lief Silvia unruhig im Haus hin und her, hielt es kaum länger als den Bruchteil einer Stunde in einem Zimmer aus, konnte sich kaum ihren Kindern widmen, die häufiger weinten als sie selbst. Ja, ihre Tränen schienen versiegt zu sein. Gerade sie, die bei jeder Kleinigkeit weinen mußte ... Nur einmal, als sie Giovannis Überreste sah – einen zerschmetterten, angefressenen Körper, sein Gesicht, sein so schönes Gesicht entstellt – da flossen die Tränen, als wollten sie noch jetzt sein Blut abwaschen.

Alessandro selbst war nach der Nacht, in der er bei ihr aufgetaucht war, mit seinem Jagdhüter und zahlreichen Knechten aufgebrochen, um den Toten zu bergen. Kaum waren sie unterwegs, mußte Vater Crispo von dem Unglück erfahren haben, denn er schickte ihnen einen Trupp Bewaffneter nach, die Alessandro dann auch Giovannis Leiche abnahmen und sie im Palazzo der Crispo aufbahren ließen. Silvia mußte dem Toten die letzte Reverenz erweisen, sogar den Kindern wurde der Anblick ihres entstellten Vaters zugemutet – das Wehgeschrei im Hause Crispo klang schrill und laut, aber sie selbst wurde mit Eiseskälte behandelt. Kaum daß Giovannis Vater ein Wort mit ihr sprach. Die Mutter blieb hinter ihrem schwarzen Schleier verborgen und stumm.

Und natürlich fiel zum Schluß die Bemerkung, auf die sie gewartet hatte.

»Er hat ihn auf dem Gewissen«, sagte Vater Crispo mit Grabesstimme, aus der die Drohung nicht zu überhören war.

Als Silvia sich schon zum Gehen wandte, rief er ihr noch nach: »Wir werden die Kinder zu uns nehmen. Sie brauchen eine anständige Erziehung. Sie dürfen nicht ohne männliche Anleitung aufwachsen, auf keinen Fall nur mit der Mutter und einer« – er zögerte kurz – »Hexe zusammen. Deine Bastardtochter kannst du behalten.«

Silvia fuhr herum und durchbohrte den alten Crispo mit ihren Blicken. Aber der Haß in seinem Gesicht ließ sie erschauern. Trotzdem ging sie einen Schritt auf ihn zu und sagte sehr langsam und entschieden: »Niemand nimmt mir meine Kinder!«

»Sandro und Tiberio sind Giovannis Erben und damit auch meine Erben. Ich kann sie nicht bei einer Frau lassen, deren Ruf ein ehrloser Kardinal beschmutzt hat. Giovanni wurde ermordet, und ich werde dafür sorgen, daß man den Schuldigen zur Rechenschaft zieht. Und wenn ich mein Vermögen drangeben muß.« Seine Stimme wurde von Wort zu Wort kälter und drohender.

Silvia ging noch einen Schritt auf den alten Mann zu und hörte sich sagen: »Euer Giovanni wollte Kardinal Farnese umbringen. Aus Eifersucht und Rachegefühlen. Dabei ist er abgestürzt. Und was Euer Vermögen angeht, so stand es zum Teil meinem Vater zu. Ihr habt ihn betrogen und bedroht. Was *meine* Kinder erben, gehört ihnen rechtmäßig auch durch mich.«

Sie drehte sich um und verließ, ohne die Reaktion des alten Crispo abzuwarten, den Raum. In der Tür hörte sie noch ein durch die Zähne gepreßtes »Verleumderische Hure, du wirst noch an uns denken!«.

Noch lange zitterten in ihr die Drohung Crispos, aber auch die eigenen Worte nach. Sie hatte ausgesprochen, was Alessandro angedeutet hatte: daß Giovanni ihn der gereizten Bärin überlassen, daß er ihn vielleicht sogar hinabstoßen wollte.

Aber wenn sie nur daran glauben könnte! Sie sehnte sich danach, an Alessandros Bericht nicht zu zweifeln – aber sie war dazu nicht in der Lage. Der Verdacht, Alessandro habe Giovanni die Felsen hinabgestoßen, nagte in ihr. Woher kamen denn seine blutigen Wunden? Wirklich nur durch herabgestoßene Steine und durch dorniges Buschwerk? Giovanni war eifersüchtig auf Alessandro gewesen, aber Giovanni hatte dennoch sein Kind aufgenommen – und er war ein friedfertiger Mensch. Alessandro dagegen ... War er nicht gerade erst mit Cesare Borgia durch die Romagna gezogen und hatte mit dem Schwert gekämpft? Wenn Alessandro sich etwas in den Kopf setzte, dann focht er es auch mit allen Mitteln durch. Womöglich hatte Giovanni ihn gereizt, hatten sie gekämpft ... Aber statt ihn nur niederzuringen, stieß er ihn hinab. Er konnte seine Tat vor Gott als Notwehr rechtfertigen – und den Menschen, auch ihr, erzählte er eine ganz andere Geschichte.

Das Schlimme war: Wenn sie Alessandro nicht glaubte und vertraute, dann konnte sie seine Liebe nicht erwidern, seinem Werben nicht nachgeben.

Du bist frei. Nein, sie saß in einem Gefängnis aus Zweifeln und Ängsten. Und sie saß in ihrem Palazzo wie unter Hausarrest. Sie verließ ihn fast nie. Sie befürchtete, ihre Kinder könnten während ihrer Abwesenheit von der Crispo-Familie entführt werden. Alessandro mußte ihr die Freiheit nicht nur versprechen, er mußte ihr auch zeigen, daß sie wirklich frei sein konnte. Er mußte alle Verdachtsmomente ausräumen. Er mußte der strahlende Retter sein, in den sie sich einstmals verliebt hatte.

Während Silvia nachts schlaflos auf der Dachterrasse hockte und in den Sternenhimmel schaute, fühlte sie immer stärker, daß auch noch etwas anderes zwischen ihnen stand. Es war ihre eigene Schuld. Sie fühlte, daß Gott sie mit Giovannis Tod bestrafen wollte. Er nahm ihr den Ehemann, den Vater ihrer Söhne, den Ernährer der Familie und den Menschen, der ihre Ehre schützen konnte. Gleichgültig, was im Tolfagebirge geschehen sein mochte, Giovanni war kein schlechter Mensch gewesen, er hatte sie gegen den Willen seines Vaters geheiratet und sie vor den Übergriffen des Alten geschützt. Aber sie hatte nicht verhindern können, daß die ganze Familie entehrt wurde. Sie hatte die Ehe gebrochen.

Du bist jetzt frei! Bedeutete diese Freiheit nicht auch, daß sie schutzlos war? Wer schützte sie und ihre Kinder vor den Zugriffen ihrer eigenen Familie? Der alte Crispo wartete nur auf eine Gelegenheit, ihre Kinder an sich zu reißen. Half ihr Alessandro, sich gegen den Großvater der Kinder durchzusetzen?

Und wenn nun der alte Crispo ausstreute, sie selbst habe den Kardinal Farnese zum Mord an ihrem Ehemann angestiftet – um sich ihm ohne Hindernisse hingeben zu können? Könnten nicht sogar eines frühen Morgens die *sbirren* vor der Tür stehen und sie zum Torre di Nona zerren? Wie man ein Geständnis erzwang, wußte sie. Die Wahrheit wich immer vor den Drohungen brutaler Gewalt oder gab den Verlockungen des Geldes nach. Der Bargello war bestechlich, und die Richter ebenfalls.

Wo würde dann die Freiheit bleiben? Kerker und Tod waren ihr gewiß – wenn nicht eine starke Hand sie schützte. Diese starke Hand, daran gab es keinen Zweifel, konnte nur Alessandro Farnese sein. Doch benötigte er nicht selber Schutz? Sogar bis zu ihr war durchgedrungen, daß es im Vatikan eine geheime Untersuchung gegen den Kardinal von Santi Cosma e Damiano gab. Wenn sie ihn für schuldig an dem Tod des Giovanni Crispo hielten – was dann?

Dann halfen nur noch der Papst und sein Sohn.

Ihren Willen konnten die beiden immer durchsetzen. Aber wenn sie Alessandro loswerden wollten? Wenn sie sich von dem alten Crispo bestechen ließen?

Dann war Silvia nur noch frei, zu sterben.

In panikartiger Angst suchte sie Rosella auf. Sie fand sie umgeben von süßen, weihrauchähnlichen Schwaden, das Auge halb geschlossen, fremd klingende Silben vor sich hin murmelnd. Vor ihr hockte eine Kröte, an der Wand saß ein ausgestopfter Rabe, und in einem mit einem Netz verschlossenen Behältnis ringelten sich mehrere Schlangen. Silvia war erstarrt und beobachtete bewegungslos, was Rosella tat. Sie nahm die Kröte in ihre Hand und küßte sie mehrfach. Dann setzte sie das Tier wieder vor sich auf eine Schüssel, faltete die Hände und verneigte sich.

»Ich weiß, daß du bei mir bist«, sagte sie, und Silvia wußte einen Augenblick lang nicht, ob Rosella sie oder den Satan meinte. »Geh auf das Dach, ich folge dir nach, ich muß erst den Fürsten der Finsternis verabschieden.«

Wortlos und beklommen schlich Silvia durch die Gänge des Hauses, zog sich langsam am Treppengeländer hoch und legte sich schließlich in die frische Nachtluft der Dachterrasse. Es dauerte nicht lange, bis Rosella erschien.

»Was hast du getan?« fragte Silvia. »Wenn dich der alte Crispo an das Heilige Offizium verrät und man hier deine Tiere und Gerätschaften findet, wirst du auf dem Scheiterhaufen enden.«

Rosella schwieg eine Weile, bevor sie antwortete: »Du weißt doch, daß viele hochgestellte Herren von Rom meine Dienste in Anspruch nehmen. Ich spreche mit den Toten, ich sehe in die Zukunft. Ich pflege engen Kontakt mit dem Fürsten der Finsternis. Er ist der einzige, der mir helfen wird, wenn die Zeit der Rache angebrochen ist. Und ich fühle, sie wird nicht mehr lange auf sich warten lassen. Bevor die *sbirren* kommen, um mich zu foltern und zu verbrennen, werde ich verschwinden. Ich steige hinab in die Welt, die unter Roms Häusern liegt, in die alten Katakomben. Ich habe Helfer dort. Niemand wird mich finden.«

Der Schein des gerade aufgehenden Halbmondes lag auf ihrem Gesicht, so daß das Weiße ihres einen Auges hervortrat. Ihre gespenstische Fratze ließ Silvia erschauern.

»Wenn du mit Toten sprichst, dann weißt du sicher auch, ob Alessandro Giovanni umgebracht hat«, fragte sie ohne Umschweife.

Rosella antwortete: »Die Toten geben ihr Wissen nur an die weiter, die an sie glauben.« Sie hatte ihr Gesicht ganz dem Mond zugewandt; ihr entstelltes Gesicht war zu einer Maske erstarrt.

»Ich muß es wissen«, sagte Silvia.

»In Roms Gassen und Tavernen hält man den Kardinal für den Mörder an seinem Nebenbuhler.«

»Ich fragte nicht nach Gerüchten, sondern nach der Wahrheit.«

Plötzlich legte Rosella die Maske der Magierin ab. Sie rückte an Silvia heran und legte ihr den Arm um die Schulter.

»Du frierst ja, mein Hühnchen.«

»Mir ist ganz furchtbar kalt«, flüsterte Silvia. »Aber du hast noch immer meine Frage nicht beantwortet.

»Alessandro ist unschuldig. Er ist nicht in der Lage, einen Mord zu begehen. Aber ich habe einen Toten gesehen und weiß nicht, wer es ist. Die dunklen Wolken stehen noch immer am Himmel.«

Als wolle der Himmel ihre Worte bestätigen, schob sich eine Wolke über die Sichel des Mondes.

»Geh zu Giulia, seiner Schwester. Sie wird dir mehr erzählen können.«

»Sorgst du dafür, daß meine Kinder nicht entführt werden?«

»Ich lasse niemanden ins Haus und gebe mein Leben für sie.«

Am nächsten Tag ließ sich Silvia bei Giulia im Palazzo bei Santa Maria in Portico melden. Die Erinnerungen an den Mord, der hier geschehen war und dem sie fast hatte zusehen müssen, drängten sich ihr auf. Giulia empfing sie in bester Laune und so strahlend wie lange nicht. Sie schien sich verjüngt zu haben. Sie trug ihre Haare offen, und noch immer fielen sie bis auf die Hüften.

»Du bist jetzt frei.« Auch Giulia sagte diesen Satz, kaum daß sie allein waren.

»Sagt das Alessandro?«

»Nein, das sage ich. Ergreife die Gelegenheit, und du wirst es nicht bereuen. Du zögerst zuviel.«

»Ich bin eine trauernde Witwe.«

Giulia lachte spöttisch. »Rodrigo hat geschmunzelt, als er von Crispos Tod erfuhr, sein Sohn Cesare ist in lautes Gelächter ausgebrochen und hat dann angemerkt: ›Endlich hat der *Gonella* gelernt, wie man mit seinen Gegnern verfahren muß.‹«

»Und was hat die Untersuchung ergeben?«

»Es gibt keine Zeugen. Aber was sind Untersuchungen schon wert!«

Giulia wollte nun nichts mehr von Silvias Zweifeln und Ängsten hören, sondern berichtete mit triumphierendem Lächeln, daß Rodrigo sie regelmäßig besuche und durchaus von einer Nachblüte ihrer Liebe die Rede sein könne. »Seine Geschenke lassen sich wieder sehen, und er hat mir sogar versprochen, etwas für meinen Bruder zu tun. ›Er ist wirklich ein armer Hänfling, unser kleiner Kardinal, trotz der Erbschaft‹, hat er gesagt. ›Aber besser Schulden als Schuld.‹ Rodrigo ist immer für einen Wortwitz gut. Leider merkt man ihm sein Alter nun doch an. Er fällt immer häufiger in Ohnmacht, und im Bett ist er auch nur noch der Schatten seiner selbst.«

Silvia hörte kaum zu. Als Giulia eine kurze Pause machte, fragte sie: »Und du glaubst nicht, daß Alessandro von den Borgia eine Gefahr droht?«

»Nein, nein – warum? Ist er nicht Cesares Freund? Was bedeutet den Borgia schon Giovanni Crispo!«

»Und wenn Vater Crispo sie besticht?«

Giulia wurde nachdenklich. »Vater und Sohn Borgia lieben Geschenke und wissen sich zu bedanken.« Sie schüttelte abwägend den Kopf. »Solange es keine Zeugen gibt ... Giovanni hatte ebenfalls ein Motiv, Alessandro ins Jenseits zu befördern ... Man weiß allerdings tatsächlich bei den Borgia nie, ob sie nicht morgen schon ihre Meinung ändern.«

Nur wenig beruhigt, verließ Silvia ihre Freundin, ging zu der Kapelle von San Pietro, in der Michelangelos *Pietà* stand, und betete lange. Sie hoffte, Alessandro würde plötzlich neben ihr stehen, aber sie wartete vergebens.

Wenige Tage später wurde bekannt, daß der Jagdhüter von Kardinal Farnese ermordet aus dem Tiber gezogen worden sei. Die Mägde erzählten es, nachdem sie es auf dem Markt gehört hatten, Rosella wußte es schon, und auch Giulia schickte ihr eine Botschaft, daß diese Nachricht im Vatikan mit betroffenem Schweigen aufgenommen worden sei. Natürlich wurden an der Säule des Pasquino mehrere Gedichte angeschlagen, die unumwunden von der Blutspur des Kardinals *Gonella* sprachen und davon, daß diese Spur direkt in das Schlafgemach einer schönen, durch die trauernde Gottesmutter geadelten Witwe führe. Der verleumderische Hohn klärte nun endgültig die gesamte Stadt über die Affäre auf; es konnten nur die Crispo dahinterstecken.

Aber, so fragte sich Silvia, wie konnte man Alessandro unterstellen, für den Mord an seinem Gehilfen verantwortlich zu sein? Der Mann war ja noch nicht einmal Zeuge gewesen. Oder doch? Genau dies wurde nun ausgesprochen. Der Ermordete habe bisher nur behauptet, er habe nichts gesehen, aber man hätte ihn nur ein wenig nachdrücklicher befragen müssen. Dann hätte man erfahren, was geschehen sei. Nun sei es zu spät. Und genau dies habe sein Mörder gewollt. Man müsse nur fragen, wer ein Interesse daran habe, daß ein Zeuge nicht mehr aussagen könne ...

Du bist frei! Höhnischer als dieser Satz konnte jetzt nichts klingen. Jeder in der Stadt wußte Bescheid. Jeder sah in Alessandro einen Mörder. Und jeder verdächtigte sie der Anstiftung zum Mord.

Aber gerade diese Situation setzte in Silvia etwas in Gang, was ihre Angst zwar nicht beendete, aber ihre Gefühle ein für allemal klärte. Nach einer endlosen Nacht und einer langen grauen Dämmerung ging plötzlich die Sonne auf. Sie hatte sich entschieden, sich nicht von ihm abzuwenden, weil sie ihn trotz allem liebte. Sie würde ihn sogar noch lieben, wenn er gestand, Giovanni die Felsen hinabgestoßen zu haben. Dies war ihr nun endgültig klargeworden.

Nun wagte sie auch wieder, tief verschleiert mit Rosella und ihren Kindern in die Sonntagsmesse nach Santa Maria ad Martyres zu gehen und anschließend noch am Grab ihrer Eltern und Brüder zu beten.

Plötzlich stand Alessandro neben ihr. Er hatte in bürgerlicher Kleidung die Messe besucht.

»Laß mich heute abend durch den Hintereingang ein«, flüsterte er und war wieder verschwunden.

»Warum diese Heimlichkeiten, wenn es doch alle wissen?« fragte sie ihn, als er nachts neben ihr lag.

»Ich möchte den Verleumdungen und üblen Nachreden keine weitere Nahrung geben. Wir beide müssen nur warten ...«

Silvia setzte sich auf. »Wie lange sollen wir noch warten?« rief sie. »Ich lebe in ständiger Angst, daß eines Tages der alte Crispo einen Haufen Bewaffneter schickt und gewaltsam meine Söhne aus meinem Haus entführt. Ich höre nur noch schlimme Nachrichten. Ich weiß nicht, woran ich glauben soll. Ich lebe in einem Gefängnis. Ich kann einfach nicht mehr!«

Silvia spürte eine plötzliche Wut. Und diese Wut richtete sich gegen Alessandro, der nackt neben ihr lag und der sie gerade noch geliebt hatte. Für sie hatten die Fragen und Bedenken, die Zweifel und Unsicherheiten im klaren Licht ihrer Gefühle ihre Bedeutung verloren. Aber er sprach von *warten*. Was sie jetzt brauchte, waren Mut und Stärke. Sie wollte lieber mit einem kämpfenden Alessandro untergehen, als länger zu warten.

Er nahm sie in den Arm, und so schnell sie gekommen war, so schnell schwand ihre Wut dahin.

»Ich kann nicht länger warten«, flüsterte sie flehend.

»Was soll ich tun?«

»Mich lieben!«

»Aber ich liebe dich doch. Ich möchte gleichzeitig deine Ehre schützen.«

»Meine Ehre ist mir gleichgültig. Ich möchte meine Kinder um mich haben und dich lieben dürfen. Ich habe lange genug gewartet.«

»Und wenn ich nun doch Giovanni die Felsen hinuntergestoßen hätte?«

»Dann würde ich dich trotzdem lieben.«

Ja, jetzt war sie wirklich frei.

Alessandro umschlang sie, und sie verkroch sich regelrecht in ihn. Sie spürte, wie ihm erneut Kraft zuwuchs, und sie wußte, daß sie ihm diese Kraft gab. Sie wollte, daß nicht nur er sie umfing, sondern auch sie wollte ihn umfangen. Sie wollte ihm noch einen Sohn gebären, einen Farnese, der ihm die Angst nahm, die Familie könne aussterben, einen Farnese, der nicht nur Kardinal oder Condottiere würde, sondern etwas Größeres. Ja, sie wollte ihm, dem Mann, der sie gerettet hatte und dem sie jetzt alles verzieh, Kraft geben und Hoffnung, Mut und Ausdauer. Für jeden Kampf, den er zu fechten hatte. Und sie wußte, daß auch sie dadurch Kraft und Hoffnung gewann. Und *Freiheit*.

Sie liebten sich noch lange während dieser Nacht.

Bald darauf wußte Silvia, daß sie wieder schwanger war.

60. Kapitel

Als Alessandro die *bulla* des Papstes in den Händen hielt, die ihm das Bistum Corneto und Montefiascone zusprach, wußte er, daß er es geschafft hatte. Endlich ein Bistum, das ordentlich etwas abwarf und das zudem die Besitzungen seiner Familie umfaßte. In Zukunft würde er nicht mehr der Hungerleider-Kardinal sein, auf den viele Kardinäle im Vatikan mit wissendem Lächeln herabsahen, auch wenn sie seinen angeblichen oder wirklichen Einfluß unter den Borgia fürchteten und im Konsistorium seinen logischen Ableitungen nichts mehr entgegenzusetzen hatten. In Zukunft mußten sie zu ihm aufsehen. Außerdem erhielten die Handwerker wieder mehr Geld und würden seinen Palazzo erweitern und verschönern;

er könnte endlich einen ihm gemäßen Aufwand treiben, ohne alle Welt anpumpen zu müssen.

Und wem hatte er sein Glück zu verdanken? Seiner Schwester, *la bella Giulia*, der *Braut Christi* – sie war wieder auferstanden in der Gunst des göttlichen Stellvertreters, reizte seine abgestumpfte Sinnenlust und streichelte geduldig seine alt und müde gewordene Männlichkeit. *Sic transit gloria virile*, durfte man nicht ohne ironisches Bedauern sagen. Ja, auch der größte Männlichkeitsruhm ging einmal dahin.

Immerhin war der Papst deutlich über siebzig Jahre alt, und wenn's hoch kam, würde er achtzig, aber von Mühe und Arbeit konnte keine Rede sein. Köstlich war sein Leben vielleicht gewesen, sinnenfroh, intrigant, mörderisch. Und seine Familie hatte er reich und mächtig gemacht, auf eine bisher unübertroffene Weise. Lange Zeit war alles noch im Rahmen dessen gelaufen, was man von seinen Vorgängern gewohnt war, aber während der letzten Jahre, nach der Ermordung des Juan von Gandìa und des Alfonso von Aragon, nach der Eroberung der Städte in der Romagna kannte insbesondere sein Sohn Cesare keine Grenzen mehr. *Aut Caesar aut nihil*. Alessandro war nicht bekannt, daß Julius Cäsar so skrupellos gemordet hatte. Aber sein Möchtegern-Nachfolger Cesare setzte inzwischen Dolch und Gift ein, wo und wie es ihm paßte. Er lockte seine alten Condottieri und Gefährten in den Hinterhalt und ermordete sie, dann griff er erneut die Orsini an. Erst kürzlich war der reiche Kardinal Michieli an Gift gestorben; der Papst konfiszierte sofort sein Barvermögen, mehr als hundertfünfzigtausend Dukaten, dazu das wertvolle Tafelsilber, um die Feldzüge und Eskapaden seines Sohnes zu finanzieren. Alessandro hatte ein Gespräch des venezianischen Gesandten überhört. ›Erst mästet der Papst seine Kardinäle, dann schlachtet er sie‹, hatte er seinem Sekretär zugeflüstert.

Alessandro betrachtete voller Stolz die Ernennungsbulle, rollte sie dann wieder zusammen und verstaute sie sorgfältig in einem silbernen Zylinder, auf den die heraldischen Lilien der Familie Farnese eingraviert waren. Aber während er den Zylinder verschloß, klang ihm das Echo der Äußerung in den Ohren, die der Venezianer fallengelassen hatte. *Erst mästen, dann schlachten.* Hatte nicht auch Cesare sich ähnlich geäußert, bevor er sich auf Caterina Sforza stürzte?

Alessandro durchfuhr ein beunruhigender Gedanke: Wenn nun der Papst ihm nur das reiche Bistum zugeschanzt hatte, um es sich kurz darauf um so leichter anzueignen? Als Vorwand konnte allemal der Verdacht dienen, der nach dem Tod Giovanni Crispos auf ihn gefallen war. Ein Kardinal, der unter Mordverdacht stand, war untragbar. Man schleppte einfach neue Zeugen herbei, falls dies überhaupt nötig war, schon standen die *sbirren* vor der Tür, und er landete zum zweiten Mal in seinem Leben im Kerker der Engelsburg. Und dort verreckte er dann langsam an der *cantarella*, dem Gift, das die Borgia so liebten. Oder man mischte ihm weißes Arsen ins Essen. Dann ging es schnell.

Alessandros Hand zitterte. Vielleicht sah er nur Gespenster. Er hatte Cesare Borgia schließlich einmal das Leben gerettet, er hatte ihn auf seinem ersten Romagna-Feldzug begleitet, und dort waren sie Blutsbrüder geworden. Er hatte geschwiegen, als er unfreiwillig Zeuge des Mordes an dem Schwiegersohn des Papstes wurde, und sich während der letzten Jahre aller Kritik an ihm enthalten. Er hatte auch Kardinal della Rovere nur das allgemein Bekannte über die Papstfamilie hinterbracht. Und im Heiligen Kollegium galt er inzwischen als eine nicht zu unterschätzende Größe.

Und doch hatte sich während der letzten Jahre ein gereizter Ton zwischen Cesare und ihm eingeschlichen – falls sie sich einmal begegneten, was nicht mehr so häufig geschah, da Cesare einen Feldzug nach dem anderen führte, um ganz Mittelitalien zu unterwerfen. Am ärgerlichsten war, daß er vor noch nicht langer Zeit sein Heer durch die farnesischen Städte und Ländereien geführt und seiner Soldateska erlaubt hatte, Montefiascone und Viterbo zu plündern. Päpstliches Gebiet, von den eigenen Söldnern ausgeraubt! Seine Mutter hatte einen Teil ihres Schafbestandes verloren und sich in Capodimonte vor den beutegierigen Mordbanden verschanzt, ja eigenhändig Steine auf die Soldaten geworfen, die unter den Mauern der Burg standen und sie aufforderten, das Tor zu öffnen. Zum Glück gab es in Viterbo mehr zu holen, und so zog die Bande wieder ab. Aber einen geharnischten Protest hatte Alessandro doch dem Heiligen Vater zukommen lassen – und auch seinem selbstherrlichen Sohn. Der hatte nur geknurrt: »Ich kann zur Zeit keinen Sold zahlen, und da muß man die Soldaten auf andere Weise entschädigen.« Und ihm einen giftigen Blick zugeworfen.

Sein Vater hatte milde ergänzt: »Wir verstehen Euren Unmut und den Eurer verehrten Frau Mutter, lieber Farnese, aber gelegentlich gibt es Zwänge, denen auch Wir uns unterwerfen müssen. Außerdem sind beide Städte durch die Pilgerströme so wohlhabend, daß sie einen kleinen *sacco* verkraften können.« In diesem Punkt hatte der Papst nicht ganz unrecht. Die Zahlungen, die aus Montefiascone an ihn flossen, ließen sich sehen.

Alessandro merkte, wie die Bedenken, die ihn gerade wie ein kalter Luftzug hatten frösteln lassen, abebbten und wie die wohlige Wärme des zu erwartenden Wohlstands ihn umhüllte – außerdem trug Silvia, seine geliebte Silvia, die Mutter seiner Tochter Costanza, ein weiteres Kind von ihm unter dem Herzen. Und sein Astrologe hatte ihm einen Sohn prophezeit. Einen Erben! Als mögliches Lebensziel nannte er den Herzogstitel. Noch war das Kind gar nicht geboren, und der Wahrsager sah schon den Herzogtitel in erreichbarer Nähe – Alessandro schaute ihn skeptisch an. Aber dieser lächelte nur wissend. »Euer Sohn wird ein Löwe, und sein Aszendent steht wahrscheinlich im Mars, ein Sieger, der auch in kriegerische Auseinandersetzungen verwickelt wird. Warten wir ab, bis der junge Mann geboren ist, dann kann ich Genaueres sagen. Aber auch für Euch stehen die Sterne zur Zeit günstig. Die Venus ist im 7. Haus, Jupiter im 10. Wißt Ihr, was das bedeutet? Eine harmonische Verbindung steht Euch bevor. Und das 10. Haus weist auf finanzielle Erfolge hin. In Eurer Laufbahn strebt Ihr einem Höhepunkt entgegen.«

Der Astrologe meinte Silvia und das Bistum – er traf ins Schwarze. Die Sterne sagten tatsächlich die Wahrheit, sie waren die Geheimschrift Gottes – man mußte sie nur richtig zu deuten wissen. Nicht alle Astrologen waren dazu in der Lage, wie ja auch nicht alle Kardinäle besonders gute Seelenhirten waren, nicht alle Krämer besonders reich und nicht alle Juden Wucherer. Sein neuer Astrologe, ein graubärtiger Glatzkopf, berechnete für seine Beratungen einen hohen Preis, aber er verstand sein Handwerk.

Alessandro verstaute den silbernen Zylinder in einem neuen Sekretärsschrank, den er gleich nach der Ernennung zum Bischof von Montefiascone erworben hatte und der nun das Schmuckstück seines Studios darstellte. Schöne Intarsien stellten mythologische Szenen der Griechen dar, die Säulen waren als Karyatiden geschnitzt. Die Wand, vor der der Sekretär stand, hatte er von einem der besten Kunsthandwerker der Stadt mit Holzkassetten bedecken lassen, in die ebenfalls Intarsien nach seinem Auftrag eingearbeitet wurden. Begonnen hatte der Mann mit heraldischen Symbolen der Farnese- und Caetani-Familie. Folgen sollten biblische Szenen, umrahmt von Sinnsprüchen seines Lebens, zum Beispiel von *Werde, der du bist* und *Erkenne dich selbst.* Oder auch von dem Dante-Spruch, auf den er erst kürzlich gestoßen war und den er sofort an Silvia weitergegeben hatte: *Geh deinen Weg und laß die Leute reden!*

Leider weilte Michelangelo, der große Meister der *Pietà*, nicht mehr in Rom, sonst hätte er bei ihm sofort eine Arbeit in Auftrag gegeben, wahrscheinlich eine Madonna mit Kind. Aber zur Zeit arbeitete der Meister an einem *David* für die Piazza della Signoria in Florenz und fand keine Zeit, für seine alten Freunde zu meißeln.

Alessandro ließ seine Hand über die geschnitzten Mädchenkörper des Sekretärs gleiten und genoß die Berührung des festen, glatten Holzes. Er liebte es, seine Hand über verschiedene Materialien gleiten zu lassen, ebenso wie er es liebte, über Silvias sanfte Haut zu fahren oder ihre Kinder zu streicheln. Sie könnte er überhaupt jeden Tag lange in den Arm nehmen, herzen und küssen, um sich dann von ihnen in ihr Spielzimmer führen zu lassen. Ob mit Puppen oder Holzrittern, Kreiseln oder Pferdchen, er spielte mit allem. In ihrer Gegenwart vergaß er das steife, würdige Gebaren, das er im Vatikan oder bei der Messe an den Tag legen mußte und das ihm im Grunde zuwider war. Manchmal nahm er auch die Jungen beim Reiten mit. Er setzte sie vor sich auf den Sattel, und los ging's durch die Weinberge oder Obstgärten.

Vor noch nicht langer Zeit hatte Silvia sie sogar mit in eine Messe genommen, die er in Santi Cosma e Damiano zelebrierte. Sie riefen, gerade während er das *Gloria* anstimmte, plötzlich laut »Papa, Papa«. Die Gemeinde wußte zum Glück nicht, daß er gemeint war, und er sang ungerührt weiter. Aber später, zu Hause bei Silvia, mußten sie herzlich lachen. Kurz darauf lagen sie sich wieder in den Armen und feierten ihr Offertorium mit Vermischung, Selbstaufopferung und Anrufung der heiligen Liebe. *Die Venus im siebten Haus*. Die Venus im siebten Himmel – so müßte man sagen.

Alessandro rief nach seinem Kammerdiener und ließ sich seine Kardinalskleidung bringen. Trotz des schwülen Wetters mußte er sich sein Purpurgewand anlegen und in den Vatikan reiten. Heute abend nahm er im Gefolge des Heiligen Vaters am Abendessen bei seinem neuernannten Kollegen Adriano Castellesi da Corneto teil. Viele der frischgebackenen Kardinäle von Borgias Gnaden hatten einen stattlichen Preis für ihr Amt gezahlt, katzbuckelten nun um den *Knecht der Knechte Gottes* und fühlten sich verpflichtet, den Heiligen Vater während der weniger heiligen Stunden des Tages zu unterhalten. Die alten frommen Kardinäle, von denen es noch einige gab, ließen sich meist aus Gesundheitsgründen entschuldigen. Nicht jeder genoß die Lustbarkeiten, an denen sich der Papst mit seiner Familie ergötzte. Die lateinischen Komödien, die Maskeraden und Hurentänze, die Auftritte nackter Weiber, die öffentliche Kopulation zu später Stunde und die blasphemische Verhöhnung der Heiligen Messe – den wirklich Frommen, zu denen er, Alessandro, allerdings kaum gehörte, war dies ein Greuel. Adriano Castellesi hatte sich gewiß Gedanken darüber gemacht, wie er den Heiligen Vater und seinen mächtigen Sohn bei Laune halten konnte. Da er zur Zeit auf ein reiches Bistum in Norditalien schielte, war ihm wahrscheinlich eine ganz besondere Lustbarkeit eingefallen.

Während Alessandros Diener die Kapuze richtete und noch einmal den Sitz der Robe überprüfte, dachte Alessandro mit Schrekken daran, daß von ihm in absehbarer Zeit ebenfalls ein großes Festbankett erwartet wurde. Noch schob er unabdingbare Arbeiten an seinem Palazzo vor, aber ewig konnte er den Papst nicht hinhalten. Der Borgia wollte für seine Generosität eine Gegengabe erhalten. Es reichte nicht aus, daß Giulia geduldig seinen Greisenschwanz streichelte. Man mußte auch seine anderen Sinne kitzeln. Da er aber der Völlerei nicht frönte – obwohl er fett war –, mußte man seine Schaulust befriedigen. Da er alles schon gesehen hatte, war dies eine schier unlösbare Aufgabe.

Alessandro ritt zum vatikanischen Palast und begab sich nach dem Completorium mit dem Heiligen Vater und dem gesamten

Anhang zu Castellesis Villa. Der Garten war mit Fackeln fast taghell erleuchtet, überall sprangen halbnackte Nymphen und leichtgeschürzte junge Männer herum und reichten fette, fremdartige Pasteten, Süßspeisen, Obst und natürlich alle möglichen Weine. Erstaunt stieß Alessandro auf Vannozza Cattanei, Cesares Mutter, deren Leibesfülle inzwischen beeindruckend angewachsen war. Noch erstaunter war er, als ihm seine Schwester Giulia entgegeneilte. Sie küßte ihn zur Begrüßung und flüsterte ihm zu, Rodrigo habe sie unbedingt in ihrer Mitte haben wollen und wohl vergessen, daß er auch Vannozza eingeladen habe. »Wir sollen beide sogar neben ihm sitzen. Mir ist es egal. Ich bringe auch das noch hinter mich. Ach Gott, die Hitze ist heute wirklich unerträglich!«

»Ja, die Moskitos geben noch keine Ruhe«, sagte Alessandro und zerquetschte einen Blutsauger, bevor er zustechen konnte.

»Erkläre mir«, sagte Giulia, »warum der Allmächtige all das Ungeziefer geschaffen hat.«

»Dann mußt du mir auch sagen«, entgegnete Alessandro, »warum er die Krankheiten zuläßt.«

»Nicht zu vergessen das Altern«, mischte sich nun der Papst ein, der hinzugetreten war und seine Hand auf Giulias Hüften legte. »Meine Göttin hier hat er allerdings ausgenommen.«

Natürlich lobte jetzt auch Giulia die Gesundheit und Manneskraft ihres päpstlichen Liebhabers und merkte nicht, daß Vannozza und ihr Sohn Cesare hinzutraten und eine Weile schweigend, wenn auch mit zunehmend finsterer Miene zuhörten.

Als der Papst sich nicht scheute, erneut Giulias glatte Haut und ihre noch immer wohlgeformten Rundungen zu loben, wandte sich Vannozza mit elegischem Lächeln ab. Ihr Sohn Cesare aber warf ein: »Wenn man gerade mal *ein* Mädchen geworfen hat, kann man leicht seine glatte Haut behalten.« Cesares Ton war unangemessen aggressiv, und Alessandro fühlte sich gedrängt, seine Schwester zu verteidigen, schwieg aber noch.

»Mäßige deine Zunge, meine Sohn«, ermahnte ihn der Papst.

Giulia lächelte verkrampft. Aber Cesare hatte sie tief getroffen, das war nicht zu übersehen.

»Und wenn man dann das Mädchen noch nicht einmal nach seinem richtigen Vater nennt, sondern nach einem halbblinden Orsini, dem man längst wegen Feigheit vor dem Feind seine Güter hätte einziehen müssen ...«

Der Papst schaute kurz Vannozza nach, warf dann ein: »Erwähne den Namen Orsini nicht, Cesare, ich will mir den Abend nicht verderben.« Er schlug nach seinem Nacken und traf einen Moskito, der einen fetten Blutfleck hinterließ.

»Wenn man doch alle Blutsauger ausrotten könnte!« rief Cesare und ließ einen Blick voller Verachtung über Giulia und Alessandro gleiten. »Was, Memme?« Er versetzte Alessandro einen freundschaftlichen, aber viel zu festen Hieb und schlug ihm gleich noch auf die Brust: »*Gonella* – was macht die schöne Witwe? Wärmt sie dir auch anständig dein Bett?«

Alessandro überhörte die Anspielung auf Silvia, war aber versucht, Cesare ebenso fest zurückzuschlagen. Allerdings fand er dieses jungenhafte Verhalten für einen Kardinal wenig angemessen; außerdem sah er, daß Cesare in einer unguten Stimmung war.

Der Papst allerdings schien die Situation zu genießen. Stolz, fast auffordernd schaute er auf seinen Sohn. »Man hört von ihr nur Gutes«, sagte er lächelnd. »Unser *Fregnese*, o Entschuldigung, *Farnese* wollte ich natürlich sagen, muß sie mit vielen Männern teilen, die sie in San Pietro gesehen haben, sie nun inbrünstig anbeten und ihre Nähe suchen. Aber es wird ihr nichts ausmachen, von vielen Männern verehrt zu werden.«

Vater und Sohn Borgia lachten, während Giulia Alessandro einen Wink gab, sich mit ihr zu verabschieden. Alessandro legte seinen Arm um ihre Schulter und schaute sie an. Sie zog fast unmerklich eine Augenbraue hoch.

»Ich habe gehört«, fuhr Cesare in provozierendem Ton fort, »daß Bärenmännchen nicht nur ihre Rivalen töten – was richtig ist, denn nur der Stärkste soll sich fortpflanzen –, sondern anschließend auch die Jungen ihrer Rivalen. Was hältst du davon, *Gonella*? Wirst du dich ähnlich verhalten?«

Der Papst stieß ein beifälliges Lachen aus. Alessandro nahm Giulias Arm und wandte sich ab. Er ließ Cesare einfach stehen.

»Laß uns gehen«, flüsterte ihm Giulia zu, »Cesare sucht Streit, und außerdem bahnt sich irgend etwas an ...«

»He, ich fragte dich was, *Gonella*?« Cesare packte Alessandro am

Arm und riß ihn herum. Gleichzeitig schlug er ihn derart fest, daß Alessandro taumelte, und riß ihm schließlich noch die Knopfreihe an der *mozzetta*, dem Schulterumhang, halb ab.

»Laß mich in Ruhe, Cesare, du bist hier nicht im Heerlager.«

Alessandro hatte so beherrscht wie möglich gesprochen und einen schnellen Blick auf den Papst geworfen, der noch immer amüsiert zuschaute.

»Im Heerlager hast du deinen Schwanz ja nicht hochgekriegt – schaffst du es denn wenigstens bei deiner vielgeliebten Konkubine, oder hat jemand anders ihr den dicken Bauch gemacht?« Cesare zog erneut an Alessandros Kardinalsrock und riß ihm auch noch die letzten Knöpfe ab. »Gott, was hasse ich diese Kastratenverkleidung und diese Eunuchen, die sich darunter verstecken.«

Giulia wollte Alessandro wegziehen. Aber er richtete sich auf und wich vor Cesare keinen Schritt zurück, obwohl der mächtige Körper dieses Stierkämpfers sich ihm drohend näherte.

»Ich weiß nicht, warum du mich heute provozieren willst, lieber Cesare, und meine Schwester, die Geliebte deines Vaters, beleidigst –« Alessandro machte eine kurze Pause, um die Wirkung seiner Worte abzuschätzen.

»Farnese hat recht, du solltest Giulia nicht beleidigen, sie könnte sonst böse werden, und ich brauche sie noch«, warf nun der Papst ein. Sein Ton war alarmierend höhnisch.

Cesare schaute Alessandro abwartend-grimmig ins Gesicht, als warte er auf einen Anlaß, um zuschlagen zu können. Gleichzeitig zuckte seine linke Hand zu einer Tasche an der Hüfte, in der Alessandro einen Dolch vermutete.

»Irgendwann einmal werde ich diesem Hund die Knochen brechen«, preßte Cesare, kaum verständlich, hervor.

Alessandro trat einen Schritt zurück und setzte seinen Satz mit betonter Gelassenheit fort: »Aber vielleicht solltest du dich lieber um deine Ehefrau Charlotte kümmern, bevor sie den Borgia-Stier für einen lendenlahmen Ochsen hält und aus lauter Langeweile auf falsche Gedanken kommt.«

Die Wirkung war schlagend. Cesare zuckte zurück und riß seinen Dolch aus dem Halfter. Genau dies hatte Alessandro erwartet. Bevor Cesare zustechen konnte, schlug er derart fest gegen das

Handgelenk, daß der Dolch in einem hohen Bogen auf den Boden flog. Sofort hob ihn Giulia auf. Nun wollte sich Cesare auf Alessandro stürzen, aber sein Vater fiel ihm in die Arme. Die Kardinäle und Prälaten, die sich bisher in diskreter Entfernung gehalten hatten, weil sie sich nicht in den offensichtlich ausartenden Streit zwischen dem Herzog von Valence und Kardinal Farnese einmischen wollten, strömten herbei und schoben Alessandro zur Seite, während gleichzeitig der Gastgeber seine Gäste zusammenrief, weil nun ein besonderes Ereignis stattfinden sollte.

Cesare fluchte. Alessandro meinte zu hören, wie der Papst in dem Durcheinander seinem Sohn zurief: »Laß ihn, wir schlachten ihn später.«

Alessandro führte seine Schwester in den großen Saal, in dem der Gastgeber den Papst und seinen Sohn zu einem Thronsessel führte. Schnaufend ließ sich der Papst nieder, besitzergreifend stützte sich Cesare auf die Lehne. Mit dem Kopf winkte er seiner Mutter, und tatsächlich rauschte Vannozza herbei. Ein weiterer Sessel wurde ihr gebracht. Der Papst spähte in die Menge, weil er, so schien es Alessandro, Giulia suchte. Aber Giulia forderte ihren Bruder erneut auf, so schnell wie möglich das Festbankett zu verlassen – selbst auf die Gefahr hin, daß der Papst ihn am nächsten Tag maßregelte.

Alessandro wollte aber noch die Vorführung abwarten, die Castellesi sich ausgedacht hatte. Wahrscheinlich wurde es wieder ein obszönes oder blasphemisches Spektakel – gerade die Neulinge unter den Kardinälen, zumal diejenigen, die nicht, wie Castellesi, aus Rom stammten, überschlugen sich darin, die Vorlieben des Borgia-Papstes befriedigen zu wollen. Immer fand irgendein Hurentheater statt, nackte Hurenärsche ragten den Männern entgegen und sollten möglichst häufig *coram publico* gevögelt werden. Das Gekreische und Gelächter war dementsprechend. Wer sich am besten schlug, erhielt Preise. Accurse hatte als Geheimer Zeremonienmeister dieses Schauspiel für den Borgia-Papst erfunden – und welchen Lohn hatte er dafür erhalten?

Alessandro mußte auch an Ugo denken, der diesem Treiben entflohen war, und er sehnte sich danach, mit ihm zusammen an einem ruhigen Ort in der Provence zu sitzen und bei einem Becher Wein über die Liebe der Menschen in schwierigen Zeiten zu plaudern. In solchen Momenten hätte er sogar am liebsten seine Silvia und die Kinder aufs Pferd gesetzt und wäre nach Civitavecchia geritten, hätte dort ein Schiff nach Genua und Marseille bestiegen – warum nicht doch das Legat für das Comtat Venaissin übernehmen und eine Weile in Avignon leben? Statt dessen mußte er sich auf schwülen, moskitoverseuchten Kardinalsfesten langweilen und sich mit Cesare Borgia schlagen.

Es war peinlich gewesen. Ein Kardinal prügelte sich beinahe mit dem päpstlichen Gonfaloniere. Aber irgend etwas mußte heute in Cesare gefahren sein. Er suchte jemand, den er herausfordern konnte.

Aber warum?

Laß ihn, wir schlachten ihn später.

Womöglich hatte der Vater seinen Sohn wie einen bissigen Kampfhund auf ihn, den Kardinal Farnese, gehetzt. Die Borgia wollten nach den Caetani, den Colonna und den Orsini endlich auch die Farnese enteignen. Gerade jetzt, während die Farnese wieder Nachwuchs erwarteten!

Plötzlich stand ein Mann in einer weißen Mönchskutte hinter ihm und flüsterte ihm etwas ins Ohr. »Dreh dich nicht um! Ich möchte hier nicht erkannt werden.«

Eine Weile spürte Alessandro nur den Atem des Mannes, und er war sich nicht sicher, ob dies nicht ein Trick war, ihn unter all diesen Menschen umzubringen. War der Mann hinter ihm vielleicht Michelotto, Cesares Mann fürs Grobe? Oder einer der *bravi*, die man in Rom an jeder Straßenecke heuern konnte?

»Merkst du, wie nervös die Borgia sind? Sie spüren, daß ihre Zeit abgelaufen ist. Sie machen Fehler. Sie legen sich sogar mit ihren Anhängern an und setzen auf die falschen Männer.«

Alessandro versuchte, seinen Kopf zur Seite zu drehen, um endlich zu erkennen, wer da zu ihm sprach, ihn zudem noch duzte. Es konnte kein Fremder sein, er kannte die Stimme.

»Ich setze auf dich! Bleib ihnen haarscharf auf den Fersen, aber sei vorsichtig. Du hast Cesare tödlich beleidigt. Dies habe ich an seinem Gesicht gesehen. Wenn der Tumult nachher groß wird, verlaß mit Giulia rechtzeitig die Villa, sonst könnte es für dich brenzlig werden.«

Alessandro hörte nichts mehr, und als er sich endlich umdrehte, war die weiße Kutte verschwunden.

Und dann kündeten Trommelwirbel, falsches Trompetengeschmettere und piepsige Flötentöne die angekündigte Aufführung an. Ein Vorhang wurde zurückgezogen, und man sah einen Altar mit zwei große Kerzen an beiden Seiten. Auf diesem Altar lag mit herunterhängenden Beinen wie ein Opfer eine nackte Frau, deren Scham ein schmales Tuch bedeckte. Die Trompeten beendeten ihr falsches Schmettern, die Trommelwirbel wurden von dumpfen Paukenschlägen abgelöst. Von der Seite zog nun eine Reihe sehr junger Mädchen herein, die mit einem halb durchsichtigen Schleierumhang bekleidet waren, und ihnen folgte eine Männergestalt, die auf der Schulter eine Minotaurus-Maske trug. Die Mädchen gruppierten sich kniend um den Altar, beugten ihr Haupt, und der Minotaurus schritt zu dem weiblichen Opfer, hob das Tuch zwischen den Beinen.

Der Papst schaute abwartend lächelnd, Cesare verächtlich. Aus dem Publikum hörte man A- und O-Laute, und als der Minotaurus den Mantel abwarf und sein Phallus riesig in die Luft ragte, brachen die Zuschauer in Beifallsgelächter und Anfeuerungsrufe aus.

Genau solch ein obszönes Spektakel hatte Alessandro erwartet. Kein anständiges Fest in Rom ohne öffentliche Kopulation – diesmal in mythologischer Verkleidung. Tatsächlich beugte sich der Minotaurus nun über den Altar und führte langsam seinen aufgereckten Schwanz in das Opfer. Die Mädchen um den Altar schrien wie auf Befehl gleichzeitig auf.

Während der Minotaurus bei seiner heftigen Stoßarbeit ins Schwitzen geriet und die Mädchen stöhnten, ließ Alessandro immer wieder seinen Blick über die Borgia gleiten. Vannozza wirkte gelangweilt, Cesare wandte sich seinem Vater zu, um ihm etwas zuzuflüstern. Der Papst nickte, schaute aber gleichzeitig, schief grinsend, auf das Opferfest des Minotaurus. Natürlich wußte jeder im Raum, daß mit dem Stiermenschen die Borgia-Männer gemeint waren, insbesondere Cesare, und es dachte gewiß nicht nur Alessandro an Caterina Sforza, die nach der Eroberung der Festung ihren Körper hatte öffnen und opfern müssen. Ob Castellesi sich bewußt war, daß Cesare eine solche Anspielung womöglich wenig humorvoll aufnahm – schon gar nicht bei der Laune, die er heute an den Tag legte?

Jeden Stoß des Minotaurus begleitete nun ein rhythmisches Klatschen und Anfeuern. Auch der Papst ließ sich hineinziehen. Nur Cesares Gesicht wurde immer finsterer, und nun bemerkte Alessandro, wie er ihn anstarrte. Wahrscheinlich sah er in ihm den Anstifter dieses Spiels.

Das Getrommele endete plötzlich, ein Aufschreien der Zuschauer: Der Minotaurus zückte einen Dolch und hielt ihn über sein Opfer, als wolle er jeden Augenblick zustoßen. In diesem Augenblick aber schob sich eine mächtige Gestalt durch die aufspringenden Mädchen: eine Frau, in der Taille enggeschnürt, in einem weiten, überlappenden Reifrock. Ihre riesigen Brüste lagen, durch ein Stoffgeflecht gestützt, frei, als hätten sie gerade wie zwei einäugige Urwelttiere das enganliegende Oberkleid gesprengt. Das einäugige Gesicht der Frau war entstellt. Wild und drohend starrte sie wie eine Rachegöttin auf den Minotaurus. Auf einer flachen Kopfbedeckung hockte bewegungslos ein Rabe. Beide Arme riß sie nun hoch, in der einen Hand hielt sie eine sich windende Schlange, in der anderen eine rote Rose. In einer blitzschnellen Bewegung steckte sie die Rose dem Minotaurus zwischen seine Hörner und hielt nun auch in der freigewordenen Hand eine Schlange.

Alessandro wußte längst, wer da so drohend vor dem Minotaurus stand. Als er sich aus dem Opfer zurückzog, stürzten sich die Mädchen mit triumphierendem Geschrei auf ihn, entrissen ihm seinen Dolch und stießen auf ihn ein. Die Schlangengöttin stand noch immer in ihrer Rächerhaltung hinter dem Altar und warf dann in einer blitzschnellen, unerwarteten Bewegung die Schlangen dem Papst und seinem Sohn vor die Füße.

Der Papst zuckte zurück und starrte mit offenem Mund auf die sich vor ihm ringelnde Schlange, Cesare war aufgesprungen, warf seinen Umhang auf die zweite Schlange und wollte sich auf die Rachegöttin stürzen. Doch nun wurde der Tumult noch größer. Der Altar wurde umgestoßen, der Minotaurus lag bewegungslos am Boden, die jungen Mädchen drängten sich zwischen Cesare und ihre Herrin. Aufgeregt eilte der Gastgeber herbei, die eingekeilten Zuschauer stießen nach allen Seiten, die hinteren wollten auch etwas sehen und schoben sich vor – das Durcheinander war vollkommen.

»Wer sich dem Satan verschreibt, wird durch den Satan umkommen«, rief eine dumpfe Stimme. Eine andere rief: »Eure Stunde ist abgelaufen.«

Cesare winkte hektisch Michelotto herbei und schrie nach einer Waffe.

Adriano Castellesi, der Gastgeber, stürzte künstlich lachend auf den Papst zu. »Das ist alles nur Theater, Eure Heiligkeit, zu Eurer Unterhaltung und Aufheiterung, Ihr werdet doch nicht etwa ernst nehmen, was hier geschieht ... Schluß, Schluß jetzt!« Er winkte den noch immer herumtanzenden Mädchen zu, den Raum zu verlassen. Die Schlangengöttin war verschwunden.

Alessandro sah noch die Schlangen über den Boden kriechen, Cesare schlug auf die nun auch ihn umtanzenden Mädchen ein, sie wichen ihm aber geschickt aus. Plötzlich wurde Alessandro von mehreren weichen Händen zur Seite gezogen, und eine junge Stimme flüsterte ihm zu: »Folgt mir! Nur heraus hier! Ich werde Euch in Sicherheit bringen!«

Das letzte, was er erblickte, waren die vor Raserei blinden Augen Cesares, die sich auf ihn hefteten.

61. Kapitel

In Rom herrschte Aufruhr. Silvia befahl, die Hintereingänge und das Hauptportal ihres Palazzos verschlossen zu halten und möglichst das Haus nicht zu verlassen. Vom Balkon aus beobachtete sie, wie die Menschen aufgeregt gestikulierend miteinander sprachen, wie gelegentlich sogar kleine Trupps Bewaffneter unter »Colonna-Colonna«-Geschrei durch die Straßen rannten. In der Ferne hörte man Waffengeklirr, und Wasserträger, Wäscherinnen und Straßenhändler flohen an ihrem Palazzo vorbei.

Der Aufruhr konnte nur bedeuten, daß der Papst gestorben war. Zu Zeiten der Sedisvakanz herrschte in Rom immer Anarchie. Alte Rechnungen wurden beglichen, die Anzahl der Morde schnellte in die Höhe, und die Rivalitäten zwischen den traditionell verfeindeten

Adelsgeschlechtern entluden sich in blutigen Kämpfen. All dies wurde erleichtert durch die allgemeine Amnestie, die ein neugewählter Pontifex regelmäßig gewährte, wenn er den Stuhl Petri bestieg.

Silvia, inzwischen hochschwanger, suchte Rosella auf, die in düsterer Ruhe zwischen Rauchschwaden von getrocknetem Bilsenkraut und Stechapfelblättern hockte und kaum aufsah, als ihre Herrin in das Zimmer trat.

»Sie werden sterben«, sagte sie nur.

»Wer wird sterben?« fuhr sie Silvia ärgerlich an.

»Der Papst und sein Sohn. Die Geister der von ihnen Ermordeten, Entrechteten und Erniedrigten werden über sie kommen.«

»Und was ist mit Alessandro?« fragte Silvia in plötzlicher Angst. »Warum läßt er sich nicht blicken? Gerade in diesen Tagen ... Er könnte ... Weißt du etwas?«

»Ich sehe ihn nicht mehr«, murmelte Rosella.

»Ich sehe ihn auch nicht«, schrie Silvia, nun plötzlich wütend über Rosella, die in ihrer hexenhaften Häßlichkeit einäugig auf eine Seite mit seltsamen Zeichnungen und Formeln starrte, benebelt vom Gestank der glimmenden Blätter. Sobald Rosella Auskunft geben mußte über ein Geschehen, das man nicht erraten konnte, zog sie sich in vernebelte Nichtigkeiten zurück. Seit Wochen war sie nun schon nicht mehr ansprechbar. Eine Weile hatte im Haus ein seltsames Kommen und Gehen insbesondere von jungen Mädchen geherrscht, Rosellas Bruder war aufgetaucht, und dann war Rosella einen Tag lang bis tief in die Nacht hinein verschwunden.

Silvia verließ sie, schlug die Tür hinter sich zu und beauftragte kurzerhand einen Stallknecht, trotz der Unsicherheiten auf der Straße, zum Palazzo des Kardinals Farnese zu gehen und ihm eine kurze Nachricht zu überbringen. Der Stallknecht kehrte nach einigen Stunden unbehelligt wieder zurück, allerdings in Begleitung eines alten Mannes, der ihn vor dem Palazzo Farnese angesprochen hatte. Umständlich legte der Stallknecht dar, daß er die Nachricht zwar habe übergeben können, daß aber der Herr Kardinal nicht zu Hause gewesen sei, sich wahrscheinlich gar nicht in Rom aufhalte. Tatsächlich liege der Papst im Sterben, und auch sein Sohn Cesare, der Herzog von Valence, kämpfe ums Überleben. Sie seien vergiftet worden bei dem Bankett des Kardinals Adriano Castellesi, der selbst, wie auch mehrere andere Gäste, erkrankt sei. Die Stadt schwirre von Gerüchten. Es habe einen heftigen Streit zwischen dem Herzog von Valence und dem Kardinal Farnese gegeben, im Beisein des Heiligen Vaters. Der Herzog habe den Kardinal sogar erdolchen wollen. Auch das Maskenspiel, das während des Festes aufgeführt worden sei, habe dem Heiligen Vater und seinem Sohn nicht gefallen und zu Tumulten geführt.

»Da hat der Teufel seine Hand im Spiel gehabt«, fügte der Stallknecht noch an und schaute Silvia erwartungsvoll an. Er erwartete wahrscheinlich eine Extrabezahlung für seinen mutigen Botendienst. Bevor Silvia reagieren konnte, fügte er noch an: »Viele junge Hexen waren dabei, angeführt von einer alten Hexe – die wir alle kennen.« Und er bekreuzigte sich.

»Wovon redest du?« fuhr ihn Silvia an.

Aber der Mann schwieg nun, bekreuzigte sich noch einmal und winkte dann dem Alten, der, mit der Mütze in der Hand, an der Tür gewartet hatte. Es war offensichtlich ein Schäfer, denn er stank wie ein Schafsbock. Er wollte etwas sagen, aber die Worte mußten mühsam wie schwere Wackersteine herumgedreht werden, damit sie überhaupt verständlich wurden. Silvia wurde zunehmend ungeduldig, doch langsam verstand sie, daß der Schäfer eigentlich Jagdhüter war, und zwar Jagdhüter der Familie Crispo.

Er ist ein Spion des alten Crispo, fuhr es Silvia durch den Kopf. Er soll sich einschleichen und nachts das Portal öffnen, damit die Kinder entführt werden können.

Der Stallknecht bestätigte seine Worte. »Ich kenne ihn seit langem, er hat auch Eurem Herrn Gemahl gedient und war bei der Jagd im Tolfagebirge dabei.«

Silvia glaubte, nicht richtig gehört zu haben. Sie sprang auf den Schäfer zu und schüttelte ihn. »Du warst damals dabei, als mein Mann umkam?«

Der Mann nickte.

»Aber wurdet ihr nicht weggeschickt?«

Der Mann nickte erneut.

»Weißt du irgend etwas? Hast du etwas gesehen?«

Der Mann nickte ein drittes Mal.

»Ja, nun sprich doch endlich!«

Stockend berichtete der Mann, er sei zwar mit dem Jagdhüter des Kardinals Farnese weggeschickt worden, sei dann aber doch den beiden Herren nachgeschlichen, weil er um seine Hunde gefürchtet habe. »Außerdem wollte ich ihnen helfen. Aber immer wieder flogen mir Steine entgegen, und die Büsche verdeckten den Blick. Und die Herren stritten sich.«

Silvia zitterte vor Aufregung und Erwartung, als der Jagdhüter mit mühsamen Sätzen bestätigte, was Alessandro berichtet hatte. Giovanni war abgestürzt, als er, einen Schritt zurücktretend, den Bogen spannte.

»Und auf wen hat er den Pfeil gerichtet?«

Diese Frage konnte der Mann nicht beantworten.

»Und warum hast du dich nicht längst gemeldet, sondern versteckt?«

Stockend erklärte er, er habe befürchtet, man könne ihm in Rom vorwerfen, gemeinsame Sache mit Kardinal Farnese gemacht zu haben. »Und außerdem ließ ich meinen Herrn im Gebüsch liegen.«

»Und warum bist du *jetzt* nach Rom zurückgekehrt?« fragte Silvia.

»Hunger«, antwortete der Mann.

»Und bist du direkt zu uns gekommen?«

»Zuerst war ich im Campo Marzo, bei den Crispo, und ...«

Erschrocken unterbrach der Mann sich selbst, und nun war kein Wort mehr aus ihm herauszupressen. Aber Silvias Verdacht schien sich zu bestätigen. Eine Welle der Angst erfaßte sie. Alessandro war kein Mörder! Er hatte nicht gelogen! Sie hätte es hinausschreien können. Aber jetzt hatte sie keine Zeit, sich darüber zu freuen, sie mußte handeln.

Sie beauftragte den Stallknecht, den Jagdhüter in der Küche versorgen zu lassen und ihm anschließend frische Kleider zu geben, nicht ohne ihn vorher mit Wasser zu übergießen. Außerdem dürfe er ihn nie aus den Augen lassen. »Und er darf sich weder dem Portal noch einer anderen Außentür nähern!«

Dann warf sie einen Blick auf ihre Kinder, die im Innenhof mit einem Wurf junger Kätzchen spielten. Die Kindermädchen hockten zusammen und schwätzten. Silvia entdeckte nichts Ungewöhnliches und eilte zu Rosella.

Sie fand Rosella nicht mehr wie eine vor sich hin murmelnde Pythia vor, sondern damit beschäftigt, ihre magischen Hilfsmittel ins Feuer zu werfen. Die Flammen loderten, zischten manchmal gefährlich auf, als wollten sie das gesamte Haus in Brand setzen. Den Raum füllte beißender Rauch. Gerade flog der ausgestopfte Rabe ins Feuer, und dann hielt Rosella den Korb mit den Schlangen in den Händen. Einen Moment zögerte sie, schließlich warf sie ihn mit aller Macht in die Flammen und schrie, als habe man sie selbst den Flammen übergeben.

Silvia sah die Schlangen sich in blitzschnellen Bewegungen nach oben winden, als würden sie selbst zu züngelnden Flammen und verschwänden durch den Kamin. Es stank fürchterlich. Rosellas Schrei fiel in sich zusammen. Eine Sekunde schien Rosella erstarrt, dann warf sie, als sei nichts geschehen, ihre Bücher und bekritzelten Blätter ins Feuer.

»Was tust du?« fragte Silvia.

»Ich muß alles vernichten, was ein falsches Licht auf dieses Haus werfen könnte. Falls Cesare Borgia nicht stirbt – und noch ist er nicht tot! –, wird er mich vernichten.«

Zuletzt warf Rosella auch noch die Kröte ins Feuer. Sie zuckte kurz, zischte auf und verbrannte dann sehr schnell zu Asche. Rußverschmiert richtete Rosella sich auf.

»Was hast du getan?« fragte Silvia verwirrt.

»Wir haben den Borgia den Geschmack an einem Fest verdorben. Es ist ihnen nicht gut bekommen.« Haßerfüllter Hohn bestimmte den Klang ihrer Stimme. »Endlich ist uns gelungen, wonach wir immer schon gestrebt haben.«

»Wer ist *wir*?«

Rosella antwortete nicht.

»Willst du fliehen?«

Sie nickte.

Und nun berichtete Silvia ihr, was sie gerade von dem Stallknecht und dem Jagdhelfer erfahren hatte. »Glaubst du, der alte Crispo könnte das Durcheinander nutzen, mir die Kinder entführen zu wollen?«

Statt die Frage zu beantworten, sagte Rosella nur knapp: »Wir müssen Rom verlassen.«

»Aber wohin?« fragte Silvia. »Nach Frascati?«

Rosella schüttelte den Kopf. »Dort sind wir schutzlos. Nein, wir müssen nach Capodimonte. Alessandros Mutter wird uns aufnehmen, und die Mauern der Burg sind nicht so leicht zu überwinden. Dort sind die Kinder sicher.«

»Meinst du, wir treffen Alessandro?«

Rosella antwortete ihr nicht, sammelte ein paar Kleider zusammen, verstaute Steine und Talismane in einem Säckchen und versteckte schließlich einen langen, scharfgeschliffenen Dolch in einer Scheide unter ihrem Kleid. Silvia schaute ihr in das entstellte Gesicht, und für einen Augenblick durchfuhr sie die Befürchtung, daß gerade die Flucht mit Rosella sie in den Untergang führen könnte. Zogen nicht überall bewaffnete Banden umher? Konnte sie überhaupt in ihrem hochschwangeren Zustand reiten, ohne daß sofort die Wehen einsetzten? Und wenn Rosella sie verriet und sie geradewegs in die Arme von Crispos Männer führte?

Aber Rosella hatte schon Befehl gegeben, die Pferde und Maultiere zu satteln. Es gab kein Zurück mehr.

Die Kinder, die sich auf die Reise freuten, wollten unbedingt noch ihre Vogelbauer mit ihren Zeisigen und Kanarienvögeln mitnehmen. Silvia und Rosella beratschlagten, von wem sie sich begleiten lassen wollten. Welcher der Frauen und Mädchen konnten sie vertrauen? Welcher Knecht würde sie auch bei einem Überfall verteidigen? Gab es vielleicht sogar bestochene Bedienstete, die sie an die Crispo verrieten? Silvia begriff, daß sie keiner einzigen Person ihrer *famiglia* wirklich vertraute, und verteilte vor der Abreise reichlich Dukaten. Wer in Rom blieb, sollte den Palazzo bewachen. Nach den Tagen der Sedisvakanz würde wieder die alte Ordnung zurückkehren, erklärte sie, um die verunsicherten Bediensteten zu beruhigen.

Silvia entschied, für die Kinder ein paar junge, kräftige Mädchen mitzunehmen. Außerdem sollten sie drei der ehrlichsten und stärksten Knechte begleiten. Dem zahnlosen Barbone, ihrem alten Helfer, nannte sie ihr Ziel und schärfte ihm ein, es niemandem außer Kardinal Farnese zu nennen.

»Ihr könnt Eurem Barbone vertrauen«, krächzte der alte Mann.

Sie gab ihm einen Kuß auf die Wange.

Im Morgengrauen brachen sie auf und gelangten unbehelligt zur

Porta del Popolo. Dort mußten die ersten Bestechungsgelder bezahlt werden. Sie hatten alle schon glücklich das Tor passiert, als einer der Wachen hinter Rosellas Schleier schauen wollte. Entsetzt fuhr er zurück.

»Eine Hexe!« stieß er aus. »Sie hat den bösen Blick. Sie hext uns alle die Seuche an den Hals.« Er bückte sich, griff nach dem nächsten Stein und warf ihn nach Rosella. Ihr Pferd scheute und galoppierte los. Nur mit Mühe konnte Silvia ihre Schimmelstute halten und bei den Maultieren bleiben, die die Kinder trugen. Aber alle gerieten sie ins Galoppieren, und erst weit draußen konnten sie, die Männer außer Atem, die Mädchen verängstigt, eine kurze Rast einlegen.

Silvia fuhr vorsichtig über ihren schweren Leib und sprach dem Kind unter ihrem Herzen beruhigend zu. Sie spürte nichts, kein Ziehen, keine Schmerzen, auch keine Feuchtigkeit zwischen den Schenkeln. Nur ihr Herz schlug bis hoch an den Hals.

Während der Rast ließen sie die Pferde und Maultiere grasen und trinken; sie selbst legten sich in den Schatten der Pinien, die den Weg säumten. Je höher die Sonne stieg, desto mehr Menschen strömten nach Rom, Bauern mit ihren Schweinen, Gemüsehändler, Obstverkäuferinnen, aber natürlich auch Pilger und Händler. Zwischendurch immer wieder schwerbewaffnete Trupps, die das aufgenähte Wappen der Orsini auf ihrer Brust trugen und die sie neugierig und gleichzeitig mißtrauisch mit den Augen verfolgten.

Da alle Herbergen auf dem Weg von Pilgern und lärmenden Orsinihaufen besetzt waren, entschlossen sich Silvia und Rosella, die Nacht unter freiem Himmel zu verbringen, und zwar in einem Obsthain, der zu einem Gehöft gehörte. Die Nähe der Bauern, die ihnen das Übernachten erlaubt hatten, gewährte einen gewissen Schutz. Die Männer entzündeten ein Feuer, die Mädchen sangen gegen ihre Angst an, und die Kinder kuschelten sich an ihre Mutter.

Die Nachtgeräusche ließen Silvia nicht schlafen, das ferne Rufen der Käuzchen und das Anschlagen der Hunde. In der Ferne heulten andere Hunde – oder vielleicht auch Wölfe. Der Mond, nicht mehr ganz voll, stand über dem Horizont. Einer der Knechte hielt Wache und warf, wenn nötig, Äste ins Feuer, die anderen schnarchten. Die Mädchen hatten sich unter Deckenknäueln versteckt.

Rosella, die ebenfalls nicht schlief, fragte: »Wie geht es dem Kind?«

»Es ist ruhig«, flüsterte Silvia. »Hoffentlich wartet es noch, bis wir Capodimonte erreicht haben.«

Neben den schlafenden Kindern reihten sich, schön ordentlich zugedeckt, drei Vogelbauer.

»Weißt du, woran ich denken muß?« fragte Silvia leise.

»Ja, ich weiß es.«

»Es ist so lange her, und doch sehe ich alles vor mir. Ich sehe sogar noch, wie du nach unserem Hündchen getreten hast.«

Rosella schwieg.

»Erinnerst du dich noch daran?«

»Ich habe genug dafür gebüßt.« Rosella starrte in den Himmel.

Silvia setzte sich auf. »Wie meinst du das? Wofür hast du gebüßt? Daß du das Hündchen getreten hast?«

Rosella antwortete nicht.

Silvia fiel wieder ein, was Giovanni in seinem Zorn Rosella unterstellt hatte. Sie hatte immer versucht, seine Anschuldigung zu vergessen, um einen Verdacht erst gar nicht wachsen zu lassen. Aber Rosellas Äußerung klang nun wie ein indirektes Geständnis.

»Hast du damals den Überfall …?« fragte Silvia stockend. »Wolltest du wirklich meine Mutter …?«

Rosella starrte noch immer in den Himmel. Schließlich flüsterte sie: »Ich wollte deine Mutter loswerden. Aber die Männer hörten nicht auf mich, noch nicht einmal auf meinen Bruder. Sie waren schlimmer als Tiere.«

»Und mein Vater?«

»Er wußte von nichts.« Rosella bedeckte nun wieder ihr Gesicht mit dem Schleier und legte sich auf den Rücken. »Ich habe dafür gebüßt«, sagte sie mit kaum vernehmbarer Stimme. »Frag mich nicht weiter!«

Silvia schloß die Augen und betete. *Et dimitte nobis debita nostra, sicut et nos dimittimus debitoribus nostris*. Und vergib uns unsere Schuld, wie auch wir vergeben unseren Schuldigern. Sie hoffte, die Gebetsformeln könnten den Aufruhr in ihrem Innern beruhigen. Rosella, ihre engste Vertraute, hatte die Mutter auf dem Gewissen. Ohne sie hätte es den Überfall nicht gegeben, ohne sie wäre ihr ganzes Leben anders verlaufen. Ein schwarzgähnender Abgrund tat sich auf, ein vernichtender Sog zog sie hinab. *Libera nos a malo*. Erlöse uns von dem Übel. Ja, sie wollte erlöst werden und überleben, und um zu überleben, mußte sie vergessen. Rosella war bestraft worden. Sie war für ihr Leben gezeichnet und als Hexe gebrandmarkt. Aber sie war auch ihre Helferin. Ohne Rosella war sie verloren. Gerade jetzt. Jeden Augenblick konnten die Wehen einsetzen, und sie waren noch immer nicht in Sicherheit. *Domine, ad adjuvandum me festina*. Herr, eile mir zu helfen. *Ave Maria, gratia plena …*

Silvia wurde während der Nachtstunden immer wieder von Traumbildern überflutet: Sie schritt über Blumenwiesen, auf denen ihr Schattenwesen begegneten, all die Menschen, die sie geliebt und die vor ihr gestorben waren, der Vater und der kleine Sandro, auch ihre Brüder und Ippolita. Schließlich tauchte sogar ihre Mutter auf, sie winkte ihr und lächelte. Es war ein verzeihendes Lächeln und ein endgültiges Abschiednehmen.

Im ersten Morgenlicht verschwanden die nächtlichen Besucher, und Silvia fühlte sich seltsam erleichtert. Sie weckte die Schlafenden, und wortlos brach die Gruppe auf. Als die Sonne die ersten Strahlen über die Landschaft schickte, nahmen die Kinder die Tücher von den Vogelbauern, und die Vögel begannen um die Wette zu singen.

Trotzdem spürte Silvia, wie das Gefühl der Erleichterung einer zunehmenden Bedrückung wich. Auch das Ziehen in ihrem Unterleib verstärkte sich. Sie wollte jedoch nicht darauf achten. Vor ihr die mit gebeugtem Kopf vor sich hin trottenden Maultiere. Die Männer gähnten, die Mädchen unterhielten sich leise. Die Kinder schienen noch zu träumen. Rosella ritt nicht mehr neben ihr, sondern am Ende des Zuges.

Silvia fragte einen Bauern nach dem Weg nach Capodimonte. Er wies sie stumm in eine Richtung. Sie folgten seinen Angaben, durchquerten abends Montefiascone. Noch einmal erkundigte sich Silvia nach dem Weg, wurde von einer Gruppe Männer nach Norden geschickt. Als sie weiterritten, hörte sie die Männer lachen. Unsicher schaute sie sich um, aber die Männer wiesen mit heftigen Bewegungen in die Richtung, die sie schon eingeschlagen hatte.

Abends war Capodimonte noch immer nicht erreicht. Als sie am

Rande eines Wäldchens lagerten und die Nacht sich herabsenkte, galt es, ein zweites Mal im Freien zu übernachten. Silvia befahl den Knechten, das Feuer hell auflodern zu lassen. Die Kinder schliefen übermüdet ein. Die Mädchen sangen leise. Rosella brütete unansprechbar vor sich hin.

Silvia schnürte sich die Kehle zu. Und hilflos mußte sie erleben, wie die Ängste sich ihrer bemächtigten. Es war eine Nacht voll bedrohlicher Geräusche. Jeden Augenblick konnten die Wehen einsetzen, jeden Augenblick konnten aber auch stinkende Männer aus dem Wald hervorstürzen. Diesmal gab es keinen Alessandro, der sie rettete, diesmal mußten sie alle sterben.

62. Kapitel

Im größten Tumult hatten die Mädchen Alessandro aus Castellesis Villa geleitet. Er ließ seine Diener zurück und ritt im Galopp zu seinem Palazzo, wo er sich Barett, Wams und Beinkleider anzog, seinen alten schwarzroten Seidenmantel überwarf und noch in der Nacht die Stadt verließ. Zum Glück schien der Mond, und es war hell genug, über die alten römischen Straßen nach Capodimonte zu reiten. Sein Rappe schien den Weg von allein zu finden, und er galoppierte, als spüre auch er die Gefahr, in der sich sein Reiter befand.

Alessandro stürmten die Gedanken durch den Kopf. Wieder flüchtete er aus der Stadt, um sich in Capodimonte oder, noch besser, auf der Isola Bisentina zu verstecken. Dabei hätte er sich um Silvia kümmern müssen, deren Entbindung kurz bevorstand. Aber er hatte Cesare beleidigt, hatte seine haßerfüllten Augen auf ihn gerichtet gesehen. Die Warnung des verkleideten della Rovere war unmißverständlich. Im Haus des Adriano Castellesi aus Corneto fand eine Verschwörung statt, ein Angriff auf die Borgia mit Rosellas Hilfe. Die versammelten Kurtisanen und jungen Straßenhuren waren Teil des Plans. Trotzdem war sich Alessandro im unklaren darüber, ob die Borgia nur provoziert oder ob sie im größten Tumult durch die Schlange zu Tode gebracht werden sollten. Oder ob man sie ablenken wollte, um sie um so leichter erdolchen oder vergiften zu können. Erdolchen sicher nicht, einen offenen Mord vor so vielen Zeugen wagte niemand. Aber vergiften? Mit der *cantarella* vielleicht, dem Gift, das die Borgia selber so gern verwendeten und das erst nach Tagen zu einem schleichenden Tod führte?

Und welche Rolle spielte Castellesi? War er überhaupt eingeweiht? Oder hatte er den Borgia nur ein besonders anspielungsreiches Spektakel vorführen wollen und hatte nicht begriffen, daß man seine Naivität ausnutzte? Aber wer war der Drahtzieher? Rosella gewiß nicht allein. Daß sie sich an Cesare rächen wollte, brauchte niemanden zu wundern; daß sie dank ihrer prophetischen Künste und magischen Praktiken über beste Beziehungen zu den Kardinalspalästen und zu den in ihrer Existenz bedrohten Adelsgeschlechtern verfügte, konnte ebenfalls vorausgesetzt werden. Aber eine entstellte Hexenhure aus der römischen Gosse konnte nie allein einen Anschlag auf den Stellvertreter Christi und seinen fürstlichen Sohn, den mächtigsten Mann Mittelitaliens, planen und durchführen.

Alessandro ließ den Rappen nun in Trab fallen, um ihn zu schonen. Wie schwarze Abgründe lagen die Schatten der weitausladenden Pinien über dem Weg, und die Zypressen ragten, Totenstelen gleich, in die Nacht. Der gleißende Mond ließ die Konturen der Bäume und Häuser als düsteres Riesenspielzeug hervortreten. Manchmal hoben sich die alten Pflasterungen aus dem Boden, als kämen urzeitliche Totenschädel zum Vorschein. Dann wieder ein helles Band aus Staub. Hinter jedem Strauch und Baum konnte ein Wegelagerer hervorspringen.

Aber Alessandro begegnete keinem Menschen mehr. Außerhalb der Porta del Popolo hatte er noch Pilgergruppen lagern sehen, Bettler schliefen am Straßenrand, und da und dort schlich eine zweifelhafte Gestalt zwischen den Menschen hindurch. Bald darauf schienen die schwarzen Schatten alle Lebewesen verschluckt zu haben. Einmal zuckte ein lautloser Flügelschlag über ihm, eine Eule vielleicht – oder vielleicht auch der Engel, der ihn beschützte. Nein, er glaubte nicht an Geister, auch nicht an Engel, die unter weiten Schwingen zwischen Himmel und Erde verkehrten. *Sein* Schutzengel war unsichtbar.

Oder doch nicht?

Das Geräusch der trabenden Hufe war der einzige Laut, der die Nacht durchdrang. Eine Weile hatte er Wölfe heulen gehört, die Hofhunde antworteten ihnen, ein vielfältiges Konzert. Und dann sah er düstere Gestalten am Straßenrand auf ihn warten. Aber es waren nur Schatten oder Sträucher.

Während Alessandro die Nacht durchquerte, bedrängte ihn zunehmend der Wunsch, sofort wieder nach Rom zurückzukehren. Er wollte Silvia sehen. Vielleicht erlag er auch einer falschen Warnung? Vielleicht war tatsächlich alles nur Theater gewesen? Der Papst erfreute sich trotz seiner über siebzig Jahre bester Gesundheit, und Cesare war dabei, der ungekrönte Herrscher Italiens zu werden. Er würde ihm eine dumme Bemerkung nachsehen, wenn seine Laune sich wieder besserte – schließlich hatten sie sich gegenseitig das Leben gerettet, waren Blutsbrüder geworden. Auf der anderen Seite schien Cesare jegliche Hemmung vor einem Mord verloren zu haben, und es gab keinen, der es wagte, ihn zur Rechenschaft ziehen zu wollen. Am wenigsten sein Vater, der verlängerte Arm Gottes auf Erden.

Am frühen Morgen erreichte Alessandro Capodimonte. Seine Mutter begrüßte ihn mit düsterer Miene. Wahrscheinlich hatte sie wieder schlecht geträumt, und tatsächlich hatte sie im Traum riesige Geier um den achteckigen Bau fliegen sehen.

»Ein Unglück, ein Unglück«, murmelte sie mit düsterer Stimme, »mein Sohn, warum erscheinst du hier am frühen Morgen wie ein gesuchter Verbrecher? Vor wem bist du auf der Flucht?«

Alessandro ließ sein Pferd versorgen und antwortete nicht. Erst als keine Stallknechte und Bedienstete mehr in der Nähe waren, erklärte er knapp, er habe sich mit Cesare Borgia gestritten, und es scheine ihm opportun, sich erneut ein wenig in die Einsamkeit zurückzuziehen. »Ich gehe auf die Isola Bisentina, und du verrätst niemandem, wo ich bin – ausgenommen Silvia, Giulia und della Rovere. Aber nur ihnen persönlich.«

»Denk an die Caetani und die Orsini!« bemerkte die Mutter. »Mein Traum hat mir also hellseherisch das Richtige verraten.«

»Genau deswegen ziehe ich mich zurück. Mir soll es nicht so gehen wie Onkel Caetani!«

Plötzlich verlor die Mutter alle düsteren Töne. Sachlich und kalt erklärte sie: »Virginio Orsini ließ mir kürzlich ausrichten, alles sei vorbereitet und nur noch eine Frage der Zeit.«

»Was meint er mit *alles*?«

Die Mutter zuckte mit den Schultern. »Der Borgia-Spuk wird vorbeigehen – hoffentlich bevor sie ihre Teufelskrallen auch auf uns legen.«

Alessandro verbrachte einige Tage auf der Isola Bisentina. Wieder ein glühendheißer August. Er schwamm viel, lag im Schatten der Steineichen und war in Gedanken bei Silvia. Er sah sie und die Kinder vor sich, wünschte sie um sich und fühlte sich immer wieder gedrängt, nach Rom zurückzukehren. Was tat er hier? Er versteckte sich tatsächlich wie ein Verbrecher vor seinen Verfolgern. Aber vielleicht verfolgte ihn niemand. Außerdem: Wer informierte ihn über die Lage in Rom? Er konnte allzu leicht die Kontrolle verlieren über seine Stellung im Vatikan, im Heiligen Kollegium …

Und wenn Silvia dieser Tage niederkam?

Er hielt es schließlich nicht mehr aus. Er mußte, um die neuesten Nachrichten über die Lage im Vatikan zu erfahren, wenigstens seine Schwester kontaktieren und außerdem Kardinal della Rovere. Der alte Borgia-Feind wußte sicher, ob sich eine neue Front gegen die Usurpatoren des Patrimoniums bildete.

Und er mußte Silvia wiedersehen.

Alessandro ruderte nach Capodimonte zurück und verabschiedete sich von seiner Mutter, die ihn mit Tränen in den Augen segnete. »Du sollst einmal Papst werden, mein Junge, wie dein Urahn Benedetto, denk immer daran und begib dich nicht in Gefahr. Du wirst die Katalanensippe überleben.«

Er umarmte und küßte sie, und während er ihren schmalen, knochig gewordenen Körper in den Armen hielt, fühlte er plötzlich wieder, daß er sie liebte. Sie hatte ihn auf einen Lebensweg gedrängt, der ihm nicht genehm war, aber sie hatte trotz allem immer an ihn geglaubt. Sie konnte ihre Liebe nicht so zeigen wie der Vater, dem der Stolz auf seinen Sohn ins Gesicht geschrieben stand, sie mußte ihre Liebe hinter herrischem Verhalten verbergen. Aber verfolgten sie alle drei nicht die gleichen Ziele?

Als Alessandro durch die Porta del Popolo ritt, merkte er schon, daß etwas Entscheidendes in der Stadt geschehen sein mußte.

Wachen waren kaum zu sehen, wer noch eine Hellebarde hielt, torkelte betrunken umher. Gleichzeitig standen überall bewaffnete junge Männer in Gruppen zusammen. Die Preise für einen Krug Wasser, die die Wasserträger ausriefen, hatten sich deutlich erhöht, und auf den Straßen fanden sich kaum noch die Stände der Geldwechsler. Die billigen Huren und die Bettelmönche wirkten aufdringlicher als gewöhnlich.

Es dauerte nicht lange, da erfuhr Alessandro, woher die Unruhe stammte. Der Heilige Vater liege mit hohem Fieber darnieder, berichtete ein Priester. Ein Eselstreiber rief, mit den Armen fuchtelnd: »Vergiftet wurde er, der Blutsauger, es geschieht ihm recht, und sein Sohn verreckt gleich mit!«

Bevor Alessandro sich versehen hatte, war er von einer Gruppe Menschen umgeben, die alle durcheinander sprachen.

»Die Hexe hat sich gerächt.«

»Der Teufel holt ihn, die Zeit ist abgelaufen, elf Jahre nach dem Satanspakt fährt er zur Hölle und nimmt den Bastard gleich mit!«

»Er zieht dem Mordsohn bei lebendigem Leibe die Haut ab. O Gott, was gönne ich ihm das!«

Alessandro versuchte, aus dem Gewirr der Stimmen herauszuhören, was nun wirklich geschehen war, aber erst, als ihn ein Herr aus einem Bankhaus vom Rione di Ponte zur Seite nahm, erfuhr er, was man sich in den informierteren Kreisen erzählte. Nach einem Bankett bei einem der neuernannten Kardinäle seien fast alle Gäste krank geworden, wahrscheinlich vergiftet, sogar der Gastgeber selbst. »Die einen berichten, der Herzog von Valence habe Kardinal Castellesi ermorden wollen, mit Zustimmung seines Vaters, um sich nach altbekanntem Muster seine Reichtümer anzueignen, aber der vergiftete Wein sei verwechselt und von den Attentätern selbst getrunken worden. Andere glauben, Castellesi habe die Borgia vergiftet, angestiftet und bestochen von den Orsini, und habe eine Krankheit vorgetäuscht, um den Verdacht von sich abzulenken. Dann erzählen manche, eine vom *sfregio* entstellte ehemalige Kurtisane der Borgia habe sich rächen wollen. Vater und Sohn seien von ihren Giftschlangen gebissen worden. Außerdem habe sich Cesare Borgia mit Kardinal Farnese gestritten, womöglich stecke auch dieser noch hinter dem Attentat, obwohl er als Freund und Kampfgenosse Cesares gelte.«

Alessandro hörte geduldig zu, was der Bankier noch zu berichten hatte. »Rom schwirrt von Gerüchten«, schloß er seine Ausführungen, »von überallher strömen die Orsini, die Colonna und all die anderen herbei, die unter den Borgia zu leiden hatten, die Anarchie bricht wieder aus, wie immer, wenn ein Papst stirbt – dabei leben Vater und Sohn noch. Wehe, wenn sie überleben, dann wird es ein Blutbad geben!«

Alessandro dankte dem Mann und schwang sich wieder auf den Rücken seines Pferdes. Die Anarchie einer beginnenden Sedisvakanz konnte ihm nützen, und Cesares Krankheit bewahrte ihn wenigstens eine Weile vor einer Verfolgung – falls sie wirklich geplant war. Aber vorsichtig mußte er sein, denn dazu war die Lage zu unübersichtlich. Wer jetzt mordete, brauchte den Bargello nicht zu fürchten, höchstens Blutrache und anhaltende Fehde.

Alessandro ritt zu seinem eigenen Palazzo. Das Portal war verschlossen, und vor ihm lungerten eine Reihe von Gestalten herum, die ihm suspekt erschienen. Aber noch hatte ihn niemand erkannt und auch nicht angesprochen, und so lenkte er sein Pferd unauffällig zum Rione della Pigna, zu Silvias Palazzo. In den Gassen um das Haus herrschte wesentlich geringeres Treiben, aber auch hier war das Portal verschlossen. Er klopfte und rief, niemand erschien. Er ging zum Hintereingang: auch dieser war verschlossen, und keiner antwortete auf sein erneutes Rufen. Als er wieder vor dem Portal stand, fiel sein Blick auf die alte Bettlerin, die an der gegenüberliegenden Hauswand hockte und ihre knöchernen Fingerkrallen ausstreckte.

Alessandro warf ihr einen Denaro zu und fragte: »Weißt du, ob die Herrin« – er wies auf Silvias Palazzo – »zu Hause ist?«

Die Münze verschwand unter dem schwarzen, vor Schmutz starrenden Sackleinen, in das die Alte sich gehüllt hatte. Krächzend lachte sie: »Ich kenne Euch, Ihr seid der Kardinal von Santi Cosma e Damiano.«

Alessandro erschrak, fing sich aber sofort wieder: »Was tut das zur Sache?« Am liebsten hätte er der Alten einen Fußtritt versetzt, damit sie sich zu einer Antwort herabließ, aber sie gab nur immer weitere Krächzlaute von sich, von denen er nicht wußte, ob sie menschliche Sprache oder höhnisches Gelächter sein sollten.

Zum Glück schob sich eine junge Hure heran, die im Schatten des Hauseingangs gehockt hatte. Auch ihr drückte er einen Denaro in die Hand und gleich einen zweiten. Aber sie hielt noch immer die Hand auf. Also gab er ihr einen Silberdukaten.

»Was soll ich machen?« flüsterte sie, nahm seine rechte Hand, führte sie zwischen ihre Schenkel und griff mit der anderen nach seiner Schamkapsel.

»Nichts!« Er versuchte, sie abzuwehren, aber sie drängte sich nur noch enger an ihn heran. »Ich will wissen, ob Signora Ruffini – Signora Crispo zu Hause ist.«

Die junge Hure versuchte, ihn in den Hauseingang zu ziehen, und er meinte, in einer dunklen Ecke eine Gestalt sich bewegen zu sehen.

»Ihr seid der Kardinal, der sie geschwängert hat, nicht wahr?«

Die Alte lachte wieder krächzend.

»Wir wissen hier alle Bescheid.«

Alessandro riß sich los und zerrte die Hure ins Licht. »Bekomme ich jetzt eine Antwort?«

Das Mädchen warf ihre Lippen zu einem verächtlichen Grinsen auf. »Sie ist weg. Zusammen mit der Hexe. Aber mit diesem Bauch« – sie machte eine ausladende Geste – »kommt sie nicht weit.«

Alessandro schwang sich in den Sattel. Bevor er losritt, rief das Mädchen noch: »Im Augenblick schwirren überall Hexen herum, und die Teufel holen sich ihre Opfer.«

Verärgert trabte Alessandro davon, verfolgt von zweistimmigem Gelächter. Er war sich noch nicht einmal sicher, daß die Hure die Wahrheit gesagt hatte. Und jetzt merkte er auch, daß sie ihm mehrere Golddukaten aus der Schamkapsel gezogen haben mußte, daß sie sogar die Geheimtasche seines Wamses geöffnet hatte. Am liebsten wäre er umgekehrt und hätte ihr mit dem Degen einen Streich über die nackten Beine gegeben. Aber die Unruhe trieb ihn zurück zum Campo de' Fiori. Silvia war nicht zu Hause – wenn das stimmte, wo konnte sie sein? Vielleicht im Haus der Crispo? Falls tatsächlich der Papst und sein Sohn im Sterben lagen und kein Mann die Mutter mit ihren Kindern schützte, konnten die Crispo es durchaus wagen, die Kinder zu entführen. Und die Mutter gleich mit.

Alessandro fluchte, daß er Rom verlassen hatte. Er brauchte jetzt Klarheit über den Papst und seinen Sohn, er mußte zudem della

Rovere erreichen. Er mußte zur Stelle sein, wenn es galt, einen neuen Papst zu wählen. Er mußte seine Stimme in die Waagschale für della Rovere werfen. Nicht nur, weil *il terribile* es erwartete, sondern weil auch für ihn selbst die Zukunft auf dem Spiel stand. Ein borgiatreuer Spanier als Papst bedeutete die uneingeschränkte Macht des *Valentino*, bedeutete ein Terrorregiment des Cesare Borgia und womöglich das Ende seiner Laufbahn – und seines Lebens. Dann kamen die Meuchelmörder, früher oder später.

Alessandro eilte zu seinem Palast und ließ sich dort ankleiden. Seine Diener wußten Genaueres über die Krankheit des Papstes und seines Sohnes zu berichten. Er habe sich bald nach dem Bankett bei Kardinal Castellesi unwohl gefühlt, plötzlich hohes Fieber bekommen und Galle gespuckt, erklärte Alessandros Kammerherr. »Dann hat man ihn zur Ader gelassen und dreizehn Unzen Blut abgezapft. Da ging es ihm sofort besser, und er spielte mit den Kardinälen Karten. Aber seitdem geht es mit ihm bergab. Wer weiß, ob er noch lebt.«

»Von seinem Ableben haben wir noch nichts gehört«, mischte sich der Hausverwalter ein.

»Und was ist mit dem Herzog von Valence?« fragte Alessandro.

»Er liegt ebenfalls mit hohem Fieber im Bett.«

Einer der Stallknechte, die bei ihnen standen, rief: »Er mußte ein Bad in den noch zuckenden Eingeweiden eines Maultiers nehmen – damit das Fieber sinkt.«

»Ja, ja«, riefen andere, »das haben wir auch gehört.«

Der Kammerherr hob verächtlich die Augenbrauen. »Vielleicht um seine Haut zu heilen. Richtig ist, und ich weiß es von einem meiner Kollegen, der im Vatikan Dienst tut, daß er in ein Faß voll Eiswasser steigen mußte. Daraufhin hat sich die gesamte Haut vom Körper gelöst. Er sah aus wie der heilige Bartholomäus.«

»Die ganze Haut?« fragte Alessandro skeptisch. »Und wie geht es ihm jetzt?«

Darauf konnte der Kammerherr keine Antwort geben, und auch die anderen Diener wußten nicht mehr. »Aber die Orsini und Colonna sind schon in der Stadt«, ergänzte der Hausverwalter. »Es wird einen blutigen Kampf geben, wenn der Heilige Vater von uns geht.«

»Von uns geht, von uns geht«, äfften ihn einige Diener höhnisch nach. »Der Satan hat ihn schon am Schlawittchen, den geilen Hurenbock.«

Alessandro ließ seine Diener stehen und machte sich auf, in den Vatikan zu reiten. Zuerst machte er halt beim Palast des Kardinals della Rovere, und tatsächlich traf er ihn an. »Du tauchst zur rechten Zeit wieder auf, Farnese«, rief della Rovere ihm schon vom Fenster zu, als er noch durch den Innenhof eilte. Zur Begrüßung umarmte er ihn. Zwar standen wie gewöhnlich die zwei Längsfalten zwischen seinen Augenbrauen, aber seine Augen blitzten, und sein Mund war zu einem Grinsen breitgezogen. »Der Stier ist tödlich getroffen«, rief er, »jetzt gilt es, an die Zukunft zu denken, an den nächsten Pontifex maximus – diesmal endgültig aus dem Hause Rovere.« Er klopfte Alessandro auf die Schulter, als habe dieser eine besonders tapfere Tat vollbracht, und warf sich in die Brust. »Vielleicht verreckt der herzogliche Bastard gleich mit. Aber er hat eine Bärennatur. Wenn er überlebt, wird es schwer für ihn … Alle wollen ihn loswerden, Louis XII. von Frankreich, die Aragonesen, die Venezianer, paß mal auf, was jetzt in Rom und im Patrimonium losbricht. Wie ein Kartenhaus fällt die Macht der Borgia zusammen, die Seifenblase zerplatzt.« Und er ahmte mit den Lippen das Platzen nach.

Dann legte della Rovere den Arm um Alessandros Schultern und führte ihn zum Fenster. »Das hast du gut gemacht, mein Junge«, flüsterte er, »das hast du geschickt eingefädelt. Erst jetzt begreife ich, welch gerissener Fuchs du bist. Zuerst die Sache mit dem *sfregio*, dann die Anbiederei beim Feldzug in der Romagna, aber nach außen hin der ritterliche Gottesdiener, und schließlich wickelst du auch noch den Castellesi ein, diesen hochgebildeten Dörfler, du läßt deine Hexen- und Hurenarmee los – da haben sie geglotzt, der Heilige Vater und sein unheiliger Sohn. Sie wollten so gerissen sein und haben dich nie durchschaut. Du bist ein wahrer Meister der Verstellung, du wirst es noch weit bringen. Und jetzt heißt es: *Manus manum lavat*. Eine Hand wäscht die andere. Wir müssen das Konklave so weit bringen, daß sie mich wählen. Jetzt kommt der Tag der Revanche.«

Della Rovere war vor lauter Begeisterung so laut geworden, daß ihn jeder seiner Diener verstehen konnte.

»Sie sind noch nicht tot«, sagte Alessandro mit betont gedämpfter Stimme. »Tödlich getroffene Stiere sind besonders gefährlich.«

Della Rovere kniff die Augen zusammen und zog ihn noch enger an sich heran. »Du hast recht, Teufelskerl.« Er schaute sich nach seinen Dienern um und winkte sie mit einer herrischen Geste aus dem Zimmer. »Ich traue ihnen nicht«, erklärte er, »in dieser vermaledeiten *cauda mundi* verrät dich jeder deiner Diener für einen läppischen Dukaten, und wenn du abtrittst, plündern sie deinen gesamten Haushalt. Was glaubst du, was ich in diesem Haus hier noch wiederfand, als ich aus Frankreich zurückkehrte: nichts außer Schimmel, verrostetem Eisen und einer leeren Geldtruhe. Aber gleichgültig!« Wieder wurde seine Stimme laut, sein Gesicht legte sich in finstere Falten, doch seine tiefliegenden Augen leuchteten vor Begeisterung. »Ich kann mich beim sterbenden Borgia nicht sehen lassen. Aber du kannst es. Der *Valentino* hütet das Bett. Und der Alte vertraut dir immer noch. Ich muß aus erster Hand wissen, was sich tut in den heiligen Räumen des Allerheiligsten Vaters. Ich muß wissen, welcher der Kollegen uns unterstützt, ob ich mit Cesares Widerstand zu rechnen habe. Wirst du gehen?«

Della Rovere hatte ihn regelrecht überrannt. Ja, Alessandro würde gehen. Er begab sich in die Höhle des sterbenden Löwen. Falls sich Cesare wirklich an ihm rächen wollte – er würde es nicht in den Gemächern des Vatikans tun, nicht in Anwesenheit seines sterbenden Vaters. Falls Cesare noch bei Verstand war, wußte er, daß es jetzt galt, seine eigene Haut zu retten …

»Hat sich wirklich Cesares Haut nach einem Bad im Eiswasser abgelöst?« fragte Alessandro.

»Ja, ja«, stieß della Rovere begeistert aus, »das Fieber fiel, aber die Haut fiel auch!« Er lachte und schlug sich auf den Schenkel, wurde aber schnell wieder ernst und zog Alessandro an sich heran. »Was macht denn deine kleine Ruffini? Ist es nicht soweit? Denk daran: Wenn ich Papst werde, legitimiere ich dir deine Kinder sofort!«

Alessandro befreite sich aus der Umarmung. »Ich fand Silvia nicht in ihrem Haus. Aber vielleicht hat sie nur nicht geöffnet. Sie fürchtet, der alte Crispo könnte ihre Kinder entführen lassen. Versteht Ihr, ich habe ebenfalls Angst …«

»Verstehe ich! Daher jetzt schleunigst in den Vatikan! Und wenn alles geklärt ist, wird dir ein Sohn geboren, ein echter Farnese. Ich werde sein Taufpate sein. Den alten Crispo knacken wir wie einen Floh!«

Alessandro trat in die Privatgemächer des Papstes, nachdem diesem gerade von Kardinal Gamboa die Beichte abgenommen worden war. Gamboa begann nun, vor dem im Bett liegenden Papst und weiteren fünf Kardinälen die Messe zu lesen. Alessandro nickte ihnen zu, und alle nickten sie mit ernstem Gesicht zurück. Der Papst wirkte apathisch. Nach dem *Credo* richtete er sich ein wenig auf, und Gamboa spendete das Sakrament der Eucharistie.

Dann sank der Papst erneut in die Kissen zurück. Die Messe wurde zu Ende geführt. Anschließend erhielt der leise vor sich hin röchelnde Sterbende die Letzte Ölung. Seine Wangen waren eingefallen, die Gesichtsfarbe war fahl, die halbgeschlossenen Augen lagen tief in den Höhlen. Die Kardinäle standen, die Hände gefaltet, um sein Bett, sprachen noch ein Gebet und warteten stumm auf Borgias Ableben. Fast alle waren sie Spanier, fiel Alessandro auf, zwei von ihnen sogar aus der Borgia-Familie. Casanova, der Kardinalkämmerer, wirkte nervös und befingerte immer wieder die Schlüssel, die an einem Gürtel hingen. In der Tür standen noch ein paar Reitknechte und schauten auf die purpurroten Totenvögel um das Bett des Heiligen Vaters, im Nebenraum hörte man sie lachen.

Alessandro vermißte Borgias Kinder. Wenn schon Cesare seinem Vater aus Krankheitsgründen nicht die letzte Ehre erweisen konnte, wo waren Jofrè, Vannozzas jüngster Sohn, und der *Infans romanus*? Ließ man sie nicht vor? Nur Lucrezia konnte aus Ferrara, wohin sie zum dritten Mal verheiratet worden war, nicht in so kurzer Zeit heraneilen, sie war entschuldigt.

Nach einem Segenszeichen verschwanden die Kardinäle, einer nach dem anderen. Bald standen neben Alessandro nur noch Casanova und Gamboa. Aber auch Gamboa zog sich, etwas Unverständliches murmelnd, zurück. Casanova schaute ihm ängstlich nach und flüsterte Alessandro zu: »Könnt nicht wenigstens Ihr eine Stunde mit mir wachen?« Sein Lippen zeigten Verachtung. »Der Geist ist willig, aber das Fleisch ist schwach. Da machen Kardinäle keine Ausnahme.«

Alessandro nickte. Mit leiser Stimme erkundigte er sich: »Hat der Heilige Vater eigentlich nach seinen Kindern gefragt? Und kann sich der Herzog von Valence nicht wenigstens für kurze Zeit aus dem Bett erheben? Er liegt doch nur ein Stockwerk höher?«

Als hätte der Papst Alessandros Worte verstanden, stöhnte er auf, bewegte die Lippen. Alessandro nahm einen Wasserkrug und träufelte ihm vorsichtig Wasser in den Mund. Der Papst schien nun seine Augen öffnen zu wollen, aber dann stieß er einen Seufzer aus und bewegte sich nicht mehr. Er schien tot zu sein. Doch kurz darauf hörte man ein weiteres Stöhnen, und wieder bewegten sich die Lippen.

Alessandro und Casanova schauten sich an. Der Kämmerer hob die Schultern. »Der Heilige Vater hat nach keinem seiner Kinder gefragt, auch nicht nach dem Herzog. Sein Sohn hat noch nicht einmal die Schlüssel zu den Privatgemächern. Nur ich habe sie. Und Ihr wißt ja, was nach dem Ableben des Heiligen Vaters geschieht. Das Dienergesindel wird alles plündern. O Gott, daß der Herr dies zuläßt!« Er seufzte tief, legte die Hände zusammen und schloß die Augen zu einem Gebet. *»Pater noster, qui es in caelis* … Bleibt Ihr wenigstens bei dem Sterbenden? Ich müßte auch noch einmal weg. Versteht Ihr, man muß sein Haus richten in solch einer Stunde … Dennoch will ich wachen.«

»Ich wache mit Euch.«

Eine Zeitlang schwiegen beide. Dann begann Casanova erneut das *Pater noster* zu beten, aber nach kurzer Zeit unterbrach er sich zum zweiten Mal. »Sie sind vergiftet worden«, flüsterte er mit so leiser Stimme, daß er kaum zu verstehen war. »Oder der Pakt mit dem Teufel läuft aus.«

Alessandro reagierte nicht, tat so, als bete er stumm vor sich hin.

»Vor ein paar Tagen fiel dem Papst eine tote Eule vor die Füße, in der *sala regia*! ›Ein böses Omen‹, hat er ausgerufen, ›ein böses Omen‹.«

Wieder bewegte der Papst seine Lippen, und tatsächlich hörte Alessandro Flüsterlaute. Er beugte sich zu ihm hinunter, hielt sein Ohr an den Mund. »Ich komme schon, ich komme, aber warte noch ein Weilchen«, verstand er.

»Was hat er gesagt?« wollte Casanova wissen.

Alessandro wiederholte die Worte.

»Seht Ihr, seht Ihr, der Teufel!« Casanova bekreuzigte sich heftig, schaute sich unruhig um. »Bleibt noch, ich komme bald wieder«, rief er mit unterdrückter Stimme. Und schon befand sich Alessandro allein mit dem Sterbenden.

Die Zeit verrann, die Kerzen brannten herunter, nichts geschah. Der Papst rührte sich nicht, aber er schien noch zu atmen. Draußen senkte sich langsam die Augustsonne, und die Reitknechte schauten gelegentlich zur Tür herein. Zur Vesperstunde erschienen schließlich der Datarius und mit ihm der Kämmerer.

»Es ist so still im Vatikan«, flüsterte der Kämmerer. »Alle halten die Luft an. Lebt er überhaupt noch?«

Alessandro antwortete nicht.

»In der Stadt selbst ist die Hölle los. Jetzt wird abgerechnet«, begann er wieder. »O Gott, die Borgia-Sippe wird sich warm anziehen müssen. Weiß jemand, wie es Cesare geht? Ich glaube, der junge Stier wird überleben. Mir lief schon Michelotto über den Weg, bewaffnet, das ist kein gutes Zeichen.«

Inzwischen war der Papst gestorben.

Alessandro bemerkte es zuerst. Casanova machte »Pst! Pst«, aber der Datarius rief laut: »Der Heilige Vater ist von uns gegangen!«

Und schon brach die Hölle los.

Wie auf Befehl stürzten die Diener des Papstes herein, ohne auch nur einen Blick auf den Toten zu werfen, stemmten die Truhen auf, zerrten die Kleider aus den Schränken und rissen die Silbergefäße an sich. Ihnen folgte, den Dolch in der Hand, Michelotto mit einer Garde waffenstarrender Männer. Sie stießen die Diener zur Seite und wollten die Tür zum Nebenraum öffnen. Aber sie war verschlossen. Wutschnaubend trat Michelotto gegen sie, seine Männer ebenfalls, doch das Schloß hielt stand.

»Den Schlüssel! Den Schlüssel her«, brüllte Michelotto.

»Ihr habt nicht das Recht ...«, wagte Casanova einzuwenden.

Aber schon packte Michelotto ihn am Arm und hielt ihm den Dolch an die Kehle. »Auf Befehl des Herzogs von Valence: Den Schlüssel her! Wenn du ihn nicht herausrückst, werfen wir dich eigenhändig aus dem Fenster.«

Casanova reichte ihm zitternd den Schlüsselbund, und grölend rannten Michelotto und seine Männer zur Tür, schlossen sie auf, stürzten sich auf die Truhen, die wie eisenumschlossene Sarkophage an den Wänden standen. Kaum waren sie geöffnet, brach Jubel aus.

»Das sind mindestens zweihunderttausend Dukaten in Silber und hunderttausend in Gold«, rief Michelotto. »Und da, die Juwelen! Packt sie extra ein. Das Silber ebenfalls. Die Truhen zu Cesare, los, schleift sie hoch, und wer sich euch in den Weg stellt, gleich abstechen!«

Alessandro stand hinter dem toten Papst und sah stumm dem Treiben zu. Neben ihm zitterte Kardinal Casanova. Der Datarius war verschwunden. Ein höhnischer Zug schien sich um den Mund des Toten zu bilden, und die Lippen hatten sich geöffnet. Die mächtige Nase, gebogen schon immer, lag wie ein Krummsäbel auf dem Gesicht. Die Augen hatten sich nicht mehr ganz schließen lassen. Unter den Lidern schimmerte eine gelbliche Masse hervor.

Cesares Männer schleppten keuchend und fluchend die schweren Truhen durch den Raum, andere folgten ihnen mit dem Silber. Michelotto, den Sack mit Juwelen in der Hand, dirigierte sie. Zwischen ihnen die Diener des Papstes, die alles an sich rafften, was sich sonst noch wegschleppen ließ.

Es dauerte nicht lange, bis Alessandro mit Casanova und dem Toten allein war. Man hörte die Männer durch den Palast toben, und nun drang auch Geschrei vom Platz vor San Pietro herauf. Im Raum herrschte eine stickige Stille, und es roch nach dem Schweiß der Plünderer.

»*Sic transit gloria papae*«, flüsterte der noch immer zitternde Casanova. Dann führte er Alessandro in den Nebenraum. Mit einigen Handgriffen öffnete er mehrere Geheimfächer in den Wänden und schrie auf: »Ha, sie haben die wertvollsten Juwelen gar nicht gefunden. Und hier sind auch noch weitere Golddukaten.« Schnell verschloß er die Geheimfächer wieder. »Daran seht Ihr, daß der Papst noch nicht einmal seinem eigenen Sohn vertraut hat. Mit Recht. Denn der Sohn kümmert sich einen Dreck um seinen sterbenden Vater und hat nur im Sinn, den Kirchenschatz an sich zu raffen. Was für eine Familie! Der Herrgott wird sie ewig strafen.«

Casanova hob den Schlüsselbund auf, den Michelotto achtlos zu

Boden geworfen hatte, verschloß den Nebenraum sorgfältig und winkte Alessandro.

»Ich danke Euch, daß Ihr mir in dieser schweren Stunde beigestanden habt. Wir müssen jetzt Doktor Burchardus rufen. Er soll den Leichnam herrichten und aufbahren lassen. Die Kollegen müssen benachrichtigt werden, und es gilt, die Totenfeier vorzubereiten.« Flüsternd fügte er noch an: »Der Herr verzeihe mir diesen Wunsch: Aber wir wären alle glücklicher, wenn der Herzog ebenfalls dahinginge!«

Alessandro begab sich nach San Pietro, um vor der *Pietà* zu beten. Er versank in eine andächtige Stimmung und vergoß sogar einige Tränen. Er wischte sie ab und sagte sich zugleich, daß er sie kaum aus Trauer über den verschiedenen Papst vergossen habe. Er sah Silvia vor sich und sich selbst als Toten. Und seine Gedanken trübten sich noch mehr ein. Wie schnell konnte das Schicksal den Menschen ereilen! Wie leicht war es möglich, daß er selbst starb – an einer Krankheit oder durch Mörderhand. Dann würde Silvia so dasitzen, wie Michelangelo sie geschaffen hatte, in stummer Trauer. Und es erfaßte ihn, wie jedesmal, wenn er vor der *Pietà* niederkniete, eine Trauer, die aus dem Marmor herau gemeißelt war, eine namenlose, unendliche schwarze Trauer. Es war eine Trauer darüber, daß so viele Menschen so früh hatten sterben müssen, sein Vater, Lorenzo de' Medici, sein Bruder Angelo, ja sogar Crispo, daß es Menschen gab, die ruchlos mordeten und nicht bestraft wurden, daß Heere Landstriche verwüsteten und ihre Menschen wahllos hinschlachteten, eine Trauer darüber, daß Gott soviel Unglück über die Menschen hereinbrechen ließ und es keinen Ausgleich hienieden gab. Marias Schmerz über ihren gekreuzigten Sohn war sprachlos, tränenlos, unendlich. Sie drückte eines aus, was jedem ans Herz gehen mußte: die Trauer der Welt.

Alessandro blieb lange in San Pietro. Es war nach Mitternacht, als er hinaus in die klare Mondnacht trat. Die Stadt schlief nicht. Überall rannten Männer umher, er hörte Waffen klirren, Befehle schallten herüber. Langsam begab er sich zurück in den Palast des Papstes. Noch immer schleppten Kammerdiener, Stallknechte, Soldaten ihr Beutegut ab. Ein Kardinal war nirgends zu sehen. Alessandro gelangte ungehindert in die Papstgemächer und fand schließlich den

Heiligen Vater, bedeckt von einer karmesinroten Decke, in seinem Zimmer. Zwei Kerzen zu seinem Haupt, aber keine Totenwache. Es gab tatsächlich niemanden, der seine letzte Reise bewachte. Der die bösen Geister verscheuchte, den Teufel in Schach hielt.

Und er? Sollte er bleiben? Nein, er selbst wollte auch nicht bleiben! Es gab andere, die dem Heiligen Vater wahrhaft näherstanden. Ihre Aufgabe war es, zu wachen.

Oben, in Cesares Räumen, hörte er Michelotto und seine Leute zechen und singen.

Noch in derselben Nacht ritt er zu Silvias Haus. Noch immer war alles dunkel und verschlossen. Ohne geschlafen zu haben, ritt er zurück nach San Pietro. Am frühen Morgen versammelten sich langsam die Kardinäle und Prälaten. Es sollte die Totenmesse gelesen werden. Als die Bahre niedergesetzt wurde, fehlte das Missale. Keiner beherrschte den Text des *Non intres in iudicium*, eine peinliche Pause entstand. Schließlich stimmten die Kardinäle das Responsorium an: *»Libera me, Domine«*, aber sie kamen nicht weit, denn plötzlich entstand ein Handgemenge, weil die Soldaten der Palastwache den Geistlichen grundlos die Fackeln abnehmen wollten. Als diese sich weigerten, brüllten die Soldaten los und richteten ihre Hellebarden gegen die Prälaten, die erschrocken die Arme hoben und in die Sakristei flohen. Alessandro stand nun mit Burchardus und Casanova allein an der Bahre, während die Soldaten fackelschwingend und fluchend San Pietro verließen.

Die drei schoben die Bahre zu einem Platz zwischen Hauptaltar und Thronsitz. Keuchend umringten sie schließlich den Toten.

»Und wenn jetzt einer von denen kommt, denen der Heilige Vater Unrecht getan hat, um sich zu rächen?« fragte Casanova leise.

»Keine Wache wird ihn schützen«, sagte Burchardus. »Jeder wird ihn schänden können.«

Also schoben die drei die Bahre hinter das Absperrgitter der nächsten Kapelle und ließen sie dort stehen.

Alessandro eilte nach Hause und schlief ein paar Stunden. Kaum war er aufgewacht, ritt er, ohne etwas gegessen zu haben, zum Rione della Pigna. Noch immer wies ihn Silvias Palazzo mit verschlossenen Türen ab. Er suchte nach der Bettlerin und der kleinen Hure: Beide waren verschwunden. Das Viertel wimmelte von bewaffneten Colonna-Anhängern, und er hörte schon von den ersten Zusammenstößen mit den Orsini-Leuten. Rauch stand überall am Himmel.

Mühsam schlug sich Alessandro zum Vatikan durch. In San Pietro hatten sich vor dem Absperrgitter viele Menschen versammelt. Er versuchte, sich durch die Menge bis zur Kapelle vorzuarbeiten, aber vergeblich. Er verstand nur »Neger« und »Affe« und »brodelndes Höllenfeuer«. Manche Männer verließen, grün im Gesicht, fluchtartig die Kirche, andere übergaben sich mitten im Heiligsten des christlichen Glaubens. Als Alessandro sich ein wenig zurückzog, konnte er ein Gespräch zweier Männer hören, denen beide der Schrecken ins Gesicht geschrieben stand.

»Der Teufel, ich habe es immer gesagt, der Teufel ...«, preßte der eine heraus.

»Ja, der Leibhaftige ist als Affe ins Totenzimmer gedrungen, das hat einer der Diener gesagt ...«

»Und hast du gesehen, wie es aus dem Mund schäumte? Im Körper muß es brodeln ...«

»Der liegt schon auf dem Höllenrost, ist schwarz wie ein Neger.«

»Die Zunge! Wie bei einem geschlachteten Ochsen.«

»Laß uns an die frische Luft gehen, hier stinkt es erbärmlich!«

Erst abends gelang es Alessandro, sich dem Toten so weit zu nähern, daß er ihn sehen konnte. Tatsächlich hatte sich der Kopf des Verstorbenen fleckig eingeschwärzt, die Nase war aufgeschwollen, der Mund offen, und aus ihm quoll in doppelter Größe eine schwarze Zunge hervor. Der ganze Körper war aufgedunsen und stank nach Verwesung.

In der Sakristei traf er Burchardus, der plante, mit ein paar Lastenträgern den aufgebahrten Papst in die Kapelle Santa Maria delle Febbri zu schaffen und ihn dort vorläufig beizusetzen.

»Ja, aber ...«, sagte Alessandro, »wird denn niemand ...?«

»Wollt Ihr ...?« fragte ihn Burchardus verbittert.

»Ich allein? Nein!«

»Na also!«

Die Bahre wurde durch die schweigende Menge zur Kapelle getragen, und dann schloß man die Tür. Zwei Tischler hatten einen Sarg herbeigeschafft, aber nun stellte man fest, daß er zu klein war.

Die Lastenträger hielten sich die Nase zu und verschwanden. Die Tischler warfen die Mitra achtlos auf den Boden, wickelten den Toten in einen Teppich und legten ihn auf den Sarg. Er paßte noch immer nicht hinein. Schließlich drückten sie heftig und halfen mit Faustschlägen nach. Dann hämmerten sie den Deckel zu und schoben den Sarg in die geöffnete Wand.

Alessandro versuchte zu beten, aber der Mund hatte sich ihm verschlossen. Burchardus neben ihm ging es ähnlich. Als die Tischler fluchend die Kapelle verlassen hatten, schauten sich die beiden Männer an. Alessandro hob die Mitra auf, klopfte den Staub von ihr ab. »Was soll ich mit ihr machen?«

»Behaltet sie!« sagte Burchardus entschieden. Und nicht ohne Hohn in der Stimme fügte er an: »Vielleicht könnt Ihr sie noch einmal gebrauchen.«

63. Kapitel

Und nun begannen die Wehen. Silvia rief nach Rosella. Sie kam sofort herangekrochen und hielt ihr die Hand. Neben ihr im Stroh die Köpfe der drei schlafenden Kinder. In einer Reihe die zugedeckten Vogelbauer. Langsam, dann immer schneller zog sich ihr Unterleib zusammen, er schien schließlich von eiserner Hand umschlossen und zusammengepreßt zu werden, und ein heftiger Schmerz stieg bis zum Rücken hoch.

»Muß ich hier wirklich das Kind auf die Welt bringen, in diesem Dreck?« flüsterte Silvia unter größter Anstrengung.

»Du mußt noch bis zum Morgen durchhalten«, antwortete Rosella und tupfte ihr den Schweiß von der Stirn, »dann hole ich Hilfe. Hier in Bolsena wird es sicher eine Hebamme geben.«

»Du darfst mich nicht alleine lassen!«

»Ich lasse dich nicht allein. Alles wird gut.« Rosella strich Silvia über den Kopf.

Die Wehen ließen nach, der Schmerz verschwand plötzlich, und sie konnte wieder normal atmen. »Ich bin noch nicht soweit, das Kind auch nicht«, flüsterte sie. »Heute ist ein Unglückstag. Wir werden beide sterben.«

Rosella hielt ihre Hand. »Du bist stark, du wirst überleben.«

Dann ergriff Silvia ein neuer Schmerz, diesmal noch heftiger. Sie stöhnte auf und schloß die Augen. Ja, Qualen, in ihnen lag die Bestimmung der Frau. *Unter Mühen sollst du Kinder gebären*. Dreimal waren die Mühen leicht gewesen, aber diesmal gab es kein Erbarmen.

Die Schmerzen ließen erneut nach, und Silvia konnte wieder einen klaren Gedanken fassen. Es mußte früher Morgen sein, die Hähne hatten schon gekräht, aber es dämmerte noch nicht. Sie lagen alle im Stroh eines leeren Stalls, unterhalb der Burg der Monaldeschi, hierhergeführt von einem Schäfer, der sie in der Nähe des Ortes aufgelesen hatte. Sie hatten Capodimonte längst hinter sich gelassen. Warum hatte man sie in die falsche Richtung geschickt? Warum nur hatte man ihnen das angetan? Aus bloßem Mutwillen? Zwei Nächte mußten sie im Freien verbringen, am Tag kamen sie nicht viel weiter, weil sie in der großen Hitze immer wieder pausieren mußten. Schließlich, schon in der Nähe von Bolsena, hatte der Schäfer sich ihrer erbarmt. Aber auch er war nicht in der Lage, sie nach Capodimonte zu bringen. Nun konnte sie nicht mehr reiten, ihr Zustand machte es unmöglich, und ein Ochsenkarren war nicht aufzutreiben.

Daher mußte sie in einem Stall niederkommen! Über ihr warfen die Burgbewohner die Abfälle herab, Speisereste, verendete Tiere, Kot. Neben dem Stall wühlten Schweine nach Eßbarem, Ratten huschten umher. Aber wenigstens war es warm im Stroh. Und die Kinder hielten sich tapfer – solange ihre Vögel noch lebten! Der Schäfer hatte sie zumindest mit Brot versorgt, mit Obst und Oliven, mit Milch und Käse, sogar mit Honig für die Kinder …

Und wieder begann die nächste Welle der Wehen, sie fühlte den Schmerz heranrollen, dann brandete er an, schäumte unerträglich hoch. Sie biß sich auf die Lippen, um nicht loszuschreien. Nein, so war es bei den anderen Kindern nicht gewesen. Sie stöhnte auf. Rosella preßte wieder ihre Hand.

»Soll ich mich jetzt schon auf den Weg machen und eine Hebamme suchen?«

O Gott, warum mußte sie im letzten Augenblick in die Irre geführt werden! Capodimonte hatte in greifbarer Nähe gelegen, sie hätten es sehen müssen. Warum nur, warum … und warum jetzt eine so schwere Geburt? Silvia spürte es, sie wußte es. Vielleicht lag das Kind nicht richtig …

Warum schrie sie nicht einfach los?

Wieder die Erleichterung. Wieder ein klarer werdender Kopf. Dämmerte es draußen nicht schon? Die Kinder bewegten sich, schliefen aber … wenigstens sie schliefen … ein Teil der Mägde war davongelaufen, sie hatten nur gejammert … tagsüber die brütende Hitze … Wasser, sie mußte trinken, sie mußte sich bequemer betten … ein Kind in diesem Schmutz, fern von Rom, fern von Frascati … o Gott, sie würde sterben, und nicht nur sie, auch das Kind mußte sterben, Alessandro weit, seine Mutter dagegen ganz in der Nähe, aber sie wußte ja nicht … Konnte sie nicht Rosella nach Capodimonte schicken, um Hilfe zu holen? Nein, nicht Rosella. Sie brauchte Rosella, und außerdem sah in ihr jeder die Hexe … Warum denn waren sie im Schloß abgewiesen worden, warum verschloß sich jede Tür vor ihnen, obwohl sie doch drei kleine Kinder dabeihatten? Die Hexe mit dem bösen Blick, sie holte den Satan ins Haus, sie wünschte alle Krankheiten herbei, brachte den Kindern den Tod, verursachte Hunger und Mißernten, Unfruchtbarkeit und Armut … Ja, da blieb nur der Stall. Und nun kam auch noch eine schwere Geburt hinzu, sie spürte, wie der ganze Körper sich sperrte, wie das Kind keinen Weg fand, vielleicht keinen Weg finden wollte. Jetzt löschte Gottvater sie aus. Er strafte sie für den Ehebruch, für Giovannis Tod, für den Tod des Vaters, der Mutter …

Es war so sinnlos.

»Und weinend, leidend fühl ich innerlich:
Mein kurzes Leben hab ich wohl vertan.
Ja, düster seh ich meine letzte Stunde nahn.«

Leise flüsterte Silvia die Zeilen vor sich hin. Rosella hatte recht behalten.

Rosella schüttelte aber den Kopf und begann zu singen:

»Dann blühen rote Rosen auf dem Schnee
Der Wangen; rote Lippen öffnen sich …«

Sie brach ab, strich Silvia übers Gesicht.

»Es beginnt zu dämmern. Ich gehe und hole Hilfe. Glaub mir, es wird nicht deine letzte Stunde sein.«

Silvia versuchte zu lächeln. Sie wartete auf den nächsten Ausbruch der Schmerzen, auf die nächste Welle der Gewalt, die ihren Unterleib erfaßte und sie zerquetschen, zerreißen, vernichten wollte. *Ave*

Maria, gratia plena … voll der Gnade, die du selbst im Stall entbinden mußtest, *benedicta tu in mulieribus, et benedictus fructus ventris tui*. Es nützte nichts, alle hatten sich von ihr abgewandt, Gottvater, sein Sohn und die Muttergottes. Vielleicht sie am wenigsten, sie kannte die Schmerzen einer Mutter, aber auch die glühende Hoffnung, die Liebe, die Stärke, sie wußte, was es bedeutete, ein Kind neun Monate zu tragen, von ihm zu träumen, in ihm den Lebenssinn zu sehen. *Sancta Maria, Mater Dei, ora pro nobis peccatoribus, nunc et in hora mortis nostrae!* In der Stunde des Todes! Unerlöst, ohne Beichte, ohne Absolution. Ohne Alessandro gesehen zu haben, für den sie noch leben wollte, für ihn und die gemeinsamen Kinder. Ein Zufall hatte sie an Capodimonte vorbeigeführt, nein, kein Zufall, die Bosheit der Menschen, die kleine, zufällige Bosheit …

Warum waren Alessandro und sie nicht in Rom zusammengeblieben? Sie gehörten längst zusammen. In der Stunde des Todes …

»Es wird alles gut!« flüsterte Rosella. »Bleib ruhig, ich hole Hilfe!«

Kaum hatte Rosella den Stall verlassen, setzten die nächsten Wehen ein. Und diesmal waren die Schmerzen noch heftiger. Silvia stöhnte, preßte die Hand vor den Mund, wand sich. Die Kinder wachten auf. Die kleine Costanza weinte. Tiberio kam herangekrochen und wollte sie trösten. Ja, der fünfjährige Tiberio versuchte, seine Mutter zu trösten.

Und nun schrie sie.

Aber es nützte nichts.

Draußen Stimmen.

Plötzlich war der Schmerz wieder weg.

Es war, als sei sie erlöst von allem Übel. Die ersten Sonnenstrahlen schickten ihre blendenden Streifen in das Stroh. Sandro befreite die Vogelbauer von den Tüchern, und schon sangen die Vögel! Ja, sie sangen!

War dies ein Zeichen?

Rosella erschien mit der Hebamme, kurz bevor die nächsten Wehen einsetzten.

Aber helfen konnte sie vorerst nicht. Sie untersuchte sie, half ihr auf den Geburtsstuhl, den sie mitgebracht hatte.

Und dann wurde Silvia fast ohnmächtig vor Schmerzen. Nein, sie hielt es nicht aus. Sie schrie. Sie überschrie den Gesang der Vögel.

Eine Weile sah und fühlte sie nichts mehr. Die Welt war blind. Ihr Körper eine riesige Blase, die davonschwebte. Und sie mittendrin, wie in einem Ei, umgeben von ihren Kindern, mittendrin mit Alessandro, und sie herzten sich, bis die Blindheit auch sie selbst erfaßte …

Als es Abend wurde, hatte sie ihr Kind noch immer nicht auf die Welt gebracht. Die Schmerzen waren bis über das Erträgliche hinaus angewachsen. Zwischendurch verlor sie das Bewußtsein. Und sie fühlte sich von Stunde zu Stunde schwächer.

Sie hatte es gespürt, ja gewußt. Die Stunde des Todes. *Ultima necat*. Sie mußte sterben, und mit ihr das Kind.

Am nächsten Morgen lebte sie noch, ohne daß das Kind den Weg ans Licht der Welt gefunden hatte. Blutgeschmack im Mund, eine offene Wunde ihr Unterleib, zersägt, zerschnitten, ein Schlachtfeld der Schmerzen … Unmöglich, noch klar zu denken …

Vor ihr Rosellas Gesicht, daneben das Gesicht der Hebamme.

»Ich hole einen Chirurgus«, hörte sie, »wir müssen etwas unternehmen.«

Silvia nickte. »Wir müssen etwas unternehmen«, flüsterte sie mit allerletzter Kraft. »Rettet das Kind. Und wenn es ein Junge wird, dann nennt ihn Alessandro. Es ist sein Sohn, er wird einmal groß und berühmt.«

»Ich hole einen Chirurgus«, wiederholte die Hebamme.

»Vielleicht wird er ein bedeutender Mann, ein Dichter wie Petrarca oder Boccaccio, vielleicht auch ein Condottiere – oder ein Kardinal – ein Herzog … Rettet das Kind, rettet meinen Sohn, schneidet ihn aus mir heraus. O Herr, erhöre mein Rufen, ich schreie zu dir, Herr, aus den Tiefen des Abgrunds, so tief, wie ein Weib nur sinken kann, ja, schneidet das Kind aus mir heraus, beendet meinen Schmerz, laßt mich endlich sterben, aber rettet das Kind!«

64. Kapitel

Alessandro hatte schon einige Tote gesehen, aber das Bild des schwarzen, grotesk aufgedunsenen und grauenvoll stinkenden Leichnams des Heiligen Vaters ließ ihn nicht mehr los. *Sancta Maria, Mater Dei, ora pro nobis peccatoribus, nunc et in hora mortis nostrae!* Diese Bitte an die Muttergottes konnte man nicht oft genug wiederholen. Der Stellvertreter Christi, der Nachfolger der Apostel, der den Schlüssel des Himmelreichs in seinen Händen hielt, das Oberhaupt der Christenheit, der Pontifex maximus, der noch über den gekrönten Herrschern des Erdenrunds stand – er war gestorben, wie er nie gelebt hatte: elend und einsam. Und jeder Pferdeknecht, ja jede Straßenhure hätte in Rom ein würdigeres Begräbnis erhalten.

Alessandro achtete nicht auf die aufgeregt durch die Straßen eilenden Menschen. In Gedanken versunken, ritt er nicht, sondern ging langsam, sein Pferd am Zügel führend, den Borgo entlang. In der linken Hand hielt er die Mitra des Papstes. Bei der Engelsburg angekommen, warf er einen kurzen Blick hoch zu den Zinnen, von denen er sich einstmals herabgelassen hatte. Jetzt standen dort oben Kanonen und hinter ihnen verteidigungsbereite Soldaten. Die explosive Lage, in der sich die Ewige Stadt nach dem Tod des Papstes befand, sollte ihn in Alarm versetzen. Aber Alessandro fühlte sich wie gelähmt, wie nicht bei sich. Und er war auch nicht bei sich, sondern noch immer bei dem, was er während der letzten Stunden hatte mit ansehen müssen: das Lebensende eines lebenslustigen, gutgelaunten, skrupellosen und immer auf den eigenen Vorteil bedachten Mannes. Noch nicht einmal seine Kinder hatten sich in seiner schwersten Stunde um ihn geschart, und auch er hatte sie mit keinem seiner letzten Worte erwähnt. Die Welt von Macht, Reichtum und Würde brach in der Stunde des Todes zusammen – Rodrigo Borgia, Papst Alexander VI., hatte wirklich der Leibhaftige geholt. Gottes Langmut, seine unendliche Geduld waren an eine Grenze gestoßen. Vielleicht hatten Vater und Sohn Borgia sich sogar selbst vergiftet, aus Versehen natürlich oder weil sie auf jemanden gestoßen waren, der geschickt genug war, ihre tödliche Waffe gegen sie zu richten – dies wäre ein gerechter Tod.

Alessandro stand an der Brüstung der Engelsbrücke, unter sich die braunen Fluten des Tiber, hinter ihm im Laufschritt eine Hundertschaft päpstlicher Soldaten – noch immer hielt er die beschmutzte Mitra des Verstorbenen in der Hand. Sollte er sie della Rovere übergeben, als Zeichen, daß er ihn als künftigen Papst sah? Aber *il terribile* würde auflachen und sie voller Hohn ins Feuer werfen. Sollte er sie selbst behalten? Er sah den lebenden Papst Alexander vor sich, wie er unter dieser Mitra die Messe in San Pietro las, wie er das *Gloria in excelsis deo* sang, mit seiner klaren, vollklingenden Stimme, wie er überhaupt in würdevollem Prunk die Heilige Messe zelebrierte, aber er sah ihn auch vor sich, wie er auf dem Stuhle Petri, während der heiligen Kommunion, in Ohnmacht fiel – vielleicht kündigte sich schon während dieser sich in den letzten Jahren häufenden Ohnmachten sein Ende an. Vielleicht erfaßte ihn in der Ausführung eines Sakraments die Ahnung vor dem Abgrund, der ihn in seiner letzten Stunde erwarten sollte.

Alessandro starrte auf die mit Perlen bestickte Mitra, und er schob den Gedanken beiseite, daß man ihn beobachten könnte, einen jungen Kardinal, der selbst sein Pferd führte und eine kostbare bischöfliche Kopfbedeckung in der Hand trug. Klebte an ihr das Blut, das Borgias Hände befleckte, beschmutzten sie die Lügen, die er lächelnd gesprochen, der Verrat, den er gleichgültig begangen hatte? Symbolisierte die Mitra nicht vielmehr das Amt des Pontifex maximus und war somit gar nicht Teil des sündigen Menschen?

Alessandro ließ seinen Blick über die träge dahinfließenden Fluten des Tiber gleiten. Dann hob er ihn: vor ihm die Paläste des Borgo, die Kirchen, die Klöster, die Herbergen der Pilger, das große Hospital, und dahinter verborgen: der vatikanische Palast, die Cappella Sistina, in der er sich bald mit dem Kardinalskollegium zum Konklave zusammenfinden würde, um einen Nachfolger Alexanders zu wählen, und die Basilika San Pietro selbst, auf dem Grab des heiligen Petrus erbaut, mit dem Thronsitz des Papstes, aber auch mit der *Pietà* des Michelangelo.

Mit seiner *Pietà*. Mit Silvias *Pietà*.

Nur von einem kurzen Augenaufschlag begleitet, ließ er die Mitra aus der Hand gleiten und ins braune Wasser des Tiber segeln. Vor dem Aufschlag fing sich die Luft in ihr, sie richtete sich kurz auf, tauchte dann aber ein und versank. Bevor sie endgültig verschwand, drehte sie sich noch einmal, wurde von einem Strudel erfaßt. Es schien, als würde sie winken. Dann waren da nur noch die Fluten des Flusses.

Alessandro richtete sich auf. Er fühlte eine tiefe Erleichterung. Er fühlte sich stark und klar. Mit dieser Mitra war verschwunden, was ihn gelähmt und bedrückt hatte. Nun konnte er seine Aufgaben ohne jegliches Zögern in Angriff nehmen. Es galt, in diesen unruhigen Tagen, die womöglich in einem Bürgerkrieg endeten, die Weichen für die Zukunft zu stellen – soweit dies in seiner Macht stand. Falls Cesare Borgia seinen Vater überlebte – und danach sah es aus –, mußte er kaltgestellt werden. Damit dies gelang, mußte das Konklave della Rovere zum Papst wählen: Er war der einzige, der es mit dem *Valentino* aufnehmen konnte. Das Konklave würde bald zusammentreten, und das hieß: Er, Kardinal Farnese, würde mit dem Heiligen Kollegium in der Cappella Sistina eingeschlossen. Vorher mußte er sich aber noch um Silvia kümmern. Er mußte sie überhaupt erst erreichen, wissen, wie es ihr ging, dafür sorgen, daß sie in Ruhe ihr Kind, *sein* Kind auf die Welt bringen konnte.

Alessandro schwang sich in den Sattel und lenkte das Pferd durch die immer unruhiger und aggressiver drängelnden Menschen zum Palazzo des Kardinals della Rovere. Der Kardinal war nicht allein. Die ihn unterstützende Fraktion war inzwischen fast vollständig vertreten, darunter auch Giovanni de' Medici, der Alessandro besonders freudig begrüßte. Alessandro gab einen kurzen Bericht von der vorläufigen Beisetzung des Papstes, und aus den Mienen der Kardinalskollegen sprach kein Mitleid, nur Ekel und Hohn.

Kaum hatte er seinen Bericht beendet, ging della Rovere zur eigentlichen Frage über. »Wer steht bedingungslos hinter mir? Wer läßt sich mit bloßen Versprechungen abspeisen, und wer verlangt Dukaten? Wem müssen wir eine fette Pfründe versprechen? Wer läßt sich einschüchtern? Wer gehört zur harten Fraktion der Spanier?«

Er hatte seine Fragen in die Runde geschossen, jeder fühlte sich angesprochen, zu antworten, jeder versuchte, seinen Nachbarn zu überschreien. Kein Satz war zu verstehen. Alessandro schwieg und wartete, bis sich das Durcheinander der Stimmen gelegt hatte. Als eine Atempause entstand, während der alle della Rovere anschauten, erklärte Alessandro mit ruhiger Stimme: »Ich sehe die Lage folgendermaßen.« Er machte eine kurze Pause und wartete, bis sich die Aufmerksamkeit ihm zugewandt hatte. Er sah in neugierige Mienen, in spöttische, in skeptische, in verkniffene. Aber auch in offene und freundliche. Er mußte sie überzeugen.

»Da der Herzog von Valence«, begann er zu sprechen, »zu überleben scheint und noch immer mächtig ist, auch wenn der Widerstand gegen ihn in der Romagna und wohl auch von seiten der Orsini und Colonna wachsen wird, müssen wir versuchen, ihn zu neutralisieren, ohne uns auf eine Kraftprobe einzulassen. Keiner liebt ihn, viele wollen ihn loswerden, aber die meisten fürchten sich vor ihm und wagen nicht die offene Konfrontation. Daher müssen wir jegliche Polarisierung vermeiden, schon um blutige Kämpfe zu verhindern. Ein Papst, dessen Pontifikat mit einem Blutbad beginnt, wird nie die geistliche Autorität gewinnen, derer er in Zukunft, nach diesen Zeiten nepotistischer Exzesse und usurpatorischer Übergriffe, bedarf.«

Alessandro sah sehr wohl, daß auf die Gesichter einiger alter, besonders sittenstrenger Kardinäle ein feines Lächeln trat. Er wußte, woran sie dachten, was in ihren Köpfen vorging, aber es kümmerte ihn nicht. »Aus diesem Grunde«, fuhr er fort, »plädiere ich dafür, die Orsini und Colonna zu überreden, mit ihren Anhängern Rom wieder zu verlassen. Den Valentino halten wir hin, geben ihm das Gefühl, er könne auch unter einem Papst della Rovere Gonfalionere bleiben und seine Eroberungen behalten, sorgen aber dafür, daß auch er mit seinen Soldaten die Stadt verläßt.«

»Aber wie? Er macht doch, was er will!« rief einer der Kardinäle.

Alessandro zog seine Lippen spöttisch nach unten. »Nun, es werden Aufstände in den Städten ausbrechen, die von ihm erobert wurden, die alten Herrscher werden sich zurückmelden – und wenn sie zögern, könnten wir sie dazu ermuntern. Damit nicht die Machtbasis des *Principe* gänzlich zusammenbricht, wird er losmarschieren, um die Aufrührer in ihre Schranken zu weisen.«

Er hielt kurz inne. Die Kardinäle murmelten etwas, was nach Zustimmung klang. *Il terribile* verzog keine Miene.

Weil keiner der Anwesenden einen Einwand vorbrachte, fuhr Alessandro fort: »Und nun zur Wahl selbst: Die Spanier werden zusammenhalten, die Italiener sind, wie so häufig, uneins. Damit sind wir der spanischen Fraktion unterlegen. Versprechungen und gewisse Zuwendungen werden nicht ausreichen, die Wahl in unserem Sinne positiv ausgehen zu lassen. Wir müssen das Risiko einschränken, für Jahre als die Verlierer dazustehen und womöglich dem Herzog von Valence eine päpstliche Unterstützung zukommen zu lassen, die einigen von uns das Vermögen, die Ämter oder sogar das Leben kosten kann, für andere zumindest das Exil bedeutet.«

Della Roveres Miene hatte sich verfinstert. In den Gesichtern der anderen Kardinäle spiegelten sich Angst, Ärger, aber auch zunehmend neugierige Erwartung.

»Wir sollten« – Alessandro hob leicht die Stimme, ohne lauter zu werden – »eine erste, vorläufige Wahl durchführen lassen, um die Kräfteverhältnisse abschätzen zu können. Dann aber sofort einen Kandidaten vorschlagen, der einen Zeitgewinn verspricht und uns ermöglicht, die italienischen Reihen zu einigen und zu festigen. Wir sollten unseren ehrenwerten Senior Piccolomini-Todeschini vorschlagen.«

Protestrufe unterbrachen ihn, Gelächter folgte, Unruhe.

»Den senilen Alten?«

»Der kann ja kaum noch gehen.«

»Achtzig Jahre und mit seinem kranken Bein schon halb im Grab.«

»Ganz richtig«, rief Alessandro und brachte seine Kollegen mit einer knappen Geste zum Schweigen. »Wenn sich das Grab geschlossen hat, ist unsere Saat reif, und Kardinal della Rovere braucht nur noch die Stimmen zu ernten.«

Della Rovere erhob sich, die Kardinäle schauten ihn erwartungsvoll an. Er fuhr mit den Fingern durch seinen Bart. »Farnese hat recht«, sagte er bestimmt, »bei den unklaren Verhältnissen zur Zeit ist es am besten, ich warte noch ein wenig ab. Gegen den alten Piccolomini wird niemand etwas sagen. Ich bin mir noch nicht einmal sicher, ob die spanischen Ränkeschmiede eine Finte vermuten. Sie halten uns für eitle, eigennützige Schwätzer, die sich nie einigen können. Wir müssen ihnen das Gegenteil beweisen. Und wer schlägt Piccolomini vor?«

»Giovanni de' Medici«, antwortete Alessandro, »er gilt als junger unbedarfter Kunstfreund und zudem als ausgleichend. Auf diese Weise fällt unser Manöver am wenigsten auf.«

Della Rovere kniff die Augen zusammen, nickte dann. Er fuhr sich mit seinen Händen erneut mehrfach durch den Bart und umarmte schließlich Alessandro. Die Mienen der Anwesenden hellten sich auf, es wurde geklatscht und nach Wein gerufen. Nach kurzer Zeit klirrten die Gläser, und alle sprachen wieder durcheinander.

Alessandro zog sich mit della Rovere zurück, um taktische Einzelheiten zu besprechen. Dann verabschiedete er sich, weil er, wie er erklärte, noch vor den offiziellen Begräbnisfeiern, das hieß: sofort, nach Silvia Ruffini sehen müsse.

Il terribile nickte und schlug ihm auf die Schultern. »Du bist ein Teufelskerl, ich wußte es schon immer. Ich will immer mit dem Kopf durch die Wand, aber manche Wände sind sehr dick. Es ist besser, man geht durch die Tür. Wenn ich Papst werde, werde ich dir vergelten, was du für mich getan hast. Aber jetzt mach dich auf den Weg und schau nach deinem Sohn!«

Alessandro ritt zu seinem Palazzo und zog dann mit einer Gruppe bewaffneter Knechte zu Silvias Haus. Noch immer waren Portal und Hintertüren verschlossen, und niemand rührte sich. Als Alessandro schließlich befahl, den Hintereingang aufzubrechen, öffnete plötzlich ein uralter Knecht das Fenster. Er erkannte Alessandro und berichtete, was geschehen war. Alessandro wurde bleich, als er hörte, wie lange Silvia schon unterwegs war. In Capodimonte hätten sie sich treffen müssen! Aber sie hatten sich nicht getroffen, und er war ihr auf dem Rückweg nach Rom auch nicht begegnet. Also mußten die Crispo sie gefangengesetzt haben. Oder die Soldaten der Orsini ... Oder einfach nur Wegelagerer ... Wie damals ... Nein, er wagte nicht daran zu denken.

Alessandro sah jetzt Silvia vor sich, wie sie sich hochschwanger über die Straßen quälte, mit den Kindern, ja auch mit seiner eigenen Tochter Costanza. Bei ihr Rosella, die jeder für eine Hexe hielt, der auf dem Land wahrscheinlich jeder den bösen Blick nachsagte – sie waren nicht in Capodimonte eingetroffen. Das konnte nur ein Unglück bedeuten.

Alessandro ließ seine Männer sich mit weiteren Waffen und Proviant eindecken, schickte nach dem jüdischen Arzt, der ihn vom *morbo gallico* geheilt hatte. Dieser brachte einen erfahrenen Chirurgus mit, der sich, wie er versicherte, mit schwierigen Geburten und Operationen auskannte und der Alessandro begleiten sollte.

»Für alle Fälle. Ich bete für Euch, Eminenz.«

Der Jude verabschiedete sich, und Alessandro brach mit seiner Truppe auf.

In der Stadt mußten sie mehrfach umkehren, weil ihnen Kämpfe zwischen den Orsini-Anhängern und Soldaten des *Valentino* den Weg versperrten. So verließen sie Rom schließlich durch die Porta Nomentana. Eine Nacht kampierten sie im Freien, aber am nächsten Tag erreichten sie Capodimonte.

Die Mutter hatte die Truppe schon von weitem kommen sehen, verschloß die Burg und zog die Zugbrücke hoch. Sie ließ durch den Verwalter ausrichten, sie sei für niemanden zu sprechen. Als dieser Alessandro erkannte, wollte er ihn sofort einlassen, aber Alessandro war nur daran interessiert, zu erfahren, ob Silvia und die Kinder anwesend seien. Von ihnen wußte der Mann nichts.

Alessandro drehte sofort um, galoppierte die engen Gassen bis zum Hafen hinunter und fragte die Fischer, ob Silvia vielleicht auf eigene Faust sich habe zur Isola Bisentina rudern lassen. Niemand hatte sie gesehen, keiner hatte etwas von ihr oder über sie gehört.

»Vielleicht hat sie sich verirrt«, sagte einer der Fischer.

»Oder man hat ihr den falschen Weg gewiesen«, ein anderer.

»Oder …« Der dritte verstummte, bevor er ein weiteres Wort hatte aussprechen können.

»Es gibt hier Wölfe«, sagte der erste Fischer.

»Ja, Wölfe.«

»Und Männer, die sind schlimmer als Wölfe.«

»Habt ihr denn gar nichts gehört?« fragte Alessandro in äußerster Anspannung.

Stummes Kopfschütteln.

»Und wieso könnte man ihr den falschen Weg weisen?« schrie er nun.

»Die Leute in Montefiascone hassen ihre Nachbarn aus Capodimonte.«

»Ist das euer Ernst?«

Einhelliges Nicken.

»Und wo könnten sie sie hingeschickt haben?«

»Nach Bolsena zum Beispiel. Das haben sie schon einmal mit Wollhändlern aus Neapel gemacht.«

Alessandro brach sofort nach Bolsena auf.

Dort angekommen, befragte er die Kinder, die am Ortsrand spielten. Sie riefen etwas von einer Hexe und zeigten auf das Schloß.

Alessandros Herz machte einen Sprung. Jetzt hatte er sie gefunden. Mit *Hexe* konnten die Kinder nur Rosella meinen. Silvia mußte in der Burg sein, bei den Monaldeschi, dort hatten sie Zuflucht gefunden. Jetzt würde alles gut.

Alessandro wurde freundlich empfangen und sofort nach den Neuigkeiten aus Rom befragt. Aber er bestätigte nur den Tod des Papstes und fragte nach Silvia. Niemand wußte Bescheid. Erst als er die angebliche *Hexe* erwähnte und die Bediensteten befragt wurden, erfuhr er, daß tatsächlich eine grausam entstellte Frau angeklopft habe.

Und wieder ging die Sucherei los. Aber nun dauerte es nicht lange, bis man Alessandro zu dem Stall führte. Der Mann, der sie geleitete, bekreuzigte sich. Plötzlich hörte man aus dem Innern einen langgezogenen Schrei, der in ein Röcheln überging. Alessandro schaute den Chirurgus an, dessen Miene ernst war. Noch einmal ein Schrei, der nach dem verzweifelten Hilferuf eines tödlich getroffenen Tieres klang. Nun wußte Alessandro Bescheid. Dies war ein Todesschrei. Dies war Silvias letzter Laut. Er hatte sie gefunden. Aber er war zu spät gekommen. Sie starb. Mit ihr starb auch sein Kind. Und seine Hoffnung.

Mit diesen Gedanken stürzten er und der Chirurgus in den Stall. Ein Mann hockte über Silvia, ein skalpellartiges Messer in der Hand, und war dabei, Silvias Bauch aufzuschlitzen. Erschrocken über das plötzliche Hereinbrechen der Männer, hielt er inne. Alessandro sprang herbei und stieß ihn zur Seite.

Silvias Gesicht war totenblaß, ihre Augen weit geöffnet und blutunterlaufen, der Körper regungslos.

»Ich sollte das Kind holen, sie wollte es so«, stammelte der Mann, der noch immer sein Skalpell in der Hand hielt.

Alessandro sah jetzt auch Rosella und die Hebamme, die nickend bestätigten, was der Mann gesagt hatte. Im Dunkel des Stalls entdeckte er die Kinder, die ihre Vogelbauer auf dem Schoß hielten und ihn schreckensstarr anblickten. Als erster schien ihn Tiberio erkannt zu haben, denn er rief laut »Onkel Alessandro, Onkel Alessandro!« und sprang auf.

Alessandro kniete neben Silvia und beugte sich nieder. Ja, sie bewegte die Augen. Sie lebte noch. Sie bewegte sogar ihre Lippen. Sie flüsterte etwas, aber er verstand sie nicht.

Der Chirurgus, den er aus Rom mitgebracht hatte, begann schon Silvia zu untersuchen. Er flüsterte mit der Hebamme und ließ sich berichten, was geschehen war, wie lange Silvia schon in den Wehen lag. Nach einer Weile stand er auf, mit tiefen Sorgenfalten zwischen den Augen, und führte Alessandro aus dem Stall.

Die blendende Helligkeit des späten Augusttags zwang Alessandro, die Augen zu schließen.

»Es sieht nicht gut aus«, sagte der Chirurgus. »Sie quält sich schon zu lange. Aber das Kind scheint noch zu leben. Wahrscheinlich liegt es falsch – was immer ... Ich muß sofort etwas unternehmen.«

Alessandro öffnete die Augen. Der Chirurgus war schon dabei, seine Instrumente auszupacken.

»Ihr müßt jetzt entscheiden, was zu tun ist«, fuhr der Mann fort. »Die Gebärende wünscht, daß wir das Kind lebend holen. Aber sie selbst wird dann sterben. Oder ...«

»Oder?«

»Ich kann versuchen, die Mutter zu retten. Dann wird das Kind sterben. Womöglich die Mutter auch. Sie ist schon sehr schwach. Ihr müßt Euch entscheiden, sofort. Sonst sterben beide.«

Alessandro wandte sich ab und bedeckte sein Gesicht mit den Händen. Er fühlte sich gelähmt. Alles Leben entwich ihm. Er konnte nicht mehr denken. Gott zertrat Silvia, das Kind – und auch ihn.

»Sofort, Eminenz, sofort!«

»Rettet die Mutter, rettet sie, schnell!« schrie er.

Er fiel auf die Knie, das Gesicht noch immer bedeckt, er beugte sich nach vorne, bis er den Boden berührte, und erstarrte in dieser hilflosen, demütigen, sich erniedrigenden Haltung. Eine schmerzhafte Leere breitete sich in ihm aus. Und in dieser Leere begegnete er Gott. Nein, diese Leere *war* Gott. Er glaubte, den Verstand zu verlieren. Das einzige, was er in diesem widersinnigen Augenblick fühlte, war seine Liebe: zu Silvia, zu dem Ungeborenen, zu seiner Tochter, ja auch zu Crispos Jungen. Und diese Liebe füllte die Leere aus wie ein Sonnenstrahl, der einen tiefen Brunnenschacht erhellte.

So war die Liebe Gott. Ja, *Gott ist Liebe; und wer in der Liebe bleibt, der bleibt in Gott und Gott in ihm*. Dies war die Botschaft, die er in diesem Augenblick erfuhr, eine frohe Botschaft, und er wußte: Diesem Gott würde er freudig und mit aller Kraft dienen.

Aber als antwortete ihm ein höhnischer Gott, hörte er einen Schrei, einen langgezogenen, nicht enden wollenden Schrei, der wie das Schwert des Erzengels ihm den Glauben an ein gutes Ende durchtrennte. Silvia starb und mit ihr das Kind. Er brauchte nicht mehr zu hoffen. Mit dem Tod hier im Stall starb auch die Hoffnung auf ein unverdientes, aber barmherzig gewährtes Glück. Was ihm blieb, war seine Tochter Costanza. Er hatte zu lange gezögert. Er war seiner Liebe zu Silvia nicht bedingungslos gefolgt und hatte sie einem anderen Mann in die Arme getrieben. Und nun, nachdem sie sich doch noch gefunden hatten, hatte er Silvia allein gelassen. Was mußte ihn der krepierende Borgia kümmern? Warum mußte er della Rovere und den Kardinälen seine taktischen Überlegungen darlegen?

Er war zu spät gekommen.

Ja, Gott war die Liebe. Aber Gott war nicht der gerechte, der hilfreiche, der barmherzige Gottvater. Diesen Gott gab es nicht. Und wenn es ihn je gegeben hätte, dann wäre er mit Silvias Todesschrei gestorben.

Alessandro erhob sich. Liebe ohne Wahrheit blieb blind. Er mußte der Wahrheit ins Gesicht schauen. Er hatte seine geliebte Silvia, er hatte sein Kind verloren. Der Tod, der zufällige, der ungerechte Tod war die entscheidende Seite der Wahrheit. Sein Vater mußte sterben, sein Bruder ebenfalls. Ihn selbst aber verschonte der Tod – um ihn zu strafen, um ihn lebenslang seinem Glück nachtrauern zu lassen.

Als er in das Dunkel des Stalls trat, hörte er plötzlich ein schwaches Stimmchen. Und aus dem Dunkel schälten sich langsam Silvias Augen: Sie lächelten ihn an.

Epilog

Zwei Kerzen werfen ihr flackerndes Licht auf das Papier, als huschten die Seelen der Verstorbenen vor meine Feder, um von ihr erlöst zu werden. Das sündige, aber lebendige Rom meiner jungen Jahre ist tot. Es hat sich verwandelt in eine Stadt, die von einem starren, strenggläubigen Fanatiker beherrscht wird, der im Namen des dreieinigen Gottes die Wahrheit unterdrückt und Scheiterhaufen errichtet, auf denen er Bücher, Häretiker und Juden verbrennt.

Ich bin eine alte Frau, die die meisten ihrer Kinder und Enkel überlebt hat und sich nun gedrängt fühlt, eine Reise in ihre Vergangenheit anzutreten, bevor sie sich auf ihre letzte Reise begeben muß. *Die Wahrheit wird euch frei machen*, sagte einst der Gekreuzigte zu seinen Jüngern, und sie wird auch mich frei machen, in Bälde vor Gottes Richterstuhl zu treten, um mein langes, wenig ehrenhaftes, von Liebe bestimmtes Leben zu verteidigen. Hat der oberste Richter sein Urteil gefällt, werde ich mit Alessandro vereint sein, wir werden endlich dazu kommen, über unser Leben zu sprechen, dem ein strenges, von Verzicht und Opfer bestimmtes Glück beschieden war.

Kürzlich, im Jahr des Herrn 1560, hat mich mein letzter noch lebender Sohn, Kardinal Tiberio Crispo, zu sich in seinen Palast geholt, weil er befürchtete, ich könnte vielleicht doch noch vor das Heilige Offizium gezerrt werden wegen meiner Novellen, die auf dem *index librorum prohibitorum* stehen und die daher nur wenige Leser finden durften. O Herr, es waren doch nur kunterbunte, sinnenfrohe Seifenblasen, die, einst aus Sehnsucht geboren, im Sonnenlicht der Einbildungskraft wuchsen – um zu gaukeln und zu tändeln wie Taubenfedern im Wind.

Heute rinnt mir die Zeit durch meine alten Finger, und da so viele Lügen im Umlauf sind über meinen Alessandro – selbst der jetzige Stellvertreter Christi verleumdet ihn –, muß ich mich der Wahrheit meines Lebens stellen, bevor mich die Wahrheit des Todes erlöst.

Ich höre noch heute den Vogel, dessen Gesang den Tod meiner Mutter begleitete, und ich höre auch die Vögel, die mir während meiner schwersten Geburt Beistand leisteten – damals in Bolsena, im Stall, als ich meine Seele schon in Gottes Hände legen wollte, als aber das Wunder geschah, daß mein kleiner Pierluigi und ich selbst überlebten. Alessandro kniete vor uns, er weinte, wie ich ihn nie habe weinen sehen, er dankte dem Herrn und gelobte, ihm mit all seinen Kräften zu dienen. Und der Herr nahm sein Gelübde an.

Ich gebar Alessandro später noch zwei weitere Jungen, von denen einer als Kind starb, der andere als sehr junger Condottiere fiel. Aber Costanza blieb uns lange erhalten und war die Freude unserer alten Tage, bis sie im Jahre 1545, vier Jahre vor Alessandro, verschied. Auch Pierluigi, das Schmerzenskind, das uns schließlich die Erfüllung unserer Wünsche brachte, wurde nicht älter. Man ermordete ihn als Herzog von Parma und Piacenza. Ja, nachdem Alessandro schließlich Papst geworden war, gelang es ihm, aus seinem ältesten Sohn einen Herzog zu machen, und damit stieg die Familie Farnese endlich zu einem der bedeutendsten und reichsten Geschlechter Italiens auf. Pierluigi heiratete früh eine Orsini, ganz in der Tradition der Farnese, und wurde Vater von fünf Kindern. Alessandro, sein Ältester, wurde von seinem Großvater, *meinem* Alessandro, schon als Vierzehnjähriger zum Kardinal ernannt, später auch Ranuccio, der Drittgeborene. Der Zweitgeborene, Ottavio, folgte seinem Vater, wurde Herzog von Parma und heiratete Margarete, die natürliche Tochter Kaiser Karls V. Orazio, dem Vierten wurde Diane, die natürliche Tochter Heinrich II. von Frankreich, zur Frau gegeben. Und die Jüngste, Vittoria, wurde schließlich Herzogin von Urbino. Insbesondere als Großmutter kann ich also zufrieden sein, zumal auch der Sohn unserer ältesten Tochter Costanza von Alessandro sehr früh zum Kardinal ernannt worden war.

Alessandro hatte ein großes Herz. Nach Giovanni Crispos tragischem Tod nahm er meine ältesten Jungen wie seine eigenen an. Er hat sie immer geliebt, und sie liebten ihn. Insbesondere mein Tiberio war sein Liebling. Er wurde sein Geheimkämmerer, später Gobernator von Bolsena und schließlich Kardinal. Während Tiberio in Bolsena lebte, kaufte er das Grundstück mit dem Stall, in dem Pierluigi geboren wurde, und baute dort, direkt unter der Burg der Monaldeschi, einen kleinen Palazzo mit einer wunderbaren Loggia, in der wir viele gemeinsame Stunden verbrachten, singend, lesend, lachend. Er ließ mich malen und das Porträt in die Holztäfelung einfügen, damit er seine Mutter, wie er lächelnd betonte, immer vor Augen habe.

Nach Pierluigis Geburt und Borgias Tod entwickelte sich für Alessandro alles zum Guten. Kardinal della Rovere wurde nach Piccolominis kurzem Pontifikat zum Papst gewählt. Er nannte sich – seinem geheimen Vorbild Julius Cäsar folgend – Julius II. Sein Neffe Nicola heiratete übrigens unsere liebe, leider immer traurige Laura, die Tochter meiner Freundin Giulia. Papst Julius liebte die Kunst – und den Krieg. Klug beraten von Alessandro, entmachtete er zu Beginn seines Pontifikats Cesare Borgia und schickte ihn als Gefangenen zurück nach Spanien, wo der Valentino bald unter ungeklärten Umständen fiel. Später eroberte Julius die Städte der Romagna und einte das Patrimonium. Er und sein Nachfolger Leo X. – unser Giovanni de' Medici – legitimierten unsere Söhne und bestätigten das Lehen der Farnese, so daß sich Alessandro später stolz mit der Urkunde in der Hand von Raffaello Santi porträtieren lassen konnte. Auf dieses Bild schaue ich, wenn ich meinen Kopf hebe, wie auch auf Tiziano Vecellios Porträt des barhäuptigen alten Alessandro, das ich besonders liebe. Tiziano hat seinen Charakter meisterhaft getroffen: listig wie ein Fuchs, leidgeprüft wie Hiob und gütig wie der Heiland selbst.

Ach, mein Alessandro! Ich sitze vor dem Papier und möchte keine Novellen mehr schreiben: Ich muß mich der Wahrheit des Vergangenen stellen. Noch habe ich nicht mehr verzeichnet als die Aufzählung trockener Fakten. Ich sehe ihm in die Augen – so stand er vor mir, als er die Legitimierungsbulle seiner Söhne in der Hand hielt. Es war ein Augenblick, der ihn mehr beglückte als mich. Denn ich wußte, unsere glücklichste Zeit war abgelaufen.

Alessandro war damals schon zwei Jahrzehnte Kardinal – und hatte noch immer nicht die höheren Weihen empfangen. Ohne sie hätte er nie Papst werden können, noch nicht einmal regulärer Bischof. Er war inzwischen reich, aber während sein Schützling Giovanni, Lorenzos Sohn, auf dem Stuhl Petri saß, kümmerte er sich lieber um unsere Kinder und vernachlässigte seine Laufbahn. Wir verbrachten damals viele Sommer auf der Isola Bisentina, häufig mit Giulia zusammen. Auch seine Mutter lebte noch, ein wenig wunderlich zwar, aber von einer erstaunlichen Robustheit. Kein Sommer verging, ohne daß wir nach Bolsena pilgerten, wo der barmherzige Vater dieses Wunder an mir und Pierluigi vollbracht hatte.

Anno domini 1519, im Alter von einundfünfzig Jahren, empfing Alessandro schließlich die höheren Weihen, im selben Jahr, in dem wir in Valentano Pierluigis Hochzeit mit Girolama Orsini feierten. Alessandro strebte nun ganz offen das Pontifikat an, und dies bedeutete: Ich mußte zurücktreten in den Schatten des Lichts, das ihn umgab. Ich war nie seine Frau gewesen, sondern nur seine Konkubine, der er allerdings seit unserer ersten Nacht auf dem Sirenenfelsen die Treue gehalten hat. Aber auch als Konkubine hatte ich nun keinen Anspruch mehr auf seine Nähe.

Ich lebte in meinem Palazzo noch ein paar Jahre mit Ranuccio zusammen, meinem Jüngsten, bis ihn das Kriegshandwerk in die Ferne und in den Tod zog. Ich schrieb Novellen, sang gelegentlich Sonette aus meiner Jugendzeit, plauderte mit Rosella. Ja, trotz ihrer schweren Verfehlung blieb Rosella bei mir – bis sie mich verließ. Ich war vor dem blutigen *Sacco*, das unser *Roma aeterna* in seiner tiefsten Seele erschütterte, nach Capodimonte geflohen, von Alessandro geschickt. Hier war ich in Sicherheit, weil die beutegierigen Truppen des Kaisers sich auf Rom stürzten, ohne sich durch die Eroberung kleiner Burgen aufhalten zu lassen. Rosella dagegen, inzwischen gebrechlich geworden, war in meinem Haus zurückgeblieben. Lange hörte ich nichts von ihr, und als ich schließlich in den geplünderten und ausgebrannten Palazzo heimkehrte, erfuhr ich, daß sie noch vor der Ankunft der todbringenden Soldateska in die Katakomben geflüchtet war. Sie tauchte nie wieder auf. Der Herr, der sie gestraft hat, sei ihrer armen Seele gnädig!

1534 wurde Alessandro zum Papst gewählt. Er nannte sich Paul III. Eins seiner ersten Amtsgeschäfte war, seinen vierzehnjährigen Enkel Alessandro zum Kardinal zu ernennen, dazu den wenig älteren Sohn Costanzas. Ich weiß, was man darüber denkt. Ich weiß auch, wie seine Gegner, allen voran der deutsche Ketzer aus dem Augustinerorden, Alessandro schmähten und verunglimpften. Ja, Alessandro sorgte für seine Familie. Ihm ging es darum, ihr Einfluß, Reichtum und Ansehen zu verschaffen. Und sie sollte über seinen Tod hinaus mächtig und reich bleiben. In diesem Punkt blieb er der Schüler Rodrigo

Borgias. Was ihn aber von dem Katalanen und seinem Sohn unterschied, war seine Menschlichkeit. Die Borgia verachteten die Menschen; Alessandro liebte sie. Die Borgia mordeten, wo immer sie sich einen Vorteil davon versprachen. Alessandro dagegen haßte Blutvergießen aus tiefstem Herzen, und er litt unter der Glaubensspaltung, weil er sah, welch unendliches Leid sie mit sich brachte.

Ihn quälten zudem Glaubenszweifel bis ins hohe Alter, obwohl oder gerade weil ihn das kirchliche Leben wenig interessierte. So seltsam es auch klingt: Im Grunde war er kein religiöser Mensch. Und dennoch wurde er der erste Papst seit langem, der die überfällige Reform der katholischen Kirche ernsthaft in Angriff nahm, das Konzil von Trient einberief und auf diese Weise den Vormarsch der Protestanten aufhielt. Er war es auch, der die *Societas Jesu*, den Orden des Ignatius von Loyola, anerkannte. Wie man weiß, stellt dieser Orden die Speerspitze im Kampf gegen die Protestanten dar. Obwohl Alessandro bis an sein Lebensende den großen Plato und den weisen Epikur verehrte, so hat er doch die katholische Kirche davor bewahrt, von den Protestanten überrannt oder zumindest grundlegend verändert zu werden.

Aber wer dankt es ihm? Sein jetziger Nachfolger auf dem Stuhle Petri, Papst Paul IV. aus dem Hause Carafa, bestimmt nicht. Dieser Mann hält sich für gottesfürchtig und fromm und ist doch nur intolerant und starr. Im Gegensatz zu Alessandro hat er nie geliebt; ja, er scheut sich nicht, den Ruf seines Vorgängers auf dem Stuhle Petri zu beschmutzen.

Für mich war es schwer, zu ertragen, daß Alessandro mich, die Mutter seiner Kinder, die Frau, die ihn immer geliebt hat, nach der Wahl zum Papst kaum mehr sehen wollte. Er hat mich jedoch in Ehren gehalten und finanziell wohl versorgt. Er versprach mir sogar, mich dereinst ein zweites Mal in Marmor verewigen zu lassen, in San Pietro selbst, an seinem Grabmal, zu seinen Füßen. Als *pax* oder *abundantia*. Ich verstand, daß er als das Oberhaupt der Christenheit nicht wie sein unseliger Vorgänger Alexander VI. Borgia vor aller Augen das Zölibatsgebot unterlaufen wollte. Und doch litt ich unter der Vereinsamung.

Hin und wieder trafen wir uns doch, in Frascati, in der alten Ruffini-Villa, auf der Isola Bisentina, unserer Liebesinsel, oder in Bolsena, dort, wo unser Schicksal sich entschieden hatte. Zum letzten Mal sahen wir uns nach dem Tod unserer Tochter Costanza. Es war ein trauriges

Wiedersehen. Er, ein Mann von siebenundsiebzig Jahren, ruderte mich allein zur Insel, in dem rotschwarzen Mantel, in dem er mir in Frascati wie ein griechischer Gott erschienen war. Wir vergossen viele Tränen um unsere Tochter, die neben ihrem Großvater, ihrem Onkel Angelo und ihren Brüdern lag. Wir beteten in der kleinen Kapelle unter den Augen der strengblickenden Apostel. Und ließen uns schließlich auf dem Sirenenfelsen nieder. Alessandro legte seinen Arm um meine Schulter, und ich bettete meine Kopf an seine Brust. Wir schwiegen lange. Ich weinte.

Er sagte schließlich: »Wäre dieses Mißverständnis nicht gewesen, hätte ich dich geheiratet. Wir hätten im Verborgenen gelebt und wären vielleicht glücklicher geworden. Aber ich wäre heute kein Stellvertreter Christi.«

»Wir würden aber auch im Verborgenen sterben. Unser Sohn wäre kein Herzog, die Söhne und Enkel wären keine Kardinäle«, betonte ich.

»Ja, das ist wahr«, antwortete er leise. »Aber hat es sich wirklich gelohnt? Ich begegnete erst kürzlich meinem alten Freund Ugo Berthone wieder. Er warf mir Verrat an mir selbst vor. Ich mußte erfahren, daß der Sohn unseres anderen Freundes Accurse Maynier im Namen der katholischen Kirche ein schreckliches Blutbad unter den waldensischen Häretikern der Provence angerichtet hat. Dieses Blut klebt auch an meinen Händen.«

Ich widersprach ihm heftig. »Du bist doch nicht verantwortlich für alles Unrecht, das im Namen der Kirche begangen wird. Wenn jemand dafür verantwortlich ist, dann ist es der Allmächtige selbst.«

Er schien kaum merklich zu nicken und schaute verloren auf das Wasser, das unter uns den goldenen Abendschein der Sonne widerspiegelte.

»Wofür ist Christus eigentlich am Kreuz gestorben, wenn die Menschheit unerlöst von Blutdurst und Herrschsucht getrieben wird?« sagte er sehr leise. »Wo bleibt die frohe Botschaft der Liebe?« Er schaute mich lange an, keine Miene verzog er, doch Trauer stand in seinen Augen. »Dieses dumme Mißverständnis ... Wir hätten uns lieben können, ohne diese Opfer, ohne Heimlichtuerei, auch ohne den Tod von Giovanni – und ich brauchte die schwere Bürde meines Amtes nicht zu tragen.«

Seine Stimme war so leise geworden, daß ich ihn kaum noch verstand.

»Glaubst du wirklich, daß ein anderer Weg möglich gewesen wäre?«

Er nickte.

»Aber war nicht alles vorherbestimmt?«

»Wir können uns entscheiden, zum Guten und zum Schlechten, zum Richtigen und Falschen, und ich weiß nicht, ob ich das Richtige getan habe. *Werde, der du bist*, hat Pindar gesagt ...«

Ich unterbrach ihn. »Du bist, der du wurdest – und diesen Mann habe ich geliebt, liebe ich noch immer.«

Er schaute mich dankbar an und schwieg. Schließlich nahm er meine Hand und führte sie an seinen Mund. In seinen müden Augen sah ich nicht nur Trauer, sondern auch Liebe und Güte. Ich wußte, Alessandro hatte mich immer geliebt.

Wir beteten schließlich für das Seelenheil unserer Tochter, für das Seelenheil der anderen, die zu früh von uns gegangen waren, ja aller Menschen, die nicht werden durften, die sie waren.

Während ich diese Zeilen schrieb, erschien mein Sohn Tiberio, nun auch schon ein ergrauter Mann, in meinem Zimmer. Leise, um mich nicht zu stören, näherte er sich mir und fragte: »Was schreibst du, Mutter? Eine deiner Novellen?«

Ich schüttelte den Kopf. »Ich möchte die Wahrheit über unser Leben schreiben – solange ich dazu noch in der Lage bin.«

Er schaute mich zweifelnd, aber lächelnd an: »*Was ist die Wahrheit?* fragte Pilatus. Und erhielt er eine Antwort?«

Nun bin ich wieder allein.

Noch immer werfen die zwei Kerzen ihr flackerndes Licht auf das Papier, als huschten die Seelen der Verstorbenen über die Buchstaben. Der Allmächtige gebe mir Zeit und Kraft, sie zu erlösen.

Frederik Berger

Die Provençalin

Roman

Originalausgabe

702 Seiten
Band 1599
ISBN 3-7466-1599-2

Die Provence im 16. Jahrhundert: Die schöne Madeleine wird von vielen Edelmännern umworben – auch von Jean Maynier, dem stolzen Baron von Oppède. Als sie ihn zurückweist, beginnt er, sie mit seinem Haß zu verfolgen. Die tragische Verstrickung zweier Adelsfamilien nimmt ihren Lauf. Jean Maynier wird als Heerführer gegen die Waldenser zum Schrecken der Provence. Sein Sohn Pierre verliebt sich ausgerechnet in Madeleines Tochter, doch Jean Maynier versucht mit aller Macht, die Liebe seines Sohnes zu zerstören – und macht sich Madeleine endgültig zu seiner gefährlichsten Gegnerin.

AtV
Aufbau Taschenbuch Verlag

Donna W. Cross

Die Päpstin

Roman

Aus dem Amerikanischen
von Wolfgang Neuhaus

566 Seiten
Band 1400
ISBN 3-7466-1400-7

Johanna, ein junges Mädchen mit überragenden Geistesgaben, wächst im Frankenreich des 9. Jahrhunderts heran. Als Tochter eines strenggläubigen Vaters und einer heidnischen Mutter gelingt ihr, was allen Mädchen im Mittelalter verwehrt blieb: Sie erhält eine fundierte heilkundliche und philosophische Ausbildung. Doch Johanna weiß, daß ihr als Frau die letzten Tore der Weisheit verschlossen bleiben, ja daß sie kaum überleben wird. Als Mönch verkleidet, tritt sie zunächst ins Kloster Fulda ein und macht sich Jahre später auf den Weg nach Rom. Dort gelangt sie als Leibarzt des Papstes innerhalb kurzer Zeit zu großer Berühmtheit. Und schließlich ist sie es selbst, die die Geschicke der katholischen Kirche leitet: Als Papst Johannes Anglicus besteigt sie den päpstlichen Thron.

Donna Woolfolk Cross entwirft mit großer erzählerischer Kraft die faszinierende Geschichte einer der außergewöhnlichsten Frauengestalten der abendländischen Geschichte: das Leben der Johanna von Ingelheim, deren Existenz bis ins 17. Jahrhundert allgemein bekannt war und erst dann aus den Manuskripten des Vatikans entfernt wurde.

AtV

Aufbau Taschenbuch Verlag

Guido Dieckmann

Die Poetin

Roman

Originalausgabe

297 Seiten
Band 1661
ISBN 3-7466-1661-1

Deutschland im Spätsommer 1819: Mit Frau und Tochter reist der Tuchhändler Joseph Schildesheim nach Heidelberg. Tochter Nanetta, frühreif und wissensdurstig, fällt es schwer, den Verlockungen der Heidelberger Altstadt zu widerstehen. Sie träumt davon, es ihrem Brieffreund Harry Heine gleichzutun und ihre Gefühle und Wünsche in Versen auszudrücken, statt als Jüdin ein zurückgezogenes, unauffälliges Leben zu führen. Heidelberg jedoch ist in Aufruhr. Nach dem Mordanschlag auf den Dichter Kotzebue im benachbarten Mannheim sehen die aufgebrachten Studenten nahezu in jedem Fremden einen Spion. Als Nanetta ein Treffen von Verschwörern belauscht, gerät sie plötzlich in den Verdacht, eine wichtige Depesche gestohlen zu haben. Nur einem besonnenen Studenten kann sie verdanken, daß sie nicht in Gefangenschaft gerät. Noch in derselben Nacht brechen in Heidelberg die ersten, blutigen Unruhen aus.

Ein Roman, der auf einer wahren Begebenheit beruht: die aufregende Geschichte der jungen, jüdischen Dichterin Nanetta Schildesheim.

AtV
Aufbau Taschenbuch Verlag

Hanjo Lehmann

Die Truhen
des Arcimboldo

Nach den Tagebüchern
des Heinrich Wilhelm Lehmann
Roman

699 Seiten
Band 1542
ISBN 3-7466-1542-9

In den untersten, allergeheimsten Kellergewöben des Vatikans wird im Jahre 1848 der junge Schlosser Luigi Calandrelli verschüttet. Als er die Mauern seines Verlieses abklopft, stößt er auf eine mysteriöse Truhe mit siebenhundert Jahre alten Pergamenten – sorgsam verborgene Dokumente gegen Intoleranz und Fundamentalismus, die den Machtanspruch der römischen Kirche untergraben.

Zwanzig Jahre später vertraut er einem befreundeten preußischen Eisenbahningenieur seine Aufzeichnungen über die damaligen Ereignisse an. Von nun an gerät dieser in ein Netz von Intrigen, Machtkämpfen und lebensbedrohlichen Situationen, denn der Vatikan fürchtet im Jahr des Konzils, auf dem die Unfehlbarkeit des Papstes verkündet werden soll, nichts so sehr wie die Veröffentlichung dieser aufrührerischen Dokumente.

Ein packender historischer Roman, vorzüglich recherchiert, der in die Kultur- und Kirchengeschichte des 19. Jahrhunderts führt und zugleich eine ganz eigene Welt der Sinnlichkeit offenbart, erzählen Luigis Briefe doch auch vom genußvollen Zelebrieren sexueller Lust.

AtV

Aufbau Taschenbuch Verlag